dtv

Bisam ist nicht freiwillig die Frau des Jägers geworden. Er hat sie in der Wildnis gefangen, obwohl er fürchten muß, damit die Feindschaft ihres Stammes auf seine Sippe zu ziehen. Die neue Frau bringt alle durcheinander: Sie spricht eine andere Sprache, und sie will sich nicht anpassen. Ihre Fähigkeiten erregen Argwohn und Abneigung ... Der uralte Mythos von der fremden Frau, die als Tier betrachtet wird, ist der Ausgangspunkt dieser Geschichte. »Eine faszinierende Studie über die Frühzeit des Menschen ... macht Schluß mit allen sentimentalen Vorstellungen, die wir vielleicht von den ›primitiven‹ Menschen der Steinzeit hatten.« (Alan Cheuse in der ›Chicago Tribune‹)

Elizabeth Marshall Thomas, 1931 geboren, machte sich als Anthropologin und Verhaltensforscherin einen Namen und hat sich lange mit den Lebensbedingungen des steinzeitlichen Menschen beschäftigt, bevor sie sich der erzählenden Literatur zuwandte. Sie lebt in New Hampshire, USA.

Elizabeth Marshall Thomas

Die Frau des Jägers

Roman

Deutsch von Götz Pommer
und Elfriede Peschel

Deutscher Taschenbuch Verlag

Für Steve
Lorna
Robert und Stephanie
Joss und Ramsay
Ingrid, David, Zoë, Margaret und Ariel

Ungekürzte Ausgabe
Dezember 1997
Deutscher Taschenbuch Verlag GmbH & Co. KG, München

Titel der amerikanischen Originalausgabe:
›The Animal Wife‹ (Houghton Mifflin Cie, Boston)

Die deutsche Erstausgabe erschien 1992 im Claassen Verlag,
Hildesheim · ISBN 3-546-00063-3
Der Auszug aus ›The Fox Wife‹ und ›The Wild Goose‹ stammen aus dem Band von Joseph Campbell, ›The Way of the Animal Powers‹
(© 1989 Harper & Row Publishers Inc.)
Der Textauszug ›Jenshih, or the Fox Lady‹ von Shen Chi-Chi ist dem Band ›Traditional Chinese Tales‹ in der Übersetzung von Chi-Chen Wang, der 1944 im Verlag der Columbia University Press erschienen ist, entnommen
Umschlagkonzept: Balk & Brumshagen
Umschlagfoto: © Art Wolfe/TONY STONE
Satz: IBV Satz- und Datentechnik, Berlin
Druck und Bindung: C. H. Beck'sche Buchdruckerei, Nördlingen
Gedruckt auf säurefreiem, chlorfrei gebleichtem Papier
Printed in Germany · ISBN 3-423-08413-8

Er hörte den klackenden Hufschlag eines Karibus und erblickte, durch die Bäume hindurch, eine mit Fellen bekleidete Frau. Ihre Haare waren braun und die Augen fast gelb. Bei seinem Anblick erschrak sie. Also erhob er sich sehr langsam und grüßte sie freundlich. Er liebte sie auf den ersten Blick.

The Caribou Woman, Norden der USA

Da blieb sie bei ihm, und als sie eine Zeitlang zusammengelebt hatten, bemerkte der Mann einen modrigen Geruch in der Hütte und fragte, was das sein könnte. Sie antwortete, daß das ihr Geruch sei, und wenn er daran Anstoß nähme, würde sie fortgehen. Indem sie ihre Kleider abwarf, kam ihr Fuchsfell wieder zum Vorschein. Still glitt sie davon und hat seither keinem Manne mehr gedient.

The Fox Wife, Ungava District, Labrador

Die Kinder sahen ihn zuerst. Sie liefen zu ihrer Mutter und erzählten es ihr, aber sie glaubte ihnen nicht, denn sie meinte, sie wären zu weit geflogen, als daß er sie jemals hätte einholen können. Sie wollte nicht herauskommen, um ihn zu sehen, und als er in ihr Zelt trat, stellte sie sich tot. Er trug sie hinaus, begrub sie, bedeckte das Grab mit Steinen, ging wieder ins Zelt und zog sich wehklagend die Kapuze herunter. Sein Weib jedoch, in Wirklichkeit noch am Leben, brach aus dem Grab aus, schritt ins Zelt zurück und begann herumzugehen; da hob er seinen Speer und tötete sie. Viele Gänse stießen zu ihm herab, und er tötete sie. Aber seine beiden Söhne waren inzwischen geflohen.

The Wild Goose Wife, Smith Sound, Grönland

Yin war bekümmert, als er die traurige Nachricht hörte und fragte, was ihr den Tod gebracht habe. »Sie wurde von

Hunden getötet«, antwortete Cheng. »Aber wie können Hunde, wie wild sie auch sein mögen, einen Menschen töten?« fragte Yin. »Aber sie war kein Mensch«, war die Antwort. »Aber was war sie dann?« fragte Yin erstaunt. Da erzählte Cheng die Geschichte von Anfang an, sehr zur Verwunderung seines Freundes. Später, als sie den Erinnerungen an Jenshih nachhingen, fiel ihnen nur eine Sache ein, die sie von anderen Frauen unterschieden hatte: sie hatte ihre Kleider nie selbst genäht.

Jenshih, or the Fox Lady, China, A.D. 750

Personen

Sippe vom Frauensee, die am Feuerfluß übersommert:
Bala, *Oberhaupt der Sippe am Feuerfluß*
Al, *Balas Schwester*
Eider, *Bekassines Mutter*
Bekassine, *Yois Verwandte und Mitfrau*

Mammutjäger vom Schmalen See,
die am Haarfluß übersommern:
Die Eigentümer der Sommerjagdgründe:
Schwalbe, *der Anführer*
Maral, *Schwalbes Halbbruder*
Kida, *Schwalbes jüngerer Bruder*
Andriki, *Marals jüngerer Bruder*
Kori, *Schwalbes Sohn*
Ako, *Marals Sohn von Lilan*

Ihre Schwäger:
Marder, *Seidenschwanz' Mann*
Weißfuchs, *Kidas Schwager*

Die Frauen:
Rin, *eine Witwe, Schwalbes Halbschwester*
Seidenschwanz, *Rins Tochter*
Ankhi, *Rins Nichte*
Ethis, *Ankhis Schwester*
Yoi, *Schwalbes ältere Frau*
Truht, *Marals ältere Frau*
Lilan, *Marals jüngere Frau*
Junco, *Kidas Frau*
Hindin, *Andrikis Frau*
Pirit, *Andrikis kleine Tochter*
Frogga, *Marals kleine Tochter von Lilan*

Sippe vom Forellenfluß,
die mit den Mammutjägern übersommert:

Graugans, *der Anführer*
Timu, *Graugans' Sohn*
Teal, *Graugans' Frau, Yois Tante, Sali Shamans Tochter*
Meri, *Yois Nichte, Weißfuchs' Frau*
Rabe, *Graugans' Neffe, Weißfuchs' Vater*
Bisti, *Rabes Frau*
Der Stock, *Graugans' Stiefsohn*

Einige weitere Namen:

Die Lilie, *ein großer Tiger*
Bisam, *eine Gefangene*
Sali Shaman, *eine berühmte Schamanin vom Feuerfluß, seit vielen Jahren tot*
Kakim, *Ein Waisenkind vom Feuerfluß, seit einigen Jahren tot*

Prolog

Mein Vater hatte vier Frauen, aber das hielt ihn nicht davon ab, hin und wieder ein Auge auf fremde Frauen zu werfen. Er sagte, am besten sähen sie im Herbst aus, wenn sie den ganzen Sommer über gut gegessen hätten. Im Herbst träten ihre Rippen nicht mehr hervor, ihre Haut sei glatt, ihre Haare glänzten, ihre Arme und Beine seien rund. Und im Herbst, ehe der Fluß zufriere, badeten sie tagsüber zu mehreren im seichten Wasser, wo man sie beobachten könne. »Halte es wie ich«, sagte Vater einmal zu mir. »Heirate so viele, wie du nur kannst.«

Damals erstaunte mich sein Rat. Ich dachte an all das Mammutelfenbein und die anderen Geschenke, die er an die vier mit ihm verschwägerten Sippen gegeben hatte, und an den Ärger, den ihm seine vier Frauen bereitet hatten.

Vater war Schamane und Oberhaupt einer Gruppe. Ihm gehörten die Jagdgründe beiderseits des Haarflusses, von Südosten, wo er vom Schwarzen Fluß abzweigt, bis weit nach Nordwesten, bis zu dem Bergzug, der »Die Brüste der Ohun« heißt. Dort, am Schmalen See, stand auch seine Winterhütte. Vater war ein starker und berühmter Jäger, der mehr Wild erlegte, als seine Leute essen konnten: er war Einer, der den Füchsen Nahrung gibt!

Er war also ein wichtiger Mann, was auch seinen Frauen Bedeutung verlieh. Angesichts des Fleisches und der Geschenke, die er ihren Sippen machte, hätten sie zufrieden sein müssen. Doch das waren sie keineswegs. Seine erste Frau starb, und seine zweite Frau, meine Mutter, verließ ihn. Seine dritte Frau war zänkisch, und seine vierte betrog und enttäuschte ihn. Der Frauen wegen hatte er keinen Frieden, und deshalb dachte ich, er wolle mich aufziehen, als er mir riet, viele Frauen zu heiraten.

Aber er meinte, was er sagte. Es war sein Ernst. Der Ärger schien Vater nicht zu kümmern. Er mochte Frauen, und er wußte, daß auch ich sie mögen würde.

Als ich noch klein war, war ich, wie alle Kinder, stets von Frauen umgeben. Was meine Mutter tat, tat auch ich. Ich dachte beinahe, ich sei eine Frau. Ich wußte, daß mein Körper anders war, doch darüber machte ich mir keine Gedanken.

Eine meiner frühesten Erinnerungen ist diese: Es war an einem Sommerabend am Feuerfluß, wo die Frauen badeten. Die Sonne verschwand rund und rot hinter dem grasbewachsenen Horizont, und die Frösche im Wasser hatten mit ihrem Konzert begonnen. Da bekam meine Mutter auch Lust zu singen und sagte mir, ich solle einstimmen. Der Gesang war leise und gleichmäßig wie der der Frösche. Wir sangen:

> Sagt meiner Mutter, er kommt.
> Es kommt mein Mann, der Reiher.
> Sagt meiner Schwester, er kommt.
> Es kommt mein Mann, der Reiher.
> Sagt meinen Kindern, er kommt.
> Es kommt mein Mann, der Reiher.

So ging es endlos weiter. Alle Verwandten kamen in dem Gesang vor. Er heißt ›Das Lied der Frosch-Frau‹. Die anderen Frauen im Fluß fielen mit ein, und wir alle sangen. Die Stimme meiner Mutter übertönte die Stimmen der übrigen. Ich saß am Ufer in der Stellung eines Frosches, sang froh und aus vollem Herzen und merkte nicht, daß das Lied eine Warnung war.

Ach, meine Mutter! Sie hieß Al, und damals war sie eine große, starke Frau. Ich weiß noch, wie ich abends am Feuer der Frauen zwischen ihren Knien saß, mich an sie schmiegte und an ihrer Brust ihrer Stimme lauschte. In Gesellschaft anderer Frauen sprach sie sehr freimütig über meinen Vater und sogar über meinen Onkel, ihren Bruder.

Oft brachte das, was sie sagte, die Frauen dazu, über die Männer zu lachen. Als ich größer wurde und zu alt dafür war, in den Armen gewiegt zu werden, wurde mir bewußt, daß die Lieder, die sie sang, und die Worte, die sie über meinen Vater und meinen Onkel sprach, von bitteren Gefühlen zeugten, und ich merkte, daß sie den beiden Männern vieles übelnahm.

Zu der Zeit, als ich mit der rechten Hand über den Kopf greifen und mein linkes Ohr fassen konnte, beunruhigte mich etwas an den Frauen: Ich spürte ihren verborgenen Zorn und ihre Heimlichkeiten. Die Männer, die ich kannte, waren offen wie das Tageslicht, stolz und geradeheraus. Sie sagten, was sie dachten; was zu ihrem Körper gehörte und was sie besaßen, konnte jeder sehen – das Fleisch, die Jagdgründe, die Lager und Hütten und die Feuer, die dort brannten.

Doch die Frauen waren verschlossen wie das Dunkel, still und verschwiegen wie das Schamgefühl oder wie die Nacht. Sie sagten nicht, was sie dachten, und ihr Körper barg Geheimnisse. Sie konnten bluten, ohne Schaden zu nehmen, und niemand wußte, mit wessen Kind sie schwanger gingen. Auf dem Gesäß trugen sie Reihen erhabener Narben, Ohuns Male, die die Welt daran erinnerten, daß das, was die Frauen besaßen, von ihrem Körper herrührte oder unsichtbar war – die ungeborenen Kinder, das Wissen um Abstammung und Herkunft und die Feuer an den Lagerstätten der Toten, der Geister, wo sich unsere eigenen Geister mit unseren Sippen vereinen, wo die Ältesten unserer Sippen unsere Geister an Vögel übergeben. Die Vögel bringen sie dann Frauen aus unserer Sippe zurück, und die gebären uns von neuem. All dies ist Sache der Frauen.

Als ich größer wurde, begehrte ich sie. Das ist Ohuns Wille. Ich vergaß den Zorn meiner Mutter und ihre Lieder und entdeckte, daß ich Frauen mochte und ihnen vertraute. Und manche von ihnen mochte mich auch. Eine, ein Mädchen meines Alters, Bekassine, war bereit, sich mit mir in einem Weidendickicht am Fluß zu treffen, als die Leute meines Onkels auf unseren Sommergründen mit den Leuten ihres Vaters zusammentrafen. Danach passierten mir Dinge, die so oder ähnlich auch meinem Vater passiert waren. Und so ist meine Geschichte eine Geschichte von Frauen, denen meines Vaters und meiner. Sie zogen eine Spur, der ich einfach folgen mußte, genau wie ein Rothirsch im Neuschnee dem Wechsel folgt.

I

Mein Vater erhielt seinen Namen nach einem Vogel, der Schwalbe –, weil er im Winter zur Welt gekommen war, zu einer Zeit also, wenn der Große Bär wünscht, daß wir nach Tieren benannt werden. Ich bin gewiß in einer anderen Jahreszeit geboren, denn ich habe einen ganz gewöhnlichen Namen. Ich heiße Kori. Ich war noch sehr klein, als meine Mutter meinen Vater verließ, um wieder bei ihren Leuten am Feuerfluß zu leben, und mich mitnahm. Ich erinnere mich nicht an die Wanderung. Meine Mutter muß mich wohl getragen haben.

Als ich meinen Vater zum erstenmal sah, war ich, meiner Erinnerung nach, fast schon erwachsen. Es war am Feuerfluß. Der Bruder meiner Mutter und dessen Leute und die Leute meines Stiefvaters von den Hütten am Frauensee hatten ihr Lager am Nordufer des Feuerflusses aufgeschlagen, dort, wo er sich in die Ebene hinausschlängelt. Die Weißfische zogen stromaufwärts, und an dem Tag, als Vater kam, ging die Sichel des zunehmenden Erdbeermondes kurz vor Morgengrauen auf. Am Nachmittag, als wir an unseren Feuern oder in den Grashütten ruhten, die wir gebaut hatten, um uns vor dem Wind und den Stechmücken zu schützen, hörte ich jemanden sehr ruhig sagen, zwei Männer seien in Sicht. Wir alle erhoben uns, und unsere Männer griffen ihre Speere.

Das Gras der Ebene war hochgewachsen und weich. Es bewegte sich rasch und leicht im Wind. Weil es heiß war, flimmerte und flirrte die Luft. So vieles bewegte sich, daß wir die fernen Gestalten der beiden Männer nur mit Mühe erkannten. Doch wir beobachteten, wie sie sich näherten, einer hinter dem anderen. Sie waren kraftvoll, nicht müde, und sie gingen schnell.

Nach einer Weile blieben sie stehen und lehnten ihre Speere an einen Wermutstrauch. Das war gut, denn es bewies, daß sie nicht gekommen waren, um zu kämpfen. Froh blickten wir einander an. Bald sahen wir ihre Gesichter. Es waren Mammutjäger. Ihr Haar war weich und hell, von der Farbe welken Grases oder eines Luchsfells, und sie trugen Bärte. Der eine hatte keinen Schmuck an Hemd und Hose, aber der andere trug ein Hemd mit fransenbesetzten Ärmeln. Außerdem trug er eine Halskette mit einer Bernsteinperle und den Eckzähnen eines großen fleischfressenden Tieres. Er war, so schien es, der ältere, und er ging voran.

Aus einigem Abstand betrachtete er die Gesichter derer, die ihn erwarteten, und lächelte. Dann lachte er laut. Dann rief er: »Bala! Ich bin's! Geht es dir gut?«

Was hatte das zu bedeuten? Bala war unser Anführer, der Bruder meiner Mutter. Doch fast alle, auch Menschen, die nicht mit ihm verwandt waren, wählten ihre Worte sorgfältig und sprachen wohlüberlegt mit ihm, nannten ihn respektvoll »Kind von Tiu« oder »Onkel« und erwiesen ihm die Achtung, die jeder für ihn empfand. Fast niemand sprach ihn einfach mit seinem Namen an. Ich blickte zu ihm auf und sah, daß er die Augen zusammenkniff und versuchte, das Gesicht des anderen zu erkennen. »Ist das etwa mein Schwager?« fragte er schließlich und begann seinerseits zu lächeln.

Die beiden Männer liefen auf uns zu und umarmten die Männer unseres Lagers, die sie lachend und jubelnd umringten, wie es erwachsene Männer tun, wenn sie einander nach langer Zeit wieder begegnen. Die meisten Frauen sahen von weitem zu. Ich beobachtete, daß sich meine Mutter von den anderen entfernte, als sie merkte, wer gekommen war, und sich vor unserer Grashütte mit versteinertem Blick auf die Fersen hockte, die Augen auf das Gesicht des Mannes mit den Fransenärmeln geheftet.

Nun schaute der jüngere der beiden Mutter an und stieß dann den anderen, den Mann mit den Fransenärmeln, an. »Da ist Al«, sagte er und deutete mit Lippen und Kinn auf meine Mutter. Der Mann mit den Fransenärmeln wandte sich langsam um und betrachtete sie. Als sein Blick dem ihren begegnete, nickte er zum Gruß. Sie sah ihn noch eine Weile kalt an; dann reckte sie ihr Kinn und wandte die Augen von ihm ab. Der Mann mit den Fransenärmeln widmete sich wieder denen, die ihn willkommen hießen.

Kurz danach stand Mutter auf, strich ihre Hose glatt und fuhr mit der Hand über ihren Zopf. Dann trat sie leise an Onkel Bala heran und berührte ihn am Ellenbogen. Als er den Kopf neigte, legte sie ihren Mund an sein Ohr und flüsterte ihm etwas zu.

Doch der Onkel war kein Mann, der solche Heimlichkeiten durchgehen ließ. »Wenn du nicht in seiner Nähe sein willst, dann geh!« sagte er laut. »Weißt du, wie lange es her ist, seit ich das letzte Mal mit Schwalbe am Feuer gesessen habe?«

Mutter wandte sich ab und ging schnurstracks davon. Ich starrte den Mann mit den Fransenärmeln an. Bevor ich seinen Namen gehört hatte, hatte ich bereits geahnt, daß er mein Vater war.

Den Rest des Nachmittags hockten mein Vater und der andere Fremde auf ihren Fersen auf dem freien, aschebedeckten Platz vor Onkel Balas Grashütte, wo sich die Mehrzahl der Männer und Jungen unseres Lagers versammelt hatte, um zuzuschauen und die Ohren zu spitzen.

Der zweite Fremde war Vaters Halbbruder. Er hieß Andriki und war fast so groß wie Vater, aber noch recht jung. Mir fiel auf, daß beide Männer ebenso helle Augen hatten wie ich. Die Leute meiner Mutter hatten meist dunkle Augen – gute Augen, wie meine Mutter es nannte. Sie sagte, das hätten sie und ihre Verwandten mit dem Rentier und anderen guten Tieren gemeinsam. Sie wies oft darauf hin, daß man helle Augen bei Löwen und anderen bösen Tieren fände. Mich machte es daher froh, bei so guten, großen, starken Männern helle Augen zu sehen.

Die Fransen an Vaters Ärmeln waren, genau wie Federn an einem Vogelflügel, ein Zeichen dafür, daß er wie die

Vögel zur Luft gehörte. Das aber hieß, daß er ein Schamane war. Und die großen gebogenen Reißzähne an seiner Kette stammten von einem Löwen! Wenn jemand Löwenzähne um den Hals trägt, läßt das immer auf Selbstbewußtsein schließen, und Vater war äußerst selbstbewußt. Sein Halbbruder behandelte ihn respektvoll, ebenso Onkel Bala und die Männer vom Feuerfluß.

Der Onkel warf Fische auf die glühenden Kohlen, um sie für seine Gäste zu rösten. Während sich der Essensgeruch mit dem Wind ausbreitete, schlossen sich viele Frauen den Männern an Onkel Balas Feuer an. Sie wollten hören, was Vater über die Leute zu erzählen hatte, von denen er gerade kam. Onkel Bala erkundigte sich zuerst nach Vaters dritter Frau, Yoi, die hier am Feuerfluß geboren war. Bei uns lebten viele ihrer Blutsverwandten und andere Mitglieder ihrer Sippe. Bisher, sagte Vater, habe sie keine Kinder mit ihm. Sonst gehe es ihr gut, fuhr er fort, und sie lasse alle Mitglieder ihrer Sippe grüßen. Bei diesen Worten lief ein freudiges Gemurmel durch die kleine Schar. Die Menschen an Balas Feuer erinnerten sich noch gut an Yoi.

Was denn aus ihren beiden Nichten geworden sei, wollten die Leute danach wissen. Sie waren zuletzt am Feuerfluß gesehen worden, als ihre Tante nach Norden gegangen war, um Vater zu heiraten. Die ältere sei gestorben, sagte Vater, die jüngere sei verheiratet. Sie wohne in seiner Hütte, und auch sie lasse ihre Sippe grüßen. Erneutes Gemurmel, diesmal nicht ganz so laut. Die Nichten hatten uns nur einmal besucht, und das lag Jahre zurück. Ich konnte mich jedenfalls nicht an sie erinnern.

Vater erzählte auch von seiner Reise. Fast einen Mond lang, berichtete er, waren Andriki und er einem Mammutpfad gefolgt, der vom Haarfluß mitten durch die Ebene bis an die Stelle führte, an der die Mammute auf ihrer Herbstwanderung alljährlich den Feuerfluß durchquerten. Zu Beginn ihrer Wanderung hatten Vater und Andriki viele Bisons gesehen, dann Rentiere und Pferde und dann nichts mehr, bis sie zwei Tagesmärsche vom Feuerfluß entfernt waren. Warum? In der Ebene gab es kein Wasser.

Vater und Andriki hatten Milchwurzeln ausgegraben und den Saft ausgepreßt. Sie hatten trockene Beeren gegessen, die noch vom Sommer zuvor an den Sträuchern hingen, sie hatten Rebhühner und Backenhörnchen mit Schlingen gefangen, und sie hatten einen alten Löwen, der ihrer Spur gefolgt war, getötet und verzehrt. Einmal hatten sie Hyänen vom Kadaver einer Steppenantilope verjagt und die tote Antilope mitgenommen. Ich lauschte Vaters Bericht aufmerksam und malte mir dabei aus, wie ich selbst Nahrung finden könnte, wenn ich je eine so weite Reise unternehmen sollte.

Als der Fisch aufgegessen war und die beiden Männer Fett und Kohlenruß von ihrem Gesicht gewischt hatten, fing mein Vater an, über die Sippen zu sprechen. Er lobte die Sippen vom Feuerfluß und sagte, dort wüchsen gute und starke Menschen auf. Das hörten wir alle gern, denn es schien, als spreche Vater von uns. Dann äußerte er sich lobend über die Sippe einer Frau, die vor langer Zeit hier gelebt hatte und die eine berühmte Schamanin gewesen war. Da erwähnten einige der Frauen Leute, die der Sippe jener Schamanin angehörten. Vater lächelte. Er wußte Bescheid. Entstammte nicht Yoi, seine dritte Frau, die jetzt am Haarfluß auf ihn wartete, dieser Sippe?

Doch wen kümmerte so was? Sippen waren Frauensache, und soweit ich das beurteilen konnte, wollten nur Frauen davon hören. Ich hätte gern mehr über die lange Wanderung durch die ausgedörrte Ebene erfahren. Den anderen Jungen, die sich herangedrängt hatten, um zu lauschen, ging es genauso. Doch wir wurden enttäuscht. Das Gespräch drehte sich jetzt um Hochzeitsgeschenke. Vater erinnerte die Erwachsenen an einige Elfenbeinperlen, die er meiner Mutter zur Hochzeit gegeben hatte, und es folgte eine endlose Diskussion um diese Perlen. Wir gaben die Hoffnung auf, irgend etwas Spannendes zu hören. Als die Schatten der Sträucher in der Ebene länger wurden und die Sonne hinter den Wolkenbänken am Horizont versank, sprachen die Erwachsenen immer noch von Hochzeitsgeschenken.

Aber nicht mit mir. Körperlich saß ich zwar an Onkel Balas Feuer, zwischen zwei meiner Vettern gezwängt, doch ich versuchte, nicht hinzuhören. Statt dessen hing ich einem Tagtraum nach, in dem es um etwas ging, das im Frühling in der Nähe eines Lagers geschehen war, das wir gemeinsam mit anderen Leuten aufgeschlagen hatten, die sich im Augenblick weiter flußaufwärts aufhielten. Ich befand mich in einem Weidendickicht und sah zu, wie sich ein Mädchen namens Bekassine auf ihre Hose kniete, die sie gerade ausgezogen hatte, und sich vor mir auf ihre Ellenbogen niederließ. Über ihre Schulter hinweg beobachtete sie mich. Zwei Reihen erhabener Narben, Ohuns Male, lenkten meinen Blick auf ihr weißes, bloßes Hinterteil, das sich mit einer Gänsehaut überzog, als ich es berührte.

Onkel Balas inzwischen fast verzweifelt klingende Stimme riß mich aus meinem Tagtraum. »Wie sollen wir dir deine Geschenke zurückgeben?« rief er. »Seither sind Jahre vergangen! Deine Geschenke sind bei anderen Hochzeiten weitergegeben worden. Wir können sie nicht mehr zurückholen. Du hättest früher darüber nachdenken sollen!«

»Aha, so denkst du also«, sagte Vater betrübt.

»Ich erinnere dich nur daran, was geschehen ist!« rief Onkel Bala.

»Aber jetzt sollten wir eine Möglichkeit finden, wie wir das alles in Ordnung bringen können,« gab Vater zurück. »Schließlich hast du deine Schwester zurückbekommen. Ich dagegen habe keine Geschenke und keine Frau.«

»Du bist mit Yoi verheiratet!«

»Ja, seit vielen Jahren, nur – Yoi ist kinderlos«, sagte Vater.»Und ihre Sippe stammt von hier, genau wie Als Sippe.«

»Was habe ich damit zu tun?« fragte Onkel Bala. »Sind deine Frauen vielleicht meine Sache?«

»Sind sie's etwa nicht?« warf Andriki ein.

»Wer ist schuld an der Kinderlosigkeit und der Scheidung?« fragte Onkel Bala. »Habe ich das gewollt?«

»Hat nicht deine Schwester meinen Halbbruder verlassen?« erwiderte Andriki. »Wie kann deine Sippe die Schuld daran abstreiten?«

»Warum mußte meine Schwester denn meinen Schwager verlassen?« fragte Onkel Bala zurück. »Hat sie nicht gesagt, daß er sie schlecht behandelt hat?«

»Niemand hat deine Schwester schlecht behandelt«, sagte Andriki. »Sie hat sich selbst schlecht behandelt mit ihrer zänkischen Art. Die hat der Ehe geschadet.«

»Hätte mein Schwager dazu dann nicht früher etwas sagen sollen?« rief Onkel Bala. Und zu Vater sagte er: »War Kori nicht noch ein Säugling, als ihr euch getrennt habt, meine Schwester und du? Sind die Geschenke, die du für Al hergegeben hast, jetzt nicht weit und breit verstreut? Was geschehen ist, ist geschehen. Du kommst zu spät. Sieh dir Kori doch mal an.«

Vaters Augen wurden größer, und er schaute sich um und blickte die anderen Jungen an. Ich merkte, daß er dachte, ich sei einer von ihnen.

»Die nicht«, sagte Onkel Bala und tippte mir auf die Schulter. »Das hier ist Kori.«

Vater wandte sich um und schien mich zum ersten Mal richtig wahrzunehmen. Er sagte eine Weile gar nichts. Ich bemerkte graue Haare in seinem Bart und an seinen Schläfen und viele Falten um seine hellblauen Augen. Er musterte mich kühl und wissend wie ein Luchs. Unsere Blicke begegneten sich. »Kori!« Er nickte zum Gruß.

»Vater!« antwortete ich.

Das war der erste Tag von Vaters Besuch. In der Nacht schliefen er und Andriki vor Onkel Balas Grashütte, und als es draußen kühler wurde, standen sie auf, um sich an

Onkel Balas Feuer zu wärmen. Doch weil meine Vettern und ich den zwei Männern so aufmerksam zugehört hatten, daß wir ganz vergessen hatten, Brennholz für die Nacht zu sammeln, war außer einem Klumpen Dung nichts Brennbares da. Ich wußte das, weil ich mein Schlaffell aus Mutters Grashütte geholt und zu der des Onkels getragen hatte.

Als ich Vater und Andriki jetzt über die kaum wahrnehmbaren Reste der Glut gebeugt sah und hörte, wie sie leise von Brennholz sprachen, stand ich auf und bot ihnen an, Brennholz für sie zu beschaffen.

»Bist du Kori?« fragte Vater. Er hatte mich im Dunkeln nicht erkannt.

»Ja, Vater«, sagte ich.

»Danke, Kori. Wir würden uns gern ein bißchen wärmen.«

Ich ging also durch das vom Sternenlicht erhellte Lager von einer schattenhaften Grashütte zur anderen, und überall, wo ich jemanden wach am Feuer fand, bat ich um etwas zu brennen. Bald hatten mir die Leute eine Handvoll Reisig und mehrere Klumpen Dung gegeben, und die brachte ich Vater. Jetzt flammte das Feuer wieder auf, und die beiden Männer lächelten mir zu, als wollten sie mich einladen, mich zu ihnen zu setzen. Das tat ich. Still saßen wir zu dritt an Onkel Balas Feuer. Als ich Vater und Andriki im Flammenschein betrachtete, war es fast so, als gehörte ich zu ihnen – als besuchten drei Leute aus Vaters Hütte Onkel Bala an seinem Feuer.

2

Den ganzen folgenden Tag lang redete Vater mit Onkel Bala und den Männern vom Feuerfluß. Am Abend sprach er vertraulich mit Onkel Bala, und als sich Onkel Bala zum Schlafen niedergelegt hatte, sprach er noch vertraulicher mit Andriki. Ich blieb ständig in ihrer Nähe. Wenn sie redeten, saß ich hinter ihnen und lauschte. Wenn sie aßen, aß auch ich. Wenn sie in die Ebene hinausgingen, um ihr Wasser abzuschlagen, schlug auch ich mein Wasser ab. Manchmal riefen meine Mutter oder mein Stiefvater nach mir, weil ich irgend etwas für sie erledigen sollte – Brennholz sammeln zum Beispiel –, aber ich tat, als hörte ich sie nicht. Ich hatte keine Lust zu gehorchen.

Am Morgen des zweiten Tages nannte Andriki mich »Bremse«. Dieser Spitzname machte mich traurig; ich stellte mir eine Bremse vor, die das Bein eines Pferdes umschwirrt, lästig und unerwünscht. Doch trotz des Spitznamens folgte ich meinem Vater weiterhin auf Schritt und Tritt, auch wenn er nichts tat außer reden.

Der zweite Tag war genau wie der erste – alle palaverten über Sippen und Hochzeitsgeschenke. Vater behauptete, die Leute vom Feuerfluß hätten alles bekommen, was ihnen zustand, sie hätten Geschenke für meine Mutter erhalten, dann meine Mutter selbst zurückbekommen und schließlich weitere Geschenke für sie von den Verwandten meines Stiefvaters erhalten. Er selbst habe nichts.

Onkel Bala behauptete, die Leute vom Feuerfluß hätten Vaters Geschenke nicht mehr. Auch meine Mutter hätten sie nicht mehr, denn sie sei jetzt mit meinem Stiefvater verheiratet. Schlimmer noch, mein Stiefvater habe wenig Geschenke gegeben, weil die Ehe erst kürzlich geschlossen worden und der Gabentausch noch nicht vollständig abgewickelt sei. Und deshalb sei es in Wahrheit seine Sippe, die nichts übrigbehalten habe.

Manchmal, um seinen Worten Nachdruck zu verleihen, erbot sich Onkel Bala, Mutter an Vater zurückzugeben. Vater schien aus dem gleichen Grund damit einverstanden zu sein. »Du weißt, daß ich deine Schwester will«, sagte er zu wiederholten Malen.

»Dann sollst du sie auch haben!« schrie Onkel Bala. Und dann rief er nach Mutter, aber Mutter machte natürlich keinerlei Anstalten zu kommen.

Jeder wußte, daß beide Männer nur so taten, als führten sie eine ernsthafte Verhandlung. Selbst ich glaubte nicht, daß Vater Mutter noch haben wollte, ebensowenig wie sie ihn. Und Onkel Bala erwartete sicher nicht ernstlich, daß sie seinem Ruf folgte.

Doch am späten Nachmittag, als Onkel Bala sie anrief, als sie in der Nähe vorüberging, setzte Mutter uns alle in Erstaunen: sie trat mit zornbebenden Nasenflügeln vor Vater hin, hielt die Hand vor ihren Mund, damit Onkel Bala nicht sah, was sie tat, und schürzte die Lippen, so daß sie einen Ring um ihre Zunge bildeten – das Zeichen für einen After, der sich entleert. Vater riß die Augen angesichts dieser schrecklichen Beleidigung weit auf und machte Anstalten aufzuspringen, als wollte er auf Mutter losgehen. Aber Andriki packte ihn am Arm und riß ihn wieder zu Boden. »Bleib ruhig, Bruder«, sagte Andriki.

»Ein bißchen mehr Respekt für meinen Schwager!« brüllte Bala Mutter nach, denn er erriet, was sie getan hatte. Doch sie stapfte mit weitausgreifenden Schritten davon. Ihr schimmernder Zopf und das lose Ende ihres Gürtels schwangen dabei hin und her, während uns ihr kleiner Sohn in der Trageschlinge auf ihrer Hüfte einen Blick zuwarf, der zu sagen schien, daß auch er nichts mit Vater zu schaffen haben wollte.

Warum gab Vater vor, um Mutter zu kämpfen? Was hatte ihn wirklich veranlaßt, den weiten Weg zu Onkel Bala zurückzulegen? Als ich an diesem Abend im Schein von Onkel Balas Feuer saß, in Vaters Schatten verborgen und so dicht neben ihm, daß ich die Wärme seines Körpers durch sein ledernes Hemd hindurch spürte, hielt Vater die Finger einer Hand empor und zählte seine Frauen an ihnen ab. »Lerche war meine erste Frau«, sagte er. »Lerche ist gestorben. Deine Schwester Al war meine zweite Frau. Al hat mich verlassen. Yoi aus deiner Sippe ist meine dritte Frau. Viele Jahre sind vergangen, aber Yoi ist immer noch genauso kinderlos wie damals, als sie an den Haarfluß kam. Und ich bin schon ihr dritter Mann.« Vater faßte seinen kleinen Finger und bewegte ihn vor Onkel Bala hin und her. »Ich brauche also noch eine Frau. Nehmt ihr immer Geschenke an, ohne eine Frau dafür zu geben?«

Eine Frau! Das war es also, was Vater wollte! Ich war ziemlich überrascht. Doch Onkel Bala schien es von Anfang an gewußt zu haben. »Willst du damit andeuten, daß die Geschenke, die ihr uns für Al gegeben habt, du und deine Leute, jetzt für einen neuen Tausch angerechnet werden sollen?« fragte er mißtrauisch. »Damit werden unsere Leute auf keinen Fall einverstanden sein. Ich könnte eventuell damit zufrieden sein, aber die anderen ganz bestimmt nicht.«

»Wir werden euch neue Geschenke für Eiders Tochter geben«, sagte Vater. Wieder war ich überrascht. Er hatte eine Frau genannt, jemanden, deren Ehrennamen Onkel Bala kannte, ich jedoch nicht. Vater setzte hinzu: »Obwohl ich sicher bin, daß deine Leute nicht allzuviel erwarten werden nach allem, was mir eure Frauen angetan haben. Aber am Haarfluß wartet noch mehr Elfenbein auf dich und deine Leute. Und dazu noch dies.« Vater nahm die Kette mit den Löwenzähnen ab. »Für meine neuen Schwäger und Schwägerinnen. Sieh dir mal die Perle an!«

Er drückte Onkel Bala die Kette in die Hand. Der ließ sie zwischen seinen Fingern baumeln und würdigte sie kaum eines Blickes. Ich schaute die großen Reißzähne an, die in einem Stück aus dem Schädel eines Löwen herausgebrochen worden waren: Zähne, so lang wie meine Hand und an beiden Enden spitz, vorne schärfer und schimmernder als an der Wurzel. Neben den Zähnen nahm sich die geschnittene Bernsteinperle unbedeutend aus, doch über sie strich Onkel Bala mit seinem Daumen.

»Der Bernstein wird ihren Leuten gefallen«, meinte er.

»Schön«, sagte Vater.

»Aber die, die du meinst, ist nicht hier«, fuhr Onkel Bala fort.

»Nein«, sagte Vater.

Onkel Bala lachte. Er war jetzt entspannt und unbefangen. Der Groll zwischen ihm und Vater schien sich in Luft aufzulösen. »Wir haben ihre Leute in letzter Zeit nicht gesehen. Sie müssen ihr Lager flußaufwärts aufgeschlagen haben, denn sie sind nicht am Fluß entlang an uns vorbeigezogen. Wir werden jemanden nach ihr schicken.«

»Dann ist ja alles in Ordnung«, sagte Vater.

Früh am folgenden Tag, noch vor dem ersten Morgengrauen, hörte ich Vaters Stimme im Dunkeln. »Hast du den Fisch satt, Bala?« fragte er. »Sollen mein Halbbruder und ich dir Fleisch bringen?«

Irgendwo brüllte plötzlich ein Löwe, den wir während der Nacht schon einige Male gehört hatten. Wir spitzten die Ohren. »Fleisch mag jeder«, antwortete Bala.

Es war die stillste Zeit des ganzen Tages. Im Osten begann der Morgenstern, der Jäger, seine Pirsch quer über die Himmelsebene. Vater und Andriki erhoben sich, nahmen ihre Speere und gingen in den Dunst hinein, der noch überm Fluß lag. Ich folgte ihnen.

Wir waren noch nicht weit gelaufen, als Andriki über seine Schulter zurückschaute. »Kori kommt uns nach«, sagte er zu Vater.

Da blieb Vater stehen und wandte sich um. »Laß ihn«, sagte er. »Ist er nicht mein Sohn?« Und mich fragte er: »Was hast du da in der Hand?«

Es war mein Speer. Ich schlug meine Augen nieder. Er muß Vater wie ein Spielzeug vorgekommen sein. Die Spitze war aus einem angespitzten Knochen gemacht, nicht aus Feuerstein oder Obsidian oder auch nur aus

Grünstein, denn diese guten Steine gab es nirgendwo in der Gegend. Die Erwachsenen unternahmen weite Streifzüge, um den schweren Speerstein zu finden, und mühten sich dann ab, ihn nach Hause zu schleppen. Nach all dieser Arbeit gab kein Erwachsener einem jungen Mann etwas davon ab. Doch was konnte ich dazu sagen; Vater wußte das sicher selbst. Ich sah vom Speer auf und begegnete dem Blick seiner hellen Augen. »Er ist scharf genug, Vater«, sagte ich. »Ich kann gut damit umgehen.«

»Also gut«, antwortete er, »wenn du jagen kannst, dann geh voraus und spür irgendwas auf!« Also ging ich voraus, schlängelte mich leise durchs weiche Gras, wich Büschen aus und versuchte, auf alles gleichzeitig zu achten und keinen Lärm zu machen. Ich fürchtete ständig, einer der beiden werde vor mir ein Stück Wild ausmachen und mich blamieren.

Es dauerte nicht lange, da bemerkte ich im Schatten, den die aufgehende Sonne warf, die Fährte eines Löwen. Wahrscheinlich war es der, der in der Nacht gebrüllt hatte. Ich glaubte ihn zu kennen. Er war der Anführer eines Löwinnenrudels, das sich gewöhnlich weiter flußabwärts aufhielt. Hin und wieder belästigten sie uns, indem sie bei Nacht kamen, um uns zu beobachten. Die Abdrücke waren so groß, daß sie mich, gleichgültig, wie oft ich sie auch ansah, immer wieder in Erstaunen setzten. Wortlos deutete ich auf sie.

Vater und Andriki betrachteten die Fährten voller Verachtung. »Lernst du von den Männern hier am Feuerfluß, dich zu fürchten?« fragte Andriki.

Ich zuckte unwillkürlich zusammen. Hatte er es als Zeichen von Furcht verstanden, daß ich ihm die Spuren gezeigt hatte? »Nein«, erwiderte ich.

Andriki bedeutete mir weiterzugehen. Ich schaute nach Westen, zum Himmel empor, der allmählich lichter wurde. Dort kreisten Raben und spähten auf irgend etwas herab. Plötzlich schoß mir durch den Kopf, warum sie dort kreisten und wohin ich Vater und Andriki führen konnte, damit wir Fleisch fänden. Wo Löwen fressen, so heißt es, sind die Raben der Rauch ihres Lagerfeuers.

Vater und Andriki schienen darauf zu warten, daß ich mich rührte. Vorsichtig ging ich weiter auf die Raben zu. Als wir eine Weile gelaufen waren, stieß mich Andriki mit dem Schaft seines Speeres an. Ich schaute mich um. Andriki machte mit der Hand das Jägerzeichen für eine Frage. Ich beobachtete seine Miene, weil ich sehen wollte, wie er meine Antwort aufnahm, und machte das Handzeichen für Fleisch. Seine Augen wurden ein wenig größer, ohne daß er es wollte. Er war also überrascht. Und ich war zufrieden. Ich führte Vater und Andriki weiter, langsamer jetzt, bewegte mich vorsichtig durch das spärliche Gras und hielt mich von den Büschen fern.

Die Raben waren mittlerweile verschwunden. Ich ging auf die Stelle zu, an der sie sich aufgehalten hatten. Schließlich entdeckte ich sie wieder. Halb verborgen hinter einem Dickicht aus Wacholder, saßen sie nun auf den blutigen Brustknochen, über denen sie in der Luft gewartet hatten. Ich blieb stehen und versuchte, alles ringsum mit Augen und Ohren aufzunehmen. Der Löwe konnte in der Nähe dieses toten Tieres sein, vielleicht im Wacholder. Ich meinte ihn zu riechen.

Ich schaute ins Gras. Ich wollte sichergehen, daß sich kein zweiter Löwe in der Umgebung versteckt hielt, und räusperte mich. »Onkel«, flüsterte ich, »wir sind da!«

Und meine Worte weckten ihn! Aus dem Wacholder kam ein kurzes, unwirsches Murren, ein erstauntes Husten. »Woah«, sagte der Löwe, so wie ein Mensch vielleicht »Beim Großen Bären!« sagen würde.

Wir horchten angespannt, während die Stille tiefer wurde. Jetzt sicherte auch der Löwe. Kurz darauf hörten wir einen leichten Schlag und das Summen einer Unzahl von Fliegen, die alle mit einem Mal aufschwirrten. Die Fliegen waren von etwas, das sich im Gebüsch bewegte, hochgejagt worden.

Ich spürte ein Kribbeln im Nacken. Ich wollte, daß sich

der Löwe mutig im Freien stellte und nicht aufs Anschleichen und Heimlichkeiten verfiel, deshalb sagte ich laut und mit fester Stimme: »Sieh uns an, Onkel! Wir werden dich nicht überrumpeln. Wir achten dich. Hona!«

Nun rührte sich etwas auf der anderen Seite des Wacholderdickichts. Der Löwe kam langsam ins Freie und zeigte uns dabei seine Flanke. Aus runden, hellen Augen in einem dunklen, zernarbten Gesicht starrte er uns unverwandt an.

»Du siehst uns, Onkel«, sagte ich mit einer Ruhe, die ich nicht empfand. »Du bist allein. Wir sind zu dritt. Wir haben Speere. Geh jetzt fort, dann tun wir dir nichts!«

Gleichmütig, als wollte er zeigen, daß er uns nicht beachtete und uns ohnehin verlassen wollte, lief der Löwe auf ein anderes, weiter entferntes Dickicht zu. Dort warf er sich nieder. Ho! Doch im Gras sahen wir seinen Kopf, seine runden Ohren. Er beobachtete uns immer noch.

»Wir danken dir für das Pferdefleisch, Onkel!« rief Vater höflich. »Bruder, hilf Kori das Fleisch holen. Ich behalte den Löwen im Auge. Wenn er seine Absichten ändern sollte, möchte ich es sehen.« Und so rückten Andriki und ich mit unseren Messern dem Pferd zu Leibe und machten dann mit Schnüren aus meiner Jagdtasche ein Bündel aus dem Fleisch und den Markknochen.

»Meine Schwäger mögen es zufrieden sein, wie Weiber zu warten und zuzusehen, wie die Tiere Fleisch essen, während sich die Menschen mit Fisch begnügen müssen«, sagte Vater stolz, als wir uns zum Gehen wandten, »aber mein Sohn weiß, was Männer tun.«

Ich freute mich über das Lob, wollte meinem Vater aber nicht sagen, daß er sich in bezug auf unsere Gruppe irrte. Sie warteten nicht wie Weiber und sahen zu, wie die Tiere Fleisch aßen. Dazu fehlte ihnen die Geduld. Um ihre zerbrechlichen, mit viel Mühe ergatterten Speerspitzen nicht abzunutzen, jagten unsere Männer oft Löwen das Fleisch ab, besonders diesem hier. Dieser Löwe rechnete bereits damit, mit Steinen beworfen und geschmäht zu werden, wenn ihn eine Gruppe von Menschen allein bei einem

Tierkadaver antraf. Wenn er Menschen sah, schien er es zufrieden zu sein, aufzustehen und sich zu trollen. Doch wenn ich Vater das gesagt hätte, hätte er mich vielleicht nicht mehr für mutig gehalten, und so lächelte ich und schwieg.

Auf dem Rückweg befahl mir Vater, wieder voranzugehen. Auch das gefiel mir. Während wir ausschritten, rief er: »Du hast deine Sache gut gemacht!«

Das gefiel mir am besten. »Danke, Vater«, sagte ich, ohne mich umzudrehen, wie es Jäger tun.

»Woher hast du gewußt, daß nur *ein* Löwe da war?«

»Weil er die ganze Nacht gerufen, aber keine Antwort bekommen hat. Weil seine Frauen für ihn jagen, bevor sie für sich jagen. Weil das Fleisch alt war. Hast du die Fliegen gehört? Es waren zu viele, als daß sie erst heute morgen gekommen sein können. Diese Fliegen haben schon die letzte Nacht auf dem Fleisch geschlafen.«

Vater hinter mir schwieg. Wir setzten unseren Weg fort. Die Luft erwärmte sich, und der Geruch des Grases wurde stärker. Schließlich hörte ich den Fluß. Wir waren fast wieder beim Lager. Nun sprach mich Vater wieder an. »Kori!«

Ich merkte an seiner Stimme, daß er stehengeblieben war. Ich blieb ebenfalls stehen und wandte mich ihm zu. »Ja, Vater?«

»Hast du keinen besseren Speer?«

Seine Frage verwunderte mich. Hätte ich einen besseren Speer gehabt, hätte ich ihn mitgenommen. Doch ich sagte nur: »Nein, Vater.«

Vater sah mich stirnrunzelnd an. »Warum gibt dir dein Onkel keinen Feuerstein? Kann er es sich leisten, einen Jäger im Lager zu lassen?«

Ich wußte es nicht, und so sagte ich nichts. Ich fühlte mich unwohl unter Vaters starrem Blick.

»Beim Großen Bären!« sagte er schließlich. »Komm her zu mir, Kori.«

Ich tat, was er sagte. Mich immer noch anstarrend,

langte Vater in seine Jagdtasche, zog einen großen, schweren Feuerstein heraus, faßte meine offene Hand und drückte ihn mir so hart hinein, daß sie brannte. Aber als ich die Faust um den schweren Stein schloß, war mein Herz von wilder Seligkeit erfüllt. »Vater!« rief ich. »Du hast mir einen Feuerstein geschenkt!«

»Ja, mein Sohn«, antwortete Vater.

Einige Tage danach, als Onkel Bala gerade Fisch für uns briet – für Vater, Andriki und mich –, während wir auf dem Rücken lagen und den Halbmond am Nachmittagshimmel betrachteten, sagte Vater: »Bald kommen die längsten Tage. Eine gute Zeit zum Reisen. Es ist weit bis nach Haus. Wir brechen auf, wenn meine Frau da ist. Kori nehmen wir mit«.

Oh, war ich glücklich! Ich sprang auf und sah vor meinem inneren Auge schon das weite Grasland, die lichten Wälder, den großen Haarfluß und die Kadaver gewaltiger Tiere.

»Setz dich, Kori«, sagte Onkel Bala. »Der Fisch ist gleich gar.«

»Ich geh' schon mal meine Sachen packen!«

Die Männer lachten. »Du brauchst jetzt noch nicht zu packen«, sagte Onkel Bala. »Und deine Mutter? Was ist mit ihr?«

Ja, was? Ich war alt genug, um selbst zu bestimmen, wohin ich ging. Ich lief zu Mutters leerer Grashütte und holte meine Winterkleider, meinen Umhang, meine Überhose und meine Schuhe aus dem Busch, in dem ich sie aufbewahrte. Niemand sah mich. Mein Rentier-Schlaffell, mein Speer und meine Jagdtasche mit dem Feuerstein darin lagen schon an Onkel Balas Feuer. Bevor der Fisch fertig war, hatte ich all meine Sachen fertig gepackt und verschnürt. Ich lehnte mich gerade gegen mein Bündel und stocherte die Gräten aus meinen Zähnen, als ich Mutter auf der anderen Seite des Lagers schreien hörte. Sie mußte von meinen Plänen erfahren haben.

Es dauerte gar nicht lang, da kam mein Stiefvater mit langen Schritten an Onkel Balas Feuer, seinen Gürtel in der Hand. Ohne die Männer zu grüßen oder ihnen die geringste Höflichkeit zu erweisen, schlug er mit seinem Gürtel heftig auf die Erde, wirbelte Staub- und Aschewolken auf und brüllte: »Komm nach Hause, Kori!«

Früher hatte mir Mutter dann und wann eine Tracht Prügel verabreicht, und ich bildete mir ein, daß ich kaum etwas davon gespürt hatte. Doch von meinem Stiefvater war ich noch niemals geschlagen worden. Sein Zorn war erschreckend. Ich machte Anstalten aufzustehen.

Aber Vater legte mir seine Hand auf die Schulter und drückte mich wieder zu Boden. Zu meinem Stiefvater sagte er: »Kori bleibt bei mir.«

Mein Stiefvater machte kehrt und stapfte ärgerlich davon. Später kam er mit sechs seiner Verwandten zurück. Sie standen alle im Halbkreis vor Vater und Andriki, sprachen alle durcheinander und beharrten darauf, daß Vater mich nicht mitnehmen dürfe.

Vater und Andriki standen auf. Mir war klar, daß wir, wenn es Streit gab, bei weitem in der Minderzahl waren. Vater mußte das auch erkannt haben. Doch er rieb sehr bedächtig, sehr langsam seine Hände, wie um die Schwielen zu wärmen, die ein Speer dort hinterläßt. Er wollte zu verstehen geben, daß er dem Streit nicht aus dem Weg gehen würde. Aber er sprach in freundlichem Ton. »Muß Kori denn unbedingt hier bleiben, als Gast seiner Sippe?« fragte er. »Oder ist es nicht besser, wenn er mit zum Haarfluß kommt, wo ihm gemeinsam mit mir, meinem Bruder, meinen Halbbrüdern und deren Söhnen die Jagdgründe gehören werden?«

Darauf wußte mein Stiefvater nichts zu erwidern. Er war ohnehin nicht mit mir verwandt, sondern sprach hier nur an Mutters Stelle.

»Kori kann selbst entscheiden«, sagte Onkel Bala. »Nun, Kori – zu deiner Mutter oder zu deinem Vater?«

»Zu meinem Vater«, antwortete ich.

»Dann mußt du es deiner Mutter sagen. Geh. Geh und sag es ihr.«

Ich stand also auf und ging. Ich traf Mutter am Feuer vor ihrer Grashütte sitzend an. Das Licht der untergehenden Sonne hüllte sie über und über in einen roten Hauch. Sie brach das Schienbein des Pferdes auf, das ich dem Löwen abgejagt hatte. Wortlos und betrübt blickte sie mich an und reichte mir den Knochen. Ich nahm ihn und leckte das Mark aus. »Du gehst fort«, sagte Mutter.

»Nicht gleich«, sagte ich. »Erst wenn Vater geht.«

Mutter sah mich unverwandt an und wog ihre Worte sorgsam, als hätte sie die meinen nicht gehört. Schließlich sprach sie. »Am Ufer des Haarflusses«, sagte sie, »wirst du eine große, dunkle Höhle finden, in der viele Leute den Sommer verbringen. Auch ich habe manchen Sommer in dieser Höhle verbracht. Wir waren dort, als ich dich geboren habe. Ich bin in die Ebene hinausgegangen, wo niemand mich sehen konnte, und habe mich in einem Dikkicht versteckt. Ich habe mich vor den Löwen versteckt. Es gab viele Löwen dort. Ich habe mich niedergekauert und mich an den dicksten Zweig eines Busches geklammert. Ich habe auf den Zweig gebissen, um nicht schreien zu müssen. Ich war den ganzen Tag dort, bis Sonnenuntergang, hilf- und schutzlos und ohne Wasser. Schließlich habe ich dich in einem Strom meines Blutes geboren. Und dann habe ich dich in die sichere Höhle gebracht. Ich habe für dich gesorgt. Ich habe dich genährt. Sie haben dich genährt.« Mutter öffnete ihr Hemd und zeigte mir ihre Brüste, aus denen jetzt die Milch für ihr jüngstes Kind tropfte.

»Mutter, das weiß ich doch alles –«, begann ich, doch sie fiel mir ins Wort.

»Sprich nicht! Jetzt spreche ich«, sagte sie. »Im Winter, als es keine Nahrung gab, hast du die Nahrung meines Leibes gegessen. Selbst wenn ich Hunger gelitten habe, war in meinen Brüsten Milch für dich. Und wohin ich auch ging, ich habe dich immer mitgenommen. Als sich dein Vater von mir getrennt hat, habe ich dich zu meinen Leuten gebracht, und ich dachte, du würdest bei mir sein, wenn ich alt bin, würdest auf die Jagd gehen und mir Fleisch bringen, würdest mir einen Teil des Lebens und der Nahrung zurückgeben, die ich dir gegeben habe. Aber ich sehe, daß ich mich getäuscht habe. Du gehst fort.« Sie preßte ihre Lippen aufeinander und blickte mich mit großen Augen an.

Ich mußte weinen wie ein kleines Kind. Ich konnte nicht anders. »Bitte, Mutter«, sagte ich. »Vater will dich. Du kannst immer noch zu ihm kommen. Bitte überleg es dir. Nichts ist endgültig. Es ist noch nicht zu spät.«

»Ich werde nicht bei deinem Vater leben«, sagte Mutter. »Soll er ruhig wieder heiraten! Seine Frauen tun mir leid. Du tust mir leid. Es wird dir in seiner Höhle am Haarfluß nicht gefallen.«

»Warum nicht?« fragte ich. Doch Mutter schüttelte nur den Kopf. Sie wollte es mir nicht sagen.

Ich aß das Mark auf und legte den Knochen ins Feuer. Wir beobachteten ihn beide schweigend, bis er in Flammen aufging. In der Grashütte, auf Mutters Schlaffell, begann das Kind zu weinen. Zum ersten Mal, soweit ich zurückdenken konnte, ging sie nicht zu ihm. Sie wandte sich ab, als hörte sie den Jungen nicht, und betrachtete den Himmel im Westen, wo die niedrigstehende Sonne die Wolken mit feuerroter Lohe übergoß. Mutter sagte: »Du gehst und ich bleibe hier. Aber wir begegnen uns wieder, Kori. Nicht auf den Sommer- oder Wintergründen irgendeines Mannes, sondern dort im Westen, wo wir mit unseren Ältesten die Sonne essen werden am Feuer unserer Sippe – deiner und meiner Sippe, nicht der deines Vaters –, an den Lagerstätten der Toten.«

Nach Einbruch der Dunkelheit mußte ich an Onkel Balas Feuer mein Bündel wieder aufschnüren und mein Schlaffell herausholen. Ich sah ein, daß ich zu sehr darauf versessen gewesen war, endlich fortzugehen, zu voreilig. Doch trotz allem, was Mutter gesagt hatte, dachte ich nicht daran, Vater allein gehen zu lassen. Mein Bündel mochte eine Weile ungepackt bleiben, aber es lag bereit.

Doch als ich so dalag und auf den Schlaf wartete, sah ich vor meinem inneren Auge, weit draußen in der Ebene, vom Abendlicht erhellt, ein Feuer. Klein, aber einen langen Schatten werfend, saß meine Mutter daran – allein. Der Gedanke machte mich so traurig, daß mir wieder die Tränen kamen. Vielleicht hatte mich Vater gehört. Im Dunkeln spürte ich seine Hand auf meinem Arm. »Ich glaube, deine Mutter möchte, daß du bleibst«, sagte er. »Du brauchst ja nicht in diesem Jahr mit uns zu kommen. Du kannst noch ein Jahr warten. Wir haben Zeit.«

»Ich will nicht warten«, sagte ich.

Einige Tage später, um die Mittagszeit, als wir alle im Schatten der Büsche oder in den Grashütten ruhten, bemerkte jemand, daß sich von Osten her Leute näherten. Wir erhoben uns und sahen eine Gruppe von Männern, Frauen und Kindern in langer Reihe auf uns zukommen. Sie brauchten ihre Speere nicht an einen Strauch zu lehnen! Wir erkannten sie schon von weitem. Es waren Verwandte von uns, ein Teil der Gruppe, mit der wir den Frühling verbracht hatten. Gewiß war Vaters Frau unter ihnen. Gewiß brachten sie sie ihm!

Mein Stiefvater hatte sich irgendwie leise an mich herangeschlichen. »Ach ja, Kori«, hörte ich ihn sagen. »Geh Holz holen. Deine Mutter möchte Fisch für diese Leute braten. Tu nicht so, als hörtest du nichts.« Und so blieb mir keine andere Wahl, als zu tun, was er mir auftrug. Als die Neuankömmlinge an unserem Lagerplatz ankamen, war ich nicht da.

Als ich zurückkam, hockten die Leute an Onkel Balas Feuer und aßen Fisch. Sie hatten ihre Hemden ausgezogen, um den frischen Wind zu genießen, und nun saßen sie auf ihren Fersen oder lagen auf ihre Bündel gestützt, lachten laut, sprachen mit den Leuten unseres Lagers und warfen Gräten in alle Richtungen.

Inmitten der Gruppe war Vater. Ihm gegenüber, mit dem Rücken zu mir, saß Bekassine, deren bloßes Hinterteil ich immer noch in meinen Träumen vor mir sah, die mir so viel Lust bereitet hatte in jenem Weidendickicht im Frühling. Zuerst verwirrte mich ihr Anblick. Ich wußte nicht, warum sie mitgekommen war.

Ihr prachtvoller, kräftiger Körper war bis zu den Hüften nackt, davon abgesehen schien sie Hochzeitskleider zu tragen. Ihr Zopf war mit einer Elfenbeinnadel hochgesteckt, ihre Hose war neu, und die perlenbesetzten Stulpen ihrer kniehohen weichen Schuhe waren aus mit Harn gebleichtem Leder gemacht. All dies sah ich zwar, doch mein Verstand wollte nicht begreifen, was ich sah. Die Zunge klebte mir am Gaumen. Ich hoffte, daß meine Augen nicht aus ihren Höhlen quollen.

»Kori! Komm und begrüße meine Frau!« rief Vater.

Als sie meinen Namen hörte, wandte Bekassine den Kopf und schaute mich an. Mir schien, sie sei überrascht, fast erschrocken. Doch dann faßte sie sich und betrachtete mich mit der Würde einer erwachsenen Frau, die auf den Gruß eines Kindes wartet. Sie war jetzt meine Stiefmutter. Und wie es Stiefmütter tun, sprach sie mich förmlich an. »Sei gegrüßt, Kind von Al«, sagte sie.

An diesem Abend schlief ich zum ersten Mal, seit Vater gekommen war, nicht in seiner Nähe. Bekassine und ihre Leute waren Onkel Balas Gäste, und ich ertrug es nicht, meinen Vater mit Bekassine zusammen zu sehen. Auch konnte ich mich nicht überwinden, zu meiner Mutter und meinem Stiefvater zurückzugehen. Statt dessen entschied ich mich für das Feuer der Schwester meiner Mutter und brachte mein Schlaffell dorthin. Meine Tante und mein Onkel beachteten mich kaum, als ich mich bei ihnen niederlegte.

Ich konnte nicht einschlafen. Meine Gedanken kamen von Bekassine nicht los. Ich sehnte mich danach, sie wieder zu besitzen, und mein Herz tat weh bei der Vorstellung, daß sie mit Vater zusammen war. Wie hatte er sich ohne mein Wissen und vor meinen Augen mit ihr verloben können? Die Leute hatten sie bei ihrem Ehrennamen genannt, Kind von Eider. Doch wer war Eider? Bekassines Mutter hieß Dai Dai.

Meine Tante und mein Onkel begannen im Bett miteinander zu flüstern. »Was ist das für ein Lärm?« fragte meine Tante.

Mein Onkel lachte. »Das ist nichts«, sagte er. »Das ist nur Kori. Er keucht.« Da lachte auch meine Tante. Dann seufzte sie zufrieden, als sie sich in ihrem Schlaffell an meinen Onkel schmiegte. Aber der wollte sich jetzt über mich lustig machen. »Was atmest du denn so schwer?« fragte er. »Denkst du an eine Frau? Denk doch an einen Mann!« Ich hörte, wie meine Tante versuchte, ihr Gekicher zu unterdrücken.

Aber die Frage, wer Eider war, beschäftigte mich so sehr, daß ihr Spott mich nicht verletzte. »Tante?« begann ich.

Das unterdrückte Kichern zitterte noch in ihrer Stimme nach. »Ja, Neffe?« sagte sie.

»Wer ist Eider?«

»Die Frau, die vorhin gekommen ist. Bekassines Mutter.«

»Aber die heißt doch Dai Dai.«

»Ha, Ha, Dai Dai!« rief mein Onkel.

»Ah! Kah! Kah, kah, kah!« schrie meine Tante. »Schlaf, Kori! Gönn deinem armen Kopf ein bißchen Ruhe. Hat man je von einer Frau gehört, die Dai Dai heißt?«

Da verstand ich endlich, was mich so durcheinandergebracht hatte. Ich kannte Bekassines Mutter nur unter ihrem Spitznamen, den wir als Kinder benutzt hatten. Ich schämte mich fast zu Tode.

3

Wir verließen Onkel Balas Sommergründe, als der Erdbeermond fast voll war. Wir gingen vom Feuerfluß geradewegs nach Norden und orientierten uns dabei am Stand der Sonne. Nichts unterbrach das weite Meer aus Gras. Es gab keine Bäume, nur Sträucher, und keine Hügel, nur Wolkenberge am Horizont. Es gab auch keinen Weg. Unsere Füße bahnten sich selber einen, knickten Grashalme um und scheuchten die Lerchen und Spatzen auf, die im Gras saßen. Die Nächte waren sehr kurz. Die Abende dehnten sich so endlos, daß sich die Morgendämmerung fast direkt anschloß. Wir hatten so viel Tageslicht, wie wir brauchten, und wir konnten laufen, solange wir wollten.

Ich glaube, Andriki ging es zu langsam voran. Er beklagte sich lauthals darüber, daß wir den Haarfluß zu spät erreichen würden, um Mammute zu jagen. Bekassine dagegen ging es zu schnell. Den ganzen Tag folgte sie uns in großem Abstand, und wenn wir am Abend haltmachten, um Reisig, Blätter und Mist zu sammeln, ließ sie ihr Bündel fallen und sagte, sie sei so müde, daß sie uns nicht mehr helfen könne. Kaum hatten wir einen Lagerplatz freigemacht und mit unseren Feuerstöcken ein Feuer entzündet, ließ sie sich wie ein Tier auf den nackten Erdboden sinken und lag mit ihrem Zopf im Staub. Kurz darauf sahen wir am regelmäßigen Auf und Ab ihrer Brust, daß sie eingeschlafen war.

Später wachte sie dann auf, aß etwas, und danach deckte sie sich mit ihrem Schlaffell zu. Noch teilte sie Vaters Bett nicht. Und sie beklagte sich oft. Bald sah ich sie mit Andrikis Augen, nicht als schöne Frau, die mir nie gehören würde, sondern als lästige Plage.

Eines Abends, als wir auf den Fersen an unserem Feuer hockten und Fleischfetzen von einem toten Bison aßen, den wir an diesem Tag einem Rudel Hyänen abgejagt hatten, wachte Bekassine weinend auf. Sie wandte uns ihr staubbedecktes Gesicht zu, so daß wir im Feuerschein die Tränenspuren sehen konnten.

»Was ist denn nun los?« fragte Andriki.

»Ich habe geträumt, ich sei zu Haus«, flüsterte Bekassine. »Ich habe geträumt, ich sei bei meiner Mutter. Wir haben gesungen. Wir haben Moltebeeren gegessen. Aber in Wirklichkeit bin ich hier – allein!«

»Allein?« rief Andriki und sprang auf die Füße. »Ich werde dir zeigen, daß du nicht allein bist!« Er sprang übers Feuer, und bald hörten wir, wie er im Schatten Zweige von einem kleinen Busch abbrach, der uns in dieser Nacht Schutz bieten sollte. Er kam mit einer langen Gerte zurück, die er durch die Luft pfeifen ließ. Dann drückte er sie Vater in die Hand. Er knickte in den Knien ein, ließ sich schwer auf den Boden fallen und sagte: »Diese Frau beklagt sich Tag für Tag. Sie trödelt herum. Sie zwingt uns zu warten. Sie arbeitet nicht, und sie schläft nicht mit ihrem Mann. Statt dessen träumt sie von Früchten, die weit weg von hier wachsen. Ist das der Dank für die Geschenke, die wir ihren Verwandten versprochen haben? Bring ihr mit dieser Gerte bei, wie sie sich zu betragen hat, wenn sie bei uns lebt!«

Bekassine begann laut zu schluchzen, als schlüge Vater sie schon. Doch Vater legte die Gerte ins Feuer. »Beruhige dich, Bruder«, sagte er. »Meine Frau ist noch jung. Wo sie schläft und was sie träumt, soll dich nicht kümmern. Wenn wir erst bei unseren Leuten sind, werden die Frauen sie schon trösten. Bis dahin lassen wir sie in Ruhe. Haben wir auf dem Weg zu Bala die Hilfe eines Weibes gebraucht? Brauchen wir die Hilfe eines Weibes auf dem Weg nach Haus?«

Vater schaute Bekassine an und sagte freundlich: »Sieh, wie du uns ärgerst, Frau. Mach uns doch keine Schwierigkeiten auf so einer langen Reise.« Dann schwieg er. Vielleicht wartete er darauf, daß sie sich für die Unannehmlichkeiten entschuldigte, die sie verursacht hatte, doch als sie nur die Augen niederschlug, ihre Hände betrachtete und schwieg, nickte Vater, als verstünde er ihr Schweigen, und gab ihr einige Streifen von dem gebratenen Fleisch.

Vielleicht gefiel Bekassine die Wanderung vom Feuerfluß zum Haarfluß nicht. Mir gefiel sie jedenfalls besser als alle Reisen, die ich zuvor unternommen hatte. Anfangs tat mir Bekassine noch dann und wann ein bißchen leid, aber je mehr sie schmollte und klagte, desto weniger störte es mich, daß sie Vater gehörte und nicht mir. Mein längst vergangenes Abenteuer mit ihr kam mir im Vergleich zu der Reise mit Vater und Andriki ohnehin unwichtig vor. Morgens, wenn ich wach wurde, freute ich mich auf den kommenden Tag, und am Abend legte ich mich mit der Gewißheit zum Schlafen nieder, daß ich noch niemals so glücklich gewesen war.

Eins stand fest: Ich war noch nie so weit von zu Haus fort gewesen. Natürlich hatte ich fast dieselbe Wanderung vor vielen Jahren schon einmal gemacht, als mich meine Mutter nach der Trennung von Vater mit sich nahm. Doch ich war damals viel zu klein gewesen; ich konnte mich daran nicht mehr erinnern. Die einzigen Wanderungen, auf die ich mich besann, waren die mit Onkel Balas Leuten zwischen ihren Wintergründen am Frauensee und ihren Sommergründen am Feuerfluß, Wanderungen, die wir Jahr für Jahr unternahmen, im Frühling und im Herbst. Ich kannte jeden Schritt des Weges. Meine Mutter, mein Stiefvater und Onkel Bala sorgten immer dafür, daß ich etwas Schweres trug. »Du bist jetzt groß«, pflegten sie zu sagen. »Du bist kein Kind mehr, du bist zu alt für eine Kinderlast.« Wenn ich nicht wankte, wenn meine Knie nicht zitterten und fast unter mir nachgaben, dachten die Erwachsenen, meine Last sei zu klein.

Aber bei Vater hatte ich außer meinem Kinderspeer, meiner Jagdtasche mit meinen Feuerstöcken, meinem Messer und dem guten Feuerstein, den Vater mir geschenkt hatte, nur mein Schlaffell und meine Winterkleider zu tragen. Bei Vater war ich nicht Teil einer Gruppe, die sich mit schweren Lasten und kleinen Kindern herumplagen mußte. Bei Vater war ich frei, frei wie ein Jäger, ein Mann unter Männern. Gewiß, hinter mir ging eine von Vaters Frauen, doch an deren nackten, von Gänsehaut überzogenen Körper mußte ich nun nicht mehr denken.

Im Laufe der Zeit gewann ich Andriki besonders lieb. Ich glaube, er spürte, wie sehr ich ihn bewunderte – seine Kraft und sein Mut erfüllten mich mit ehrfürchtigem Staunen, auch sein Geschick bei der Jagd, seit ich einmal beobachtet hatte, wie er in einer deckungslosen Steppe mit kurzem Gras ein Murmeltier beschlichen hatte. Ich wußte, da er Vaters Halbbruder war, hätte ich ihn Onkel nennen sollen. Doch er war soviel jünger als Vater und war mir ein so guter Freund, daß ich fast vergaß, daß er nicht mein Bruder war. Ich ertappte mich dabei, daß ich ihn Andriki nannte. Er selbst war viel zu jung und zu unbekümmert, um mir das übelzunehmen.

»Bremse« nannte er mich nun auch nicht mehr, sondern er fand manchen Grund, mich zu loben. Er bewunderte meinen scharfen Blick, meinen flinken Gang und meinen guten Willen, und außerdem gefielen ihm meine Geschichten. Am Feuerfluß hätte mir niemand zugehört, denn die Leute dort hatten die Geschichten schon viele Male von besseren Erzählern gehört. Aber für Andriki waren sie alle neu.

Ich wiederum konnte mich an seinen Geschichten nicht satthören. Meine liebste handelte von einem Mann namens Vielfraß, der unter einem Wacholderbusch eine Zwiebel fand. Das ist vielleicht ein Spaß! Die Zwiebel ist in Wirklichkeit ein anderer Mann namens Rüsselkäfer, der die Gestalt einer Zwiebel angenommen hat, damit er in Ruhe schlafen kann. »Eine Zwiebel!« sagt Vielfraß. »Die lasse ich mir schmecken!« Und das tut er auch. Später wacht Rüsselkäfer im Dunkeln auf. Er ist in Vielfraßens Magen, doch das weiß er nicht. »Es ist Nacht! Wo bin ich?« fragt Rüsselkäfer. Da sagt Vielfraß: »Ich bin allein, aber ich höre jemanden sprechen. Wo kann der nur sein?« Und jetzt kommt das Beste – Rüsselkäfer fragt immer wieder, wo er ist, und Vielfraß schaut sich immer wieder um und überlegt, woher die Stimme kommt. Schließlich läßt Vielfraß seine Hose herunter, kauert sich nieder und entleert seine Eingeweide. Kot hat keine Augen, und so kann Rüsselkäfer nichts sehen! Er hat jetzt eine hohe Piepsstimme. Er sagt: »Ich bin blind!« Klar ist er blind – er ist ein Haufen Kot! Und als Vielfraß seinen Kot reden hört, packt er seine Hose und rennt mit nacktem Hinterteil fort.

Das war Andrikis schönste Geschichte. Ich muß immer noch lachen, wenn ich mir ausmale, wie sich Rüsselkäfer wie eine Made windet und nicht merkt, was mit ihm geschehen ist. Jeden Abend bat ich Andriki, mir die Geschichte zu erzählen, bis Vater sagte, er habe sie zu oft gehört. Von da an konnte Andriki sie nicht mehr erzählen.

Aber es gab andere Dinge, über die wir sprachen. Vater und Andriki berichteten mir von ihren Sommergründen am Haarfluß und von der trockenen, geräumigen Höhle in der Steilwand der Schlucht. Die Höhle war so groß, daß all ihre Leute darin Platz fanden und noch genügend Raum für mehr Leute vorhanden war. Vater erzählte von einem breiten Wechsel, der aus der Ebene kam und in die Schlucht hinunterführte. Mammute benutzten diesen Weg, wenn sie zum Trinken an den Fluß kamen. Das taten sie im Sommer, wenn die Schmelzwassertümpel im Grasland austrockneten. Die Jäger konnten sich am Rande der Schlucht verstecken und große Steine hinunterrollen, die die Mammute dermaßen in Panik versetzten, daß sie sich gegenseitig vom Wechsel abdrängten und auf die Felsen am Grund der Schlucht stürzten. Fast immer brachen sich dann einige etwas, vor allem die Beine. Und das sei das Gute, sagte Vater. Die meisten Mammute liefen mit gebrochenen Beinen nicht weg. Die Leute könnten sie mit Speeren töten, und wenn sich die Leute fürchteten, brauchten sie nur zu warten, bis die Mammute verdursteten. Dann könnten sich alle satt essen und soviel Elfenbein einsammeln, daß es für jede Hochzeit reichte.

Vater und Andriki berichteten mir auch von ihrem Winterlager. Nachdem der Haarfluß die enge Schlucht verläßt, fließt er durch eine weite Ebene und dann durch ein flaches, breites Tal voller Birken. Wenn man ihn dort überquert, über eine ausgedehnte Heide läuft und so lange nach Norden zieht, bis man zu den Bergen kommt, die Die Brüste von Ohun genannt werden, stößt man auf einen Bach, der sich nach Westen schlängelt, dem Haarfluß entgegen. Bei diesem Bach liegt der Schmale See, und am Nordufer des Sees ist Vaters Lager.

Weil das Lager noch nicht sehr lange benutzt wurde, konnte man ohne allzugroße Mühe in der Nähe Brennholz finden. Auch zu essen gab es dort genug. Im Nordwesten erstreckte sich eine ebene, ausgedehnte Heide, wo im Herbst Krähenbeeren reiften, und zwar genau zu der Zeit, wenn die Leute von ihren Sommergründen zurückkehrten. Auch Rothirsche, Rentiere, Pferde und Bären kamen dorthin, um die Krähenbeeren zu fressen und dann zu überwintern; die Hirsche, Rentiere und Pferde scharrten auf der Heide nach Futter, die Bären schliefen in Höhlen. Und so hatten die Leute Fleisch zu essen. »Ein guter Platz«, sagte Vater eines Abends in unserem Lager, als er mit den Ellenbogen auf den Knien dasaß und seine Augen mit der Hand vor dem Feuerschein abschirmte. »Es ist unser Platz. Er gehört mir und allen Söhnen meines Vaters. Unsere Männer besitzen ihn gemeinsam, und nun wirst auch du ihn besitzen, Kori. Wir sind bald da.«

In Gedanken an uns, die Männer in Vaters Jagdgründen, das Lager und die Winterjagd verloren, starrte ich in die Flammen und ließ mich von ihrem flackernden Licht zu dem verschneiten Lagerplatz tragen, mit dem Saum aus schlanken weißen Birken und dem spitz zulaufenden Bergpaar dahinter, den Brüsten von Ohun. Ich sah im Geist einen klaren, kalten Abend vor mir, und Vater, Andriki und ich brachten Rentierfleisch nach Haus.

Einerseits wollte ich gern bald in Vaters Höhle sein, andererseits wollte ich es nicht. Zum einen hatte ich Freude an der Reise. Zum andern war mir ein wenig bang bei dem Gedanken, Vaters Leute kennenzulernen. Schließlich wußte ich nichts von ihnen. Würde sich nicht alles ändern, wenn wir viele waren und alle mit Vater sprechen wollten und vielleicht auch seine übrigen Kinder da waren?

Solche Gedanken hatte ich in tiefer Nacht. Dann stand ich auf und setzte mich ans Feuer. Wenn jemand anderes wach war, redeten wir, und ich vergaß, was mich geängstigt hatte.

Vater und Andriki hatten die Wanderung mit vollen Wasserschläuchen angetreten. Sie verwendeten Wasserschläuche, wie man sie am Feuerfluß benutzt: das unzerteilte Fell eines Moschushirschs, das dem Tier über die Ohren gezogen worden war, als sei es sein Umhang. Prall mit Wasser gefüllt, sahen diese Schläuche wieder wie Moschushirsche aus. Anfangs war ich froh, daß ich keinen zu tragen brauchte, denn so ein Schlauch ist fast so schwer wie ein Sack voller Steine. Doch nach einigen Tagen hatten wir das meiste Wasser getrunken, und wir waren durstig. Inzwischen waren wir weit vom Feuerfluß entfernt, mitten in der Ebene, wo es weder Quellen noch Bäche gab. Jetzt wäre ich froh gewesen, einen Wasserschlauch tragen zu dürfen. Statt dessen gruben wir Milchwurzeln aus, wenn wir die Ranken fanden, die aus ihnen hervorwuchsen, und preßten ihren bitteren Saft aus. Meine Hände rochen danach. Einmal töteten wir ein Bisonkalb und tranken die Milch aus seinem Pansen und sein gerinnendes Blut.

Vater ging rasch voran. Er hoffte, die Ebene so auf gerader Spur durchqueren zu können. Sobald wir sicher sein konnten, daß wir den Haarfluß erreichen würden, war es gleichgültig, ob wir während der letzten Tage durstig blieben. Doch weil Bekassine unseren Marsch verzögerte, fanden wir vom zehnten Tag an keine Milchwurzeln mehr, waren aber noch weit vom Haarfluß entfernt. Wir hatten

Durst. Deshalb wandten wir uns nach Westen, in Richtung auf ein großes Wasserloch, das, wie Vater sagte, von einer Quelle gespeist wurde und nie austrocknete, wenigstens nicht bis zum Feuermond.

Eines Abends gingen wir eine kleine Anhöhe hinauf und standen am Rande einer weiten, kreisrunden, flachen Senke. In deren Mitte spiegelte sich der Himmel in einer Wasserfläche. Die vielen breiten Wechsel, die zu ihr hinführten, waren weich von zertrampeltem Dung; es waren Wechsel von Mammuten und anderen grasfressenden Tieren, die in der Ebene lebten. Das Gras war in weitem Umkreis bis auf die Wurzeln von diesen Tieren abgeweidet. Kleine braune Schnecken warteten am schlammigen Ufer, und im seichten Wasser schwammen Frösche, die uns mit gespreizten Vorder- und Hinterbeinen beobachteten. Wir beschlossen, hier für ein paar Tage unser Lager aufzuschlagen.

Ich werde diese Quelle und die Wasserfläche nie vergessen. Ich sehe sie in meinen Träumen. Ein Mammut, das im Sommer zuvor verendet war, lag in der Nähe des Wassers. An dem Abend, als wir ankamen, sahen wir es schon von weitem wie einen großen, grauen, bemoosten Felsblock im Gras liegen. Seine behaarte Haut war eingetrocknet und um die Knochen herum geschrumpft. Sein Körper war hohl. Vom After und vom Bauch aus, wo die Haut am dünnsten war, hatten sich Tiere in den Kadaver hineingefressen.

Wir gingen darauf zu; wir wollten auch essen. Wir beugten uns tief hinunter, steckten unsere Köpfe in die leere Bauchhöhle und schauten uns um. Die Unterseiten der Rippen, der Beckenknochen und des Rückgrats waren blankgeschabt. Löwen und Hyänen mußten in dem Mammut gelegen und sich sattgefressen haben, aber schon vor langer Zeit. Jetzt konnte niemand mehr etwas essen, denn die Fleischfetzen, die noch an den Knochen hingen, waren hart und trocken wie Holz. Fauliger Gestank und mattrotes Licht erfüllten den Kadaver. Der Geruch rührte noch vom Verwesungsvorgang her, und das Licht kam von der untergehenden Sonne, die durch die Haut hindurch schien. Beim Oberschenkelknochen lag Fuchskot, und ich sah, daß dieses tote Tier ein sehr guter Unterschlupf war, in dem sich ein Fuchs vor denen, die er jagte, und vor denen, die ihn jagten, verstecken konnte.

»Hier ist Koris Hütte«, witzelte Andriki. »Ich gehe jetzt hinein.« Er bückte sich tief und verschwand in dem toten Tier.

Vater lachte. »Warum nicht?« sagte er und folgte Andriki. Ich schlüpfte hinterher. Wir drängten uns alle hinein und lachten und stießen einander an – nur Bekassine nicht. Ich saß mit dem Rücken zu Andriki auf einer Rippe. Zum Spaß ahmte er den tiefen, grollenden Ruf der Mammute nach. Es klang dumpf und seltsam furchterregend in dem beengten Raum.

Ich schaute zwischen den steifen Hinterbeinen des Kadavers hindurch nach draußen und sah Bekassines lange Beine, die sich von uns entfernten. Vater sah sie auch. »Wohin gehst du, Frau?« rief er streng, und seine Stimme hatte, wie sie so aus dem toten Mammut kam, einen ganz unerwarteten Klang.

Doch Bekassine gab keine Antwort. Vielleicht hatte sie Vater nicht gehört. Sie lief um das Wasserloch herum, verschwand eine Weile aus unserer Sicht und tauchte dann am anderen Ufer wieder auf, wo sie sich auszog und ins Wasser watete. Im rotgoldenen Sonnenlicht des Spätnachmittags hockte sie sich auf die Fersen, um Wasser über ihre Arme und Schultern, ihre Brüste und ihren Bauch zu schöpfen.

Wir beobachteten sie schweigend. Naß und schimmernd im Sonnenlicht, über ihre langen, angewinkelten Beine gebeugt, das Haar auf dem Kopf zusammengedreht, so daß ihr Hals fast zerbrechlich wirkte, war sie sehr schön. Ich kam mir plötzlich albern vor. Da drückte ich mich mit erwachsenen Männern in einem stinkenden Kadaver herum und tat etwas Närrisches, nur weil ich es vorher noch nie getan hatte!

Vielleicht kamen sich Vater und Andriki auch komisch vor. Wortlos krochen sie aus der Öffnung im Bauch, richteten sich auf und blickten sich um, als seien sie, seit wir hier angelangt waren, immer ernsthaft gewesen, immer zielbewußt. Vater deutete auf einen guten Lagerplatz in einem der kleinen Lärchendickichte am Rand der Senke. Natürlich wollten wir unser Lager nicht unmittelbar am Wasser aufschlagen wegen der Tiere, die im Dunkeln dort auftauchen würden. In der Tat begann das Tageslicht schon zu schwinden. »Beeil dich, Frau!« rief Vater. Aber Bekassine wusch sich in aller Ruhe die Beine und hörte nicht auf ihn.

In dem Dickicht, das Vater ausgewählt hatte, hatten zuvor schon andere Menschen gelagert. Vor einiger Zeit hatte jemand Strauchwerk abgehauen und es, mit den unteren Enden zur Mitte, im Kreis ausgelegt. Damals hatte es wohl ein wenig Schutz vor Löwen geboten, doch jetzt war es alt und zerknickt und lag fast platt auf dem Boden. Trotzdem war es immer noch besser als gar nichts. Und wir konnten weitere Äste abhauen, wenn wir wollten.

»Wessen Platz ist das?« fragte ich Vater.

»Ist es nicht meiner?« antwortete er.

»Wer hat die Büsche abgehauen? Du?« fragte Andriki.

»Ja, aber manchmal kommt auch Bala hierher. Auch er wird Büsche abgehauen haben, denn er mag keine Löwen«, lachte Vater.

Andriki sah sich nach Löwenspuren um, denn ein Gebüsch wie dieses, von dem man aufs Wasser sehen konnte, wohin gewiß Pferde und Bisons zur Tränke kamen, eignete sich als Ruheplatz für Löwen aus demselben Grund wie für Menschen. Er fand bald Löwenlosung, die er aufbrach, um daran zu riechen. Dann warf er sie von sich. »Sehr alt«, sagte er. Und so schlugen wir unser Lager auf, solange es noch hell war, rissen Gras aus der Erde, brachen Zweige ab, legten sie oben auf den Ring und blickten des öfteren verstohlen in Bekassines Richtung, die sich jetzt die Haare wusch.

Als wir fertig waren, ging Vater weg, um mit Bekassine zu reden. Ich konnte von weitem sehen, wie er neben ihr stand. Es war ein seltsames Gefühl, die beiden im späten, schräg einfallenden Sonnenlicht zusammen zu sehen, er vollständig angezogen und aufrecht, etwas vornübergebeugt, als spräche er ein ernstes Wort mit ihr, sie nackt und auf den Fersen hockend. Sie drückte das Wasser aus ihren Haaren und kümmerte sich anscheinend überhaupt nicht um ihn.

Plötzlich packte er sie am Arm und zog sie auf die Beine. Sie lachte! Lachend versuchte sie, sich gegen ihn zu wehren. Er hob sie empor und tanzte mit ihr im Kreis herum. Sie lachte wieder, sie schlang die Arme um seinen Hals, und ihre nassen Haare flogen. Vater und Bekassine spielten miteinander! Mir war, als wäre ich dabei ertappt worden, daß ich etwas anschaute, das nicht für meine Augen bestimmt war, und ich spürte, wie mir das Blut ins Geschicht schoß.

Auch Andriki schämte sich. Schroff deutete er auf ein fernes dunkelgrünes Gewächs, das nur ein Feuerbeerstrauch sein konnte. »Geh dorthin«, sagte er. »Vielleicht findest du noch Beeren vom vorigen Jahr. Ich werde Schlingen auslegen.« Und so lief, als der Abendstern, die Hindin, seinen Weg über den verblassenden Himmel antrat, Andriki in die eine Richtung und ich in die andere. Wir ließen Vater allein, damit er mit seiner Frau spielen konnte.

Ich mußte unwillkürlich an Bekassine denken, als ich mich nach den Beeren umschaute. Bald konnte ich meine Gedanken an ihren nackten Körper und an Vaters nackten Körper nicht mehr zurückdrängen. Peinlich war das. Solche Gedanken zu haben war nicht richtig.

4

Als ich in unser Lager im Lärchendickicht zurückkam, traf ich Vater und Bekassine, die nun wieder ihre Hose trug, nah beieinandersitzend an. Am Tag hatten wir eine große Knolle ausgegraben, und Vater hatte sie zerteilt und aufs Lagerfeuer gelegt. Doch die Knolle brannte. Vater und Bekassine waren so mit anderem beschäftigt gewesen, daß sie nicht darauf geachtet hatten. Sie wurden erst aufmerksam, als ich kam. Vater sprang auf, trat die Knolle aus dem Feuer, nahm einen Stock und schlug die Flammen aus.

Gerade da traf Andriki ein. Als er das verbrannte Essen sah, setzte er sich steif auf die Erde und versuchte, sich seine Enttäuschung nicht anmerken zu lassen. Ich war verlegen, denn ich wußte nicht, wie ich mich zu dem verdorbenen Essen äußern sollte, ohne die Aufmerksamkeit darauf zu lenken, womit der Verdruß begonnen hatte. Und so sprach denn niemand. Die schwelenden Brocken der Knolle erfüllten die Luft mit Holzkohlengeruch. Keiner von uns würde heute abend satt werden.

Kurz danach nahm Vater Bekassine am Arm und führte sie zu seinem Bett, das schon im abgelegensten Teil des Dickichts ausgerollt war. Ich schaute Andriki an, um zu sehen, was er empfand, und stellte fest, daß er eine verschlossene, ärgerliche Miene aufgesetzt hatte. Er wandte Vater und Bekassine den Rücken zu, und obwohl er ihre leisen Stimmen hören mußte, schien er nicht zu lauschen. Er starrte finster aufs Wasser und in die Ebene hinaus.

Plötzlich hellte sich sein Gesicht auf. Er berührte mich am Arm. Ich schaute, wohin er schaute: ungefähr halb so weit östlich vom Wasser, wie wir uns nördlich davon befanden, kamen Tiere zur Tränke. Wir sahen nur ihre Beine gegen das fahle, kurze Gras, denn ihre dunklen Körper schienen mit dem dämmrigen Abendhimmel zu verschmelzen. Andriki machte das Handzeichen für Pferde, dann das für Speer. Er griff nach seinem Speer, ich griff nach meinem, und wir schlichen gebückt auf die Pferde zu, damit sich unsere Umrisse nicht gegen den Himmel abzeichneten.

Am Wasser kauerten wir uns nieder und schauten uns gründlich um. Die schemenhaft erkennbaren Pferde hatten sich weiter von uns entfernt. Der Hengst war äußerst mißtrauisch und vorsichtig. Das waren wir auch, als wir uns anpirschten, denn wir wollten keinen Löwen aufschrecken oder in den Hinterhalt eines Löwen geraten.

Da hatte ich plötzlich eine Idee. Als Andriki mich einmal kurz ansah, machte ich das Zeichen für Tierkadaver. Andriki verstand sofort, was ich meinte – wir konnten uns in dem toten Mammut verstecken. Früher oder später würden sich die Pferde ihm nähern müssen, wenn sie trinken wollten.

Wir schlichen hinüber und krochen hinein. Andriki war sehr zufrieden mit mir. Er klopfte mir auf die Schulter und schüttelte begeistert seine Faust. Hier saßen wir gut versteckt und einigermaßen sicher. Wir konnten uns sogar ein wenig bewegen, ohne gesehen zu werden. Andriki machte das Zeichen für Warten, verschwand und kam mit einem Klumpen Mammutdung zurück. Wir rieben uns damit ein, um unseren eigenen Geruch zu überdecken. Dann kauerten wir in dem toten Mammut, stanken nach Mist, spähten zwischen den Hinterbeinen hindurch oder durch den Schlitz in der Bauchdecke hinaus und warteten auf die Pferde.

Im düsteren, trüben Zwielicht der Dämmerung konnten wir kaum etwas erkennen. Der Tag war zu Ende, aber die Nacht war noch nicht sternenklar. Plötzlich hörten wir Schwingen rauschen und viele Vögel rufen. Ein Schwarm Flughühner war am Wasserloch gelandet. Wie klug, dachte ich. Sie trinken jetzt, bevor die Eulen auf die Jagd gehen und wenn die Taggreifvögel nicht mehr sehen können. Dann hörte ich ein Kreischen und Flattern. Also hatte wohl irgendein Tier trotz allem ein Flughuhn geschlagen.

Vielleicht waren sie doch nicht so klug. Wenn sie Abend für Abend hier tranken, konnte sich zum Beispiel ein Fuchs merken, wo er sie fand. Und ich natürlich auch! Ich beschloß, am Morgen eine Schlinge auszulegen.

Im Innern des Kadavers war es dumpfig und schwül; es roch nach Tod und dem Mist, mit dem wir uns eingerieben hatten. Nachdem sich die Flughühner mit rauschenden Schwingen wieder entfernt hatten, hörte ich nur noch Andrikis Atem und das leise Knarren seiner Lederkleidung, wenn er die Stellung wechselte. Er spähte durch den Schlitz im Bauch, und ich schaute angestrengt zwischen den Hinterbeinen hinaus. Außer Sternen, die sich im Wasser spiegelten, gab es nichts zu sehen. Zu meiner großen Enttäuschung waren die Pferde fort. Irgend etwas hatte sie erschreckt. Ich stieß Andriki an und machte das Zeichen für Pferde. Andriki starrte eine Weile in die Dämmerung und antwortete dann mit dem Zeichen für verschwunden oder zu Ende. Doch er machte auch die Zeichen für Warten und Tier, und ich sah, daß er dachte wie ich: Wenn wir lange genug warteten, würde irgendwann ein Tier in unsere Nähe kommen.

Und so warteten wir. Das trübe Dämmerlicht verschwand, die Nacht wurde klar und die Sterne traten heller hervor. Der helle Erdboden warf ihr Licht zurück wie Schnee. Nichts regte sich. Dann und wann rief ein Frosch, sonst war alles still. Ich hatte Vater und Bekassine fast vergessen. Sie schienen weit fort zu sein.

Da stieß Andriki mich an. Er lauschte angespannt. Ich hörte ein Geräusch: Steine kollerten unter den Füßen eines Tieres. Kurz darauf knackte ein Busch. Nur Nashörner machen solchen Lärm. Ich biß unwillkürlich die Zähne zusammen, wie um meine Furcht zu unterdrükken. Wir hatten gar nicht gemerkt, daß hier ein Nashorn zur Tränke kam. Wir hatten keine Fußspuren, keine Kratzer bemerkt. Ich hoffte nur, es würde nicht blindlings in das tote Mammut hineinlaufen. Als ich hinauszulugen wagte, sah ich, daß es zwei Nashörner waren, ein Muttertier und sein Kalb.

Sie waren zum Trinken gekommen, aber irgend etwas hielt sie zurück. Sie standen in der Nähe des Wasserlochs, die Köpfe zur Ebene gerichtet. Dort mußte irgend etwas sein. Schließlich wandten sie dem Etwas die Kehrseite zu und tranken geräuschvoll. Eine Hyäne rief im Grasland. Also waren auch noch Hyänen in der Nähe! Ich erkannte die Umrisse zweier Köpfe und von vier großen aufgestellten Ohren, die sich schwarz gegen den dunklen Himmel abzeichneten. Den Blick auf die Nashörner geheftet, schlichen die Hyänen zum Wasser.

Das aber störte die Nashornmutter. Sie wirbelte plötzlich herum und griff die Hyänen an. Die warteten gelassen ab und wichen erst im letzten Augenblick aus, so daß das Nashorn zwischen ihnen hindurchgaloppierte. Am Rand des Wassers kamen die Hyänen wieder zusammen, tranken und wateten ins Wasser. Vielleicht wollten sie schwimmen oder sich im Schlamm wälzen. Vielleicht hatten sie auch Aas im Wasser versteckt und wollten es jetzt herausziehen. Was immer sie vorhaben mochten, die Nashornmutter vereitelte es. Sie fuhr am Ufer des Wasserlochs herum, um die Hyänen zu verjagen, und ließ mit jedem Schritt im Sternenlicht funkelnde Wasserkaskaden aufstieben. Die Hyänen liefen davon, blieben aber in einiger Entfernung stehen und warteten geduldig, daß die Nashornmutter sie wieder vergaß. Doch nun hatte das junge Nashorn Lust, sie zu jagen. Es war schneller und entschlossener als seine Mutter. Die hatte die Hyänen nur erschrecken wollen; das kleine Nashorn wollte sie aufspießen. Als die Hyänen das mitbekamen, trollten sie sich.

Später zogen auch die Nashörner ab und machten dabei einen Lärm wie zwei Felsbrocken, die einen Berg hinunterrollen. Wir hörten sie noch lange draußen in der dunklen Ebene, wo sie Büsche umbrachen und Steine in die Luft trampelten.

Andriki wurde plötzlich sehr still. Ich dachte, er hätte

aufgehört zu atmen. Dann stieß er mehrmals verzweifelt mit seinem Daumen zwischen meine Rippen. »Was ist?« flüsterte ich.

Statt zu antworten, packte er meinen Kopf, verschloß mir den Mund mit seiner Hand und drehte mein Gesicht zu dem Schlitz im Bauch des Mammuts. Und unmittelbar davor sah ich nun, was ihn so jäh hatte verstummen lassen: die vier Beine eines Löwen!

Ich erstarrte förmlich vor Schreck. Nie im Leben hatte ich einen lebenden Löwen aus so großer Nähe gesehen. Ich konnte ihn sogar riechen, selbst über den Gestank des Mammutkadavers und des Dungs hinweg. Zuerst dachte ich an Flucht, aber das war vollkommen unmöglich. Mein zweiter Gedanke war, den Löwen anzugreifen. Doch womit? Mit dem Speer? Wenn der Löwe in diesen beengten Raum einbrach, waren unsere Speere zu lang. Wir hatten kaum Platz, uns zu rühren, geschweige denn, mit einem Speer auf einen Löwen zu zielen. Mit Andrikis Axt? Die war im Lager, in seinem Bündel. Mit Andrikis Messern? Er hatte mir, als wir losgingen, eines in meine Jagdtasche gesteckt, damit ich ihm beim Zerlegen des Pferdes, das wir hier zu erlegen hofften, helfen konnte. Ich tastete nach dem Messer und befühlte seine Schneide. Sie war nicht gerade besonders scharf, mehr zum Schneiden als zum Zustoßen geeignet. War das besser als gar nichts? Ich war mir da nicht so sicher. Dem Löwen würde es nicht gefallen, wenn jemand versuchte, ihn mit einem stumpfen Messer anzugreifen. Und so war mein dritter und bester Gedanke, vollkommen stillzusitzen und zum Großen Bären zu beten, daß der Löwe uns nicht bemerken möge. Andriki, das sah ich, tat es bereits.

Nach einer Weile legte sich der Löwe hin. Seine Schwanzspitze war so nah, daß ich sie mühelos hätte fassen können. Da schoß mir ein entsetzlicher Gedanke durch den Kopf: wenn ich nun einfach daran zog? *Ai! Kori!* schrie eine Stimme in mir. *Hat die Angst deinen Geist umnachtet?* Ich starrte den Schwanz an, wie er so dalag im

Sternenlicht, bis der Löwe schließlich wieder aufstand. Da bemerkte ich acht Beine. Zwei Löwen! Sie strichen aneinander vorbei und rieben Kinn an Kinn, wie es Löwen tun. Wir konnten sie dabei schnurren hören.

Dann sahen wir noch mehr Beine – drei Löwen. Ein ganzes Rudel versammelte sich hier. Durch die hintere Öffnung des toten Mammuts erkannte ich einen vierten Löwen, dann einen fünften. Sie gingen zum Wasserloch. Löwenzungen schlappten Wasser – dreimal, dann eine Pause, und wieder dreimal dieses Geräusch. Dann hörten wir ein zänkisches Knurren, wie Donnergrollen. Und dann brach solch ein ungeheuerlicher Lärm los, daß die Ohren mir fast ihren Dienst versagten. Er nahm und nahm kein Ende, lauter als Donnerkrachen. Er brachte mich fast um den Verstand und ließ meinen Atem stocken. Andriki und ich klammerten uns aneinander, als der Krach einsetzte, und fielen kraftlos zurück, als er mit einem röchelnden Knurren in so tiefer Stille endete, daß ich mein Herz schlagen hörte. Ein Löwe hatte gebrüllt.

Als das Gebrüll verklungen war, waren wir wie taub und fühlten uns elend schwach. Während wir uns zu fassen versuchten, damit wir klar denken konnten, knurrten zwei Löwen so, als ob sie gleich brüllen wollten. Und das taten sie auch, und zwar gleichzeitig. Wir waren wie gelähmt, als sie endeten. Wir konnten rein gar nichts mehr hören. Die Stille kam uns fast schlimmer vor als das entsetzliche Gebrüll. Sie wuchs ins Riesenhafte, und mit ihr meine Furcht. Schließlich senkte ich sehr vorsichtig und sehr langsam den Kopf und spähte durch den Schlitz im Bauch des toten Mammuts. Rings um mich bewegten sich große, fahle Gestalten hin und her. Ich zog mich rasch zurück, damit sie mich nicht bemerkten.

Anscheinend blieb uns nichts anderes übrig, als mucksmäuschenstill zu sein und abzuwarten. Ich dachte: *Wenn der Große Bär will, daß wir den nächsten Morgen noch erleben, wird es so sein.* Trotzdem sah ich mich schon in Stücke gerissen, einen Arm hier und ein Bein dort. Ich dachte an Vaters Halskette mit den Löwenzähnen, von denen jeder so lang war wie meine ganze Hand. Solche Zähne würden meinen Schädel durchbohren und in meinem Hirn aufeinanderschlagen, meine Brust durchbohren und in meinem Herzen aufeinanderschlagen. Meine innere Stimme sagte *Denk an irgend etwas anderes*, aber das war mir einfach nicht möglich.

Und so verharrten wir reglos, während die Nacht langsam verstrich. Unsere Muskeln verkrampften sich und bereiteten uns stechende Schmerzen, unsere Augen brannten von Schweiß. Manchmal brüllte ein Löwe in der Ferne, und wir hofften, das Rudel sei fortgezogen. Doch früher oder später antwortete ihm jedesmal ein anderer Löwe ganz in der Nähe.

Schließlich war ich überzeugt, daß sie niemals gehen würden. Warum sollten sie auch? Diese Wasserstelle war nicht wie der Fluß, an dessen Ufern es mehr Tränken gab, als man zählen konnte. Dieses Wasser war auf viele Tagereisen die einzige Tränke weit und breit, und aus diesem Grunde mußten die Löwen diesen Platz schon vor langer Zeit mit Beschlag belegt haben. Hier war ihr Lager, hier brauchten sie nur am Wasser zu warten, bis die Tiere der Ebene vor Durst ihre Furcht vergaßen.

Dann wieder schämte ich mich sehr, daß wir so töricht, so einfältig gewesen waren. Wie hatten wir bloß glauben können, an einem Ort wie diesem würden wir am Abend Pferde finden oder Bisons oder Steppenantilopen oder Hirsche? Gewiß tranken solche Tiere hier, aber nur bei Tag, wenn sie etwas sehen konnten. Kein pflanzenfressendes Tier würde blindlings bei Nacht geradewegs ins Lager der Löwen kommen! Die einzigen, die blind hier hereingestolpert waren, waren wir.

Die Löwen verhielten sich wirklich, als seien sie in vertrauter Umgebung. Es kümmerte sie überhaupt nicht, wer sie hören konnte. Sie schnauften und knurrten, sie fauchten, kratzten und brüllten. Ein großer männlicher Löwe entdeckte unsere Fährte – er spritzte Harn auf unsere Fußabdrücke und scharrte dann Erde darüber –, doch er mußte wohl zu dem Schluß gekommen sein, wir seien längst weitergezogen. Er dachte gewiß nicht mal im Traum, unser Leben sei uns so wenig wert, daß wir die Nacht mitten in seinem Lager verbrächten.

Das nächste, was wir mitbekamen, war, daß die Löwen tatsächlich abzogen. Wir hörten sie in der Nähe schnuppern, manchmal schnurren, manchmal einander anknurren, und im nächsten Augenblick lugte ich hinaus und sah, wie sie sich rasch entfernten.

Dann tauchten Mammute ringsum auf. Eine ganze Mammutherde zog so still an uns vorbei wie Rauch. Ruhig wie der Mond, der aus dem Gras am Horizont aufstieg, zitterten ihre gewaltigen Spiegelbilder über die Wasseroberfläche. Am Wasser selbst hatte die Stille freilich ein Ende. Kälber quäkten und quiekten, Kühe polterten und schrien. Alle tranken geräuschvoll. Dann wälzten sich die Kälber im Wasser und spielten, während die Kühe sich Brust, Bauch und Ohren besprühten wie Menschen, die sich nach einem ermüdenden Tag erfrischen.

Plötzlich erbebte der Mammutkadaver. Ich mußte in kopfloser Angst versucht haben, herauszukriechen, denn Andriki packte mich. Ich wehrte mich zwar, aber er hielt mich fest. Dann erschien in der Öffnung zwischen den Hinterbeinen die Rüsselspitze eines Mammuts – eine haarige Spitze mit zwei Löchern wie Münder, feucht, im Mondlicht glänzend; Löcher, die einen Strahl heißer, nach Gras riechender Luft ausprusteten.

Andriki hielt mich immer noch fest, legte mir eine Hand über die Augen, damit ich den Rüssel nicht sah, und die andere über den Mund, damit ich nicht schrie. Doch die Mühe hätte er sich sparen können. Durch die schmalen Spalte zwischen seinen Fingern konnte ich erkennen, wie der große Rüssel, so dick wie das Bein eines Mannes und viele Male länger, auf der Suche nach uns umhertastete, wie sich der Zwillingsmund dehnte, um, eine Handbreit von Andrikis mit Dung eingeriebenem Schuh entfernt, ein zweites Mal zu prusten. Ich hatte keine Angst mehr. Ich war innerlich zusammengebrochen; mein Verstand arbeitete nicht mehr, jetzt, da er wußte, daß wir so gut wie tot waren. Ich wartete nur darauf, daß uns die gewaltige Mammutkuh aus dem Kadaver herauszerrte und zu Brei zerquetschte.

Aber das tat sie nicht. Sie zog langsam ihren Rüssel zurück und hob ihn hoch, bis wir ihn nicht mehr sahen. Dann hörten wir über uns ein schabendes Geräusch: das Mammut strich mit dem Rüssel über die trockene Haut des toten Artgenossen. Eine kleine Weile fuhr der Rüssel sacht darüber hin und verschwand dann. Die Mammutkuh zog sich ebenso leise zurück, wie sie gekommen war. Als wir hinauszuspähen wagten, war die Herde fort.

Wir sahen, daß die schwarze Wasserfläche noch Wellen schlug. Der Mond warf eine gerade Bahn auf das, was vom Wasser übrig geblieben war. Wir waren nicht so dumm, jetzt wegzugehen, und so saßen wir denn, verkrampft und todmüde, und warteten auf den Morgen, der nicht mehr fern war. Andriki legte die Arme auf seine Knie und seinen Kopf auf die Arme und schlummerte ein.

Ich war zu aufgeregt zum Schlafen. Gewiß, wir hatten Angst gehabt, doch uns war kein Leid geschehen. Wir lebten! Und nicht nur das, wir waren immer noch auf der Jagd. Ich wenigstens – ich konnte alles! Scherze fielen mir ein, so daß ich fast laut gelacht hätte. Ich stellte mir vor, wie ich Bekassine erzählen würde, was in dieser Nacht passiert war.

Schöne Bekassine! In Wahrheit lag sie jetzt bei Vater, und daß wir in Gefahr gewesen waren, kümmerte sie nicht. Es würde sie auch später nicht kümmern. Nein, wenn sie davon erfuhr, würde sie uns auslachen. Das ging mir durch den Kopf, während ich die Bahn des Mondes auf dem Wasser betrachtete, als ich plötzlich zu meiner Verwunderung gewahr wurde, wie sie sich kräuselte. Nun? Irgend etwas bewegte sich im Wasser. Ich erkannte eine, zwei, dann fünf Gestalten, Tiere mit langen Hälsen, Tiere mit geneigten Köpfen, die gierig tranken. Die Pferde waren zurückgekommen! »Andriki!« flüsterte ich und rüttelte ihn wach. »Schnell! Deinen Speer!«

Und dann krochen Andriki und ich vorsichtig aus dem toten Mammut heraus, schauten in beide Richtungen, ob Gefahr drohte, und schlichen dann auf die Pferde zu, geduckt und so behutsam auftretend, daß unsere Schritte kein Geräusch verursachten. Oder fast kein Geräusch. Plötzlich hob der Hengst den Kopf und blickte uns an. Wir blieben stehen, aber es war schon zu spät. Die Pferde warfen sich herum und ergriffen die Flucht. Doch in dem Augenblick, als sie uns ihre Flanke zuwandten, flogen unsere Speere gegen das nächststehende Tier, eine Stute.

Andrikis Speer traf sie am Hals, und meiner durchbohrte ihr Herz. Sie schrie, dann schlug sie bockend aus, und dann fiel sie. Der Hengst machte kehrt. Er wollte der Stute antworten und wäre ihr vielleicht zu Hilfe gekommen, doch sie war schon tot. Mit einem klagenden Seufzer entwich ihr der letzte Atemzug und ihr Körper erschlaffte. Mit meinem Speer getötet! Sie war so groß, daß ich es kaum fassen konnte. Eine gescheckte gelbe Stute mit kurzer schwarzer Mähne, stattlich und wohlgenährt – einfach ungeheuerlich!

»Sieh zu, daß du deinen Speer wiederbekommst«, sagte Andriki, während er den seinen aus der Stute herauszog. »Ihr Geschrei kann die Löwen anlocken.«

Ich zerrte an meinem Speer. Ich war überzeugt, daß jeden Augenblick Löwen aus der Dämmerung kommen würden, um uns die Stute abzujagen. »Verstecken wir sie im Teich«, schlug ich vor.

»Gut«, sagte Andriki. »Laß uns ihre Beine zusammenbinden, bevor sie steif wird.« Das taten wir mit Schnüren aus unseren Jagdtaschen. Dann zogen wir unsere Hosen und Schuhe aus und zerrten die Stute mit viel Mühe unter Wasser.

»Sie wird an die Oberfläche treiben«, sagte ich.

»Tiefer hinein mit ihr«, sagte Andriki.

»Vielleicht haben die Löwen etwas zu fressen gefunden«, sagte ich, während wir zogen und zerrten.

»Ja, vielleicht«, sagte Andriki.

»Was nun?« fragte ich, als wir die Stute im Wasser versteckt hatten.

»Willst du nicht wieder in das Mammut kriechen?« witzelte Andriki. Ich lachte. Andriki wurde wieder ernst. »Das ist ein schlechter Platz zu einer schlechten Zeit«, sagte er und blickte nach Osten, wo das erste Grau am Himmel heraufdämmerte. »Gehen wir fort von hier. Zünden wir irgendwo ein Feuer an. Wenn es richtig hell ist, gehen wir ins Lager zurück.«

Wir zogen uns an und verließen, als die Lerchen gerade zu singen begannen, im milchigen Dämmerlicht das Wasser. Dann entfachten wir mit Andrikis Feuerstöcken und Zunder, den ich aus meiner Jagdtasche nahm, ein Feuer und häuften Gras darauf, bis es gut brannte. Weil wir nicht extra eine Feuerstelle freigeräumt hatten, wurden die Flammen vom Morgenwind angefacht und breiteten sich aus. Vater sah das, deutete es fälschlich als Zeichen und kam zu uns; Bekassine folgte in einigem Abstand.

Nachts, so berichtete er, hätten sie Löwengebrüll gehört. Später hätten sie direkt an ihrem Feuer die großen runden Augen mehrerer Löwen gesehen. Während die Löwen hin und her gegangen seien, habe er ihnen seinen Speer gezeigt und gesagt, er werde ihnen sehr weh tun, wenn sie näherkämen. Da seien die Löwen nach einer Weile verschwunden.

Dieser merkwürdige Ort brachte mich zum Nachdenken. Viele Mammute hatten in der Nacht von dem Wasser getrunken, aber bei Tagesanbruch hatte sich das Wasserloch wieder gefüllt. Es lief sogar über: ein kleines Rinnsal, fast ein kleiner Bach, floß heraus. Doch anders als bei einem gewöhnlichen Bach verdunstete das Wasser bald in der Luft oder versickerte in der Erde.

Der Ort war nach einer Frau benannt: Er hieß Uskes

Quelle. Ich wußte nichts über diese Uske, aber ich war sicher, daß es diese Wasserstelle schon seit Anbeginn der Welt gab. Das Wasser hatte einen eigenartigen Geschmack, es war fast bitter. Vater sagte, es sei bekannt dafür, daß es Krankheiten heile. Vieles an diesem Ort sei ungewöhnlich, sonderbar. Ein hier gezeugtes Kind könne vielleicht ein Schamane werden.

Doch wir merkten bald, daß Vater in dieser Nacht kein Kind gezeugt hatte. Die Furcht vor den Löwen mußte Bekassine gegen Vaters Schmeicheleien taub gemacht haben. Da Andriki und ich den Löwen so nahe gewesen waren, verstanden wir Bekassine sehr gut, aber Vater schien dazu nicht fähig zu sein; er war ihretwegen verärgert und ungehalten.

Doch mit mir war er trotz allem zufrieden, wegen meines Jagdglücks. Die Folge davon war, daß ich in der nächsten Nacht etwas sehr Seltsames sah, etwas, das ich noch nie gesehen hatte, das der Welt der Schamanen und der Geister angehörte, etwas aus dem Reich der Luft.

5

»Du machst mich stolz, Kind von Al«, sagte Vater zu mir, als wir die gelbe Stute mit unseren Messern abhäuteten. »Du hattest den Mut, die Nacht an der einzigen Tränke weit und breit zu verbringen, und du hast dieses Pferd mit einem Kinderspeer getötet. Wenn der Sohn etwas gut zuwege bringt, loben die Leute den Vater. Es ist richtig, daß du selbst etwas anpackst und gut zu Ende bringst. Eines Tages werden dich die Leute so nennen wie mich – einen Starken. Einen, der den Füchsen Nahrung gibt, einen Mann des Fleisches!«

Wir hatten die triefendnasse Stute zu einer Buschgruppe auf einer Anhöhe geschleift, von der wir in alle Richtungen schauen konnten, besonders nach Westen, wo sich, winzig klein in der Entfernung, die Löwen zum Schlafen ausgestreckt hatten. Der Westwind wehte in leichten Böen von ihnen her zu uns, und mit jedem Windstoß zerflatterte die große Duftwolke, die von der toten Stute aufstieg. Vater hatte beschlossen, sie hier zu zerlegen, damit er sehen konnte, ob uns die Löwen wahrnahmen.

Sein Lob machte mich sehr glücklich. Ich antwortete ihm: »Ich danke dir, Vater.«

Eine Weile saß Vater da und lächelte in sich hinein, als stelle er sich vor, wie die Leute ihn und mich rühmten. Dann machte er sich wieder an der Stute zu schaffen. Plötzlich schaute er Bekassine an, die angespannt und verärgert auf ihren Fersen saß und uns beobachtete. »Frau!« rief er. »Komm und hilf uns.«

Das schien Bekassine sehr gegen den Strich zu gehen. Sie sprang auf. »Ich soll euch helfen?« rief sie. »Wobei? Warum sitzen wir hier vor einem Berg von Fleisch? Was ist, wenn der Wind sich dreht? Da draußen sind mindestens fünf Löwen. Wir sind nur vier. Was wollen wir tun, wenn sie kommen? Gegen sie kämpfen? Warum nehmen wir nicht einfach die besten Stücke von dem Fleisch und packen sie zusammen, bevor die Löwen sie uns wegnehmen und uns töten! Ho! Du willst uns alle umbringen!«

»Wir packen das Fleisch zusammen«, sagte Vater gelassen. »Aber noch nicht jetzt. Jetzt schneiden wir es in Streifen. Wir werden einen Teil davon braten. Und du wirst uns helfen. Hol dein Messer!«

»Ich soll mein Messer holen? Ich werde es an den Feuerfluß zurückbringen, wo die Männer mehr Verstand haben!«

Vater sah Bekassine nachdenklich an. Dann stand er auf, ging zu ihr, faßte ihren Oberarm und zog sie hoch. Er nahm ihr Kinn in die Hand und hob es, bis Bekassines Blick dem seinen begegnete. Er lächelte. »Tu, worum ich dich bitte«, sagte er. Und sie tat es, als hätte sie aus seiner Stimme irgendeine Gefahr herausgehört, obwohl sich in seinem Lächeln und seinem Tonfall nichts davon erkennen ließ.

Weit entfernt, viel tiefer schlafend als Menschen, lagen die Löwen faul auf der Seite, mit gespreizten Hinterbeinen auf dem Bauch oder auf dem Rücken, die Beine locker auswärts gestellt und den Bauch zur Sonne gedreht. Doch inzwischen hatten Milane und Raben das Fleisch entdeckt und stießen herab, um einige Brocken zu stehlen. Sie riefen laut, wie sie's immer tun, wenn sie etwas Freßbares entdecken. Eine der Löwinnen hob den Kopf und lauschte. Ich wies darauf hin, aber außer Bekassine schien meine Worte niemand zu hören.

Andriki wollte die Leber des Pferdes braten. Er zog die Feuerstöcke aus seinem Gürtel, hielt den weiblichen Stock mit dem Fuß fest und drehte den männlichen Stock in der kleinen Höhlung. Der weibliche Stock brachte Rauch hervor, dann Flammen, die Andriki zunächst mit Gras speiste, dann mit Dung und Reisig, schließlich mit Ästen. Zum Schluß legte er die Leber darauf. Der Rauch stieg wie eine Wolke empor und verströmte einen so köstlichen, starken Duft, daß uns das Wasser im Mund zusammenlief.

Einer der Löwen setzte sich auf und prüfte die Witterung. Dann erhoben sich alle Löwen und bewegten sich langsam auf uns zu. Wir sahen, daß es nicht fünf waren, sondern acht. Bekassine begann zu weinen. »Dreh dich nicht um und lauf nicht weg«, sagte Vater warnend und hob seinen Speer vom Boden auf. Doch wie sollten wir uns gegen so viele Löwen verteidigen? Sie liefen jetzt schnell. Als sie fast bei uns waren, fielen sie in einen leichten Trab. Wir wichen zurück und versuchten, sie mit Blicken zu bannen, mit fester Stimme zu ihnen zu sprechen, ihnen zu sagen, daß das Fleisch uns gehörte, nicht ihnen, aber sie kamen immer näher, bis sie das Fleisch fast erreicht hatten. Dann setzte eine Löwin mit lautem Gebrüll zum Sprung an. Wenn sie das tat, um uns damit zu verjagen, dann hatte sie ihr Ziel erreicht. Wir wandten uns um und flohen und holten Bekassine, die nicht auf Vaters Warnung gehört hatte, bald ein.

In einiger Entfernung blieben wir stehen und betrachteten das traurige Bild – große gelbe Körper, dicht gedrängt um meine Stute, deren Beine heftig bebten, als die Löwen sie jetzt zerfleischten. Unser Feuer brannte noch. Der gerade aufsteigende Rauch verriet uns, daß die Leber fort war.

Ich dachte, wir würden Uskes Quelle jetzt verlassen, doch damals kannte ich Vater noch nicht. Er war der Ansicht, daß wir hier trotz der Löwen an einem einzigen Tag mehr Tiere erbeuten könnten als jemals in der offenen Ebene. Wir sollten daher lieber jagen statt weiterzuziehen. Die Löwen würden uns eine Weile nicht mehr behelligen, weil ich dafür gesorgt hatte, daß sie sich ordentlich den Bauch vollschlagen konnten.

Als Bekassine das hörte, setzte sie sich hin und starrte, sprachlos vor Zorn auf Vater, ins Leere. Er bekam das nach einer Weile mit und begann sie freundlich zu necken. Wir merkten, daß er sie versöhnlich stimmen wollte. Und wenn Vater etwas wollte, fiel es schwer, sich dem zu verschließen. Bald lächelte Bekassine ihn, wenn auch zögernd, an.

Andriki hob sein Kinn, um mir zu bedeuten, daß ich ihm folgen sollte, und wir liefen durch das kurze Steppengras auf ein ausgedehntes Gehölz zu, in dem sich eine Pferdeherde verbergen konnte. Wir gingen auch diesmal fort, um Vater und seine junge Frau allein zu lassen. Bevor wir das Gebüsch betraten, schauten wir uns um und sahen die beiden nebeneinander sitzen. Es stimmte mich traurig zu sehen, wie schnell Vater Bekassine verzieh und wie leicht es ihm gelang, sie zu verführen.

Andriki und ich verbrachten also den Rest des Tages damit, durch die Ebene zu wandern, Zwiebeln und Knollen auszugraben und zu essen. Als die Sonne am höchsten Punkt des Himmels stand, schliefen wir in einem Wacholderdickicht. Wir wußten, daß auch die Löwen um diese Zeit ruhten. Dann und wann fanden wir Pferdespuren, aber die Tiere selbst sahen wir nie. Jedesmal, wenn ich an Vater dachte und an das, was er wohl gerade mit Bekassine tun mochte, mußte ich zugleich daran denken, wie die Löwen mein Pferd fraßen, und deshalb versuchte ich, Vater und die Löwen aus meinen Gedanken zu verbannen. Der eine wie die anderen konnten mir an diesem Tag die Laune verderben. Vater hatte wohl gedacht, rings um die Wasserstelle müßte es von Tieren wimmeln, doch Andriki und ich fanden keine, und als die Sonne sich dem Horizont näherte, kehrten wir um und machten nur noch einmal halt, um Zwiebeln für Vater und Bekassine auszugraben.

Als wir im Gras nach den tief angesetzten runden Blättern suchten, stießen wir auf etwas ganz Unerwartetes: verkohlte Zweige und rußgeschwärzte Steine. Sie lagen genau vor unseren Füßen. Wir wären fast über sie gestolpert. Ein altes Lagerfeuer! Wir bückten uns, um es genauer zu betrachten. Es waren keine Spuren mehr zu sehen, auch keine Asche; all das mußte bei der letzten Schneeschmelze fortgeschwemmt worden sein. Zwischen den Holzstücken entdeckten wir einen Feuerstein, der wie eine Speerspitze geformt war, nur viel kleiner, als hätte jemand einen Speer gemacht, um damit Vögel zu jagen. Wir suchten weiter und fanden in einem Grasbüschel etwas sehr Seltsames, mit dem wir nichts anfangen konnten. Es war eine Sehne, mit der zwei zerbrochene Teile eines Zweiges zusammengebunden waren. Das allein hatte wohl nichts zu bedeuten, doch das Merkwürdige war, daß der Zweig entrindet war und Pferdezähne und Federn an ihm hingen. Was konnte es damit auf sich haben?

Ich betrachtete das Ding von allen Seiten. Es war nichts. Und doch hatte es jemand extra angefertigt. Mir schien es, als gehe etwas Böses von ihm aus, etwas, das mit den Geistern zu tun hatte. Mit besorgter Miene nahm mir Andriki das Ding ab und steckte es in seine Jagdtasche, um es Vater zu zeigen.

Ich war froh, als ich sah, daß Vater und Bekassine den Tag über nicht ganz untätig gewesen waren. Sie hatten Wacholder für einen hohen Zaun abgehauen, der die Löwen daran hindern sollte, uns nachts zu beschleichen (freilich war er nicht so hoch, daß ein Löwe nicht darüberspringen konnte). Außerdem hatten sie Holz gesammelt und ein Feuer angezündet.

Vater runzelte die Stirn, als er die Pferdezähne und Federn sah, die wir gefunden hatten. »Was ist das?« fragte er Andriki. Aber Andriki wußte es nicht. Vater und Andriki unterhielten sich eine Weile darüber, wozu das Ding gut sei und wer es wohl hergestellt haben mochte. Wenn es Leute vom Feuerfluß gewesen wären, hätten sie gewiß ihre Verwandten bei Vaters Leuten am Haarfluß besucht. Wären sie aus dem Osten gekommen, vom Schwarzen Fluß oder vom Grasfluß, hätten sie Vater erst recht aufgesucht, da Vater und sie in letzter Zeit große Anstrengungen unternommen hatten, beide Sippen enger miteinander zu verbinden und gemeinsam zu jagen. Frauen waren ausgetauscht worden. Diese Leute hätten sich niemals in Vaters Jagdgründen aufgehalten, ohne ihn zu besuchen und es ihm anzukündigen, schon aus Furcht, daß Heimlichkeiten zu Streit und Argwohn führen konnten, zum Zerreißen der sorgsam geknüpften Bande. Die Menschen, die hier gelagert hatten, mußten also wohl Fremde gewesen sein.

Nach kurzer Zeit nahmen Vaters und Andrikis Stimmen einen verärgerten Unterton an. Fremde seien wie Löwen, sagten sie. Sie kämen, um Schaden anzurichten. Der häßliche Zweig schien Vater ein Beweis für ihre bösen Absichten. »Wir sollten sie verfolgen«, sagte er. »Es müssen Tiere sein, daß sie sich hier aufhalten, ohne daß sie sich zu erkennen geben. Ich möchte wirklich wissen, warum sie so wenig von uns halten.«

»Du wirst sie nicht mehr finden«, sagte Andriki. »Sie waren schon vor längerer Zeit hier. Vielleicht waren sie auf einer weiten Reise. Vielleicht waren sie heimatlos. Auf jeden Fall haben sie dieses Lager nicht lange benutzt. Und es können nicht viele gewesen sein; sie haben nur ein Feuer angezündet«.

»Ja, aber was waren das für Leute?« wollte Vater wissen. Darauf gab es natürlich keine Antwort. Ich jedenfalls war, obwohl ich manchmal Menschen getroffen hatte, die ich nicht kannte, noch niemals Leuten begegnet, die überhaupt niemand kannte. Ich hatte noch nie einen wirklich Fremden gesehen. Ich versuchte mir vorzustellen, wie ein Fremder aussehen mochte, aber ich konnte mir kein Bild von ihm machen. Waren es Männer oder Frauen gewesen? Waren sie jung oder alt?

Fremde! Ich hatte einmal von einem bösen Mann aus Bekassines Sippe gehört, der eine Verwandte geschwängert hatte und dann geflohen war, um dem Zorn der Familie zu entgehen. Die Frau war bei der Geburt des Kindes gestorben, und der Mann soll den Rest seines Lebens als halber Sklave bei Fremden im Westen zugebracht haben, die wie Tiere sprachen. Er verstand sie nicht. Sie verstanden ihn nicht. Doch es hätten ihn wohl auch nur Leute bei sich geduldet, die nicht verstanden, wie böse er war. Vielleicht waren das die Menschen, denen dieses Ding mit den

Pferdezähnen und Federn gehörte, das wir gefunden hatten.

Ich wollte gerade Vater danach fragen, aber der warf plötzlich den entrindeten Zweig über den Zaun aus Wacholder und wandte sich Bekassine zu. »Wir müssen auf meine Frau achtgehen«, sagte er und packte ihren Zopf. »Diese Fremden könnten sie mitnehmen.« Bekassine lachte und schielte verstohlen aus den Augenwinkeln nach mir, um zu sehen, wie ich dieses Spiel aufnahm.

Andriki seufzte. Ich merkte, daß auch er eifersüchtig auf Vater war. »Das ist gut möglich«, sagte er düster, woraufhin Bekassine sich von mir abwandte und ihn ansah. Sie genoß das Geplänkel offenbar sehr.

»Warum machst du dir Sorgen wegen der Fremden?« fragte sie Vater vergnügt und zeigte damit, daß sie und er, als Andriki und ich fort gewesen waren, sich irgendwie wieder vertragen hatten.

»Weil sie dich entführen würden«, sagte Vater.

»Würdest du mich denn nicht zurückholen?« lachte Bekassine. Vater lächelte sie voller Entzücken an.

Die Neckerei zwischen Vater und Bekassine hing irgendwie förmlich in der Luft. Was sie getan hatten, als Andriki und ich fort waren, würden sie gewiß wieder tun, sobald es dunkel war, und sie würden dann von uns erwarten, daß wir uns blind und taub stellten. Doch wie sollten wir? Irgend jemand mußte schließlich auf die Löwen achten. Wie ein Kater im Baldrian war Vater Bekassines wegen rein närrisch geworden. Es war wirklich eine Schande!

Aber ich glaube, ich hätte trotz all dem friedlich mit ihnen zusammengesessen und auf meine Füße gestarrt, wenn sich Bekassine nicht auch noch übers Essen beklagt hätte. »Ist das alles?« fragte sie, als ich für uns alle Zwiebeln ins Feuer legte.

»Ja«, sagte ich.

»Du bist mit nichts als Zwiebeln zurückgekommen? Wo ist das Fleisch, das es hier angeblich im Überfluß gibt?«

Nicht ich, sondern Vater hatte gemeint, hier gäbe es Fleisch im Überfluß. Ich schaute ihn an, weil ich sehen wollte, ob er zuließ, daß Bekassine mich so ärgerte. Es schien so. Ihm gefiel jedes Wort, das sie sagte. »Ich habe heute morgen ein Pferd getötet«, erwiderte ich.

»Aber du hast es verloren«, sagte Bekassine. »Du hast es dir von Tieren wieder abnehmen lassen. Was hast du denn den ganzen Nachmittag getan?«

»Wieso ich? Was hast du denn getan, daß du das Recht hast, mich danach zu fragen?«

Der Groll in meiner Stimme setzte alle in Erstaunen. Bekassine sah meinen Vater an und wartete darauf, daß er mich zurechtwies.

»Hüte deine Zunge, Kori«, mahnte er. »Hast du etwa zu bestimmen, was dich deine Stiefmutter fragt?«

»Ich frage, was ich will«, setzte Bekassine hinzu.

»Dann frag doch ihn«, sagte ich und deutete mit gespitzten Lippen auf Vater. »Er hört dir zu. Ich nicht.«

»Kori!« sagte Vater.

»Vater!« sagte ich. »Du läßt zu, daß sie mich reizt.«

»Sie tut, was sie will, und du wirst sie gefälligst achten«, sagte Vater.

»Nein«, sagte ich. »Ich habe ein Pferd getötet, und du hast es verloren. Ich habe Zwiebeln gebracht, aber meiner Stiefmutter sind Zwiebeln nicht genug. Was will sie?«

»Ein schönes Stück Fleisch«, sagte Vater.

Ich merkte an seinem Ton, daß er scherzte, daß er versuchte, die drohende Verstimmung zwischen uns beizulegen, doch für mich kam das zu spät. »Dann werde ich Fleisch bringen«, sagte ich, stand auf und holte meinen Speer vom Zaun.

»Ja?« fragte Vater. »Und woher willst du's nehmen?«

»Von derselben Stelle wie vorige Nacht. Ich gehe zum Wasser.« Ich hatte die Worte kaum ausgesprochen, da hoffte ich, Vater werde mir verbieten, das Lager zu verlassen. Ich wollte die Nacht nicht allein verbringen.

Aber Vater sah mich bewundernd an. »Gut!« sagte er.

Er wandte sich Bekassine zu. »Mein Sohn hat keine Angst«, sagte er zu ihr. Nun blieb mir wirklich keine Wahl mehr, also ging ich fort.

In den langen Schatten der Büsche lief ich geduckt, damit sich mein Umriß nicht gegen den Himmel abzeichnete. Ich achtete auf die Windrichtung, um zu sehen, wohin mein Geruch getragen werden mochte, und ich hielt hinter jedem Fleck des vom Wind zerzausten Grases Ausschau nach Löwen. Ich versuchte, möglichst unbeschwert zu gehen. Es sollte so aussehen, als seien mir alle Gefahren ganz egal, solange ich in Sichtweite des Lagers war. Doch an diesem Abend der Abende fiel mir ein Sprichwort ein: »Der Löwe kann sich in der klarsten Luft verstecken.«

Schließlich sah ich von weitem die vertrocknete Haut des toten Mammuts, dessen lange Haare sich vor der sinkenden Sonne bewegten. Ich dachte daran, wieviel Zeit noch verstreichen mußte, bis es Nacht wurde und dann wieder Morgen. Ich fühlte die Angst in mir hochsteigen, und ich atmete tief durch und versuchte, mich zu beruhigen, damit meine Sinne klar waren, damit ich mich sicher fühlte und meiner Furcht Herr wurde.

An der Wasserstelle, die im Abendschein glänzte, hielten sich nur Frösche auf. Frische Spuren zeigten, daß vor kurzem eine Bisonherde gekommen und gegangen war. Als ich mit halbgeschlossenen Augen den Rand der großen Senke absuchte, in der die Wasserfläche sich ausbreitete, erkannte ich in einiger Entfernung hinter dem wogenden Gras den glatten runden Kopf und die Ohren eines Löwen. Gebückt versuchte ich, bis zu dem Mammut zu kommen, ohne daß er mich bemerkte. Vielleicht beobachtete er etwas anderes oder schaute in die Luft, wie es Löwen oft tun. Jedenfalls drehte er den Kopf nicht, um mir mit den Augen zu folgen.

Am Wasser angekommen, rieb ich mir Mammutdung ins Haar, zwischen die Beine und unter die Achseln. Dann schaute ich in den Kadaver hinein, um mich zu vergewissern, daß sich dort nichts versteckte, aber ich sah nur die Wölbung der Rippen, das große graue Rückgrat und das matte Licht, das durch die vertrocknete Haut drang. Ich kroch hinein.

Bald war ich hungrig und fühlte mich sehr unbehaglich. Ich konnte nicht aufrecht sitzen, wagte es aber auch nicht, mich hinzulegen. Warum war ich bloß hierhergekommen? Wenn ich auch nur einen Funken Verstand hätte, müßte ich ins Lager zurückkehren, solang es noch hell war, und mir unterwegs irgendeine Ausrede einfallen lassen.

Doch dann ließ ich den Gedanken wieder fallen. Wie hatte ich nur darauf kommen können? Der Mensch, dem ich würde gegenübertreten müssen, war Vater, der mich für mutig hielt. Wenn ich jetzt ins Lager zurückging, würde meine Furcht ihn beschämen. Auch Bekassine gegenüber hätte ich mich blamiert. Das durfte nicht sein. Ich mußte bleiben. *Wenn du nicht bereit bist, hier zu bleiben*, sagte ich mir, *dann mach dich bereit.* Ich legte die Arme auf meine Knie und meinen Kopf auf die Arme. Was geschehen würde, würde geschehen. Ich hoffte, daß ich annehmen konnte, was mir der Große Bär schickte.

In der langen, trüben Dämmerung kamen die Löwen schweren Schritts zum Wasser. Der Ausdruck ihrer blutverschmierten Gesichter schien ernst und bedeutend. Wie Menschen verteilten sich die acht in gleichen Abständen am Ufer. Mit gesenkten Köpfen tauchten sie ihre Zungen ins Wasser und ließen den Blick dabei schweifen.

Ehe sie sich entfernten, landeten die Flughühner zwischen ihnen, um wie am gestrigen Abend zu trinken. Ein Schwarm nach dem anderen landete am Wasser, und die kleinen Vögel drängten sich am Ufer, als sei ihr Durst so groß, daß sie alle Vorsicht vergessen hatten. Das hohe, laute Raunen ihrer Stimmen und das unablässige Rauschen ihrer Flügel waren wie das Blut, das in meinen Adern pochte, wie eine Wahnvorstellung in meinem Gehirn. Doch so plötzlich, wie der erste Schwarm gekommen war, verschwand der letzte. In der Stille, die folgte, hörte ich nur die schlappende Zunge eines einzigen großen Tieres.

Um mir die Zeit zu vertreiben und um an etwas anderes zu denken als an Furcht und Hunger, sah ich mich im Innern des Mammuts um, das ich im letzten Abendschein noch recht gut erkennen konnte. War das Tier ein Bulle oder eine Kuh gewesen? Die Geschlechtsteile waren nicht mehr vorhanden, aber beim unteren Vorderbein erkannte ich die vertrocknete Hülle einer Zitze. Eine Kuh also. Über mir wölbten sich ihre Rippen. Genau an der Stelle, wo ich saß, hatte ihr Herz geschlagen. Ich fragte mich, warum es wohl aufgehört hatte zu schlagen. Kein Tier, nicht einmal ein Löwe, konnte auf den Gedanken kommen, ein ausgewachsenes Mammut anzugreifen. Das taten nur Menschen, und auch nur dann, wenn es ungefährlich für sie war. Aber hier in der Ebene, wo das Mammut sich wehren konnte? Kein Mensch würde sich ihm zu nähern wagen. War das Mammut an Altersschwäche gestorben? Ich konnte durch seinen hohlen Hals bis zum Unterkiefer sehen, wo große, verfärbte Zähne in oder neben den Zahnfächern lagen. Einige Zähne waren abgenutzt, doch alle sahen noch brauchbar aus. Nein, dieses Mammut war nicht an Altersschwäche gestorben. An einer Krankheit vielleicht? Ich wußte es nicht.

Ich schaute das linke Hinterbein an, das auf dem Boden lag. An seinem äußeren Teil hing noch Haut und zeigte, wie groß der Fuß dieser Kuh gewesen war – wie der Stumpf eines stattlichen Baumes. Aber an der Innenseite des Beins und des Fußes war die Haut vom Knie bis zu den Zehen abgerissen. Hier hatten kleine Tiere, Füchse vielleicht, alles Fleisch gefressen und die Knochen freigelegt. Während ich sie anstarrte, kam es mir, daß mir ihre Form vertraut war, obwohl ich bis dahin noch nie die Knochen eines Mammutfußes gesehen hatte.

Dann wurde mir plötzlich klar: dieser Fuß glich meinem eigenen! Er sah aus wie ein großer Menschenfuß, Sprungbein, Fersenbein, Spann und Zehen in einem klobigen Mammutschuh. Ich hatte den Eindruck, als sei die Mammutkuh, mit Gras ausgestopfte Bundschuhe tragend, auf Zehenspitzen gegangen, die Hacken bildeten die Fesseln, und die Zehen drückten gegen das runde Polster, das die Sohle des Mammutfußes war.

Dann schaute ich zum Vorderfuß. Dessen Knochen waren nicht so blank wie die des Hinterfußes, doch auch hier hatten Füchse das Fleisch vom Gelenk bis zum Fuß abgefressen. Da sah ich, daß es kein Fuß war, der den schweren Körper getragen hatte, sondern eine riesige Hand, eine hohle Hand mit fünf gespreizten Fingern. Die Kuh hatte sich auf den Fingerspitzen im Gleichgewicht gehalten, wie es ein Mensch tun mag, der sich auf allen vieren bewegt.

Ich blickte mich im Inneren ihres Leibes um, sah zu den Rippen empor und zum Becken. In der Nähe der Stelle, an der ich saß, hatten die Mammutkinder, ungefähr so groß wie ich, zusammengerollt gelegen. Lange Zeit war ein jedes hier gewesen, dann war es geboren worden und schließlich gestorben. Das war schon ein sonderbares Gefühl!

Als die Dämmerung am schwärzesten war, kam ein anderes Mammut, ein Bulle, zum Wasser. Wenigstens nahm ich an, daß es sich um ein männliches Tier handelte, weil es so roch. Ich stellte mir sein ungeheures Gewicht vor, das auf Finger- und Zehenspitzen ruhte. Kein Wunder, daß er sich so leise bewegte! Später hörte ich, wie er sich mit Wasser bespritzte. Noch später hörte ich ihn seufzen, und eine Weile später hörte ich, wie er Tropfen auf die Oberfläche des Teiches prasseln ließ. Auch ihm verging die Nacht zu langsam. Als es ganz dunkel war, kamen zwei Herden von Kühen und Kälbern, um zu trinken und sich zu waschen. Vielleicht hatte der Bulle auf sie gewartet; er schloß sich einer der Herden an und entfernte sich dann mit ihr.

Auch das Nashorn erschien. Vielleicht war ich eingeschlafen, als die Hyänen heranschlichen, um einen Blick auf mich zu werfen. Ich spürte sie eher, als daß ich sie hörte; die Haare auf meinen Armen sträubten sich. Ich schlug die Augen auf und sah, schwarz gegen den dunklen Hintergrund, die stumpfe Schnauze einer Hyäne in der Öffnung des Mammutkadavers. Behütete mich der Große Bär? Die Hyäne zog sich zurück. Sie kam nicht herein.

Schließlich brach der stillste Teil der Nacht an, wenn sich nichts regt, wenn alles totenstill ist. Kein Vogel rief, kein Frosch bewegte das Wasser. Selbst die Luft war ruhig. Ich schlummerte ein und träumte, jemand säße neben mir. Ich fürchtete mich nicht, nein, ich schlief friedlich. Ich träumte, der Tag nahe, und erwachte im Traum. Da sah ich, daß das Licht nicht von der Sonne kam, sondern von der dünnen Sichel des abnehmenden Erdbeermondes, der gerade aufging, rot im Dunst über dem Wasser. Und der Jemand neben mir war Vater. Er saß auf den Fersen, die Knie dicht an seinen Körper gezogen in dem beengten Raum, und er beobachtete mich. Ich mußte zusammengeschreckt sein. Er deutete mit seinen Lippen zum gegenüberliegenden Ufer, wo sich etwas bewegte.

Ich war äußerst erregt. Das war der Beginn einer Jagd, der Augenblick, wenn man das Wild zum erstenmal sieht. Vorsichtig kroch ich ins Freie. Vater folgte mir leise. Wir richteten uns beide auf. Die ausgetretenen Wildwechsel, das Wasser und das Gras lagen dunkel im schattenhaften, schwach vom Mond beschienenen Dunst. Ich sah, daß sich Tiere jenseits des Wassers aufhielten – Pferde, die gleichen wie in der Nacht zuvor, nur eine Stute fehlte. In Reihe gingen sie zum Wasser. Dann tauchten einige das Maul hinein, während andere nervös Ausschau hielten. Ich wußte, sie erinnerten sich an das, was ihnen gestern geschehen war. Sie dachten an mich.

Dann sah ich, daß ein Mensch zwischen ihnen stand – eine Frau von kleinem Wuchs, nackt, Kopf und Schultern unter dichtem, offenem Haar verborgen. Als die Pferde ihren Platz am Ufer einnahmen und tranken, wandte die Frau ihr blasses Gesicht mir zu. Sie schien die einzige zu sein, die mich bemerkte. Die Pferde und die Frau waren ganz ruhig. Ich hörte nur, wie Wassertropfen von den Mäulern der Pferde fielen, wenn sie die Köpfe hoben.

Bald darauf beugte die Frau ein Knie und neigte sich tief herab, um ebenfalls zu trinken. Dann entfernten sich die Pferde, und ihre Gestalten wurden schmal, als sie sich in den vom Mond erhellten Dunst hineinbewegten. Schweigend folgte ihnen die Frau, bis das Gras und die Ferne sie zu verschlingen schienen.

Im Traum trieb eine Witterung von Schweiß an mich heran und verriet mir, daß die Pferde aus Fleisch und Blut waren. Aber die Frau? Bei ihrem Anblick hatte ich in völliger Reglosigkeit verharrt, meinen Speer und die Jagd hatte ich vergessen. Wer war diese Frau? Ich schaute mich um und wollte Vater fragen. Da riß mich der Ruf eines Brachvogels aus dem Schlaf, und ich sah den diesigen Himmel, der allmählich hell wurde. Vater war nicht da.

Im Lager traf ich meine Leute reisefertig an. Bekassine saß auf ihrem Bündel und sah ungeduldig drein. Sie hatten auf mich gewartet. Wir brachen bald auf, liefen langsam und hielten Ausschau nach den Löwen. Andriki ging voran und beobachtete das Strauchwerk vor sich. Hinter ihm ging Bekassine. Sie gab auf die rechte Seite acht. Dann kam ich und behielt die linke Seite im Auge, und hinter mir kam Vater, der nach rückwärts spähte, wo wir die Löwen am ehesten sehen würden.

Als es warm wurde und wir schon ein gutes Stück gelaufen waren, verlangsamte ich meinen Schritt, so daß Vater und ich zurückfielen. Ich wollte ihm von meinem Traum erzählen.

Er hörte mir ruhig zu, und als ich geendet hatte, sagte er: »Ja. Uskes Quelle ist ein mächtiger Ort, ein Ort für Schamanen. Tiere suchen ihn auf. Menschen suchen ihn auf, genau wie wir. Vögel suchen ihn auf. Und Geister suchen ihn auf. Alle suchen ihn auf, um dort zu ruhen und Wasser zu trinken. Unsere Wege kreuzen sich an Uskes Quelle.«

Unterdessen war mir eingefallen, daß die Frau, die ich im Traum gesehen hatte, Uske sein könnte. Ich sagte es

Vater, doch der meinte: »Uske ist ein anderer Name für Ohun. Die Frau mit den Pferden war ein Geist, vielleicht der Geist von einem der Leute, deren Lager ihr gefunden habt, vielleicht auch nur der eines Pferdes.«

»Der gelben Stute, die ich getötet habe?«

»Wer weiß?« sagte Vater.

Den ganzen Tag lang, während wir wanderten, dachte ich an Uskes Quelle und die merkwürdigen Dinge, die ich dort gesehen hatte – die von Fremden zurückgelassenen Pferdezähne und Federn, die großen Hände und Füße des Mammuts und die Frau aus meinem Traum, die früher ein Pferd gewesen sein mochte. Wir hatten dort vieles erlebt und hätten vielleicht noch mehr erlebt, wenn wir geblieben wären. Deshalb war es schade, daß wir gingen, aber was sollten wir tun? Bekassine wollte weiter, und damals war Vaters Liebe zu ihr so groß, daß er ihr nichts abschlagen konnte.

6

Wir zogen von Uskes Quelle aus genau nach Norden, das war der kürzeste Weg zum Haarfluß. Vaters Höhle und die Leute, die darin wohnten, befanden sich mehrere Tagesmärsche stromabwärts von der Stelle, an der wir auf den Fluß stoßen würden. Wenn Vater, Andriki und ich ohne Bekassine unterwegs gewesen wären, wären wir fast ohne Pause gewandert. Doch Vater war Bekassine gegenüber sehr aufmerksam. Sie hatte sich, seit wir Uskes Quelle verlassen hatten, jede Nacht geräuschvoll mit ihm im Bett gewälzt, und dafür war er natürlich dankbar. Er hieß uns am Fluß haltmachen, damit Bekassine sich ausruhen konnte.

Wir verbrachten einen ganzen Nachmittag dort. Wir zogen uns aus und rieben uns mit Sand ab, dann lösten wir unsere Zöpfe und wuschen uns die Haare. Das schnellfließende Wasser schäumte über uns hinweg und trug unseren Schmutz stromabwärts. Auf einer Sandbank im Fluß entfernten wir uns gegenseitig die Läuse aus den trocknenden Haaren. Es war sehr angenehm dort in der Sonne. Die Sandbank war durch die Wände der Schlucht vor dem Wind geschützt. Libellen schwebten über dem Wasser, und unzählige schwarzgelbe Schmetterlinge flatterten ans Ufer, schlugen langsam mit den Flügeln und tranken. Kiebitze rasteten auf der Sandbank, und in den Strudeln schwammen zwei Grauganfamilien und beobachteten uns. Meine Haut fühlte sich kühl und sauber an.

Am Ufer wendeten wir unsere Kleider und ließen sie von der Sonne wärmen. Dann rieben und bürsteten wir sie mit Wacholder ab, um die Läuse aus den Säumen zu fegen. Bei Sonnenuntergang saßen wir nackt an einem kleinen Feuer, das wir mit dem Holz einer Zeder angefacht hatten, die das Frühjahrshochwasser angeschwemmt hatte. Am Fluß gab es viele Stechmücken, doch wenn sie uns zu aufdringlich wurden, begossen wir uns mit Wasser, und sie ließen uns in Ruhe. Wir aßen uns an Riedgraswurzeln, Schnecken und Kresse satt und teilten uns einen Frosch, den Andriki gefangen hatte. Das war so gut wie nichts, nur einige winzige Knochen, an denen man saugen konnte. Die Sonne sank, und nun zeigte sich der neue Mond, der schon hoch am Himmel stand – der Langgrasmond, sehr dünn, aber stark und hell.

Während des Grasmondes gibt es an Flüssen immer reichlich zu essen. Am Haarfluß trugen die Beerensträucher oberhalb der Schlucht große, saftige, dunkle Früchte. Mutter pflegte sie Brombeeren zu nennen. Vater und Andriki nannten sie Schwarzbeeren. Bei Tag liefen wir zwischen den Sträuchern umher und pflückten und aßen Beeren; am Abend stiegen wir in die Schlucht hinab, um Riedgraswurzeln auszugraben und am Wasser zu schlafen. An manchen Stellen fielen die Wände der Schlucht so steil ab, daß wir uns von ihnen fernhielten aus Furcht, der Boden könnte unter unseren Füßen abbröckeln, oder wir könnten abstürzen und auf die Felsen am Grund stürzen. Anderswo waren die Wände so sanft geneigt, daß dort Wildwechsel zum Wasser hinunterführten, Pfade, die Mammute und Bisons ausgetreten hatten, Steppenantilopen, Rentiere, Rot- und Damhirsche, Pferde, Löwen, Hyänen, Wildhunde und Füchse – alle Tiere aus den Weidendickichten am Fluß und alle Tiere der offenen Ebene. Vater und Andriki waren sehr stolz darauf. Es gebe kein Jagdgebiet, das ihren Sommergründen am südlichen Ufer des Haarflusses gleichkomme, erklärten sie Bekassine und mir.

Eines Tages, gegen Ende unserer Reise, erzählte Vater von den Leuten, die wir in der Höhle antreffen würden. Wir liefen gegen den Wind, folgten einem Wildpfad am Rande der Schlucht. Vater ging voran, dann kam Andriki, dann Bekassine, dann ich. Um mir die Zeit während der langen Stunden des Wanderns zu vertreiben, heftete ich meinen Blick auf Bekassines hin und her schwingende

Hüften und hing den Erinnerungen nach, die dieser Anblick in mir weckte. Bekassine wußte das ganz genau. Ab und zu schüttelte sie sich wie eine junge Ente.

Vater konnte sich nicht umdrehen, weil er auf den Weg achten mußte, doch er sprach im Ausschreiten, und der Wind wehte die Worte über seine Schulter. Er wollte, daß wir ein wenig über seine Leute wußten, ehe wir ihnen begegneten.

»Meine Brüder und ich sind die Söhne eines Mannes, aber zweier Frauen«, begann er. »Mein leiblicher Bruder ist Kida, der sehr viel jünger ist als ich. Andrikis leiblicher Bruder ist Maral, der älter ist als er. Ich bin der Älteste. Ich bin das Oberhaupt von allen. Uns beiden Brüderpaaren und unseren Söhnen, Blutsverwandten und Schwägern gehört die Jagd am Haarfluß, wo im Sommer unzählige grasfressende Tiere leben.

Maral und ich haben die Höhle entdeckt, in der wir im Sommer wohnen. Vor uns haben Löwen dort gehaust. Als wir ihre Spuren fanden, haben wir Holz gesammelt und mehrere Feuer in der Höhle angezündet. Als die Löwen hineingehen wollten, haben sie beißenden Rauch gerochen und Holzkohle in Hülle und Fülle gesehen, und sie haben gemerkt, daß Menschen die Höhle in Besitz genommen haben, und da sind sie abgezogen.

Bald darauf haben Leute, die weit weg wohnen, davon gehört, daß wir nahe dieser Höhle Mammute töten. Sie haben von dem Fleisch und dem Elfenbein erfahren, das von den Mammuten kommt. Alle, die von unserer Höhle wußten, haben uns um unsere gute Jagd beneidet.

Meine Brüder und ich hatten unterdessen angefangen zu heiraten. Wir haben unsere Frauen am Feuerfluß gefunden, aber auch am Schwarzen Fluß und später am Forellenfluß. Die Männer dort wollten ihre Gruppen mit unserer Gruppe verbinden, vor allem unseres vielen Fleisches wegen. Auch wir wollten uns mit ihnen verbinden. Unsere Sommerjagd ist die beste weit und breit, aber unsere Wintergründe sind genauso wie die aller anderen Höhlen.

Manchmal suchen Tiere Zuflucht in unseren Wäldern, manchmal aber auch nicht. Dann müssen wir Hunger leiden. Darum haben wir Frauen von Plätzen mit guter Winterjagd geheiratet.

Jetzt haben unsere Schwäger an unserer Jagd teil, und dafür haben wir teil an ihrer. Wenn in unseren Wintergründen keine Tiere sind, gehen wir zu unseren Schwägern. Sie nehmen uns auf. Dank meiner Ehe mit deiner Mutter, Kori, konnten wir am Frauensee jagen, aber der Frauensee ist weit. Dank der Ehe mit meiner Frau Yoi können wir am Forellenfluß jagen. Auch der Forellenfluß ist weit, aber er ist besser als der Frauensee. Damit wir eng mit den Leuten vom Forellenfluß verbunden sind, haben meine beiden Nichten die beiden Söhne des Mannes geheiratet, dem die Jagd dort gehört. Dessen Leute verbringen den Sommer manchmal bei uns am Haarfluß. Wir geben ihm Elfenbein.«

Noch nie hatte ich so viel von Vaters Leuten gehört. Noch nie hatte ich mir allzu viele Gedanken über sie gemacht. Während ich ihm zuhörte, fragte ich mich, was die Leute wohl von mir halten würden und wie ich mich auch nur auf einen aus dem Durcheinander von Namen besinnen sollte, die Vater jetzt über seine Schulter hinweg zu rufen begann. Ich wußte, ich würde mich an keinen davon erinnern.

Das dachte ich wenigstens, bis Vater von einem Mädchen namens Frogga sprach. »Sie ist die Tochter meines Halbbruders Maral mit seiner zweiten Frau«, sagte er. »Ihre Sippe stammt zum größten Teil vom Grasfluß. Sie wäre eine gute Ehefrau für dich.«

Eine Ehefrau! Und ich hatte gedacht, ich würde keinen der Namen von Vaters Leuten behalten. Der Name Frogga ging mir von nun an nicht mehr aus dem Sinn. Eine Ehefrau!

»Kurz nach ihrer Geburt«, sagte Vater, »haben Maral und ich über die Ehe zwischen euch zu reden begonnen. Gewiß, wir hätten sie jemandem vom Schwarzen Fluß versprechen können, aber wir wollen nicht all unsere Frauen fortgeben. Wir haben uns gefragt, wo wir sonst jemanden für dich finden würden. Meine Brüder und ich, wir haben Frauen vom Feuerfluß geheiratet, aber das könntest du nicht. Die meisten unverheirateten Frauen dort gehören durch deine Mutter und ihre Blutsverwandten zu deiner Sippe. Sei es darum. Jetzt, wo du hier bist, können wir ernsthaft über die Ehe mit Frogga reden. Maral ist dafür.«

Wir liefen eine Weile schweigend dahin. Vater schien zufrieden. Er sagte nichts mehr, schritt unermüdet aus und blickte gelassen mal in diese, mal in jene Richtung. Ich war wie entflammt. Ich stellte mir ein schönes Mädchen mit langem, schwarzem, schimmerndem Zopf vor. Doch Andriki schien mit irgendwelchen Zweifeln zu kämpfen. »Du hast Al vergessen«, sagte er schließlich.

»Al? Was ist mit ihr?« fragte Vater.

»Vielleicht ist sie nicht damit einverstanden.«

Vater drehte sich um und schaute Andriki vorwurfsvoll an. »Mag sein, daß du nichts davon weißt, aber ich habe schon mit Bala über diese Ehe gesprochen. Er ist auch dafür. Auf jeden Fall hat er nichts dagegen. Warum sollte er auch?«

»Ja, aber Al«, sagte Andriki. »Sie ist anders als Bala.«

»Worauf willst du hinaus?« fragte Vater.

»Nun«, sagte Andriki, »Bala muß ihr von deinem Plan erzählt haben. Bevor wir gegangen sind, hat sie gesagt, sie halte es für sinnlos, junge Leute lange vor der Ehe miteinander zu verloben. Sie hat gesagt, wenn einer von ihnen umkomme, könnten sich die anderen nie darüber einig werden, wie sie den Gabentausch zur Verlobung rückgängig machen sollten. Die Geschenke gerieten durcheinander, und niemand wisse dann, wem was gehöre. Ich habe mich gefragt, warum sie diese Worte zu mir gesprochen hat.«

»Das klingt so, als hätte Bala es ihr gesagt«, meinte Vater.

»Sie ist die Mutter. Sie wird ein großes Geschenk fordern«, sagte Andriki. »Ob Bala eines für sie findet?«

Vater schwieg eine Weile. Er schritt ruhig dahin, den Blick auf den Weg geheftet, doch er muß angestrengt nachgedacht haben. Schließlich sagte er: »Al will etwas. Also haben ihre Worte einen verborgenen Sinn. Sie meint gewöhnlich mehr, als sie sagt.«

»Du kennst sie am besten«, antwortete Andriki.

Vater dachte weiter nach. »Es geht um ihre Halskette«, sagte er nach einer Weile. »Hast du sie gesehen?«

Nun dachte Andriki nach. »Ich habe an dem Tag, an dem wir gekommen sind, eine Halskette an ihr gesehen. Später hat sie keine mehr getragen«, sagte er.

»Richtig«, sagte Vater. »Wahrscheinlich hat sie die Kette vor uns versteckt. Entscheidend ist, daß sie die Kette noch hat. Sie war mein Hochzeitsgeschenk für Al. Später habe ich versucht, die Kette in einem Austausch von Geschenken für eine Frau aus Bekassines Sippe einzubeziehen, den ich angefangen, aber nicht beendet habe. Das ist das Geheimnis!«

Er ging mit langen, gleichmäßigen Schritten und dachte wieder nach. »Wir haben um Balas guten Willen geworben!« rief er uns schließlich über seine Schulter hinweg zu. »Die Verbindung war schwierig. Die Frau war mit einem anderen Mann verheiratet und mußte geschieden werden, bevor sie mich heiraten konnte. Gerade als die Leute den Gabentausch mit diesem Mann rückgängig machen wollten, ist die Frau gestorben. Einige haben gesagt, die Frau sei nicht geschieden worden. Sie haben ihre Geschenke behalten. Und so sind einige Geschenke nie an die zurückgegangen, denen sie gehörten.

Al hätte die Kette wieder herausgeben sollen. Sie hätte sie ihrem geschiedenen Mann geben sollen. Da sie sich damals nicht von ihr getrennt hat, hätte sie oder irgend jemand die Kette einem Mann aus meiner Gruppe geben sollen, als ich ihre Verwandte Bekassine geheiratet habe. Aber Al wollte sich nicht von der Kette trennen. Sie hat sie stark gemacht, ohne es zu wissen. Jetzt hat die Kette keinen rechtmäßigen Platz. Wem gehört sie? Eines Tages wird es jemand herausfinden und sie für sich fordern. Dann wird Al die Kette verlieren, und das wird ein beschämender Verlust sein, den ihr Bala nicht ersparen wird. Wenn er weiß, wem die Kette zusteht, wird er sie Al mit eigener Hand abnehmen.

Wenn aber nun jemand aus ihrer Sippe – jemand wie du, Kori – die richtige Frau aus meiner Gruppe heiraten würde – Frogga oder eine nahe Verwandte von ihr –, dann müßten die Männer aus meiner Gruppe Al eine sehr schöne Kette schenken. Ich glaube, Bala wird Al helfen zu begreifen, wie sie ihre Kette behalten kann, aber in Ehren, als rechtmäßiges Eigentum anstatt wider alle Vernunft und entgegen dem Wunsch vieler Leute. Kori, du sollst Frogga haben.«

Bekassine drehte sich um und lächelte mich schelmisch an. Ihr Blick sagte: *Lieber hättest du mich.* Doch ich sah nun wieder Frogga vor mir, die meine erste Ehefrau werden würde, *meine* Frau. Ich sah nicht nur lange schwarze Haare, sondern auch runde dunkle Augen und eine glatte Haut. Zu meiner Vorstellung gehörten keine Hochzeitsgeschenke und keine anderen Leute – einzig meine schöne Frau und ich an einem Sommernachmittag, allein in der Ebene. Wie schnell vergaß ich Vaters Bekassine, nachdem ich von meiner Frogga wußte!

Diese Nacht war die letzte, die wir unterwegs verbrachten. Wir schliefen an einer mondbeschienenen grasigen Stelle am Wasser, wo Fledermäuse in niedriger Höhe über uns hinwegflogen und die Stimme einer Eule von den Wänden der Schlucht widerhallte. Mammute hatten sich hier gewälzt. Eine große Menge ihres ausgefallenen Winterhaars war ans Ufer getrieben. Dann hatte sich Staub darübergelegt, so daß die Mammutwolle jetzt wie fester Boden aussah. Diese treibenden Haare hätten dem Fluß seinen Namen gegeben, sagte Vater. Und zur Warnung fügte er hinzu, wer neu am Haarfluß sei, halte ein solches treibendes Feld aus Wolle oft für sicheren Grund, trete darauf und falle ins Wasser. Bekassine, die Vaters Worte nicht gehört hatte, wäre es fast so ergangen, als sie zum Fluß lief, um sich zu waschen und zu trinken. Andriki und ich beobachteten sie grinsend und warteten auf den Platscher. Leider merkte Bekassine, daß sich unter dem Haarfilz kleine Wellen kräuselten.

Als es dunkel war, aßen wir Riedgraswurzeln und einen großen Fisch, den wir auf einem Felsblock entdeckt hatten. Ein Adler hatte ihn wohl gefangen und war dann in die Flucht geschlagen worden. Der Fisch war von der Sonne noch nicht so sehr verdorben, daß man ihn nicht mehr hätte braten können. Wir legten ihn auf unser Feuer, während die Fledermäuse durch den Rauch flatterten.

Bekassine plapperte munter drauflos. Sie erzählte Geschichten von ihren Verwandten am Haarfluß, die sie seit ihrer Kindheit nicht mehr gesehen hatte. Andriki unterhielt sich freundlich mit ihr, aber Vater war sonderbar still geworden. Bekassine warf einen Kieselstein nach ihm, um ihn zu necken. Ich dachte, das würde ihn aufmuntern, weil es bedeutete, daß die Spiele mit Bekassine in dieser Nacht weitergehen konnten. Aber irgend etwas stimmte Vater traurig. Nach langem Schweigen sagte er: »Kori!«

»Vater?«

»Kannst du die Fledermäuse hören?«

Seine Frage verwunderte mich. »Ja«, antwortete ich. »Dann und wann.«

»Ich habe sie auch einmal hören können«, sagte Vater und verfiel wieder in Schweigen. Ich wartete. »Kannst du den Stern sehen, der ›Das Mammutkalb‹ heißt?« fragte Vater nach einer Weile.

Das Mondlicht überstrahlte die meisten Sterne, doch in einer anderen Nacht hätte ich ihn erkannt – einen kleinen Stern neben einem großen, der »Mammutkuh«. »Ja, in dunklen Nächten«, antwortete ich.

»Ich sehe das Kalb und seine Mutter nur noch als *einen*

Stern, und sehr verschwommen«, sagte Vater. »Kannst du die Bärtierchen sehen?«

Ich hatte jahrelang nicht mehr auf diese winzigen Geschöpfe geachtet, die an seichten Stellen in Flüssen leben, aber ich glaubte, daß ich sie immer noch sehen konnte, wenn auch nicht bei Nacht. »Wenn du willst, versuche ich morgen früh eins zu finden«, sagte ich.

»Nein«, meinte Vater. »Es war nur eine Frage. Ich habe schon so lange keine mehr gesehen, daß ich sie fast vergessen habe.«

Ich nahm einen spitzen Stock und zeichnete für Vater ein großes Bärtierchen in den Sand, seinen fetten Körper, seine sechs Beine, seine Zangen und sein gieriges Maul. Dann bildete ich die Nahrung in seinem Inneren ab. Niemand glaubte, daß ich dies wirklich gesehen hatte. Doch ich hatte es gesehen. Ich hatte einmal im hellen Sonnenschein ein Bärtierchen an einem Grashalm vor meine Augen gehalten. Ich hatte durch seinen Körper hindurchsehen können, der, bis auf kleine Punkte dunkler Nahrung, fast so durchsichtig war wie Wasser.

Vater betrachtete meine Zeichnung, sagte aber nichts. Seine Traurigkeit machte mich unsicher. Wozu war es denn gut, das »Mammutkalb« und Bärtierchen zu sehen und die Fledermäuse zu hören? »Warum ist das wichtig für dich?« fragte ich.

Vater wollte zuerst keine Antwort geben. Niemand drängte ihn, doch schließlich sagte er nach langem Schweigen: »Man wird eben alt.«

Alt? Der Ton seiner Stimme kam mir seltsam vor. Ich hatte mein ganzes Leben darauf gewartet, so alt zu werden wie Vater. Und wenn ich's war, wollte ich dasselbe haben wie er – eine Höhle, Frauen, Jagdgründe, Schwäger. Mit Hilfe all dieser Dinge hatte er Bekassine gewonnen, die es anscheinend nie abwarten konnte, daß es endlich Nacht wurde. Wen kümmerte es da, ob man Bärtierchen sehen konnte.

Gewiß nicht Bekassine. »*Du* wirst alt«, sagte sie zu Vater. »Aber ich kann immer noch Bärtierchen sehen. Hier ist eines!« Sie zeigte auf etwas in ihrer hohlen Hand.

Vater lachte. »So alt bin ich nicht, daß ich dich nicht zwingen könnte zu essen, was immer du in der Hand hast«, sagte er und griff nach ihr.

»Nein«, sagte Bekassine und wich ihm aus. »Ich helfe alten Männern. Ich kämpfe nicht mit ihnen.«

Andriki lachte über Vater, und Vater lachte auch. Ich nicht. Vaters Traurigkeit hatte auch mich traurig gemacht, und ich dachte an das, was er mir heute erzählt hatte – Dinge aus der Vergangenheit, die er getan hatte, um seinen Leuten zu helfen. Er hatte Bekassine für sich gewonnen, doch es gab vieles, das er nicht von ihr wußte. Er schien gar nicht zu bemerken, daß sie immer noch an mich dachte, obwohl jemand anderer das gleich gesehen hätte. Andriki sah es, das wußte ich. Und die anderen Leute würden es wohl auch sehen. Was würden sie von Vater halten? Und was von mir? An Vaters Stelle wäre ich zornig gewesen. Aber er hatte sich von Bekassine besänftigen lassen. Was hatte er vom Leben erwartet, als er noch jung war und die Fledermäuse hören und die kleinsten Sterne und die Bärtierchen sehen konnte? Was erwartete er für mich?

Ich schaute ins Feuer und beobachtete die Flammen vor dem dunklen, rasch vorbeiströmenden Fluß. Ich war traurig, weil Vater traurig war, aber auch, weil unsere lange Reise zu Ende ging und sich das, was zwischen Vater und mir gewesen war, ändern würde, wenn wir in seiner Höhle waren, bei seinen eigenen Leuten.

Am späten Nachmittag des folgenden Tages – ich war hungrig und müde und hätte gern ein Lager aufgeschlagen und etwas zu essen gesucht – rochen wir Rauch und Aasgestank. Bald hörten wir auch Fliegensummen, Axtschläge und ein Durcheinander menschlicher Stimmen. Jemand rief Vaters Namen. Wir waren bei der Höhle angelangt. Man hatte uns gesehen, und Leute kamen aus der Schlucht. Sie liefen einen Pfad hinauf, der in die Ebene führte.

Sie umringten uns und sprachen alle zugleich. Eine sehr schöne Frau umarmte Bekassine, wenn auch recht steif. Das war Yoi, Vaters ältere Frau aus Bekassines Sippe. Die schöne Frau faßte einen kleinen Jungen am Oberarm und zog ihn heran, um ihn Bekassine zu zeigen. Er gehörte ebenfalls zu ihrer Sippe.

Am Rand der Schlucht setzte ich mein Bündel ab, hockte mich daneben und hielt unter den vielen Menschen Ausschau nach dem Mädchen, das Frogga sein mochte. Ich sah mehrere Männer mit Vater reden, seine Schwäger und Halbbrüder, das wußte ich. Ich sah eine Gruppe von Frauen, darunter eine mit glattem, hellem Haar und blauen Augen, wie Vater und Andriki, Augen von der Farbe des Himmels. Sie war älter als Vater. Das mußte meine Tante Rin sein. Unsere Blicke begegneten sich, und sie ging auf mich zu, blieb jedoch auf halbem Weg stehen und begrüßte Vater.

Ich schaute mich unter den anderen Leuten um und hoffte, meine schöne Frogga zu entdecken. Ich sah nicht ein Mädchen, sondern zwei, das eine etwas älter als das andere, und beide mit glänzendem schwarzem Haar. Sie hüteten mehrere kleine Kinder, die mich unsicher betrachteten, wie es Kinder tun, wenn sie Fremden begegnen. Da ich nichts falsch machen wollte vor meiner zukünftigen Frau, starrte ich nur auf meine Füße und blieb reglos sitzen.

Ganz in der Nähe führte ein Pfad, der breit genug für Mammute war, die Wand der Schlucht hinunter. Gewiß war dies der Wechsel, von dem Vater erzählt hatte, der Weg, auf dem die Mammute zum Fluß gingen. Von der Stelle, an der ich saß, konnte ich nicht in die Tiefe blicken. Ich wartete lange darauf, daß mich jemand begrüßte, und sei es auch nur meine Tante, die immer noch mit Vater sprach, aber schließlich wurde ich ungeduldig, weil man mich so lange nicht beachtete. Um überhaupt etwas zu tun, stand ich auf und spähte über den Rand der Schlucht.

Unmittelbar unter mir waren der rundliche Rücken und

der gewaltige Kopf eines Mammuts zu sehen, das halb saß und halb lag, als habe es geschlafen und wolle sich gerade erheben. Neben dem Mammut stand ein Kalb – ein Jährling. Während ich so schaute, erstaunt über den Anblick eines Mammuts, das sich so nah bei einem von Menschen bewohnten Ort niederlegte, wuchtete sich die Kuh einmal, zweimal empor, wie um aufzustehen, und rollte dann auf die Seite.

Da erkannte ich, daß sie sich beide Vorderbeine gebrochen hatte. Unterhalb ihrer Knie hatten sich die Knochen durch die stark angeschwollenen Muskeln und die Haut gebohrt. Sie traten wie weiße Speerspitzen hervor. Das Kalb stellte sich hinter die Kuh und begann an ihrem Schulterfell zu zupfen. Die Kuh streckte ihren Rüssel nach dem Kalb aus.

Unterhalb der Tiere weitete sich der Fluß, der an dieser Stelle nicht sehr tief war, aus und bildete ein Hochwasserbett. Es war mit Knochen und Schädeln weiterer Mammute förmlich übersät. Ein Teil dieser Überreste war jahrelang der Witterung ausgesetzt gewesen und ausgebleicht. Andere hingen noch zusammen. Sie waren mit wolliger Haut überzogen und genauso ausgetrocknet wie die des Kadavers an Uskes Quelle. Als ich das sah, war mir klar, welch gute Sommerjagd Vater und seine Brüder gefunden hatten, und ich empfand Stolz darauf, hierher zu gehören. Unter mir lag mehr gutes Fleisch, als ich je an einem Ort gesehen hatte, genug für alle Leute in der Höhle und noch viele mehr. Mit vollem Recht nannte Vater seine Brüder und sich selbst Die, die den Füchsen Nahrung geben, oder Männer des Fleisches.

Ich hörte, daß Vater jemandem erzählte, ich sei mit ihm vom Feuerfluß her gekommen. Dann trat ein hochgewachsener Mann vor mich hin. Er hatte helle Augen und dichtes helles Haar, genau wie Vater. Auf seinem Nasenrücken, wo die Sonne seine Haut abgeschält hatte, hatten sich rote Stellen gebildet. Das war mein Onkel Maral. Ich stand auf, um ihn zu begrüßen, und sah, daß hinter ihm die meisten Leute, darunter Bekassine, Andriki, die beiden hübschen Mädchen und die kleinen Kinder, den Pfad zur Höhle in der Wand der Schlucht hinuntergingen. Wir folgten ihnen. Onkel Maral nahm mein Bündel und trug es für mich.

Als wir an ihm vorbeigingen, blickte das Mammutkalb mit erhobenem Rüssel und aufgestellten Ohren zu uns herauf. Seine Mutter, nun auf den linken Ellenbogen gestützt, war auch wachsam. Sie hatte die Augen geöffnet und bewegte suchend ihren Rüssel. Bald wuchtete sie sich von neuem empor. Sie wollte aufstehen, und als sie merkte, daß sie das nicht konnte, brüllte sie ärgerlich.

Das Kalb stellte sich vor ihren Kopf.

Maral sah, daß ich die Mammute beobachtete. »Geh nicht hinunter«, sagte er. »Das Kalb wird dich verfolgen. Und komm auf keinen Fall der Mutter zu nahe.«

»Was habt ihr mit den Mammuten vor, Onkel?« fragte ich höflich. Maral lachte. »Wir werden sie essen«, sagte er.

Doch jetzt konnte man die Mammute noch nicht essen, und ich war hungrig. Ich fragte mich, was die Leute aßen solange sie auf das Mammutfleisch warteten. Der Rauch, der aus dem Höhleneingang quoll, trug den Geruch von Zwiebeln heran. Gab es etwa nichts außer Zwiebeln? Ich nahm mir vor, meine Enttäuschung, gleichgültig, was es gab, nicht zu zeigen, obwohl mir das Wasser im Mund schon bei dem Gedanken an Fleisch zusammenlief.

In der Hoffnung, das Essen werde nicht zu lange auf sich warten lassen, folgte ich Maral zur Höhle hinunter, in der sich die meisten Leute inzwischen um Vater und Andriki geschart hatten und deren Bericht von unserer Reise lauschten. Viele Frauen wollten Neues von ihren Verwandten am Feuerfluß hören und achteten deshalb nicht auf die Zwiebeln, die allmählich verschmorten. Ich merkte es, scheute mich aber, etwas zu sagen. Man hätte mich für gierig halten können. So mußte ich mit ansehen, wie die Zwiebeln zuerst braun und schwarz wurden und schließlich in Flammen aufgingen.

Da endlich versuchte eines der hübschen Mädchen, die Flammen mit einem Stock auszuschlagen, doch es war längst zu spät. Sie schob die verbrannten Zwiebeln beiseite und legte fünf neue an ihre Stelle. Bald stieg ein köstlicher Duft von ihnen auf. Meine Gedanken kreisten nur um zwei Fragen: Welches von den hübschen Mädchen war Frogga, und wie viele Leute sollten von den fünf kleinen Zwiebeln satt werden?

Um mich abzulenken, schaute ich mich in der Höhle um. Die Wände bestanden aus hellgelbem Sandstein und bildeten einen großen, dämmrigen Raum, so hoch, daß ein erwachsener Mann darin aufrecht stehen konnte, ohne die Decke zu berühren, und so lang, daß wir uns alle in der Nacht würden niederlegen können. Zwei Feuer brannten, doch an dem einen saß niemand. Alle hatten sich um das zweite Feuer versammelt, und alle sprachen gleichzeitig auf Vater ein. Ihre Stimmen hallten vom Fels wider. Über den Feuern war die Decke schwarz von Ruß, und die Wände waren voller Handabdrücke von Kindern. Die Luft in der Höhle roch nach Ruß und kleinen Kindern – nach dem Harn und dem Kot, den sie noch nicht verhalten konnten.

Es heißt zwar, daß es Unglück bringt, Leute zu zählen, aber ich tat es trotzdem, wenn auch heimlich, indem ich für jeden Menschen, den ich sah, einen Finger gegen meine Handfläche drückte. Auf diese Weise zählte ich fünf Männer außer Vater und Andriki und zehn Frauen außer Bekassine. Mir fiel gleich auf, welche von ihnen Andrikis Frau war. Sie saß sehr dicht bei ihm, schmiegte sich an ihn, blickte ihn aber nicht an und langte dann und wann in einen kleinen Beutel, aus dem sie Feuerbeeren herausholte, die sie Andriki zusteckte. Er schob sie einzeln in den Mund, während er sprach. Ich wußte auch schon, wer Yoi war, Vaters ältere Frau, und es freute mich, daß sie den Platz neben Vater eingenommen und Bekassine beiseite gedrängt hatte. Bekassine schaute verdrossen drein und sah mich, vielleicht, damit ich sie aufmunterte, immer wieder verstohlen an. Doch ich war in Gedanken bei Frogga und achtete deshalb nicht weiter auf sie.

Mittlerweile wurden die Zwiebeln wieder schwarz und gingen in Flammen auf. Würden wir heute denn gar nichts zu essen bekommen? Dann und wann hörte ich von den Felsen unterhalb der Höhle eines der Mammute poltern und mußte wieder an Fleisch denken.

Um mir die Zeit zu vertreiben, ehe ein drittes Mal Zwiebeln aufs Feuer gelegt wurden, zählte ich die Kinder. Es waren viele, auch Säuglinge, im Hemd ihrer Mutter verborgen, und es dauerte nicht lang, da hatte ich sechs gesehen. Unter ihnen war ein kleines Mädchen, das gerade erst laufen gelernt hatte. Sie konnte es noch nicht gut; sie drohte bei jedem unsicheren Schritt hinzufallen. Ein Amulett gegen Durchfall hing an einer Schnur um ihren Bauch, das war ihr einziges Kleidungsstück. Sie sabberte, und Rotz rann aus ihrer Nase. Als sie merkte, daß ich sie anschaute, stolperte sie auf mich zu, merkte dann aber, daß sie mich nicht kannte, und blieb auf wackligen Beinen stehen, um mich mit großen Augen anzustarren. Plötzlich schaute sie zwischen ihren Beinen herunter. Eine Harnpfütze bildete sich auf dem Boden. Das war aufregender als ich. Das kleine Mädchen beugte den Kopf und ging in die Knie, um die Pfütze zu betrachten. Als die nicht mehr größer wurde, drehte sie sich um und stolperte auf Maral zu, der ihren Arm faßte und sie auf seinen Schoß zog. Er küßte sie. Dann merkte er, daß ich das Kind betrachtete. Er hielt es empor und rief: »Frogga!«

So und nicht anders lernte ich meine zukünftige Frau kennen! Nie zuvor war ich so bitter enttäuscht gewesen. Ich starrte sie an, sie starrte mich an, und was wir sahen, gefiel uns beiden nicht. Schlimmer noch, als er Froggas Namen hörte, begann Vater gleich von der Hochzeit zu reden. Er erzählte Maral, wie Bala uns helfen könnte, Mutters Einverständnis dazu zu erzwingen. Dann, während Vater und Maral endlos über Hochzeitsgeschenke sprachen, schoben einige Frauen die kleine Frogga auf mich zu und sagten ihr, sie habe einen Ehemann. Frogga sträubte sich. Schließlich weinte sie und versteckte sich hinter ihrer Mutter. Die Frauen vergaßen sie und unterhielten sich weiter. Auch ich versuchte, Frogga zu vergessen, bis eine Frau von hinten an mich herantrat und sie mir auf den Schoß setzte. Ihre glatte, bloße Haut war kühl und feucht. Sie zappelte, um fortzukommen, und ich hinderte sie nicht daran. Sie wandte mir ihre Kehrseite zu und verschwand auf allen vieren.

Unterdessen hatte sich die Vorstellungskraft der Leute an dieser Verbindung entzündet. Sie machten soviel Wesens um uns, daß das Kind neugierig auf mich wurde. Zu meiner Überraschung und zu meinem Verdruß spürte ich ein Zupfen am Ärmel und stellte fest, daß sich Frogga an mir emporzog. Sie war gekommen, um mir eine Handvoll Asche, naß von irgend etwas, in den Mund zu stopfen. Alle lobten sie. Diese Aufmerksamkeit brachte sie erst richtig auf Trab. Als ich die Lippen fest zusammenpreßte, damit ich das widerwärtige Zeug, das sie mir mit ihren kräftigen kleinen Fingern hineinzuschieben versuchte, nicht schlukken mußte, brüllte sie und schmierte mir die Asche ums Kinn. Die Leute jubelten und sagten, Frogga füttere ihren Mann und werde mir eine gute Frau sein. Frogga griente und tapste davon. Mir war das alles schrecklich peinlich.

Ich habe wirklich schon schönere Nächte erlebt als jene erste Nacht in Vaters Höhle. Noch nie hatte ich mich irgendwo dermaßen fremd gefühlt. Hatte ich anfangs gedacht, ich wüßte die Namen einiger Leute schon, verwirrte mich doch bald deren Vielzahl, und ich blamierte mich, indem ich sie verwechselte. Sogar meinen Onkel Maral hielt ich für jemand anderen. Ich fing einen Blick von Vater auf, der mich mit enttäuscht heruntergezogenen Mundwinkeln musterte. Bekassine wiederum sah mich höhnisch grinsend an, nachdem sie Frogga und mich beobachtet hatte. Vielleicht hätte ich doch mehr auf Bekassine eingehen, ihr behilflich sein sollen. Spät am Abend, als die Ecken der Höhle im Dunkeln lagen und all die unbekannten Gesichter vom Feuerschein erhellt wurden, verschwanden die wenigen Zwiebeln im Mund anderer Leute, und ich merkte, daß ich nicht einmal einen kleinen Bissen zu essen bekommen würde.

Immerhin, dachte ich, *kann ich am Fluß Wasser trinken.* Ich erhob mich leise im Schatten hinter dem Kreis der Menschen, die lärmend am Feuer saßen, nahm meinen Speer und lief zum Eingang der Höhle. Niemand merkte, daß ich ging.

7

Bei Nacht erschien mir das Tal sehr tief und weit. Es war von Wind und Mondlicht erfüllt. Weit unter mir hörte ich, wie der Fluß über Felsblöcke und die weißen Mammutknochen schäumte, die im Wasser lagen. Ich fragte mich, was für Tiere nachts hier am Ufer Beute jagen mochten, und lauschte, aber ich hörte nur die Leute hinter mir schwatzen. Bis auf den Wind und das Wasser war es im Tal still. Doch Stille hat nicht viel zu bedeuten, auf jeden Fall nicht bei Löwen. Ich schlich aus der Höhle, ging leise ein Stück den Pfad hinunter und spitzte wieder die Ohren.

In der rechten Hand spürte ich das Gewicht meines Speers. Leicht und griffig war er; er fühlte sich gut und vertraut an. Es war der gleiche Kinderspeer, den ich schon vom Feuerfluß mitgebracht hatte. Vater hatte sein Versprechen, mir zu zeigen, wie der Feuerstein, den er mir geschenkt hatte, zur Speerspitze verarbeitet wurde, noch nicht wahrgemacht. Aber mein Speer gab mir Zuversicht. Allein im Dunkeln fühlte ich mich meiner selbst viel sicherer als vorher, voll Verlegenheit unter Fremden. Ich bewegte mich lautlos am Rand der Schlucht entlang, bis ich fast am Wasser war. Dort blieb ich wieder stehen, um zu horchen, was in der Nähe sein mochte.

Ich roch Wasser, den Rauch des Feuers in der Höhle und die nach Gras schmeckende Ausdünstung der beiden Mammute, die ich atmen hören konnte, nachdem ich stehengeblieben war. Außerdem roch ich die frischen Wunden der Mammutkuh. Ich duckte mich in den Schatten, den die Steilwand der Schlucht warf, und saß reglos, den Speer bereit zum Wurf. Nach einer Weile ertönte ein tiefes Brummen, so leise, daß es kaum hörbar war; so leise, daß es von überall und nirgendwo zu kommen schien. Es war, als klinge der Ton in mir selbst nach und lasse meine Brust erbeben.

Es war die Mammutkuh, die rief. Ich lauschte, als riefe sie mich, und währenddessen nahm ein Plan in mir Gestalt an. Dann holte ich Atem und antwortete ihr.

Onkel Bala hatte mich oft gelobt, weil ich Tierstimmen zum Verwechseln ähnlich nachahmen konnte. Das dröhnende Brummen, das ich jetzt hervorbrachte, mochte der Mammutkuh vorgekommen sein, als komme es von weit her, denn verglichen mit ihrer mächtigen Stimme war meine eigene schwach, aber es muß doch so echt gewirkt haben, daß sie und ihr Kalb aufmerksam horchten. Nachdem ich gerufen hatte, waren sie still. Ich hörte nichts mehr von ihnen, kein Rascheln, nicht einmal ihren Atem, nicht einen Ton.

Plötzlich rief die Kuh wieder, lauter diesmal, und ich sah das Kalb gegen den Himmel. Es hatte Kopf und Rüssel gehoben und seine Ohren aufgestellt. Hellwach und erregt eilte es auf mich zu. Ha! Vielleicht dachte es, ein anderes Mammut sei ihm und seiner Mutter zu Hilfe gekommen! Mit aller Kraft warf ich meinen Speer.

Er traf das Kalb in die Brust. Es schrie. Die Mutter trompetete und brüllte, wuchtete sich empor und zappelte wie ein Fisch auf dem Trockenen, als sie versuchte, auf die Beine zu kommen. Ich schleuderte einen Stein gegen meinen Speer, damit er sich aus der Brust des Mammutkalbs löste, und sobald ich hörte, daß er scheppernd auf die Felsen fiel, bewarf ich das Hinterteil des Tieres mit Steinen, um es vom Speer fortzuscheuchen. Die ganze Zeit über riefen beide Mammute, und als vom Weg her feiner Kies auf mich niederrieselte, wußte ich, daß sich Männer aus der Höhle näherten.

Ehe sie bei mir waren, nahm ich meinen Speer auf und stieß ihn dem kleinen Mammut zwischen die Rippen, mitten ins Herz. Es war so gut wie tot, obwohl es noch immer keuchte und stöhnte und obwohl seine Mutter trompetete und schrie. Als die Männer am Grund der Schlucht ankamen, konnte ich mir ein Lächeln nicht verkneifen.

»Ho? Was ist?« rief Vater.

»Vater, ich bin hungrig«, sagte ich.

Da lachte Vater und schlang seine Arme um mich, klopfte mir auf die Schulter und strich mir übers Haar. »Er ist mein Sohn!« rief er den anderen Männern zu, die am Ende des Wildwechsels stehengeblieben waren, weil sie sich nicht in die Nähe der Mammutkuh wagten. »Habe ich etwa nicht recht daran getan, ihn vom Feuerfluß zu holen?«

Doch nicht alle waren froh. Ich merkte es anfangs nicht, weil das Mammut einen solchen Lärm machte, aber viele der Männer schwiegen. Dann blickte mich ein Alter, dessen Namen ich damals noch nicht kannte, zornig an und sagte: »Sieh mal, wo das Kalb liegt.« Ich schaute. Im Todeskampf war das Kalb seiner Mutter so nahe gekommen, daß sie es noch mit dem Rüssel erreichen konnte. »Jetzt werden wir die Mutter töten müssen, sonst verlieren wir das Fleisch des Kalbes. Mein Schwiegersohn sollte die Kuh töten. Dann hätte er meiner Frau und mir das Elfenbein geben können, das er uns für seine Verheiratung schuldig ist.«

Das hätte ich wissen müssen. Am Feuerfluß stehen alle Teile eines erlegten Tieres irgend jemandem zu, je nachdem, wer es gejagt und getötet hat. Was für Fleisch galt, mußte erst recht für Elfenbein gelten. Nun erkannte ich, daß die Leute die Mammutkuh nicht von selbst hatten sterben lassen wollen, sondern höflich auf die Ankunft dessen gewartet hatten, der sie rechtmäßig töten durfte.

Vater versuchte, mich zu verteidigen. »Wir haben deinem Schwiegersohn viel Zeit gegeben«, sagte er. »Wie lange sollten wir noch warten? Wenn dein Schwiegersohn Elfenbein haben will, muß er eben da bleiben, wo man es findet. Und was ist mit dem Fleisch? Dein Schwiegersohn ist seit etlichen Tagen fort. Er kann nicht verlangen, daß wir Hunger leiden, während wir auf ihn warten.«

Doch der Alte war anderer Meinung. »Kori ist neu hier, und vielleicht hat er nicht gewußt, daß er sich an etwas vergreift, das ihm nicht zusteht. Aber du hast es gewußt. Du hättest ihn davon abhalten sollen«, sagte er mürrisch zu Vater.

»Beim Großen Bären! Ich hätte ihn ja davon abgehalten! Wenn ich geahnt hätte, daß er mitten in der Nacht allein in die Schlucht geht, um mit einem Kinderspeer gegen zwei Mammute zu kämpfen, hätte ich es ihm gewiß verboten!« erwiderte Vater.

Maral hob seinen Speer. Er äugte am Schaft entlang, zielte und sagte: »Genug geredet. Was geschehen ist, ist geschehen. Bringen wir's zu Ende.« Er warf seinen Speer und traf die Flanke der Kuh. Sie brüllte. Jetzt schleuderten auch die anderen Männer ihre Speere. Viele gruben sich tief in das Fleisch der Mammutkuh ein.

Das Tier schlang seinen Rüssel um Marals Speer und zog ihn aus seiner Flanke heraus. Zu meiner Überraschung warf es ihn in unsere Richtung. Die Kuh zielte natürlich nicht richtig, und deshalb flog der Speer zur Seite und klapperte gegen die Felsen, ohne Schaden anzurichten. Trotzdem starrten wir sie voller Erstaunen an. »Sie wirft meinen Speer?« sagte Maral. »Diese Kuh will mir kein Elfenbein geben!«

Laut ächzend tastete die Mammutkuh mit dem Rüssel nach den übrigen Speeren in ihrem Leib und betastete dann ihre Vorderbeine, wo sich die zersplitterten Knochen aneinander rieben, wenn sie sich bewegte. Sie schlug auf ihre Beine ein, als dächte sie, die griffen sie an. Ich roch ihr Blut, das jetzt in breitem Schwall hervorströmte, und sah es fast schwarz im Mondlicht glänzen. Ihr Sinn verwirrte sich. An dem vielen Blut, das aus ihr hervorquoll, merkte ich, daß sie nicht mehr lange leben würde.

Schließlich begann sie zu keuchen und den großen Kopf hin und her zu wiegen. Die Männer sprachen erregt und erwartungsvoll, und an dem freudigen Klang ihrer Stimmen – weil eine Fleischmahlzeit nahe war – merkte ich, daß die Leute meinetwegen nicht verärgert waren, die meisten wenigstens. Trotzdem hielt ich es für das klügste, sie um Verzeihung zu bitten. »Ich wußte nicht, daß ihr das Mammut für einen anderen Jäger aufgespart habt. Es tut mir leid, meine Onkel«, sagte ich ehrerbietig.

»Laß gut sein«, antwortete Maral. »Schließlich hast du Fleisch für uns erlegt. Die Frauen werden es dir danken.«

Die Frauen! Ich hörte sie schon lachen und reden. Sie gaben sich keine Mühe, leise zu sein. »Wartet«, sagte Maral, damit sie sich nicht zu früh auf die Mammute stürzten. Ungeduldig sammelten sie sich am Ende des Weges, während Maral Stein um Stein nach den Augen und Ohren der Kuh warf, um festzustellen, ob sie zurückzuckte. Sie mochte immer noch leben – ich glaubte sie seufzen zu hören –, doch ihre gewaltige Kraft war dahin.

Nach einer Weile wandte Maral ihr den Rücken zu. Die Frauen sahen, daß von der Kuh keine Gefahr mehr drohte, und sie liefen zum Kalb und schnitten sofort große Fleischstücke herunter. Als die letzten Frauen dort ankamen, trugen die ersten schon Fleisch in die Höhle.

Ihre Hast erstaunte mich. Wußten sich diese Frauen nicht zu benehmen? Ich war der Jäger des Mammutkalbs! Am Feuerfluß und an allen Orten, von denen ich je gehört hatte, teilen die Menschen das Fleisch danach auf, wie sie mit dem Jäger verwandt sind, die Hinterbeine bekommen dessen angeheiratete, die Vorderbeine die Blutsverwandten, die Haut ist der Frau des Jägers vorbehalten und so fort. Hier am Haarfluß war Maral mein Onkel und mein künftiger Schwiegervater. Ein großer Teil des Fleisches hätte an ihn gehen müssen. Statt dessen rafften die Frauen an sich, soviel sie bekommen konnten, ohne an die rechtmäßigen Besitzer zu denken.

»Vater«, flüsterte ich. »Was ist los? Warum hält niemand sie auf?«

»Wen?« fragte Vater.

»Die Frauen! Sie sollen nicht alles nehmen! Denken sie denn nicht an den Jäger? Sind sie Tiere, daß sie das Fleisch nicht aufteilen können?«

Vater lachte. »Teilen wir etwa das Wasser auf? Nein, wir teilen nur das, was knapp ist. Unsere Frauen sind immer hungrig auf Fleisch, und nun, da es reichlich Fleisch gibt, bedienen sie sich nach Belieben. Denk darüber nach! Wenn wir einen Bison hätten, würden wir ihn teilen. Aber das Fleisch eines Bisons ist fast nichts neben dem Fleisch, das hier liegt. Löwen und Hyänen werden sich daran satt fressen, und es wird immer noch genug da sein. Sind die Stücke eines Mammuts so verschieden voneinander, daß wir uns damit aufhalten müssen, Mammutfleisch aufzuteilen?«

»Und das Elfenbein?«

»Das ist etwas anderes. Da bedienen sich die Frauen nicht nach Belieben.«

»Wer bekommt es?«

»Bist du ein Kind, daß du's nicht weißt?« fragte Vater.

Ich konnte ihm keine Antwort geben. Wenn ich recht gesehen hatte, hatten alle Männer das Mammut getroffen. Vielleicht wußten sie nicht, wessen Speer es getötet hatte; vielleicht hockten sie deshalb im Mondlicht um die Kuh herum und wühlten in den Wunden – um zu erfahren, wie tief sie gingen, um herauszufinden, wer die Kuh erlegt hatte. Doch wer immer es gewesen sein mochte, ich war es nicht.

Nun gab Vater selbst Antwort auf seine Frage. »Du weißt es nicht, weil die Leute bei deinem Onkel Bala keine Mammute jagen.« Das stimmte. Im Grasland am Feuerfluß, wo die Ufer flach waren, blieben die Mammute in großen Herden zusammen und tranken ohne Furcht. Sie hetzten Menschen, wie sie Löwen hetzten. Die Löwen hielten sich von den Mammuten ebenso fern wie wir.

Vater erklärte: »Kein einzelner Mann kann ein Mammut töten. Kein einzelner kann seine Stoßzähne besitzen. Aber die Männer, deren Speere das Mammut verwundet haben, und all die, die ihr Leben eingesetzt haben, um es zu jagen, bekommen einen Anteil. Mir zum Beispiel steht einer zu. Ich brauche ihn auch«, ergänzte Vater und ließ den Blick auf seinen beiden Frauen ruhen, die sich über das Fleisch gebückt hatten und es zerlegten. Vielleicht dachte er an den Austausch der Hochzeitsgaben.

Ich betrachtete die Stoßzähne der Kuh, gewaltige gebogene mondbeschienene Sicheln, die sich vor dem Himmel abzeichneten. Ein Mann auf den Schultern eines anderen Mannes wäre nicht so groß gewesen wie diese Stoßzähne. Wenn jemand anderes das Kalb erlegt hätte, hätte ich meinen Speer zur Hand gehabt, als es an der Zeit war, die Mutter zu töten. Ich hätte ihn gegen sie schleudern und mir einen Anteil am Elfenbein verdienen können. Mit eigenem Elfenbein hätte ich bei meinem eigenen Gabentausch selbst Geschenke machen und bei meiner Verheiratung ein Wörtchen mitreden können. So aber hatte ich mir mit meinem vorschnellen Handeln selbst geschadet.

Doch spät in der Nacht, als ich in der Höhle auf dem Rücken lag, den Bauch voll Mammutfleisch und in den Ohren das Lob vergnügter, zufriedener Menschen, da fühlte ich, daß mir die Jagd auch Gutes gebracht hatte. Schwiegereltern mögen einen vielleicht nicht, wenn man kein Elfenbein hat, aber ihre Töchter mögen einen ganz gewiß nicht, wenn man kein Fleisch heimbringt.

8

Bevor der Grasmond sich rundete und bei Sonnenuntergang aufstieg, hatten wir die Beine und das Hinterteil des kleinen Mammuts gegessen, und als der Mond wieder abnahm und bei Tagesanbruch aufstieg, hatten wir die Oberkeule der Kuh gegessen. Wenn ich an diesen Sommer denke, denke ich ans Schmausen. Ich erinnere mich, daß mein Bauch ständig prall mit Fleisch gefüllt war.

Des Nachts, während wir schliefen, horchten wir, ob Löwen in der Schlucht auftauchten, um sie dann mit Feuer und Steinen von unseren Mammuten zu verjagen. Doch es kam nur ein alter Löwe in unsere Nähe. Manchmal trafen wir ihn in der Umgebung der beiden Kadaver an, aber er störte uns nicht, und wir störten ihn nicht. Die übrigen Löwen, ein Rudel, das unsere Sommergründe zu durchstreifen pflegte, hielten sich weiter östlich auf, wo in diesem Jahr ihre grasfressenden Beutetiere zu finden waren.

Im Grasmond legten wir am Fluß Schlingen aus, um die Füchse, Hyänen und Wölfe zu fangen, die sich einen Teil vom Fleisch holen wollten. Wir erwischten mehrere von ihnen, und so hatten die Frauen gut zu tun: sie schabten die Felle ab und gerbten die Häute. Eines späten Nachmittags erschien ein Bär. Einige von uns nahmen ihre Speere und stiegen leise in die Schlucht hinunter. Wir benutzten nicht den Pfad, sondern ließen uns vorsichtig an der Steilwand herab. Der Bär steckte zur Hälfte im Inneren der Mammutkuh und fraß. Wir pirschten uns von allen Seiten an und warfen alle zugleich unsere Speere. War das ein Spaß! Mir gegenüber stand Andriki. Plötzlich flog sein Speer an mir vorbei. Er hatte den Bären verfehlt und mich fast getroffen! Wir lachten ihn aus. Den Bärenpelz nahmen wir mit.

Tagsüber schnitten wir Mammut- und Bärenfleisch in Streifen und dörrten es. Als die Streifen fertig waren, lang und hart wie Holzstöcke, schichteten wir sie im hinteren Teil der Höhle auf. Bald hatten wir mehr, als wir brauchten. Der Sommer ist kurz; im Herbst würden wir zu unserem Winterlager wandern. Was sollten wir mit Fleisch anfangen, das wir nicht tragen konnten?

Wir waren sehr glücklich während des Grasmonds, das heißt, wir Männer waren es. Nach Sonnenaufgang liefen wir zu unserem Auslug zwischen den Felsblöcken am Rande der Schlucht. Wir zündeten Feuer an und verbrachten dort den Tag. Wenn die Sonne vom Himmel brannte, spendeten die Felsen kühlenden Schatten, und wenn ein frischer Wind wehte, schützten und wärmten sie uns, weil sie die Hitze des Feuers abstrahlten. Von diesem Platz aus konnten wir alles sehen, was flußaufwärts, flußabwärts und in der Ebene vor sich ging.

Jeden Morgen sammelten einige von uns trockene Knochen, Dung, Gras oder Reisig für das Feuer, während die anderen zu dem Bären und den Mammuten gingen, die großen, laut summenden Fliegenschwärme verscheuchten und Fleisch von den Kadavern abschnitten. Den ganzen Tag kochten und aßen wir zwischen den Felsen und bearbeiteten dabei Steine oder schnitzten Elfenbein. Wir redeten miteinander – über Frauen, über die Jagd und über seltsame Dinge, die uns begegnet waren. Andriki erzählte von Uskes Quelle und der Nacht, die er und ich in jenem toten Mammut verbracht hatten. Es waren vergnügte Gespräche, und wir lachten viel dabei. Nichts störte uns. Selbst als ein Mann, den ich nicht kannte, aus östlicher Richtung kam, sich zu uns setzte und Klage darüber führte, daß wir die Mammute vor seiner Rückkehr erlegt hatten und daß er nun kein Elfenbein für seinen Geschenketausch bekommen konnte, ließen wir uns unsere gute Laune nicht verderben. Es war Kida, Halbbruder Marals und Vaters leiblicher Bruder. Vater sagte: »Denk nach, bevor du redest! Du gibst den Eltern deiner Frau Elfenbein. Nun folge dem Weg dieses Elfenbeins. Deine Schwiegereltern würden es im Austausch für die Frau ihres Sohnes verschenken, aber hier sind die einzigen Blutsverwandten dieser Frau meine Ehefrauen. Und darum wäre ein Teil deines Elfenbeins, wenn du es bekommen hättest, an mich gegangen. So aber habe ich meinen Anteil schon.«

»Dann sind mir die Schulden bei deinen Frauen erlassen?« fragte Kida.

Wir lachten alle, auch Vater. »Ah, du willst mich überlisten«, sagte er.

So ging es zu bei uns Männern. Wir lebten unbeschwert, waren sicher, daß uns eine gute Jagdzeit bevorstand. In der Ebene östlich von uns hatte Kida das Gras abgebrannt, so daß die grasfressenden Tiere, vor allem die Mammute, nach Westen ziehen und uns entgegenkommen mußten. Dort hatte die Schlucht hohe Wände; die Tiere mußten über steile Pfade klettern, wenn sie ans Wasser wollten, und wir konnten sie jagen. Nach dem, was ich von den Männern hörte, glaubte ich, daß wir dieses Jahr noch mehr Mammutfleisch am Fuße des Abhangs sehen würden, ehe wir uns auf den Weg zu Vaters Winterlager machen mußten, mehr Fleisch, als wir essen konnten, und dazu Elfenbein in Hülle und Fülle. So sagten die Männer, und ich zweifelte nicht daran, daß sie recht behalten würden. Die gebleichten Knochen auf unserer Seite des Flusses kündeten von solcher Jagd in früheren Jahren.

Die gute Jagd wurde uns doch noch verdorben, und das lag an den Frauen. Bei ihnen standen die Dinge anders als bei uns. Sie verbrachten ihre Tage mit der Bearbeitung von Häuten am Höhleneingang und aßen dabei Fleisch und tranken Wasser wie wir. Aber sie waren nicht so glücklich und unbesorgt. Wir hatten die Mammute noch nicht lange getötet, da gab es Verdruß. Von der Höhle her begannen wir Vaters Frauen zu hören, Yoi und Bekassine, die einander mit schriller Stimme anschrien. Fast jeden Tag brachte Yoi Bekassine zum Weinen.

Während wir ihnen von fern zuhörten – Yoi hart und selbstgewiß wie ein Adler, Bekassine klagend und bang wie eine Wachtel –, schaute ich Vater an, um zu sehen, was er dachte. Anfangs achtete er kaum auf den Streit, da er jedesmal endete, sobald Männer in der Höhle waren. »Die Ehefrauen eines Mannes zanken sich gelegentlich, wenn eine von ihnen neu ist. Aber dann gewöhnen sie sich aneinander«, sagte Vater einmal.

Doch das lästige Geschrei von Yoi und Bekassine wollte kein Ende nehmen. Schließlich meinte Andriki, Vater solle sie beide mit seinem Gürtel züchtigen. Das war kein guter Rat, dachte ich. Yoi zu schlagen konnte gefährlich sein, weil sie stark genug war, Vater den Gürtel aus der Hand zu reißen, und Bekassine zu schlagen war auch sinnlos, weil sie an dem Streit keine Schuld hatte.

Vater schien sich über Andrikis Rat zu ärgern. Er wollte ihm nicht folgen, aber er wollte auch nicht, daß die Leute dachten, er werde seiner Frauen nicht mehr Herr. Unter Andrikis anklagendem Blick biß er die Zähne zusammen, strich sich den Bart und fand schließlich einen Weg, die schwierige Lage zu meistern. »Wir wissen nicht, was da nicht in Ordnung ist«, sagte er. »Also werde ich fragen. Dann weiß ich, wie ich mit meinen Frauen umgehen muß.« Und er schickte mich, damit ich seine Halbschwester holte, meine Tante Rin.

Ich hatte ein sonderbares Gefühl, als ich die halbdunkle Höhle betrat, in der sich nur Frauen aufhielten, Frauen, die ich, Bekassine ausgenommen, nicht gut kannte. Sie verstummten bei meinem Eintritt. Ich roch ihre Haare und ihre Haut. Als sich meine Augen an das Dämmerlicht gewöhnt hatten, fiel mir auf, daß sie wie Hindinnen alle wachsam waren und mich beobachteten, die Augen weit geöffnet und das Kinn vorgereckt.

Ich schaute mich nach Yoi um und sah sie, stolz und ernst, mit dem Rücken an der Wand der Höhle sitzen. Sie hatte die Beine ausgestreckt und die Füße übereinandergelegt. An ihren Ohren baumelten Muschelringe, in ihren Zopf war ein Streifen vom weißen Winterfell eines Hermelins eingeflochten, und um den Hals trug sie eine Kette aus

Elfenbein. Yoi war mindestens so alt wie meine Mutter, aber so schön, daß ich die Augen kaum von ihr abwenden konnte. Kein Wunder, daß Vater sie liebte! Yoi betrachtete mich verärgert. *Was willst du hier?* schien ihr Blick zu sagen.

Ich schlug die Augen nieder und schaute mich dann verstohlen nach Bekassine um. Ich sah sie in einigem Abstand von den anderen sitzen. Sie hatte die Schultern hochgezogen; ihre Haare waren fast aufgelöst und das Gesicht verquollen und streifig von Schmutz, als hätte sie geweint. Ihre Schönheit war dahin wie die eines nassen Vogels. Sie hob ihre großen, traurigen Augen zu mir auf. Ihre Mundwinkel waren heruntergezogen. *Wie bedauernswert*, dachte ich. *Sie muß sehr einsam sein.* Ich lächelte sie aufmunternd an, doch sie erwiderte mein Lächeln nicht. Peinlich berührt durch die Stille und in dem Gefühl, das, was hier im argen liegen mochte, habe mit mir zu tun, ging ich zu Tante Rin.

Die Tante hatte vertrocknetes Fleisch vom Fell eines Rotfuchses abgeschabt. Nun hielt sie inne und schaute mich an. Ich setzte mich rasch auf die Fersen. Es wäre nicht recht gewesen, vor ihr zu stehen, während wir miteinander redeten. Ich verschränkte die Arme, senkte den Kopf und wartete darauf, daß sie mich zum Sprechen aufforderte. Als sie nickte, flüsterte ich ehrerbietig: »Tante.«

»Was ist?« fragte Rin.

»Würdest du bitte zu Vater kommen?« flüsterte ich. »Er möchte mit dir reden.«

»Jetzt? Warum?«

»Ich weiß es nicht, Tante. Er hat es mir nicht gesagt.«

Sie schaute mich an, um zu sehen, ob die Sache ernst war, und da sie es an meiner Miene nicht erkennen konnte, wickelte sie den Fuchspelz um ihren Schaber und seufzte. »Wenn ich schon hinausgehe, kann ich auch gleich Wasser holen«, sagte sie und rief Frogga, damit sie ihr einen Schlauch brachte. Gehorsam nahm die kleine Frogga eine leere Haut vom Schlafplatz ihrer Eltern und schleifte sie zu

Rin, wobei sie mir, als sie vorüberging, einen schmollenden Blick zuzuwerfen wagte. Das gefiel mir nicht. Zu jeder anderen Zeit hätte ich etwas gesagt, doch nicht jetzt, nicht an diesem stillen Ort, wo alle Frauen mich beobachteten und darauf warteten, daß ich ging und sie mit dem fortfahren konnten, was sie getan hatten, bevor ich aufgetaucht war. Erleichtert folgte ich Tante Rin ins Sonnenlicht. Was war nur los mit den Frauen?

Tante Rin stapfte den steilen Weg zum Rand der Schlucht hinauf und tastete gedankenverloren mit der Rechten nach ihrem dünnen grauen Zopf, als meinte sie, ihr Haar müsse für die wartenden Männer geordnet sein. Am Ende des Weges drehte sie sich um, gab mir den Wasserschlauch und befahl mir, ihn zu füllen. Ich hätte gern gehört, was Vater und sie miteinander zu besprechen hatten, aber was sollte ich tun? Ich ging also Wasser holen.

Als ich zum Ausguck der Männer zurückkam, saßen Vater und Tante Rin getrennt von den anderen unter einer Birke, und ich sah an den Mienen der Männer, daß schon etwas Überraschendes oder Wichtiges gesagt worden war. Ich schaute Andriki an, um zu erfahren, was das sein mochte. In dem gedämpften Ton, den er nur bei Angelegenheiten von höchster Bedeutung anschlug, berichtete Andriki: »Deine Stiefmütter haben ein Zerwürfnis. Yoi sagt, Bekassine müsse zu ihren Leuten zurückgehen.«

»Warum?« fragte ich.

»Eifersucht«, antwortete Andriki.

Daß Yoi eifersüchtig war, wunderte mich, denn es schien, als sei sie sich meines Vaters und seiner Zuneigung sicher. Das sagte ich auch.

»Wohl wahr«, meinte Andriki. »Aber Yoi ist kinderlos. Sie wird es vielleicht immer bleiben. Und nun ist Bekassine schwanger.«

Ich glaubte schon festgestellt zu haben, daß Bekassines Bauch anzuschwellen begann, und so überraschte mich die Neuigkeit nicht. »Dann wird Vater froh sein, und es wird ihn nicht kümmern, was Yoi will«, sagte ich.

»Man sieht die Schwangerschaft zu früh«, erwiderte Andriki. »Yoi sagt, das Kind sei von einem anderen Mann.«

Mein längst vergangenes Abenteuer mit Bekassine im Weidendickicht am Feuerfluß, die Erinnerung an ihr nacktes Fleisch mit der Gänsehaut hatte, so schien es, nichts mit dem zu tun, was jetzt geschah, mit den ungehaltenen Frauen in der Höhle, mit Andrikis ernster Stimme, mit den fernen Gestalten Vaters und Rins, die im Birkenhain saßen und ihre Köpfe zusammensteckten. Und doch wurde ich die Vorstellung von Bekassine in den Weiden nicht los, und plötzlich spürte ich, daß mein Gesicht brannte. »Beim Großen Bären!« rief ich aus. »Wie ist das möglich? Wer sonst kann der Vater sein?«

Andriki schaute mich lange an, und dann, als erkenne er die Wahrheit, störe sich aber nicht daran, lächelte er. Solange ich lebe, werde ich dankbar an dieses Lächeln und an das, was er danach sagte, zurückdenken. »Wer ergründet das Herz einer Frau?« fragte er, wie wenn er laut nachdächte. »Jeder könnte der Vater sein. Ich glaube, es war ein Mann vom Feuerfluß.«

9

Weibergeschichten! Nur ein Weib konnte als Vaters Ehefrau hierherkommen und dann solchen Wirbel machen!

So dachte ich in dieser Nacht, als ich in meinem Rentierfell nahe am Höhleneingang lag und auf den Fluß und die gedämpften Stimmen von zweien meiner Onkel und ihrer Frauen horchte, die noch am Feuer der Frauen Fleisch brieten und aßen. Ihre Stimmen waren friedlich genug; ich hätte mich gern von ihrem sanften Ton beruhigen lassen. Doch was Bekassine und ich getan hatten, ging mir nicht aus dem Sinn. Ich sagte mir, wir seien schließlich nicht die einzigen Menschen, die sich irgendwann heimlich geliebt hatten; ich sagte mir, daß ich gut daran täte, unseren Fehltritt zu vergessen, da niemand, nicht einmal meine Mutter, viel dagegen vorzubringen gewußt hätte, wenn wir ertappt worden wären.

Und doch war eines ganz klar: Vater würde anders darüber denken. Er hatte viel Wesens darum gemacht, ein Kind aus Bekassines Sippe zu haben. Wenn sie schon von einem anderen schwanger war, würde er Jahre warten müssen, ehe er ein Kind mit ihr zeugen konnte, und das würde ihm gar nicht gefallen. Was sollte er von mir halten, wenn er erfuhr, was ich getan hatte? Ich mußte unbedingt mit Bekassine sprechen.

Anfangs war mir der Gedanke zuwider. Es würde sie nur an etwas erinnern, das längst vorbei war, das man am besten vergaß und das auch so gut wie vergessen war, hätte ich nicht dauernd wie im Traum ihre helle Kehrseite vor mir gesehen.

Dann hörte ich, wie Vater aufstand und zu den Leuten am Feuer der Frauen ging. Er wölbte die Hand, um seine Augen vor dem Licht abzuschirmen, und schaute mich über die Flammen hinweg an. Als er sah, daß ich wach war, winkte er. »Komm, setz dich zu uns. Wir kochen, Kori«, sagte er.

Also stand ich auf und ließ mich auf den Fersen neben ihm nieder. Während ich das Fleisch kaute, das er mir gab, betrachtete ich die bärtigen Gesichter meiner Onkel, die am Feuer saßen, und die stillen, friedlichen Gesichter meiner Tanten; ich schaute nach Vaters aufgeschlagenem Bett, in dem Bekassine schlief, und wußte, es war kindisch gewesen zu hoffen, daß mein Fehltritt mit ihr wie von selbst verschwände. Ich beschloß, am nächsten Morgen ein ernstes Wort mit ihr zu reden.

Vielleicht waren die Frauen der Zankerei genauso überdrüssig wie die Männer. Morgens gingen sie in zwei verschiedenen Richtungen fort, um in der Ebene Beeren zu sammeln. Bekassine schloß sich der einen Gruppe an, Yoi der anderen. Mir war klar, es bestand keine Hoffnung, Bekassine unter vier Augen zu sprechen, bevor sie am Abend zurück war, und so wartete ich im Auslug der Männer und überlegte mir, was ich ihr sagen wollte.

Abends liefen die Männer zum Fluß, um sich zu waschen und Wasser zu trinken. Ich blieb im Auslug und hoffte, daß ich, wenn die Frauen heimkamen, Bekassines Aufmerksamkeit auf mich lenken konnte, ohne das Mißtrauen der anderen zu erregen. Ich dachte an ihr verweintes Gesicht, an ihre geduckte Haltung. Inzwischen glaubte ich, wenn ich allein mir ihr sprechen könnte, würde ich bald genau erfahren, wie es um sie stand.

Am Fluß hatten die Männer ihre Kleider ausgezogen und wuschen sich bedächtig. Ich hörte die Schritte einer Frau auf dem Pfad und drückte mich an einen Felsblock, damit ich sie sah, ehe sie mich sehen konnte. Es war Rin. Sie ging vorbei, Frogga auf dem Arm. Rins Blick war auf den Pfad gerichtet, aber Frogga bemerkte mich. Ihre runden braunen Augen hellten sich auf, sie öffnete den Mund, und ihre ebenmäßigen kleinen Zähne wurden sichtbar. »Kaj!« rief sie. Ich dachte mir, sie wollte »Kori« sagen.

Doch niemand gibt auf solche Rufe kleiner Kinder acht. Rin drehte sich nicht um und verschwand bald hinter der Wegbiegung. Froggas Rufe verklangen.

Gerade als ich schon aufgeben und zur Höhle laufen wollte, hörte ich die Schritte einer weiteren Frau. Wieder wartete ich, an den Felsblock gedrückt, und diesmal war es Bekassine, die vorbeiging. Ich warf ihr ein Steinchen zwischen die Schultern. Sie spürte es und drehte sich um.

Auch sie hatte sich im Fluß gewaschen. Ihr Gesicht war sauber, und ihre Haare waren gekämmt. »Du!« sagte sie.

Ich richtete mich auf, damit ich auf sie herabblicken konnte, und nicht sie auf mich. »Ich muß mit dir reden«, sagte ich.

»Hier bin ich«, erwiderte sie schnippisch. »Was ist?«

»Man sagt, du seist schwanger«, begann ich. »Ist das wahr?«

»Was geht das dich an, Stiefkind?« fragte sie zurück.

Das Gespräch verlief nicht so, wie ich es geplant hatte. Verschwunden war das verweinte Mädchen, das ich erwartet hatte, und an seine Stelle war eine Frau getreten, die ich, so schien es, verärgert hatte. Auch daß sie mich Stiefkind nannte, gefiel mir nicht.

Ich ließ mich nicht beirren: »Was ich sagen will, ist wichtig, aber ich kann es nicht hier sagen. Vater und meine Onkel werden bald zurück sein. Ich gehe an einen verschwiegeneren Ort. Folge mir, wenn du willst.« Ich drehte mich um und nahm den Pfad nach Osten, der zwischen den Blaubeersträuchern und Wacholderbüschen am Rand der Schlucht entlangführte und vom Fluß aus nicht zu sehen war. Ich hielt es für besser, so zu tun, als achtete ich nicht auf Bekassine, doch aus den Augenwinkeln beobachtete ich ihren Schatten. Ich sah, daß er vor mir auf den Boden fiel, und war erleichtert: Bekassine kam mit.

Hinter dem Wacholderwäldchen gabelte sich der Pfad. In der einen Richtung war der Weg ausgetreten. Es war der Weg, den wir alle benutzten, wenn wir in die Ebene liefen. Der andere war so überwachsen, daß man ihn kaum sah.

Andriki war ihn einmal mit mir gegangen. Er führte zu einem Birkenhain. Andriki hatte gesagt, manchmal kämen Geister dorthin, und wenn Leute dort tanzten, tanzten sie auch. Im Hain war die Asche eines Tanzfeuers und ein von vielen Füßen in den Boden gestampfter Kreis. Dort lag auch der große gebleichte Schädel eines Mammuts. Die Stoßzähne waren ausgestemmt, und der Unterkiefer fehlte; der Schädel ruhte auf den Backenzähnen, die sich ins vorjährige Laub eingegraben hatten. Die gewölbte Stirn war mit Ocker bemalt und mit Zeichnungen von Menschen und Vögeln verziert. Der Schädel, so hatte mir Andriki gesagt, gehörte meinem Vater, und zwar in gewisser Weise stellvertretend für alle Männer, die Besitzer der Höhle waren.

Bekassine schien nicht zu wissen, wohin der Pfad führte. Sie schloß dichter hinter mir auf, als hätte sie erraten, daß wir an einen seltsamen Ort gingen. Als sie den Schädel sah, holte sie hörbar Atem.

Ich geleitete sie hin. Es war ein Mammutbulle gewesen, dessen Schädel nun über die Lichtung gebot. Ohne Stoßzähne wirkte er von der Seite flach wie der Schädel eines Menschen. Von vorne betrachtet starrten die Nasenöffnungen hoch an der Stirn wie ein drittes Auge, auch waren die Knochen innerhalb der Augenhöhlen mit Holzkohle geschwärzt worden, so daß sie einen zu beobachten schienen. Man verstummte unwillkürlich und wurde nachdenklich, wenn man diesen Vater gehörenden Schädel sah. Ich hoffte, es würde Bekassine daran erinnern, wie weit sie von zu Hause fort war und daß sie nun zu Vaters Leuten gehörte. Hier war sie vielleicht bereit, aufrichtig und ernst mit mir zu reden.

Ich fühlte mich jetzt zuversichtlicher, hockte mich hin und schaute zu Bekassine auf. »Setz dich, Stiefmutter«, sagte ich.

Sie starrte mit großen Augen den Schädel an. Wie ich vermutet hatte, sah sie ihn zum ersten Mal.

»Das weiße Ding«, sagte ich, weil ich den Schädel

nicht beim Namen nennen wollte. »Hast du davon gewußt?«

Bekassine schüttelte den Kopf. Nein, sie hatte nichts davon gewußt. Schließlich kamen die Leute nur zum Tanzen hierher, und in diesem Sommer hatte noch kein Tanz stattgefunden.

»Diesem Ort wohnt Kraft inne«, sagte ich. »Setz dich.«

Bekassine gehorchte. Sie beugte die Knie.

»Wir können nicht lange hierbleiben«, sagte ich mit meiner männlichsten Stimme. »Die anderen werden sich fragen, wo wir sind. Also laß uns geschwind machen. Es heißt, du seist schwanger. Es heißt, mein Vater sei nicht der Vater deines Kindes. Hast du jemandem von uns erzählt?«

Bekassine riß die Augen auf, sagte aber nichts. Ich starrte sie mit hartem Blick an und hoffte, ihr so die Wahrheit entlocken zu können.

»Bin ich der Vater?«

Sie blinzelte, als sei sie überrascht. Dann schüttelte sie wortlos den Kopf.

»Ein anderer Mann vom Feuerfluß?« fragte ich.

Wieder schüttelte sie den Kopf.

»Wer dann?«

»Dein Vater natürlich«, flüsterte sie.

Seltsamerweise hatte ich diese Antwort nicht erwartet. »Bist du da sicher?« fragte ich.

»Ja«, antwortete Bekassine und heuchelte Verwunderung.

Nun wußte ich, daß sie log, und ich spürte, wie sich Zorn in mir regte wegen der vielen Mißhelligkeiten, die ihre Lügen heraufbeschwören konnten. »Gut«, sagte ich. »Es freut mich, daß es da keinen Zweifel gibt, denn ich werde zu meinem Vater gehen und ihm erzählen, was zwischen uns war. Wenn er dann an deinen Worten zweifelt, wenn er glaubt, dein Kind sei zu groß, um von ihm zu sein, und wenn er dich hierherführt, um die

Wahrheit von dir zu erfahren, wird es dir ja nicht schwerfallen, ihm auf seine Fragen zu antworten.«

Bekassine sah mich entsetzt an. »Du willst ihm erzählen, was wir getan haben?«

»Ja«, antwortete ich.

»Aber warum sollte er mich hierherführen?« fragte sie.

»Wird er nicht allein mit dir reden wollen an einem Ort, wo niemand mithören kann? Vielleicht wird *seine* Stimme die Fragen stellen«, sagte ich und zeigte mit Lippen und Kinn auf den Mammutschädel.

»Kann er sprechen?« flüsterte Bekassine und betrachtete ängstlich den Schädel. »Hast du es schon mal gehört?«

Mir hatte zwar jemand von der Stimme des Schädels erzählt, aber mit eigenen Ohren gehört hatte ich nur, was auch Bekassine schon gehört haben mußte – die Stimme, die ihm der Wind verlieh. Aber ich sagte: »Ja, er kann sprechen.«

Bekassine schaute mich lange an, dann sah sie auf ihren Bauch, dann schaute sie wieder mich an. Unsere Gesichter waren einander nahe. Unsere Blicke begegneten sich. Ich sah das Braune ihres Augapfels, von kleinen gelben Linien gesäumt, die um die Pupillen zitterten. Bekassine hielt meinem Blick stand. Seltsam gelassen jetzt, sagte sie: »Wenn ich es mir recht überlege, könntest du der Vater sein.«

»Könnte?« fragte ich. »Du weißt es nicht?«

Bekassine berührte meine Wange mit der Spitze ihres Zeigefingers. Die Berührung war so leicht wie in einem Traum, doch sie ließ mich erschauern. Meine Wange schien zu brennen. Ihr Gesicht nahe, zu nahe an meinem, beobachtete Bekassine meine Augen, schaute rasch, aber gründlich vom einen zum anderen. Ich sah die dünnen Linien im Braun ihres Augapfels beben, so daß die Pupillen, die vorher klein und schwarz gewesen waren, plötzlich groß und strahlend wurden, und in beiden erkannte ich ein winziges Gesicht, das mich betrachtete. Bekassines Atem hatte einen herben, warmen Geruch, als sie mir schließlich antwortete. »Doch, ich weiß es«, flüsterte sie. »Du willst es auch wissen. Du hast mich hierhergeführt, um mich zu erschrecken. Aber ich fürchte mich nicht. Du hast mich nur an das Weidendickicht am Feuerfluß im letzten Frühling erinnert, als die Lachse stromaufwärts gewandert sind.«

Sie zeigte langsam ihre Zähne. Sie lächelte. Ich muß sie angestiert haben, vielleicht mit offenem Mund. Sprachlos sah ich, daß Bekassine den Kopf gebeugt hatte, um an ihren Beinen herumzufingern. Sie schnürte ihre Bundschuhe auf! Nacheinander zog sie sie aus. Dann erhob sie sich mit bloßen Füßen und fing an, ihren Gürtel zu lockern.

»Was tust du?« fragte ich. Doch ich wußte natürlich, was sie tat – sie legte ihre Kleider ab. Wieder begegneten sich unsere Blicke, aber meiner wanderte nun zu ihrem Unterleib, der sichtbar wurde, als sie ihre Hose abwärts schob, dann zu den rosigen Spitzen ihrer Brüste, die sichtbar wurden, als sie ihr Hemd lüpfte. Ehe ich's mich versah, zog ich mich ebenfalls aus, und wieder kniete sie auf der Erde und stützte sich auf ihre Hände, bereit für mich. Fast hatte ich die etwas rauhe Oberfläche ihrer Haut unter meinem Bauch vergessen, die Weichheit ihrer Brust an meinen Handgelenken, als ich sie enger an mich zog, die große, feuchte Kraft ihrer Scheide und den halb süßen, halb sauren Geruch ihres Haars. Ich habe von Menschen gehört, die nach dem Höhepunkt weinen. Auch ich weinte fast, als wir zu Ende waren: allein die Vorstellung, daß sich diese kräftige nackte Frau, deren Gesäß und Schenkel sich so vollkommen in die Biegung meines Körpers fügten, an den Körper meines Vaters schmiegte. Und er, der bereits eine schöne erwachsene Frau hatte, hatte mir die kleine Frogga gegeben, die kaum richtig laufen konnte! Bekassine hätte mir gehören sollen!

Ich hätte immer und ewig in diesem Birkenwäldchen bleiben und Bekassine festhalten können. Doch wir waren kaum fertig, da entzog sie sich mir, stand auf, wischte sich zwischen den Beinen mit Blättern ab und zog ihre Kleider an. »Ach, Kori«, sagte sie. »Was hast du getan? Am Feuerfluß hast du bei einem unverheirateten Mädchen gelegen. Heute hast du bei deiner Stiefmutter gelegen. Jetzt kannst du eine Geschichte erzählen, die deinen Vater wirklich fesseln wird.«

10

Nach dem Grasmond kam der Staubmond. Fast jeden Nachmittag blies ununterbrochen ein kalter Wind aus Westen, dörrte das Gras aus und wirbelte Staub gen Himmel. Der Staub knirschte zwischen unseren Zähnen und legte sich in unsere Augenwinkel; er fiel auf die Oberfläche des träge dahinströmenden Flusses und stieg in die Luft und bildete am Horizont eine Wolke, so daß Sonne und Mond, wenn sie auf- und untergingen, verschwommen und rot aussahen.

Vater war auf stille Weise ergrimmt, nachdem er erfahren hatte, Bekassine könnte bereits schwanger zu ihm gekommen sein. Manchmal, bei Nacht, hörte ich, wie er an seinem Schlafplatz im hinteren Teil der Höhle mit ihr tuschelte. Seine Stimme war immer leise, ihre dagegen nicht. Oft schwor sie unter Tränen, das Kind sei von ihm. Sein Schweigen zeigte, so schien es, daß er ihr nicht glaubte.

Vaters düstere Laune wirkte sich natürlich auf uns alle aus. Auch seine Brüder verstummten. Wenn das Oberhaupt einer Höhle und seine Brüder verdrossen sind, können die anderen Männer nicht scherzen wie sonst, und so begann eine Zeit, in der wir lange schwiegen und unsere Gedanken für uns behielten.

Anfangs war Vater besonders freundlich zu mir; vielleicht der Vertrautheit wegen, die uns nun zu verbinden schien. Doch Andriki, der es auch bemerkt hatte, war anderer Meinung. Eines Tages sagte er mir, meine Mutter habe zwar Fehler – sie sei jähzornig, grob und tue auf eine unhöfliche und plötzliche Art überraschende Dinge –, aber kein Mann habe je leicht bei ihr liegen können. Selbst Vater sei es schwergefallen, sie zur Liebe zu überreden. Eines Nachts, als er sie mit sanfter Gewalt habe nehmen wollen, habe sie einen solchen Aufschrei getan, daß alle aufgewacht seien, was Vater arg beschämt habe. Diese Nacht sei einer der Gründe für ihre Trennung gewesen. »Vielleicht bedauert er es jetzt«, sagte Andriki. »Vielleicht war deine Mutter doch keine so schlechte Ehefrau. Wenigstens hat dein Vater bei Al genau gewußt, daß du sein Sohn warst und nicht der eines anderen. Diese Gewißheit macht ihn zufrieden, und deshalb ist er freundlich zu dir.«

Ich hatte bei diesen Worten ein seltsames Gefühl. War das schon alles, was Vater für mich empfand? Daß mich eine Frau geboren hatte, die sich gegen Männer sträubte?

Eines Tages blieben wir bis lange nach Sonnenuntergang im Auslug der Männer. Im matten Abendlicht kam ein Fuchs unseren Pfad heruntergeschnürt und dachte an keine Gefahr. Ich warf einen Stein, traf den Fuchs am Kopf und tötete ihn.

»Gut gezielt!« rief Vater. »Wie hast du das gelernt?«

Ich hatte es gelernt wie jeder, in meiner Kindheit, indem ich Steine nach Vögeln warf. Vater wußte es; er wollte mich nur loben. Aber seine Frage erinnerte mich an Mutter und an die Zeit, ehe ich mich schuldig gemacht hatte, und nun machte mich sein Lob, das mich früher mit Stolz erfüllt hätte, fast zornig. Ich gab keine Antwort.

Und so wurde Vater auch mürrisch mir gegenüber. Tag für Tag saßen wir schweigend im Auslug unter dem grauen Himmel, während die Frauen zum Beerensammeln gingen oder in der Höhle Felle bearbeiteten. Weil sie die Mißstimmung spürten, waren auch sie still. Wenn sie miteinander über Bekassines Kind sprachen, verrieten sie den Männern nicht, was gesagt worden war, und wir fragten sie auch nicht.

Eines Tages stand Andriki im Auslug auf und wandte sich an uns alle. »Warum sitzen wir hier müßig herum?« fragte er. »Sind wir Weiber, daß wir mit Aas vorliebnehmen, wo es draußen in der Ebene frisches Fleisch gibt?«

Da endlich tat sich etwas. Wir gingen auf die Jagd, oder wenigstens einige von uns – die Besitzer der Jagdgründe am Haarfluß. Vater und Andriki stellten die Gruppe zusammen. Sie baten nur Kida und Maral dazu, ihre Brüder, dazu Marals halbwüchsigen Sohn Ako und mich. Die vier anderen Männer, die damals in Vaters Höhle wohnten – Weißfuchs (der Bruder von Kidas Frau), Rabe (Weißfuchs' Vater), Timu (Rabes Vetter und der Mann von Ethis aus Vaters Sippe) und Marder (Marals Schwager und Froggas Onkel, ein Mann, den ich nicht sonderlich schätzte, aber achten mußte) –, wären wohl gern mitgekommen, doch sie waren nicht erwünscht.

Jeder von uns nahm mehrere Speere mit. Vater hatte mir unterdessen geholfen, den Feuerstein, den er mir geschenkt hatte, zu formen, und so besaß ich jetzt zwei Speere. Außer den Speeren führten wir nur Messer und Feuerstöcke mit. Marals Frau brachte Beeren, die er mit uns teilen sollte, aber er lehnte ab. Ich merkte an der Stimmung der Jäger, daß unsere nächste Mahlzeit aus Fleisch bestehen würde – oder aus gar nichts.

Und so brachen wir auf und folgten Vater, der durch das sanft gewellte Grasland in westlicher Richtung ging. Wir marschierten in Reihe, zogen durch eine weite Ebene mit hartem gelbem Gras und dann durch eine mit weichem rotem Gras und schließlich über eine ausgedehnte verbrannte Fläche, wo Ruß unsere Bundschuhe schwärzte. Das Feuer war erst vor kurzem erloschen; die Stümpfe der Wacholderbüsche glommen noch. Jenseits dieser Fläche wuchs frisches Gras, das immer auf die Flammen folgt. Hier hatte es vor längerer Zeit gebrannt. Anstelle des alten, harten Grases war junges, zartes Gras aufgesprossen, und die grasfressenden Tiere wußten das. Wir fanden frischen Dung von Bisons und Pferden, und im Südosten, auf Gras, das zu kurz war, als daß wir unbemerkt hätten hindurchgehen können, sahen wir eine Bisonherde lagern.

Vater prüfte den Wind, und so dachte ich mir, er wolle sich an die Bisons anpirschen. Andriki machte das Jägerzeichen für Bisonkuh, und Maral machte das Zeichen für Kreis. Dann rückten die vier Männer ein Stück auseinander und gingen mit leichtem, schlenderndem Schritt nach Westen, was sie schräg an die Bisons heranführen würde, nicht unmittelbar. Mir war diese Art der Jagd unbekannt, aber das zählte nicht. Es genügte, wenn sich die vier Männer über ihren Plan einig waren. Ako und ich folgten ihnen.

Die Bisons bemerkten uns natürlich. Einige standen auf. Doch wir liefen so gemessen, scheinbar so ziellos, die Speere sehr niedrig haltend, daß die Bisons, die uns beobachteten, wieder ruhig wurden. Sie senkten die Köpfe und weideten weiter. Die Schafstelzen, die die von den scharfen Bisonhufen aufgestörten Insekten jagen, fuhren fort, Insekten zu jagen. Außer unserem gleichmäßigen Ausschreiten und unserem langsamen, aber beständigen Vorrücken blieb alles gleich, bis Vater und Maral ohne Hast hinter Andriki und Kida traten. Für die Bisons, die uns beobachteten, muß jedes Männerpaar wie ein einziger Mensch ausgesehen haben. Eine kleine Weile gingen die beiden Männerpaare im selben Schritt. Dann legten sich Vater und Maral im kurzen Gras auf den Bauch. Ohne aus dem Tritt zu geraten, marschierten wir anderen weiter.

Wir ließen Vater und Maral zurück. Andriki führte uns in einem großen Bogen – was uns nie nahe an sie heranbrachte und nie weit von ihnen entfernte – um die Bisons herum. Damit sie uns im Auge behalten konnten, drehten die Bisons, unsere Bewegung verfolgend, den Kopf. Diese Wachsamkeit macht es so schwer, Bisons anzupirschen.

Als wir eine Weile gelaufen waren, hörten wir plötzlich einen ungeheuren Lärm. Die Bisons schnaubten, grunzten und brüllten, und dann floh die ganze Herde im donnernden Galopp. Sie rannte davon, fast im Staub verborgen, den sie aufwirbelte, geradewegs unter den Schafstelzen fort, die laut rufend aufflatterten. Einen Augenblick fürchtete ich, die Bisons würden uns entgegenstürmen. Wenn sie das getan hätten, hätten sie uns unweigerlich zu Brei zermalmt. Doch sie flohen nach Norden, und im Staub, der sich langsam wieder senkte, wurden Vater und

Maral sichtbar. Sie standen über eine große braune, noch junge Bisonkuh gebeugt, die, von Speeren durchbohrt, auf der Seite lag.

Als wir bei Vater und Maral ankamen, hatten sie schon Gras und Dung für ein Feuer gesammelt und die Haut an den Hinterbeinen der Bisonkuh aufgeschlitzt. Wir anderen machten uns mit den Messern über ihre Vorderbeine und ihren Bauch her. Bei Sonnenuntergang hatten wir die Haut von dem erstarrten Körper abgezogen. Bei Einbruch der Dunkelheit glänzte das Fleisch nicht mehr, und wir kratzten getrocknetes Blut von unseren Händen und Armen.

Ein frischer Ostwind kam auf, aber in der baumlosen Ebene gab es keinen Schutz vor ihm. Wir sammelten noch mehr Mist und Heidekraut und setzten uns dann in der Nähe des getöteten Bisons ans Feuer, während der Wind uns ins Gesicht blies und den Geruch von rohem Fleisch und Pansen in alle Richtungen davontrug. Als es dunkel war, hörten wir Löwen, doch wir fürchteten uns nicht; wir waren sechs Männer mit vierzehn Speeren. Wenn die Löwen kamen, würden wir sie das Fürchten lehren.

Dann taten Vater und seine Brüder etwas, was ich noch nie gesehen hatte: Sie hackten das obere Vorderbein und die Rippen der Bisonkuh ab, und als sich die aufgebrochene Brust mit dunklem, gerinnendem Blut füllte, schöpften sie es mit hohlen Händen heraus und tranken davon. »Hona!« sagte jeder, nachdem er getrunken hatte. Als ich an der Reihe war, durchdrangen mich plötzlich die Kraft und die Wärme des frischen Blutes. Keiner brauchte mir zu sagen, daß dies etwas war, das Männer taten, etwas, das uns der Große Bär gelehrt hatte. »Hona!« sagte ich, heiser von dem wilden, heißen Gefühl. Nachdem alle getrunken hatten, schnitten wir die Leber heraus und legten sie aufs Feuer. Unterdessen ging der Mond im Rauch am Horizont auf – ein voller Mond, der Staubmond, blutrot.

Dann saßen wir auf den Fersen am Feuer, mein Vater, meine Onkel, mein Schwager Ako und ich. Die vier Männer beobachteten das Fleisch. Ich beobachtete die vier Männer. Sie sahen einander sehr ähnlich, unsere Väter und Onkel. Als der Wind ihnen Rauch und ihre eigenen Haare in die Augen blies, blinzelten sie, und ich merkte, daß ihre Lider, ihre Stirnen und ihr Stirnrunzeln ganz gleich waren. Unter den flatternden Hemden hatten die Männer ihre Arme gewinkelt, die Ellenbogen auf den Knien. Ich merkte auch, daß ein gutes Gefühl zwischen ihnen gewachsen zu sein schien. Ich spürte Gelöstheit in der Art, wie sich ihre Schultern berührten; ich spürte Behagen in ihren entspannten Bewegungen. Schließlich begannen die vier Brüder, über Bekassine zu sprechen. Da wurde mir bewußt, daß wir hier draußen waren, damit dieses Gespräch geführt werden konnte.

»Ich weiß, daß du es haßt, wenn du unsicher bist«, sagte Andriki. »Aber was willst du tun? Sie verstoßen? Bekassine ist jung und kräftig. Wenn sie jetzt mit einem Kind schwanger geht, das nicht von dir ist, wird sie dir später eins gebären.«

»Und bevor du sie verstößt«, sagte Kida, »denk daran, wie sehr du dich bemüht hast, eine Frau aus ihrer Sippe zu bekommen. Denk an deine Verlobung mit Meri.«

Meri? In Vaters Höhle wohnte ein Mädchen, das so hieß. Sie war mit Weißfuchs verheiratet, dem Bruder von Kidas Frau. »Welche Meri?« fragte ich.

»Die Meri, die mit Weißfuchs verheiratet ist«, antwortete Andriki. »Welche sonst?«

Ich kannte keine andere. Trotzdem erstaunte es mich. Weißfuchs' Frau Meri war noch jung. Sie mußte, fast so wie Frogga, noch ein kleines Kind gewesen sein, als sie Vater versprochen wurde. Ich sah, wie sehr sich Vater jemanden aus dieser Sippe gewünscht hatte, wenn er, ein erwachsener Mann mit eigenen Kindern und Oberhaupt einer Gruppe, bereit gewesen war, auf ein Kind zu warten.

»Seit Meri«, sagte Maral zu Vater, »hattest du Ärger mit diesen Frauen. Wer hat deine Verlobung mit Meri verdorben? Ihre Schwester Yanan! Und dann hat dich Yanan beschwatzt, dich mit Yoi, der Schwester ihrer Mutter, zu verbinden. So hast du dank der Weiber dieser Sippe eine Frau, die immer kinderlos war. Yanan hat sicher gewußt, daß ihre Tante nicht gebären kann. Bei ihrer eigenen Tante muß sie's gewußt haben.«

Nun redete Andriki wieder auf Vater ein. »Aber du hast nicht aus deinen Fehlern gelernt«, sagte er. »Als du Yoi nicht schwängern konntest, hast du versucht, Yanan zu heiraten. Du wolltest Yoi verlassen.«

»Das wäre auch nötig gewesen«, sagte Vater. »Hätte ich etwa mit Tante und Nichte zugleich verheiratet sein können?«

»Nein. Aber daß du daran gedacht hast, eine Tante und ihre Nichte zu heiraten, wenn auch nicht zur gleichen Zeit, zeigt doch, wie sehr du eine von diesen Frauen wolltest«, sagte Maral. »Und Yanan hast du sogar begehrt, obwohl sie verheiratet und schwanger war und jedem gesagt hat, daß sie dich haßt.«

»Sie wollte mich nicht, das ist wahr«, sagte Vater.

»Also ist es gut, daß du Yoi nicht verlassen hast«, sagte Andriki.

»Vermutlich«, sagte Vater.

»Vermutlich?« rief Andriki. »Bedenke, was geschehen wäre! Du hättest Yoi verlassen und Yanan geheiratet. Aber Yanan ist gestorben. Wäre sie mit dir verheiratet gewesen, als sie starb, meinst du, dann hätte dir ihre Sippe Bekassine gegeben?« Und zu mir sagte Andriki: »Bekassines Leute wollen uns keine Frauen mehr geben. Sie sagen, wir brächten sie um oder verließen sie. Diese Leute hätten sich geweigert, uns Bekassine zu geben, wenn Bala nicht ein gutes Wort für uns eingelegt hätte. Ohne Balas Fürsprache wären wir mit niemandem als mit dir nach Haus gekommen.« Und zu Vater sagte Andriki: »Sei dankbar, daß Bala nicht auf die anderen hört. Er hat dir Bekassine zugeführt.«

»Bala ist ein guter Mann«, sagte Kida versonnen. »Er war immer unser Freund.«

»Willst du immer noch eine Frau aus dieser Sippe?« fragte Maral.

»Ja«, sagte Vater.

»Dann behalte Bekassine«, sagte Maral. »In ihrer Sippe gibt es sechs Frauen. Mehr sind nicht da. Die erste«, fuhr er fort und zeigte Vater seinen Daumen, »ist Bekassines Mutter. Sie ist verheiratet und fast schon zu alt, um noch zu gebären. Die zweite«, Maral hob seinen Zeigefinger, »ist Yoi. Yoi ist kinderlos. Die dritte ist Yanan. Yanan ist tot. Die vierte ist Meri. Meri ist mit einem von unseren Leuten verheiratet. Keiner von uns wäre damit einverstanden, wenn du versuchen wolltest, Meri einem unserer eigenen Männer wegzunehmen. Die fünfte«, Maral zeigte Vater seinen kleinen Finger, »ist Bekassine. Siehst du? Du hast, was du willst. Du bist mit der einzigen dieser Frauen verheiratet, mit der du verheiratet sein kannst!«

Eider, Yoi, Yanan, Meri und Bekassine – das waren erst fünf. »Wer ist die sechste?« flüsterte ich Maral zu.

»Teal«, antwortete er. Bei der Erwähnung dieses Namens lachten die vier erwachsenen Männer, und ihre bärtigen Gesichter legten sich in lustige Falten.

»Wer ist Teal?« fragte ich, verwirrt von dem Gelächter.

»Hüte dich vor ihr«, sagte Andriki.

»Teal ist eine Greisin«, sagte Maral, »eine von den Frauen des Anführers der Leute vom Forellenfluß. Sie hat den Feuerfluß verlassen, bevor du geboren wurdest.«

»Teal ist eine Schamanin«, sagte Vater ruhig. »Ihre Mutter war Sali. Kennst du sie?«

Ah! Wer hatte nicht von Sali, der Schamanin, und ihren Wundertaten gehört! Sie hatte die Frau Ohun zu einigen unserer Leute geholt, die am Feuerfluß lagerten. Vor aller Augen gebar sie ein Kind, das aufstand und wandelte, dann einen Bären, der aufstand und wandelte, und schließlich ein Rentier, das aufstand und wandelte. Dann verschwand die Frau Ohun in einem Wirbelwind. Seit meiner Kindheit hatte ich diese Geschichte oft gehört. Ich hatte auch gehört, daß Sali von ihrem Mann getötet wurde und sich anschließend in eine Tigerin verwandelte, die wiederum ihn tötete. Seitdem fürchteten die Leute, wenn eine bestimmte Tigerin auftauchte und an den Ufern des Feuerflusses jagte, es sei die wiedergekehrte Sali.

»Ja«, sagte ich, »ich kenne sie.«

»Sali war sehr stark«, sagte Vater. »Und ihre Tochter Teal ist auch sehr stark. Vor der Zauberkraft dieser Frauen scheint meine gering. Und ihrer Kraft wegen will ich eine Frau aus ihrer Sippe. Ich will ein Schamanenkind mit dieser Frau zeugen. Darum hat sich mein Herz gegen Bekassine gewandt – wegen des Schadens, den sie mir zugefügt hat.«

»Wieviel Schaden hat sie dir denn wirklich zugefügt?« fragte Maral. »Sie ist schwanger, ja. Aber sind uns nicht alle Kinder willkommen? Wenn sie dieses Kind geboren hat, ist sie bereit für dein Schamanenkind. Du mußt dich nur vergewissern, daß du als erster bei ihr bist.«

Wir alle lachten über Marals Worte, selbst ich.

»Was soll das viele Grübeln«, sagte Andriki später, als wir die Leber gegessen hatten und Fleischstreifen von der Flanke der Bisonkuh brieten. Der Wind war abgeflaut. Der Mond stand hoch am Himmel und war nicht mehr blutrot, sondern knochenweiß, reingeleckt von den Jägern des Himmels.

Wir hatten uns, was die Löwen anging, bei Einbruch der Dunkelheit sehr mutig gefühlt, doch nun hatte unsere Tapferkeit etwas gelitten. Einmal dachten wir, wir hätten ein Brüllen gehört und bedeuteten Andriki zu schweigen, damit wir lauschen konnten. Vielleicht hatten wir doch nichts gehört. In der Ebene war es still.

»Betrachte es so«, fuhr Andriki fort. »Denk einige Jahre zurück. Bekümmern dich heute die Dinge, die dich damals bekümmert haben? Natürlich nicht. Du wirst auch dies vergessen. Wir haben Bala beim Gabentausch zuviel angeboten. Wenn wir ihn wiedersehen, werden wir ihm sagen, daß er sich mit weniger zufriedengeben soll. So mußt du es sehen, Bruder, ohne Zorn, zumal du nichts tun kannst.«

Wieder lauschten wir in die Nacht hinein. Wir hörten den Wind um uns herum. In der Ferne rief ein Ziegenmelker, einer der letzten des Jahres, aber von den Löwen war nichts zu hören.

Dann sprach Maral. »Andriki hat recht mit dem Gabentausch. Bekassines Eltern verdienen kein großes Geschenk, weil sie ihre Tochter so lange nicht verheiratet haben. Sie waren achtlos oder unwissend. Vergleiche die Art, wie sie ihre Familienangelegenheiten regeln, mit unserer! Wir haben deinen Sohn mit unserer Tochter verheiratet. Wenn Frogga mannbar ist, wird Kori zur Stelle sein. Aber Bekassine hatte nicht einmal einen Verlobten, der auf sie achtgegeben hat. Nur gedankenlose Leute können erwarten, daß sich Männer und Knaben von einem willigen Mädchen dieses Alters fernhalten.«

»Die Willigkeit einer Frau hat viel mit ihren Schwangerschaften zu tun«, bemerkte Vater trocken. »Aus deinem Mund klingt es so, als sei Bekassines Schwangerschaft die Schuld ihrer Eltern.«

»Es *ist* die Schuld ihrer Eltern«, sagte Maral.

»Es ist die Schuld des weiblichen Geschlechts«, sagte Andriki. »Erinnert ihr euch an die Geschichte von der ersten Frau und ihren Schlaffellen? Soll ich sie erzählen?«

Geschichten oft zu hören, ist gut, weil man viel aus ihnen lernen kann. »Ja, erzähle«, sagte Maral.

Und so erzählte Andriki die Geschichte. Der erste Mann, Rüsselkäfer, gab der ersten Frau, Mekka, Schlaffelle als Geschenk. Sie war mit ihm verheiratet, und die Schlaffelle waren dieselben wie die, die wir benutzten: zusammengenähte Winterfelle von Rentieren, deren weicher Pelz nach innen und deren rauhes Leder nach außen gekehrt war. Doch Mekka war nicht dankbar. Sie hatte sich in einen anderen Mann verliebt, in Vielfraß, und als der Sommer kam, überredete sie Rüsselkäfer dazu, allein in seine Sommergründe zu ziehen, damit sie ihr Schlaffell mit Vielfraß teilen konnte.

Als Rüsselkäfer im Herbst nach Hause zurückkehrte,

gelüstete es ihn nach seiner Frau. Er schlüpfte rasch in ihr Schlaffell und vereinigte sich mit ihr. Danach bemerkte er, daß ihr Bauch geschwollen war. »Was ist das?« fragte er. »Bist du schwanger?«

Mekka stellte sich züchtig und scheu. Sie flüsterte: »Ja.«

»Wann hast du das Kind empfangen?« fragte Rüsselkäfer.

»Jetzt gerade, von dir«, sagte Mekka.

Die beiden schlummerten ein, aber in der Nacht wurde Rüsselkäfer von der Stimme des Schlaffells geweckt, die ihm ins Ohr knurrte. »Was war das?« fragte er. »Ziehen Rentiere vorbei?«

»Es war nichts«, sagte Mekka.

Rüsselkäfer schlummerte wieder ein, doch er wachte bald zum zweitenmal auf. Diesmal hörte er das Schlaffell sagen: »Wenn sie gerade eben schwanger geworden ist, dann muß jetzt Sommer sein.«

»Laß uns aufstehen«, sagte Rüsselkäfer. »Ich möchte das Bett wenden, um zu sehen, wer darin spricht.« Mekka wollte ihn davon abhalten, aber Rüsselkäfer entriß ihr das Schlaffell, wendete es und fand es mit kurzen braunen Haaren bedeckt. Ihm zu Füßen lag das lange weiße Winterhaar. Das Schlaffell hatte es abgeworfen, da es dachte, daß Sommer sei.

»Jetzt sehe ich, wie du mich betrogen hast!« schrie Rüsselkäfer. Er griff nach seinem Gürtel und zog Mekka unter seinen Arm, um sie für ihre Treulosigkeit und ihre Lügen zu strafen, doch sie verwandelte sich in einen roten Kukkuck und flog davon. Noch heute weiß man, wenn man ein Kuckucksweibchen im Wald rufen hört, daß es in Wahrheit Mekka ist, die Rüsselkäfer und alle Ehemänner auslacht.

Als Andriki mit seiner Erzählung zu Ende gekommen war, schwiegen wir alle. Lange hingen wir unseren Gedanken nach und beobachteten, wie der Wind den Rauch in diese und jene Richtung blies. Es war, als würde er von einem unsichtbaren Fuß getreten. Schließlich sagte Kida:

»Ach, die Menschen damals und ihre Taten... Wenn Rüsselkäfer seine Frau den Sommer über nicht allein gelassen hätte, hätte Vielfraß sie nicht schwängern können. Und war Rüsselkäfer nicht ein Feigling, daß er sie aus Rache schlagen wollte? Ich hätte den Mann geschlagen.«

»Jetzt hörst du dich töricht an«, sagte Andriki. »Ein Mann kann nicht ständig auf seine Frau achtgeben, und er kann nicht alle anderen Männer lehren, sich von ihr fernzuhalten. Er muß seine Frau lehren, sich von den anderen Männern fernzuhalten.«

»Ja, genau das hätte ich Bekassine beibringen sollen«, sagte Vater. »Aber jetzt ist es zu spät.«

»Sie war schwanger, als du sie geheiratet hast!« rief Andriki ungeduldig. »Es war schon von Anfang an zu spät!«

11

Als der Staubmond abnahm, kamen kalte, böige Winde auf, die die Blätter an den Birken gelb färbten. Vogelschwärme erhoben sich aus der Ebene, die auf dem Weg zu ihren fernen Wintergründen am Nachthimmel vorüberzogen. Auch für uns wurde es Zeit, zu gehen und die Höhle am Fluß dem stiebenden Schnee und einer Meute von Hyänen zu überlassen, die dort, wie Vater berichtete, den Winter verbrachte. Es wurde Zeit, Vaters Winterlager aufzusuchen.

Eines Morgens – wir waren noch nicht mit dem Fleisch der Bisonkuh fertig, die wir getötet hatten – schnürten die Leute ihre Bündel und machten sich reisefertig. Ich hatte nur wenig mitzunehmen: mein Schlaffell, meine Fäustlinge, meine Überhose und meinen Umhang. Als ich meine Habe betrachtete, fiel mir ein, daß ich neue Bundschuhe für den Winter brauchte, weil meine alten fast durchgelaufen waren, und daß ich in diesem Sommer nur einen einzigen Fuchs erlegt hatte.

Das Leder der Bisonkuh fiel mir ein, das sich sehr gut für Schuhe geeignet hätte. Doch bei Vaters Leuten gehörte, wie bei Onkel Balas Gruppe, die Haut eines Tieres den Frauen des ältesten Jägers. Da Vater und Maral beide die erstgeborenen Söhne der beiden Frauen ihres Vaters waren, war jeder von ihnen der älteste, und so hatte man die Haut der Bisonkuh in vier Stücke geteilt. Die gehörten nun Vaters und Marals Frauen, die alle keinen Grund hatten, mir etwas davon abzugeben. Und darum wanderten meine Gedanken an diesem Morgen zum Feuerfluß, wo meine Mutter gewiß eine Haut gehabt hätte, um mir Schuhe daraus zu machen.

Da wir bald aufbrechen würden, legte niemand Holz auf die Feuer, und es wurde kalt in der Höhle. Es roch nach Staub, und nicht, wie sonst, nach Rauch und gebratenem

Fleisch. Außerdem entstand ein hallendes Echo im Raum, als die Höhle sich leerte und die Leute ihre Bündel auf den Weg hinaustrugen. Ich gehörte zu den ersten, die abmarschbereit waren, und so saß ich mit meinem Bündel draußen und wartete. Ich dachte an meine Mutter und meinen kleinen Bruder, die jetzt vielleicht unter dem dunstigen Himmel am Feuerfluß auch packten und sich darauf vorbereiteten, zu Onkel Balas Lager zu wandern. Darum bemerkte ich anfangs nicht, daß die hallenden Stimmen in der Höhle hinter mir laut geworden waren. Plötzlich hörte ich Schreien und Weinen. Ich drehte mich verwundert um und sah, daß Bekassine ihr Bündel auf den Boden geworfen hatte und dabei war, es wieder aufzuschnüren.

Die Leute draußen auf dem Weg standen auf. Sie wußten nicht, was sie tun sollten. Diejenigen, die noch in der Höhle waren, schienen zornig zu sein und sprachen alle durcheinander. Yoi hatte die Augen weit aufgerissen, und ihre Stimme gellte über die Stimmen der anderen hinweg. »Seht, was sie tut!« rief sie.

Bekassine war seltsam ruhig. Obwohl ihr die Tränen übers Gesicht strömten, entrollte sie langsam ihr Schlaffell und nahm ihre Sachen heraus; dann setzte sie sich auf die Fersen, stützte die Ellenbogen auf ihre Knie und starrte wie versteinert zum Eingang der Höhle. Sie reckte das Kinn, und ihr verweintes Gesicht hatte einen leeren Ausdruck.

Vater ging zu ihr. »Pack dein Bündel!« herrschte er sie an. Bekassines Tränen strömten wieder. Vater schlug jetzt eine sanftere Tonart an. »Schnür dein Bündel, Frau«, sagte er. »Das Lager ist weit, und unterwegs kann uns der Schnee überraschen.« Doch Bekassine rührte sich nicht von der Stelle.

Vater schaute hilflos in die Runde; er wußte weder aus noch ein. Einige Leute standen ungeduldig wartend da, andere setzten sich auf den Boden. Lange Zeit sprach niemand. Dann hob Andriki einige Zweige und verdorrte Blätter auf und schickte sich an, wieder ein Feuer anzuzünden, als dächte er, wir würden vielleicht doch noch dableiben.

Vater stand vor Bekassine, aber sie schien ihn gar nicht zu bemerken; ihre Augen waren auf irgend etwas in der Ferne gerichtet, und ihre Tränen trockneten allmählich.

Rin sagte müde: »Es ist schon spät. Wenn wir nicht bald gehen, müssen wir noch einen Tag hier bleiben. Wenn wir nicht bald gehen, bricht die Nacht mitten in der Ebene über uns herein. Da wollen wir nicht schlafen. Da gibt es Löwen.«

»Meine Schwester hat recht«, sagte Vater zu Bekassine. »Sei nicht so störrisch.« Bekassine fing wieder an zu weinen, doch sie rührte sich noch immer nicht. Vater streckte die Hand aus und rüttelte ihre Schulter. »Muß ich dich schlagen?« fragte er ruhig.

Bekassine hörte ihn nicht, so schien es jedenfalls. Sie starrte ins Leere und atmete flach und rasch. Schließlich gab sie mit leiser Stimme Antwort: »Ja«, sagte sie. »Du mußt mich schlagen. Du mußt mich totschlagen! Nur dann werde ich den Winter gemeinsam mit meiner Mitfrau verbringen.«

»Was?« rief Vater. »Wo willst du denn dann bleiben?«

»Ich bleibe hier«, sagte Bekassine.

Die Leute in der Höhle waren sehr still gewesen, während Vater versuchte, Bekassine zum Gehen zu bewegen, aber nun begannen alle zu schreien. Einige meinten, Bekassine müsse bestraft werden. »Sie will es nicht anders! Schlag sie! Tu ihr doch den Gefallen!« rief Yoi.

»Schlag sie. Dann wird sie schon mitkommen«, sagte Andrikis Frau.

Doch andere waren auf Bekassines Seite. »Yoi hat sie so weit gebracht!« rief Froggas Mutter. »Natürlich will sie nicht mitkommen, wenn sich ihre Mitfrau ständig mit ihr zankt.«

Über den Lärm hinweg versuchte Tante Rin etwas zu sagen.

»Hört meine Schwester an!« schrie Vater beinahe verzweifelt.

»Es ist so spät, daß die Dunkelheit an einem Ort über uns hereinbrechen wird, wo wir schutzlos sind«, sagte Rin. »Bleiben wir heute noch hier. Ich möchte in Ruhe mit meiner Schwägerin reden. Wir werden einen Ausweg finden.«

»Ja, laßt Rin mit ihr reden«, sagte Andriki erleichtert, als sei er gewiß, daß seine Stiefschwester alles in Ordnung bringen könne. Einige Leute waren verärgert, aber am Ende schnürten auch sie ihre Bündel auf und entrollten ihre Schlaffelle. Marals zwei Frauen gingen an den beiden verwesenden Mammuten vorbei in die Schlucht hinunter, um ihre Wasserschläuche zu füllen und Knochen für das Feuer zu sammeln. Rin setzte sich neben Bekassine, als wolle sie ein Gespräch beginnen. Doch die reckte ihr Kinn noch höher und preßte Lippen und Augenlider fest zusammen. Sie sagte kein Wort.

Bekassine! Von meinem Schlafplatz im hinteren Teil der Höhle aus betrachtete ich ihre kleine Gestalt, reglos und dunkel gegen den Abendhimmel. Ich konnte nicht anders, ich mußte sie einfach bewundern. Bis vor kurzem war sie nichts weiter als eine schwache junge Frau gewesen, tränenüberströmt, vom falschen Mann schwanger, in tausend Nöten. Wie sie mit einigen wenigen Worten Vater getrotzt, Yoi beschämt und den Aufbruch einer ganzen Gruppe fast Fremder, die Hälfte davon Männer und die meisten älter als sie, verzögert hatte, das war schon erstaunlich. Ob geplant oder nicht, sie hatte so gewitzt, schnell und überraschend gehandelt wie ein Fischadler, der einen Fisch fängt. Es war ein guter Trick, genau wie unser zweiter Fehltritt, mit dem sie auf immer verhindert hatte, daß ich Vater von unserem ersten erzählte.

Wir hatten nicht viel zu brennen in dieser Nacht, und die Erwachsenen mußten sich um ein kleines Feuerchen drängen, auf dem Streifen vom Bisonfleisch in ihrem eigenen Fett verschmorten. Am Eingang der Höhle saß Bekassine im Dunkeln. Sie bewegte sich nicht, und ich vermutete, daß sie lauschte. Sie würde an diesem Platz nichts zu essen bekommen, aber sie verschmähte alle Nahrung, das Feuer und jede Form von Behaglichkeit, und auch dafür bewunderte ich sie. Während ich zwischen Vater und Andriki am Feuer saß und auf meinen Anteil am Fleisch wartete, mochte er auch noch so klein sein, fragte ich mich, ob auch einige der anderen Bekassine wider Willen bewunderten. Auf jeden Fall mußten die Leute jetzt erkennen, wie unglücklich sie gewesen war.

»Streit brennt wie Gras«, sagte Marals ältere Frau.

»Wenn zwei sich zanken, wird daraus ein Streit zwischen vielen«, sagte Maral. »Niemand will den Winter in einem Lager verbringen, in dem Unfriede herrscht.«

Wir schwiegen eine Weile und dachten an den Winter. Gewiß konnte sich jeder von uns an lange Sturmnächte in einer beengten Höhle erinnern, in denen Zorn an den Herzen der Menschen nagte; Zorn, so furchtbar wie eine Krankheit, die man spürt, aber nicht sieht. Es war schon vorgekommen, daß Leute sich selbst getötet hatten wegen eines Streits im Winter. Manche sind nackt in den Sturm hinausgelaufen und später erfroren im Schnee gefunden worden. Sie waren so aufgebracht und beschämt wegen des Streits, daß sie schließlich lieber sterben als so weiterleben wollten. Deshalb verbrennen wir, wenn wir ein Winterlager betreten, nachdem wir den ganzen Sommer über fort gewesen sind, als erstes Fett für die Frau Ohun und bitten sie, uns bis zum Frühling Nahrung und Geduld zu schenken.

»Ich habe all diesen Ärger nicht vorhergesehen«, sagte Vater und erhob sich. »Ehe ich mich mit Bekassine verbunden habe, hat mir ihr Onkel versichert, sie sei umgänglich.« Und zu seinen Brüdern sagte er: »Kommt mit. Ich möchte ungestört mit euch reden.« Er nahm seinen Speer und verließ die Höhle, gefolgt von seinen Brüdern. Auf dem Weg rief er: »Kori, Ako – ihr kommt auch.« Also standen Ako und ich auf und folgten, wobei wir auf dem Weg ins Freie Bekassine fast streiften, unseren Vätern und Onkeln zum Auslug der Männer.

Wir hatten kein Feuer im Auslug, und es schien kein Mond. Ich setzte mich im Dunkeln neben Andriki. Niemand sprach. Die Männer schauten in die Schlucht hinunter. Unten erkannten wir die Augen eines Tieres. Sie schimmerten mattgrün im Licht der Sterne. Es mußte ein gewaltiges Tier sein, wenn es so große Augen hatte, daß wir sie noch in solchem Abstand im schwachen Licht der Sterne sehen konnten. Wir beobachteten eine Weile, wie sich die Augen hin und her bewegten; das Tier versuchte, unsere Umrisse gegen den Himmel zu erkennen. Das gefiel uns nicht. Andriki warf mit beiden Händen einen großen Stein hinunter. Der Stein verfehlte die Augen und prallte von einem Felsen ab, doch das Sausen und Poltern mußte das Tier erschreckt haben, denn die Augen waren plötzlich verschwunden.

»Was soll ich nun tun mit meiner jüngeren Frau?« fragte Vater.

»Die Unstimmigkeiten verursacht deine ältere Frau«, antwortete Maral.

»Ja«, bestätigte Vater. »Aber mir ist etwas eingefallen. Ich werde Yoi mit zu ihren Verwandten an den Forellenfluß nehmen und Bekassine bei euch lassen. Yoi wird froh sein, Bekassine wird froh sein, und ich auch, weil ich dann nicht mitansehen muß, wie Bekassines Bauch immer dicker wird, und das in dem Wissen, daß das Kind nicht von mir ist.« Zu mir sagte Vater: »Ich habe drei Winter am Forellenfluß verbracht und mit Graugans Rentiere gejagt. Er ist der Anführer der Leute dort. Wir haben unsere Gruppen miteinander verbunden. Ich habe Yoi aus der Sippe seiner zweiten Frau geheiratet. Seine Söhne haben Frauen aus meiner Sippe geheiratet.« Zu Kida sagte Vater: »Komm mit uns. Deine Frau wird gewiß gern ihr altes Zuhause besuchen. Ihre Eltern werden auch mitkommen wollen. Ihr Bruder ebenso. Und seine Frau! Meri wird natürlich mitkommen wollen: Yois Sippe ist auch die ihre. Ja, das ist ein guter Einfall. Laßt mich sehen: Yoi und ich, Meri und Weißfuchs, seine Eltern und Junco. Und Kida. Das sind viele. Und ihr Sohn. Das sind sehr viele. Trotzdem ist in Graugans' Hütte genug Platz.«

»Ich will auch mitkommen«, sagte ich.

»Das geht nicht«, sagte Vater. »Dann sind wir zu viele für Graugans.

»Und wir anderen wären zu wenige«, sagte Maral zu mir. »In Graugans' Hütte gibt es etliche Jäger. Wir haben nur dich, Ako, Andriki, Marder und mich. Andrikis Frau jagt auch, aber nicht sehr gut. Keine Frau jagt wirklich gut. Und denk an die Weiber, die wir diesen Winter ernähren müssen: meine Frauen, Marders Frau, Andrikis Frau und deine kleine Frogga.« Maral lachte. »Und Rin und Bekassine«, fügte er hinzu. »Nein, Neffe. Du kannst nicht zum Forellenfluß ziehen. Du mußt mit mir kommen.«

»Dann ist es entschieden?« fragte Andriki.

»Für meinen Teil ja«, sagte Vater.

»Aber du hast einen weiten Weg vor dir«, sagte Maral. »Wenn du bei Neumond aufgebrochen wärst, würde dich der Schnee vielleicht nicht einholen.«

»Sind wir nicht schon zuvor zum Forellenfluß gezogen?« fragte Vater. »Ich werde den Flüssen folgen, statt durch die Ebene zu ziehen. Das ist ein weiterer Weg, aber am Wasser gibt es Fichtenwälder. Dort können wir Schlingen auslegen und Brennholz finden. Dort sind wir geschützt.« Vater dachte eine Weile nach. Schließlich sagte er: »Mag sein, daß es nicht nötig ist, auf Schritt und Tritt in der Nähe eines Flusses zu bleiben. Vielleicht durchquere ich auch die Ebene bis zum Grasfluß. Ja, ich werde bis zu Graugans' Sommergründen durch die Ebene ziehen. Dann kann ich wieder dem Fluß folgen.«

»In der Ebene wird es stürmen und schneien«, sagte Maral.

»Ein bißchen Schnee ist besser als ein endloser Marsch«, erwiderte Vater.

»Du könntest die anderen fragen, was sie wollen.«

»Ich zwinge niemanden mitzukommen«, sagte Vater.

Das war also geklärt. In der dunklen Höhle berichtete Vater den anderen von seinem Plan. Die meisten waren damit zufrieden, besonders Yoi und ihre Nichte Meri, die ihre Verwandten am Feuerfluß tatsächlich gern besuchen wollten. Alle waren froh, daß der Streit endlich ein Ende hatte. Nur Bekassine schien immer noch unglücklich zu sein. Sie war hintergangen und bestraft worden, weil Vater ihrer Mitfrau den Vorzug gegeben hatte, während ihr selbst keine andere Wahl blieb, als ohne eigene Leute in ein fremdes Lager zu ziehen und dort auf ihn zu warten, vielleicht lange Zeit. Sie hatte so gesessen, daß wir beim Eintritt in die Höhle ihr gerecktes Kinn und ihren geraden Rücken sahen, aber als Vater seinen Plan bekanntgab, wandte sie sich ab. Ihr Wille war jedoch nicht gebrochen. Sie legte sich schließlich nieder, aber sie gab die ganze Nacht keinen Laut von sich.

12

Wir hatten die Höhle kaum verlassen, da verloren sich die beiden Gruppen aus den Augen, denn die Leute, die bei Vater waren, gingen nach Osten, wir selbst aber nach Westen. In langer Reihe, schwungvoller mit jedem Schritt, folgten wir Andrikis hochaufgeschossener Gestalt über einen unbenutzten Wildwechsel, der am Rand der Schlucht entlangführte.

Ich war der letzte in der Reihe. Was würde uns der kommende Winter bringen? Wer von uns würde im Frühling noch am Leben sein und von dem Farn kosten können, der sich unter dem schmelzenden Schnee entrollte? Wessen Geist hätte bis dahin die Lagerstätten der Toten aufgesucht, um mit den Angehörigen seiner Sippe die Sonne zu essen? Wessen Leichnam würde, in einem Baum verwahrt, bis es taute, auf seine Bestattung warten?

Ich dachte daran, daß Onkel Bala seine Leute oft »die Hände des Lagers« genannt hatte. »Wenn wir den Winter überstehen wollen, brauchen wir zwei starke Hände«, pflegte er zu sagen.

Mit Vater und Kida und all den anderen waren wir sehr stark gewesen. Zweimal zwei Hände und mehr. Waren wir jetzt immer noch stark? Waren die, die Andriki folgten, genug? Mich und Marals jungen Sohn, meinen Schwager Ako, eingerechnet, waren wir fünf Männer – eine rechte Hand, wie Bala gesagt hätte. Aber waren wir eine starke Hand? Maral und Andriki waren Daumen und Zeigefinger, stark genug für jede Gruppe, und Marals großer, dünner Schwager, Marder, war auch stark. Doch weil ich neu war und mich in Vaters Jagdgründen nicht zurechtfinden würde, es sei denn, jemand zeigte mir den Weg, sah ich mich als den vierten, den steifen Finger, der sich nicht weit bewegen kann, ohne einen anderen mitzunehmen – einen Finger, der stark, aber manchmal unbeholfen ist. Und weil

Ako noch jung war, sah ich ihn als den kleinen Finger, keineswegs unbeholfen, aber eben nicht stark. Onkel Bala hätte Ako nicht zu den Männern gezählt, sondern zu den Kindern. Doch wenn Ako kein Mann war, war unsere Gruppe keine Hand, und deshalb zählte ich ihn zu den Männern.

Dann war da auch die linke Hand, die der Frauen, mit Rin als Daumen – Rin, deren Brüder und Halbbrüder die Gruppe anführten. Als nächstes kam ihre Tochter Seidenschwanz, Marders Frau. Die anderen Finger waren die Frauen der Besitzer der Jagdgründe: Maral hatte zwei, die dunkelhaarige Truht und die hellhaarige Lilan, ebenso groß wie ihr Bruder Marder; Andriki hatte eine, die beherzte Hindin. Und da war Bekassine, Vaters Frau. Aber sie war nicht mit der Gruppe verbunden, und so betrachtete ich sie nicht als Finger. Trotzdem gehörte sie zu uns, die wir die rechte und die linke Hand des Lagers waren, die wir unsere Gruppe im Winter nähren und kleiden und unsere Hütte warm halten würden.

Außerdem gab es noch die Kinder, die von den beiden Händen beschützt wurden. Bei uns waren nur zwei kleine Kinder: Hindins Tochter Pirit, die ihrer Mutter hinterhertappte, wenn Andriki sie nicht trug, und meine Frau Frogga, die auf Lilans Bündel ritt. Auch drei ungeborene Kinder wanderten mit uns, Winterkinder, die im Winterlager zur Welt kommen, und eines Tages, wenn sie am Leben blieben, mit ihren Tiernamen dem Großen Bären Ehre erweisen würden. Eines davon befand sich in Truhts Bauch, eines in Seidenschwanz' Bauch, eines in Bekassines Bauch.

Nie zuvor hatte ich so viel über den Winter nachgedacht oder die Zukunft als beunruhigend empfunden oder mich gefragt, wer im nächsten Frühjahr tot und wer noch am Leben sein würde. Ich schaute zu Froggas Bruder Ako, der vor mir lief. Er war jung und schien sorglos, genauso wie ich früher sorglos gewesen war. Ich fragte mich, was Andriki dachte, während ihn seine langen Beine nach Westen trugen. Was dachte Maral? Und Vater?

An der ersten Wegbiegung drehte ich mich um, um Vater noch einmal zu sehen, aber er und die meisten seiner Leute waren schon hinter den Blaubeersträuchern verschwunden. Ich sah Kidas Hosenbeine unter dem großen Bündel, auf dem sein kleiner Sohn ritt und sich an einem von Kidas Zöpfen festhielt. Dieses Kind fürchtete den Winter nicht. Gerade als die Blaubeersträucher Kida zu verschlucken schienen, jauchzte der Junge vor Freude, und ich erinnerte mich plötzlich an die Zeit, als ich selbst klein gewesen war, und an das erregende Gefühl, wenn man eine große Reise antrat.

Weil sich die Ebene sanft abwärts neigte, gingen wir den ganzen Vormittag bergab. Am Nachmittag verlief unser Weg fast auf gleicher Höhe mit dem Fluß. Wir kamen an einen Platz, der Die Bisonfurt hieß und an dem die Hufe der sich drängenden Bisons tiefe Spuren in die sandigen Ufer gegraben hatten. Hier überquerten wir den Fluß. Wir zogen Schuhe und Hosen aus, um durch das schnellfließende Wasser zu waten, glatte, runde Kiesel unter den Füßen.

Nördlich des Haarflusses dehnte sich eine sanft gewellte Heide, wo Rauschbeeren mit ihren rotbraunen Blättern wuchsen, so weit das Auge reichte. Wir legten unsere Bündel ab und begannen Beeren zu pflücken. Kurz vor Einbruch der Dunkelheit schaute ich mich nach den anderen um, konnte sie aber nirgends sehen. Ich richtete mich auf. Schließlich erkannte ich in einiger Entfernung die Gestalt eines Menschen, dann die eines zweiten und eines dritten; alle hatten sich weit übers Gelände verteilt, alle kauerten gebückt und waren mit Essen beschäftigt. Sie verloren sich fast in der braunen Landschaft unter dem hohen gelben Himmel.

Als wir weitergingen, führte uns der Weg genau nach Norden. Wir wanderten so sechs Tage lang und folgten dabei Marals leichtfüßigen Schritten über eine mit Gestrüpp bewachsene Ebene. Abends suchten wir geschützte Plätze auf, um dort unser Nachtlager aufzuschlagen, unter Felsen oder in Dickichten; wir verfeuerten, was wir finden konnten – Gras und Heidekraut, Knochen und Dung, auch Holz, wenn welches in der Nähe wuchs. Am Himmel hielten wir Ausschau nach Raben, die uns den Weg zu toten Tieren weisen konnten, doch auf diesem Marsch fanden wir keine. Jeden Abend legten wir Schlingen aus, um Kleingetier und Vögel zu fangen. Alles in allem war es keine beschwerliche Reise. Die Rausch- und Krähenbeeren waren gerade reif, und wir hatten in Streifen geschnittenes Dörrfleisch mitgenommen.

Eines Abends sagte Andriki, morgen gegen Mittag würden wir die Brüste der Ohun sehen. Hinter ihnen sei Vaters Winterlager. Ich dachte an Vater, während wir dahinwanderten, dachte daran, daß unsere Reise fast zu Ende war, während seine, wegen der großen Entfernung zwischen Haar- und Forellenfluß, kaum richtig begonnen hatte.

Die Brüste der Ohun! Ich sah im Geist zwei spitz zulaufende Berge vor mir und hielt im Gehen Ausschau nach ihnen. Gegen Mittag bemerkte ich einige niedrige runde Hügel, die sich, verbunden durch Kämme, von Osten nach Westen erstreckten, und ich dachte, zwischen ihnen mußten zwei Gipfel aufragen, die die Lage von Vaters Lagerplatz bezeichneten. Das Gelände stieg zu den Hügeln hin an. Wir liefen durch einen moosigen Fichten- und Birkenwald bergauf und kamen auf eine sonnenbeschienene, rotbraune Heide mit Blaubeer- und Krähenbeersträuchern. Doch von hier aus sahen wir keine Berge wie Brüste, nur mit dichten, niedrigen, roten Büschen bestandene Hügellehnen. Dazwischen wuchs Riedgras, dann und wann auch eine vereinzelte Schwarzfichte, vom Wind geformt, so daß sie auf der Nordseite keine Äste hatte. Auf der Heide war es licht und sehr still. Weit entfernt zwitscherte ein Laubsänger seine reine, süße Weise: *Di! Di! Tschibidi!*

Die meisten von uns legten ihr Bündel ab und gingen zu

den nächsten Krähenbeersträuchern, wo sie niederkauerten, um Beeren zu pflücken und zu essen. Andriki zeigte mit seinen Lippen. »Am Ende dieses Pfades, hinter den Hügeln, ist das Lager«, sagte er.

»Können wir den Platz von den Hügeln aus sehen?« fragte ich.

»Ja, aber wir werden ihn nicht von dort aus sehen«, sagte Andriki.

Seine Antwort verwirrte mich. Wollte er oben auf dem Kamm die Augen schließen? »Steigen wir nicht hinauf?« fragte ich. »Ist es so hoch?«

Andriki zeigte wieder mit seinen Lippen, und ich sah, daß unser Pfad nach Westen führte, um die Hügel herum und am Rande des Buschwerks entlang. »Warum sollen wir da hinaufklettern?« fragte Andriki. »Hat es am Frauensee, wo du früher den Winter verbracht hast, keine Heide mit Beerensträuchern gegeben? Diese Gebüsche sind verwachsen und unwegsam. Manche Blätter sind giftig. Niemand ißt sie. Außer Bären, die im Herbst die Früchte der Büsche fressen, gibt es da nichts zu jagen. Vögel fliegen und Mäuse huschen dorthin. Füchse gehen dorthin, der Mäuse wegen. Frauen gehen dorthin, um Beeren zu pflücken und Schlingen auszulegen. Weiter ist da nichts. Es ist Frauenland.«

Andriki hatte recht. Hier gab es keine Pfade und Wildwechsel, nur Vogellieder. Was sich bewegte, blieb dicht am Boden. Doch die sonnige, stille Landschaft sah so anders aus, als ich sie mir vorgestellt hatte, daß ich ganz durcheinander war. »Wo sind die Berge?« fragte ich.

Nun schien Andriki verwirrt zu sein. Er zeigte mit seinen Lippen auf den Höhenzug. »Das sind die Berge«, sagte er.

»Welche sind dann die Brüste?« fragte ich lachend.

Auch Andriki lachte. »Alle. Sind nicht alle Hügel wie Brüste? Woher soll ich wissen, welche die Brüste der Ohun sind? Niemand hat es mir gesagt.«

Bereit, mit Andriki zu scherzen, blickte ich in die

Runde, um festzustellen, welche Hügel am meisten Brüsten glichen. Ich sah nur vier kahle Kuppen, die einander sehr ähnlich waren, außer daß zwei höher aufragten als die anderen. Zwei Milane flogen über ihnen in südlicher Richtung, der eine weit voraus. Plötzlich kribbelte meine Haut. Die Hügel mochten Brüste sein, aber wenn es die Brüste der Ohun waren, war Ohun kein Mensch, sondern ein großes Tier, das auf dem Rücken lag und schlief – eine Tigerin, eine Löwin, eine Hyäne!

Ich wußte, ich hätte lange über den Namen dieser Hügel und seine Bedeutung nachdenken sollen. Gewiß gab es eine Geschichte dazu, aus der man viel lernen konnte. Hatte sich nicht Sali, die berühmte Schamanin vom Feuerfluß, in eine Tigerin verwandelt, nachdem ihr Mann sie getötet hatte? Hatte Sali etwas mit Ohun zu tun? Oder vielleicht mit diesen Hügeln?

Das war ein beunruhigender Gedanke. Ich öffnete den Mund und wollte Andriki danach fragen, doch als ich mich umschaute, sah ich ihn weit fort bei den anderen hocken und Krähenbeeren essen. Ich stand allein auf dem Pfad, seltsam außer Fassung, und fühlte mich als Fremder in diesem stillen, sonnigen Land, das Vater gehörte. Ich kannte nicht einmal den Weg zu seinem Lagerplatz, und ich wollte nicht ohne die anderen gehen. Deshalb drang ich wie die anderen ins Gebüsch ein, lief zu einem üppig wuchernden Strauch, an dem noch einige Beeren hingen, kauerte mich nieder und aß einige davon.

Den ganzen Nachmittag pflückte ich Krähenbeeren, ganz allein im Sonnenschein, während der leichte Wind in den harten kleinen Blättern wisperte und Wacholdergeruch von der sonnenwarmen Heide herübertrug. Später, als ich mich nach mehr Beeren umschaute, sah ich zufällig alle Leute weit voraus auf dem Pfad, ihre Bündel auf dem Rücken. Einige liefen schon weiter. Hätten sie mich hier zurückgelassen? Ich sah zu, daß ich sie einholte, und wieder war ich der letzte in der Marschreihe.

Mir fiel auf, daß vor uns Pferde diesen Weg benutzt hatten, wenn auch unsere Fußspuren ihre Spuren überdeckten und wir ihren Dung flachgetreten hatten. Der Wildwechsel und die Hufabdrücke der Pferde führten auf dem kürzesten Weg aus dem Buschwerk heraus, in ein Tal und über einen gemächlich nach Westen strömenden kleinen Fluß. Das Wasser stand jetzt, in der Trockenzeit, fast still. Staub und gelbe Birkenblätter trieben darin. An den seichten Stellen wuchsen kleine Inseln aus Gras. Als ich auf sie trat, um hinüberzugehen, drang Wasser in meine Schuhe.

Der Wald am jenseitigen Ufer war licht und sonnig, richtig einladend für Jäger. Dies war wieder Männerland! Hinter den Bäumen sah ich eine kleine Wiese. Die Pferdespuren führten dorthin. Ich schaute mich um. Vor Jahren hatte es hier gebrannt; nun wuchsen hier junge Lärchen und Kiefern, Stechpalmen und Heidelbeeren, Flechten, Gras und gute Pilze. Der seichte Fluß würde im Frühling über die Ufer treten, und dann würde der Boden für Pferde zu sumpfig sein, aber Rot- und Damhirsche würden sich daran nicht stören, auch Rehe und Elche würden sich hier wohlfühlen, und im Winter würden Rentiere hierherkommen wegen des Rentiermooses, das überall wuchs. Die Birken waren kleinwüchsig und standen sehr dicht, weil hier viel Wild äste, und darum fanden Wald- und Schneehühner gute Deckung. Wir würden wahrscheinlich in den Hügeln auf den einen oder anderen Bären stoßen, der Winterschlaf hielt, und da kein Bär hoffen konnte, in Vaters Nähe jemals lebend wieder aufzuwachen, mußten es wahrscheinlich junge und unerfahrene Tiere sein, die sich von den Früchten der Brüste der Ohun hatten verlocken lassen. Ich sah, daß Vater mit diesem Platz eine gute Wahl getroffen hatte.

Außerdem fiel mir auf, daß der träge dahinströmende Fluß beim ersten strengen Frost zufrieren mußte. Mensch und Tier würden sich schwertun, wenn sie im Winter trinken wollten; ich sah, daß alles trockene Reisig und alle unteren Zweige entfernt worden waren. Wir würden mit unseren Äxten hart arbeiten oder weit umherstreifen müssen, wenn wir Feuerholz suchten. Ich sah auch, daß der Wald für Löwen zwar zu dicht verwachsen war, einem Tiger aber durchaus zusagen mochte. Das bedeutete, daß wir später, wohin wir auch gingen, bei jedem Schritt aufpassen mußten. Dies war Jägerland. Doch was hatte ich anderes erwartet? Es war Vaters Land!

Ich wandte mich nach Osten und entdeckte einen kleinen See, den der Fluß durchströmte. Ich vermutete, das Winterlager werde so liegen, daß man den See von dort aus sah, und folgte dem Ufer. Bald sah ich einen dunklen Hügel, halb verborgen unter einem Schleier aus gelbem Gras und den dünnen grünen Nadeln von Fichtenschößlingen. Es waren im Sommer gesprossene Pflanzen, die kein Fuß niedergetrampelt hatte. Wie Onkel Balas Winterlager war Vaters Unterkunft eine Hütte mit einem gewölbten Dach, aber diese war geräumiger, um die Hälfte länger und auch höher. Die größten Männer aus Vaters Familie konnten darin fast stehen. Gras wuchs auf dem Dach zwischen den Steinen, die die Erde beschwerten. Das Gras stand zum Teil aufrecht und bewegte sich sacht im Wind, an anderen Stellen lag es flach, und Spuren führten hindurch. Hier waren Wölfe aufs Dach gestiegen und hatten es als Ruheplatz oder Auslug benutzt.

Ich war seit dem vorigen Winter, als ich mit meiner Mutter und meinem Stiefvater in Balas Winterlager gewohnt hatte, nicht mehr in einer Hütte gewesen. Solange ich denken konnte, war Mutters und mein Platz am Feuer bei der Tür gewesen, am kalten Ende der Hütte, am schlechten Ende, das den Schwägern und Schwägerinnen oder den weiblichen Verwandten der Besitzer zugeteilt wird. Als ich durch Vaters Windfang kroch, wußte ich nicht, was mich erwartete, wo ich mein Bündel ablegen sollte und wo ich schlafen würde. Aber ich zögerte nicht, weil alle außer Maral schon in der Hütte waren.

Am Ende des Ganges richtete ich mich auf. Die Hütte hatte von außen geräumig gewirkt, doch von innen wirkte sie klein. Klein, dunkel und schon wieder von Gerüchen erfüllt. Es roch nach Rauch und den Körpern und Haaren der Menschen, die sich, noch unförmig in ihren Überkleidern, nach mir umdrehten. Einige schirmten die Augen vor dem plötzlichen Aufflackern der Birkenrinde ab, mit der sie das Feuer in Gang gebracht hatten. Wegen der dikken Wände war es in der Hütte viel kälter als draußen, so, als hinge hier noch die Kälte vom letzten Winter. Ein durchdringender Gestank verriet, daß die Wölfe nicht nur das Dach benutzt hatten, sondern auch das Innere der Hütte.

Maral richtete sich hinter mir auf und quetschte sich an mir vorbei. Er nahm mir mein Bündel ab und trug es an seiner Stiefschwester Rin und deren Tochter Seidenschwanz vorbei, die mit gesenkten Köpfen ihr Feuer nahe der Tür anfachten. Maral bewegte sich vorsichtig um seine Brüder und deren Frauen herum, die in der Mitte der Hütte zusammensaßen und auf mehr Licht warteten, ehe sie sich ihre Schlafplätze suchten. Er führte mich in den hinteren Teil der Hütte und legte mein Bündel neben seines.

Ich schaute mich um. Aufgeschichtete große Steine stützten die Stangen ab, die die Wände der Hütte bildeten, feste Wände, die sich unter dem Gewicht der Querstreben und der äußeren Abdeckung aus Grassoden durchbogen. In der Mitte ruhte auf vier gegabelten Pfosten ein Firstbalken, der vom einen zum anderen Ende der Hütte verlief, und diese Pfosten waren in den Boden eingegraben und mit Felsblöcken festgekeilt.

In Onkel Balas Hütte, in einem großen Fichtenwald, wo Mammute ihre Wintergründe hatten, hatten Knochen von jungen Mammuten die Wände gebildet, Unterkiefer, die, mit dem Kinn nach oben, auf den Gelenkhöckern lagen. Mit Steinen und Stangen verglichen, waren diese gekrümmten Knochen sehr fest, aber nicht schwer. Sie brauchten nicht abgestützt zu werden, weil sie ineinandergriffen. Doch in lichtem Waldland wie diesem in Vaters Jagdgebiet gab es keine Mammute; die Erbauer der Hütte konnten keine großen Knochen gefunden haben, und so war ihnen keine andere Wahl geblieben, als Holz zu schlagen und Felsen zu schleppen. Auch war eine aus Steinen und Stangen gefügte Hütte nur fest, wenn sie klein war. Die Leute im hinteren Teil der Hütte würden dicht zusammenrücken müssen.

Mir hatte solche Enge nie behagt. Ich hatte immer eine Abneigung gegen die verbrauchte Atemluft anderer Menschen gehabt. Und kleine Kinder hatten mir auch nie behagt mit ihren spitzen Knien und ihren kalten, glatten Körpern, die über einen krabbelten, um vom einen Ort zum anderen zu kommen, wie es Frogga hier tun mochte. Ich wollte mich auch nicht auf die Probe stellen, indem ich allzu lange neben Bekassine lag. Doch obwohl es in der Hütte kalt, dunkel und eng war, obwohl ich vom Rauch schon husten mußte und obwohl mir die Augen brannten, empfand ich ein seltsames Glücksgefühl, weil ich zum ersten Mal, seit ich zurückdenken konnte, am Feuer der Anführer schlafen würde.

13

Lange nach Einbruch der Dunkelheit, als sich die Leute auf ihren Plätzen in Vaters Winterlager eingerichtet hatten, spannte Andriki das Fell seiner Trommel. Dann sangen wir, von ihm begleitet und angeführt von Marals tiefer Stimme, »Ehre sei dem Geist der Hütte«, jenem Geist, der uns im Winter beschützen würde. Maral begann:

> Ehrenwerter Geist!
> Wir verbrennen Fett.
> Fett ist im Rauch!
> Komm zu uns und iß!
> Vergiß nicht, wer es gegeben hat!
> Wir, die dir singen,
> Wir haben's gegeben!
> Hona!

»Wir, die dir singen, wir haben's gegeben!« so fielen wir übrigen ein. Als sich unsere Stimmen und unser Händeklatschen mit dem Rhythmus von Andrikis Trommel vereinigten, wurde der Gesang mächtig und erfüllte die Hütte. Er trug unser Gebet durch die Rauchabzüge in den weiten, dunklen Himmel. »Wir, die dir singen! Wir, die dir singen! Wir, die dir singen! Wir haben's gegeben!«

So beteten wir, aber in Wirklichkeit hatten wir kein Fett. Wir konnten dem Geist nur den Namen des Fettes geben, das Wort. Und das bekam der Geist immer wieder, freilich nicht von mir, denn wenn es an der Zeit war, »Fett ist im Rauch« und »Wir haben's gegeben« zu singen, blieb ich stumm. In Onkel Balas Hütte waren wir Geistern gegenüber nicht so dreist gewesen. Ich hoffte, daß der Geist hier nachsichtig war. Da wir für ihn nichts hatten als Worte und für uns bloß ein wenig Essen und Holz, sangen wir nicht lange, sondern nur, bis die Feuer niedergebrannt waren. Dann wickelten wir uns in die Schlaffelle ein.

Zu meiner Rechten – sie berührten mich fast – begannen sich Onkel Maral und eine seiner Frauen gleichmäßig zu bewegen. Sie ächzten und keuchten leise, während sie sich dem Höhepunkt näherten. Doch welche Frau war es? Wer es auch sein mochte, sie war leiser als Maral; vielleicht hielt sie den Atem an. Ich dachte nach. Bei seiner kleinen, runden, dunkelhaarigen Frau konnte Maral nicht liegen – Tante Truht war in den letzten Monden ihrer Schwangerschaft. Und so beschlief er gewiß seine große, dünne, hellhaarige Frau, Froggas Mutter, Tante Lilan! So war es. Gegen Ende zu sagte eine gedämpfte Frauenstimme: »Wah!« Es war Lilans Stimme.

Zu meiner Linken lag Bekassine im tiefsten Schatten. Sie war so nahe, daß ich ihren Atem in meinem Gesicht spürte, ein schwaches, leichtes Kribbeln wie von Fliegenbeinen. Und ich roch ihren Atem, ihr Haar. Auch sie belauschte Maral und Lilan. Ich sah Bekassines glatte Haut förmlich vor mir, ihre hellbraunen Augen mit den gelben Linien darin, ihre weißen Zähne, ihre trockenen Lippen und ihre Zungenspitze – rosig und naß, die Lippen befeuchtend. Dann sah ich Bekassine wie von oben, als stünde ich hinter ihr und als hockte sie am Boden; ich sah ihren Hinterkopf, ihr glänzendes Haar, ihren schimmernden Zopf. Mein Auge folgte ihrem Zopf, der mittleren Naht ihres Hemdes entlang bis zum Saum, dann den Wirbeln ihres bloßen Rückgrats bis zu der Stelle, da sich ihr Körper teilte, da ihr breites, nacktes Gesäß auf ihren Fersen ruhte. Zwei Reihen erhabener Narben, Ohuns Male, führten im Bogen von der Kluft ihrer Hinterbacken fort. Ich sah Bekassine von hoch oben, als sei ich ein Adler. Ihr Gesäß glich zwei kahlen Hügeln, und ihre Narben waren wie zwei Ketten fliegender Gänse, die tief unter mir ihres Weges zogen. Ich dachte an einen Adler, der aus dem Himmel herabstieß, und ich dachte daran, wie groß, wie stark, wie lebendig ihm eine Gans erscheinen mußte, wenn er sie schlug, wenn sich seine Krallen in ihr Gefieder gruben. Dann versuchte ich, an etwas anderes zu denken. Damals schmerzte mich jede Erinnerung an meine Zeit mit Bekassine.

Bald darauf hörte ich auf dem Dach das Scharren von Füßen. Die Wölfe! Ich hörte sie an den Rauchabzügen schnüffeln, dann das Kratzen ihrer Krallen, als eines der Tiere vom Dach auf den Boden sprang. So eine Frechheit! Ich wartete, bereit, meinen Speer zu nehmen, ins Freie zu stürzen und die Wölfe zu strafen, aber niemand machte Anstalten, sie zu verjagen. Wölfe, so schien es, ängstigten Vaters Leute nicht. Zumindest gab es keine Nahrung, die sie uns stehlen konnten. Schließlich schlummerte ich ein.

Plötzlich wurde ich vom kurzen, scharfen Bellen eines Wolfes wach. Ich öffnete die Augen. Der Mond, im ersten Viertel, schien verschwommen durch die Wolken und erhellte die Rauchabzüge mit mattem Licht. Ich konnte die Umrisse einiger Leute in der dunklen Hütte erkennen. Alle waren ängstlich angespannt, und manche setzten sich auf. Ich sah Andriki. Er lag nicht in seinem Fell, sondern saß auf den Fersen und hatte sich vorgebeugt. Ich bemerkte die lange, gerade Linie des Speers an seiner Schulter. Am Verhalten der anderen merkte ich, daß irgend etwas ernsthaft im argen lag. Ich schlug mein Schlaffell zurück und hätte auch nach meinem Speer gegriffen, doch da faßte Andriki meinen Arm. Ich starrte ihn an. Er hielt seine Hand zwischen den Rauchabzug und meine Augen, damit mir nicht entging, was er mir zu bedeuten hatte, und machte das Zeichen für Tiger.

Aha! Ein Tiger war vor der Hütte! Ich lauschte angestrengt, konnte aber nichts hören. Ich schnupperte. Zuerst roch ich nichts, doch plötzlich durchdrang der beißende Gestank von Tigermoschus und -harn meine Sinne, ein Gestank, der meine Augen brennen ließ und mir die Kehle zuschnürte. Der Tiger mußte eine Duftmarke am Eingang zur Hütte gesetzt haben!

Was Tiger verspritzen, flößt Furcht ein. Obwohl es kalt in der Hütte war, fing ich an zu schwitzen, und zu meiner

Schande begann mein Kinn zu zittern. Ich drückte Unter- und Oberkiefer auseinander, damit mir die Zähne nicht klappern konnten, ich hielt den Atem an und wartete auf das Gebrüll, das mir durch Mark und Bein gehen und mich taub machen würde. Alle warteten.

Aber der Tiger brüllte nicht. Statt dessen knarrte das Dach der Hütte, und Erde regnete auf uns herab. Der Tiger war leise aufs Dach gesprungen. Einen entsetzlichen Augenblick lang, in dem ich das Dach einbrechen und den Tiger zwischen uns herabstürzen sah, schien die Hütte zu erbeben. Dann ächzten die Pfosten in ihren Verankerungen, und es regnete wieder Erde. Der Tiger war vom Dach gesprungen. Das Schwanken unter seinen Füßen mußte ihm mißfallen haben. Und nun brüllte er.

Wieviel Atem hat ein Tiger? Während er brüllte, packte uns die Furcht wie eine starke Hand und schüttelte uns. Dem Ende zu, als der Tiger fast keuchte und den letzten Atem aus seinem gräßlichen Maul ausstieß, hörten wir Frogga weinen. Ihr dünnes Stimmchen wurde von der Donnerstimme des Tigers übertönt. Lilan wollte Frogga die Brust geben, um sie zum Schweigen zu bringen, doch Frogga war nicht hungrig, sondern entsetzt, und so nahm sie die Brust nicht. Am schlimmsten war, daß Frogga, als dem Tiger der Atem knapp wurde, immer noch weinte und plötzlich deutlich zu hören war. Ebenso plötzlich verstummte der Tiger. Er horchte auf Frogga.

Schließlich gelang es Lilan, ihre Tochter zu beruhigen, und nun lauschten alle. Der Tiger brüllte wieder, diesmal nur kurz und nicht so schrecklich wie beim ersten Mal, und dann noch ein drittes Mal, aus größerer Entfernung. Er ging von der Hütte weg.

Wieder bellte ein Wolf. Der Tiger antwortete mit einem ungehaltenen Brüllen. Er hatte sich inzwischen noch weiter entfernt. Wir saßen in der Hütte, still und starr wie Tote, und lauschten, so schien es, die halbe Nacht lang. Lange danach hörten wir ein weiteres Bellen tief im Wald, dann ein zweites und ein drittes, diesmal nicht von einem

Wolf, sondern von einer Hirschkuh. Auch sie hatte den Tiger gesehen.

»Nun denn«, flüsterte Maral und brach das Schweigen in der Hütte. »Er ist fort. Er ist gekommen, um zu sehen, wer hier ist.«

Ich hätte gern gefragt, was Maral meinte, aber ich wollte nicht unsicher und unmännlich erscheinen. Darum war ich froh, als ich jetzt im Dunkeln Bekassines Stimme hörte. »Was soll das heißen?« fragte sie. »Hast du ihn etwa erwartet?«

»Das Land deines Mannes ist ein gutes Land«, sagte Maral. »Hier gibt es Rothirsche und Rehe, Elche und Rentiere. Wundert es dich, daß andere Jäger kommen, wenn soviel zu essen da ist?«

»Es hat mich gewundert, einen auf dem Dach zu hören.«

»Er wohnt im Wald«, sagte Rin. »Und er wandert sehr weit. Manchmal, im Winter, im Mond der Schreie, lebt seine Frau bei ihm. Dann brüllen sie beide. Es ist wichtig, draußen genau achtzugeben und in der Hütte zu sein, bevor es dunkel wird.«

»Warum ist er aufs Dach gesprungen?«

»Wenn wir kommen, besucht er uns. Nicht immer in der ersten Nacht, aber meistens sehr bald.«

»Warum?«

»Wie soll ich das wissen? Bin ich mit ihm verwandt?«

»Fürchtest du dich nicht?« fragte Bekassine.

»Wenn er hier ist, fürchten wir uns alle.«

»Woher weißt du, daß er hier ist?«

»Die Wölfe sagen es uns.«

»Halten sie für euch Wache?«

»Wenn sie hier sind, wachen sie. Wenn sie fort sind, wachen wir selbst. Heute waren sie hier.«

»Wir haben kein Brennholz. Wie sollen wir jetzt Brennholz bekommen?«

»Durchstreift denn kein Raubtier die Wintergründe deines Vaters, daß ihr es nicht gewohnt seid, euch in acht zu nehmen?« fragte Rin. »Wie kommen deine Leute an Brennholz?«

»Ich habe noch nie gehört, daß ein so großes Tier aufs Dach einer Hütte springt«, sagte Bekassine. »Wenn ich gewußt hätte, daß es hier gefährlich ist, wäre ich zu Haus geblieben!«

»Mach das mit deinem Mann ab«, sagte Rin.

Am nächsten Morgen fanden wir Wolfsspuren, die in alle Richtungen führten, und dazu Tigerspuren so groß wie Menschenköpfe. Wir sahen, daß der Tiger von Westen gekommen, langsam flußaufwärts gegangen und dann und wann stehengeblieben war, als dächte er über uns nach. Von uns aus war er dann wieder nach Westen verschwunden, flußabwärts, mit weitausgreifenden, gleichmäßigen Schritten, bei denen sich nur seine Hinterpfoten abgedrückt hatten, als sei er wie ein Mensch auf zwei Beinen gelaufen.

Wir alle sahen dies, aber niemand wollte von ihm sprechen. Als ich mich bückte und die Spuren betrachtete, damit ich sie im Gedächtnis hatte, wenn ich sie wiedersah, sagte Maral: »Wir kennen ihn. Er besucht uns in jedem Herbst. Im Augenblick wandert er. Er weiß, daß wir Winter für Winter kommen, und er möchte nicht da bleiben, wo wir ihm die Jagd verderben. Er weiß, daß er uns weh tun kann, aber er weiß auch, daß wir ihm weh tun können. Siehst du seine großen Schritte? Siehst du, wie seine hinteren Spuren die vorderen zudecken? Siehst du, wie schnurgerade er geht? Fast wie ein Fuchs. Er will an einen fernen Ort.«

Maral schien recht zu haben. Trotzdem hatte ich Angst vor dem Tiger. Ich hatte gesehen, wie riesig die Abdrücke seiner Tatzen waren, und ich hatte an einem Baum, an dem er sie geschärft hatte, gesehen, wie weit seine Krallen reichten. Er war wohl länger als ein Pferd und hatte dieselbe Schulterhöhe. Er war schwerer. Sein Gesicht war so breit wie unser Windfang, und seine Zähne waren länger als meine Finger. Nun, da ich wußte, wie groß er war, fürchtete ich ihn.

»Heute werden wir jagen«, sagte Maral. »Wenn wir können, legen wir Schlingen aus. Frauen! Nehmt Schnur mit. Legt so viele Schlingen aus, wie ihr geeignete Stellen dafür findet, oder bis ihr keine Schnur mehr habt.«

Ich hatte gedacht, ich würde mit meinen zwei Onkeln und Marder auf die Jagd gehen; ich hatte gedacht, die Männer würden mir die Wege durch Vaters Land zeigen wollen. Doch Maral sagte: »Jemand muß Holz sammeln, und die Kinder können wir nicht schicken. Du, Kori, du sammelst Holz.«

Tante Lilan sagte: »Wir werden Beeren pflücken, wenn die Vögel sie nicht gefressen haben. Kori soll mit uns kommen, denn er ist neu hier.«

»Danke, Tante«, sagte ich, »aber wenn meine Onkel wollen, daß ich Holz sammle, werde ich dorthin gehen, wo wir gestern waren. Da weiß ich, wo man Holz findet.«

»Paß gut auf«, sagte Lilan.

»Ja, Tante.«

»Wir nennen ihn Die Lilie.«

Ich wußte sofort, wen sie meinte. Ich sah eine zarte gelbe Lilie vor mir, schwarz und weiß gestreift, eine Blume, die auf erhöhtem Grund im Wald wächst. Diese Pflanzen sind selten, doch man kann ihre Zwiebeln essen. »Die Lilie«, wiederholte ich.

»Wir wissen, daß er nach Westen gegangen ist«, fuhr Tante Lilan fort, als hätte ihr Mann es mir nicht schon gesagt. »Aber niemand ist ihm gefolgt, um zu sehen, wie weit er geht. Vielleicht wandert er, wie mein Mann glaubt. Vielleicht hat er es sich auch anders überlegt und hält sich noch in der Nähe auf. Manchmal bleibt er lange bei uns. Manchmal zieht er weiter. Auf jeden Fall – vergiß ihn nicht.«

»Wer könnte ihn vergessen?« fragte ich.

Als ich in südlicher Richtung auf die Hügel zuging, hielt ich an jeder Wegbiegung Ausschau nach dem Tiger. Ich prüfte, ob es nach Moschus roch, und horchte bei jedem Geräusch, obwohl ich wußte, daß seine großen weichen Tatzen kein Geräusch machen würden. Selbst das Wetter beunruhigte mich. Zu dieser Jahreszeit hätte es klar und kalt sein müssen, doch die Luft war feucht und unangenehm drückend, fast schwül. Über den Himmel spannte sich ein Wolkenband wie ein Gürtel um einen Bauch. Ich meinte es donnern zu hören. Das war selten so spät im Jahr – ein Gewitter im Feuermond.

In den Beerensträuchern am Fuß der Hügel wimmelte es von Weidenmeisen, die emsig pickten. Gewiß stand schlechtes Wetter bevor, daß sie so gierig waren. Ich verließ den Pfad, trat in den Wald unterhalb des Höhenzuges und begann mit äußerster Wachsamkeit Holz zu sammeln, wobei ich mich von allen Dickichten fernhielt, in denen sich ein Tiger verbergen konnte. Als ich einen Stoß Holz beisammen hatte, trug ich ihn zur Hütte.

Dort angekommen, schaute ich nach den Spuren der anderen Männer, die alle auf die Jagd gegangen waren – in Reihe, mit Ako als letztem. Betrachteten mich meine Onkel, nur weil es hier einen Tiger gab, als Holzsammler, der Weiberarbeit, Kinderarbeit tat? Nun, ich hatte Holz gesammelt, einen großen Stoß. Machte das einen Mann des Fleisches aus mir, Einen, der den Füchsen Nahrung gibt? Ich legte meine Axt vor den Windfang, damit alle, die heimkamen, sie sehen konnten. Dann holte ich meinen Speer, den mit dem Feuerstein, den mir Vater geschenkt hatte, und ging wieder den Pfad am See entlang, mit hocherhobenem Kopf, das Gesicht im Wind. Ich mochte das Land im Norden, wohin meine Onkel gezogen waren, nicht kennen, aber ich hatte genug von der Gegend im Süden und Osten gesehen, so daß ich nicht Gefahr lief, mich zu verirren. Ich konnte einfach dem Fluß folgen. Ich konnte dem Weg folgen, der um die Hügel herumführte. Ich konnte im Wald zwischen dem See und den Hügeln jagen und beide als Orientierungspunkte nutzen. Mit großer Selbstgewißheit rannte ich zu dem kleinen Fluß und setzte mit einem weiten Sprung hinüber.

Die Lilie war am nördlichen Ufer westwärts gegangen. Ich wandte mich nach Osten, folgte dem südlichen Ufer um den See herum und fand mich bald am Rand der Heide wieder. Über die Hügel fegte der Südwind und brachte die kleinen giftigen Blätter zum Rascheln. Vielleicht lagerten Rentiere an den offenen Stellen und ließen die letzten Stechmücken um sich herum vom Wind vertreiben?

Dieser Gedanke schien mir vielversprechend. Ich bahnte mir einen Weg durch das Dickicht zum Fuß der Hügel. Auf einem großen, flachen Felsen, umgeben von rotblättrigen Krähenbeeren und Wacholder mit blauschwarzen Nadeln, hockte ich mich auf die Fersen, um mir einen Überblick zu verschaffen. Ich konnte weit sehen und hielt Ausschau nach Mornellregenpfeifern, die manchmal den Rentieren folgen, um die Kerbtiere zu jagen, die von deren Hufen aufgescheucht werden. Diese Vögel lieben Heidegebiete, die nahe am Wasser liegen, doch für Mornellregenpfeifer war es spät im Jahr, und ich konnte keinen einzigen entdecken. Nun hielt ich nach Raben Ausschau, die mich auf Rentiere aufmerksam machen konnten. Selbst Wölfe belohnen die Raben dafür, daß diese ihnen den Weg zeigen – darum helfen die Raben den Jägern –, aber ich entdeckte auch keine Raben.

Statt dessen hörte ich erregte Stimmen über mir, und als ich aufblickte, sah ich eine lange Kette von Gänsen, die so niedrig flogen, als wollten sie landen. Sie flogen jedoch nicht zum See, um dort gegen den Wind einzufallen, sondern sie zogen geradeaus weiter und hielten auf die Spitzen der Brüste der Ohun zu. Dort landeten sie.

Von Südwest zog mit dem auffrischenden Wind eine Wolkenbank heran. Als ich meine Augen zusammenkniff, um zu erkennen, wo die Gänse waren, bemerkte ich vor dem Grau der Wolken eine weiße Rauchfahne. Sie erschien und verschwand so schnell wie das Flattern eines Vogels im Gesträuch, wie das Aufblitzen eines Speeres im Sonnenlicht, und mir blieb gerade genug Zeit, um zu wissen, daß ich sie gesehen hatte. Rauch? Ich starrte vor mich hin und traute meinen Augen nicht. In den Hügeln loderte ein Feuer. Ein Brand im Unterholz? Ein Lagerfeuer? Wer hatte es angezündet?

Mein erster Gedanke war angenehm: Vater! Doch warum schlug Vater ein Lager auf, statt in sein Winterlager zu kommen? Nein, der Rauch konnte nicht von Vater sein. Auch nicht von unseren Verwandten oder anderen Besuchern, denn die würden ebenfalls in die Hütte kommen. Niemand würde in den Hügeln von Ohun sein Lager aufschlagen.

Also mußte sich dort wohl jemand anders aufhalten. Vielleicht waren meine Onkel ohne mein Wissen auf einen Hügel gestiegen, um die Beerensträucher abzubrennen und Platz für das Frühlingsgras zu schaffen oder um etwas zu braten und zu essen, das sie erlegt hatten? Dies war die beste Erklärung, aber in meinem Innersten wußte ich, daß es nicht so sein konnte. Meine Onkel waren nach Norden gezogen. Ich hatte ihre Spuren gefunden. Die Frauen waren nach Westen gezogen, flußabwärts. Niemand von unseren Leuten hatte einen Grund, den Fluß zu überqueren oder gar kehrtzumachen und heimlich einen Hügel hinaufzusteigen. Vielleicht hatte ich doch keinen Rauch gesehen. Der Mensch sieht, was er sehen will, hatte Onkel Bala oft gesagt.

Und dann war die weiße Rauchfahne plötzlich wieder da. Ich war mir ganz sicher. Als nächstes hörte ich, vom Wind herübergetragen, ein langsames, leises *Ng*, *ng*, *ng* – die gleichmäßigen Hiebe einer Axt.

Jetzt wußte ich genau, daß da drüben jemand war. Fast wäre ich aufgesprungen und zur Hütte zurückgelaufen, um es den anderen zu sagen. Dann fragte ich mich, ob ich den Hügel hinaufklettern und selbst nachsehen sollte, wer dort lagerte. Vielleicht war es Besuch für uns, jemand, der krank oder verletzt war? Vielleicht hatten uns die Leute nicht finden können und ihr Lager in einiger Höhe aufgeschlagen, um Ausschau nach unserem Rauch zu halten. Dann würden sie wohl darauf warten, daß wir sie suchten.

Während ich blinzelnd hochschaute, merkte ich, daß irgend etwas hinter mir näherkam. Etwas beobachtete mich. Es raschelte in den Beerensträuchern. Sehr leise schlich etwas auf mich zu. Ich ließ meine Rechte behutsam an meinem Schenkel abwärts gleiten, in Richtung auf meinen Speer, der neben mir auf dem Felsen lag. Gleichzeitig drehte ich mich langsam um.

Hinter mir stand ein Rentier! Tatsächlich sah ich sogar vier, doch nur eines war nahe herangekommen. Es hatte den Kopf vorgestreckt, die Augen weit geöffnet, die Nüstern gebläht und spähte und witterte neugierig. Es war ein junges Männchen mit dünnen Geweihstangen. Die anderen Tiere, allesamt Weibchen, verharrten in einiger Entfernung im Weidendickicht, seitlich abgewandt, als wollten sie fliehen, und beobachteten mich argwöhnisch.

Als ich mich umdrehte, hob das Rentier den Kopf und schlug mit den Hinterbeinen aus. Das war eine Warnung. Eines der Weibchen gab ein pfeifendes Schnauben von sich. Ich hob meinen Speer. Da drehte sich das Männchen um und zeigte mir seine Flanke. Ich scheuchte es ein wenig und warf meinen Speer mit aller Kraft. Das Rentier sprang mitten in dessen Flugbahn hinein. Mit dumpfem Aufschlag drang der Speer unter dem ausgestreckten Bein durchs Fell. Das Rentier tat einen hustenden Schrei und lief bockend ins Weidendickicht. Ich vergaß den Rauch, verwünschte mich dafür, daß ich nicht zwei Speere mitgenommen hatte, zog mein Messer aus dem Schuh und rannte hinter dem Rentier her. Neben seiner Fährte waren große Spritzer von schaumigem Blut. Mein Speer hatte die Lunge durchbohrt!

Voller Freude schlich ich ins Dickicht und stand plötzlich vor dem Rentier, das in die Knie gebrochen war. Es versuchte aufzustehen, rollte die Augen, und aus seinem ächzenden Maul flogen rote Blasen. Ich warf mich über das Rentier, hakte den Ellenbogen unter sein Kinn, zog es empor, dehnte seinen Hals und drückte mein Gesicht in sein langes, weiches Haar. Als ich ihm das Messer an die Kehle setzte, konnte ich es riechen – wie ein Schlaffell. Das

Tier wand sich und schrie, Blut gurgelte in seinem Schlund, aber es war stark, sehr stark. Unter mir spürte ich, wie sich sein Hinterteil plötzlich hob. Es stand! Dann ritt ich auf ihm und versuchte weiter, sein Kinn mit meinem Ellenbogen emporzuhalten und ihm das Messer tief in den Hals zu stoßen. Es machte einige stolpernde Schritte und warf sich wild nach vorn, ehe ich ihm die Kehle durchtrennt hatte. Zwischen meinen Knien spürte ich, wie es sich bewegte, wie es wieder auf die Beine kommen wollte, doch plötzlich brach es zusammen, fiel zur Seite, genau auf meinen rechten Fuß, und lag dann reglos.

Ich befreite mich von der Last und stand auf. Der Wind hatte nachgelassen. Der Tag neigte sich seinem Ende zu, und in das Dickicht drang vom See her kalte Luft. Das Rentier lag vor meinen Füßen, den Kopf auf dem Boden, mit offenem Maul und hängender Zunge, und unter ihm bildete sich eine Blutlache. Ich konnte es riechen. Das Rentier lebte noch eine kleine Weile, beobachtete mich und erkannte zu guter Letzt, wer der Stärkere war.

Also gut! Unsere Blicke begegneten sich, und ich hielt dem des Rentiers stand, bis seine Pupillen sich weiteten und das Licht in seinen Augen erlosch. Jetzt war ich allein mit all dem Fleisch. Aber war ich wirklich allein? Ich hörte Raben rufen und sah drei große schwarze Gestalten über den Wipfeln der Weiden flattern. Die Raben hatten mich bei der Jagd beobachtet. Sie zogen ihre Kreise, sie riefen einander und ließen sich dann hoch oben im roten Sonnenlicht auf dem großen, flachen, von Heide umwachsenen Felsen nieder, auf dem ich gesessen hatte. Unruhig schlugen sie mit den Flügeln, und alle drei blickten mich an. Ich freute mich nicht, sie zu sehen.

Ich dachte an meinen Speer. Ich sah, daß das Rentier ihn zuschanden gerichtet hatte, denn der Schaft war unter seinem Körper abgebrochen. Und da die Spitze noch im Leib des Rentiers steckte, würde ich Mühe haben, sie herauszubekommen. Ich stellte einen Fuß auf den Brustkorb des Tieres und versuchte, die Speerspitze mit den Fingern zu fassen, doch sie war schlüpfrig von Blut und saß fest. Ich setzte dem Rentier mein Messer an die Rippen, aber die Klinge war stumpf, und es dauerte lange, bis ich einen kleinen weißen Schlitz in die Haut gemacht hatte. Unterdessen wurde es Abend. Ich mußte rasch etwas tun, um das Fleisch zu sichern.

Auf dem flachen Felsen am Hang schrien die Raben. Auch sie sahen die tiefstehende Sonne, und sie sahen, daß ihnen, wenn ich mich nicht beeilte, eine Mahlzeit entgehen würde. Warum schrien sie so laut? Riefen sie jemanden zu Hilfe? Drängten sie mich zur Eile? Ich sah im Geist das breite, gestreifte Gesicht der Lilie vor mir, sah, wie seine runden, gelben Augen zwischen den Bäumen hervorspähten.

So wenig ich es auch wahrhaben wollte, ich machte mir ernsthaft Sorgen. Ich fühlte mich beobachtet und schaute mich um. Nichts! Ich betrachtete voller Enttäuschung mein Messer und dachte an all die Abende unterwegs, Abende mit Feuerschein und Gesprächen, an denen ich die Klinge hätte schärfen können, doch statt dessen hatte ich mit Andriki oder gar mit den kleinen Kindern Wasser-tötet-Feuer und Steine-im-Loch gespielt. Was Vater wohl gesagt hätte, wenn er mich in diesem Dickicht gesehen hätte – mit einem erlegten Tier und einem stumpfen Messer?

Doch trotz allem hatte ich selbst Beute gemacht! Das Rentier mochte jung sein, klein war es nicht. Selbst der abgebrochene Speer sah gut aus, denn es schien fast, als sei er geradewegs durch das Rentier hindurch gegangen. Außerdem hatten die anderen Männer Ako mit auf die Jagd genommen, nicht mich. Ich hoffte, daß auch sie Holz gesammelt hatten. Und was mich betraf: Ich hatte Fleisch beschafft!

Wo konnte ich es jetzt verstecken? Ich schaute mich nach einem Baum um. Natürlich war keiner groß genug. Ich dachte ans Wasser. Vielleicht konnte ich das Rentier im See versenken und später mit meinen Onkeln wiederkommen und es holen. Das wäre das einzig Richtige gewesen, aber inzwischen hatte ich mir ernsthaft in den Kopf gesetzt, den dunklen Wald mit Fleisch zu verlassen und dabei von allen gesehen zu werden.

Die Vorstellung, wie ich, das Rentier über den Schultern, auf die Lichtung vor der Hütte trat, Bekassines Augen und die aller anderen Frauen auf mich gerichtet, beobachtet von meinen Onkeln, die ein wenig beschämt waren, weil sie mich nicht mit auf die Jagd genommen hatten, gefiel mir immer besser. Ich zerrte an dem Rentier, bis es ausgestreckt lag. Es war sehr schwer. Ob ich es hinter mir herschleifen konnte? Sicher, so konnte ich es zur Hütte schaffen, doch nicht, ohne sein Fell zu verderben.

Ich schüttelte ein Bein des toten Tieres. Es war noch beweglich, aber es würde bald steif werden. Ich ließ mich auf ein Knie nieder, faßte das Vorderbein des Rentiers mit einer Hand und das Hinterbein mit der anderen und drückte meine Schulter gegen seinen Bauch. Ich zog die Beine vor meine Brust und stand schwankend auf. Einen Augenblick wartete ich, die Füße in den Boden gestemmt, und versuchte mich an das Gewicht zu gewöhnen. Ich sah wohl, daß ich das Rentier tragen konnte, wenigstens eine gewisse Strecke. Wenn ich müde wurde und es nicht auf die Erde legen konnte, konnte ich mich an einen Baum lehnen.

Und so brach ich auf, mit kleineren Schritten als sonst. Aus den Augenwinkeln sah ich, daß die drei Raben vom Felsen aufflogen, und bald hörte ich sie über mir rufen. Lange stolperte ich so voran. Meine Beine gaben fast unter mir nach, meine Schultern schmerzten. Wo mein Speer gegen meinen Rücken scheuerte, entstand eine wunde Stelle, und der Schweiß brannte mir in den Augen. Ich ging vom Weidendickicht zum Fichtenwald und lief, das schimmernde Wasser zur Rechten, aufs Ende des Sees zu. Die Raben hielten mit mir Schritt, indem sie von Baum zu Baum flatterten und warteten. Rund und rot ging die Sonne unter.

Kurz vor Einbruch der Dunkelheit hörte ich etwas dicht

hinter mir. Die Raben krächzten aufgeregt. Ich war sicher, daß mir der Tiger auf den Fersen war, und wandte mich um. Ich hatte vor, das Rentier auf den Boden zu werfen, wegzulaufen und das Fleisch dem Tiger zu lassen. Aber es war nicht der Tiger, der mir folgte, es waren sechs Wölfe, die zwischen den Bäumen heranschlichen, die Ohren aufgestellt und die Augen weit aufgerissen, in der Erwartung, daß sie bald ein Rentier fressen würden. Wenn ich mich hätte bücken können, hätte ich Steine nach ihnen geworfen.

Doch wie sollte ich ihnen den Rücken zuwenden? Die Wölfe schienen sich das auch zu fragen. Sie hechelten erwartungsvoll, während sie dastanden und darauf warteten, daß ich genau das tat. Wenn ich jetzt nicht machte, daß ich voran kam, würde ich immer hier bleiben. Ohne zu wissen, was als nächstes geschehen mochte, drehte ich mich um. Die Wölfe setzten sich in Bewegung. Ich wandte mich wieder um und starrte sie an. Sie hielten plötzlich inne, aber nun hatten sie anscheinend beschlossen, mich anzugreifen. Mir ging durch den Kopf, daß ich bald einiges von meinem Fleisch an diese Wölfe würde abtreten müssen, vielleicht sogar das ganze Rentier, und ich sah schon, wie ich mit leeren Händen im Winterlager eintraf und meinen Onkeln erklären mußte, warum ich meinen Speer und dazu ein Rentier verloren hatte.

»Packt euch!« schrie ich den Wölfen entgegen.

Sie blieben wieder stehen, doch sie taten nicht, was ich ihnen befahl. Ich mußte das Rentier im Wasser versenken! Ich ging aufs Ufer zu, die Wölfe dicht hinter mir. Ich wußte, daß jeden Augenblick eines der Tiere am Hinterteil oder an den Geweihstangen des Rentiers zerren konnte. Ich schrie die Wölfe wieder an und beeilte mich, so gut es ging. Dann stolperte ich rückwärts ins Wasser, froh, daß das Fleisch endlich in Sicherheit war. Ich ließ es mit einem gewaltigen Platschen in den See fallen, hob die größten Steine auf, die ich finden konnte, und warf einen, und dann einen zweiten, mit solcher Wucht in Richtung auf die

Wölfe, daß die Steine durch die Luft pfiffen. Einer davon traf mit dumpfem Aufschlag einen Wolf an der Flanke. Der Wolf jaulte auf, und das gesamte Rudel verschwand.

»Lulululululu-ijo!« rief ich übers Wasser.

»Ijo!« antwortete eine Frauenstimme. »Kori? Bist du's?«

Am anderen Ufer sah ich Andrikis Frau, Hindin, reglos zwischen den Bäumen stehen. Sie hatte einen Wasserschlauch in der Hand. Sie war auf dem Weg zum See gewesen.

»Ja, Tante!« rief ich. »Schick mir Leute mit Speeren!«

»Was ist los?« fragte Hindin.

»Ich habe ein Rentier getötet. Die Wölfe wollen es holen. Mein Speer ist zerbrochen. Schick mir jemanden herüber!«

»Geht's dir gut?« rief Hindin zurück.

»Ja, Tante. Bitte schick mir nur jemanden mit einem Speer!«

»Warte dort«, hörte ich sie antworten.

Und so wartete ich. Was, dachte sie, würde ich sonst tun? Das Licht des Tages verblaßte, und der Wald füllte sich mit Mondschein, als der Feuermond, im ersten Viertel, vorübergehend durch die Wolken brach. Seltsam warm, kräuselte der Wind die Oberfläche des Sees. Die Wölfe kamen wieder und setzten sich. Sie warteten ebenfalls. Ich wünschte, Vater und Andriki wären bei mir.

Plötzlich packte mich ein entsetzlicher Gedanke. Was, wenn meine Onkel noch nicht zurück waren? Wenn meine Tante mich zu retten versuchte? Ich betete zum Großen Bären.

»Bitte schick mir meine Onkel, nicht meine Tante«, flehte ich ihn an. »Ich werde Fett für dich verbrennen!«

Und der Große Bär erhörte mein Gebet! Einen Augenblick später riefen Andriki und Maral: »Kori! Kori!«

»Meine Onkel«, antwortete ich, »ich bin hier.«

14

An diesem seltsam lauen Abend wetterleuchtete es in der Ferne. Der Wind brauste am wolkenverhangenen Himmel, so daß das Mondlicht wie Feuer flackerte. Vor der Hütte zündeten wir ein Feuer an, und im Schein des Feuers und des Mondes zerlegten wir mein Rentier und brieten das Fleisch. Der Große Bär war nahe und wartete auf das Fett, das ich für ihn aufgespart hatte. Ich konnte seine Gegenwart fühlen. Er hat es gern, wenn der Wind den Geruch von Rauch und Fleisch zu ihm hinaufträgt.

Alle sprachen über Koris Rentier. Dann war eine ganze Weile außer dem Kauen und Schmatzen der Leute nichts zu hören. Hindin bemerkte etwas, stand auf und setzte sich wieder. Ich schaute. Am Waldrand waren sechs runde grüne Augenpaare zu sehen. Da saßen die Wölfe und beobachteten uns beim Essen.

Ich war sehr glücklich. Am allerbesten war, daß meine Onkel nichts getötet hatten, obwohl sie Mist und Spuren in einem großen Dickicht gefunden hatten, in dem Pferde Zuflucht zu suchen schienen. Es war jedoch so warm, daß die Pferde nicht dort gewesen waren. Meine Onkel waren mit nichts als dem Geruch von Pferdemist an Händen und Schuhen nach Haus gekommen. Ich aber hatte ein Rentier heimgebracht!

Als ich satt war, rieb ich mir Gesicht und Hände mit Fett ein. Andriki sagte: »Du machst uns glücklich, Kori. Wir werden jetzt singen. Und du mußt ein Lied wählen.«

Mir fielen die Gesänge für den Großen Bären und die Frau Ohun ein, doch das waren Gebete. Man sang sie nicht zum Spaß. Dann dachte ich an das Froschfrauenlied meiner Mutter, aber das war ein Lied für Frauen, und es richtete sich obendrein gegen die Männer. Es tat mir leid, überhaupt daran gedacht zu haben. »Welches Lied, Onkel?« fragte ich. »Ich habe nie eines gelernt.«

»Du hast keine Lieder gelernt?« rief Andriki. »Es ist gut, daß wir dich von den Leuten deines Onkels Bala fortgeholt haben. Hier lehren wir junge Menschen das Singen. Da mein Bruder und ich Pferde gejagt haben, werde ich von Pferden singen.« Andriki räusperte sich und begann:

Du mit den runden Hufen,
Wir werden dich jagen.
Du mit dem Frauenhaar,
Wir werden dich töten.
Du mit der Frauenstimme,
Wir werden dich braten.
Du mit dem Frauensteiß,
Wir werden deine Knochen aufbrechen.
Dein Mann rächt dich nicht.
Das erste Mal, da er uns sah,
Ist er geflohen.
Das letzte Mal, da er uns sah,
Ist er auch geflohen.

»Dieses Lied heißt ›Die Stute‹«, sagte Rin über die Stimmen der anderen hinweg, die jetzt alle in den Gesang einstimmten. Die Art, wie sie das taten, nennt man den Wolfsgesang: Nicht alle sangen die gleichen Töne, sondern Männer und Frauen sangen verschiedene Töne, einige hoch, andere tief, aber immer zur gleichen Zeit. So hatten Mutters Leute gesungen. Und so sang auch ich und merkte dabei, daß die Wölfe näher zusammengerückt und weiter in den Wald hineingegangen waren.

»Du hast deine Sache gut gemacht, Kori«, sagte mein Onkel Maral, als wir unser Lied beendet hatten. »Höre, wie glücklich du uns gemacht hast. Gestern abend hatten wir kein Fett für den Geist der Hütte. Heute haben wir viel.« Maral hielt einen langen dicken Streifen Speck von der Haut am Bauch des Rentiers in der Hand. Behutsam legte er ihn aufs Feuer. »Ehrenwerter Geist«, sagte er, als das Fett zu zischen und zu brennen begann, »nimm dies vom Sohn meines Bruders, von deinem Verwandten Kori. Wie wir ist er Besitzer dieser Hütte. Wie wir nährt er dich. Hona.«

»Hona«, sagten wir alle.

»Wir müssen das Fleisch in den Windfang tragen«, sagte Hindin zu Maral. »Sieh dir die Wölfe an. Sie warten nur darauf, daß sie es uns wegnehmen können.«

Maral blickte über die Köpfe der Leute hinweg nach den Wölfen. Im dunklen Wald leuchteten ihre Augen nicht mehr, doch ihre Silhouetten bewegten sich manchmal im Schatten der Bäume. »Packt euch«, sagte Maral zu den Wölfen. Aber die gehorchten natürlich nicht.

Erst als der Rest meines Rentiers sicher im Windfang lag und wir unsere Kleider ablegten und unsere Schlaffelle ausbreiteten, fiel mir wieder ein, daß ich Rauch gesehen und eine Axt gehört hatte. Ich erzählte es den anderen. Anfangs wollte mir niemand zuhören.

»Da oben zwischen den Hügeln liegt ein Teich mit warmem Wasser«, sagte Hindin. »Dunst steigt von ihm auf. Als mein Mann zum ersten Mal mit mir dorthin gegangen ist, habe ich diesen Dunst für Rauch gehalten.«

»Axthiebe?« fragte Maral ungläubig.

»Ja, Onkel. Und Rauch.«

»Das war ich. Ich habe Holz geschlagen«, sagte Maral, indem er in sein Schlaffell schlüpfte.

»In den vier Hügeln? Bei den Brüsten der Ohun?«

»Nicht in den Hügeln. Dort.« Maral zeigte mit seinen Lippen nach Norden.

»Onkel, ich glaube, da oben sind Menschen«, sagte ich. »Ich habe ihren Rauch gesehen. Ich habe ihre Axt gehört.«

Endlich schienen meine Worte meinen Onkel zu erreichen. Über das niedrig brennende Feuer am Besitzerende der Hütte hinweg begegneten sich unsere Blicke. »Rauch und Axthiebe in den Hügeln?« fragte Maral.

»Ja.«

»Noch einmal, Kori. Erzähl uns noch einmal, was du zu sehen und zu hören geglaubt hast.«

Ich tat es, begann mit den Gänsen und endete mit dem Geräusch der Axt. Die Leute in der Hütte verstummten und schauten einander an. Schließlich sagte Maral: »Das gefällt mir überhaupt nicht. Wir müssen nachsehen, woher diese Geräusche kommen. Wir sollten am besten gleich losgehen, aber draußen ist Die Lilie. Wir werden es morgen früh tun.«

Doch am nächsten Morgen meinten Maral und die anderen, ich hätte mich geirrt. Niemand sei in den Hügeln, sagten sie. Es könne nicht sein. Wer wisse von dem Teich? Es gebe dort nichts Wichtiges außer dem Bach, der von diesem Teich in den Schmalen See fließe. Wer werde sein Lager am brackigen Blutegelteich aufschlagen statt am klaren Wasser des Baches? Und wer könne den kleinen, verborgenen Teich finden, es sei denn, er folge dem Bach? Wenn die Leute dem Bach gefolgt wären, hätten sie vom Schmalen See kommen müssen. Wir hätten sie gesehen. Wenn sie vor unserer Ankunft im Winterlager hier vorbeigezogen wären, hätten wir ihre Spuren finden müssen.

Doch Andriki schien Zweifel zu haben. Gewiß, der Blutegelteich sei unwichtig, sagte er, aber er werde von einer warmen Quelle gespeist. Er erinnerte Maral daran, daß er und ich in der Nähe einer anderen Quelle, Uskes Quelle, ein verlassenes Lager von Fremden gefunden hatten. Vielleicht gebe es irgendwo Fremde, die Quellen bevorzugten. Und daß sie sie gefunden hätten – nun, wenn jemand die Gänse beobachte, könne er sehen, daß dort Wasser sei. Wenn sich jemand von den Gänsen leiten lasse, brauche er nur den Hügel hinaufzusteigen, um es zu finden.

»Das mag schon sein«, sagte Maral. »Geht ihr doch hin und seht nach. Aber seid vorsichtig. Schaut euch nur um und sagt uns, was ihr gefunden habt. Wir überlegen dann gemeinsam, was wir tun. Bis dahin sollten wir übrigen die Pferde jagen, bevor Die Lilie sie reißt. Hört mal!« Wir lauschten. Draußen schrien Raben, als wüßten sie, daß wir Nahrung hatten. »Geh hinaus und verjage die Vögel«, sagte Maral zu Ako. Und zu Andriki sagte er: »Wir brauchen Holz. Sammelt Holz auf dem Rückweg. Und ihr Weiber«, sagte Maral zu den Frauen, »ihr sammelt auch Holz.«

Andriki und ich machten uns auf den Weg zu der Stelle, an der ich die Axthiebe gehört hatte. Unterdessen war es hell geworden, doch es war bewölkt. Unter den Wolken durchflutete das rötliche Licht der eben aufgegangenen Sonne den Wald. Seite an Seite liefen Andriki und ich durch das taufeuchte Gras auf den dampfenden See zu. Jeder bahnte sich seinen eigenen Weg.

Wo ich am Abend zuvor stehengeblieben war, um zu horchen, blieben wir auch jetzt stehen, und diesmal hörten wir von fern Stimmen. Ich glaubte einen Augenblick lang, es seien Menschenstimmen, aber es waren Gänserufe. Wir sahen eine Schar dieser Vögel bei den Brüsten der Ohun einfallen. Andriki und ich blickten einander an. »Der Teich«, sagte er und zeigte mit Lippen und Kinn auf den Hang. Wir wollten zum Wasser gehen, auf dem sich die Gänse niedergelassen hatten.

Wir stiegen den Hügel hinauf und folgten eine Weile einem Wechsel, den Hasen und Füchse gebahnt hatten. Es war ein kaum erkennbarer Pfad, so schmal und fein wie Spinnweben. Er war viel zu schmal für uns und führte nicht zu dem Platz, an den wir wollten. Wir verließen ihn und gingen, Andriki voran, durch den Wacholder und die starren, schenkelhohen Beerensträucher. Die Gipfel waren weiter entfernt, als es zunächst ausgesehen hatte, doch wir bahnten uns laut unseren Weg, knickten mit jedem Schritt Zweige ab und ließen die Andeutung eines neuen Pfades hinter uns zurück. Dann und wann flatterte ein Waldhuhn auf und erschreckte uns mit dem Schwirren seiner Flügel. Wir fingen in der feuchtwarmen Luft zu schwitzen an, nahmen unsere Umhänge ab und öffneten unsere Hemden. Bald klebten Blätter auf unserer Haut. Unser Schweiß lockte kleine schwarze Wespen an, die uns plagten. Als die Sonne hoch am Himmel stand, machten wir halt und aßen Beeren, denn es wäre töricht gewesen, sie ganz allein den Schneehühnern zu überlassen, und außerdem schien der Gipfel beinahe noch genauso weit weg, wie zu der Zeit, als wir den Aufstieg begonnen hatten. Wir aßen, bis der Mittag vorbei war. Dann gingen wir weiter.

Es war Nachmittag, als wir den Gipfel erreichten. Dort traten an die Stelle der Beerensträucher vereinzelte Wacholderbüsche zwischen Flechten und Moosen oder niedrige Weiden, die aus Spalten im kahlen schwarzen Fels hervorwuchsen. Vor uns lag der Teich, von Schilf gesäumt. Im gleißenden Licht, das auf dem Wasser funkelte, sah ich, wie sich dort etwas Dunkles bewegte. War das eine der Gänse? Ich hob meinen Speer.

Doch wie eine Bisamratte wandte sich das dunkle Etwas plötzlich uns zu. Es war ein Kopf mit einer nassen Schleppe von Haaren - ein Mensch! Er schwamm wie ein Otter oder eine Bisamratte! Nie zuvor hatte ich einen Menschen wie ein Tier im Wasser schwimmen sehen! Andriki zog mich rasch in die Hocke, hinter einen Wacholderstrauch, von wo wir den Menschen beobachten konnten, ohne aufzufallen. Aber der schwamm mit hocherhobenem Kinn und blinzelte in die Sonne. Er hatte uns nicht gesehen.

Wir konnten ihn dafür genau erkennen. Wir merkten gleich, daß er nicht zu unseren Leuten gehörte. Er schien jung zu sein. Sein Kopf war nicht groß, sein Gesicht war rund und flach, und mitten auf der Stirn hatte er etwas Langes, Blaues. Ich wußte, was das war: eine Reihe von kleinen, mit Asche eingeriebenen Narben, ähnlich wie Ohuns Male, die unsere Frauen auf dem Gesäß tragen. Aber ich wußte überhaupt nicht, was ich von diesem Bisamrattenmenschen halten sollte, der mit so einem geheimnisvollen Mal im Gesicht direkt auf uns zuschwamm. Erschrocken und erregt von diesem Anblick, hätte ich fast laut gelacht.

Der Mensch schwamm weiter ins Schilf, genau auf uns zu, und blinzelte in den Sonnenglast, ernst wie eine Bisamratte, mit heruntergezogenen Mundwinkeln. Am Ufer wölbte er plötzlich den Rücken und reckte das Gesäß in die Luft, als wolle er sich aufrichten. Das schwarze Haar, das an seinem Rücken klebte, teilte sich über seinen Ohren.

Dann erhob er sich, und zu meiner großen Überraschung war es überhaupt kein Mann, sondern eine junge Frau von kurzem Wuchs mit kleinen, rosigen Brüsten und einem runden, von der Kälte geröteten Bauch. Darunter kam ein dichter Busch gekräuselten Haares zum Vorschein, von dem das Wasser in Strömen floß. Und ich kannte diese Frau! Es war die Frau mit den Pferden, die nackte Frau, die ich an Uskes Quelle gesehen hatte!

Die Frau hob jetzt langsam abwechselnd ihre runden Schenkel und watete geradewegs auf uns zu. Dabei streifte sie das Wasser von ihren Armen. Dann nahm sie ihr Haar in beide Hände, um es auszudrücken, und wandte mir dabei den Kopf zu. Unsere Blicke begegneten sich.

Die Frau erstarrte zur Salzsäule. Ich sah, wie ihre Augen groß wurden und ihr Mund sich öffnete. Sie holte Atem und wollte schreien. Ich sah, daß sie sich umdrehen wollte, und bevor ich richtig wußte, was ich tat, sprang ich nach vorn, packte ihre beiden Handgelenke mit meiner Linken, bückte mich unter ihren Armen hindurch und stemmte meine rechte Schulter gegen ihren Bauch. Sie mußte husten, und alle Atemluft schien aus ihrer Lunge zu weichen. Strotzend vor Kraft, als hätte ich Blut getrunken, richtete ich mich auf. Die Frau lag über meiner Schulter wie ein erlegtes Rentier.

Ich hörte sie keuchen. Fester, als ich je etwas gehalten hatte, drückte ich ihre Handgelenke gegen meine linke Seite und ihre Beine gegen meinen Bauch. Dann lief ich los, verwundert über mich selbst und über das, was ich da tat. Ich fand die Frau erstaunlich schwer und war überrascht, daß ich trotzdem so schnell laufen konnte. Meine Augen fanden den Weg, selbst als ich über einen Wacholder sprang. Plötzlich fiel mir ein, daß ich meinen Speer und meinen Umhang zurückgelassen hatte. Aber selbst das war mir ganz egal. Ich brauchte beides nicht.

Hinter mir hörte ich Andriki. Er wagte nicht zu schreien, doch sein heiseres Flüstern schien so laut wie ein Schrei. »Was tust du da? Was soll das? Bleib stehen, Kori! Warte doch!«

Ich gab keine Antwort. Ich sparte mir meinen Atem fürs Laufen und meine Aufmerksamkeit für den Weg. Ich wußte selbst nicht, was ich tat. Ich wußte nur, was immer es war, ich machte es gut. Ich hastete bergab, halb rennend, halb stolpernd, und hielt die nackte Frau fest, die auf meiner Schulter durch- und durchgeschüttelt wurde, deren bloße Haut meine Wange erhitzte und mir Sonnenlicht in die Augen warf, bis mir schwindlig wurde. Ich versuchte, nicht zu keuchen und nicht laut zu schnaufen. Sie sollte merken, wie stark ich war. Es fiel mir nicht ein, darüber nachzudenken, warum sie nicht schrie.

Ich rannte weiter, Andriki immer dicht hinter mir, bis mir der Gedanke kam, daß die Frau vielleicht ersticken konnte. Ich blieb stehen, bückte mich und setzte ihre Füße auf den Boden, wobei ich noch immer ihre Handgelenke festhielt. Ich stellte mit Schrecken fest, daß ihr Gesicht dunkelrot angelaufen und verzerrt war; sie weinte und rang zugleich nach Atem. Besorgt ließ ich ihre Rechte los und wartete, während sie keuchend nach Luft schnappte.

Andrikis Anblick bestürzte mich nicht weniger. Ich hatte ihn schon oft verärgert erlebt, aber noch nie so wütend wie jetzt. Auch sein Gesicht war verzerrt, als sein Blick wild zwischen mir, der Frau und den Berggipfeln hin- und herflog, die jetzt hoch über uns lagen. Von diesen Hügeln, das fiel mir mit einemmal siedendheiß ein, würden bald die Leute dieser Frau hinter uns hergerannt kommen. Andriki hatte daran gedacht, meinen Speer und meinen Umhang mitzunehmen. Er warf beides auf den Boden. »Die Leute der Frau werden uns töten!« sagte er. »Laß sie gehen. Wir müssen fliehen, solange wir noch können!«

Ich holte tief Luft und sah die keuchende Frau an, die

nun nicht mehr so rot im Gesicht war. Sie weinte und sie war wütend. Das tat mir leid. Ihre Leute waren ganz sicher nicht damit einverstanden, daß ich sie bei mir behielt.

Aber da stand sie nun vor mir, ihr Puls war wie ein Vogel in meiner Hand, und ihr nacktes Fleisch rief unwiderstehlich mein eigenes. Andriki konnte fliehen, wenn er wollte. Die Leute der Frau konnten uns verfolgen, wenn sie wollten. Taten sie's, so würde ich den Kampf mit ihnen aufnehmen, denn diese Frau gehörte nicht mehr zu ihnen. Sie gehörte mir.

Ich wandte mich Andriki zu. »Lauf«, sagte ich. »Ich komme nach. Laß mir meinen Speer hier.«

»Da ist er«, sagte Andriki und zeigte mit seinen Lippen auf den Speer auf dem Boden; dann blickte er sich nach dem dicht bewachsenen Hang um, von wo wohl bald eine Gruppe bewaffneter, erboster Männer hinuntergestürmt kommen würde. »Willst du sie tragen *und* kämpfen?«

»Ich werde mein Bestes tun, Onkel. Lieber sterbe ich, als daß ich sie hergebe.«

Andriki sah mich lange an. Dann hob er meinen Speer und meinen Umhang auf und zeigte mit seinen Lippen auf den Pfad vor uns. »Dann versuche, sie zu führen«, sagte er. »Aber beeil dich! Wir wollen nicht sterben, wenn es nicht sein muß.«

Inzwischen ging der Atem der Frau zwar rasch, doch nicht mehr wie kurz vor dem Ersticken. Sie hatte die Augen weit aufgerissen und schaute von Andriki zu mir. Ich zog sie am Arm. »Komm«, sagte ich. Sie rührte sich nicht, sondern starrte mir ins Gesicht wie ein Tier vor dem Sprung. Was fand sie dort? Ihre Lider waren geschwollen, ihre Wimpern waren sehr kurz, und ihre Augen waren die dunkelsten, die ich je gesehen hatte. In beiden konnte ich die buschbestandenen Hügel hinter mir und den winzigen Umriß meines Kopfes und meiner Schultern vor dem Hintergrund des Himmels erkennen. Ihre Pupillen waren verengt, klein und feindselig. Ich sah Gefahr darin.

»Geh«, sagte Andriki plötzlich und stieß den Schaft seines Speeres gegen den bloßen Rücken der Frau. Das hätte er besser nicht tun sollen. Und er hätte es nicht getan, wenn er ihre Augen gesehen hätte. Sie holte mit einer solchen Kraft zu einem Tritt in meinen Unterleib aus, daß ich unweigerlich gestürzt wäre, hätte ich mich nicht rasch abgewandt und den Tritt zum größten Teil mit der Hüfte abgefangen, wobei ich ihr den Arm verdrehte.

Ich packte meinen Speer in der Mitte und schüttelte ihn drohend. Die Frau erstarrte und stand still. »Geh«, sagte ich und versetzte ihr einen Stoß mit dem Schaft. Wie die Haut eines Pferdes vor Fliegen zurückzuckt, so zuckte die ihrige beim Anblick meiner Speerspitze, aber sie gehorchte nicht. »Hörst du?« fragte ich. Ihr Kiefer begann zu zittern, doch sonst kam kein Zeichen von ihr.

Andriki brachte sein Gesicht nahe an ihres heran. »Geh!« schrie er. Nun blickte sie entsetzt drein, und ihre Augen huschten von mir zu Andriki, als versuche sie zu begreifen, was wir meinten. »Sie kann hören. Gut«, sagte Andriki. »Fessle ihr die Hände. Schnell!« Und so band ich der Frau, obwohl sie sich plötzlich heftig wehrte, die Hände. Ich schlang meinen Gürtel um ihre Gelenke und Andrikis Gürtel um ihren Hals, damit ich sie führen konnte.

Andriki setzte sich in Bewegung. Es ging noch immer bergab. Ich bedeutete der Frau mit Lippen und Kinn, mir zu folgen. Als sie zögerte, stieß ich sie wieder mit meinem Speer. Daraufhin kam aus ihrem Mund ein einziger Redeschwall, ein Durcheinander von Lauten, völlig ohne Sinn. Ihre Stimme klang hoch und angsterfüllt, und die Augen traten ihr fast aus den Höhlen. Dann deutete sie plötzlich mit Lippen und Kinn auf irgend etwas hinter mir. Verwirrt drehte ich mich um, und mehr Zeit brauchte sie nicht für einen zweiten gewaltigen Tritt. Diesmal traf sie mich in den Unterleib, und ich krümmte mich vor Schmerzen. Da schlug ihr Andriki mit beiden Fäusten auf den Kopf. Sie plumpste mit gespreizten Beinen ins Gebüsch.

Obwohl ich wegen der hämmernden Schmerzen nichts

sagen konnte und obgleich ich kaum etwas sah, biß ich die Zähne zusammen und stieß die Worte »Steh auf!« hervor. Die Frau starrte mich an, aber sie rührte sich noch immer nicht.

»Sie kann nicht richtig sprechen«, sagte Andriki. »Steh auf!« wiederholte er und riß an dem Gürtel, mit dem ihre Hände gefesselt waren. Die Frau rappelte sich auf die Knie, stand dann ganz auf und folgte langsam Andriki, während ich hinter ihr herhinkte, den Gürtel zum Führen in der einen Hand, meinen Speer in der anderen. Ich merkte, daß durch unsere Auseinandersetzung eine Staubwolke in die Luft emporgewirbelt worden war, so auffällig wie Feuerrauch, und ich schaute mich wachsam um und war ganz sicher, daß die Leute der Frau jeden Augenblick auftauchen würden.

Schließlich erreichten wir wieder den Pfad. Meine Schmerzen ebbten allmählich ab. Zu meiner Überraschung überquerte Andriki den Pfad, ging in den Wald und führte uns auf diesem Weg zur Hütte zurück. Leiser Zweifel regte sich in mir, als ich das sah. »Der Tiger, Onkel«, wandte ich ein. »Die Lilie.«

»Glaubst du, er wird uns gefährlich?« fragte Andriki. »Was ist, wenn uns die Leute der Frau auflauern? Bewaffnete Männer sind gefährlicher als Tiger.«

Selbst hier im Wald, wo unsere Schritte kaum Staub aufwirbelten, achtete ich sorgfältig auf jedes noch so kleine Anzeichen, das auf die Anwesenheit anderer Menschen hindeutete. Ich schloß die Hand fest um meinen Speer. Ich war kampfbereit. Doch ich mußte immerfort an die Frau vor mir denken; ich träumte mit offenen Augen von ihr. Ich betrachtete ihr zerkratztes, von Ohuns Malen freies Gesäß. Unsere Frauen würden sie ihr in die Haut ritzen, und ich würde sie schwängern. Ich betrachtete ihre schwieligen, nach außen gedrehten Handteller. Mit diesen Händen würde sie Kleider für mich machen. Ich betrachtete ihr nun trockenes, wirres schwarzes Haar, das der Wind hob. Ich würde sie die Sitten unserer Leute und unsere Sprache lehren, ich würde sie lehren, wie man einen Zopf flocht. Die Schmerzen, die sie mir zugefügt hatte, waren fast vergessen. Während ich sie ansah, waren alle meine Sinne von ihrem Anblick erfüllt, und ich hing meinen Zukunftsplänen nach.

Als ich meine Blicke dann über den feinen Staub auf ihrer Haut schweifen ließ, bemerkte ich, daß die Innenseiten ihrer Schenkel sauber waren. Die Luft hatte den Körper der Frau nach dem Bad getrocknet, dann hatte sich Staub auf die Haut gelegt, und dann hatte sie etwas zwischen ihren Beinen benetzt. Während ich sie gespannt beobachtete, rann langsam ein Tropfen Blut an ihrem Bein herunter. Sie menstruierte!

Ich war entsetzt. Diese Frau schien es nicht einmal zu bemerken. Rasch schaute ich an mir herunter. Ich wollte sehen, ob sie mich befleckt hatte, als ich sie getragen hatte. Und tatsächlich fand ich auch dort ihr Blut: ein verschmierter Streifen lief quer über meine Brust! »Onkel! Sie blutet aus dem Leib«, sagte ich.

Daß Andriki plötzlich stehenblieb, überraschte die Frau. Beide sahen mich an, Andriki besorgt, die Frau ängstlich. »Dein Hemd«, sagte Andriki beklommen.

»Ich werde es ausziehen. Gib du derweil auf sie acht.« Ich warf Andriki das Ende seines Gürtels zu, damit er die Frau festhalten konnte. Andriki nahm das Ende des Gürtels und stieß die Frau mit seinem Speer, damit sie merkte, daß wir sie nicht vergessen hatten. Ich zog mein Hemd über den Kopf und achtete peinlich darauf, daß mein Gesicht nicht mit dem blutigen Fleck in Berührung kam. Dann ließ ich das Hemd auf den Boden fallen. Andriki und ich schauten einander voller Bestürzung an.

Doch die Frau schaute nur verwundert drein. War sie wirklich so dumm? Sie schien gar nicht zu begreifen, was los war. Es schien sie nicht einmal zu kümmern, daß sie blutete. Wußte sie denn nicht Bescheid? Hatte sie auch im Teich schon geblutet? Ganz bestimmt! Waren ihre Leute etwa Tiere, daß sie mutwillig gutes Wasser verunreinigten?

Besorgt legte ich meinen Umhang an und schob das Hemd mit dem Speer von mir weg. Es war nicht mehr zu gebrauchen. Die fremde Frau betrachtete das Hemd. Ich hob es mit der Speerspitze auf und hielt es ihr entgegen. Natürlich konnte sie es mit ihren gebundenen Händen nicht nehmen. Sie starrte das Hemd an, dann mich. Sie hatte einen gefährlichen Ausdruck in den Augen.

»Binde ihre Hände los«, sagte Andriki.

»Tu du es«, sagte ich, meine Augen auf die der Frau geheftet. »Du stehst hinter ihr.«

Andriki löste die Fesseln. Die Frau nahm mein Hemd und zog es an. Es hing ihr bis über die Schenkel. Ich griff in die Halsöffnung und holte Andrikis Gürtel heraus, langte in die Ärmel, faßte die Handgelenke der Frau und fesselte sie wieder. Dann gab ich ihr einen Stoß, um ihr zu verstehen zu geben, daß sie Andriki folgen sollte. Sie gehorchte diesmal, spähte aber in alle Richtungen, um zu sehen, ob Hilfe kam. Ab und zu floß wie bei einem Tier ein Tropfen Blut an ihrem Bein herunter und fiel auf den Weg, wie eine Schlinge für meine Füße. Aber weder damals noch später suchte mich irgendeine Krankheit heim, deshalb weiß ich, daß es mir gelungen ist, den Blutstropfen auszuweichen.

Vielleicht hätte ich zornig auf diese Frau sein sollen, die offenbar überhaupt keine Rücksichten kannte. Vielleicht hätte ich mich auch vor der Rache ihrer Leute fürchten sollen. Gewiß hätte ich Bedenken haben sollen, meinem Onkel Maral gegenüberzutreten, der, wie ich wußte, aufs äußerste erbost sein würde. Doch je mehr wir uns dem kleinen Fluß und der Hütte näherten, desto weniger kümmerte mich all das. Statt dessen schlug mein Herz so freudig, daß ich es fast hören konnte. Stolz und Kraft durchströmten mich. Ganz allein hatte ich diese Frau gefangen, die mit ihren bloßen Füßen in Andrikis Spuren trat. Wie bei einer gelungenen Jagd hatte ich sofort gesehen, was getan werden mußte, und ich hatte schnell und mutig gehandelt. Ohun hatte es gefügt, daß die Frau nicht schwanger war. Ich würde dies ändern. Diese Frau war jung. Sie war kräftig. Sie konnte viele Kinder gebären. Diese Frau würde mir meine ersten Nachkommen schenken. Sie und die Kinder würden mir gehören.

15

Weil sie im Wasser geschwommen war, gab ich meiner Frau den Namen Bisam. Später, als ich sie etwas besser verstehen konnte, erfuhr ich aus dem Gebrabbel, das sie ausgestoßen hatte, als wir sie zu unserer Hütte brachten, daß sie in ihrer Sprache einen anderen Namen trug: Sie hieß Dabe Nore. Doch sie hörte fast sofort auf den Namen Bisam. Auf jeden Fall riefen wir sie so.

Als sie bei uns ankam, begannen für mich und alle anderen aufregende Zeiten. Es fing damit an, daß Maral, als Andriki und ich mit einer Gefangenen nach Haus kamen, schrecklich wütend wurde. Wir wateten eben durch den Bach, da kroch Maral gerade aus dem Windfang und richtete sich auf. Ich fing fast lauthals an zu lachen, als ich sah, wie er uns dreimal musterte: zuerst kam der rasche Blick, mit dem er uns bemerkte, dann der verwirrte, finstere, weil wir zu dritt waren, und schließlich der ungläubige, starre, mit dem er offenen Mundes Bisams nackte Beine und die Male auf ihrer Stirn betrachtete. Dann übermannte ihn der Zorn. »In Ohuns Namen!« schrie er. »Was habt ihr da?«

Bei diesem Schrei stürzten die anderen aus der Hütte und gafften. Dann riefen alle durcheinander.

»Andriki hat eine Fremde mitgebracht!«

»Ist das ein Kind?«

»Nein, eine Frau!«

»Man wird uns angreifen!«

»Die Kinder – wo sind die Kinder?«

»Sucht sie!«

»Wir müssen alle sterben! Holt eure Speere!«

Die allgemeine Erregung schien meiner Frau Angst zu machen. Sie riß die Augen weit auf, stemmte die Füße in den Boden und wollte sich nicht rühren. Ich stieß sie mit meinem Speer zwischen die Schulterblätter und versetzte ihr einen Tritt ins Gesäß. Wider Willen stolperte sie vorwärts.

»Ihr Wahnsinnigen!« schrie Maral. »Laßt sie sofort frei! Sie wird Verderben über uns alle bringen!«

Seltsam gelassen zuckte Andriki die Achseln, um seinem Halbbruder zu zeigen, daß es nicht in seiner Macht stand, die Lage zu ändern. Ich dagegen glühte vor Stolz und zitterte vor Kraft und Erregung. Was mein Onkel auch sagen und tun mochte, es war mir ganz und gar gleichgültig. Ich lachte, so froh war ich. Und hitzig, aber nach außen hin ganz ruhig antwortete ich ihm: »Sie ist meine Gefangene, Onkel. Du brauchst sie nicht zu fürchten.«

»Du warst das also, Kori!« schrie Maral und wandte sich mir zu. »Wie willst du gegen ihre Leute kämpfen?«

»Es waren keine da.«

»Aber sie müssen irgendwo sein! Du hast ihren Rauch gesehen! Du wolltest sie ausforschen! Bist du irrsinnig, daß du sagst, diese Frau sei allein gewesen?«

»Wir haben sonst niemanden gesehen«, sagte ich.

»Soll das heißen, daß überhaupt keine anderen Leute in der Nähe sind?«

Andrikis gespielte Gelassenheit verschwand. Als er sah, daß ich Marals Fragen auswich, antwortete er an meiner Stelle. »Natürlich müssen irgendwo andere sein«, sagte er.

Maral rief mir zu: »Hast du bedacht, als du uns diese Auseinandersetzung mit den Fremden aufgezwungen hast, daß wir hier nur fünf Männer haben?«

Aber ich war wild entschlossen: Nichts würde mich von dieser Frau trennen. Ich war bereit, wenn es sein mußte, selbst gegen Maral zu kämpfen. »Ich werde notfalls gegen euch alle kämpfen, auch gegen dich, Onkel«, sagte ich laut.

Diese Worte steigerten seine Wut. Er kam auf mich zu, und ich stellte mich vor meine Frau, bereit, ihm zu begegnen. Doch Andriki stellte sich vor mich. »Ihr tätet besser daran, gegen die Fremden zu kämpfen«, sagte er. »Sind wir Weiber, daß wir sie fürchten? Sollen sie doch kommen! Dann ersparen sie uns die Mühe, sie zu suchen. Und wenn sie sich scheuen, hierherzukommen, werde ich hingehen und selbst herausfinden, wie viele sie sind und welche Waffen sie haben. Vielleicht können wir uns gegen sie leicht behaupten. Wer weiß? Vielleicht können wir noch mehr Frauen fangen!«

Aber Maral hörte Andriki gar nicht zu. »Du würdest also gegen mich kämpfen, Kori? Du, mein Schwiegersohn! Das Kind meines Bruders! Du würdest gegen mich kämpfen?«

»Wenn er gegen dich kämpft, älterer Bruder, kämpft er auch gegen mich«, sagte Andriki. »Nur meint er's nicht ernst. Er ist erregt. Wir alle sind erregt. Statt daran zu denken, daß wir gegeneinander kämpfen, sollten wir an die Leute dieser Frau denken und uns überlegen, was sie in unserem Jagdgebiet suchen.«

»Zwinge die Frau, es uns zu erzählen!« sagte Maral.

»Wie?« fragte Andriki. »Sie versteht unsere Sprache nicht.« Und zu mir sagte er: »Sind Maral und ich nicht die Brüder deines Vaters? Kämpfst du nicht gegen ihn, wenn du gegen uns kämpfst? Kämpft der Daumen etwa gegen die Finger? Du bringst Schande über uns und trägst Unfrieden in deine eigene Hütte. Du solltest um Verzeihung bitten.«

Andriki hatte natürlich recht. Und so bat ich Maral um Verzeihung. Wie Vater brauste er schnell auf, vergaß jedoch noch schneller, was ihn erbost hatte. Er legte seinen Arm um meine Schulter und sagte: »Du hast eine Frau gefunden. Aber Frauen streifen nicht allein durchs Land wie Rehe. Wenn es dir leid tut, daß du mich verärgert hast, dann bedenke, daß du einige Fremde noch weitaus mehr gegen uns aufgebracht hast. Sie sind nicht weit von hier. Laßt uns jetzt alle darüber nachdenken!«

»Ich bin schon dabei«, sagte Andriki. »Ich glaube, einige von uns sollten hierbleiben. Wir wollen schließlich nicht zurückkommen, um zu entdecken, daß unsere Frauen von Fremden geraubt worden sind. Drei Männer sollten bleiben, zwei gehen suchen. Wir brechen auf, sobald es dunkel ist.« Er blickte zum Himmel im Westen, wo die rote runde Sonne wie ein Feuer zwischen den schwarzen Bäumen brannte. Wir horchten und schauten in alle Richtungen. Der Wald lag in tiefem Schatten, und der Wind rüttelte in den Bäumen. Andrikis Atem glich einer Wolke, als er sagte: »Wir werden die Fremden suchen. Und wenn wir sie finden – was dann?« Er hielt inne und betrachtete mit seinen hellen Augen prüfend mein Gesicht. »Du, Junge! Du hast das hier angefangen«, fuhr er fort. »Wirst du bei Nacht so mutig sein wie am Tag, als du eine Frau gefangen hast, die allein war? Irgendein großer, erwachsener Mann mit langem Bart und starkem Arm besitzt diese Frau. Wirst du immer noch mutig sein, wenn du ihm gegenübertrittst?«

»Komm mit mir und überzeug dich selbst, Onkel«, antwortete ich.

»Wenn ihr sie freilaßt, gehe ich fort und kehre in die Hütte meines Onkels Bala am Frauensee zurück«, sagte ich zu Maral und den anderen, die draußen an einem großen Feuer saßen, das die ganze Lichtung erhellte und uns half zu sehen, wer oder was immer am Waldrand lauern mochte. In der zunehmenden Dämmerung stand der Mond am Himmel und gab Andriki und mir genügend Licht für unsere Suche. »Oder ich werde auf dem Weg dahin sterben«, setzte ich hinzu, als ich an die weite offene Ebene und die ungeheure Entfernung dachte.

»Sie freilassen? Sind wir Weiber, daß wir Fremden gefällig sind, die in unsere Jagdgründe eindringen?« fragte Maral.

Alle Frauen waren in der Hütte außer Andrikis Frau Hindin, die manchmal selbst jagte und einen eigenen Speer besaß. Die Augen auf den dunklen Wald gerichtet, hockte sie mit wurfbereitem Speer auf ihren Fersen neben Marder. Als Maral fragte, ob wir Weiber seien, blickte sie flüchtig zu ihm auf.

Die Stimmung der Menschen in unserem Lager war umgeschlagen: aus der ersten Überraschung beim Anblick meiner Frau und aus dem Zorn darüber, daß ich alle übertrumpelt hatte, war eine starke, aber lautlose Erregung geworden, als stünde eine wichtige Jagd bevor, als stellten wir einem Bären oder Mammut oder einer großen Bisonkuh nach. Was mich betraf, so sah ich Bisams Leute jetzt als meine Feinde an, als verhaßte Eindringlinge. Ich konnte es kaum erwarten, sie aufzuspüren.

Und so gingen Andriki und ich, als der Mond hoch am Himmel stand, wieder schweigend in die Hügel von Ohun hinauf. Wir waren so tatendurstig, daß wir fast enttäuscht waren, als wir am Teich nur noch die Reste eines Lagers fanden, das in aller Eile verlassen worden war. Die Fremden waren bei Tag aufgebrochen, ehe der Tau fiel, und hatten die harten Pflanzen am Boden achtlos niedergetrampelt. Die Spuren stammten von einem recht kleinen Mann und zwei zierlichen Frauen, deren breite Fersenabdrücke verrieten, wie schwer ihre Traglasten waren. Außerdem hatte eine der Frauen eine Last auf der rechten Hüfte getragen, wahrscheinlich einen Säugling. Der Mann war alt und lahm; er ging am Stock. Diesen Leuten war ein kleines Kind gefolgt, dessen trippelnde Schritte die letzten in der Reihe waren. Wir folgten den Spuren in östlicher Richtung, bergab über das weitläufige, mondbeschienene Vorland mit Büschen und Wacholder, bis sie sich in der Ebene verloren. Auf der ganzen Strecke waren keine weiteren Menschen zu der Gruppe gestoßen. Nun wußten wir, daß die Leute meiner Frau nur wenige gewesen waren und es eilig gehabt hatten, vor uns zu fliehen. Wir hatten nichts von ihnen zu befürchten.

Andriki und ich kehrten zu dem verlassenen Lagerplatz zurück, um herauszufinden, welche Nahrung die Fremden zu sich genommen hatten. In dem Kot auf dem Abtritt sahen wir kleine Punkte, wahrscheinlich Beerensamen, und in der Asche ihres Feuers fanden wir winzige Gräten, vielleicht von einem Hecht, und Waldhuhnfedern. Die Leute hatten nicht gut gegessen. Das war natürlich nicht erstaunlich bei drei Frauen, zwei Kindern und einem lahmen alten Mann. In der Asche entdeckten wir außerdem den zerbrochenen Schaft eines, so schien es uns, sehr kleinen Speeres mit einer Spitze gleich der, die wir bei Uskes Quelle gefunden hatten. Da glaubten wir, dies seien die Menschen, die damals die Quelle aufgesucht hatten, oder wenigstens die gleiche Art von Leuten mit ihren Vogelspeeren. Wir lachten und waren froh darüber, Maral so gute Nachrichten bringen zu können. Kein Wunder, daß die Fremden Angst vor uns empfanden! Kein Wunder, daß sie geflohen waren!

Auf dem Heimweg über den westlichen Hang der Brüste der Ohun drehte ich mich einmal zufällig um und bemerkte, daß etwas am Ast eines Baumes hing. Ich dachte zuerst, es sei ein großes Wespennest. Es zeichnete sich rund und schwarz gegen den Mond ab und schwang leicht hin und her. Doch es war kein Wespennest. Andriki und ich holten das Ding vom Ast und sahen, daß es eine Tragetasche für Kleider war. Wir öffneten sie.

Darin lagen einige kleine Brocken eines schimmerndschwarzen Gesteins, von dem Andriki nicht wußte, wo man es finden konnte; dazu etwas Zunder, eine beinerne Nadel, Garn, sieben Kleidungsstücke und eine Halskette. Die Kette war sehr schlicht gearbeitet: Teil eines Eckzahns, in der Mitte durchbohrt und auf ein Band gezogen. Andriki und ich wußten nur nicht, von welchem Tier der Zahn stammte. Er war dick, rund und so lang wie mein Daumen. Er schien gebogen zu sein, doch da, wo die Biegung begann, war er abgebrochen. Was nutzt es, sich Fragen zu stellen, auf die es keine Antwort gibt? Wir legten die Kette beiseite und breiteten im Mondschein die Kleider aus.

Sie waren abgetragen und sahen sehr sonderbar aus. Das Leder war zwar bearbeitet worden wie bei uns, aber es war kein Rentierleder. Die merkwürdigen Kleider waren dünner und weicher als unsere und hatten zahlreiche Nähte, da viele kleine Häute zusammengestückt worden waren. Das abgewetzte Leder fühlte sich weich an, als hätte es lange in Harn gelegen, und es war schwarz, als sei es mit Holzkohle und Fett eingerieben worden. Die Kleider verströmten einen starken Geruch – sie rochen nach Fuchs, und sie waren mit haarendem Fuchspelz besetzt.

Wir fanden außerdem ein langes pelzbesetztes Hemd, über den Kopf anzuziehen; zwei knöchelhohe Bundschuhe; einen Lendenschurz; einen Gürtel und zwei lange Dinge, die, wie wir schließlich glaubten, Hosenbeine waren, um den Bauch zu binden und einzeln zu tragen. Wir lachten uns fast kaputt! Wie konnten sich Menschen nur so seltsam anziehen? Wir vermuteten, die Kleider seien die Sachen meiner Frau, die von ihren Leuten für den Fall zurückgelassen worden waren, daß sie ihnen folgte.

Ich dachte, meine Frau würde jetzt gewiß lieber die Kleider unserer Leute tragen als die der ihren. Das wäre jedem so gegangen. Trotzdem stopfte ich, damit sie beim Anblick ihrer Sachen nicht an ihre Leute erinnert wurde, das Bündel in eine Felsspalte. Füchse würden sich das Leder holen. Von nun an würde sich meine Frau nicht mehr ohne mich in den Hügeln von Ohun bewegen.

Der Wind frischte auf. Wir gingen zur Hütte zurück, liefen schweigend und aufmerksam und schauten vor und hinter uns auf den Pfad, der jetzt von Wolkenschatten verdunkelt war. Gefährlicher als die Leute meines Mädchens war der Jäger, der nachts die Wildwechsel entlangschlich oder an ihnen lauerte, geduckt und hungrig, mit großen grünen Augen.

Anfangs kam mir meine Frau, Bisam, ziemlich dumm vor. Ich dachte, sie wisse nichts, weil Rin der einzige Mensch unter uns war, den sie wiederzuerkennen schien. Jedesmal wenn sie mich sah, war sie so verwirrt, als hätte sie mich noch nie gesehen. Doch wenn Rin die Hütte verließ, beobachtete meine Frau die Tür, bis sie wieder eintrat. Natürlich bekam sie ihr Essen meistens von Rin. Rin gab ihr auch Rentiermoos zum Aufsaugen das Blutes aus ihrem Leib und half ihr später beim Kleidernähen.

Bisam war noch nicht lange bei uns, da nahm Rin eines meiner Schlaffelle, um daraus eine richtige Hose für sie zu machen. Ich mußte auf meinem Umhang und anderen Überkleidern schlafen. Aus einem Teil von der Haut des Rentiers, das ich getötet hatte, fertigte Rin Schuhe an. Die Haut gehörte Frogga, und zwar durch ihre Mutter Lilan, aber Rin erklärte, barfuß sei Bisam im Winter keine Hilfe, und eines Tages könnte ich ja Lilan für die Haut, die ihr Bisam schuldig sei, eine andere geben.

Als Bettzeug schenkten wir Bisam zwei abgewetzte alte Felle, die früher einmal Vater gehört und hinter den Pfosten gelegen hatten, die das Dach stützten. Die Wölfe hatten versucht, sie herauszuziehen, doch es war ihnen nicht gelungen. Als wir die Felle ausbreiteten, fielen büschelweise Haare heraus, aber sie waren besser als nichts. Vor dem Ende ihrer Regel konnte die Frau nicht in meinem Bett schlafen.

Als Umhang nahm Rin den Pelz des Bären, der am Haarfluß von unseren Mammuten gefressen hatte. Da Maral und Vater ihn zuerst mit ihren Speeren getroffen hatten, gehörte der Pelz Lilan, Truht und Bekassine. Er war in drei Teilen von unseren Sommergründen hierhergebracht worden. Ehe sich die Frauen von ihren Anteilen an diesem Bärenpelz trennten, mußte ich ihnen die Felle der nächsten drei Rentiere versprechen, die ich erlegen würde. Und weil jede große Tierhaut, in deren Besitz ich durch die Jagd kam, rechtmäßig Frogga gehörte, mußte ich Lilan für die ihr entgangenen Rentierfelle meine drei nächsten Fleischanteile versprechen.

Damit war klar, daß ich meiner Frau wegen lange Zeit nichts besitzen würde, nicht einmal das Fleisch, das ich beschaffte, und auch keine neuen Kleider, die ich dringend gebraucht hätte. Ich würde mir Kleider leihen und andere Leute bitten müssen, mich zu ernähren. Trotzdem bereute ich keinen Augenblick lang, was ich getan hatte.

In der ersten Nacht waren wir alle so erregt, daß niemand an ein Bett für Bisam dachte, und so schlief sie auf der bloßen Erde. Mir fiel das nicht auf, weil ich in dieser Nacht mit meinem Speer im Windfang lag. Ich wollte sichergehen, daß sie nicht versuchte wegzulaufen. Dann und wann nickte ich ein, aber ich schlief nicht richtig tief. Ich schaute oft nach ihr, und jedesmal sah ich sie am Feuer sitzen. Sie schien sich einsam zu fühlen, starrte in die Flammen, hing ihren Gedanken nach und weinte manchmal. Als ich sie so traurig dort sitzen sah, hätte ich sie gern in mein Bett geholt, um sie zu trösten und zu wärmen, doch ihre Regel ängstigte mich, und deshalb wartete ich lieber ab. Die anderen wurden ebenfalls häufig wach und hoben unruhig die Köpfe, um zu sehen, was Bisam tat. Vielleicht fürchteten sie, meine Frau werde mit einem Messer über uns herfallen.

In der Nacht hörten wir es draußen donnern. Der Wind frischte auf, wurde zum Sturm, und kurz vor Morgengrauen wirbelten die ersten Schneeflocken durch die Rauchabzüge herein. Wir hatten am Tag zuvor kaum Holz gesammelt und sparten das wenige auf, das wir hatten, um das Rentierfleisch damit zu braten. Wir blieben der Wärme wegen in unseren Schlaffellen liegen, horchten auf den Donner und den Wind draußen vor der Hütte und beobachteten, wie sich die Schneeflocken in der noch warmen Asche unseres erlöschenden Feuers in Wasser verwandelten. Einzig und allein Bisam saß aufrecht. Arme und Beine eng an die Brust gezogen, hatte sie sich ganz in mein Hemd verkrochen. Die Ärmel hingen leer herab; ihr wirres Haar schaute zur Halsöffnung heraus; unter dem Saum waren ihr bloßes Gesäß und ihre Fußsohlen zu sehen. Unterdessen bedeckte der Schnee alle Spuren ihrer Leute – den Weg, den sie gegangen waren; ihr Lager und die Zeichen, die sie für Bisam hinterlassen haben mochten. Selbst mit Schuhen hätte sie ihnen nicht folgen können. Endlich schlummerte ich zufrieden ein.

Es war sehr aufregend gewesen, Bisam zu fangen; ebenso erregend waren der Zorn und die Unruhe, die sie verursachte, und die Verfolgung ihrer Leute. Der Gedanke, daß wir eine Fremde in unserer Mitte hatten und daß ihre Leute vielleicht kamen, um sie zu holen, beunruhigte uns. Wir vergaßen in dieser Zeit nie, im Wald rings um die Hütte nach Spuren fremder Menschen Ausschau zu halten. Doch sie kamen nicht, und wir erwarteten sie auch nicht wirklich. Aber der Gedanke daran erregte uns so sehr, daß wir über nichts anderes sprachen.

Auch die Frau selbst war erregend, jedenfalls für mich! Ich hätte mir nie träumen lassen, eine erwachsene Frau zu besitzen. Doch nun war sie bei mir und das nicht, weil meine Verwandten zu einer Absprache gelangt, nicht weil Geschenke ausgetauscht worden waren. Nein, ich besaß diese Frau, weil ich sie gefangen hatte! Aus diesem Grund wirkte sie auf ähnliche Weise erregend auf mich wie ein großes, ungewöhnliches Tier, das sich in der Nähe aufhält und einen mit seiner ungewöhnlichen Gestalt, seinem seltsamen Aussehen und seinem Geruch fasziniert. So ein Tier bringt immer Überraschungen mit sich, weil niemand weiß, was es als nächstes tun wird. Und außerdem kann es nicht sprechen!

Doch das aufregendste Erlebnis erwartete mich, als meine Frau nicht mehr blutete, das Erlebnis, mein Schlaffell mit ihr zu teilen. Ich konnte es kaum erwarten, weil ich immer vor mir sah, wie sie sich rosig, nackt und naß im Ried des Blutegelteichs aufgerichtet hatte. Auf meinen Schultern spürte ich noch das Gewicht ihres Körpers, im Gesicht fühlte ich noch die Hitze, die von ihrer Hüfte ausging, in den Augen hatte ich noch das Licht, das ihre bloße Haut ausstrahlte, in der Nase noch den Geruch des Wassers an ihrem Körper und ihren Moschus-, ihren Frauengeruch. Von da an war es, als bemerkte ich die Gerüche der anderen gar nicht mehr. Vielleicht kannte ich sie auch nur zu gut. Immer wenn meine Nase einen Geruch registrierte, schien er von Bisam auszugehen – von ihrem Unterleib, ihren Füßen, ihrem Schweiß, ihrem Haar.

Eines Abends roch ich das schwach bittere Aroma von Gelbwurzsaft und wußte gleich, daß Rin ihn Bisam gegeben hatte, damit sie ihn zwischen ihre Beine rieb und sich reinigte. Die Gelbwurz ist eine Pflanze des offenen Graslands. Woher hatte Rin diesen Saft? Rins Gelbwurz war ein Frauengeheimnis, und das lenkte meine Gedanken auf das erregende Geheimnis meiner eigenen Frau.

In dieser Nacht, als die anderen schliefen oder ruhig in ihren Fellen lagen, stieg ich leise aus meinem Bett im Windfang, sah Bisam unter einem Rentierfell an der Wand zusammengerollt liegen und warf ein kleines Stück Holzkohle nach ihr. Sie hob ängstlich den Kopf. Unsere Blicke begegneten einander. Ich winkte ihr zu. Sie starrte mich ausdruckslos an, als verstünde sie nicht, was ich von ihr wollte. Ich stand auf und winkte noch einmal, aber sie starrte mich wieder nur an. Ich ging zu ihr hinüber, blieb vor ihr stehen und winkte zum drittenmal. Sie wich vor mir zurück, und so faßte ich ihren Arm und zog behutsam daran. Ängstlich stand sie auf.

Rin hatte Bisams Hose noch nicht fertiggenäht; Bisam trug nichts als mein Hemd am Leib. Doch ihr Haar war zum Teil gekämmt und zu einem kurzen, häßlichen Zopf geflochten. Ich dachte daran, ihn zu lösen, doch dann fand ich, daß mich das nicht zu kümmern brauchte, und ich ließ den Gedanken fallen. An der Tür des Windfangs drückte ich Bisam auf die Fersen hinunter und streifte ihr das Hemd über den Kopf, obwohl sie mich daran zu hindern versuchte. Ich drehte sie um und schob sie in mein Schlaffell, ihre Schulterblätter gegen meine Brust gepreßt. Sie lag still und fühlte sich kalt an und schien nicht zu begreifen, daß sie ihr Hinterteil gegen mich drücken sollte. Trotzdem fand mein Glied seinen Platz in ihr; ich zog sie an mich und begann mich zu bewegen. Ihre Scheide war trocken. Sie keuchte. Ich hielt ihr den Mund zu, damit sie niemand hörte. Ihr gekrümmter Körper schien sich strecken zu wollen, und ihre Scheide wurde kurz; sie half nicht mit. Aber sie wehrte sich auch nicht. Sie atmete jetzt leise und flach. Ich wußte, sie wartete darauf, daß ich fertig wurde, damit sie endlich gehen konnte. Trotzdem fand ich es erregend, eine eigene Frau zu haben. Meine Kehle war wie zugeschnürt, und ich mußte mich zusammenreißen, sonst hätte ich laut nach Luft geschnappt. Mein Höhepunkt kam sehr schnell, und gleichzeitig schossen mir zu meiner großen Überraschung plötzlich Tränen in die Augen und wären auf Bisam hinuntergetropft, hätte ich sie nicht rasch abgewischt. Bisam spürte, daß ich sie losließ, und stahl sich fort. Ich hielt sie nicht auf.

So weit, so gut. Bei ihr zu liegen war besser, als allein zu sein, besser als die bloße Erinnerung an Bekassine und besser als die Vorstellung, wie es eines Tages sein würde, bei Frogga mit ihrer laufenden Nase und der kühlen, feuchten, allzu glatten Haut zu liegen.

Während ich horchte, wie Bisam schweren Schritts zu ihrem Schlafplatz ging, und beobachtete, wie ihr Schatten über die Decke der Hütte glitt, fragte ich mich, wer wohl sonst noch lauschte und zusah. Der arme Marder, der an Rins Feuer nahe an der Tür schlief, hatte sicher mitbekommen, wie ich Bisam nahm. Gewiß beneidete er mich. Wenn Marder zu dieser Zeit einen Höhepunkt hatte, dann nur im Traum, denn seine hochschwangere Frau, Rins Tochter Seidenschwanz, durfte bis nach der Geburt ihres Kindes nicht bei ihm liegen.

Gewiß hatte Rin mich auch gehört. Rin hatte sicher auf die Geräusche geachtet, die von ihrer Tochter und von ihrem Schwiegersohn kamen, auf ihren Atem, da ein Beischlaf ihr ungeborenes Enkelkind ängstigen oder schädigen konnte. Jeder weiß, daß selbst eine hochschwangere Frau ihren Mann nicht immer abweisen kann, denn er kann ihr, wie mein Onkel Bala das tat, seinen Willen aufzwingen oder, wenn sie eingeschlummert ist, sanft mit ihr spielen, wie mein Schwiegervater, bis sie begehrlich erwacht. Daher war es Rins Pflicht als Schwiegermutter, dafür zu sorgen, daß ihrem ungeborenen Enkelkind kein Leid geschah. Es war ihre Pflicht, darauf zu achten, was Marder tat, damit sie ihm einige Worte sagen konnte, die ihm halfen, seinen Drang zu zügeln.

Maral konnte mich ebenfalls gehört haben und Andriki auch; er hatte einen leichten Schlaf. Am Morgen würde er mich damit aufziehen. Ihre Frauen hatten mich wohl gleichfalls gehört. Ebenso Bekassine, die bestimmt gemerkt hatte, daß Bisam nichts für mich empfand oder daß ich ihr, schlimmer noch, keine Lust, sondern Schmerz bereitet hatte. Dieser Gedanke machte mich zornig. Die Frauen würden gering von mir denken. Sie würden hinter meinem Rücken über mich lachen. Ich beschloß, auf eine passende Gelegenheit zu warten, bei der ich meiner Frau zeigen konnte, wie man so was richtig anfing. Dann würden, wenn sie und ich in der Nacht laut waren, die Geräusche von unserem Glück künden, nicht von ihrer Furcht und meinem blinden Drang.

Wegen des Schnees kam die Gelegenheit früher als erwartet. Bisam konnte die Hütte nicht verlassen, solange sie keine Kleider besaß. Statt dessen wartete sie, während alle anderen draußen waren, am Feuer und wärmte sich, so gut es ging. Wenn ich mit ihr zusammensein wollte, brauchte ich nur abzuwarten, bis die anderen draußen waren. Dann würde ich mit meinem Arm voll Holz hereinkommen. Das nächste Mal, als ich Holz brachte, war ich sicher, daß sie allein in der Hütte war. Ich stieg den Windfang hinunter, traf sie vor der Glut sitzend an, zog sie auf die Beine und nahm ihr die Kleider ab.

Hätte ich das getan, wenn sie eine von unseren Frauen gewesen wäre? Allein der Gedanke ist spaßig. Einer unserer Frauen kann man so dreist nicht kommen. Es würde sie in Wut versetzen, und oft auch ihre Verwandten. Und immer die anderen Frauen. Dann wenden sich alle Weiber gegen einen, selbst die kleinen Mädchen. Wenn ich versucht hätte, einer unserer Frauen die Kleider abzunehmen, hätte sie mich geohrfeigt und mir ins Gesicht gelacht.

Doch meine Frau wußte das alles nicht. Während ich mich auszog und mein Schlaffell ausschüttelte, um ein Bett für uns herzurichten, stand sie da und beobachtete mich, die nackten Beine fest zusammengepreßt, die Arme schützend um ihren Körper gelegt, den eine Gänsehaut überzog. Ihr Kinn zitterte vor Kälte, und ihre Stirn mit dem Mal war gerunzelt.

Was glaubte ich wohl, ihr in bezug auf den Beischlaf beibringen zu können? Ich hatte bisher nur Bekassine erlebt, doch ich bildete mir ein, genau Bescheid zu wissen! In Wahrheit wußte ich natürlich sehr wenig, und Bisam hatte eine große Überraschung für mich parat, etwas, das mir für den Rest meines Lebens nicht mehr aus dem Sinn gegangen ist, worüber ich aber nur selten gesprochen habe, nicht einmal Andriki gegenüber. Wenn ich jetzt daran denke, muß ich lächeln, denn die Erinnerung daran freut und beschämt mich immer noch. Also, um es kurz zu machen! Was geschah, als ich Bisam auf die Knie zog, sie vornüberbeugte und ihre Hüften anhob, damit ich in sie eindringen konnte, war, daß sie sich wie ein Käfer auf den Rücken rollte und ihre Beine weit öffnete!

Ich hatte noch nie die Scham einer Frau gesehen, doch da lag sie offen vor mir! Rot! Wie der Eingang zum Bau eines Frettchens, wie das Auge in einem kleinen Schädel starrte die Öffnung mich an. Rundherum sah ich feuchte, wellige Wulste wie der Fuß einer Schnecke. Und diese Öffnung war groß! So groß wie meine Handfläche – so schien es jedenfalls. Sie erinnerte mich an einen Mund mit Lippen und Zahnfleisch, umgeben von Haaren. Darunter sah ich den After. Ich wußte, ich hätte nicht so gaffen dürfen, aber ich konnte mich einfach nicht abwenden.

Bisam sagte ein Wort in ihrer verdrehten Sprache zu mir. Ich verstand sie nicht, und ich besinne mich auch nicht mehr auf das Wort. Doch ihre Stimme half mir, meinen Blick von ihrer Scham loszureißen und ihr ins Gesicht zu schauen. Ihre Augen waren rund und verärgert. Sie schien sehr ungeduldig zu sein. Sie hob den Kopf und sagte das Wort noch einmal, diesmal lauter, und deutete mit beiden Daumen auf ihre klaffende rote Scham. Sie wollte, daß ich mich beeilte!

Und genau das tat ich. Ich legte mich auf Bisam und drang in sie ein. Sie umklammerte mich mit ihren harten, kalten Armen und Beinen. Dieses Gefühl entsetzte mich furchtbar, als hätte mich ein Raubtier gepackt oder als hielte sich ein riesengroßer Käfer an meinen Hüften und an meiner Brust fest. Ich versuchte, mich zu bewegen, aber es ging nur langsam, weil sie mich auf diese Weise umfaßte. Diese Körperhaltung war für mich so fremdartig, daß es mir schwerfiel anzufangen. Trotzdem fand ich es sehr erregend. Ich hörte sie keuchen: ihr Atem kitzelte mein Ohr! Ihre um meine Hüften geklammerten Schenkel und ihre zwischen unseren Körpern eingequetschten Brüste machten mich ganz schwindlig. Ich hätte mich gern an dieses Neue gewöhnt und überlegt, wie ich dabei meine Rolle als Mann am besten spielen konnte, doch Bisam begann jetzt zu keuchen, dann zu stöhnen und schließlich laut zu schreien. Sie machte mir angst! Ich bewegte mich, so schnell ich konnte, kam plötzlich zum Höhepunkt und empfand nun fast panische Furcht. Ich hatte meine Frau etwas lehren wollen. Statt dessen hatte sie zu meiner großen Überraschung mich etwas gelehrt, und ich wußte nicht, was sie jetzt mit mir tun würde oder was ich mit ihr tun sollte!

Aber ich brauchte nicht lange darüber nachzugrübeln. Sie stellte ihre Füße auf den Boden, hob ihre Hüften an, um mich loszuwerden, schlüpfte unter mir heraus und rannte zurück ans Feuer, wo sie dann beinahe in den Flammen hockte und mit klappernden Zähnen und blauen Lippen schnell ihr Hemd überstreifte. Ich konnte sie nur anstarren. Ich war überwältigt und fassungslos, nachdem all dies auf mich eingestürmt war. Wir hatten etwas Furchtbares getan. Wir hatten uns widernatürlich verhalten!

Ja, ich war heftig erschrocken über das, was diese Frau, die ich in meine Gewalt gebracht hatte, mir gezeigt hatte. Verzweifelt kämpfende, in die Enge getriebene Tiere, auch Käfer, drehen sich manchmal auf den Rücken und strecken die Beine in die Luft. Säuglinge liegen mit gespreizten Beinen auf dem Rücken, ehe sie verstehen, was Anstand ist, ebenso Frauen bei schweren Geburten, wenn die Erschöpfung über sie kommt. Aber nicht einmal Tiere kehren einander bei der Paarung die falsche Seite zu. Die Paarung wird nach dem Willen der Frau Ohun vollzogen, die uns, ihren Kindern, zeigt, wie es sein soll. Jedesmal, wenn wir den Regenbogen sehen, wissen wir, daß sie es ist, den Kopf gesenkt und den Rücken gebeugt, die den Sohn der Wolkenfrau als Geliebten empfängt. Der Regen ist ihr Schweiß, Donner und Blitz sind ihr Höhepunkt, und der Regenbogen ist die Wölbung ihres Rückgrats. Mammute, Löwen, Rentiere, Vögel, Frösche und alle anderen Geschöpfe, sogar die Fliegen, tun es wie sie. Wer waren wir, diese Gefangene und ich, daß wir anders handelten?

Überwältigt von plötzlicher Scham, beseitigte ich die Spuren, die wir auf dem Boden hinterlassen hatten, besonders die Abdrücke, die Bisam mit ihren Schulterblättern und ihrem Gesäß in den Staub gedrückt hatte. Ich zog Bisams Hemd hoch, wischte den Staub von ihrem Rücken, trug mein Schlaffell vor die Hütte und schüttelte es aus. Dann nahm ich meinen Speer und meine Axt und ging rasch weg, um Holz zu sammeln, ehe jemand in die Hütte zurückkam und sich über mich lustig machte.

Trotzdem bereitete ich danach jede Nacht ein Bett für uns beide, und wenn Bisam darin lag, stellte ich mich so, als müßte ich gähnen, und legte mich neben sie. Dann, wenn ich hoffte, die anderen schliefen oder seien wenigstens so rücksichtsvoll, daß sie nicht lauschten, drehte ich mich zu ihr, Gesicht zu Gesicht, wie sie es mir gezeigt hatte. In Wahrheit mochte ich die Art ihres Beischlafs. Ich spürte gern den Griff ihrer Schenkel um meine Hüften und das feste, üppige Polster ihrer Brüste zwischen ihren Rippen und meinen. Ich mochte ihren Atem in meinem Ohr, und ich mochte es, wenn sie die Arme um mich schlang. Ich genoß es auch, daß es ihr gefiel, auf diese Art genommen zu werden.

Sie stöhnte und schrie nicht mehr, wenn andere uns hören konnten. Und im Dunkeln, sobald mein Schlaffell über uns gebreitet war, konnte niemand erkennen, daß sie mich ansah. So liebten wir uns Nacht für Nacht auf die Art ihrer Leute. Dann schliefen wir, einer in den Armen des anderen, wie Kinder, während unsere Geister zu den Orten flogen, die sie im Traum aufsuchen.

16

Der Mond der Kiefernnüsse brachte frisches, kaltes Wetter und der Mond der Rentiere feinen, tiefen Schnee. Wir aßen ein Pferd, das Maral getötet hatte; dann jagten wir wieder, erlegten eine Ricke und schließlich ein Rentier. Ich tötete es mit meinem Speer, und so konnte ich damit anfangen, mit Fleisch die Felle zu ersetzen, die andere Frauen hergegeben hatten, damit daraus für Bisam Kleider gemacht werden konnten. Die erste, die Fleisch von mir bekam, war meine Schwiegermutter Lilan.

Inzwischen hatte Bisam all die Kleidung, die sie brauchte, und darum konnte sie den anderen Frauen bei der Suche nach Kiefernnüssen, Beeren und Brennholz helfen. Außerdem bekam sie den Auftrag, unsere Wasserschläuche zu füllen, denn dafür brauchte sie nicht die Wege durchs Land zu kennen, sondern nur von der Hütte zum See zu gehen. Als der See zufror, gab Rin ihr einen schweren Stock, mit dem sie ein Loch ins Eis stoßen konnte, und zeigte ihr, wo sie das Loch machen sollte. Obwohl Bisam kein Wort verstand, erzählte ihr Rin, wie sie vor einigen Jahren mitten im Winter zum Wasserholen gegangen war und im Wasserloch das Gesicht eines jungen Wolfes gesehen hatte, der zu ihr aufblickte. Der Wolf mußte hineingefallen sein, als er trinken wollte. Damals, mitten im Winter, war das Eis dicker gewesen als ein Menschenbein lang ist, und die Ränder des Wasserlochs waren steil und glatt. Der Wolf hatte in der Falle gesessen. Rins Anblick gab ihm, so schien es, neue Kraft, denn er begann plötzlich zu kämpfen, tanzte mit den Hinterbeinen im Wasser und kratzte mit den Vorderbeinen an den Eisrändern. Vielleicht hätte er endlich doch entkommen können, wäre nicht Andriki herbeigelaufen. Er hatte den Wolf mit seinem Speer getötet. Mit dem Wolfspelz wurde der Umhang von Andrikis Tochter gefüttert.

»Wenn du hineinfielest, würdest du vielleicht unters Eis geraten«, sagte Rin zu Bisam. »Du könntest nicht heraussteigen. Hier ist das Wasser tief. Wenn dich niemand sähe, könnte dir auch niemand helfen. Du würdest ertrinken, oder die Kälte würde dich töten.«

»Io«, sagte Bisam, die nichts von all dem begriffen hatte.

Weil ich sie manchmal nachts leise weinen hörte, und weil sie tagsüber still für sich blieb, merkte ich bald, daß Bisam bei uns unglücklich war. Es stimmte mich traurig, doch ich wußte nicht, wie ich ihr helfen sollte, außer daß ich versuchte, freundlich zu ihr zu sein. Aus einer der Geweihstangen des Rentiers schnitzte ich ihr eine Haarnadel. Sie nahm sie, aber es half ihr nicht viel. Bisam hatte Heimweh. Doch was konnte ich dagegen tun? Selbst wenn ich sie zu ihren Leuten hätte zurückbringen wollen – ich wußte überhaupt nicht, wo sie sich im Augenblick aufhielten.

Trotzdem fürchtete ich ständig, sie könnte fortlaufen. Nach dem Schneefall bestand überhaupt keine Hoffnung mehr, den Spuren ihrer Leute zu folgen, aber um absolut sicherzugehen, daß sie uns nicht verließ, führte ich sie zu dem Baum, an dem der Tiger seine Krallen geschärft hatte, und zeigte ihr damit, daß er uns erst vor kurzem besucht hatte und daß er riesengroß war. Damit sie seine Spuren nicht für die eines anderen Tieres hielt, zeichnete ich eine Tigerfährte und die Streifen auf der Stirn eines Tigers in den Schnee. Doch das wäre nicht nötig gewesen. Sie verstand ohnehin, was sie sah. Sie ahmte das leise Jammern eines Tigers nach und flüsterte »Edde«, was, wie ich später erfuhr, in der Sprache ihrer Leute sowohl »Fresser« als auch »Tiger« hieß.

Bekassine wollte Bisam unsere Sprache lehren. Bisam lernte, »Estumi-lei« zu sagen, was soviel wie »Es tut mir leid« heißen sollte, und da es fast die einzigen Worte waren, die sie kannte, gebrauchte sie sie oft. Niemand hatte erwartet, daß umgekehrt Bekassine Bisams Sprache lernte, aber genau das tat sie, und es dauerte nicht allzu lange, da konnten Bekassine und Bisam miteinander schwatzen. Vielleicht war das am Ende gar nicht so erstaunlich: Bekassine hatte Tierlaute immer besser als wir anderen nachgeahmt. Sie konnte glucksen und krächzen wie ein Rabe; sie konnte Füchse mit der Stimme einer Wühlmaus anlocken; sie konnte wie eine Eule rufen und sogar mit der tiefen Stimme eines Mammuts poltern, wenn auch nicht so laut.

Als der Rentiermond voll war, sprachen Bisam und Bekassine lange und, so schien es uns, heimlich miteinander. Bisams Laune schien sich etwas zu bessern, obwohl diese Heimlichkeiten uns verärgerten. Doch niemand konnte den beiden Frauen das Schwatzen verbieten. Mein Vater war nicht da, um Bekassine etwas zu befehlen, und in welcher Sprache hätte ich Bisam etwas verbieten sollen? Für mich war es schwierig, mit Bekassines Hilfe mit ihr zu reden. Außerdem half mir Bekassine nicht. Immer wenn ich sie bat, unsere Sprache zu sprechen und nicht die von Bisam, kümmerte sie sich überhaupt nicht um mich, sondern schnatterte weiter, solange es ihr gefiel, während ich vergeblich darauf wartete, etwas mitzubekommen.

Mein Ärger und der der anderen schien weder Bisam noch Bekassine groß zu bekümmern. Bisam spürte kaum etwas davon, und Bekassine stellte sich taub, weil sie wußte, daß die meisten Leute ihr nicht verziehen, daß sie damals diesen Streit angefangen hatte. Was machte angesichts einer so großen Verfehlung das bißchen Kauderwelsch schon aus?

An manchen Abenden holte ich Bisam zu mir, damit sie am Feuer der Besitzer im hinteren Teil der Hütte sitzen und sehen konnte, wie ich für sie nützliche Dinge schnitzte. Nach der Haarnadel machte ich ihr eine Nähnadel und eine Ahle. Während ich daran arbeitete, versuchte ich mit Bekassines Hilfe mit Bisam zu reden, denn ich wollte wissen, wer ihre Leute waren und warum sie in unser Jagdgebiet eingedrungen waren. Aber Bekassine kannte Bisams Sprache noch nicht so gut, daß sie dieser Frage gewachsen war. Sie konnte nur sagen, Bisam nenne ihre Leute »Ilasi«, es seien wenige, sie hätten ihre alte Heimat im Süden verlassen müssen und eine neue gesucht. So seien sie in den Norden gekommen.

Da wir bald darauf herausbekamen, daß »Ilasi« in Bisams Sprache einfach »Menschen« bedeutete, schien uns, sie habe uns damit nicht viel Neues mitgeteilt. Woher kamen diese Ilasi? Durch Bekassine ließ uns Bisam sagen, sie kämen aus weiter Ferne.

Doch das sagen Frauen oft. Für manche Weiber ist alles weit weg. Das liegt daran, daß Frauen und Kinder langsam wandern und ebenso die Männer, die sie begleiten. Wenn Männer allein unterwegs sind, wandern sie schnell, und so können sie Entfernungen eher einschätzen. Trotzdem war Bisams Heimat wohl wirklich weit entfernt, und zwar aus zwei Gründen: Zum einen kannte nicht einmal Maral Menschen, die im Wasser schwammen, Gesäßmale im Gesicht hatten, Bisams Sprache sprachen, so merkwürdige Kleider trugen wie die in dem Bündel, das Andriki und ich bei dem verlassenen Lager gefunden hatten. Zum anderen erzählte uns Bisam später, in ihrer Heimat gebe es ein Tier, das noch keiner von uns gesehen hatte. Selbst Maral kannte es nicht.

Dieses Tier fraß Pflanzen, aber auch Fleisch. Es hatte einen Magen wie ein Wolf, doch seine Füße waren in Hufe gespalten wie die eines Rehs. Es brachte seine Jungen in Würfen zur Welt wie ein Wolf, aber seine Jungen konnten gleich nach der Geburt aufstehen wie neugeborene Kitze. Ausgewachsen war das Tier graubraun gefärbt wie ein Rentier, doch seine Jungen waren gestreift.

Am seltsamsten von allem war, daß dieses Tier dem Menschen glich. Seine Haare waren glatt und rauh wie Menschenhaar, ohne weiches Wollhaar darunter, und es rief mit menschenähnlicher Stimme. Auch sein Kot sah aus wie Menschenkot. Und wie ein Mensch konnte es Grashütten bauen. Es schichtete Gras auf, trampelte herum, um es zusammenzudrücken, ging dann in die Knie wie ein Kind, das unter einem Schlaffell spielt, kroch unter das

Gras, richtete sich auf und machte so ein Dach! Der Name des Tieres lautete *Tai-tibi.* Zwei dieser Tiere hießen *Tai-tibidi*, waren es viele, sagte man *Tai-tibisi. Tai-tibi* lautete bei Bisams Leuten auch der Name der Ohun. Das muß man sich mal vorstellen!

Anfangs glaubte niemand von uns, daß es dieses *Tai-tibi* wirklich gab. Einige meinten, Bisam beschreibe ein Tier, das wir kannten, gebrauche aber die falschen Worte. Als sie die Fährte eines *Tai-tibi* in die Asche unseres Feuers ritzte, dachte Maral, es sei der schlecht gezeichnete Hufabdruck eines Rehs im Schlamm.

Dann endlich fiel mir der seltsame Eckzahn an Bisams Halskette ein. Seit meiner Kindheit hatte ich noch nie einen Zahn oder eine Fährte gesehen, die ich nicht kannte. Manche Menschen tragen die Zähne von Tieren, die sie achten, und was verdiente mehr Achtung als ein Tier, das nach Ohun benannt war? Also hätte der Zahn an Bisams Kette von einem solchen *Tai-tibi* stammen können. Ich hätte sie gern danach gefragt, aber dann hätte Bisam von dem Kleiderbündel erfahren, und da das vielleicht ein Zeichen von ihren Leuten war, sagte ich lieber nichts.

Anfangs mochten die anderen Bisam nicht. Die Männer behandelten sie wie Luft, und die Frauen beklagten sich über ihre Nachlässigkeit. Hätte Rin sie nicht daran gehindert, hätte Bisam unsere Hütte mit ihrem Blut verunreinigt. Doch Rin hatte Moos gesammelt, damit sie es zwischen ihre Beine tat. Wir fragten uns, was die Frauen wohl bei Bisams Leuten taten, wenn sie ihre Regel hatten, und vermuteten, daß uns die Antwort darauf sicher nicht gefallen hätte.

Auch war das Gesicht meiner Frau, obwohl ihr Körper sehr fein gebildet, sehr schön war, seltsam flach und durch das lange blaue Gesäßmal entstellt. Die Haut ihres Gesäßes dagegen war so glatt wie die eines Kindes. Rin und die anderen erfuhren bald, was Andriki und ich gleich bemerkt hatten: daß meine Gefangene keine Male auf dem

Gesäß hatte, obwohl sie alt genug dafür war. Wir sahen, daß Bisam bei einer eventuellen Geburt in Gefahr geraten mußte, weil sie ohne die Male nicht unter Ohuns Schutz stand.

Darüber hinaus handelte Bisam auch sonst oft gegen Ohuns Willen. Sie deutete ohne Hemmungen mit dem Zeigefinger auf Leute, manchmal sogar mit beiden zugleich, und einmal zählte sie sogar die Menschen in der Hütte, als wären sie Perlen bei einem Geschenketausch! Ihre Angewohnheiten waren bedenklich, und wenn sie unsere Sprache zu sprechen versuchte, klang ihre Stimme belegt und häßlich, als ob sie einen Stein auf der Zunge hätte. Ich hörte die Frauen sagen, sie schlage ihr Wasser im Stehen ab. Sie lasse ihre Hose herunter, spreize die Beine, beuge sich ein wenig vor und kehre die Füße nach außen.

Auch wußte sie nichts mit ihren Kleidern anzufangen. Manchmal trug sie die Hose so, daß der Hosenboden vorn saß. Bis Rin ihr zeigte, wie man einen Zopf flocht, kämmte sie ihr Haar einfach aus dem Gesicht und umwickelte es mit einer Schnur. Das sah aus wie ein Kinderfuß in einem Bundschuh. Als sie gelernt hatte, einen Zopf zu flechten, war ihr Haar immer noch lose und unordentlich, denn sie flocht es nicht gut. Ab und zu kämmte Rin sie am Abend und flocht ihr den Zopf, wobei sie ungeduldig wurde und heftig am Kamm riß. Rin war immer ungeduldig, wenn sie jemanden kämmte – sie ärgerte sich über die Knäuel im Haar, nicht über die Frau selbst. Bisam wußte das natürlich nicht, weil sie unsere Sprache nicht verstand. Sie wollte ihr Haar über dem Kamm emporhalten, aber Rin schlug ihr die Hände fort. Dann faltete Bisam die Hände im Schoß, und in ihren Augen schimmerten Tränen, wenn ihr Gesicht auch unbewegt blieb.

Eines Tages spürte ich ein Jucken in der Leistengegend, und als ich auf den Abtritt ging und mir meinen Unterleib genau ansah, fand ich dort zu meiner Entrüstung Läuse. Da ich frei von Läusen gewesen war, seitdem ich auf der Reise mit Vater im Haarfluß gebadet hatte, wußte ich, daß sie nur von Bisam stammen konnten. Ich beschloß, lieber nichts zu sagen, und entfernte sie stillschweigend. Aber Läuse kann man in einer Winterhütte nicht lange geheimhalten. Sie breiten sich aus. Bald kratzten sich alle.

Eines Morgens, als die Luft so kalt war, daß uns der Atem in den Nasenlöchern gefror, zündeten wir große Feuer in der Hütte an und legten dann unsere Kleider und Schlaffelle ins Freie, damit die Läuse, die sich in ihnen versteckten, erfroren. Drinnen saßen wir nackt auf dem Boden, durchsuchten unsere Schamhaare und warfen die Läuse und Nissen, die wir aufspüren konnten, ins Feuer. Wir töteten viele, doch nicht alle. Einige Läuse bemerkten wir nicht, und bald danach kratzten wir uns wieder.

Es fiel den anderen nicht schwer zu erraten, woher die Läuse gekommen waren. Nun wuchs die allgemeine Abneigung Bisam gegenüber ins Unermeßliche. Wenn sie mit ihrem gefüllten Wasserschlauch oder einem Bündel Holz durch den Windfang kroch, oder wenn ich nachts zu ihrem Bett bei der Tür ging, wurde es in der Hütte schlagartig still, als hätten die Leute von ihr gesprochen. Das war natürlich nicht so. Sie verstummten, weil sie auf Bisam aufmerksam geworden waren und in ihrer Gegenwart nicht weitersprechen wollten. Aber das Schweigen war schlimmer als Worte, und ich konnte mich des Gefühls nicht erwehren, daß die Leute gegen mich waren, weil ich Bisam hierhergebracht hatte.

Doch was sollte ich tun? Ich konnte sie nicht freilassen. Sie mußte bei uns bleiben, wenigstens über den Winter. Außerdem liebte ich sie.

Vielleicht lag es daran, daß der Winter gerade begonnen hatte und niemand in der Enge des Winterlagers Spannungen ertragen möchte, jedenfalls sagte Rin den anderen wiederholt, Bisam bei uns zu haben, könne nicht nur schlecht, sondern auch gut sein. Es sei schlecht, daß wir mit unseren wenigen Jägern noch eine Frau ernähren müßten, aber es sei gut, daß ich mit Bisam Kinder für die Gruppe zeugen und dabei doch den Anteil der Ehefrau an meiner Jagdbeute Froggas Familie weitergäbe, weil eine Sklavin und Fremde nun einmal keine reguläre Ehefrau sein könne.

Die Wahrheit von Rins Worten leuchtete mir sofort ein. Mit wem würde meine Verwandtschaft Hochzeitsgeschenke tauschen? Ich mußte lachen bei dem Gedanken, Bisams seltsamer kleiner Gruppe nachzulaufen und diesen Menschen Elfenbein anzubieten. Es war, als wollte man Tieren Geschenke machen! Und welche Geschenke konnten uns Bisams Leute geben? Selbst wenn wir gewußt hätten, wo sie sich aufhielten, hätten sie wohl nichts gehabt, woran uns gelegen war!

Und so begannen die Männer und Frauen der Hütte mit der Zeit, vielleicht weil sie Bisams Wert erkannten oder einen Winter voller Unfrieden mehr fürchteten, als sie Bisams seltsames Aussehen und Verhalten mißbilligten, ihr und mir mehr Freundlichkeit entgegenzubringen. Eine ganze Weile sorgten sie dafür, daß Bisam genug zu essen bekam, und das bedeutete, daß sie ihr von ihrem eigenen Anteil etwas abgaben. Anderenfalls hätte sie nichts bekommen, oder ich hätte sie immer von meinem Anteil ernähren müssen, da sie mit keinem von uns verwandt oder verschwägert war und keine Rechte auf irgend jemandes Jagdbeute hatte.

Anfangs teilten außer mir nur die Frauen mit Bisam, später auch Maral und Andriki. Ich dachte mir nichts dabei. Mir schien, daß meine Onkel nur dieselbe Fürsorge für Bisam an den Tag legten wie die Frauen. Doch nach einer Weile kam mir der Gedanke, die beiden Männer hätten andere Gründe.

Eines Tages war ich mit ihnen nördlich des Flusses auf der Jagd. Wir folgten einer Rentierfährte vom Abend zuvor, und als wir auf einen Bergkamm kamen, hinter dem das Land abfiel und ein Becken bildete, bat mich Andriki, auf einen Baum zu steigen und festzustellen, ob ich von dort oben eine Abkürzung zu den Rentieren im Tal entdecken könne. Ich versuchte die Herde zu sichten und blieb lange auf dem Baum, während Andriki und Maral auf ihren Fersen saßen und warteten. Bald tuschelten sie miteinander, wobei es um eine Frau ging. Ich achtete nicht weiter darauf, bis ich hörte, daß Andriki meinen Namen nannte. Nun spitzte ich die Ohren und hörte Maral »Mit dem Gesicht nach oben« und später »Beine um die Hüften« flüstern. Entgeistert stieg ich vom Baum und sah meine Onkel an. Sie erwiderten meinen Blick so gleichmütig, als sei nichts geschehen. »Nun? Sind die Rentiere zu sehen?« fragte Maral. Doch ich war zu aufgewühlt, um zu antworten. Ich wußte jetzt, warum diese Männer Bisam Fleisch gaben. Wie Vielfraß bei Mekka, der Frau des ersten Mannes, gelegen hatte, hatten meine Onkel bei Bisam gelegen.

Während der Jagd wurde meistens kaum gesprochen, und so fiel meine Schweigsamkeit auf dem Heimweg nicht auf. Aber meine Gedanken glichen einem Sturm. Ich sah Bisam vor mir, auf dem Rücken wie ein Käfer, die Beine geöffnet, um Maral und Andriki ihre Scham zu zeigen, jenen geheimen Ort, den Männer spüren, doch nicht anstarren sollen. Ich sah Bisam unbefangen und süß zu ihnen emporlächeln. Warum auch nicht? Waren sie nicht die ältesten Besitzer der Hütte? Die besten Jäger? Und warum sollten sie Bisam nicht erproben wollen? Warum sollte sie in ihren Augen einzig mir vorbehalten sein?

Manchmal sah ich in meiner Vorstellung Andriki, manchmal Maral zwischen Bisams Beinen knien, die Brust auf ihre Brüste senkend, den Bauch auf ihren Bauch. Ich sah, wie sie Marals und Andrikis Rücken mit den Armen und Marals und Andrikis Hüften mit den Beinen umschlang. Ich sah, wie sie sich käfergleich zu ihnen emporzog. Trotz der kalten Luft brannte mir das Gesicht. Meine Onkel hatten meine Frau wie bei der Geburt betrachtet, und das ist nicht für Männeraugen bestimmt. Aber sie hatte sich ihnen selbst gezeigt! Vielleicht hatte sie meine Onkel sogar dazu aufgefordert, sie anzuschauen. Gewiß hatte sie sie aufgefordert! Wie sollte es sonst passiert sein?

Als sich Bisam an diesem Abend wie immer einen Wasserschlauch nahm und aus dem Windfang schlüpfte, wartete ich eine kleine Weile in der Hütte und folgte ihr dann. Draußen fand ich mich allein wieder. Der Wald nahm in der Dämmerung einen bläulichen Farbton an, und in der stillen, bitter riechenden Luft hörte ich, wie die schwirrenden Flügelschläge eines Kuckuckweibchens, das leise, gleichmäßige Knirschen von Bisams Schritten im Schnee. Ich lief ihr nach und faßte sie am Arm. Überrascht drehte sie sich um und sah mich an.

»Frau!« sagte ich. »Du hast bei Andriki gelegen, ich weiß es!«

»Andriki«, wiederholte sie blöde, mit offenem Mund, und nickte.

»Du hast bei ihm gelegen!«

»Andriki?« Sie blinzelte. Sie sprach schwerfällig und langsam.

»Du hast bei ihm gelegen! Bei ihm gelegen! Du!« Ich stach mit meinem Finger gegen ihre Brust und machte das Zeichen für Beischlaf.

Bisam kannte unsere Zeichen nicht, doch dieses war deutlich genug. Mit weit aufgerissenen Augen starrte sie auf meine Hand.

»Maral! Andriki!« sagte ich.

»Maral? Andriki?« wiederholte sie beunruhigt.

Diese Antwort genügte mir. Ich schlug sie mit aller Kraft. Sie fiel hin. Ich bückte mich und schlug sie wieder, einmal, zweimal, während sie von mir fortzukommen versuchte. Ich sah rote Flecken im Schnee. Sie blutete aus der Nase. Ich hob den Wasserschlauch auf und warf ihn ihr nach. »Tu deine Arbeit!« sagte ich, drehte mich um und ging zur Hütte zurück.

Lange nachdem es dunkel geworden war, lange nachdem ich begonnen hatte, mir Sorgen zu machen, sie könnte fortgelaufen oder vom Tiger aufgespürt worden sein, kam Bisam mit dem Wasserschlauch zurück. Im trüben Licht der Hütte sah ich, daß sie sich das Gesicht gewaschen hatte. Es war rot vor Kälte, und obwohl sich unter ihrem Auge und auf ihrem Wangenknochen grünliche Beulen bildeten, war keine Spur von Blut und Tränen zu sehen. Sie schaute mich nicht an, sondern nahm ihren Platz an der Tür ein, breitete ihr abgewetztes Schlaffell aus und legte sich hin. Ich war sehr erleichtert, als ich sie sah; ich hätte gern neben ihr gelegen und mein Schlaffell mitgebracht, um uns beide damit zuzudecken, doch wie die Wände einer Hütte umgab mich mein Zorn. Ich lag mit offenen, aber blicklosen Augen und dunklen Gedanken mitten darin.

17

Die Tage vergingen. Mein Schweigen und mein Zorn veranlaßten die anderen schließlich, Fragen zu stellen. Jeder merkte, daß ich allein schlief. Zu guter Letzt erkundigte sich Maral, was mir zu schaffen machte. Ich wagte es ihm nicht zu sagen, aber später, als ich Andriki nach einem Tag ohne jeden Jagderfolg auf einem Rentierwechsel zur Hütte folgte, rief er mir die gleiche Frage über seine Schulter hinweg zu. Unterdessen war meine Unruhe derart angewachsen, daß ich dem Thema nicht länger ausweichen konnte. Darum gab ich Antwort. Andriki wandte den Kopf, blickte mich an und lachte schallend durch seinen bereiften Bart. »Ho, Kori!« sagte er. »Du glaubst, wir liegen bei deiner Frau? Haben wir nicht selbst Frauen?«

»Warum wißt ihr dann soviel von ihr?« fragte ich ruhig und war mir sicher, darüber werde er nicht mehr lachen können.

»Was sollen wir wissen?« fragte Andriki verwirrt.

Da erinnerte ich ihn an sein Getuschel mit Maral an dem Tag, an dem ich von dem Baum aus Ausschau nach Rentieren gehalten hatte.

»Haben wir dich etwa nicht gesehen?« rief Andriki. »Müssen wir tun, was du tust, um zu wissen, was wir sehen?«

Das brachte mich nun wirklich in Verlegenheit. Ich hatte nicht daran gedacht, daß uns die anderen beobachteten. Doch dann wurde mir klar, warum sie wußten, was wir getan hatten: Unsere Umrisse unter den Schlaffellen, die Art, wie sich unsere Köpfe bewegten – all das mochte Staunen und Verwunderung hervorgerufen haben.

»Sie tut vieles anders als wir«, sagte ich steif.

»Das ist wahr!« rief Andriki. »Sie weiß nicht, was Ohun will. Sie ist wie ein Tier. Schon das würde mich davon abhalten, bei ihr zu liegen. Erinnere dich daran, bevor du mich das nächste Mal verdächtigst.« Er dachte einen Augenblick nach, vielleicht über die versteckten Beleidigungen in seinen Worten. »Aber wenn ich sie gefunden hätte, würde ich auch bei ihr liegen«, fügte er mit der Freundlichkeit eines Onkels hinzu. »Sie ist jung und schön. Jeder Mann würde sie begehren. Trotzdem – sie gehört dir. Du hast sie gefunden. Du hast sie genommen. Kein Mann würde danach bei ihr liegen und die Gefahr des Unfriedens in einem Winterlager heraufbeschwören. Keine Frau ist es wert, daß man sich ihretwegen streitet, und erst recht nicht in einer Hütte im Winter! Außerdem: wer hätte den Mut, gegen einen Mann wie dich zu kämpfen?«

Daß Andriki versuchte, meine Zweifel durch Scherze zu zerstreuen, machte mich so froh, wie ich's nicht mehr gewesen war, seitdem ich meinen Verdacht gegen Maral und ihn gehegt hatte. Im stillen Wald folgte ich Andriki in dankbarem Schweigen.

Der Wind frischte auf und brachte Wolken mit sich, und bald danach fiel dichter Schnee. Andrikis Fuß störte ein Schneehuhn auf, das plötzlich aufflog und uns erschreckte. Wir warfen beide unsere Speere nach ihm, verfehlten es aber. Es flog mit seinen weißen Flügeln davon. Wir prüften unsere Speere und vergewisserten uns, daß sie nicht zerbrochen waren.

»Bei meiner Frau und mir war es so wie bei dir und Frogga«, sagte Andriki im Weitergehen. »Als wir verheiratet worden sind, war sie noch sehr jung. Ich hatte zwei andere Frauen, während ich auf sie gewartet habe. Ich erinnere mich an beide. Auch du wirst dich an deine Bisamfrau noch erinnern, wenn sie längst gegangen ist.«

»Gegangen?« fragte ich. »Wohin sollte sie denn gehen?«

»Das weiß ich nicht«, antwortete Andriki, als sei er selbst überrascht von seinem Gedanken. »Ich habe das nur so dahergesagt. Eine meiner Frauen ist gestorben. Die andere war Witwe. Ihr zweiter Mann ist vom Schwarzen Fluß gekommen. Ich glaube, sie lebt jetzt dort. Aber deine Bisamfrau bleibt vielleicht bei dir. Du könntest viele Kinder mit ihr haben, und später andere mit Frogga.« Andriki ging eine Weile schweigend weiter, eine graue Gestalt im Schneetreiben. »Ich werde vielleicht ein zweites Mal heiraten«, hörte ich ihn sagen. »Ich denke noch darüber nach. Vielleicht nehme ich Hindin nächsten Sommer mit zum Grasfluß, um zu sehen, ob ihre Eltern mir ihre Schwester geben. Hindin hätte ihre Schwester gern als Mitfrau. Du bist noch nie am Grasfluß gewesen. Du und deine Bisamfrau, ihr könntet doch mitkommen. Was hältst du davon?«

»Gern«, sagte ich in den Schnee hinein.

»Dann tun wir es vielleicht. Aber zuerst müssen wir den Winter überstehen«, sagte Andriki.

Es würde ausgiebig schneien, das merkte ich bald. Alle Spuren waren verschwunden, und in der Luft wirbelten unzählige Flocken, die zwischen den Bäumen zur Erde fielen. Bald wußte ich nicht mehr, wo wir waren, und ohne Andriki hätte ich mich verirrt. Aber der marschierte weiter, als folge er einem Mammutwechsel im Sommer. Der Große Bär führte ihn, wie er alle Menschen und Tiere in ihren angestammten Gebieten führt, wie er mich am Frauensee geführt hätte, wo ich aufgewachsen war, und wie er mich eines Tages durch das Land am Schmalen See führen würde, wenn ich es erst besser kannte. Doch an diesem Tag sah ich nicht einmal, wie weit wir gekommen waren. Alle Landmarken und Wegzeichen, selbst der See, waren im Flockenwirbel verschwunden. Plötzlich beugte Andriki das Knie, duckte sich und schlüpfte durch den Windfang unserer Hütte. Ich hatte die Hütte erst bemerkt, als wir direkt davorstanden. Wir waren wieder zu Haus.

Dicht ums Feuer der Besitzer gedrängt, warteten die anderen auf uns. Da sie uns ansahen, daß wir nichts getötet hatten, fragte niemand danach, wie es um die Jagd bestellt war.

Das Feuer an der Tür war heruntergebrannt, doch auf das hintere Feuer hatten die Leute Streifen gefrorenen Fleisches gelegt. Ich war froh, das zu sehen. In Onkel Balas

Hütte beunruhigten sich die Frauen immer, sobald starke Stürme einsetzten, zumal, wenn wir wenig Vorräte hatten. Sie wollten dann, daß jeder wenig aß, damit genügend Nahrung übrigblieb. In Balas Hütte stritten sich Männer und Frauen bei Sturm ums Essen, weil die Männer Kraft brauchten, um später jagen zu können. Aber in Vaters Hütte waren die Frauen bereit, mit den Männern zu kochen und zu essen. Nur mit dem Brennholz würde es schwierig werden. Wir hatten sehr wenig, kaum genug für die Nacht – nicht genug für zwei Feuer, nicht genug für einen lange anhaltenden Sturm. Ich sah, daß jemand, wahrscheinlich ich, am Morgen zum Holzsammeln hinausgeschickt werden würde.

Doch das kümmerte mich vorerst noch nicht. Als das Fleisch briet und den Raum mit seinem köstlichen Duft erfüllte, suchten meine Augen Bisam, für die ich jetzt die zärtlichsten Gefühle hegte. Sie hatte nicht bei meinen Onkeln gelegen. Mein Zorn war unberechtigt gewesen. Nun wollte ich, daß sie froh war, und als ich sie im Schatten hinter dem Kreis der anderen sah – sie lugte an Bekassines Schulter vorbei nach dem Fleisch –, lächelte ich sie schmeichelnd und verstohlen an, beobachtete sie und hoffte, sie möge zu mir aufblicken.

Aber sie hatte nur Augen für das Fleisch. Als es zu brennen anfing und Lilan es vom Feuer schob, die Flammen ausschlug und uns Stücke davon reichte, folgte Bisam jedem Bissen mit Blicken. Nur die Leute am Feuer bekamen etwas von dem Fleisch; Lilan mußte Bisam vergessen haben. Da das Essen allmählich knapp wurde, wurde Bisam immer öfter »vergessen«. Erst als ich mein Stück bekam – ich war, von den Kindern abgesehen, der letzte –, begegneten Bisams bange Augen den meinen. Was sollte ich tun? Ich behielt nur einen kleinen Teil für mich und gab ihr den Rest. Sie aß das Fleisch, als sei sie kurz vor dem Verhungern. Hatte sie tagsüber nichts bekommen?

In dieser Nacht ging ich zu Bisams Schlafplatz neben der Tür, schlüpfte hinter ihr ins Bett und schlummerte ein, die

Wärme ihres bloßes Rückens an meiner Brust und den Geruch ihres Haars in meiner Nase. Bisam schien meine Gegenwart nicht zu bemerken und ließ sich nicht anmerken, ob sie es bedauerte oder ob es sie freute, mich in ihrem Bett zu haben. Sie tat, als sei nichts zwischen uns geschehen. Ihr Körper fühlte sich so gut an, und ich träumte so viel von ihr, daß ich nur leicht schlief und immer wieder aufwachte, um über jeden Traum nachzudenken und auf Bisams Atem zu horchen, ehe ich erneut einschlief und weiterträumte.

Zuletzt träumte ich von einer Nacht, die voller Schnee und Mondschein war. Ich stand in einer Ebene, die ich noch nie gesehen hatte, doch sie kam mir nicht fremd vor. In einiger Entfernung sah ich eine Stute und hob meinen Speer. Aber die Stute drehte sich um und sah mich an. Dann ging sie geradewegs auf mich zu. Sie hatte braune Augen, und das vom Wind bewegte Haar ihrer Mähne und ihres Schweifes war schwarz und glatt. Ich wußte gleich, es war die Stute, die ich bei Uskes Quelle getötet hatte, deren Geist mir schon einmal im Traum erschienen war. Weil sie damals als Frau gekommen war, wunderte es mich nicht, daß sie mich ansprach. Es schien mir auch normal zu sein, daß sie meinen Namen kannte und mir ihren Namen sagte. Er lautete Dabe Nore. Daran erkannte ich, daß die Stute in Wirklichkeit von Anfang an Bisam gewesen war. Sie wandte mir ihre Kehrseite zu, stand wartend da und schaute mich über ihre Schulter hinweg an. Ich merkte, daß sie wollte, daß ich sie schwängerte. Da versuchte ich es, denn ich wußte ja, sie war eine Frau und keine Stute. Ich wachte auf. Der Traum war zu Ende, und ich begehrte Bisam. Doch der Morgen graute bereits. Die anderen würden bald aufstehen.

Ich kroch ins Freie, weil ich mich erleichtern wollte. In der kalten Luft wirbelten noch immer Schneeflocken. Wie das Wetter auch sein mochte, die Männer in Vaters Gruppe zogen sich nicht eigens an, um sich zu erleichtern. Waren sie nackt, wenn sie das Bedürfnis dazu hatten, so gingen sie hinaus, als bedeute das Wetter nichts. Es war für sie fast eine Frage des Stolzes, nackt im Sturm ihr Wasser abzuschlagen. Und darum tat ich es natürlich auch. Schließlich war ich kein Weib. Aber an diesem Morgen dachte ich, ich müßte vor Kälte erstarren, ehe ich fertig war. Ich dachte, der Harn werde in meinem Körper gefrieren. Nie zuvor hatte ich eine solche Kälte erlebt.

So gut es ging, drückte ich den Harn aus mir heraus, wobei die Adern an meiner Stirn hervortraten. Dann schlüpfte ich zurück an meinen Platz in Bisams Schlaffell, um mich von ihrem Körper wärmen zu lassen. In dem trüben Dämmerlicht, das durch den Schnee auf den Rauchabzügen nach unten drang, sah ich durch meine Atemwolke die langen Decken, unter denen reglos die anderen Leute lagen, und wußte, daß niemand außer mir ans Aufstehen gedacht hatte. Kein Tier würde in dieser Kälte seinen Unterschlupf verlassen, und wir würden nicht jagen. Ich wußte, ich würde Brennholz sammeln müssen, doch ich wußte auch, es würde noch einige Zeit dauern, bis ich das Bett verlassen und wieder in den Sturm hinausgehen konnte. Ich beschloß, Brennholz zu sammeln, sobald der Wind abgeflaut war. Als mir wieder warm geworden war, schlief ich ein.

Aber der Wind wurde im Laufe des Tages stärker. Eine Schneeverwehung türmte sich an einer der Wände des Windfangs auf. Das Feuer an der Tür war erloschen, und die Asche war naß vom Schnee aus dem Rauchabzug. Das Feuer der Besitzer war kalt. Wenn auch noch etwas Glut unter der Asche war, die einen dünnen Rauchfaden aufsteigen ließ, der an der Decke hing, so gab das Feuer doch keine Wärme mehr. Fast nackt krabbelten Frogga und Pirit aus dem Bett ihrer Eltern und bauten, als spürten sie die Kälte nicht, eine kleine Hütte aus Nußschalen, Knochensplittern, Schlacke vom Feuer und Rindenstückchen und Zweiglein von den Wänden. Die Erwachsenen schliefen weiter.

Um die Mittagszeit schlug ich die Augen auf und sah Lilan, die vor unserem Bett stand. Sie stieß Bisam mit dem

Fuß an und reichte ihr einen Wasserschlauch. Bisam mußte aufstehen, sich anziehen und mit Lilans Axt und Grabstock im Schneetreiben, das einen fast blind machte, zum See laufen, dort das Loch im Eis freilegen und den Schlauch füllen. Rins ertrinkender Wolf fiel mir ein und wollte mir nicht mehr aus dem Sinn gehen. Endlich kam Bisam zurück. Sie hatte Schneeplacken im Haar und an den Kleidern. Schweigend gab sie Lilan den gefüllten Wasserschlauch und schlüpfte wieder in unser Bett. Sie war so kalt, daß die Berührung mit ihrem eisigen Körper schmerzte.

Ich schäme mich noch heute, wenn ich daran zurückdenke, aber mein erster Gedanke war, sie fortzustoßen. Doch dann schloß ich meine Arme um sie und zog sie eng an mich, legte meine Beine um ihre Beine und meinen Bauch gegen ihren Rücken. Lange Zeit hielt ich sie so, bis ihr wärmer wurde. Sie drückte ihre Schultern gegen meine Brust, damit ich sie überall berührte. Durch meine Wärme lockerte sie sich. Nach einer Weile merkte ich an ihrem Atem, daß sie eingeschlafen war.

So lagen wir da, sie schlummernd, ich beruhigt durch Rins Stimme, die leise mit Frogga und Pirit sprach und ihnen erzählte, wie ein Mann namens Lachs dem ersten Mann, Rüsselkäfer, Nahrung und Feuer gestohlen hatte. Während Rin redete, ächzte die kalte Hütte im Wind. Kein Wunder, daß Rin an Essen und Wärme dachte!

Im Windfang lag, noch in seinem Fell, das, was von unserem Fleisch übrig war – der Kopf und die Füße eines Rentiers, die starren Augen staubig, die nach oben gekehrten Hufe von Rissen und der Abnutzung durch lange Wanderzüge gezeichnet. Aber daneben lagen auch Kiefernnüsse, vier volle Säcke, fast so schwer wie ein Mensch. Der Rentierkopf und die Nüsse würden uns mehrere Tage lang am Leben halten. Die Nüsse konnte man essen, ohne sie zu braten, und so brauchten wir eine Weile keine Sorge zu haben, daß wir Hunger leiden mußten. Auch ein Feuer war nicht unbedingt nötig.

Jedenfalls redete ich mir das ein, denn ich wollte nicht in den Sturm hinausgehen und Brennholz sammeln. Doch am späten Nachmittag waren die Leute verdrossen und verärgert, und in der Hütte war es so kalt, daß nicht einmal die Kinder aufstehen mochten. Der Reif von ihrem Atem überzog die Wände. Da sah ich ein, daß ich versuchen mußte, wenigstens genug Brennholz für die Nacht zu finden.

Es bestand kein Grund, daß Bisam mich begleitete, und so wollte ich leise aus dem Bett steigen und sie nicht wekken. Aber sie wachte auf und drehte sich um, und als sie sah, daß ich mich anzog, richtete sie sich auf, schaute mich an und legte mir ihre Hand auf die Stirn. Ihre Hand war so hart und rauh wie eine Fußsohle, doch sie war warm, und die Berührung war sanft. Bisam betrachtete mich sehr freundlich. Dann zog sie sich ebenfalls an und folgte mir in den Sturm hinaus.

Draußen dämmerte es schon. Der beißende Wind war gefährlich. Bei solchem Wetter erfrieren einem Hände, Füße und Gesicht. Der Schnee hatte sich zu hohen Wächten aufgetürmt; die Pfade waren überweht. Ich wünschte mir, ich wäre früher aufgebrochen, und schaute mich nach Bisam um. Sie war dicht hinter mir, die Augen halb geschlossen gegen den Wind, und wartete, daß ich weiterging.

Ich stapfte mühsam durch die Wächten und wich auf die am dichtesten bewachsenen Stellen des Waldes aus, an denen der Schnee zum Teil von den Bäumen aufgefangen worden war. Natürlich war das meiste tote Holz rund um unser Lager längst gesammelt, doch wir fanden einige verdorrte Zweige an den Bäumen, dazu Tannenzapfen, und schließlich entdeckten wir, nachdem wir fast im Kreis gegangen waren, einen kleinen abgestorbenen Baum ohne Nadeln, den wir wohl zuvor übersehen hatten. Leider gelang es uns nicht, den Baum abzubrechen oder umzutreten, und wir froren einfach zu sehr, um ihn zu fällen, denn das hätte einige Zeit gedauert. Deshalb brachen wir die

Zweige ab, banden sie zusammen und schleiften das Bündel heim, indem wir uns einen neuen, kurzen Pfad zur Hütte bahnten.

Unterwegs sprangen wie auffliegende Schneehühner drei Wölfe vor uns auf. Sie hatten sich nach Wolfsart einen Bau im Schnee gegraben und dort Schutz vor dem Sturm gesucht. Sie waren sehr groß, mit gelben Augen im grauen Gesicht. Ich hatte keinen Speer, das sahen sie, als sie zu uns herüberschauten. Dann wandten sie sich ab und flohen. Natürlich konnten sie das nicht schnell tun, sondern sie mußten springen und gegen den hohen Schnee ankämpfen wie Tiere, die durch tiefes Wasser rennen wollen. Uns blieb nichts anderes übrig, als zuzusehen, wie die Tiere uns entkamen. Als sie fort waren, stapften wir weiter in Richtung auf den großen weißen Hügel, der unsere Hütte war. Eine Schneewolke stob vom Dach, aber aus den Abzügen stieg kein Rauch.

All dies geschah, ohne daß wir auch nur ein Wort miteinander wechselten. Ehe wir unsere Kleider abnahmen und wieder unter Bisams Schlaffell krochen, teilte ich meine wenigen Kiefernnüsse und mein Fleisch mit Bisam. Sie aß dankbar von beidem und gab mir den Rest zurück. Wir verstanden einander ohne Worte.

Drei Tage lang tobte der Sturm. Eines Nachts hörten wir nicht weit entfernt einen Wolf, dessen Geheul das Brausen des Windes übertönte. Später konnten wir die Füße dreier Wölfe auf unserem Dach hören. Sicher wußten sie von der Nahrung in unserem Windfang. Als ich am nächsten Tag auf den Abtritt ging, stellte ich fest, daß die Wölfe kurz vorher verschwunden waren und unseren gefrorenen Kot gefressen hatten. Ich erzählte es den anderen, damit sie nicht Pirit oder Frogga allein auf den Abtritt gehen ließen. Vor Erwachsenen mochten die Wölfe fliehen, doch vor Kindern hatten sie vielleicht keine Angst.

Dreimal holte Bisam Wasser, und dreimal holten sie und ich gemeinsam Holz. In der dritten Nacht ließ der Wind nach, und als der Morgen dämmerte, fiel klares, helles Licht durch die Rauchabzüge herein. Nach dieser langen Zeit waren alle Tiere gezwungen, etwas zu fressen. Sie mußten sich endlich rühren und dabei im Schnee tiefe Spuren hinterlassen. Es gab keine bessere Zeit zum Jagen! Wir zogen uns rasch an. Wir wollten allen Spuren folgen, auf die wir stießen. Zwar würden wir beim Gehen im Tiefschnee frieren und müde werden, aber wir wußten, das Wild würde noch mehr frieren, und es würde noch müder sein. Die Jagd mußte einfach gelingen.

Zu meiner Überraschung wandte sich Bisam, als ich meine Überkleider anzog, zu mir und drückte ihre Hand gegen meine Brust. »Tad-sche«, sagte sie. Die Wärme ihrer Hand drang langsam durch mein Hemd. »Tad-sche«, wiederholte sie und legte ihre Hand sacht auf ihre eigene Brust. Was meinte sie damit?

Halb aus ihrem Schlaffell am Besitzerende der Hütte gekrochen, knackte Bekassine Kiefernnüsse mit einem Stein. »Stiefmutter!« rief ich.

»Ho!« antwortete sie kauend.

»Meine Frau hat mir etwas gesagt. Hast du es gehört?«

»Nein«, sagte Bekassine.

»Würdest du sie fragen, was sie meint?«

Bekassine knackte eine weitere Kiefernnuß und stellte eine Frage in Bisams Sprache. »Tad-sche«, antwortete Bisam.

»Dieses Wort kenne ich nicht«, sagte Bekassine weiterkauend.

Obwohl es mir weh tat, mich vor Bekassine zu demütigen, faßte ich Bisam am Arm, führte sie quer durch die eiskalte Hütte zu Bekassine und zog sie neben mir nieder, so daß wir auf den Hacken an Bekassines Seite saßen. Vielleicht aus Angst, wir seien gekommen, weil wir etwas von ihren Nüssen haben wollten, aß diese eine Weile schweigend weiter und behandelte uns wie Luft.

»Stiefmutter«, begann ich wieder, »würdest du mir bitte helfen, mit dieser Frau zu reden?«

Über ihre Schulter hinweg plapperte Bekassine einige Zeit in Bisams Sprache. Dann und wann erwiderte Bisam das eine oder andere Wort.

»Es bedeutet ›Brust‹«, sagte Bekassine schließlich. »›Tadsche‹, das ist deine Brust.«

»Und was ist damit?«

Weiteres Geplapper. »Jetzt meint sie, es heißt ›Feuer‹«, sagte Bekassine. »Vielleicht auch ›Hitze‹.« Doch unterdessen sprach Bisam, und die anderen Leute in der Hütte hatten ihre Unterhaltung eingestellt, um zu lauschen.

»Sie liebt dich«, sagte Andriki. »Sie berührt dich und dann sich. Das Wort bedeutet ›Feuer‹. Sie will damit sagen, daß sie dich liebt.«

Bekassine wiederholte für Bisam Andrikis Worte, und Bisam blickte verärgert und beschämt auf ihre Hände nieder. Sie schien mich nicht zu lieben. Ich war sicher, daß sie irgend etwas anderes meinte.

»Sprich unter vier Augen mit ihr«, bat ich Bekassine. »Versuche herauszufinden, was sie wirklich sagen wollte. Tu das für mich, Stiefmutter, nur das. Bitte!«

Bekassine blickte mich ungeduldig an. »Du hast sie gefangen. Warum lernst du nicht ihre Sprache? Dann könntest du sie selbst fragen.«

»Bitte!«

»Ich will es versuchen«, sagte Bekassine, »aber sitz hier nicht herum und starr mich an. Ich werde sie später fragen. Geh!«

Also ging ich hinaus. Ich ließ die beiden allein zurück und hoffte, Bekassine werde ihr Essen mit Bisam teilen. Ich hatte meine Ration schon gegessen und konnte ihr nichts mehr abgeben.

18

Draußen lag der Schnee sehr hoch. Die Kälte war so groß gewesen, daß er sich nicht würde festdrücken lassen. Höchstens ein Hase konnte darauf laufen. Der Schnee blieb pulvrig und locker, und Mensch und Tier kamen nur mühsam voran. Selbst die Kräftigsten unter uns konnten in den hüfttiefen Verwehungen nicht weit gehen, ohne dabei rasch zu ermüden, denn bei jedem Schritt mußten wir die Beine hochziehen. Und nicht einmal so gelang es uns, unsere Füße über den Schnee zu heben, wir mußten sie durch ihn hindurchschleifen.

Diese Sorte Schnee war sowohl gut als auch schlecht zum Jagen – schlecht, weil das Vorwärtskommen beschwerlich war, gut, weil es auch für das Wild beschwerlich war. Unser Plan bestand darin, nördlich des Flusses einen großen Halbkreis zu ziehen und nach frischen Tierspuren Ausschau zu halten.

Inzwischen hatte der Hüttenmond begonnen, mit langen Morgendämmerungen und Abenden und einer Sonne, die jeden Tag nur für kurze Zeit über den Horizont stieg, und deshalb beschlossen wir, zu jagen, bis wir etwas erlegt hatten, ganz gleich, wie lange wir brauchen würden.

Wir gingen zum Sumpf nördlich der Hütte. Er lag an einem Bach, ähnlich dem unseren, der den Haarfluß speiste. Rentiere und Elche hielten sich am Sumpf auf, wo sie in den jungen Fichtenwäldern ringsum Schutz fanden und wo sie die Spitzen der Sumpfweiden fressen konnten, die aus dem Schnee hervorschauten. Maral hatte dort ein Jagdlager. Ein hoher Hohlkegel aus einander überlappenden Zweigen der Schierlingstanne bot ausreichend Schlafplatz für vier Männer, wenn diese sich dicht nebeneinander legten. Wenn dieser Unterschlupf bewohnt war, konnte es im Inneren fast zu warm werden. Maral bewahrte dort Feuerstäbe, eine Axt, einige Speerspitzen und einen Vorrat an Brennholz auf.

Als die Dämmerung hereinbrach und wir die Spitze der Schutzhütte vor dem roten Abendhimmel erkennen konnten, hatten wir außer den Fährten eines Wolfsrudels, das auf dem Weg zum Sumpf war, nichts entdeckt. Wie die Menschen liefen auch die Wölfe einer hinter dem anderen und wechselten sich beim Spuren ab. Natürlich waren wir enttäuscht, keine anderen Fährten außer Wolfsfährten zu finden. Aber dank der Spur, die die Wölfe gelegt hatten, erreichten wir Marals Schutzhütte, bevor es vollends dunkel war.

Die Nacht war lang und mondhell. Der volle Hüttenmond befand sich im Gleichgewicht mit der Sonne. Zum Essen hatten wir nur die mitgebrachten Stückchen Dörrfleisch und einige gefrorene Streifen Rinde, die wir von einer jungen Lärche geschält hatten. Man sagt, daß die Rinde den Hunger stillt. Mag sein, daß sie manchen Leuten half; mir half sie nicht.

Am Morgen sangen wir und beteten zum Großen Bären um Nahrung. Dann umkreisten wir unter Marals Führung den Sumpf. Hier war der Schnee sehr locker, er reichte uns aber fast bis zum Bauch, so daß Maral schon nach kurzer Zeit schwitzte, als er sich hindurcharbeitete. Bald übernahm Andriki Marals Platz an der Spitze, und Maral nahm meinen Platz am Ende der Reihe ein. Auf diese Weise wechselten wir einander ab; mal spurten wir, mal liefen wir dem Weg nach, den die anderen freigetreten hatten. Hungrig und nicht im Vollbesitz unserer Kräfte, hielten wir viele Male an, um uns auszuruhen. Man muß im Winter oft mit einem leeren Magen fertig werden, doch man gewöhnt sich nie daran.

Wir sprachen nicht beim Gehen, weil wir auf der Jagd waren und unsere Kräfte schonen mußten, aber wenn wir eine Rast einlegten, unterhielten wir uns ein wenig, wenn auch leise. Wir waren einem unbewachsenen Grat gefolgt, von dem der Wind den Schnee weitgehend weggetragen hatte und von wo aus wir weit in alle Richtungen schauen konnten. Wir sahen weißen Schnee, den grauen Himmel und schwarze Fichtenwälder. Wir hielten Ausschau nach Schneewolken, die wie Staub durch die Bewegungen der Tiere aufgewirbelt werden können, aber in der weiten weißen Landschaft und vor dem grauen Himmel wäre eine Schneewolke ohnehin kaum zu sehen gewesen.

Als wir rasteten, sprachen wir über den Schnee, darüber, wieviel höher als sonst er lag, höher, als ich es jemals gesehen hatte. Da er früh gekommen war, würde er auch lange liegenbleiben. Wir redeten auch über die Spur, die wir so mühsam legten. Wenn wir sie nicht oft benutzten, würde der Wind bald Schnee hineinwehen und sie auffüllen. Wir nahmen uns vor, sie offenzuhalten. Maral wies darauf hin, daß auch Tiere sie benutzen würden. Das sei gut und schlecht für uns – gut, weil wir Huftiere jagen könnten, schlecht, weil unsere offene Spur den Wölfen und sogar dem Tiger helfen würde, die diesen Tieren ebenfalls nachstellten. Marder führte uns vor Augen, daß eine einzige gut ausgetretene Spur die Raubtiere geradewegs zu unserer Schutzhütte leiten würde.

»Die Wölfe kennen unseren Unterschlupf sowieso schon«, meinte Andriki dazu. »Wie können wir ihnen etwas verraten, das sie schon wissen?«

»Ich habe nicht unbedingt an Wölfe gedacht«, sagte Marder.

»Du hast womöglich an Die Lilie gedacht«, sagte Andriki.

»Ja, der«, sagte Maral. »Der bahnt sich seinen eigenen Weg.« Zu mir sagte er: »Wenn soviel Schnee fällt, daß wir spuren müssen, sehen wir, daß auch er Spuren gelegt hat. Genau wie wir, hält er seine offen. Es stimmt, daß er unsere benutzt, aber wir benutzen auch seine. Sie führen dahin, wo unsere hinführen würden. Er denkt wie ein Mann, Die Lilie.«

»Er ißt auch wie ein Mann«, sagte Andriki. »Er ißt für

viele Männer. Alle, wie wir hier sind, könnten wir uns mit einem einzigen Mahl von ihm die Bäuche füllen.«

»Da wir ihn achten«, sagte Marder, »laßt uns besser nicht über seine Mahlzeiten sprechen.«

»Wenn ich etwas zu essen hätte, würde ich mit ihm teilen«, meinte Andriki.

Der Gedanke ließ mich nicht los. Ich fand, Andriki hatte da etwas ausgesprochen, was Der Lilie gefallen würde, wenn er zufällig in der Nähe wäre und uns zuhörte. »Hona«, fügte ich hinzu. »Ich auch.«

»Wir sind hier zu viert und jagen für viele hungrige Frauen«, sagte Maral. »Wollen wir uns den ganzen Tag ausruhen?«

Wir standen auf, klopften uns den Schnee aus den Kleidern und gingen weiter zu einem Platz, den wir vom Grat aus sehen konnten, ein fernes Niederwalddickicht, in dem Rotwild und Rentiere Schutz vor dem Sturm gesucht haben mochten.

Als wir den Abhang hinabstiegen, schrie ein Rabe. Bald flogen zwei Raben über uns, und beide schrien. Raben, die den Jägern folgen, rufen ihre Verwandten, aber was hatten wir davon, wenn sie unsere Beute verschreckten? Marder und Maral gingen weiter, ohne die Vögel zu beachten, während sie über uns am Himmel kreisten. Aber ich schaute zu ihnen hoch. Warum waren sie so aufgeregt? Dort oben konnten sie Dinge sehen, von denen wir nichts ahnten. Sie wußten etwas.

Tatsächlich stießen wir im Dickicht auf eine lange Rentierfährte. Die Tiere hatten im Dickicht Zuflucht vor dem Sturm genommen und waren, als der Schneefall aufgehört hatte, hintereinander zum Sumpf gegangen. Die Spur, die sie ausgetreten hatten, als sie sich, eins hinter dem anderen, durch den Schnee kämpften, war so fest, daß wir gut darauf laufen konnten. Das taten wir auch, ohne uns um die Raben zu kümmern oder uns besondere Mühe zu geben, leise zu sein. Die Herde hatte es nicht leicht gehabt, diesen Pfad zu spuren, und da wir dem Wild auf den Fersen waren, konnten sie ihre Spur nicht zur Flucht benutzen. Unser Plan bestand darin, sie vorwärts zu treiben, damit sie gezwungen waren, in den Tiefschnee auszuweichen. Erhobenen Hauptes und mit offenen Augen liefen wir weiter, zuerst Maral, dann Andriki, dann Marder, dann ich. Manchmal kamen wir an Stellen vorbei, an denen das Wild nach Moos gescharrt hatte. Schließlich stießen wir auf Dung, der noch nicht einmal gefroren war. Wir waren den Tieren so nah, daß wir das Fleisch beinah schmecken konnten.

Plötzlich blieb Maral stehen. Wir alle hielten inne, selbst die beiden Raben, die sich geräuschlos hinter uns auf zwei Baumspitzen niederließen. Wir spähten. Im lichten Wald vor uns erkannten wir die Hinterbacken und Geweihe vieler Rentiere. Sie knieten und warfen mit ihren Mäulern und Geweihschaufeln den Schnee zur Seite. Sie schienen hungrig zu sein, was kein Wunder war, nachdem sie wegen des Sturms drei Tage lang ohne Futter gewesen waren. Doch ihr Hunger kostete sie das Leben, denn alle fraßen, keines der Tiere achtete auf Gefahren, und keines sah uns.

Maral bedeutete uns zu warten und pirschte sich leise an eine große Rentierkuh heran. Obwohl er absolut kein Geräusch verursachte, bemerkte sie ihn, hob den Kopf und stieß einen Warnpfiff aus. Marals Speer traf sie in der Leiste, worauf sie heftig ausschlug. Die Raben riefen jetzt aufgeregt. Der Rest der Herde versuchte wegzulaufen, aber der Schnee war zu tief. Hilflos stürzten die Rentiere in verschiedene Richtungen davon.

Ich hatte genug Zeit, mir das fetteste Tier auszusuchen. Es war ebenfalls eine Kuh. Ich folgte ihr in ihrer Spur, die sie für mich festgetreten hatte. Als sie sich einmal nach mir umwandte, vielleicht um mir einen Stoß zu versetzen, warf ich meinen Speer. Ich war der Kuh so nah, daß er sehr genau traf, und die Spitze hinter ihrem Schlüsselbein tief eindrang. Ihre Knie gaben nach, und sie brach zusammen. Hellrotes Blut tropfte aus der Wunde in den Schnee. Überall um mich herum schrien jetzt Rentiere. Meines verendete, aber Maral hatte seine Kuh am Bauch getroffen. Das verletzte Tier stöhnte noch, als er versuchte, ihm die Kehle durchzuschneiden. Genauso war es mit den Tieren, die Andriki und Marder sich vorgenommen hatten. Als ich hinter mir etwas hörte, drehte ich mich um und sah eine Rentierkuh auf den gespurten Weg zustürzen. So kraftvoll ich konnte, warf ich meinen zweiten Speer. Ng! Ich traf, aber diesmal auch in den Bauch. Auch dieses Tier schlug aus. Ich hätte besser zielen sollen, aber ich hatte nicht mit ihrer Schnelligkeit gerechnet. Ich riß meinen ersten Speer aus dem toten Rentier, hetzte die heftig bockende Kuh mit großen Sprüngen durch den Schnee, bis ich sie eingeholt hatte, und stieß ihr dann meinen Speer kraftvoll in die Brust. Zweimal getroffen, war sie so gut wie tot. Sie stürzte zu Boden.

Sechs Tiere, alles Kühe, lagen im Schnee. Eine gehörte Maral, zwei Andriki, eine Marder, und zwei waren mein. Obwohl der Wind ihr weiches Fell aufplusterte, wirkten sie sehr still – sechs schwere, auf der Seite liegende Körper unter den langen Baumschatten. Was sollten wir mit so viel Fleisch anfangen?

Zuerst würden wir essen. Während Maral und Marder ein Feuer entfachten, öffnete ich den Bauch meiner ersten Rentierkuh und nahm die Leber heraus. Ich tat das mit bloßen Händen, und meine Finger erfroren fast. Während das Fleisch briet, flogen die Raben herbei, um die Bröckchen, das schnell gefrierende Blut und selbst den blutigen Schnee zu fressen. Irgendwie bekamen die anderen Raben Wind davon, und bald waren wir von Raben umgeben.

Als das Essen gar war, aßen auch wir. Heißes Fleisch! Seine Kraft durchströmte meinen ganzen Körper. Jetzt freute ich mich. Jetzt war ich stolz, weil ich selbst so viel zu unserem Jagderfolg beigetragen hatte.

»Nun, Bruder«, sagte Andriki zu Maral, »wie sollen wir das nach Haus bringen?«

»Wir können es nicht verstecken«, meinte Maral. »Zum

Tragen ist es zuviel, und ich sehe auch keine hohen Bäume. Marder sollte die Frauen holen gehen. Das ist die einzige Möglichkeit. Der Pfad ist festgetreten, er wird schnell vorankommen. Er kann am Abend die Hütte erreichen und bringt am Morgen die Frauen mit zurück. Nun, Marder. Wenn du jetzt aufbrichst, erreichst du die Hütte vor der Dunkelheit.«

»Gut«, sagte Marder, »ich gehe.«

»Nimm Fleisch mit«, sagte Maral. »Die Frauen sind sicher verärgert, wenn du ihnen kein Fleisch mitbringst.«

Aber Marder war schon dabei, das Tier, das er getötet hatte, abzuziehen.

»Das werde ich«, antwortete er. »Ich fürchte diese Weiber.« Wir halfen ihm, sein Tier zu häuten und genügend Fleisch für eine große Traglast zu schneiden. Dann brach er auf. Ich beneidete ihn nicht darum, ganz allein in einer Wolke frischen Fleischgeruchs loszumarschieren.

»Seht hinauf zur Sonne«, sagte Maral später. Wir schauten nach oben. Sie hing rund und rot wie Feuer in den Bäumen. »Man spürt die nahende Kälte. Wir müssen schnell arbeiten, bevor diese Tiere hartgefroren sind: Abhäuten, Fleisch in Stücke schneiden. Kori, du holst Holz, solange es noch hell ist. Es könnte sein, daß wir um unser Fleisch kämpfen müssen, bevor der Morgen graut.«

Andriki ließ seinen Blick über all die erlegten Tiere schweifen.

»Hier gibt's viel zu tun«, meinte er.

»Laßt uns anfangen«, sagte Maral.

Wir machten uns ans Werk. Da an dieser Stelle vorher noch niemand Holz gesammelt hatte, jedenfalls nicht in letzter Zeit, gab es genug davon, und es war leicht zu finden. Ehe die Sonne an ihren Ruheplatz zurückkehrte, hatte ich einen großen Stoß aufgeschichtet – genug für die Nacht, wie ich dachte.

»Mehr, Kori«, sagte Maral. »Wir wollen in der Nacht einen Feuerschein haben.« So sammelte ich in der Dämmerung, als die Bäume dunkel und blau wurden, weiter, noch einmal die gleiche Menge. Dann half ich Maral und Andriki, und zusammen enthäuteten wir alle Tiere bis auf Füße und Köpfe, schabten die Felle schnell und grob ab und rollten sie auf, damit man sie tragen konnte, wenn sie gefroren waren.

Zwei Felle, fiel mir ein, gehörten mir. Ich wollte sie Bisam geben, weil ich wußte, wie glücklich sie das machen würde. Tatsächlich aber stellten sie den Anteil der Jagdbeute dar, der meiner Frau zustand. Ich würde sie Frogga geben müssen. Da Frogga zu klein war, um sie zu verarbeiten, würde sie statt dessen sicher ihre Mutter nehmen. Da das Fell von Marals Tier seiner ersten Frau gehörte, würde ihm seine zweite Frau vielleicht eins von Froggas Fellen geben, so daß auch er, wie der Rest der Familie, ein Fell hatte. Von meinem Tier würde das beste Fleisch der Hinterkeulen an Froggas Familie gehen. Das Fleisch der Vorderläufe und des Nackens würde an Rin und Seidenschwanz gehen. Durch Seidenschwanz würde ich etwas an Marder weitergeben, der selbst ein großes Rentier hatte. Das meiste von dem Fleisch, das übrigblieb, war schon als Entschädigung für die Kleidung versprochen, die Bisam gleich nach ihrer Ankunft bei uns bekommen hatte. Gern hätte ich Bisam selbst irgend etwas mitgebracht, aber mir war nicht klar, was das hätte sein können. Eigentlich jagen wir nur für unsere Schwäger!

Das lang anhaltende blaue Zwielicht verblaßte langsam, und im Osten stieg der Mond auf. Gelblich weiß, mit schwachen dunklen Malen, leuchtete er der ganzen Welt wie ein gehäuteter Kadaver. Die Raben waren schon vor langer Zeit verschwunden. Ich fragte mich, ob sie wohl irgendwo in den Bäumen schliefen, denn ich hatte sie nicht wegfliegen sehen.

Auf dem mondbeschienenen blutbefleckten Schnee erstarrten die nackten Kadaver. »Sie werden bald steif sein«, sagte Maral. »Wir haben keine Zeit mehr, alles Fleisch in Stücke zu schneiden. Wir trennen nur noch die Gelenke ab. Kori, fang gleich damit an.« Maral deutete mit seinen Lippen auf das erste Tier, das ich getötet hatte. »Schneid die Hinterläufe an der Hüfte und am Knie ab. Trenn die Rippen zweimal durch. Durchschneide den Hals extra. Fang mit den Läufen an. Heb dir die Eingeweide bis zum Schluß auf. In den Därmen hält sich die Wärme länger.« Ich tat alles so, wie er mir gesagt hatte, breitete die Gelenke und die Fleischstücke aus, damit sie nicht zusammenfroren, drückte den Kot aus den Därmen und ließ die Galle und den Magen im Schnee liegen.

Endlich waren wir fertig. Im Feuerschein sah man die dunklen Gestalten Andrikis und Marals, denen Blut in den Bärten klebte und deren Kleider, Hände und Gesichter blutverschmiert waren. Ich betrachtete meine eigenen Hände, als ich sie über dem Feuer wärmte, und sah, daß auch ich schmutzig war.

»So«, sagte Maral, streckte sich und sah sich um. »Wir sollten alles in unsere Nähe bringen und mit Feuerholz abdecken. Seht mal!«

Wir folgten seinem Blick. Ein schwarzer Schatten huschte verstohlen zwischen den herumliegenden Innereien herum. Maral warf mit Schnee danach. Als sich der Schatten umdrehte, glühten seine Augen rot auf. Es war ein Marder. Er rannte davon.

Und so begann unsere lange Nacht. An Schlaf war nicht zu denken, denn wir mußten Wache halten. Was würden uns die Frauen später erzählen, wenn wir eingeschlafen wären, während die Tiere unser Fleisch fraßen?

Unser Feuer wurde von niedrigen Fichten geschützt, aber um uns besser zu wärmen, bauten Maral und Andriki einen langen Windschutz aus Zweigen, den ich von außen mit Schnee bewarf und von innen mit Stapeln gefrorenen Fleisches stützte. Als der Wall fertig war, brach er den eisigen Nachtwind und warf die Hitze des Feuers zurück. Zwischen uns und dem Wall war unser Fleisch selbst vor kleinen Räubern wie Zobeln sicher. Da sie am Boden dahinhuschten und im Schatten verborgen blieben, hätten sie sich sonst ihre Bäuche vollschlagen können, ohne von uns gesehen zu werden.

Wir machten es uns hinter dem Schutzwall bequem, brieten und aßen, brieten mehr und aßen bedächtig und stöhnten, während wir satt wurden. Die Tiere waren noch fett vom Sommer. Wir vergaßen nicht, Fett für den Großen Bären abzuschneiden, dem wir diese Jagd zu verdanken hatten. Dieses Opfer wurde aufs Feuer gelegt; dann verharrten wir schweigend und sahen zu, wie es verbrannte. In der Hütte hätten wir gesungen, um den Großen Bären zu preisen, um Ihn aufzuwecken, damit er sein Geschenk annehmen konnte, aber hier im dunklen Wald, wo Die Lilie irgendwo kauernd und lauschend auf der Lauer lag, wollten wir den Großen Bären lieber mit dem Fettgeruch aufwecken. Für den Gesang würde später noch Zeit genug bleiben.

Die Hitze des Feuers tat gut, das reichlich vorhandene Fleisch ebenfalls. Andriki und Maral erzählten Jagdgeschichten und Erlebnisse aus ihrer Kindheit. Die Geschichten trugen meine Gedanken weit fort in eine längst vergangene Zeit, in einen riesigen, dunklen Wald aus Fichten und Birken an einem westwärts fließenden Bach, der den Haarfluß speiste. Vater, seine drei Brüder und Rin wuchsen dort auf. Was für wagemutige Streiche vollführten die vier Knaben, als sie jung waren! Rin war brav, aber die Jungen gingen jedes Wagnis ein und fürchteten keine Strafe.

Gesättigt und warm vom Feuer lachte auch ich, wenn das Gelächter meiner Onkel mein Ohr erreichte und die Taten aus längst vergangener Zeit vor mir lebendig wurden. Sobald einer meiner Onkel eine Geschichte beendet hatte, wollte ich eine neue hören. »Wer außer Kori würde sich unsere alten Geschichten anhören?« fragte Maral.

»Erzähl ihm doch mal, wie du unseren Onkel Gandre dazu gebracht hast, seinen Speer in ein Wespennest zu werfen«, drängte ihn Andriki.

Das tat Maral. Doch während wir laut lachten, sahen wir

ein Paar großer grüner Augen hinter dem Feuerschein schimmern. Wir hörten zu lachen auf und standen auf. Die Augen beobachteten uns. Wir legten die Hände hohl unter unser Kinn, damit wir über den Feuerschein hinweg in das Dunkel des Waldes sehen konnten. Dort draußen hatten sich einige große Tiere eingestellt: schwarze Schatten in den tieferen Schatten der Bäume. Eines der Tiere beobachtete uns unentwegt, zuweilen schauten alle zu uns herüber, und dann flammten auch deren Augen grün auf. »Wölfe«, sagte Andriki.

Ich hob meinen Speer auf, aber Andriki packte ihn am Schaft. »Warte«, sagte er. »Sie fressen die Mägen. Das kümmert uns nicht.

»Als nächstes versuchen sie, an unser Fleisch heranzukommen«, entgegnete ich.

»Dann bekommen sie unsere Speere zu spüren«, sagte Andriki.

»Solange sie hier sind«, meinte Maral, »beobachten sie die Wälder. Sie können das besser als wir; sie wissen, was hier herumläuft.«

Ich wußte, daß Maral von Der Lilie sprach, und senkte langsam meinen Speer. Wir setzten uns wieder, schirmten weiterhin mit unseren hohlen Händen das Licht ab und behielten die Wölfe im Auge, die überallhin liefen, wo die sechs toten Rentiere gelegen hatten. Die Wölfe fanden etwas zum Fressen – die Mägen, die Gallenblasen und den blutigen Schnee.

Später setzten sie sich nacheinander im Halbkreis hin und schauten uns an. Der Mond warf ihre Schatten auf den Schnee. Wir konnten nur ihre grauen Gesichter ausmachen und sehen, wie sie ihre grünen Augen über das Fleisch schweifen ließen, das hinter uns lag. Ich mußte an Vater und Andriki denken, wie sie zusammen am Feuerfluß waren und mit ihren hellen Augen Onkel Bala, dem Besitzer des Feuers, gegenübergesessen hatten, wie sich das für Jäger auf Besuch gehört. Hätten sich die Wölfe näher am Feuer befunden, wären auch sie Jäger auf Besuch gewesen. Wie Besucher kannten sie uns, denn es waren die Wölfe, die sich nahe der Hütte aufhielten. Kein Wunder, daß sie uns auf unserer gut ausgetretenen Spur gefunden hatten. Als sie diese überquerten, mußten sie gerochen haben, daß Marder mit dem Fleisch unterwegs zur Hütte war, und konnten seine Spur zurückverfolgen und so die erlegten Tiere finden.

Es dauerte nicht lange, bis der Rudelführer seine Schnauze leicht hob und ein hohes, durchdringendes Geheul anstimmte, das rasch anstieg, abbrach und langsam verklang. Als es endete, stimmten alle anderen Wölfe ein, und ihr gemeinsames Geheul schwoll an und verebbte immer wieder. Sie sangen eine ganze Weile, einige Stimmen waren hoch, andere tief, manche fest, manche zittrig, manche gebrochen. Sie schickten ihren Gesang zum Mond hinauf, und er erfüllte Himmel und Wälder. Es war ein Gesang, der so laut, so rein, so vollkommen war, daß mir die Tränen in die Augen stiegen. Diese Wölfe hatten nur Gedärm und Abfall gefressen, doch sie sangen. Wer hätte das gedacht!

So unvermittelt, wie sie begonnen hatten, verstummten sie auch. Dann standen sie auf ihren langen Läufen und großen Pfoten, schüttelten ihr rauhes Fell, schnaubten, stießen sich gegenseitig mit ihren Schnauzen an und waren verschwunden. Als sie weg waren, blieben nur das Mondlicht und die Baumschatten, die auf den niedergetrampelten Schnee jenseits des Feuers fielen, und das Gefühl der Leere, das sich nach ihrem Gesang ausbreitete. Jetzt mußten wir drei allein auf Die Lilie achten.

»Vielleicht hätten wir ihnen etwas abgeben sollen. Dann wären sie geblieben«, sagte ich. »Die Lungen, zum Beispiel.«

Als Andriki antwortete, merkte ich am Ton seiner Stimme, daß auch ihn der Gesang sehr ergriffen hatte. »Dazu ist es jetzt zu spät«, erwiderte er. »Sie sind weg. Aber warum haben sie sich hier aufgehalten? Sie können ohne Schwierigkeiten die Rentiere finden, die uns entkommen sind. Sie haben eine Spur, die ihnen den Weg zeigt, und sie können die Tiere in den tiefen Schnee treiben. Warum sollten sie sich mit Lungen begnügen? Sie werden bald ein ganzes Rentier haben. Vielleicht auch mehr.«

Aber ich hörte Andriki kaum zu. Ich wünschte, wir hätten den Wölfen die Unterläufe gegeben. Wir hatten mehr als genug davon, und wahrscheinlich würden wir sie ohnehin zurücklassen müssen. Die Unterläufe würden wir ganz zuletzt auf unsere Traglasten legen. »Sie wären vielleicht bei uns geblieben, wenn wir ihnen die Hufe gegeben hätten«, sagte ich. »Sie werden sie wahrscheinlich sowieso bekommen, wenn wir gegangen sind. Allein das Kauen hätte lange gedauert.«

»Du mußt dich mit deinem Vater verständigt haben«, meinte Maral. »Er ist auch einer, der den Wölfen gern etwas zum Fressen gibt.«

»Vielleicht kommen sie ja zurück«, sagte Andriki. »Ich würde ihnen die Hufe geben, wenigstens von meinem Tier.«

»Ich auch«, sagte ich. Und so durchwühlten wir den Stapel mit gefrorenen Fleischstücken, bis wir die Hufe fanden, die Andriki und mir gehörten. Wir warfen sie auf einen Haufen. Bei zwei Hufen waren die Besitzverhältnisse unklar. Beide gehörten zu einem rechten Hinterlauf, aber welcher war meiner, und welcher der von Marders Tier? Wir legten beide dazu und waren bereit, alle den Wölfen hinzuwerfen, falls sie wieder auftauchten.

Aber sie kamen nicht zurück. Der Mond ging unter. Die ganze Nacht warteten wir, schürten das Feuer, brieten und aßen, dachten an Die Lilie, ohne über ihn zu reden. Und im Morgengrauen hörten wir die Wölfe wieder singen, diesmal jedoch weit entfernt.

Als die Sonne durchbrach, sangen auch wir und lobten den Großen Bären, daß er uns sechs Rentiere hatte töten lassen, und daß wir kein Stückchen Fleisch verloren hatten.

Du, dessen Feuer bei Sonnenaufgang brennt,
Du, dessen Feuer bei Sonnenuntergang brennt,
Du, dessen Feuer den ganzen Tag am Himmel brennt,
Da Du die Jäger liebst,
Wisse, daß wir Jäger sind.
Da wir Dir Fett gaben,
Mach uns fett.
Schenk uns Leben!
Töte uns nicht!
Hona!

Mit der Sonne kamen die Raben. Sie waren sichtlich enttäuscht, weit und breit nichts Eßbares mehr zu finden. Selbst der blutige Schnee war verschwunden. Bald darauf flogen sie ab, auf der Suche nach den Wölfen, die wir gehört hatten. Vielleicht sahen sie Wölfe über einem Kadaver.

Am späten Vormittag kam Marder mit den Frauen zurück.

Seidenschwanz, Truht und Bekassine waren nicht dabei, sie würden bald gebären. Viele der Frauen mußten in der vergangenen Nacht gut gegessen haben, aber sie setzten sich gleich hin, um Fleisch zu braten. Bisam hielt sich zurück und schaute mich an. Vom Bauchfleisch eines meiner Tiere, dem Anteil des Jägers, schnitt ich für sie mehrere Streifen herunter und legte sie aufs Feuer. Noch ehe sie gar waren, nahm sie davon und aß sie gierig auf. Aus Angst, sie könnte daran ersticken, sah ich sie finster an und versuchte, ihr die Streifen wegzunehmen, um sie ihr nach und nach zurückzugeben. Bisam dachte, ich wolle ihr das Fleisch verweigern, und sah mich beinah entsetzt an. Ihre Furcht beschämte mich. Ich fragte mich, ob sie tags zuvor gegessen hatte, ob die anderen mit ihr geteilt hatten. Vermutlich gab es keinen guten Grund dafür, weshalb jemand hätte mit ihr teilen sollen. Ich hätte sie gern danach gefragt, ohne dabei Aufsehen zu erregen, aber ohne Bekassines Hilfe konnte ich das nicht. Ich hätte mich nur mit lauten, einfachen Worten und großen Gesten an sie wenden können.

Als die Frauen mit dem Essen fertig waren, wischten sie sich Fett und Asche von Händen und Gesichtern und standen auf. Wir halfen einander, große Fleischpakete zu schnüren und die Bündel auf den Rücken zu hieven. Weil wir so viele waren, mußten wir kein Fleisch zurücklassen, nicht einmal die Hufe. Marals Sohn, Ako, trug die Last eines Mannes, und selbst Andrikis kleine Tochter Pirit trug ein kleines Bündel, aus dem ein runder Rentierhuf herausragte. Im Gänsemarsch gingen wir auf dem fest ausgetretenen Weg nach Haus.

Die Fleischstapel waren sicher im Windfang verwahrt, aber unser Holzvorrat für diese Nacht war gering. Ako, Bisam und ich hatten, so gut es ging, am Ende des Tages etwas Brennholz zusammengetragen. Wir brieten wieder Fleisch, benutzten aber nur ein Feuer. Da das Feuer am Besitzerende der Hütte brannte, genoß ich es, nah daran sitzen zu können.

»Frau!« rief ich Bisam zu, die am anderen Ende der Hütte saß. Sie stand auf und kam, um zu sehen, was ich von ihr wollte. Ich sagte ihr, sie solle Bauchfleisch von meinem Anteil abschneiden, damit ich es braten konnte.

»Messer«, sagte sie. Und so gab ich ihr mein Messer. Sie blieb eine ganze Weile weg. Endlich sah ich sie hinter all den anderen stehen, von wo aus sie versuchte, meinen Blick zu erhaschen. Als ihr das gelang, reichte sie mir über die Köpfe aller Leute hinweg eine Handvoll gefrorener Streifen. Ich legte sie aufs Feuer, und als sie gar waren, rief ich wieder nach ihr: »Frau! Komm und iß.« Wieder stellte sie sich hinter die Leute. Ich reichte ihr die gebratenen Streifen mit einem gegabelten Stock. »Für dich«, sagte ich und lächelte ihr zu. Bevor sie das Fleisch nahm, ballte Bisam ihre Hand zur Faust und klopfte sich damit aufs Brustbein. Dann schlug sie sich zwischen die Augen. Dann beugte sie ein Knie und senkte ihren ganzen Körper. »Tanke«, sagte sie.

Das erinnerte mich an ihr Wort, »Tad-sche«. »Stiefmutter«, sagte ich zu Bekassine, die rechts neben mir saß, »erinnerst du dich noch an Bisams Wort ›Tad-sche‹? Hast du herausgefunden, was es bedeutet?«

»Ja«, sagte Bekassine, »es bedeutet nichts.«

»Es bedeutet nichts? Aber warum hat sie es dann gesagt?«

»Vielleicht hat es für sie eine Bedeutung, aber nicht für uns. Ihre Leute nennen einen Platz in ihrem Körper ›Tad-sche‹. So einen Platz gibt es gar nicht. Sie glauben aber, er sei hier in der Mitte, zwischen Brust und Bauch. Wenn ihre Leute dort eine Wärme spüren, nennen sie diese Wärme ›Tad-sche‹. Eine Frau sagt ›Tad-sche‹, wenn sie ein Kind austrägt. Die Wärme, die das Baby ausstrahlt, ist ›Tad-sche‹. Es macht die Menschen glücklich. Als deine Frau ›Tad-sche‹ zu dir gesagt hat, hat sie damit gemeint, daß du ›Tad-sche‹ gespürt hast, als du mit ihr im Bett schliefst. Das ›Tad-sche‹ kommt von ihrem Körper. Sie freut sich, daß es dich glücklich gemacht hat, denn sie ist schwanger. Du hast sie erschreckt, als du wütend geworden bist, als du sie geschlagen hast. Sie hat mir erzählt, daß du sie geschlagen hast. Sie dachte, du wolltest sie wegschicken, weil wir so wenig zu essen hatten. Sie möchte gehen, aber wenn du sie jetzt hinausjagst, würde sie im Schnee sterben.«

Später, als ich im Bett lag und meine um Bisam geschlungenen Arme unter ihren Brüsten ruhten, als ich mit meinem Bauch ihren Rücken spürte und ihrem ruhigen gleichmäßigen Atem lauschte, war ich zu freudetrunken, um schlafen zu können. Die Frau in meinen Armen trug ein Kind! Und es war von mir. Ein im Herbst empfangenes Kind wird im Sommer darauf geboren. Sie würde das Kind in Vaters Sommergründen bekommen! Ich erinnerte mich an die Kinderstimmen, deren Echo in Vaters schattiger Höhle widerhallte. Bald würde mein Kind dabei sein. Das machte mich froh.

Doch Bisam wollte mich verlassen. Das bereitete mir

Kummer. Ich sagte mir, daß ich das nicht zulassen konnte, daß ich sie aufhalten würde. Aber ich wollte sie nicht gern mit Gewalt zurückhalten. Ich wollte, daß sie freiwillig bei mir blieb. Wenn sie unsere Sprache lernte, redete ich mir ein, wenn sie sah, wie gut ich sie behandelte, wenn sie lernte, zu leben wie wir, auf Menschenart, nicht wie die Tiere, dann würde sie freiwillig bleiben. Meine Frau. Mein Kind. Ich war glücklich!

19

Der Hüttenmond verstrich langsam. Er brachte uns weitere Kälte und viel Schnee. Das Fleisch der sechs Rentiere, das gefroren im Windfang aufgeschichtet lag, genügte uns zum Leben, aber wir gingen weiter auf die Jagd. Wir bemühten uns, die Wege offenzuhalten, mußten aber feststellen, daß die Wölfe sie dazu benutzten, schneller an das Wild heranzukommen als wir. Wenn Wölfe auf Beute treffen, stürzen sie sich auf ein Tier, töten es und fressen es mit Haut und Haaren auf. Dabei zerstreuen sie aber die anderen Tiere der betreffenden Herde und machen sie vorsichtig und scheu. Wir hatten vor, warme Kleider für Bisam anzufertigen, und sie und ich legten Fallen für die Wölfe aus. Dann erfuhren wir allerdings, daß unsere Leute schon seit Jahren versuchten, sie zu fangen. Maral sagte, früher hätten sie Wölfe gefangen und im letzten Jahr sei ihm selbst ein junger Wolf in die Falle gegangen, aber die älteren Wölfe kennten sich anscheinend mittlerweile mit Fallen aus. Wir könnten kaum hoffen, einen Wolf zu erwischen.

Er hatte recht. Anstatt sich wie alle anderen Tiere fangen zu lassen, lösten die Wölfe den Fangmechanismus aus, fraßen unsere Köder und oft auch noch unsere Sehnenschlingen. Wenn sie die Schlingen nicht auffraßen, bissen sie sie durch und machten sie unbrauchbar, denn eine Schlinge mit Knoten taugt nichts. Bisam kannte sich im Fallenstellen aus, aber bei diesen Wölfen kam sie auch nicht weiter. Wenn sie eine Reihe von Fallen auslegte, folgten die Wölfe ihrer Fährte, um an den Köder oder an die Tiere zu kommen, die in der Falle waren. Sie gewöhnten sich an, ihr überallhin zu folgen, für den Fall, daß sie Fallen legte. Wo sie urinierte, harnten auch die Wölfe. Warum taten sie das?

Den Wölfen schien es nichts auszumachen, daß wir uns über sie ärgerten. Wie immer lagerten sie in der Nähe unserer Hütte, gruben tiefe Löcher in den Schnee und ließen sich von dem frisch gefallenen Schnee zudecken, so daß sie in Hörweite schliefen, aber vor dem Wind geschützt waren und von uns nicht gesehen werden konnten. Nachts vernahmen wir manchmal das Scharren ihrer Pfoten auf dem Dach und hörten, wie sie an den Rauchabzügen schnüffelten, kratzten und winselten. Aber bis wir dann mit unseren Speeren durch den Windfang nach draußen kamen, waren sie längst fort. Wir mußten gut auf Frogga und Pirit achtgeben, besonders am Abtritt. Kleine Kinder in Hockstellung waren in Gefahr. Doch wir waren nicht ganz unglücklich darüber, daß die Wölfe es vorzogen, dort zu leben, wo wir lebten. Wenn sie in unserer Nähe waren, konnten sie uns warnen. Natürlich waren ihre Warnrufe nicht für uns gedacht, sondern für ihre Artgenossen, doch wenn wir sie hörten, nahmen wir uns genauso in acht wie sie.

Im Hungermond kam Die Lilie an den Schmalen See zurück. Anfangs wußten wir es nicht und waren mehr als überrascht, seine Prankenabdrücke auf unseren Spuren zu finden. Später hörten wir ihn nachts brüllen; er jagte uns Furcht ein und hielt uns wach. Dann fing er an, Harn im Schnee zu verspritzen, als versuche er, uns irgend etwas mitzuteilen. Neben seinen schrecklichen Prankenabdrükken auf unseren Pfaden hinterließ er riesige haarige Kothaufen. Wir hatten so große Angst vor ihm, daß wir unsere eigenen gespurten Wege mit äußerster Vorsicht benutzten.

Die Raben dagegen mochten ihn. Wann immer sie ihn ausmachten, zeigten sie ihre Freude durch erregte Rufe und Flugbewegungen, die aussahen, als spielten sie in der Luft. Sie flogen sogar auf dem Rücken. Oft zeigten uns die Raben so, wo Die Lilie sich aufhielt. Wenn wir sahen, daß zwei oder drei der Vögel kreisten, in den Bäumen warteten oder etwas verfolgten, hielten wir uns von der betreffenden Stelle fern.

Wie die Raben schienen auch die Wölfe ihm auf der Spur zu sein. Wenn er sich der Hütte näherte und sie dort lagerten, bellte einer von ihnen einmal. Das Gebell hatte einen besonderen Klang – »He! Paß auf!« schien es zu sagen. Wir verstanden die Bedeutung dieses Bellens genauso wie die anderen Wölfe. Wenn wir es hörten, ahnten wir, daß Die Lilie in der Nähe war.

Als der Hungermond neu war, entdeckten Maral, Andriki, Marder und ich zwei Rentiere, die das vom Wind blankgefegte Eis des Schmalen Sees überquerten. Sie strebten einem Pfad am Nordufer zu. Wir beeilten uns, ihnen zuvorzukommen, erreichten den Pfad vor ihnen, warteten in den Schneewächten und durchbohrten beide mit unseren Speeren. In dieser Nacht genossen wir ein üppiges Mahl. Als wir nichts mehr essen konnten, verbrannten wir Fett für den Geist der Hütte und stimmten den Gesang zum Lob des Großen Bären an.

Weil ein Rentier sowohl von Andriki als auch von mir getötet worden war, und wir nicht wußten, welcher Speer es das Leben gekostet hatte, teilten wir den Jägeranteil. Das hieß, daß wir das Fell ebenfalls zerschneiden mußten. Endlich bekam nun auch Bisam ein Stück Rentierdecke. Da Lilan und Frogga bereits Felle hatten, um sie abzuschaben und weich zu machen, wollten sie nichts von dem zerteilten Fell. Bisam versetzte uns alle in Erstaunen, denn sie schnitt Streifen aus dem Fell.

Bei zunehmendem Hungermond wurde der Himmel diesig, ohne daß es wärmer wurde, und wir wußten, daß uns wieder heftige Schneefälle bevorstanden. Der Vollmond trug eine Fuchsfellkappe, und als wir am nächsten Tag zum Himmel schauten, konnten wir dort zwei Sonnen sehen. Rin sagte, das seien die Frau Ohun und ihr eben geborenes Kind, die gekommen seien, uns zu warnen, daß der Große Bär uns nicht länger half, sondern uns jagte, und daß wir sehr gut auf unsere Vorräte im Windfang aufpassen und nur soviel davon essen sollten, daß wir nicht verhungerten.

In dieser Nacht schneite es. Es herrschte eine eisige Ruhe. Am Morgen waren die Bäume und die Hütte schneebedeckt. Am Abend des folgenden Tages konnten wir kaum irgendwelche Spuren finden. Das Wild war verschwunden. Vielleicht hatten die Tiere gewußt, daß Schnee kommen würde. Die Wölfe und der Tiger mußten ihrer Beute gefolgt sein. Wohin die Tiere gegangen waren, wußten wir nicht, denn der fallende Schnee verwischte all ihre Fußspuren.

Von da an hörten wir nachts keine Stimmen mehr, nur noch das »Huhuu« einer Eule. Dann sahen wir tagsüber eine große graue Eule jagen, und das, obwohl sie Angst vor den Raben hatte, die sie haßten. Die Frauen überlegten, was das zu bedeuten habe, dieses Jagen am hellichten Tag. Sie sagten, es sei möglich, daß die Eule auf den Tod eines von uns wartete, daß sie vielleicht einen Geist aus unserer Mitte suchte, als wolle sie diesen zu seiner Sippe an den Lagerstätten der Toten geleiten. Daß die Frauen solche Gedanken hegten, zeigte, daß sie Angst hatten.

Hätten wir uns alle fürchten sollen? Ich wußte es nicht. Das Land, der Schnee und das Verhalten der Tiere, das alles war neu für mich. Niemals hatte ich so viel Schnee gesehen. Am Frauensee, wo Onkel Bala den Winter verbrachte, bedeckte der Schnee meist nur staubfein die Erde, und ich konnte mich nicht erinnern, daß das Wild Onkel Balas Wintergründe jemals verlassen hatte. Aber das Gebiet um den Schmalen See war Vaters Land. Die Männer, die es kannten, schienen nichts zu fürchten, weder den tiefen Schnee noch Die Lilie. Meine Onkel sprachen davon, daß sie zu einer langen Winterjagd aufbrechen wollten. Wir wollten so lange gehen, bis wir Wild fanden, und bleiben, bis wir etwas erlegt hatten. Das gefiel mir. Die Ängste der Frauen schienen sinnlos und kindisch zu sein, sie ließen die anderen an Tod denken, wo wir doch an die Jagd denken sollten. Die Gedanken der Frauen erinnerten mich an meine Mutter.

»Ich meine, daß die Eule bei Tag jagt, weil sie jetzt nicht jagen kann«, wagte ich schließlich Tante Rin und den anderen Frauen entgegenzuhalten, als wir eines Abends in der Hütte saßen. »Denk doch an ihr Gewölle. Darin sind Zähne und Knochen von Wühlmäusen und Wieseln. Das sind Nachttiere. Doch diese Tiere sind unter dem Schnee versteckt, wo die Eule sie nicht finden kann. Ihr Tod macht ihr Sorge, nicht der unsere. Sie muß jetzt statt der Mäuse Eichhörnchen jagen. Vielleicht weiß sie gar nicht, wie sie das anstellen soll«.

»Hört euch unseren Besserwisser an«, sagte Tante Rin voll Verachtung, »er ist in diesem Winter zum erstenmal hier. Nicht einmal die Eule ist an soviel Schnee gewöhnt. Glaubst du denn, wir anderen hätten nichts anderes zu tun, als Eulengewölle auseinanderzurupfen?«

Von allen Frauen schien Bisam als einzige nicht beunruhigt zu sein. Natürlich hätte sie es uns auch nicht mitteilen können, falls sie sich Sorgen gemacht hätte. Aber sie schien sich keine zu machen. Sie verrichtete wie üblich ihre Arbeit, als habe sich nichts geändert.

Eines Tages, als ich Holz sammeln ging, sah ich, wie Bisam den See überquerte, aber nicht auf unserem gewohnten Pfad, sondern ganz ungewöhnlich. Sie lief mit gespreizten Beinen über die Schneedecke. In einer Hand trug sie ein totes Schneehuhn. Da bemerkte ich die beiden merkwürdigen Dinger, die sie an ihre Fußsohlen gebunden hatte. Als sie näherkam, hielt ich sie auf und ließ sie mir zeigen. Es waren aus Zweigen gefertigte Rahmen, in denen Streifen aus Rentierfell wie ein Netz angebracht waren. Dafür hatte sie also das Fell zerschnitten, das ich ihr gegeben hatte! Mit diesen Dingern konnte man auf dem tiefen Schnee laufen. Bisam war damit wie ein Luchs oder ein Schneehuhn auf der Schneedecke gelaufen, aber nicht, wie ein Reh oder ein Mensch, bei jedem Schritt eingesunken. Ich war beeindruckt. Hatte sich meine Frau etwas so Kluges allein ausgedacht?

An diesem Abend hielt ich eins dieser merkwürdigen Dinger hoch und gab vor den anderen Leuten in der Hütte mit Bisam an. Maral und Andriki machten sich lustig über mich. »Deine Frau ist gut, das bezweifle ich nicht«, sagte

Maral. »Jetzt, wo sie auf dem Schnee laufen kann, wird sie vielleicht mehr Holz für die Hütte sammeln.«

Sein spöttischer Ton ärgerte mich. »Ich werde euch zeigen, was sie mitgebracht hat«, erwiderte ich und suchte das Schneehuhn. Doch alles, was ich entdeckte, war ein Haufen Federn und ein paar kleine Knochen, die im Feuer brannten. In den tiefen Schatten am Eingang saß Bisam mit fettverschmierten Lippen. Sie hatte das Schneehuhn aufgegessen!

Meine Onkel sahen das auch. »Wo ist das Ding, das sie mitgebracht hat, Kori?« fragte Maral. »Zeig es uns.«

»Sie hat es gegessen«, sagte Rin höhnisch. Zu Bisam sagte sie: »Bist du ein Tier, daß du alles allein ißt?« Und an mich gewandt: »Willst du ihr denn nicht beibringen, daß das Essen geteilt wird? Du hast sie hergebracht. Doch wir alle müssen mit ihr leben. Wir sind Menschen, Kori. Wir wollen nicht mit Tieren leben. Was für Kinder wirst du von dieser Bisam bekommen? Werden sie auch so essen, wie sie ißt, und keinem etwas davon anbieten?«

Bestürzt schaute ich Bisam an. Auch sie blickte betroffen drein. Möglicherweise hatte sie ihren Namen verstanden. Jedenfalls wußte sie, daß wir über sie und das Schneehuhn sprachen. Während sie die Essensspuren von ihrem Mund wischte, suchten ihre Augen die meinen, als wollte sie fragen: »Sag schon, was habe ich angestellt?«

Ich konnte ihr keine Vorwürfe machen. Zum einen, weil wir schon wußten, daß sie nicht begriff, wie Menschen sich verhalten sollen. Ehe sie nicht unsere Sprache lernte, konnten wir ihr nicht sagen, was richtig und was falsch war. Zum anderen, weil einige Leute, obwohl sonst jeder von uns, selbst die kleinsten Kinder, immer alles teilten, Bisam nie etwas abgaben. Allzuoft wurde sie übergangen, wenn es ans Essen ging. Das war nur verständlich, Bisam war anders. Außerdem war sie zurückhaltend. Wenn man sie überging, machte sie nicht auf sich aufmerksam, wie das jeder andere getan hätte. Wenn aber die anderen nicht mit ihr teilten, mochte sie sich fragen, warum sie mit ihnen hätte teilen sollen. Dazu kam noch, was die Frauen doch wissen sollten, daß Bisam ein Kind trug und deshalb vielleicht besonders großen Hunger hatte, zumal sie nicht immer etwas zu essen bekam.

Ich wollte diese Gedanken schon Maral mitteilen, aber er hatte sich abgewandt, weil er Bisams wegen wütend auf mich war. Ich sah ein, daß sie mir Schande bereitet hatte, und sagte lieber nichts.

Bevor wir zu unserer geplanten ausgedehnten Jagd aufbrachen, überlegten wir, daß wir vielleicht besser vorher versuchen sollten, den Großen Bären zu bitten, das Wild zu uns zurückzubringen. Eines Abends rieben wir uns mit Ocker ein und sangen. Wäre jemand von uns in der Lage gewesen, sich in Trance zu versetzen, hätten wir das getan. Dann hätte der Geist des Schamanen Hilfe vom Großen Bären erbitten können. Aber keiner von uns wußte, wie man sich selbst in Trance versetzt – Vater war der Schamane. Ohne ihn konnten wir nur beten. »Die Lilie jagt dort, wo wir jagen. Hilf ihm nicht«, bettelten wir. »Schenk uns deine Gunst. Gib uns das Wild. Töte ein Tier und laß uns den Kadaver finden. Höre, wie wir dich achten, Großer Brauner Führer, Gebieter der Jagd, Stimme des Sturms.«

Der Große Bär erhörte uns. Zu der Zeit, als wir schon an den Knochen der beiden Rentiere leckten und die Hufe und Schädel abnagten, hatten Sturmwinde den Schnee so fest werden lassen, daß Tiere mit breiteren Fußflächen darauf laufen konnten. Ein paar kleine Rentierherden kamen auf ihren großen runden Hufen wieder in unsere Wälder zurück. Die Tiere konnten im Schnee nicht nach Flechten scharren, doch war der Schnee so tief, daß sie, wenn er fest war, darauf stehen konnten und somit näher an den Zweigen der Bäume waren. Sie ästen diese bis unter die Rinde ab. Eines Tages töteten wir drei von ihnen und hatten so auf einmal wieder genug zu essen.

An diesem Tag bekam Seidenschwanz ihr Kind. Als wir von der Jagd zurückkamen, gingen wir wie immer einer hinter dem anderen in die Hütte und warteten, daß die Frauen bemerkten, welche Menge Fleisch wir heranschleppten. Aber an diesem Tag waren wir es, denen auffiel, daß sich etwas geändert hatte. Zufällig war ich der erste, der durch den Windfang herunterkroch, und als ich mich aufrichtete, spürte ich die Veränderung sofort. Verwundert ließ ich meinen Blick in der dunklen Hütte über die schemenhaften Gesichter der Frauen schweifen und sah, daß deren dunkle Augen mich beobachteten. Keine von ihnen sprach, doch die Luft schien anders zu sein, als hätte der Blitz in der Nähe eingeschlagen. Hinter mir kam Maral, dann Andriki, dann Marder, und jeder hielt inne, als spürten auch sie etwas Neues.

Aber da die Frauen schwiegen, setzten wir uns, als sei alles wie immer und als hätten wir nichts wahrgenommen. Bald hörten wir Rin und ihren Schwiegersohn Marder miteinander tuscheln, und so errieten wir, worin das Neue bestand. Das Baby war ein Mädchen. Wenn ich an dieses Kind zurückdenke, kann ich nicht sagen, ob ich es jemals bewußt gesehen habe. Es starb in seinem ersten Lebensjahr. Es wurde von der Frau Ohun getötet, noch bevor Seidenschwanz es unter ihrem Hemd trug. Ab und zu hörten wir sein dünnes Stimmchen. Wir hörten auch, wie Seidenschwanz mit dem Kind redete. Aber die Zeit, die es unter uns weilte, war so kurz, es kehrte so rasch wieder zu den Leuten seiner Sippe an den Lagerstätten der Toten zurück, daß ich jedenfalls die Züge seines Gesichts oder die Farbe seiner Haare nicht kenne. Außerdem gehörte das Mädchen zu Vaters Sippe.

Bald nach der Geburt dieser kleinen Verwandten von Vater wurde Truht und Maral ein Kind geboren. Auch dieses Baby war ein Mädchen und die Halbschwester meiner Frau Frogga. Ganz anders als das Baby von Seidenschwanz, war dieses fast eine Fremde. Das Kind und Truht waren die einzigen ihrer Sippe, denen ich jemals begegnete oder die ich kannte. Aber so verhielt sich das immer mit Frauen und Sippen, und daran wird sich auch nichts ändern. Es war nicht Truhts erstes Kind – die Frau Ohun hatte die anderen getötet –, und weil sie die anderen ausgetragen hatte, wußte Truht, wie eine Geburt vor sich ging. Obwohl sie nachts gebar, lief alles so ruhig ab, daß ich nur kurz aufwachte und mitbekam, daß in der Hütte etwas passierte, etwas Ruhiges, eine Frauensache, ein träumendes Kind vielleicht, aber nichts Beunruhigendes. Neben mir lag Bisam wach und horchte, soviel weiß ich. Jemand ging in der Nacht nach draußen. Es war Lilan. Später kam sie zurück. Einige legten Holz aufs Feuer und unterhielten sich leise im Sitzen, und das war alles.

Am nächsten Tag schlief Truht lange, in ihre Felle gewickelt. Als ich zufällig in ihrer Nähe saß, glaubte ich ein schwaches Sauggeräusch gehört zu haben. Ansonsten war dieses kleine Mädchen, wie auch das von Seidenschwanz, nahezu völlig still. Tage vergingen, ehe ich es zu Gesicht bekam. Doch anders als Seidenschwanz' Baby, lebte dieses Mädchen lange Zeit, und weil es mitten im Winter zur Welt gekommen war, erhielt es Jahre danach zu Ehren des Großen Bären den Tiernamen Schneehuhn.

Indessen behauptete Bekassine den ganzen Hungermond hindurch beinahe jede Nacht, ihr Kind komme. Bestimmt öfter, als mir in Erinnerung ist, rüttelte man diejenigen von uns, die am Besitzerfeuer schliefen, wach und holte sie ans Feuer neben dem Eingang. Rin schalt mich wegen meiner Grobheit, als ich einmal in die Runde fragte, weshalb Bekassine sich nicht wie andere Frauen verhalten und die anderen weniger belästigen könne. Aber wahrscheinlich konnte sie gar nichts dafür. Wenn sie glaubte, ihr Baby komme zur Welt, dann war es eben so. Ihr fehlte es an Erfahrung, und da es ihr erstes Kind war und die Geburt lange dauern konnte, war ganz klar, daß sie es nicht ohne fremde Hilfe bekommen konnte. Jedenfalls gehörte Bekassine nicht zu den Frauen, die im Winter ein Kind im Freien zur Welt bringen konnten. Statt dessen standen die Männer fast schon aus Gewohnheit auf und räumten ihren Platz am Feuer der Besitzer, als bei Bekassine wirklich die

Wehen einsetzten. Sie hatte uns ja schon so oft darum gebeten. Daß es nun wirklich soweit war, bekamen wir schnell mit, denn anscheinend wollte sie ihr Unbehagen so lautstark wie möglich zum Ausdruck bringen.

Als sie endlich erfuhr, was es mit dem Gebären wirklich auf sich hatte, klagte und weinte Bekassine. Rin und Truht saßen bei ihr und gaben ihr einen Stock zum Daraufbeißen. Bekassine schleuderte den Stock ins Feuer. Später hörte ich heraus, daß sie Rin unter Tränen bat, alle anderen aus der Hütte zu schicken! »Sei ruhig«, sagte Rin beschwichtigend. »Es ist bald vorbei.« Bald darauf gesellten Lilan und Seidenschwanz sich dazu und nahmen Frogga mit. Hindin muß sich ausgeschlossen gefühlt haben, denn sie stand auf und ging, gefolgt von Pirit, zu den anderen und ließ nur Bisam am Männerfeuer zurück.

Ich war jedenfalls froh, weit weg von Bekassine zu sein. Wir hockten dicht gedrängt am Feuer beim Eingang. Andrikis breite Schultern drückten von der einen Seite gegen mich, und ich gab den Druck an Ako weiter. Ich nutzte die Zeit dazu, meinen Speer zu schärfen. Mit Hilfe von Andrikis Hornmeißel schabte ich bedächtig eine dünne Schicht Feuerstein um die andere ab und machte die Schneide sehr, sehr scharf. Dabei versuchte ich, weder daran zu denken, daß ich der Vater dieses Kindes war, noch Bekassines Stöhnen zu hören.

Statt dessen bemühte ich mich, an etwas ganz Aufregendes zu denken, um meine Gedanken von Bekassine abzulenken. Sich zu lieben war immer aufregend, aber als Bekassines Lautäußerungen jetzt von Stöhnen in schrille Schreie übergingen, schienen mir meine Gedanken an unsere Vereinigung nicht angebracht. Ich versuchte, ans Jagen zu denken. Doch als Bekassine anfing zu kreischen: »Frau Ohun! Töte mich!«, schloß ich meine Augen und Ohren und konnte nur noch an Geburt denken.

Ich war nämlich schon einmal Zeuge einer Geburt geworden. Mir wäre lieber, ich hätte diese Erfahrung nicht gemacht. Was ich damals gesehen hatte, flößte mir dieselbe

Furcht ein wie der tiefe Schnee den Frauen. Ich war bei meiner Mutter, als sie meine Schwester zur Welt brachte. Jene Schwester weilte nicht lange unter den Lebenden. Tatsächlich war meine kleine Schwester gestorben, bevor sie einen Namen hatte. Doch als sie geboren wurde und solange sie lebte, befanden wir uns in Onkel Balas Sommergründen am Feuerfluß. Damals war ich noch zu klein, um bei den anderen Kindern zu bleiben, und so nahm Mutter mich mit, wohin sie auch ging. Eines Tages verließ sie die anderen Frauen, um weit weg, von allen unbeobachtet ganz allein Riedgraswurzeln auszugraben. Ich verstand nicht, warum sie das tat. Natürlich blieb ich in ihrer Nähe und jagte Käfer, während sie arbeitete.

Plötzlich, ohne jede Vorwarnung, faßte sie mich am Arm und zerrte mich in ein Feuerbeerendickicht, wo sie ihre Hose auszog. Ich war bestürzt. Mutter schien alles, was sie tat, im Griff zu haben und gab nie Erklärungen ab. Ich war deshalb an überraschende Handlungen ihrerseits gewöhnt, doch diesmal war ich verwirrt, denn sie schien fast außer sich zu sein. Zuerst einmal ließ sie Unmengen Wasser ab, beinahe so, als wüßte sie nicht, was sie tat. Der Boden und ihre Füße waren ganz naß, und sie hörte noch immer nicht auf. Unterdessen stöhnte und keuchte sie und fuhr sich übers Gesicht, als wolle sie sich die Haare aus den Augen wischen.

Ich hatte Angst und wollte weglaufen, aber mit gepreßter Stimme befahl Mutter mir zornig, mich hinzusetzen und zu warten. Eine Weile gehorchte ich. Sie saß in der Hocke, hatte die Arme um ihre Knie geschlungen und die Stirn auf die Arme gelegt. Ihr Kinn bebte, ihre Augen waren geschlossen, und sie zitterte am ganzen Körper, als sei ihr schrecklich kalt. Dann fing sie an zu ächzen, als sei sie mit meinem Stiefvater zusammen oder als versuche sie, ihren Darm zu entleeren. Ich stand auf und wollte gehen. Aber Mutter griff nach meinem Arm, riß mich hart zu Boden und hielt mich derart fest umklammert, daß ihre Nägel sich mir ins Fleisch gruben. Meine Hand wurde ganz taub.

Ich weinte, aber sie hörte es nicht. Wütend versuchte ich ihre Finger zu lösen, aber sie war stärker als ich. Ich konnte nichts mehr tun. Ich wollte Mutter nicht ansehen, was mir aber nicht gelang. Schließlich starrte ich unverwandt auf ihre geöffneten nackten Schenkel, auf die Mähne feuchter Schamhaare dazwischen und auf die Gänsehaut auf ihrem riesigen entblößten Bauch, die sich kräuselte wie die Oberfläche eines Sees.

Mutter kauerte lange Zeit so, ohne sich zu bewegen oder zu sprechen. Eine Hand hielt sie vor ihre Augen, mit der anderen umklammerte sie meinen Arm. Wenn ich ihr sagen wollte, daß sie mir weh tat, drückte sie ihn nur stärker. Später lief ihr der Speichel aus dem Mund, dann stöhnte sie.

»Mutter! Laß mich los!« schrie ich.

»Dann sei ruhig«, sagte sie mit zusammengepreßten Zähnen.

»Bin ich«, versprach ich.

»Wenn nicht, schlage ich dich«, sagte sie. So gehorchte ich. Die Zeit verging. Eine Weile legte sie sich hin. Ich versuchte, ihren Arm zu streicheln, aber sie schien meine Berührung nicht zu spüren. Danach fand und pflückte ich ein paar reife Feuerbeeren für sie. Sie sah die Früchte gar nicht, und darum versuchte ich, sie ihr in den Mund zu schieben. Sie schlug sie mir aus der Hand. Da aß ich sie selbst. Als nächstes versuchte ich es mit einem Lied, obgleich ich nicht sicher war, ob Mutter mich hören konnte. Schließlich setzte sie sich wieder auf, stützte die Ellenbogen auf die Knie und ließ ihre Stirn auf ihren verschränkten Händen ruhen. So warteten wir gemeinsam, sie mit geschlossenen Augen, stöhnend und in sich versunken, während ich sang und in die Gegend schaute.

Das ereignete sich während des Grasmondes, als die Tage lang waren. Wir waren am späten Morgen in das Dikkicht gegangen, aber wir blieben dort so lange, daß ich Angst hatte, die Nacht und die Löwen würden uns überraschen. Ich hatte furchtbaren Durst. Die Sonne sank, bis ihr rotes Licht durch das hohe Gras schimmerte, bis die Luft kühl wurde. Ich sah hoch über uns Schwalben am gelben Himmel und hörte Rebhühner im Dickicht rufen: »kiriik, kiriik!« Es war ihr Sommergesang. Dann fühlte ich an meinen Füßen etwas Feuchtes und sah Blut am Boden, als ich hinunterschaute. »Mutter! Da ist Blut!« flüsterte ich. »Ich will nach Haus.«

»Sei ruhig«, keuchte sie. »Es dauert nicht mehr lang.« Plötzlich änderte Mutter ihre Haltung. Sie stützte sich auf Hände und Fuße, drückte ihren Bauch bei gebeugtem Rücken und erhobenem Kopf gegen ihre Schenkel, wie ein Frosch vor dem Sprung, und ich sah, wie ein Baby aus ihr herauskam, der Kopf eines Babys mit nassen schwarzen Haaren, offenem Mund und geschlossenen Augen. Ich hatte fürchterliche Angst, war aber auch aufgeregt und starrte atemlos. Mutter langte mit einer Hand zwischen ihre Beine und umfing den Kopf, dann glitt der ganze schlüpfrige Körper über ihr Handgelenk und plumpste zu Boden. Es war ein Mädchen. An ihrem Bauch hing ein großer, dicker verwickelter Strang wie ein dunkler Darm, wie eine Rebe, der aus dem Inneren meiner Mutter kam. Mutter nahm den Grabstecken, der die ganze Zeit über neben ihr gelegen hatte, und hackte damit auf den Strang ein, bis er durchtrennt war. Dann hob sie das Baby auf und legte es in ihr Hemd. Alles, was ich sehen konnte, war ein winziger Fuß, rosa, mit gespreizten Zehen. So etwas Winziges hatte ich noch nie zuvor gesehen.

Inzwischen hing der dunkle verwickelte Strang, aus dessen abgetrenntem Ende Blut tröpfelte, aus der Scham meiner Mutter. Es war ein schrecklicher Anblick, und es roch auch. Vornübergebeugt drückte Mutter fest mit der Hand gegen ihren Leib. Sie ächzte ein paarmal unter der Anstrengung, und bald plumpste ein großes, dunkles, blutiges Ding, das wie Fleisch aussah, zwischen ihre Fersen.

Mutter setzte sich mit weit abgespreizten Beinen hin und seufzte tief. Dann nahm sie Gras und wischte sich sauber. Aus ihrem Tragbeutel holte sie eine Handvoll Moos heraus, das sie in ihre triefende Scham stopfte, stützte sich dann auf ihren Grabstecken und stand auf. Sie schüttelte ihre Hose aus und schlüpfte hinein, grub mit ihrem Stekken ein tiefes Loch und begrub das dunkle blutige Ding. Wortlos machte sie dann kehrt und brach zum Lager auf. Sie wußte, daß ich ihr folgen würde.

Ich lief hinter ihr her. Während wir gingen, sah ich, daß sie ihren Kopf beugte, und hörte, wie sie dem Baby sanft etwas zuraunte. Mir war klar, daß es meine Aufgabe war, uns vor allem, was uns überraschen oder zustoßen konnte, zu beschützen, und ich achtete darauf, was hinter uns war, sah aber nur die rote Sonne weit weg von uns am Horizont der Ebene. Ich weiß noch, daß mich beim raschen Gehen bei diesem Anblick ein merkwürdiges Gefühl der Einsamkeit befiel. Ich blieb eine Weile stehen, schaute nach Westen und verfolgte die sinkende Sonne. Dann schaute ich nach Osten und beobachtete Mutter, wie sie über die Ebene schritt. Beide, sie und die Sonne, bewegten sich rasch, beide entfernten sich immer weiter. Keine von beiden kümmerte sich um mich.

Nach Sonnenuntergang setzte ein kalter Westwind ein. Wellenartig strich er über das hohe Gras wie dahinfegende Geister. Ich hielt Ausschau nach dem Dickicht, in dem wir den Tag verbracht hatten, aber es war hinter all dem anderen Buschwerk verschwunden. Doch am Horizont sah ich ein Flammenmeer am Himmel. Da wußte ich, daß die Leute meiner Mutter an den Lagerstätten der Toten ihre Abendfeuer anzündeten, weil sie das Kind, das jetzt bei meiner Mutter war, zu uns geschickt hatten und ihre Arbeit nun getan war.

Bekassines Kind kam mitten in der Nacht. Die Feuer waren bis auf die Glut heruntergebrannt. Am Feuer beim Eingang, wo die meisten von uns dösten, wurden wir von einem hohen, dünnen Schrei geweckt. Ich war sofort hellwach und lauschte. Ein Baby! Obgleich ich nicht erwartet hatte, überhaupt etwas zu empfinden, schon gar nicht etwas Angenehmes, fühlte ich plötzlich Freude in mir aufsteigen. Warum? Ich wußte es nicht. Mir war geradezu nach Singen zumute! Natürlich sagte ich kein Wort. Das wäre jetzt nicht angebracht gewesen. Doch ich wollte wissen, ob das Kind ein Junge oder ein Mädchen war. Geburt und Babys waren Frauensache – es gehörte sich nicht, danach zu fragen. Männer erfahren etwas, wenn jemand bereit ist, es ihnen zu erzählen. Ich wollte aber nicht warten. Ich stand auf und streckte mich. Ich wollte sehen, ob ich einen Blick auf das Baby erhaschen konnte.

Es lag da auf dem kalten Boden, nackt und schreiend: ein Junge, der mit seinen Fäusten und Füßen strampelte. Was dachten sich denn die Frauen dabei, ihn da liegenzulassen? Ich wollte schon einer von ihnen zurufen, sie solle ihn aufnehmen, als Rins starke Hände das Kind schnappten und an Bekassine weiterreichten, die es unter ihr Hemd gleiten ließ. Das Schreien hörte auf. Alle Frauen redeten und lachten, am meisten Bekassine, die noch vor kurzem den Tod herbeigewünscht hatte. Lilan bedeutete Bisam, das Feuer zu schüren und den Boden zu säubern. Träge gehorchte Bisam ihr. Als sie Anstalten machte, den Mutterkuchen auf das Feuer zu legen, zeigte Lilan ihr sofort, daß sie den ganzen Unrat nach draußen bringen mußte. Wieder gehorchte Bisam.

Dann versammelten sich alle außer Bisam am Feuer der Besitzer und schnitten vom restlichen Rentierfleisch Streifen ab, die wir auf die Glut legten. Anscheinend wollten die Leute vergessen, daß dies nicht Vaters Kind war, vielleicht weil Bekassine soviel Aufhebens um dieses Kind gemacht hatte. Die Frauen lobten Bekassine sogar und sagten ihr, die nächste Geburt werde viel leichter sein. Sie lachte, briet Fleisch und aß, als hätte das Lob sie aufgemuntert.

Auch ich war erregt, wenn ich auch versuchte, ruhig zu bleiben. Doch auch so beobachtete Andriki mich besorgt. »Nun, Kori«, sagte er in seiner offenen Art, »du scheinst dich ja sehr zu freuen, einen Bruder zu haben, da du gar so viel lächelst.«

Was fiel ihm ein, so was zu sagen? Er hatte schon vor langer Zeit unser Geheimnis erraten. Was immer er damit sagen wollte, ich war schon auf der Hut. Er konnte mich nicht dazu bringen, etwas zu sagen, was mir später leid tun würde. »Bin ich eine Frau, daß ich über Babys rede?« fragte ich ihn. »Was meinem Vater und meiner Stiefmutter Freude macht, erfreut auch mich.«

Bekassine aß und lächelte, lächelte und aß. Ich konnte mich nicht erinnern, sie jemals so glücklich gesehen zu haben. Kam das daher, daß die Leute sie schließlich gelobt hatten? Ich bemühte mich, sie nicht anzuschauen, aber ich konnte meinen Blick nicht von ihr wenden. Dann bekam ich zufällig mit, daß auch sie mich ansah. Unsere Blicke trafen sich. Da holte sie vor allen anderen das Baby aus ihrem Hemd und hob es hoch, damit wir alle es sehen konnten. Sie tat so, als zeige sie das Kind allen, aber ich wußte, daß sie es mir zeigen wollte.

20

Auf den Sturmmond folgte der Mond, den wir bei Onkel Bala den Mond der Abgeworfenen Geweihe nannten, der bei Vaters Leuten aber Kadavermond hieß. Ich verstand, weshalb, als ich die Leute zum Großen Bären beten hörte, daß er uns zu einem toten Tier führen möge. Aber das war bestimmt nicht so einfach, nicht einmal für Ihn, denn der neue Mond brachte immerzu Neuschnee. Trotz der Befürchtungen der Frauen verließ das Jagdwild diesmal nicht das Land am Schmalen See. Statt dessen kam mehr Wild, als sei es woanders auch nicht besser. Die Wölfe kehrten zurück, und auch Die Lilie kam wieder. Die Jagd im Schnee fiel uns nicht schwer, denn am Ende jeder frischen Fährte war Wild. Wenn wir es fanden, kämpfte es mit den Schneewächten oder schlitterte über die verharschte Oberfläche. Ob so oder so, die Tiere kamen nur langsam voran. Nach Neumond hatten Maral und Andriki zusammen zwei Rentiere erlegt.

Als der Mond zu einem Viertel voll war, hetzte Bisam eine Hirschkuh in ein Schneefeld, wo eines der dünnen Vorderbeine des Tieres im harschigen Schnee einbrach. Es stürzte nach vorn und brach sich dabei das Bein. Als Bisam mich hinbrachte, richtete die Hindin sich auf und versuchte auf die Beine zu kommen und wegzulaufen. Nachdem mein Speer sie getroffen hatte, lobte ich Bisam sehr und versprach, daß mich diesmal nichts davon abhalten würde, ihr das Fell zu geben.

»Tanke«, sagte Bisam. Sie lernte immer besser, unsere Sprache zu verstehen. Ich hätte gern ein Feuer angezündet und auf der Stelle die Leber für Bisam gebraten, aber dort, wo wir waren, wuchsen nur Weiden, kein richtiger Wald, und ich wollte auch das Fleisch in Sicherheit bringen. Ich hatte Angst vor Der Lilie. Einzig und allein der Mangel an Feuerholz hielt uns davon ab, Tag und Nacht zu essen, denn jetzt hatten wir mehr Fleisch in der Hütte, als wir brauchten. Wenn der Sturmmond bei Onkel Bala zur Neige ging, wanderten wir immer weit zum Holzholen, denn da hatten wir das tote Holz in der Nähe schon aufgesammelt. Aber in dem tiefen Schnee, der in diesem Jahr überall am Schmalen See lag, war es besonders schwer, welches zu finden.

Holz zu sammeln war deshalb vor allem Bisams Aufgabe. Ihre Arbeit begann sofort, nachdem sie genügend Kleidung besaß, um die Hütte verlassen zu können, und daran änderte sich den ganzen Winter hindurch nichts. Anfangs drückten Rin oder Lilan ihr einfach eine Axt in die Hand, zeigten ihr Reisig und stießen sie zur Tür hinaus. Sie waren sicher, daß Bisam wußte, was sie von ihr erwarteten. Und so war es. Jeden Abend kam sie mit Holz zur Hütte zurück. Mit der Zeit ging sie, ohne daß man es ihr eigens auftrug. Nachdem sie das Rentierfell erhalten und sich ihre kleinen Schneeschuhe gemacht hatte, war es einfach für Bisam, auch im tiefen Schnee zu laufen. Und wenn auch wir anderen jedesmal, wenn wir nach draußen gingen, ein paar Zweige mitbrachten, hatte Bisam doch den größten Teil des Holzes, das wir verbrannten, gesammelt.

Hinter ihrem Rücken machten die anderen Frauen sich lustig über sie. Eines Tages, als Bisam unterwegs war, sah ich beim Betreten der Hütte, wie Bekassine die merkwürdig weit ausgreifenden Schritte nachmachte, mit denen Bisam sich vorwärtsbewegte, wenn sie ihre Schneeschuhe trug. Die anderen Frauen kicherten schon, und als Bekassine ihre Vorstellung beendet hatte, lachten sie, bis ihnen die Tränen kamen. »Du hast genauso ausgesehen wie sie«, sagte Hindin. Es ärgerte mich, daß sie sich über meine Frau lustig machten. Ich wollte die Frauen fragen, warum sie in der Hütte saßen und Holz verbrannten, während Bisam draußen war, um mehr für sie zu holen. Aber Hindin war meine Tante und Bekassine meine Stiefmutter; ich durfte sie nicht kritisieren. Also hielt ich meinen Mund.

An diesem Abend nahm ich einen von Bisams Schneeschuhen und hielt ihn hoch, als wollte ich ihn mir im Feuerschein genauer anschauen. »Ich glaube, ich könnte mir auch solche machen«, sagte ich. Zu meiner Überraschung fingen die Frauen wieder an zu lachen, und diesmal stimmten die Männer mit ein. Ich merkte, daß irgendein Scherz dahintersteckte, den ich nicht verstand. Betroffen warf ich einen kurzen Blick auf Bisam. Sie schien durcheinander zu sein. »Warum lachst du, Tante Hindin?« fragte ich.

»Ach, Kori, mach dir nichts draus«, sagte Andriki. Er bemühte sich um einen ernsthaften Ton. »Das sind doch nur Weiber. Sie sind wenig einfühlsam. Schenk ihnen keine Beachtung. Deine Tante ist die allerschlimmste!« Er schaute Hindin liebevoll an. Ihre Blicke trafen sich, und beide prusteten vor Lachen. Da verstand ich, daß niemand mir ernsthaft Antwort geben würde, und daß ich genau wie meine Frau die Zielscheibe ihres Spotts war. Wir waren beide ausgeschlossen, wir wurden zur Seite geschoben.

Verärgert, weil die anderen mich verspotteten, verärgert, weil Bisam mir Schande machte, legte ich den Schneeschuh weg und starrte mit hochgerecktem Kinn ins Feuer. Dabei dachte ich darüber nach, wie es wäre, wenn ich die Hütte und all diese Leute verlassen und zurück zum Feuerfluß gehen würde.

Aber Bekassine blieb hartnäckig. »Würdest du so was tragen?« fragte sie grinsend und zeigte dabei mit ihren Lippen auf die Schneeschuhe, als müßte sie gleich platzen vor Lachen.

Ich gab keine Antwort, sondern warf Bisam einen Blick zu, so daß Bekassine die Augen aufriß und das Gelächter ihr im Hals stecken blieb. Andriki bekam das mit. Mein Gesichtsausdruck mußte ihn beunruhigt haben, und da jede Gefährdung des Friedens in der Hütte allgemeine Besorgnis auslöst, sagte er zu mir: »Wir lachen nicht über dich, Kori. Diese unanständigen Weiber haben sich einen Scherz ausgedacht, den sie dir aber nicht erzählen wollen, weil du ein Mann und außerdem ihr Neffe und Stiefsohn bist. Es ist bloß ein Weiberscherz, nicht mal besonders lustig. Kümmere dich einfach nicht darum.«

»Ich habe gar kein Interesse daran, Onkel«, sagte ich steif. »Ich will ihn gar nicht hören.«

Die Leute begannen über andere Dinge zu reden, aber das Gespräch wirkte gezwungen, unnatürlich. Sobald ich mich rühren konnte, ohne allzuviel Aufmerksamkeit zu erregen, breitete ich die Schlaffelle aus und legte mich hinein. Bisam sollte sich ihr Bett allein machen. Was für ein Scherz das auch gewesen sein mochte, er hatte uns beide beschämt, und die Scham, die jeder von uns empfand, beschämte den anderen. Danach lief das Leben weiter wie zuvor, aber ich kümmerte mich nicht mehr um Bisams Schneeschuhe.

Gegen Ende des Kadavermonds wurde das Wetter eine Zeitlang milder. Der Schnee fiel zusammen und wurde fest, und Tiere und Menschen konnten gehen, wohin sie wollten. Jetzt wurde das Jagen schwieriger, aber nach dem harten Winter gab es draußen so viele tote Tiere, daß wir Fleisch essen konnten, ohne zu jagen. Die Tage wurden wieder länger, und wir fingen an, an den Frühling zu denken. Doch es würde noch einige Zeit ins Land gehen müssen, bevor wir überhaupt daran denken konnten, weiterzuziehen. Das Eis auf den Flüssen würde tauen und brechen, und die Flüsse würden anschwellen. Später, sobald genügend frisches Grün zum Essen in den Wäldern sproß, würden wir gehen. Aber wie der Tag kurz vor seinem Ende am schwersten, wie die Nacht kurz vor dem Morgen am kältesten ist, ist der Winter immer dann am härtesten zu ertragen, wenn es langsam Zeit wird wegzuziehen. Da scheint uns die Kälte am größten, das Feuerholz ist aufgebraucht, das Grünzeug wächst noch nicht richtig, und die Tiere wandern ab in ihre Sommergründe. Auch die Menschen sind nicht gut aufeinander zu sprechen, nach dieser langen Zeit in der Winterhütte, nach all den Verstimmungen und Streitereien. Die Hütte riecht nach kaltem Rauch, verdorbenem Fleisch, den Ausscheidungen der Kinder und all den ungewaschenen Körpern.

Und dann kommen die Fliegen! Die Schwarzfliegen sind die ersten, dann die Stechmücken, und zwar beide in solchen Schwärmen, daß sie sogar das Wild verrückt machen. Manchmal sehen wir ein Tier laufen und laufen, bokken und ausschlagen, und dann wissen wir, daß die Fliegen es verrückt gemacht haben.

Selbst der Mond ist nach ihnen benannt. Die Zeit, die Onkel Bala den Mond der Fliegen nannte, hieß in Vaters Hütte der Schwarzfliegenmond. In Vaters Hütte waren die Schwarzfliegen dicker, als ich sie je gesehen hatte. Wegen der schutzbietenden Wälder oder vielleicht auch wegen des Wassers, das zu dieser Zeit schon auf dem vereisten See lag und in den Flüssen rauschte, gab es so viele Stechmücken, daß wir ganz grau davon wurden, sobald wir uns vom rauchenden Feuer entfernten. Die Kinder weinten ganz fürchterlich; von ihren Augen sah man wegen der Stiche nur noch geschwollene Lider. Eine Zeitlang heulte Frogga unentwegt. Sie kratzte sich, bis sie blutete, und schlief wimmernd ein. Wir waren alle mit unserer Geduld am Ende. Wir bissen die Zähne zusammen, um die Kleine nicht anzuschreien. Ich fing an, mich zu fragen, wie sie wohl als Ehefrau sein würde, wenn sie so ungeniert jammerte. Natürlich klagten die Erwachsenen nicht. Aber ältere Menschen waren auch an die Stiche gewöhnt. Maral zum Beispiel spürte sie kaum. Ich spürte die Stiche, aber ich tat so, als mache es mir nichts aus. Würde auch Frogga das einmal tun? Das hoffte ich sehr, denn sonst würde sie mit ihrem Ehemann viel Ärger bekommen.

Zu allem Überfluß waren da noch die Läuse, die wir Bisam zu verdanken hatten. Eines Tages meinte Maral, er sei das Jucken leid; wir müßten alle baden. Wir nahmen Äxte und schnitten Fichtenzweige, die wir dann auf dem rutschigen, festgebackenen Schnee am See zu einer gewölbten Schutzhütte ineinandersteckten. Sie mußte einigermaßen fest sein, auch wenn wir zur Befestigung nur Lagen aus

Fichtenzweigen benutzen konnten, und sie mußte allein stehen, denn wir konnten keine Löcher für die Hüttenpfosten graben. Das Schneiden der Zweige und der Hüttenbau dauerten einen Tag. Tags darauf deckten wir die Konstruktion mit unseren Schlaffellen ab, entfachten drinnen ein Feuer und erhitzten Steine. Am späten Nachmittag war das Bad fertig. Viele von uns gingen nackt hinein, verschlossen den Eingang und gossen Wasser auf die Steine. Die große Hitze und der brennende Dampf bereiteten mir ein solch unbeschreibliches Wohlgefühl, daß ich fast weinte. All die schlechten Dinge des Winters kamen durch die Haut aus meinem Körper heraus, und als ich über das feuchte Eis zum Wasserloch lief und mich in einer Wolke meines eigenen Dampfes durch das Eis in den See hinabließ, wurde ich ein neuer Mensch. So muß es auch sein, wenn man stirbt oder geboren wird.

In der Badehütte war nicht für alle Platz, und wir hatten nicht genügend Holz, um das Feuer zu unterhalten. Rins Tochter Seidenschwanz und ihr Ehemann Marder, die nicht zur Familie der Besitzer der Hütte gehörten, sondern mit einer Schwester verwandt und verschwägert waren, hielten sich höflich zurück, bis die ersten von uns fertig waren. Wegen ihres neugeborenen Babys kam Bekassine nur kurz herein, gerade lange genug, um heiß zu werden. Frogga kam mit ihren Eltern, ging aber sofort wieder hinaus, weil sie den Dampf nicht mochte. Ako mußte draußen bleiben, bis die anderen fertig waren, denn das Bad war so voll, daß niemand es für nötig hielt, einem so jungen Menschen gegenüber höflich zu sein. Ich war der letzte, den man einlud, solange das Bad am besten war.

Bisam wurde nicht aufgefordert. Als alle fertig waren, zeigte ich ihr, wie man hineinkam. Aber das Feuer schwelte nur noch, und das Bad war kalt und feucht wie eine Höhle. Bisam schaute hinein und schüttelte den Kopf. »Sie weiß nicht, was das ist«, sagte Rin, die sie beobachtet hatte. Aber es war Bisams Gesicht genau anzusehen, daß sie wußte, daß das Bad nicht mehr gut war, also mußte sie es kennen.

Wahrscheinlich hatte sie ohnehin nicht erwartet, mit uns schwitzen zu dürfen, weil sie wußte, daß sie anders behandelt wurde. Sogar die Kinder wurden ihr vorgezogen.

Der abnehmende Schwarzfliegenmond brachte warmes Wetter, das den Schnee zusammensinken ließ. Mit dem neuen Mond – dem Gänsemond, wie Vaters Leute ihn nannten – schmolz der Schnee weiter ab, und der Bach vom Schmalen See wurde zum reißenden Strom. Nachts hörten wir ihn tosen. Wir hörten auch, wie das Eis am Schmalen See brach. Die Luft war frisch und feucht vom verdunstenden Schnee – richtige Frühlingsluft. Der neue Mond, der Frühlingswind und die langen Abende machten meinen Kopf frei, und daher dachte ich nicht länger an die Hütte mit ihren Menschen, sondern an ferne Orte, andere Menschen und andere Zeiten. So merkwürdig es klingt, ich ertappte mich oft dabei, wie ich an den Sohn meiner Mutter dachte, meinen kleinen Halbbruder. Wenn er noch am Leben war, hatte er jetzt vielleicht schon einen Namen.

Auch Rin dachte an Menschen und Orte, die weit weg waren. Eines Abends, nachdem wir unser Kochfeuer draußen vor der Hütte aufgeschichtet hatten, um im heftigen, frischen Wind die Stechfliegen zu vertreiben, blickte sie hinauf in den gelben Himmel. Sie sagte, sie müsse an einen Ort weit unten am Haarfluß denken, wo vor langer Zeit ihre verwitwete Mutter Akima, die auch Vaters und Kidas Mutter war, Vaters Vater, meinen Großvater, geheiratet hatte. Obwohl Rin damals noch ein kleines Mädchen gewesen war, erinnerte sie sich daran, wie sie ihrem Stiefvater, meinem Großvater, begegnete und der Frau, die er damals schon hatte. Rins Mutter und die andere Frau wurden die Mütter von Vater, Maral, Kida und Andriki und der anderen Kinder, die starben. Rin konnte sich an die Geburt jedes einzelnen erinnern. Sie wußte auch Dinge, auf die sich ihre Halbbrüder nicht besinnen konnten, weil sie zu jung waren, und Dinge, die sich ereignet hatten, bevor sie geboren wurden. »Ich lag gerne im Gras und beobachtete die brütenden Gänse«, sagte Rin. »Ich wollte die Eier stehlen. Aber die Gänse waren wütend und verjagten mich.«

»Ich kann mich an diese Gänse erinnern!« sagte Andriki. Rin schüttelte den Kopf. »Du meinst andere Gänse«, sagte sie.

»Wir haben den Platz, an dem die Gänse brüteten, verlassen, ehe du laufen konntest.«

»Tatsächlich?« fragte Andriki.

»Ja. Und als wir fortgingen, war deine Mutter so krank, daß ich dich tragen mußte. Sie starb unterwegs. Das tat mir leid. Sie war so eine gute Frau. Sie war meine Stiefmutter, aber sie war gut zu mir.«

»Seltsam«, meinte Andriki. »Ich entsinne mich an den Ort, und ich entsinne mich an dich, aber an meine Mutter kann ich mich nicht erinnern.«

»Du kannst dich an den Ort nicht erinnern. Du warst zu klein«, sagte Rin.

An diesem Abend trug der Südwind uns von weither das Geräusch schnatternder Gänse zu. Wir wurden alle still und lauschten. Die Gänse schienen zu den Hügeln der Frau Ohun, zu dem offenen Wasser der warmen Quelle am Blutegelteich, zu fliegen. Weil ihre Leute ihr Lager am Blutegelteich aufgeschlagen hatten, als wir sie fanden, wandte ich mich zu Bisam um, die allein hinter uns auf ihren Fersen hockte. Mir fiel auf, daß ihr Blick bei diesem Geräusch eine gespannte Unruhe erkennen ließ. Mußte sie in dieser Jahreszeit auch an ferne Orte denken? Mir fiel das merkwürdige Tier wieder ein, das Bisam uns zu beschreiben versucht hatte, das Tier, das wie ein Wolf, aber auch wie ein Hirsch und wie ein Mensch war – das *Tai-tibi.* Wie weit mußte man wohl wandern, um solch ein Tier zu finden? Nur die Gänse, die im Winter so weit ziehen, daß keiner je eine von ihnen gesehen hat, nur sie konnten sich vorstellen, wie weit das weg war.

»Würdest du gern mit den Gänsen fliegen und sehen, wohin sie ziehen?« fragte ich Andriki.

Bei dieser Frage mußten die anderen lachen. »Ja«, antwortete er. »Wenn ich Hunger bekäme, würde ich nach ihnen greifen und eine fangen.«

Ich hätte Andriki besser nicht fragen sollen, das wußte ich jetzt. Aber Bekassine sah mich an und sagte: »Ich würde gern mit den Gänsen ziehen. Dann könnte ich meine Eltern besuchen.«

»Ich auch«, stimmte Hindin zu.

»Ich auch«, sagte eine Stimme hinter uns.

Wir drehten uns um und machten große Augen. Es war Bisam. Hatte sie uns zugehört? Hatte sie verstanden, was wir sagten? Sie lächelte und nickte mit ihrem flachen Gesicht, dessen Gesäßmale sich in Falten legten, als versuche sie ihre Zustimmung zu zeigen. Doch weil ihr Reden uns durcheinandergebracht hatte, blickten wir sie finster an. So lächelte und nickte sie noch einmal, rief dann sachte »kakakar« wie eine Gans und deutete zum Himmel.

Als der Schnee soweit geschmolzen war, daß Flecken welken, gelben Grases zum Vorschein kamen, waren die Rentiere verschwunden. Die Wölfe waren schon lange weg. Hie und da konnten wir einen von ihnen oder auch eine einzelne Fährte sehen, doch sie waren nicht mehr im Rudel zusammen wie im Winter. Vermutlich zogen sie irgendwo in einem Bau einen Wurf Junge groß. Doch der Tiger war noch immer unterwegs. Manchmal fanden wir seine Spuren im gerade aufgetauten Uferschlamm. Manchmal glaubten wir in der Nacht seine Stimme tief in den Wäldern zu hören. Er hielt sich aber von uns fern, und dafür waren wir dankbar. Eines Abends, als wir über ihn redeten, voll Achtung und ganz leise, überlegten wir, daß er allein wohl soviel aß wie wir alle zusammen, vielleicht auch mehr. In dieser Zeit fanden wir nicht viel jagdbares Wild, sondern aßen, was wir in unseren Fallen fingen, sogar Füchse. Wir aßen auch Kadaver von Tieren, die der Winter getötet hatte, und jeden toten Fisch, den wir in der Nähe des Seeufers treiben sahen. Was aber fraß der Tiger?

Einmal hörten wir in der Nacht etwas vor dem Windfang atmen. Als der Himmel am Morgen hell wurde, entdeckten wir im weichen Boden die Prankenabdrücke des Tigers. Von da an waren wir noch vorsichtiger, da wir nun wußten, daß der Tiger in unserer Nähe war und an uns dachte.

Eines Abends bemerkten wir auf der gegenüberliegenden Seite des Sees irgend etwas Braunes mitten im Wasser. Es war der Rücken einer Elchkuh, die Pflanzen vom Seegrund äste. Wir ergriffen schon unsere Speere und wollten um den See herumlaufen und das Tier jagen. Die Elchkuh hob ihren Kopf, um Luft zu holen. Wir bewegten uns nicht und warteten. Friedlich schnaufte sie eine Weile mit tropfenden Ohren, dann tauchte sie ihren Kopf wieder ins Wasser. Wir rannten los. Aber in eben diesem Augenblick brach plötzlich am anderen Seeufer der rote, gestreifte Tiger wie eine Flamme aus dem Dickicht und stürzte sich mit zwei großen Sätzen laut platschend auf den Elch. Ein schrecklicher Kampf folgte, Wasserfontänen, Tigergebrüll, ein lautes Röhren des Elchs. Aber der Kampf war rasch entschieden. Für einen Moment sahen wir nur noch die gekräuselte Oberfläche des Sees und dann den geschmeidigen Kopf des Tigers, der mit angelegten Ohren ans Ufer schwamm.

Er kletterte auf die Steine hinauf und schüttelte sich in einer Wolke spritzenden Wassers. Er beendete das ganze mit einem Peitschenhieb seines Schwanzes. Dann wandte er sich dem See zu und bemerkte, daß wir ihn beobachteten. Er starrte kurz herüber und ließ dann ein gewaltiges, donnerndes Gebrüll hören, das das ganze Becken des Sees erfüllte, von den Bäumen widerhallte und den Boden unter unseren Füßen zum Beben zu bringen schien. Selbst auf diese Entfernung spürte ich das Brüllen in mir. Meine Brust war voll von diesem Lärm. Aber merkwürdigerweise war mein Schrecken nicht so groß, wie ich erwartet hatte. Das lag zum Teil sicher daran, daß der Tiger so weit weg war, zum Teil aber auch daran, daß er mir plötzlich sehr klein vorkam. Da stand er nun, tropfnaß, dünner und kleiner als sonst, doch als wüßte er nicht, daß er nicht mehr so furchteinflößend wirkte, hatte er trotzdem versucht, uns einen Schrecken einzujagen. Ich hätte über ihn lachen können.

Da riefen die Raben plötzlich überall im Wald. Ganz gleich, ob ihr Gott im Augenblick naß oder trocken war: Wenn er sprach, antworteten sie.

»Beim Großen Bären«, sagte Maral. »Was machen wir jetzt?«

»Seht doch mal«, sagte Andriki. Wir schauten genau hin. Etwas Braunes, Haariges brach durch die Oberfläche des Sees. Darum herum trieb etwas Dunkles und Zähes auf dem Wasser. Die Elchkuh und ihr Blut! Mit aufgestellten Ohren, die Stirn in Falten gelegt, heftete auch der Tiger seinen Blick darauf. Rasch, als hätte er uns ganz vergessen, platschte er erneut ins eisige Wasser, schwamm auf die tote Elchkuh zu, schlug sein furchterregendes Gebiß in ihre Flanke und zerrte heftig daran. Plötzlich verschwand er. Er hatte sich selbst unter Wasser gezogen.

Doch dort mußte er losgelassen haben, denn er tauchte schnell wieder auf. Mit gedämpften Stimmen tuschelten wir einander zu, daß er wohl wieder ans Ufer schwimmen würde und dann vielleicht auf unsere Seite käme, um uns anzugreifen. Aber statt dessen sahen wir sein nasses Gesicht und sein hochgerecktes Kinn, das an einen Biber erinnerte, als er nun um den Elchkadaver herumschwamm. Er befand sich jetzt hinter dem Kadaver und versuchte, aus einer anderen Richtung daran zu zerren.

Mittlerweile saßen die Raben in den Bäumen am jenseitigen Seeufer und jubelten dem Tiger zu, wie Zuschauer Männern beim Ringkampf zujubeln. Als hätte ihr Hurrageschrei ihn ermutigt, gelang es dem Tiger, die Elchkuh ruckweise weiterzuzerren. Bald hatte er sie ins seichte Wasser gezogen, und kurz darauf schleifte er sie vollends an Land. Während sie noch halb im Wasser lag, schüttelte der Tiger sich erneut und blickte hinauf zu den Raben, die aufgeregt über ihm herumflatterten. Dann packte er die Elchkuh mit seinen Zähnen knapp über den Schulterblättern am Rückgrat, reckte seinen Kopf, so hoch er konnte, und schleppte sie in den Wald, wobei fast ihr ganzer Körper mit gespreizten Vorderläufen neben ihm herschleifte.

»Beim Großen Bären!« sagte eine tiefe fremde Stimme hinter uns. »Wir bräuchten drei Mann, um diesen Kadaver von der Stelle zu bringen!«

Erstaunt wandten wir uns um. Da stand ein großer, bärtiger Mann mit hellen Haaren. Er trug ein Bündel und zwei Speere und hatte einen fellbesetzten Überwurf an. Es war Vater.

21

»Mein jüngeres Weib ist mir nicht aus dem Sinn gegangen«, erklärte Vater mit ruhiger Stimme. »Ich habe sie im Traum gesehen. Da wußte ich, daß ich sie besuchen mußte. Und so wanderte ich los, zwei Tage lang für jeden meiner Finger. Jetzt bin ich hier.«

»Es geht ihr gut«, sagte Andriki. »Und dem Kind auch.«

»Ist es ein Mädchen?«

»Nein, ein Junge.«

»Ah«, sagte Vater.

»Wie war deine Reise?«, fragte Andriki. »Bist du gut vorangekommen?«

»Ich habe mich auf den Weg gemacht, als der Eisgang auf dem Fluß einsetzte«, gab Vater zur Antwort. »Und ich bin aus nordwestlicher Richtung gekommen, durch die Fichtenwälder östlich von hier. Wenn man durch einen Fichtenwald gehen muß, ist der Frühling die beste Zeit. Ich habe zumeist Schneehühner gegessen. Und Winterkadaver. Das Wild, auf das ich gestoßen bin, war geschwächt nach diesem harten Winter. Sie verenden noch immer wegen des vielen Schnees.«

»Nun«, sagte Andriki, »sei willkommen.«

»Warum bleiben wir hier stehen?« fragte Vater. »Habt ihr nichts zu essen, das ihr mir nach meiner Reise anbieten könnt? Habt ihr alles dem Tiger überlassen?«

Natürlich lachten wir darüber, aber unser Zögern hatte nichts mit Nahrungsmangel zu tun. Wir dachten daran, was Vater zur Begrüßung antreffen würde – das Baby, das nicht das seine war, und die fremde Frau.

»Komm schon, Bruder«, sagte Andriki schließlich. »Es gibt viel zu sehen für dich.«

Ich muß sagen, Vater überraschte mich. Ich hatte geglaubt, die Geburt von Bekassines Sohn würde ihn verärgern. Statt dessen öffnete er in der dunklen Hütte ernst Bekassines Hemd und betrachtete das kleine Gesicht des Babys. Ich hatte gedacht, daß er es nicht würde anfassen wollen. Statt dessen streckte er seine Arme aus. Auch Bekassine selbst war überrascht. Zuerst zögerte sie. Sie wollte sehen, ob seine Freundlichkeit ernst gemeint war. Als sie aber das Gefühl hatte, seine Stimmung werde sich nicht ändern, beeilte sie sich, ihm das Baby zu geben. Er nahm es vorsichtig in den Arm, aber das Kind bemerkte das fremde Gesicht, zog seine Mundwinkel herab, zuckte und fing an zu schreien. Bekassine schien zu befürchten, dies könne Vater erzürnen, und sie trat schnell auf ihn zu, um ihm den Kleinen abzunehmen. Aber Vater wiegte ihn und redete mit seiner tiefen Stimme auf ihn ein. »Ist ja gut«, beruhigte er ihn. »Ganz ruhig. Hab keine Angst.« Das Baby hörte auf zu schreien und starrte Vater an, als habe es seinen Fehler eingesehen.

Vater wandte sich an Bekassine: »Nun, Weib, ich bin gekommen.«

Ängstlich gingen ihre Blicke zwischen Vater und dem Baby hin und her. Mit einem angedeuteten Lächeln übergab er ihr langsam das Kind. Wir übrigen hatten die Szene schweigend beobachtet. Als Bekassine das Baby nahm, atmeten einige von uns hörbar auf.

Die ganze Zeit über hatte niemand an Bisam gedacht. Jetzt kam sie gerade aus dem Wald zurück, wo sie Holz gesammelt hatte, und kroch in die Hütte, wobei ihr Holzbündel an den Wänden des Windfangs scheuerte. Verblüffung machte sich auf Vaters Gesicht breit. Wenn wir alle in der Hütte waren, wer konnte dann diese Kratzgeräusche verursachen? Er fuhr zusammen, als er Bisam sah, mit ihrem gewölbten Bauch und den blauen Gesäßmalen im Gesicht. »Na so was!« sagte er sanft. Bisams Kopf schnellte hoch, und ihre Augen waren ängstlich geweitet. Einen Augenblick starrte sie ihn an, musterte seinen Bart und suchte seine Größe und sein Alter abzuschätzen. Dann suchten ihre Augen die meinen. Sie blickte mich durchdringend an und setzte sich. Sie überließ es mir, Vater zu erklären, wer sie war.

Ich versuchte, ihm zu erklären, was sich während seiner Abwesenheit ereignet hatte. Als ich anfing zu erzählen, wie ich die Axtschläge in den Hügeln gehört hatte, vernahm ich den Widerhall meiner eigenen Stimme und wußte auf einmal, daß Vater nicht der einzige war, der zuhörte. Die anderen mußten den Atem angehalten haben, so ruhig war es in der Hütte geworden. Bei all den gespitzten Ohren, die jedes Wort von mir aufnahmen, unternahm ich keinen Versuch, die Wahrheit zu verschweigen oder meine Rolle beim Raub meiner Frau in einem günstigeren Licht darzustellen, eine Tat, die in Vaters Augen sehr schwerwiegend sein mochte. Für kurze Zeit hoffte ich, jemand würde mir beistehen – Andriki vielleicht –, aber das tat niemand, und so quälte ich mich weiter und versuchte dabei Vaters Blick nicht auszuweichen, was mir nicht immer gelang. Seine durchdringenden, hellen Augen ließen mich an den Tiger denken. Ich versuchte, meine Geschichte mit ermutigenden Gedanken zu beenden, der ganzen Sache die bestmögliche Wendung zu geben, und erinnerte Vater daran, daß der Winter vorübergegangen war, ohne daß Bisams Leute Anstalten gemacht hatten, sie zu finden. Meiner Ansicht nach, erklärte ich ihm, hätten ihre Leute Angst vor uns, und wir seien vor ihrer Rache sicher. Dann schwieg ich und wartete auf Vaters Antwort. Nichts geschah. In der Hütte blieb es ruhig. Vater wiegte sich hin und her, sagte aber nichts. Endlich räusperte er sich. Das Geräusch erinnerte mich an das Knurren eines Tigers. Ich versuchte mir einzureden, daß ich erwachsen war, kein Kind mehr, sondern ein Mann, oder fast ein Mann, und daß ich nicht ängstlich auf ein Wort meines Vaters zu warten brauchte. Ich bemühte mich, meinen Kopf aufrecht zu halten und ihm in die Augen zu schauen. Aber das gelang mir nicht. Ich wußte, was er dachte. Und alle anderen wußten es auch. Allmählich verlief das Gespräch in ruhigeren Bahnen. Vater sagte nichts zu mir, und ich verharrte schweigend. Ich tat, als suchte ich in der Asche nach Kiefernnüssen. Rin und Bekassine sprachen über ein Stück Fleisch, das sie für Vater braten wollten. Inzwischen berichtete Vater seinen Brüdern von seiner langen Wanderung. Spät in der Nacht hörten alle, die noch wach waren, ein paarmal das dröhnende Gebrüll Der Lilie vom anderen Seeufer. Vielleicht hatten sich die Wölfe an einen seiner Kadaver herangeschlichen.

»Wie kann ich offen reden, wenn ich nicht weiß wieviel dieses Weib versteht?« fragte Vater am nächsten Tag und meinte damit Bisam. Wir saßen in der Hocke am Fuß eines der runden Hügel, an den Vater die Männer der Hütte geführt hatte, weil wir dort einen Wolfsbau ausheben wollten. Es war der Bau der Wölfe, die wir kannten. Vater hatte ihn gefunden, als er vom Forellenfluß gekommen war. Lange, dünne Grashalme markierten ihn, wie das meistens bei Wolfsbauen der Fall war. Hinter einer Deckung aus niedrigwüchsigem Wacholder oben auf dem Hügel beobachtete uns einer der Wölfe.

Soweit mein Unterarm reichte, hatten wir das Erdreich aufgegraben. Als ich in die Öffnung hineinspähte, sah ich, daß die Röhre sehr lang war. Im Grunde hatte unsere Arbeit gerade erst angefangen. Unter der Erde herrschte völlige Stille, obgleich bei jedem Schlag meines Pickels kleine Steine nach unten hüpften.

»Du fragst, wie wir vor Koris Weib offen reden können«, sagte Andriki. »Und ich frage dich, wie wir vor den anderen Frauen offen reden können. Koris Bisam versteht uns nicht, die anderen Frauen aber schon.« Maral und Andriki lachten lauthals. Ich lächelte und wollte damit Vater bewegen, auch zu lachen.

Aber das tat er keineswegs. »Ich verstehe nicht, weshalb mein Sohn eine Frau von Fremden entführt und glaubt, niemand würde sie rächen«, sagte er. »Wie konnte das geschehen? Sind nicht meine Brüder zwei erwachsene Männer? Bedeutet ihnen das Wohl der Hütte nichts? Wie konnten sie so etwas zulassen?« Vater richtete diese Worte an den See und die Wälder und an alle, die ihm zufällig zuhörten.

»Nimm's nicht so schwer, Bruder«, sagte Maral. »Wollen wir uns deshalb streiten?«

»Ich verstehe deinen Ärger schon«, sagte Andriki, »aber warum richtest du ihn gegen uns? Ist Kori etwa unser Sohn? Hat sich einer von uns von seiner Mutter scheiden lassen? Haben wir ihn hierhergebracht? Haben wir uns entschieden, wegzugehen und ihn mit Leuten alleinzulassen, die ihn kaum kannten?«

»Ich muß an die Rache ihrer Leute denken«, sagte Vater. »Ich war weit weg, als er diese Frau raubte. Wie hätte ich ihn daran hindern können? Warum hast du ihn nicht aufgehalten, da du doch wußtest, daß ihre Leute kommen könnten, um sie zurückzuholen? Ist Koris Weib es wert, daß einige unserer Leute sterben?«

»Weshalb glaubst du, daß jemand kommen wird?« fragte Andriki. »Warum sind sie nicht schon längst gekommen? Wir haben nach ihnen Ausschau gehalten. Wir waren bereit. Wo waren sie?«

»Ist sie nicht irgend jemandes Tochter?« bohrte Vater weiter. »Könnte sie nicht auch die Frau von jemandem sein? Sollten wir nicht mit ihrer Rache rechnen? Könnten ihre Leute nicht kommen und unsere Frauen und Kinder verschleppen?«

Andriki reckte sein Kinn in Richtung der Büsche am Hügel, wo der Wolf auf der Lauer lag. »Sieh dort«, sagte er zu Vater. Vater folgte seinem Blick. »Wenn wir ihre Jungen wegnehmen, fürchtest du dann ihre Rache?« fragte Andriki. »Ich, für mein Teil, habe keine Angst vor Bisams Leuten oder ihren Vogelspeeren. Gönn Kori doch das Vergnügen. Schließlich ist er ein junger Mann, der wie ein junger Mann denkt und fühlt. Aber seine Frau ist ein Kind. Wenn er sein Bisam-Weib hat, läßt er seine Finger von den anderen Frauen, und wir haben Frieden in der Hütte.«

»Brauchst du etwa einen Sklaven, um Frieden in der Hütte zu halten?« erkundigte sich Vater.

»Sollte nicht jeder Mann eine Frau haben?« erwiderte Andriki.

»Jetzt, nachdem Bekassine ihr Kind geboren hat, kannst sogar du, der Mann so vieler Frauen, eine Frau brauchen.« Er lachte. Mir gefiel die Wendung, die das Gespräch nahm.

Doch gerade, als ich mich ein wenig erleichtert fühlte, wandte Vater sich an mich: »Sag schon, Kori, was hast du vor? Ich sehe, daß sie schwanger ist. Von dir?«

»Ja, Vater«, gab ich zur Antwort.

»Bist du dir sicher?« hakte er nach.

Was sollte ich sagen? Ich war mir ganz sicher! Doch das zu sagen, hätte womöglich dreist geklungen. »Ich denke, daß es mein Kind ist, Vater«, sagte ich.

Da ergriff Andriki für mich das Wort. Er sagte ganz frei heraus: »Seine Frau hat menstruiert, als wir sie gefangennahmen. Selbst Kori weiß, daß sie nicht menstruieren können, wenn sie ein Kind tragen. Danach hatte nur er sie zum Weib. Er dachte, auch wir schliefen mit ihr, aber, um ehrlich zu sein, ich wollte mir keine Filzläuse einfangen. Auch Maral nicht. Nein, wir anderen haben sie nicht angerührt. Wenn ein Mann wirklich sicher sein kann, daß er der Vater ist, dann Kori.«

»Filzläuse?« fragte Vater.

»Ja, mittlerweile kriechen sie überall in der Hütte herum. Alle kratzen sich. Das wirst du mir bald glauben! Aber ja, die Läuse haben uns von ihr abgehalten.« Andriki prustete los.

Vater seufzte.

»Ihre Läuse und ihre seltsame Art, den Beischlaf zu vollziehen«, ergänzte Maral.

Jetzt starrte Vater Maral an. »Was meinst du damit?« fragte er.

»Sie ist anders«, sagte Andriki. »Erzähl's ihm, Kori.«

»Onkel!«

»Raus mit der Sprache!« forderte Vater.

Ich legte meinen Geweihpickel weg und wandte mich ab, um Vater nicht ins Gesicht sehen zu müssen. »Ihr verletzt mein Schamgefühl«, sagte ich.

Die drei Männer waren plötzlich still, und ich fühlte, daß sie mich beobachteten. Mit heißem Gesicht schaute ich zu Boden. Ich wollte nicht über den Koitus sprechen.

Andriki räusperte sich. »Müssen wir ihm Schande zufügen?« fragte er. »Was passiert ist, ist doch schließlich vor langer Zeit passiert. Wenn man sich dabei nicht auskennt, Bruder, ist das doch nicht Koris Fehler?«

»Beim Großen Bären!« rief Vater. »Du deutest merkwürdige Sachen an, und dann willst du selbst nicht einmal darüber reden. Weshalb ärgerst du mich?«

»Ich mache keine Andeutungen, Bruder«, sagte Maral sehr ernsthaft. »Ich sage, was ich denke, oder halte meinen Mund, genau wie du. Was diese Frau angeht, meine ich, daß es für alles eine richtige und eine falsche Art und Weise gibt. Es gibt eine richtige Art und Weise, einen Speer zu werfen, und es gibt eine richtige Art und Weise, ein Feuer zu entfachen. Wirft man einen Speer falsch, wird er fallen. Reibst du die Feuerstöcke falsch, wird der Zunder nicht brennen. Dasselbe gilt auch für den Beischlaf. Sie, die all den Tieren und allen Menschen Leben geschenkt hat, Sie hat uns gezeigt, wie man das macht. Wir tun, was Sie uns gelehrt hat. Aber nicht Koris Weib. Koris Weib...« Maral zögerte.

»Macht sie's wie die Lüchsin?« fragte Vater ganz aufgebracht. Meine Onkel versicherten, daß Bisam nicht wie die Lüchsin war, die vor undenkbarer Zeit eine von Rüsselkäfers Frauen gewesen war. Sie hatte ihn dazu gebracht, bei ihr zu liegen, während sie menstruierte. Davon wurde sein Penis wie der Penis eines Luchses, leuchtend rot und sehr klein. Als er herausbekam, wie seine Frau ihn hintergangen hatte, trennte er sich von ihr, und sein Penis wurde wieder wie vorher.

»Nicht wie die Lüchsin«, sagte Maral. »Koris Weib

sieht ihm ins Gesicht, während sie bei ihm liegt. Sie macht's so, es ist ihre Art. Das ist alles.«

Vater schien sich dafür zu interessieren, als versuchte er sich mich zusammen mit Bisam vorzustellen. »Es liegt nicht an dem Jungen«, sagte Andriki. »Wer von uns könnte behaupten, daß er es nicht genauso machen würde? Sicher würde jeder von uns genau dasselbe tun, wenn die Frau nicht wüßte, wie man es anders macht, und es auch nicht lernt.«

Doch Vater schien Schwierigkeiten zu haben, das zu begreifen. »Na so was!« sagte er schließlich. »Filzläuse und dann auch noch das! Kein Wunder, daß ihre Leute sie nicht haben wollen.«

Oben auf dem Hügel rannte der lauernde Wolf unterdessen aufgeregt ans andere Ende des Dickichts, das ihn verbarg. Wir verhielten uns ruhig und horchten, doch aus dem Bau unter der Erde drang kein Laut. »Graben wir etwa umsonst?« fragte Maral.

Als Antwort deutete Vater mit seinen Lippen auf die Wölfin, die jetzt hinter einem anderen Busch ihren Beobachtungsposten bezogen hatte, als hoffte sie auf eine Veränderung. »Siehst du sie?« fragte er.

»Ja«, sagte Maral.

»Du, der du glaubst, daß Koris Frau keine Leute hat, die sie zurückhaben wollen, wie erklärst du dir das, was dieser Wolf tut?« fragte Vater.

»Wenn du eine Antwort von einem Wolf haben willst, dann paß auf, was jetzt passiert«, erwiderte Maral und langte auf dem Bauch liegend mit seinem Arm tief in das Loch, tastete umher und setzte sich dann wieder auf seine Fersen, einen weichen braunen Welpen in seiner großen Hand. Bei diesem Anblick blieb der Wolf auf dem Hügel wie angewurzelt stehen. »Wird sie uns angreifen?« fragte Maral besorgt. Er überreichte mir das Wolfsjunge, legte sich wieder auf den Bauch und langte hinunter in das Loch.

Ich schaute mir das kleine Tier an. Es war ein Männchen, das konnte ich erkennen, als ich ihn auf den Rücken drehte. Die langen Haare am Ende seines Penis waren naß von seinem Harn. Ich hielt ihn mit beiden Händen, wobei mir auffiel, daß er seinen Körper steif machte. Sein Nacken war gekrümmt, seine Vorderläufe am Ellbogen- und Fußgelenk abgewinkelt, seine Hinterläufe so lang ausgestreckt, daß er die Krallen zeigte. Sein Schwanz kringelte sich mit zitternder Spitze zwischen seinen Hinterläufen. Unter meinen Daumen spürte ich seine Rippen, die so zart wie die eines Babys waren, und hinter seinen Rippen fühlte ich sein klopfendes Herz.

Noch nie hatte ich ein lebendiges Wolfsjunges in der Hand gehalten. Das weiche braune Fell überraschte mich, denn bei ausgewachsenen Wölfen war es normalerweise rauh und grau. Wie würde der kleine Kerl sein Fell wechseln, wenn er erwachsen wurde? Ich drehte ihn um, um mir seinen Rücken anzuschauen, und plötzlich, mit einer Kraft, die mich erstaunte, entwand er sich meinen Händen und rannte davon. »Hei!« schrie ich.

»Hei!« rief Andriki, packte seinen Speer hinter der Spitze und ließ den Schaft wie einen Knüppel niedersausen. Der Speer ächzte in der Luft, so schnell bewegte Andriki ihn, und er erwischte den Welpen mit einem heftigen Schlag, der ihn zu Boden streckte. Da lag er nun mit durchgebissener Zunge und abgespreizten Beinen, wie ein abgezogenes Fell.

»Nicht doch!« schrie Vater. »Paß doch auf! Ich will ihn lebend!« Andriki und ich standen über dem Welpen. Seine Rippen hoben und senkten sich langsam, und aus seinem Maul tropfte Blut. »Er lebt noch«, meinte Andriki und stieß das Junge mit dem Fuß an. Ohne zu wissen warum, warf ich einen verstohlenen Blick auf den Hügel, weil ich sehen wollte, was der lauernde Wolf von all dem hielt. Aber der hatte sich verzogen.

Hinter uns sagte Maral: »Du hast ihn getötet, aber Schwalbe wollte ihn lebend haben.«

»Er könnte immer noch am Leben sein«, sagte Andriki, als der Welpe jetzt ächzte und ein Schauer durch seinen

Körper lief. »Jedenfalls wäre er davongelaufen, wenn ich ihn nicht erschlagen hätte. Schwalbe hätte ihn so oder so verloren. Kori! Du hast ihn laufen lassen. Warum?«

»Ich habe nicht gedacht, daß er sich so schnell bewegen kann«, gab ich zur Antwort.

»Du hast geträumt«, sagte Vater.

Irgendwie konnte ich meinen Blick nicht von dem staubbraunen Wolfsjungen lösen, dessen Augen sich verschleierten. Ich hörte Maral in der Erde kratzen. »Hier«, sagte er hinter mir. »Paß aber diesmal besser auf.« Und damit legte er einen zweiten Welpen in meine Hände.

»Das werde ich«, versprach ich. Ich nahm meinen Gürtel ab und wickelte ihn fest um Füße, Nacken und Kiefer des Welpen.

Dieses zweite Männchen, das etwas kleiner als das erste sein mochte, hätte sich nun beim besten Willen nicht mehr bewegen können. Aber es unternahm gar nicht erst den Versuch. Vielleicht hatte es gesehen, wie es seinem Bruder ergangen war. Vielleicht hatten wir den Winzling auch zu sehr erschreckt. Nur als ich ihn festband, zitterte er gewaltig, sonst aber hielt er ganz still.

»Da unten könnten noch mehr sein«, sagte Vater, und zum drittenmal tastete Maral in den Tiefen des Baus herum.

»Ich kann sie aber nicht fühlen.«

»Sollen wir tiefer graben?«

»He! Sind dir zwei nicht genug?« fragte Andriki. »Wollen wir hier den ganzen Tag zubringen? Wollten wir nicht jagen? Du bist so weit gelaufen, und wir haben hier so wenig zu essen. Hast du denn keinen Hunger?«

»Wenn wir hier Welpen zurücklassen, werden die Wölfe sie verschleppen. Wir werden sie nicht so leicht wiederfinden«, sagte Vater.

»Du hast zwei«, sagte Andriki, »wie viele brauchst du denn?«

»Bist du ungeduldig, kleiner Bruder?« fragte Vater ihn. »Also gut, laßt uns auf den Hügel gehen und Ausschau halten. Wir wollen nicht hier in der Nähe jagen. Vergeßt Die Lilie nicht!«

»Wollen wir den da auf die Jagd mitnehmen?« fragte Maral und stieß den zweiten Welpen mit seinem Schuh an.

»Wir nehmen ihn mit zur Hütte. Eine der Frauen kann für uns auf ihn aufpassen«, sagte Vater. Er strich sich über seinen Bart und schaute auf die beiden Welpen hinunter. »Sie brauchen was zu fressen.« Er dachte lange nach. »Vor Jahren«, sagte er, »lebte ich am Forellenfluß, genau wie in diesem Winter. Eine Verwandte meiner Frau zog ein Wolfsjunges auf, auch ein Männchen. Er kam und ging, wie es ihm gefiel, und wenn er Lust dazu hatte, half er uns bei der Jagd. Ich habe es selbst gesehen. Er brachte sogar ein Rentier dazu, stehenzubleiben und zu warten, bis ich meinen Speer werfen konnte. Wie der Wolf damals den Leuten vom Forellenfluß geholfen hat, wird dieser Wolf uns helfen. Und was die Verwandte meiner Frau für ihren Wolf getan hat, wird meine Frau für meinen tun. Sie wird sich nicht weigern. Kommt. Wir sagen ihr jetzt, daß sie ihn füttern muß.« Mit weit ausholenden Schritten ging er zurück zur Hütte, und Maral und Andriki folgten ihm.

Da hörten wir auf einmal eine laute, klare Stimme hinter uns. Es war die Wölfin, die uns die ganze Zeit beobachtet hatte. Ihr Ruf stieg an, brach sich und verebbte. Auf den Ruf folgte eine tiefe Stille, als lauschten selbst die Bäume. Vater und seine Brüder blieben stehen und warteten, als hätten sie durch das Geräusch am Boden Wurzeln geschlagen. Wie konnte ein Wolfsruf eine so tiefe Stille auslösen? Wir hielten den Atem an und spitzten die Ohren. Schließlich antwortete im Osten, hinter den Hügeln der Frau Ohun, die Stimme eines anderen Wolfes. Dann meldeten sich im Süden zwei weitere, und auch aus dem Norden kam eine Antwort, allerdings so weit entfernt, daß man sie kaum hören konnte.

»So«, sagte Vater mit sanfter Stimme. »Jetzt werden sie kommen.«

»Und was dann?« fragte ich ihn.

Er schaute mich lange an, als könne er sich nicht entscheiden, ob er mir antworten solle oder nicht.

Schließlich sagte er: »Sie werden kommen und singen. Dann werden sie gehen, und es wird Jahre dauern, ehe sie diesen Platz wieder aufsuchen. Nun, Brüder. Wie steht's mit uns? Wollen wir hierbleiben?« Er machte auf der Stelle kehrt und ging voran, Maral und Andriki hinterher. Ich hob den zweiten Welpen auf und ging ebenfalls. Ich hätte auch den ersten mitgenommen, aber er war tot.

22

In der Hütte trafen wir niemanden an, daher ließen wir das Wolfsjunge am Windfang angebunden zurück. Vater meinte, das Junge könnte die Sehne durchbeißen, mit der es angebunden war, wenn wir ihm nicht den Kiefer zubänden. Deshalb wickelten wir die Sehne sehr fest um sein Maul und verknoteten sie im Nacken. Dann banden wir dem Tier die Läufe zusammen, weil wir verhindern wollten, daß es mit seinen Pfoten an die Fesseln kam.

Als wir fertig waren, sah es aus wie eine Axt mit Augen. Ich konnte mir das Lachen nicht verkneifen.

Dann gingen wir jagen, Vater und Maral flußabwärts in westlicher Richtung, Andriki und ich flußaufwärts in östlicher Richtung. Am Ostufer des Sees fanden wir die Fährte der Elchkuh, die der Tiger getötet hatte: ovale Dellen in der feuchten Erde, halb gefüllt mit braunem Wasser. Sie hatte lange dort gestanden und sich umgesehen. Da wir sie oder ihre Fährte vorher nie bemerkt hatten, wußten wir, daß sie von woanders gekommen war und den See zunächst in Augenschein genommen hatte, bevor sie ihre Augen und Ohren hineintauchte. Natürlich hatte es keinen Sinn, der Fährte zu folgen oder mehr in Erfahrung zu bringen, und so machten wir uns, um dem Tiger aus dem Weg zu gehen, in großem Bogen auf nach Nordwesten.

Wir jagten den ganzen Tag. Unser Weg führte uns über die große, tiefliegende Ebene, in der es Riedgras und Weiden in der roten Farbe des Frühlings gab. Gegen Mittag sahen wir einen großen Braunbären. In einiger Entfernung folgte ihm ein Fuchs. Zu zweit konnten wir gegen diesen Bären nichts ausrichten. Wir verhielten uns ruhig, bis er vorüber war. Bis zum späten Nachmittag hatten wir außer zwei Schneehuhnpärchen und einer kleinen Rentierherde, die uns entdeckte, als wir sie entdeckten, nichts gesehen. Dann wurden die Schatten der Weiden länger, und der kalte Abendwind setzte ein. Wir wußten, die Dunkelheit würde bald einbrechen, und weil wir Der Lilie nicht im Dunkeln über den Weg laufen wollten, machten wir uns auf den Heimweg.

Als wir die Kiefernwälder erreichten, blieb Andriki stehen, um Zweige abzuschneiden. Er erklärte, Vater würde sie brauchen. Er sagte nicht, wozu sie dienen mochten, aber ich half ihm. Die Zweige waren frisch und grün und zeigten neue Triebe. Andriki hatte ein Band dabei. Damit schnürten wir ein großes Bündel zusammen, das wir in die Hütte schleiften, als die Sonne eben hinter Wolkenbänken unterging. In der Glut des Feuers erkannte ich zwei Handflächen und zwei Fußsohlen, die wie Menschenhände und -füße geformt, aber dunkler und kleiner waren. Vater und die anderen brieten eins der beiden Murmeltiere, die einige der Frauen zuvor mit Steinwürfen erlegt hatten. Sie waren nur Haut und Knochen, eine dürftige Beute nach ihrem langen Schlaf, und wie alles, was Frauen erlegten, enttäuschend, wenn man an die Tiere dachte, die Andriki und ich gesehen hatten.

Als wir mit dem Essen fertig waren, ging Vater hinaus und blieb lange weg. Wir saßen und warteten, während der Himmel über den Rauchabzügen dunkel und der Wind heftiger wurde. Im Dunkeln kam Vater zurück und blieb eine Weile sitzen. »Macht Feuer«, sagte er endlich. »Ich werde euch zeigen, daß der Bär nicht weit von uns ist.«

So nahmen wir trockenes Reisig und die frischen Kiefernzweige und schafften sie zum Platz des Großen Bären, ans Feuer der Besitzer der Hütte. Dort würde der Große Bär schlafen, wenn die Hütte Sein Bau und die Streben der Decke die Wurzeln Seines Kiefernbaums waren, der den Hüttenpfosten der Welt darstellte. Marals Frauen knieten sich hin, um den Boden zu fegen, die Fußspuren zu beseitigen, die Rindenreste, die vom Murmeltier übriggebliebenen Knochen und Haare, um die Reste der Kiefernzapfen und Samenkapseln aufzuheben und damit den geheiligten Platz für das Feuer vorzubereiten. Wir schöpften die letzte

Glut des Kochfeuers ab und streuten sie sachte, ohne uns dabei die Hände zu verbrennen, auf den Haufen frisch aufgeschichteter Zweige. Die Funken entzündeten das Feuer. Als es hell aufloderte, setzten alle sich darum herum. Ich quetschte mich zwischen Bekassine und Andriki.

Da stand Vater auf und holte aus seinem Bündel eine kleine Trommel, die wie Andrikis Trommel aus einer Vogelhaut bestand, die über einen zum Kreis gebogenen Zweig gespannt war. Er gab die Trommel Maral, der mit seinen Fingerkuppen auf die Haut schlug, was ein tiefes, trockenes Geräusch hervorrief, einen gleichbleibenden Rhythmus, in den wir übrigen händeklatschend einfielen. Wir sangen:

Du, dessen Feuer die Sterne hervorbringt
Du, dessen Gesang das schwarze Eis brechen läßt
Du, dessen Atem den Schnee macht
Du, dessen Tanzfeuer der Mond ist
Dich rufen wir mit den Stimmen der Gänse:
  hariak! hariak!
Dich rufen wir mit den Stimmen der Kiebitze:
  wiri! wiri!
Dich rufen wir mit den Stimmen der Adler: kiriar kii!
Wir verbrennen Fett.
Fett ist im Rauch.
Hol es Dir, Gast des Frühlings,
Komm aus Deinem langen Schlaf.
In Deiner eigenen Stimme rufen wir Dich:
Hona! Hona! Hona!

Dann ertönte aus der Dunkelheit beim Windfang ein Brüllen, das laut anschwoll, während Vater an einem Strick etwas über seinem Kopf kreisen ließ. Bei diesem furchterregenden Geräusch drängte Bisam sich neben mich in den Kreis. Bekassine wandte mir ihr Gesicht zu. Selbst in der Dunkelheit war das Weiße ihrer Augen zu sehen. »Was ist das?« flüsterte sie. Es sah aus wie das Schulterblatt eines großen Tieres, das man geschnitzt und geschabt hatte, damit es wie eine Speerspitze aussah. Aber ich wußte nicht, wie man es nannte. Als Bekassine sah, daß ich ihr keine Antwort geben konnte, beugte sie sich über mich, um Andriki zu fragen.

»Eine Stimme«, sagte er. »Die Stimme des Großen Bären.«

»Wie ist das möglich?« flüsterte Bekassine und lauschte.

Aber so unvermittelt, wie sie begonnen hatte, verstummte die laute Stimme, und Vater stand direkt über dem Feuer. Nackt bis zum Nabel und mager vom Winter, sah sein großer ausgezehrter Körper für die Augen aller Anwesenden wie ein abgehäuteter Bär aus. In einer Hand hielt er das Schulterblatt, das jetzt schwieg. Aus der anderen, die er hoch emporhob und öffnete, ließ er einen dünnen Faden gelbbraunen Fetts ins Feuer tröpfeln. Ehe es aufflammte, sang das Fett mit der Stimme einer Stechmücke. »Das Fett brennt. Das Fett ist im Rauch«, sangen wir übrigen. »Hol es Dir! Komm!« Auch ich sang mit den anderen, doch während wir den Großen Bären riefen, ging mir die Frage nicht aus dem Kopf, woher Vater den Fettstreifen haben konnte. Wir hatten kein Fett mehr. Hatte er es vom Forellenfluß mitgebracht? Er hatte kein Fleisch in seiner Jagdtasche gehabt. Dann durchfuhr mich ein Gedanke, der mich unwillkürlich blinzeln ließ: in einem Weidendickicht jenseits des Sees lag ein Kadaver, die Elchkuh, die dem Tiger gehörte. Hatte Vater ihm das Fett weggenommen?

Mir blieb keine Zeit, darüber nachzudenken, denn jetzt warf Vater die Kiefernzweige aufs Feuer. Der Gesang schwoll an, das Trommelschlagen und Klatschen wurde schneller, und die Stimme des Großen Bären, die aus dem jetzt von Maral herumgewirbelten Knochen dröhnte, wurde so laut, daß es schmerzte. Fast verhüllt von der Wolke aus Rauch- und Dampfschwaden der schwelenden Kiefernzweige, reinigte Vater sich seine Hände mit Holzkohle. Dann erhob er seine mit Holzkohle gefüllten

Hände und setzte sein Haar in Brand. Er warf seinen Kopf herum, daß die Funken flogen, und ließ Kohlen auf seine Arme und Schultern herabregnen, bis wir seine verbrannte Haut und sein versengtes Haar riechen konnten. Als seine Haut das brutzelnde Geräusch von Fleisch machte, schrien meine Tanten wie Falken. Dann verschwand Vater plötzlich in einer Rauchwolke. Gerade eben hatte er noch vor uns gestanden, jetzt war er nicht mehr da.

Der Gesang erstarb. Stille füllte die Hütte; wir hörten einander atmen und die Kiefernzweige im Feuer knistern. In dem verräucherten Dunkel blickten wir uns um. Ich sah das blitzende Weiß in Bekassines Augen neben mir und die ebenfalls weit aufgerissenen Augen von Bisam. »Hona!« sagte Maral.

»Hona!« stimmten wir alle ein.

»Singt«, forderte Maral die Frauen auf. Und die Frauen, deren Stimmen wie Hornissen vibrierten, wiederholten den Gesang. Manche der Männer bahnten sich unter der Rauchwolke einen Weg zum Windfang, wo sie nach draußen krochen. Ich folgte ihnen.

Unter dem schwarzen Himmel sang der Wind in dem kleinen Fichtenwäldchen, in dem die Hütte stand, mit der Stimme des Großen Bären. Ich roch Regen und den See – den Geruch des Wassers. Ich roch den Kiefernrauch, den der Wind von den Rauchabzügen nach unten drückte. Und ich roch verbranntes Haar; Vater war hiergewesen.

Wir hockten nahe beim Windfang und warteten auf Vater. Drinnen in der Hütte erstarben die Hornissenstimmen, und die Frauen schwiegen. Wir hörten den Wind in den Bäumen und die Eisschollen auf dem See. Ein Fuchs schrie zweimal, es war sein Frühlingsruf. Sehr weit weg, jenseits der Hügel der Frau Ohun, sicher an dem kleinen See, wo ich Bisam gefangen hatte, hörten wir Gänsegeschnatter, als die Vögel in langer Kette in der Dunkelheit dorthin flogen. Dann stieg über dem schwarzen Hügelrand unter den tiefhängenden Wolken der Mond auf. Es war der alte Mond, der abnehmende Mond, der den Geist des neuen Mondes schon neben sich hatte. Unter den Wolken schob er sich hoch wie ein Otter, der aus dem See auftaucht, ein Otterweibchen mit einem Jungen in den Armen.

Einen Augenblick lang überflutete der alte Mond die zugige Lichtung mit Helligkeit. Dann stieg er höher hinauf, verschwand hinter Wolken, und die Finsternis schloß uns wieder ein. Doch zuvor hatte ich auf dem weiß vereisten Pfad, der zum See führte, den fahlen Umriß einer auf dem Rücken liegenden Gestalt bemerkt. Wir liefen alle dorthin. Es war Vater. Er war bewußtlos. Sein Körper war steif, die Zähne zusammengebissen, die Augenlider fest geschlossen. Sein rauher Atem ging rasselnd und gequält und klang wie das Echo des Winds in den Bäumen. Niemand faßte ihn an, und keiner von uns sprach. Ich suchte seine Haut nach den Brandmalen ab. Vielleicht lag es an dem fahlen Licht, aber ich konnte kein einziges entdecken. Ich blickte in den Himmel, in die Wolken, die über den Mond jagten, ich lauschte dem Wind, der durch den Fichtenwald fegte, heftig und nah, schwach und fern, dann wieder heftig und nah, und dachte an Vaters Geist, der, vom Wind getrieben wie ein Rabe, durch den Nachthimmel flog und den Großen Bären auf seiner Jagd begleitete. Wir kauerten uns auf unsere Fersen, um seinen Körper zu bewachen.

So warteten wir lange Zeit. Als sein Geist schließlich in ihn zurückkehrte, setzte Vater sich auf und verbarg sein Gesicht in seinen Händen. Dann rieb er sich die Augen, setzte sich in die Hocke wie wir und sah jetzt fast wieder wie er selbst aus. Nur wenn er sprach, fiel uns auf, daß die Trance ihn noch umfangen hielt.

»Ich habe den Großen Bären gesehen«, sagte er. »Er hatte eine Botschaft. Sie lautet: Wenn wir das nächstemal einen Bären erlegen, müssen wir seinen Kopf dort liegen lassen, wo wir ihn getötet haben, mit Fett zwischen seinen Zähnen. Und wir dürfen ihm nicht die Knochen wegen des Marks aufbrechen, wenn wir mit dem Fleischessen fertig sind. Das war Seine Botschaft. Wenn wir tun, worum Er uns bittet, wird Er uns zeigen, wo wir im Winter Nahrung und im Sommer Frauen und Elfenbein finden. Er wird uns helfen. Hona.«

»Hona«, antworteten wir. Ich dachte eine Weile über Vaters Worte nach und sagte dann noch einmal »Hona«. Gemächlich rieb Vater sich das Gesicht. Seine Trance wollte ihn nicht verlassen. Geduldig und schweigend warteten wir, während der Wind durch die Bäume pfiff. Wir spürten Regentropfen. Die Zeit verging. »Hei«, sagte Vater endlich, ohne seinen Blick zu heben. »Die Lilie ist unterwegs.« Aufgeregt schauten wir vom Boden auf. Anfangs sahen wir nichts, und so hielten wir sehr aufmerksam Ausschau nach der riesigen, dunklen Gestalt, die sich womöglich unter den tiefen, ausladenden Zweigen eines Baumes verbarg. Aber da war nichts als das flackernde Mondlicht und der Wind, der an den Bäumen rüttelte. Doch meine Haut prickelte; langsam richteten sich meine Arm- und Nackenhaare auf. Vater hatte recht, was Die Lilie betraf. Ich wußte, daß er unterwegs war.

Wir alle wußten es, und wir warteten horchend mit erhobenen Köpfen. Wir hörten den Wind in den Kiefern, das krachende Eis auf dem See, das Winseln von Vaters Wolfsjungem an der Hütte, wo wir es angebunden hatten, und das Geräusch von Vaters schwerfälligem Atem. Ich wollte Furcht empfinden, aber ich fühlte nichts; meine Sinne schienen stumpf und ruhig wie die Oberfläche eines Tümpels. Mochten sich auch Aale oder andere Fische darunter aufhalten, keiner von ihnen durchstieß die glatte Oberfläche. In meinem Kopf mußten geheime, schemenhafte Gedanken gelauert haben, Gedanken, die ich nicht denken wollte. Ich dachte an die Tiere des Waldes – an die Wölfe, denen zwei ihrer Kinder fehlten, die Wölfe auf ihrem Weg zu einem neuen Bau; ich dachte an das Rentier, das immer wieder versuchte, uns zu entkommen; an die Elchkuh, die sich für den Weg zum Schmalen See entschieden hatte, nur um von Der Lilie gerissen zu werden; und schließlich dachte ich an Die Lilie selbst, der mehr Fleisch aß, als drei Männer tragen konnten, und nur die Knochen übrigließ. Plötzlich sah ich ihn vor meinem inneren Auge geduckt unter den untersten Zweigen einer Schierlingstanne, lauernd, wartend, dann kam er im Sprung mit angelegten Ohren, steif ausgestrecktem Schwanz und den gestreckten kräftigen Tatzen und Krallen auf uns zu, wie er sich auf den Elch gestürzt hatte.

»Hei«, sagte Vater ein zweites Mal. »Die Lilie ist da.«

Und so war's. Hinter Vaters Rücken rissen die Wolken auf, das Mondlicht brach durch, ganz fahl und schummrig, aber nicht so düster, daß wir nicht die gewaltige schwarze Gestalt auf dem weiß vereisten Pfad gesehen hätten, und die riesigen, runden hellen Augen. Der Tiger stand nicht einmal einen Speerwurf von uns entfernt.

Uns muß allen gleichzeitig eingefallen sein, daß unsere Speere noch drinnen in der Hütte lagen. Ich griff nach einem Stück Feuerholz. Natürlich warf ich es nicht. Vielmehr umklammerte ich es so fest, daß meine Finger davon taub wurden.

Langsam streckte Vater seine Beine und stand auf. Noch immer in Trance, wandte er sich dem Tiger zu, der uns beobachtete. »Was jetzt?« fragte Vater mit sanfter Stimme, wobei er dem Tiger ins Gesicht blickte. »Bist du wegen des Fetts gekommen? Das hat der Große Bär. Er hilft uns. Er könnte auch dir helfen, wenn du Ihm etwas gibst. Aber du frißt alles gierig in dich hinein. Du denkst nur an deinen Magen. Sei großmütig, wie auch wir großmütig sind, und vergiß dein Stück Fett.«

Die Lilie hörte Vater mit großen Augen zu. Als er zu Ende gesprochen hatte, zog Die Lilie die Lefzen hoch, und die Spitzen der unteren Reißzähne schimmerten im Mondlicht so weiß wie das Eis. Dann wandte er den Blick von uns. Er senkte seinen Kopf ein wenig und drehte seine Ohren, bis die weißen Flecken ihrer Rückseiten aufblitzten. Wir konnten alle sehen, daß Vater ihn beschämt hatte. Er blinzelte mit seinen hellen Augen, und dann verschwand er ebenso heimlich, wie er gekommen war.

Später, nachdem es in der Hütte ruhig geworden war und wir in unsere Felle gewickelt versuchten, den Rest der Nacht zu schlafen, hörten wir etwas schreien. Es war wieder Vaters Wolfsjunges, das noch immer vor der Hütte angebunden war. Es mußte eine Weile geschlafen oder sich vor dem Tiger gefürchtet haben, denn es hatte lange Zeit keinen Laut von sich gegeben. Wir hatten es vergessen. Weil ich weder mein Schlaffell noch die Wärme von Bisams nacktem Körper verlassen wollte, versuchte ich, nicht auf das Wimmern zu achten. Das gelang mir auch eine Weile ganz gut, und beinahe wäre ich wieder eingeschlafen, doch da brach der Wolf sein Geheul ganz plötzlich ab und verstummte. Sein Schweigen machte mich noch unruhiger als sein Heulen. Was war geschehen? Aufmerksam lauschend, setzte ich mich auf. Der Welpe quiekte jetzt freudig, als versetze ihn etwas in Aufregung. Mit meinem Speer in der Hand huschte ich durch den Windfang. Bisam folgte mir.

Jetzt glitt der Ottermond hoch oben hinter den Wolken dahin. In seinem Schein sahen wir eine große graue Wölfin mit gesenktem Kopf über dem Welpen stehen. Sie schaute uns aus grünen Augen an. Etwa in der Höhe des Knies des großen Wolfes waren die kleineren und näher beisammenstehenden grünen Augen des Welpen auf uns gerichtet. Ich warf meinen Speer. Als er über den großen Wolf hinwegsauste, zwinkerten die grünen Augen, und die graue Gestalt verschwand. Mit einem Satz hatte sich der große Wolf davongemacht, lautlos wie Rauch. Der Welpe duckte sich. Als ich ihn aufhob, um ihn hineinzubringen, bemerkte ich, daß die Sehne, die ihn festhalten sollte, durchgebissen war. Ich hielt das lose Ende ins Mondlicht, um Bisam zu zeigen, wie wenig daran gefehlt hatte, daß Vater seinen Welpen verloren hätte.

Aber Bisam richtete ihre Augen nach Osten, auf die Hügel der Frau Ohun. Dunkel hoben sich ihre knochigen Beine und das vom Winter ausgezehrte Gesäß vor der Dunkelheit ab, ihre beiden vollen Brüste und ihr großer runder Bauch schimmerten weich im fahlen Mondlicht. Sie ließ mich erschaudern, meine nackte Frau. Sie erinnerte mich an die kleinen Figuren, die Schamanen manchmal aus Knochen schnitzen, Ebenbilder der Frau Ohun, die den Frauen, die bei der Geburt sterben, mit ins Grab gelegt werden, um sie daran zu erinnern, daß sie geschickt waren, bei uns zu bleiben, weshalb sie auch nach einer kurzen Ruhezeit an den Lagerstätten der Toten zurückkommen müssen, um es noch einmal zu versuchen.

Dann mußte ich an Vaters Schamanengeist denken und an das Bad in den glühenden Kohlen, das seinen Geist freigesetzt hatte. Ich dachte an große Tiere, an Fleisch, an Jagen, an brennendes Fett, an die Sonne. All das ist Sache der Männer, Sache der Stärke und des Feuers, eng verbunden mit Leben und Tod. Doch da neben mir stand meine Frau, ein Mondwesen, kalt, vielleicht, nackt und schwach und noch sehr mager nach dem Winter, aber lebendig wie der Mond, der einen neuen Mond in sich trägt, mit einem neuen Leben, das aus den Lagerstätten der Geister kommt. Dort neben mir stand, ohne mich zu beachten, meine nackte mondgebadete Bisam zurückgebeugt, um das Gewicht des Babys in ihrem Leib und der dünnen weißen Milch in ihren Brüsten auszugleichen.

23

Nachdem unser Gesang beendet war und wir zum Schlafen in die Hütte zurückgekehrt waren, fing es im Verlauf dieser Nacht zu regnen an. Die Wände der Hütte waren dick; der Sturm weckte mich nicht auf. Erst als ich nach Sonnenaufgang aus dem Windfang kroch, bekam ich noch etwas davon mit: den Regenwind in den Fichten, das Wasser, das von den Bäumen tropfte, die Wellen, die gegen das Ufer schlugen.

Wasserholen war eigentlich Bisams Aufgabe, aber der Tiger hatte sie so erschreckt, daß sie sich weigerte zu gehen. Anstatt sie dazu zu drängen, ging ich an ihrer Stelle. Ich wollte nicht, daß man unnötig auf sie aufmerksam wurde, vor allem nicht Vater. Als ich aufbrach, peitschten mir kalte Windböen den Regen ins Gesicht. Der Weg zum See, auf dem viele Füße den Schnee zu Eis niedergetreten hatten, lag einsam und weiß im Wald. Vom Regen war er sehr glitschig worden. Ich war sicher, daß Vater sich heute nicht sehr weit von der Hütte entfernen würde, wenn Andriki mir auch etwas anderes erzählt hatte. Aber als ich mit dem tropfenden Wasserbalg in die Hütte gerannt kam, sah ich, daß Vater schon zum Abmarsch bereit war und die anderen ihre Bündel zusammenrollten. »Stimmt irgendwas nicht?« flüsterte ich Rin zu.

»Siehst du das denn nicht?« gab sie verärgert zurück. »Es ist kalt und dunkel hier, weil deine Frau nicht genügend Brennholz bringt. Wir wollen das zweite Murmeltier braten und essen, bevor wir uns auf den Weg machen, aber wir haben kein Feuer.«

Rins Zorn verletzte mich, und ich sagte: »Meine Frau hat gestern Brennholz gesammelt. Wie konnte sie wissen, daß wir am Abend singen würden? Ist es ihr Fehler, daß wir alles verbrannt haben?«

»Wessen Fehler denn sonst?« fragte Rin.

Ich sagte nichts mehr. Rins Zorn richtete sich ja nicht gegen mich, sondern gegen Bisam. Ich stellte den Wasserbalg neben der kalten Asche ab und breitete in einer dunklen Ecke schweigend meine Schlaffelle aus, um sie zu einem Bündel zusammenzurollen. Doch als ich die Felle glattgestrichen hatte, legte Bisam sich darauf nieder. »Steh auf. Pack deine Sachen. Wir gehen«, flüsterte ich. Doch Bisam schüttelte den Kopf. »Ich glaube, sie hat Angst vor Der Lilie«, sagte ich zu Vater. »Muß ich sie zwingen?«

»Der Tiger, der Tiger«, sagte Vater, ohne sich damit aufzuhalten, ihn Die Lilie zu nennen. »Seid ihr Weiber, daß ihr euch seinetwegen solche Sorgen macht? Im Gegensatz zu uns ist er faul. Er möchte am liebsten mit seiner Beute im Gebüsch schlafen und sich jedesmal vollfressen, wenn er aufwacht. Was ist los mit dir, Kori? Hat er dir einen solchen Schreck eingejagt, daß du kein Holz holen kannst?«

Ich wußte nicht, was ich dazu sagen sollte, und wandte mich aus Gewohnheit Andriki zu, aber ich sah an der Art, wie er im Packen innehielt, daß er genauso überrascht war wie ich.

»Hei, Bruder«, sagte er zu Vater. »Was ist los?« Aber Vater nahm seinen Speer und seine Axt. Als ich merkte, daß er Holz holen wollte, nur um mich und Bisam zu beschämen, nahm ich ebenfalls meine Axt und lief nach draußen.

Ich war noch nicht weit unter den tropfenden Fichten gelaufen, als ich hinter mir weiche Schritte hörte. Halb in Erwartung Der Lilie, drehte ich mich um. Es war Vater. »Warte, Kori, ich komme mit dir.«

Ich schaute ihn an. Größer als ich jemals sein würde, schien Vater in seinem schweren Überwurf stark wie ein Bär zu sein. Mit seinem nebelhellen Bart von der Winterfarbe einer Lärche und seinen blassen Tigeraugen gehörte er zu diesen Wäldern, wie die Herden der Weidetiere zu ihnen gehörten. Er war ein Jäger in seinem vertrauten Jagdgebiet. Vater trug eine Axt und einen Speer. »Wir wollen miteinander reden, während wir Holz sammeln«, sagte er jetzt. »Dann können wir kochen und essen, bevor wir aufbrechen. Wo sind die Bäume, die ihr in diesem Winter geringelt habt?« Ich wußte überhaupt nicht, was Vater damit meinte. Bei Onkel Bala wurden keine Bäume geringelt. Vater erklärte mir, daß im Herbst bestimmte Bäume durch ringförmiges Entfernen der Rinde getötet wurden, um sie dann später im Winter zu verwenden. Balas Winterlager befand sich in einem riesigen, tiefliegenden Tannenforst, wo mehr trockene Zweige vorhanden waren, als wir brauchten, ohne daß wir die Bäume extra abtöten mußten. Jetzt erkannte ich, daß Vater sehr wohl an mir manches auszusetzen haben konnte. Da ich ein Neuling war und nicht allein jagen konnte, wäre vor allem ich für das Holz zuständig gewesen. Ich wußte dazu nichts weiter zu sagen.

»Nun gut«, meinte Vater schließlich. »Ich werde dir geringelte Bäume zeigen.« Ohne abzuwarten, ob ich ihm nachkam, schlug er den Wildwechsel ein, der nach Westen führte.

Schon bald entdeckte ich die Prankenabdrücke des Tigers unter Vaters Fußspuren. Dies war genau der Weg, den Die Lilie in der vergangenen Nacht genommen hatte! Eigentlich hatte ich Vater das Reden überlassen wollen, aber der Anblick dieser riesigen feuchten Abdrücke löste meine Zunge. »Vater! Sieh doch«, flüsterte ich ihm zu.

Er schaute zu Boden. »Ja«, sagte er, »bald werden wir sehen, daß seine Spur zurückkommt. Er ist schon weit weg von hier. Wir werden ihm nicht begegnen.«

Als wolle er keinen weiteren Gedanken an die Tigerfährte verschwenden, ging Vater eine Weile westwärts am Fluß entlang. An einer Stelle, an der der Tiger über den Fluß gesetzt hatte und in südlicher Richtung womöglich zu seinem Beutetier zurückgekehrt war, verließ Vater das Ufer und ging nordwärts auf eine Lichtung zu, die von vielen freigegrabenen Bäumen umgeben war. Die Zweige waren kahl. Die Bäume waren abgestorben, und der Wind hatte längst alle Nadeln davongetragen. Hier war all das trockene Holz, das uns lange Zeit gereicht hätte. Doch niemand hatte mir etwas davon gesagt! Vielleicht wußte nur Vater davon. Er ging auf einen der Bäume zu und schüttelte ihn. Ich half mit, und bald stürzte der Baum mit vielen abbrechenden Zweigen um. Wir begannen zu hacken. Schließlich drehte Vater sich um und sah mir ins Gesicht. »Ich sehe die Sache so, Kori«, fing er an. »Dieser Platz ist nicht gut. Hier lauert Gefahr auf uns. Zum einen könnten die Leute deiner Frau bald auftauchen und nach ihr suchen. Und wenn ich es auch vorhin nicht sagen wollte, Die Lilie wird in letzter Zeit immer dreister. Jetzt wartet am Haarfluß die Nahrung des Frühlings auf uns. Es ist Zeit, dorthin aufzubrechen. Doch wenn dein Weib hierbleiben will, mußt du sie lassen.«

»Warum?« fragte ich.

»Sie will hier warten, damit ihre Leute sie finden.«

»Vater, wo sind sie?«

»Sie werden kommen.«

»Aber sie hat niemanden.«

»Frauen leben nicht allein wie die Moschustiere«, sagte Vater.

»Ihre Leute sind davongerannt, als wir Bisam einfingen. Onkel und ich, wir haben ihr Lager gefunden. Wir fanden die Spuren der Leute, die mit ihr waren. Es waren nur zwei Frauen, ein Kind und ein alter lahmer Mann. Sie sind davongelaufen wie die Hasen. Sie werden nicht wegen Bisam zurückkommen. Und wenn schon ... nun, zwei davon waren Frauen. Würde die Hütte mir gehören, behielte ich auch die anderen Frauen.«

»Aber es ist meine Hütte«, sagte Vater mit der ruhigen Stimme eines Anführers. »Geradeso wie Bisam die Frau eines anderen Mannes ist. Irgendwo schärft dieser Mann seinen Speer, schürt seinen Zorn, ruft seine Brüder und Verwandten zusammen und überlegt, wie er uns töten kann. Und er weiß, wo wir leben. Müssen wir denn wegen dieser fremden Frau im Kampf unser Leben aufs Spiel setzen? Letzte Nacht habe ich den Großen Bären gesehen. Er sprach zu mir. Er sagte mir, wie wir Bären jagen sollten, die ja Seine Geschöpfe sind. Aber ich sah, daß Er mehr als das sagen wollte. Die verstreuten Knochen, von denen Er sprach, sind Fremde, die uns Schaden zufügen werden. Doch Er hat uns befohlen, sie nicht aufzubrechen. Er hat gesagt, wir sollen sie ganz lassen. Wir dürfen keinen Ärger heraufbeschwören. Wir werden diese Fremden in Ruhe lassen.«

»Warum ist meine Frau nicht schon längst zu ihnen gegangen?«

»Wie hätte sie sie denn finden sollen? Sie hinterläßt ihnen Zeichen, und sie wartet.«

»Sie hinterläßt ihnen Zeichen?«

»Das tut sie. Auf meinem Weg hierher fand ich Grasbüschel, aufgeschichtete Steine, eingeritzte Zeichen an Bäumen und Felsen, und als reichte das alles noch nicht, auch noch Spuren von diesen Schneeschuhen auf einem Pfad in den Wäldern, wo der Schnee noch liegengeblieben ist. Ich fand sie sehr merkwürdig. Um ehrlich zu sein, sie beunruhigen mich. Ich wußte nicht, was mich erwartete, als ich die Hütte erreichte. Aber als ich dann dein Weib sah, wußte ich Bescheid.«

Ich muß zugeben, daß seine Worte mich bestürzten. Ich hatte diese Dinge auch bemerkt und gewußt, daß sie von Bisam stammten. Ich hatte sie zum Teil sogar dabei beobachtet. Aber galten diese Zeichen wirklich ihren Leuten? Wie konnte Vater da so sicher sein?

»Wenn das alles stimmt«, fragte ich, »warum sind Bisams Leute dann nicht längst hier?« Doch noch bevor ich es ausgesprochen hatte, wurde mir klar, daß Vater an einem einzigen Tag gesehen hatte, was ich nie hatte wahrhaben wollen. Bisam wollte nicht hierbleiben.

»Hatten wir nicht Winter?« antwortete Vater.

Vater ging weiter. Er folgte dem Weg am Fluß. Dort, wo der Fluß einen Teich mit unbewegtem Wasser speiste, blieb er stehen und schaute hinein. Mit einer Bewegung seines Kinns forderte er mich auf, es ihm gleichzutun. Ich tat es. Auf der glänzenden Wasseroberfläche sah ich zwei schemenhafte Gesichter, Vaters und eins, das dem seinen ähnlich sah und das natürlich mein eigenes war. Vaters Gesicht war sehr ernst. »Siehst du?« sagte er. »Wir sind einander sehr ähnlich. Dein Gesicht ist wie meins, und nicht wie das eines anderen. Das ist gut so. Die Kinder meiner ersten Frau sahen wie andere Männer aus. Mein viertes Weib – nun, sie trug ein Kind, als ich sie bekam.« Während er mich beobachtete, huschte ein Lächeln über sein Gesicht.

»Weißt du, was Andriki darüber denkt?« fragte er kurz darauf. »Er meint, ich würde dieses Kind von ihr willkommen heißen, wenn ich wüßte, wer sein Vater ist. Andriki scheint sich sehr sicher zu sein, und deshalb glaube ich ihm. Woher kennt er diese Frauengeheimnisse? Jedenfalls habe ich einen Plan. Wenn wir in diesem Sommer eine Zeitlang Sommernahrung gegessen haben und die in der Ebene herangereiften Feuerbeeren uns dann unterwegs versorgen, werde ich meine vierte Frau für einige Zeit zu ihren Eltern zurückschicken. Wenn sie dann noch immer meine Frau sein will, kann sie zu mir zurückkehren, wenn sie älter ist. Wenn nicht, sollten ihre Eltern meine Hochzeitsgeschenke zurückgeben und keine weiteren Forderungen stellen. Deiner Mutter wird das nicht gefallen, denn jede Veränderung stellt in Frage, ob sie ihr geliebtes Halsband behalten kann. Nun, so ist Al eben. Wer kann's ihr schon rechtmachen?«

Doch ich konnte nicht an Mutter denken – nicht in diesem Moment. Vater hatte mich allzusehr in Erstaunen versetzt. Seit ich wußte, daß Bekassine ein Kind bekam, hatte ich vor Vaters Zorn Angst gehabt. Aber jetzt, da er wußte, wer das Kind seiner Frau gezeugt hatte, schien ihn das nicht zu bekümmern. Mich überraschte auch, was er mit Bekassine vorhatte. Mir schwirrten so viele Gedanken zur gleichen Zeit im Kopf herum, daß ich gar nicht allen nachgehen konnte. In dem dunklen Teich beobachtete Vaters Gesicht das meine sehr aufmerksam, als warte er darauf, daß meine Gedanken sich beruhigten. »Ist meine Stiefmutter damit einverstanden?« fragte ich, um irgend etwas zu sagen.

»Ich habe mit ihr nicht darüber gesprochen. Und ich will es ihr selbst sagen, ich möchte also nicht feststellen müssen, daß sie es bereits weiß. Sag ihr oder einer der anderen Frauen nichts.«

»Wieso ich, Vater?« fragte ich. Er warf mir einen Blick zu, der besagen sollte: Spiel nicht mit mir, Kori! »Ich würde doch den Frauen nicht erzählen, was du vorhast«, fügte ich eilig hinzu.

Wir gingen weiter und erreichten die Lichtung und unsere Hütte gerade, als eine Nebelwand alles verschluckte und nur noch die Spitzen der höchsten Zweige zu sehen waren. Ich fragte mich, was Bekassine empfinden mochte, wenn sie zu ihren Eltern zurückgeschickt wurde. Ich wußte, daß Balas Leute das für eine Schande halten würden. Meine Mutter hatte die ganze Schmach ihrer Scheidung Vater zugeschoben; ihrer Meinung nach war er allein schuld daran. Aber Vater mußte aus seiner Erfahrung mit Mutter gelernt haben. Er konnte nicht wollen, daß sein Name erneut in den Schmutz gezogen wurde. Das nächstemal würde die Schuld bei seiner Frau liegen, da war ich mir sicher. Außerdem war Bekassine auch jünger und sanfter als meine Mutter. Sie würde nicht wissen, wie man die Schuld auf jemand anders abwälzt, jedenfalls nicht rechtzeitig, um damit etwas zu bewirken. Statt dessen würden Balas Leute ihr vorwerfen, die Ehe zerstört und den Geschenketausch aufs Spiel gesetzt zu haben.

Und der Junge – was würde aus ihm werden? Was wäre, wenn Bekassine nicht zu Vater zurückkam? Würde dieser Junge, wenn er am Leben blieb, genau wie ich damals, bei den Verwandten seiner Mutter leben, als Gast in deren Sippe, statt bei mir und Vater ein Mann unter Männern zu sein, wo er hingehörte? Das wäre nicht gut. Und außerdem, wie würden Vaters Leute sein Handeln aufnehmen? Ob sie wohl damit einverstanden waren? Bekassines wegen hatten wir unsere Gruppe geteilt. Wäre es nicht besser, abzuwarten, wie die Dinge sich entwickelten, ehe man sie wegschickte? Ich suchte noch die richtigen Worte, um all diese Fragen an Vater zu richten, aber wir waren unterdessen schon fast an der Hütte angelangt.

»Hast du dein Bündel gepackt?« fragte Vater. »Wir wollen jetzt essen. Dann brechen wir auf. Es wird schon spät, und wir müssen uns wegen des Wassers beeilen.«

»Warum wegen des Wassers?«

»Ja. Habt ihr denn keine Milchwurzeln gegessen, als ihr hierhergekommen seid?«

Natürlich! Im Herbst hatten wir uns das Wasser aus den Milchwurzeln geholt. Aber diese Wurzeln gibt es nur im Herbst. Im Frühling, wenn die Pflanzen austreiben, trocknen die Wurzeln ein. Es gibt tatsächlich in der Ebene nichts zu trinken, sobald die Erde das Schmelzwasser aufgesogen hat. Doch da wir mit Bala zu unseren Sommergründen immer am Fluß entlang gewandert waren, war ich nicht daran gewöhnt, mir Gedanken um Wasser zu machen.

Vater hatte die Angewohnheit, jedesmal vor einer langen Reise zu essen. Er legte in der kalten Hütte Holz auf das Feuer der Besitzer und setzte sich, als die Flammen aufloderten, auf seine Fersen, um ein Stück Murmeltierfleisch zu braten. »Frau!« sagte er zu Bekassine. »Frag Koris Weib, wo ihre Leute sind.«

Bekassine ließ Vaters Schlaffelle, die sie gerade zu einem Bündel zusammengerollt hatte, liegen, und hockte sich mit offenem Hemd, und während sie das Baby stillte, neben ihn. Als das Fleisch gar war, gab er ihr einen Streifen davon.

Bisam schaute zu. Im dunkelsten Schatten der Hütte und fast versteckt hinter einem Pfosten, schaute auch Vaters Wolfsjunges zu. Seine Füße und sein Maul waren zusammengebunden. Von vier Augen beobachtet, aß Bekassine das Fleisch, dann sagte sie etwas in Bisams Sprache. Bisam antwortete mit einem Wort. Bekassine übersetzte: »Sie hat sie nicht gesehen.«

»Frag sie jetzt, wie sie heißt«, sagte Vater.

Doch ehe Bekassine ein Wort gesagt hatte, sprachen Bisam und ich wie aus einem Mund. »Bisam«, sagte ich. »Dabe Nore«, sagte Bisam.

»Na so was!« sagte Vater, »sie versteht uns!«

»Sie versteht einiges, aber nicht viel«, sagte ich.

»Ich verstehe«, sagte Bisam.

Das überraschte mich, aber nicht Vater. Als er sah, daß sie ihn verstand, sprach er sie direkt an. »Blutegelteich«, fing er an. »Wie bist du da hingekommen?«

Aber Bisam schaute ihn nur an. Vielleicht fehlten ihr die Worte. Deshalb antwortete ich für sie: »Sie waren zufällig hier. Ihre Leute blieben hier nur kurze Zeit. Sie waren unterwegs, wie damals an Uskes Quelle. Erinnerst du dich noch an das Lager? Sie kamen irgendwoher aus dem Süden.«

»Warum haben sie ihre Heimat verlassen?« wollte Vater wissen. Ich hatte die Geschichte schon gehört und antwortete deshalb für Bisam: »Vor langer Zeit widerfuhr ihnen etwas Schlimmes. Vielleicht eine Krankheit. Ihre Leute verstreuten sich in alle Winde. Keiner blieb zurück. Alle gingen fort.«

»Und wo im Süden war das?« fragte Vater weiter. »Gibt es dort etwas, woran man den Ort erkennen kann? Einen Fluß vielleicht?«

»Kein Fluß«, sagte Bisam.

»Es gibt dort ein merkwürdiges Tier«, sagte ich und berichtete Vater von den Tieren, die halb Wolf, halb Hirsch waren, Sommerschutzhütten wie die Menschen bauten, mit menschlicher Stimme schrien und den gleichen Namen wie die Frau Ohun hatten.

»Io. Tai tibisi«, sagte Bisam, die auch dies verstanden zu haben schien.

»Hei!« sagte Vater erstaunt. »Ist das möglich?«

»Sie hat es uns damals so erzählt, es sei denn, sie hat gelogen«, gab ich zur Antwort. Bisam nickte.

»Frag sie, ob ihre Leute sie holen werden«, sagte Vater.

»Nein«, sagte Bisam, ohne auf Bekassine zu warten. »Sie nicht kommen. Sie weit. Ich nicht weiß, wo.«

Plötzlich deutete sie mit ihren Daumen auf mich. »Er kommen«, sagte sie, »Hohoho! Er mich fangen. Schnee kommen.« Sie gestikulierte mit beiden Händen, um den fallenden Schnee anzudeuten. »Ich schauen.« Mißmutig tat sie so, als untersuche sie den Boden. »Ah. Ich nichts sehen. Dann ich warten. Warten. Viel Schnee. Viel, viel Schnee. Ich noch hier. Meine Leute, sie weit. Sehr weit. Wo? Ich nicht wissen. Sie nicht kommen. Sie mich vergessen. Sie mich vergessen!«

Sie brach ab und fing dann plötzlich an zu weinen. Mit ihrer linken Hand rieb sie sich die Augen. Mit ihrer rechten umfing sie zweimal ihre linke Brust, so daß zwischen Mittel- und Zeigefinger ihre Brustwarze zu sehen war. Wie unsere Handzeichen, hatte auch ihre Geste etwas zu bedeuten. Aber ihre Tränen und ihre hochgezogenen Schultern, die uns zeigen sollten, daß sie nicht wußte, wie sie ihre Leute finden konnte, waren die einzigen Zeichen, die wir verstanden.

»Warum sitzt du hier herum und redest?« fragte Rin. »Ist das so wichtig, daß es nicht bis zum Abend Zeit hat? Wenn wir wirklich heute noch aufbrechen wollen, sollten wir jetzt gehen, ganz gleich, ob Koris Frau nun mitkommt oder nicht. Wir werden langsam vorankommen, und bis zur nächsten Wasserstelle ist es noch weit.«

Aber Vater wollte sich von seiner Schwester nicht drängen lassen. »Um die Wahrheit zu sagen«, sagte er nachdenklich und sehr ernst, »denke ich folgendes über Koris Frau: Wir wollen ihretwegen nicht gegen Fremde kämpfen. Wir haben unsere eigenen Frauen, Frauen, die unsere Ehefrauen sein können. Wenn wir mehr brauchen, werden wir Bala oder irgendwelche anderen Leute am Grasfluß oder am Schwarzfluß oder am Forellenfluß oder am Haarfluß besuchen und dann heiraten. Heirat ist der Weg, Frauen zu bekommen. So bekommen wir Schwäger, keine Feinde. Wir bekommen Hochzeitsgeschenke zu sehen, keine Speere. Mein Sohn ist jung. Er hat außer seiner Mutter niemanden gehabt, der ihm etwas beibringen konnte. Deshalb hat er voreilig gehandelt und getan, was er nicht hätte tun sollen. Wir wollen ihm dabei nicht helfen und unser Leben und unsere Gesundheit aufs Spiel setzen, und wir wollen nicht wegen seines Fehlers zu einem Kampf gezwungen werden.«

Andriki, der genau zugehört hatte, runzelte die Stirn und strich seine blonden Haare zurück. »Werden ihre Leute unsere Jagdgründe benützen, ohne uns zu fragen?« fragte er. »Werden sie freiwillig hierher zurückkommen? Mag sein, daß Kori die Frau gepackt hat, aber ich habe ihm geholfen, sie hierherzubringen. Wir haben ihre Leute das Fürchten gelehrt. Das war recht so.«

»Du hast einen alten Mann und ein paar Frauen das Fürchten gelehrt«, sagte Vater. »Aber ob die Männer auch Angst vor uns haben?«

»Ich mag nicht, wie du darüber redest«, sagte Andriki. »Wir sind keine Feiglinge. Warum redest du so, als wären wir welche?«

»Nicht so vorschnell, Bruder«, sagte Vater. »Niemand nennt dich einen Feigling. Nein. Ich will damit nur sagen, daß wir nur für etwas kämpfen sollten, um das zu kämpfen sich lohnt, und nicht, weil Kori einen Fehler begangen hat. Willst du für seine Frau dein Leben riskieren? Nur damit irgendwelche Fremden, die nichts über uns wissen, die mit uns nicht sprechen können, die Fisch essen und Vögel jagen, uns für tapfere Leute halten? Nein! Und deshalb sage ich, Bisam soll sich frei entscheiden.«

Ich schaute Bisam an, um zu sehen, was sie darüber dachte. Aber sie lehnte mit geschlossenen Augen an der Wand und schien nicht zuzuhören. Vielleicht waren in Vaters Rede zu viele Wörter, die sie nicht verstand.

»Ich finde, mein Halbbruder hat recht«, sagte Maral. »Ich war von Anfang an dagegen, diese Frau hierzubehalten. Ich habe mich über Kori geärgert, weil er sie mitgebracht hat. Es ist besser, wenn sie zu unseren Sommergründen nicht mitkommt. Wir sollten sie hierlassen, wo ihre Leute sie finden können. Sie kann Fallen stellen, und bald gibt es Frösche und Schwaneneier am Seeufer. Hier gibt es auch im Sommer genug zu essen, anders als bei anderen Winterlagern. Bisam kann in die Hügel gehen, wo sie damals ihr Lager hatte, als Kori sie fand. Am Blutegelteich gibt's Frösche und Vögel. Also?« Maral ließ seine Blicke durch die vom Feuer erleuchtete Hütte schweifen, die jetzt dank Vaters Einsatz endlich warm war. »Kommt, Frauen«, sagte er. »Wenn wir gehen wollen, sollten wir jetzt aufbrechen.«

»Wir werden gemeinsam aufbrechen«, sagte Vater. »Nun, Kori, bist du einverstanden?«

»Bin ich«, sagte ich, aber in Wahrheit konnte davon natürlich keine Rede sein. Was auch immer Vater und der Große Bär einander gesagt haben mochten, ich hatte nicht vor, Bisam zurückzulassen.

Wir schleiften unsere Bündel hinaus in die wabernden Nebelschwaden und versammelten uns vor der Hütte. Die Erwachsenen halfen einander, die Traglasten und die kleinen Kinder zu schultern. Wie gewöhnlich gingen wir schweigend. Der Nebel und die feuchte Erde dämpften unsere Schritte sogar noch mehr als sonst. Nebel perlte von den Fichten- und Kiefernnadeln und stieg aus dem grauen Wasser des Sees auf. Da wir den Rest des Tages über nichts zu trinken haben würden, lief ich an das steinige Ufer und tauchte meine hohlen Hände ins Wasser. Gerade da brach der Nebel auf, und ich entdeckte am anderen Seeufer den Tiger.

Während seine Augen über den Wald wanderten, trank auch er. Als unsere Blicke sich trafen, hob er sein Kinn.

Wassertropfen hingen an seinen Barthaaren und liefen ihm aus dem Maul. Er starrte mich einen Augenblick lang an; dann senkte er, ohne den Blick von mir zu wenden, vorsichtig sein Kinn und trank weiter. Langsam und bedeutungsvoll schlabberte seine große rote Zunge das Wasser. Ich regte mich nicht. Nach einiger Zeit hatte der Tiger genug. Er seufzte und trollte sich, nachdem er mir einen letzten Blick zugeworfen hatte, mit steif erhobenem Schwanz in den Wald, als wüßte er, daß ich ihn beobachtete. Ich wartete auf sein Gebrüll, aber es blieb alles ruhig.

»Die Lilie ist da, sie geht ostwärts«, sagte ich zu den anderen, als ich zurückkam, um mein Bündel und meine Speere zu holen.

»Wir dürfen ihm nicht den Rücken zuwenden«, sagte Hindin. »Wir müssen ein wenig Zeit vergehen lassen, ehe wir seine Spur kreuzen.«

»Ich finde, wir sollten besser schnell losmarschieren, bevor er den See umrundet hat«, wandte Rin ein.

»Gib mir das«, sagte Vater zu mir und deutete mit seinem Kinn auf das Wolfsjunge mit den um seinen Nacken und um sein Maul gebundenen Riemen. Das Tier drückte sich an die Außenwand der Hütte, als versuche es, sich zu verstecken. Ich hob es auf, wobei mir erneut auffiel, wie weich sein Fell und wie zart sein Körper war, und reichte es Vater, der ihm dann die Beine zusammenband und es in sein Bündel stopfte. »Wir sind viele«, sagte Vater, »und wir brauchen kein Tier zu fürchten. Wir werden eng beisammenbleiben, bis wir aus dem Jagdgebiet des Tigers heraus sind. Habt keine Angst vor ihm.«

»Vielleicht sind wir bloß dumme Leute, die nichts dafür können, daß sie Angst vor ihm haben«, sagte Rin.

Maral und seine Frauen hielten mit Vater Schritt. Rin hob ihr Bündel auf und ging hinter Lilan. Die übrigen quälten sich mit ihrem Gepäck ab und beeilten sich aufzuschließen. Ich nahm meine eigene Traglast auf den Rücken und schulterte außerdem einen gefüllten, feuchten Wasserbalg – meinen Anteil am Gemeinschaftsgepäck. Aber ich folgte den anderen nicht. Ich wartete, weil ich sehen wollte, was Bisam tat, wenn sie merkte, daß alle anderen weggingen.

Merkwürdigerweise wartete auch Bekassine. »So, Kori. Deine Frau geht dir voraus«, sagte sie und meinte damit die kleine Frogga, die rittlings auf dem Nacken ihres Vaters saß. »Kommt dein Weib auch mit?«

Aber Bisam hockte hinter ihrem großen Bauch auf den Fersen und lehnte ihren Kopf und ihren Rücken an die Hüttenwand.

Ich hob ihr Gepäck auf und stellte mich dabei so aufrecht wie möglich vor sie hin. »Bisam!« sagte ich bestimmt. Sie blickte auf. »Komm!« sagte ich. Sie starrte vor sich hin. Ihre Augen schienen feucht zu sein. Weinte sie? »Komm!« sagte ich jetzt lauter, nahm ihr kleines Bündel und befestigte es auf meinem. Sie schüttelte den Kopf. Damit hatte ich gerechnet, aber trotzdem stieg Ärger in mir hoch. »Komm!« sagte ich ein drittes Mal. »Dein Bündel kommt mit, selbst wenn du dableibst.« Bisam verzog keine Miene und rührte sich noch immer nicht.

Das schien Bekassine sehr zu belustigen. Sie lachte und sagte: »Sie kommt nicht mit! Sie lebt lieber allein als mit dir, Kori.«

Aber das durfte nicht sein. Ich wandte allen, die mich beobachten konnten, den Rücken zu, damit keiner sah, was ich tat, und baute mich vor Bisam auf. »Schau her«, sagte ich, zog meine Lippen auseinander und zeigte mit zwei Fingern auf meine oberen Eckzähne. »Tiger«, flüsterte ich und sah sie dabei fest an. Bisam blinzelte. Sie begriff, was ich ihr sagen wollte. Ich machte auf dem Absatz kehrt und marschierte davon. Es dauerte nicht lange, da hörte ich, wie sie mir keuchend nacheilte, um mit uns Schritt halten zu können.

»Was hast du ihr denn gesagt?« wollte Bekassine wissen, nachdem wir zu den anderen aufgeschlossen hatten.

»Nicht viel, Stiefmutter«, sagte ich atemlos zu ihr. »Ich habe ihr erklärt, daß ich zu unseren Sommergründen ginge und sie, sollte sie nicht mitkommen, mich nicht wiedersehen würde, da ich nicht hierher zurückkäme.«

»Und das hat sie alles verstanden?« fragte Bekassine zweifelnd.

»Das meiste schon«, gab ich ihr zur Antwort.

24

Wir wanderten durch die Nebelschwaden bergan, über die bemoosten Schultern der Hügel der Frau Ohun. Wegen des Tigers verhielt unsere Gruppe sich ganz ruhig. Selbst die Kinder gaben keinen Laut von sich. Als ich Bisam hinter mir keuchen hörte, trat ich beiseite, damit sie sich hinter Rin, die vor mir ging, einordnen konnte. So würde ich es mitbekommen, falls Bisam zurückfiel. Während wir weiterwanderten, entstand zwischen Rin und Bisam eine Lücke, und bald konnte ich nur noch Rins Umrisse schemenhaft im Nebel erkennen. Schließlich hörte ich nicht einmal mehr Schritte, sondern nur noch das schwache Knarren meiner Kleider und Bisams schweres Atmen.

Auf den fernen Abhängen der Hügel hatte der Wind den Nebel aufgerissen, und ich konnte den Rest unserer Leute sehen, die vielen braunen Gestalten, die sich im Gänsemarsch südwärts bewegten. Die Menschenschlange wand sich durch das Heidelbeerkraut, mit seinen neuen roten Blättern und winzigen weißen Blüten. Der Gedanke, wie lange es noch dauern würde, bis hier in der Heide wieder Beeren wuchsen, erinnerte mich daran, wie lange es noch dauern konnte, bis ich selbst wieder etwas zu essen bekommen würde. Angesichts der zarten Blüten, die noch nicht einmal die Knospen der Beeren trugen, kam es mir vor, als wolle mir die Heide meine Nahrung vorenthalten. Da riß auf einmal ein frischer Nordwind den Nebel um uns auf. Ich schaute hoch und konnte einen Augenblick lang die vier dunklen Brüste der schlafenden Frau Ohun ausmachen. Dann drehte der Wind und trieb Nebelschwaden von Süden heran, die sich über die Heide legten. Sie brachten aber auch den Duft des vor uns liegenden Landes mit sich, den süßen, nach Gras duftenden Atem der Ebene.

Als es dämmerte, blieben die anderen plötzlich stehen. Weit vor mir und Bisam schloß sich die lange offene

Marschreihe. Jetzt standen alle Seite an Seite, hielten sich die Hand vor die Augen und hielten Ausschau nach irgend etwas im Westen, das ich nicht sehen konnte. Aber als Vater und die anderen Männer ihre Bündel ablegten, sich bückten und durch das kurze Gras krochen, wußte ich, daß es ein Tier war. »Bleib stehen«, flüsterte ich Bisam zu. Sie hielt inne, und ich beeilte mich, die Männer einzuholen.

In diesem Moment schnellte Vaters Arm vor, und sein Speer flog. Alle Männer rannten los. Hinter was waren sie her? Ich sah ein gelbes Tier weglaufen und ausweichen, und alle Männer versuchten, ihm den Weg abzuschneiden. Es war ein Hengstfohlen, jung und allein. Es mußte am Boden gelegen haben, als die Männer es bemerkten. Die Jagd war zu Ende, als das Fohlen plötzlich zwischen Andriki und Marder durchbrach, die beide ihre Speere schleuderten, aber das Ziel verfehlten. Das Fohlen rannte in einer Staubwolke davon. Dann blieb es stehen und wandte sich zu den Jägern um. Aber diese hatten keine Chance mehr, es zu bekommen, und sie versuchten es auch nicht. Sie hoben ihre Traglasten auf und fingen an, einen geeigneten Lagerplatz zu suchen. Ich ging zu Bisam zurück. Enttäuscht und hungrig erreichten wir schließlich die anderen.

Wir kampierten in einem Dickicht blühender Feuerbeerensträucher, wo wir auch einige wenige trockene Zweige fürs Feuer fanden. Das Dickicht schützte uns vor dem Wind. An Stelle von Brennholz sammelten wir trockenen Dung, den grasende Bisons und Pferde zurückgelassen hatten, und anstatt zu essen tranken wir Wasser.

Vater öffnete sein Bündel und holte den kleinen Wolfswelpen heraus. Er schaute ihn sich gründlich an, löste dann die Lederriemen von seinen Läufen und seinem Maul und setzte ihn auf den Boden. Mit hängendem Kopf stand der Welpe auf seinen wackligen Beinen. Dann knickten seine zitternden Hinterläufe plötzlich ein, und er fiel hin. Noch in der vergangenen Nacht wäre er davongelaufen, aber jetzt schien er zu schwach zu sein, um uns überhaupt wahrzunehmen. Vater hatte ihn noch nicht lange.

Wenngleich es uns länger vorkam, hatten wir ihn doch erst vor einem Tag aus der Erde gegraben. Er hatte seine gute körperliche Verfassung überraschend schnell eingebüßt. Mit einem langen Mokassinschnürsenkel band Vater den Welpen an einen Feuerbeerenstrauch und beobachtete ihn eine Weile. Als wir nochmal von dem kostbaren Wasser tranken, versuchte Vater ihm etwas davon in sein Maul zu spritzen, aber der Welpe wehrte sich und verschüttete es. Vater seufzte und wandte sich dann ab, als habe er das Interesse an ihm verloren.

Mir fiel ein, daß ich Wasser ins Maul des Welpen spukken könnte, und bot an, das zu tun, in der Erwartung, Vater würde es mir danken. Doch er schien mich nicht zu hören. Und ich fragte mich besorgt, was Vater wohl von mir halten mochte. Mir kam in den Sinn, wie leichtfertig ich seine Wünsche mißachtet hatte. Tatsächlich hatte ich die Wünsche nahezu aller mißachtet, sogar die des Großen Bären. Daß Vater das nicht gefallen konnte, dämmerte mir langsam, als ich beschämt unter den Augen aller dasaß. Sobald es ging, stand ich auf und setzte mich hinter Andriki. In Andrikis Schatten versuchte ich dem Gespräch der Männer zu folgen, aber ich kam nicht los von Bisams schwankender schwerer Gestalt, die sich vor meinem geistigen Auge noch immer vor mir den Pfad entlangkämpfte. Nicht einmal sie hatte mit uns kommen wollen. Ich sah ein, daß ich nur mir selbst einen Gefallen getan hatte.

Aber hätte ich Bisam zurücklassen sollen? Meine schwerfällige Frau, rund und schwanger, wie sie war? Dazu war ich nicht imstande. Ich schmiedete Pläne, sie mit zum Feuerfluß zu nehmen, wo wir, so glaubte ich, bei Onkel Bala leben könnten. Er würde mich nicht zurückweisen. Er würde mich verstehen. Und vor allem würden Bisams Leute uns dort nicht finden.

Bald darauf war ich in Träumereien vom Feuerfluß versunken. Als der Abendstern, ohne Licht zu spenden, am

Horizont leuchtete, erinnerte ich mich an denselben Stern, wie er aus dem Gras der Ebene bei Onkel Bala auftauchte. Wenn dort eine Herde versprengter Wolken über die Sterne zog, sagten die Leute, der Große Bär jage Bisons. Als der Wind den Ruf einer Sumpfohreule herantrug – hu ah ha hu –, fiel mir eine Kindergeschichte von einem kleinen Nachtjäger ein, der Kleinwild tötete. Dann wurde mir bewußt, wie hungrig ich war. Ich dachte an frühere Hungerzeiten und ertappte mich beim Gedanken an das einsame Fohlen in der Dunkelheit, und wie glücklich wir waren, es gefunden zu haben, weil wir es sicher bald essen würden. War ich ein Kind, daß ich mich durch Vaters Verärgerung aus der Ruhe bringen ließ?

Die meisten Frauen schliefen. Am Ende des Lagers, dort, wo ich mein Bündel abgelegt hatte, hatte Bisam unsere Schlaffelle ausgerollt. Ich wußte, daß sie gleich einschlafen würde, weil sie so müde war. Aber die Männer waren noch wach. Sie hockten ums Feuer und warteten darauf, daß die Wolken sich verzogen und die Sterne mehr Licht gaben. Ich achtete sorgsam darauf, mich, bis wir zur Jagd auf das Fohlen aufbrachen, hinter Andriki zu hocken und mich von Vater fernzuhalten. Ehe ich nicht wußte, wie es um meine Sache stand, wollte ich ihn nicht sehen.

Hören konnte ich ihn natürlich trotzdem. Hinter Andriki versteckt, hörte ich genau zu, wie Vater uns wieder einmal von dem Wolfsjungen erzählte, das eine Frau bei Graugans' Leuten aufgezogen hatte und das später bei der Jagd geholfen hatte. Eines Wintertages, als Vater im Wald gejagt hatte, so erzählte er uns, hatte er einen Rentierbullen in einem Dickicht aufgeschreckt. Das Rentier war den Hang hinaufgerannt, und da war aus dem Nichts Graugans' Wolf aufgetaucht und dem Rentier nachgelaufen, das stehenbleiben und mit gesenktem Geweih den Wolf in Schach halten mußte, damit er ihm nicht in die Beine biß. Als das Rentier ihm die Flanke gezeigt hatte, hatte Vater seinen Speer geschleudert und es getötet.

Deshalb machte Vater sich in bezug auf seinen Welpen

Hoffnungen. »Wenn der Welpe groß genug wäre«, sagte er, »würde er das Fohlen heute nacht für uns stellen, bis wir es einholen. Ein Wolf kann genauso schnell laufen wie ein Pferd. Ein Mensch kann das nicht.«

»Tatsächlich?« fragte Andriki.

Ohne auf Andriki einzugehen, fing Vater mit der Geschichte von einer zweiten Jagd mit Graugans' Wolf an. Er hatte davon nur gehört und war selbst nicht dabei gewesen, doch plötzlich unterbrach ihn ein Schrei von Bekassine. Alle drehten sich um, und Vater packte seinen Speer.

»Bringt ihn weg!« schrie ihre Stimme in der Dunkelheit. Auch ihr Baby fing zu weinen an.

»Was ist los?« fragte Rin mit müder Stimme.

»Der Wolf!« kreischte Bekassine.

»Nicht so laut, Frau«, sagte Vater. »Du scheuchst das Fohlen noch weiter weg. Willst du heute nichts essen?«

»Was ist passiert?« fragte ich.

»Sein Wolf hat mich berührt! Ich habe geschlafen. Ich dachte, es sei das Baby. He, Dreckspack! Bringt ihn weg!«

»Er kam und hat dich berührt, Frau?« fragte Vater.

»Ja«, antwortete Bekassine, »er kam an meine Brust.«

Es war fast, als habe Vater das geplant. Natürlich war der Wolf hungrig, so klein wie er war. Natürlich hatten Bekassines milchgefüllte Brüste ihn angelockt. Natürlich hatte er sich eine kleine Kostprobe verschafft. Anfangs fand ich das lustig und schaute Andriki an. Ich konnte mir das Lachen kaum verkneifen. Dann wurde ich wütend, weil sich da ein Tier die Nahrung nahm, die Bekassines Kind zustand, und wollte schon protestieren. Aber schließlich sah ich ein, daß ich besser meinen Mund hielt, da sowohl der Welpe als auch die Frau Vater gehörten und ich ihm schon genug Anlaß gegeben hatte, sich meinetwegen zu beklagen. Deshalb hielt ich mich weiter in Andrikis Schatten und wartete ab, was als nächstes passieren würde. Vater stand auf und ging zu Bekassine hinüber, um mit ihr zu reden. Aber anstatt sich vor sie hinzustellen und in seiner Eigenschaft als Anführer mit ihr zu sprechen, kauerte er sich sehr höflich neben ihren Schlafplatz. Er sprach so ruhig, sein Ton war so freundlich und seine Stimme so leise, daß keiner von uns ihn verstehen konnte. Er wollte irgend etwas.

Bald aber hörten wir auf, angestrengt zu horchen, denn Bekassine schleuderte ihm ihre Antwort entgegen. »Wenn meine Mutter das hören könnte, würde sie heulen. Sie würde ihre Geschenke zurückfordern.« Dann: »Mein Vater würde gegen dich kämpfen.« Und zuletzt in voller Lautstärke: »Wir sind doch keine Tiere!« Niemand mußte uns sagen, daß Vater sie gebeten hatte, den Welpen zu füttern.

»Soll das heißen, daß sie's tut?« fragte Andriki die anderen Männer am Feuer. Wir mußten lachen.

Nach einer Weile kam Vater ans Feuer zurück. Er schien weder enttäuscht zu sein noch zu triumphieren, aber er war zufrieden, als habe er sein Ziel erreicht. Mit seinem Fuß hob er seinen Speer an, bis er ihn mit der Hand fassen konnte. Neugierig schauten wir ihn an. »Nun? Was ist?« fragte er uns, als könne er sich nicht vorstellen, weshalb wir ihn beobachteten.

»Wir wollen eine Antwort«, sagte Andriki. »Macht sie's?«

»Macht sie was?«

»Zieh uns nicht auf, Bruder. Wird sie deinen Wolf füttern?«

»Ja«, sagte Vater.

»Wirklich?«

»Ja.«

»Aber das hat sie doch nicht gesagt!«

»Was?« Vater ging schließlich auf das Spiel ein. »Sie hat es mir unter vier Augen gesagt.«

»Wieso haben wir es dann nicht gehört?«

»Sie wird ihn füttern, und eines Tages werden wir auf der Jagd einen Helfer haben, genau wie Graugans damals. Doch wir werden den unseren bei uns behalten und ihn nicht wie Graugans in die Wälder zurücklaufen lassen.

Aber jetzt müssen wir uns trotzdem allein ums Fleisch kümmern. Kommt ihr mit, oder muß ich allein jagen?« Für Rin, die noch wach war, fügte er hinzu: »Mach Feuer, Schwester. Wir werden bald etwas braten.«

Der Wind war stärker geworden, und die Wolken hatten sich verzogen; schwach konnte man im Sternenlicht das Buschwerk in der Ebene erkennen. Mit wurfbereiten Speeren schwärmten wir aus und liefen lautlos auf die Stelle zu, an der wir das Fohlen zuletzt gesehen hatten. Weil es so jung war und keine Eltern hatte, konnte es nirgendwo hingehen, und wir wußten, wo es zu finden war. Wir dachten, da ihm ein Beschützer fehlte, würde es sich ruhig verhalten, wenn wir uns ihm näherten; es würde sich eher verstecken als vor uns davonlaufen, wie das ein ausgewachsenes Pferd tun würde. Wenn wir Glück hatten, war es krank oder schon vor so langer Zeit von der Mutter getrennt worden, daß es wie Vaters Wolf vor Hunger und Durst schwach war. Wenn wir Glück hatten, würde es auf dem Boden liegen.

Da das gelbbraune Fohlen schwer auszumachen war, gingen wir langsam und achteten sorgsam auf Löwen, wie jeder, der in der Nacht auf Jagd ist. Wenn Löwen in solch kurzem Gras jagen, lieben sie dunkle Nächte. Aber trotzdem hatten wir keine Angst, ihnen zu begegnen. Und ich glaubte nicht, daß unser Jagdzug lange dauern würde.

Ich hatte recht, wenn wir auch beinahe das Fohlen verloren hätten. Als ich langsam vorwärtspirschte und dabei auf Jägerart meine Füße aufsetzte, den kleinen Zeh zuerst, ohne zu schlurfen, flog vor mir eine Nachtschwalbe auf und rief so laut, daß mir fast das Herz stehenblieb. Ich hatte an Löwen gedacht. Das nächste, woran ich mich erinnerte, waren rennende Männer, die das Fohlen jagten, das zuerst mitten zwischen uns sprang und mit seinen kleinen Hufen ausschlug. Dann schrie es auf, und ich wußte, daß ein Speer es getroffen hatte. Für ein so kleines Tier wehrte es sich großartig. Maral und Marder hielten es fest, während Andriki ihm die Kehle durchschnitt.

Als wir mit dem Zerlegen fertig waren, was sehr schnell ging, weil das Fohlen so klein war, schickten wir Ako mit Fleisch ins Lager, und bald zog köstlicher Bratduft durch die Luft. Wir wischten uns mit Gras das Blut ab, hoben das Fell und das restliche Fleisch auf und gingen gemeinsam zum Lager zurück. Die meisten Schwierigkeiten lösen sich beim Duft guten Essens wie von selbst. Auf dem Weg zum Lager spürte ich, wie Vater mir leicht die Hand auf die Schulter legte. Er meinte, er wolle mir wegen Bisam nichts mehr nachtragen. Das machte mich glücklich. Im Sternenlicht lächelte ich dankbar. Wie es Vaters Art war, schien er es überhaupt nicht zu bemerken.

Das Fohlen war köstlich, zart und süß. Sein Fleisch war saftig, wenn es auch nicht fett war. Ohne abzuwarten, bis mein erstes Stück gar war, holte ich es mit einem Stock aus dem brennenden Dung und aß es halbroh. Die Frauen standen auf und aßen mit uns. Auch Pirit und Frogga kamen schlaftrunken an und rieben sich die Augen, während sie auf ihren Anteil warteten. Bekassine tauchte mit dem Wolfsjungen auf, das ihr nicht nur folgte, sondern sich regelrecht an sie drückte, während es vor uns übrigen zurückschreckte. Sie hatte das Tier gestillt. Ich hätte gern gewußt, was Vater zu ihr gesagt haben mochte, mit was er sie eingeschüchtert oder welche Belohnung er ihr dafür versprochen hatte, daß sie das tat.

Ich schaute mich nach Bisam um. Sie war nicht da. Ich war überrascht, denn wenn Essen auf dem Feuer lag, beobachtete sie uns immer und versäumte nie, durch Blicke anzudeuten, daß sie etwas haben wollte. Es gefiel mir nicht, daß sie womöglich zu müde war, um eine solche Gelegenheit wahrzunehmen, deshalb stand ich auf und ging, um sie zu wecken. Ich fand die ausgerollten Schlaffelle, aber sie waren leer.

»Bisam!« rief ich, aber ich bekam keine Antwort.

Ich suchte dann das ganze Lager ab, schaute bei allen anderen und unter allen Decken nach. Ich blickte die Leute am Feuer an und suchte mit den Augen die dunklen Schatten der sternhellen Ebene ab. Ich sah alle anderen, die jetzt ebenfalls fragend umherspähten, um herauszufinden, was los war, aber Bisam sah ich nicht. Bisam war verschwunden.

25

Wir warteten eine Weile ab. Wir dachten, Bisam sei vielleicht weggegangen, um sich zu erleichtern. Als sie nicht zurückkam, sahen wir hinter allen Büschen nach. Sie war nirgends zu finden. Während wir in die Nacht spähten, um zu sehen, ob sich draußen etwas regte, wurde es in der Ebene beinah furchterregend still – kein Tier rief, nicht einmal die Nachtschwalbe, deren häßliches Gezeter noch lange angehalten hatte, nachdem ich sie aufgeschreckt hatte. Doch eine Frau verschwindet nicht wie ein Tier. Hatte Vater vielleicht etwas damit zu tun?

Nach einer Weile kam wieder etwas Bewegung in die Luft, ganz sacht und zart kühlte der Windhauch unsere Haut. Erneut schoben sich Wolkenschatten über die Sterne, und wieder ertönte der laute, lästige Ruf der Nachtschwalbe. »Sie war hier. Ich habe sie in der Ebene gesehen, bevor es dunkel wurde«, sagte Rin. »Ich dachte, sie sucht Brennholz.«

»Ich hab sie im Gebüsch sitzen sehen«, sagte Bekassine. »Sie war zu müde, um Brennmaterial zu sammeln. Sie hat diese Arbeit uns überlassen, obwohl wir auch müde waren.«

»Es bringt nichts, hier im Dunkeln Ausschau zu halten«, meinte Vater. »Wenn sie sich wirklich vor uns verstecken will, werdet ihr sie nicht sehen können. Denkt daran, daß sie nicht mit uns kommen wollte!«

»Aber sie war erschöpft«, sagte ich, obwohl ich wußte, daß die anderen nicht vorhatten, mir bei der Suche nach ihr zu helfen. »Warum ruht sie sich jetzt nicht aus?«

»Gibt es eine bessere Gelegenheit, dir zu entwischen?« fragte Vater. »Sie muß eine Ebene mit kurzem Gras überqueren. Wenn es hell wäre, würdest du sie doch sehen.«

Er hatte natürlich recht. Bei Tageslicht würde ich sie sehen und auch zurückholen. Ich sagte nichts, nahm mir aber vor, sie zu suchen, sobald die Sonne aufging. Im Geiste sah ich ihre Fährte im Tau. Dann fiel mir noch ein letztes ein – Die Lilie. »Onkel«, sagte ich zu Andriki, der als einziger noch auf den Beinen war und über die mondhelle Ebene schaute. »Was ist mit Der Lilie? Folgte er uns? Könnte es sein, daß er Bisam geholt hat?«

Nachdenklich blickte Andriki auf mich hinunter, während er sich meine Frage durch den Kopf gehen ließ. »Nein«, sagte er schließlich. »Er ist zu groß. Wo sollte er sich verstecken? Auf jeden Fall wäre es ungewöhnlich, wenn er hierherkäme. Er hält sich im Wald auf, und nach der Schneeschmelze entfernt er sich nicht weit vom See. Er trinkt gern Wasser. Und er hat gerade den Elch gefressen. Warum sollte er so weit laufen, um etwas Kleines wie eine Frau zu jagen, wo er doch einen anderen Elch kriegen kann, wenn er in seinem Dickicht bleibt?«

Inzwischen hatten die meisten Frauen ihr eigenes kleines Feuer angezündet und sich daneben schlafen gelegt. Auch die Männer schliefen. Ich hatte kein Feuer. Bisam hatte kein Brennholz für mich gesammelt. Ich konnte nicht schlafen und setzte mich deshalb allein an Vaters Feuer. Der Wind war stärker geworden und wirbelte Funken aus der Asche, flüsterte im Gras und in den Büschen. Am Himmel hatten die Wolken sich zusammengeballt, aber die Sterne zeigten sich am Horizont. Und wieder fühlte ich die Größe des Raums, der mich umgab. Es war, als gehe die Ebene am Rand der Welt direkt in die Sterne über. Ich war so klein wie ein Bärtierchen in diesem unendlichen Raum. Wenn ich verlorenginge, würde mich niemand finden.

Genauso war es mit Bisam. Wenn sie nicht um Hilfe rief oder ein Feuer anzündete, würden wir sie nicht finden. Vielleicht war ihr Heimatland grenzenlos und riesig, und als sie die Weite gesehen hatte, hatte sie sich frei gefühlt. Als ich noch ein Junge war, warf ich einmal einen Stein nach einem Steinschmätzer, der wie betäubt umfiel. Ich nahm ihn in die Hand. Ich spürte, wie er sich bewegte, und setzte ihn wieder auf den Boden, um zu sehen, was er tun würde. Einen Moment lang hockte er mit dem Bauch auf dem Boden, die Beine weit von sich gestreckt, schwankte ein wenig und schaute zum Himmel hinauf. Dann flog er plötzlich los. Ich erinnerte mich an seinen wippenden, hastigen Flug, seinen immer kleiner werdenden Rücken mit den kleinen, grauen, unter den Schwanz gezogenen Krallen. War das bei Bisam genauso? War sie aufgebrochen, als sie den endlosen Himmel über sich gesehen hatte?

Spät in der Nacht hörte ich jemanden neben mir. Das Feuer war heruntergebrannt; ich legte etwas Dung nach. Die Flammen beleuchteten Bekassine, die mit offenem Hemd am Feuer kauerte und sich wärmte. Ich sah in der Schlinge ihr schlafendes Baby, seinen weit nach hinten fallenden Kopf. Es hielt die Augen geschlossen, der kleine Mund war geöffnet. Im Schatten hinter Bekassine glühten die grünen Augen von Vaters Wolf. Seltsam, daß ein Wolf dablieb, während eine Frau davonlief, aber so war es eben. Mit einem Nicken begrüßte ich meine Stiefmutter. Für mein Gefühl saß sie ein wenig zu nahe bei mir, aber es stand mir nicht zu, etwas zu sagen.

Auf Bekassine traf das nicht zu. Sie beugte sich vor, kam ganz nah an mein Gesicht heran und fing an, meinen Vater schlecht zu machen. Zuerst flüsterte sie, dann, als ihre Vorsicht allmählich nachließ, wurde sie lauter. Sie nannte Vater selbstsüchtig und grausam, hieß ihn ein Tier und sprudelte nur so drauflos, daß ich sie kaum verstehen konnte. In ihren dunklen Augen brannten Tränen, und ihr Gesicht wurde rot im Feuerschein. Ich konnte ihren heißen Atem spüren. Der Grund war, daß Vater ihr befohlen hatte, den Wolfswelpen zu stillen, aber es dauerte eine Weile, bis ich das mitbekam. Mag sein, daß es falsch von ihr war, die Beherrschung zu verlieren und so über Vater herzuziehen, und vielleicht hätte ich versuchen sollen, sie zu unterbrechen, in Wahrheit aber wunderte ich mich über das, was sie sagte, und fürchtete, Vater könnte zuhören.

»Stiefmutter«, flüsterte ich und deutete mit meinen Lippen auf Vaters lange, dunkle Gestalt, die gleich jenseits des Feuerscheins auf der Schlafdecke ausgestreckt ruhte, »er kann dich hören.«

»Kann er nicht. Er schläft«, sagte Bekassine wütend und drehte sich nach dem Wolf um. »Dein Vater kann schlafen. Ich kann es nicht, wenn diese Schnauze dauernd an mir herumschnüffelt.« Als sie die beiden grünen Augen sah, warf sie eine Handvoll Erde nach ihnen. Der Welpe schrie auf, und die Augen verschwanden.

»Aber du warst doch einverstanden?« fragte ich Bekassine. »Natürlich war ich einverstanden. Du kennst doch deinen Vater!«

Und ob ich ihn kannte. Wenn er etwas von mir verlangte, würde ich es ihm auch nicht verweigern. Er war eine zu starke Persönlichkeit und außerdem der Anführer. Ihm schlug man nichts ab.

»Deshalb mußt du mit ihm reden«, fuhr Bekassine fort. »Sag ihm, daß ich es nicht tun werde. Sag ihm, daß das Tier die Milch nimmt, die meinem Kind gehört. Du mußt es tun, Kori.«

Wieder betrachtete ich Vaters lange, ruhende Gestalt. Schwarz und bewegungslos lag er in der Dunkelheit. Ich hatte das sichere Gefühl, daß er uns belauschte. Er war zu alt, um einen gesunden Schlaf zu haben, und zu sehr Jäger, um nicht an die zu denken, die nachts im Flachland jagten. Er würde selbst im Schlaf ein Ohr offenhalten und alles mitbekommen. Weil ich wußte, daß er mich hören konnte, sagte ich nichts. Aber mein Schweigen reichte Bekassine nicht. »Ich habe Angst vor ihm«, fing sie wieder an. »Ich will ihn nicht verärgern, aber ich kann ihm nichts recht machen. Ich weiß nicht, was er von mir will oder wozu er mich bringen will.«

Sie dachte kurz nach und fügte dann für den Fall, daß Vater doch zuhörte, hinzu: »Ich glaube, er ist wütend wegen meines Kindes. Er denkt, ich liege bei anderen Männern, und aus Rache verlangt er, daß ich ein Tier stille.«

Das stimmte nicht, nicht, wie ich es empfand. Es war auch nicht wahr, daß Bekassine Vater nichts recht machen konnte. Er war zufrieden, wenn sie tat, was er von ihr verlangte. Obwohl ich meiner Stiefmutter hätte erzählen können, was sie noch erwartete, jedenfalls was Vaters Pläne anging, schwieg ich, wie ich es versprochen hatte. »Wer kann wissen, was er denkt?« fragte ich.

Endlich schien Bekassine mein Unbehagen zu bemerken. Sie flüsterte mir ins Ohr: »Um deines Kindes willen – und es ist deins, Kori –, bring deinen Vater dazu, mich von dem Tier zu befreien. Wenn er das nicht zulassen will, bringe es um. Ich würde es töten, aber er fände bestimmt heraus, daß ich es getan habe.« Sie konnte einen wirklich zum Nachdenken bringen, das mußte man Bekassine lassen. Sie war kein Tier, daß sie einen Welpen mit der Milch ihres Körpers aufziehen mußte, mit der Milch, die ihrem und meinem Baby gehörte. Die Sache war nur, daß ich mir nicht im klaren darüber war, ob ich das Recht hatte, den Plan, den Vater mit diesem Jagdhelfer verfolgte, zu vereiteln. Er hatte eine Idee im Kopf, als er den Welpen ausgegraben hatte. Er hatte das schon seit einem Jahr oder länger geplant. Wie der Plan genau aussah, wußte ich nicht, aber konnte ich ihn zunichte machen, ehe ich ihn verstand? Nein! Außerdem, würde es dem Baby wirklich schaden, wenn der Welpe gestillt wurde? Wieder nein! Eine Wölfin ist nicht größer als eine Frau, und doch hat eine Wölfin Milch für viele Welpen. Wie konnte da ein einziger der Milch meiner Stiefmutter schaden?

Das Feuer war zur roten Glut schwelenden Dungs heruntergebrannt, ein Haufen Asche, den der Wind hin und wieder aufflammen ließ. Im Feuerschein suchten Bekassines wütende Augen in den meinen nach einer Antwort. Ich konnte nicht umhin, daran zu denken, wie dasselbe Gesicht mich vor einem Jahr durch einen Schleier grüner Blätter angeschaut hatte, bevor wir uns am Feuerfluß geliebt hatten. Damals hätte ich gern ein Tier getötet, wenn sie mich darum gebeten hätte. Um ehrlich zu sein, hätte ich für diese unbekümmerte, schöne Frau alles getan. Jeder hätte das getan. Aber jetzt lagen die Dinge anders. Das Kind war wohl schon von mir, das war richtig, aber die Frau schien sich verändert zu haben. Außerdem gehörten sie und das Tier zu Vater.

Als ein schwaches gelbes Glühen im Osten endlich den aufsteigenden Mond ankündigte, legte ich mich hin, schlief ein und wachte wieder auf, als mir ein Lufthauch übers Gesicht strich. Als ich meine Augen aufschlug, sah ich nahezu in Bodenhöhe den inzwischen sehr hell gewordenen Lichtschleier des Mondes. Ich hatte kaum geschlafen. Irgend etwas hatte mich geweckt. Die Haare auf meiner Haut stellten sich auf. Da bewegte sich etwas. Ich hörte einen Schritt, dann wieder einen. Irgend etwas kroch langsam hinter mir gegen den Wind. Im kurzen Gras, in dem ein Tiger sich nicht verstecken kann, muß er mit dem Jagen aufhören, wenn der Mond aufsteigt. Vor meinen Augen schob sich die erste helle Stelle des Mondes über den Horizont. Ich griff nach meinem Speer und drehte mich herum.

Da stand Bisam! Ihr Kopf und ihr wirres Haar zeichneten sich dunkel vor den Sternen am Himmelszelt ab, und ihre Beine in der schlaff herunterhängenden Hose waren vor dem fahlen Lichtstreifen erkennbar, der am östlichen Rand der Ebene heranwuchs. Wortlos und sehr langsam, als habe sie Schmerzen, beugte Bisam sich hinunter und band ihre Schuhe auf. Sie ließ nicht erkennen, ob sie gesehen hatte, daß ich mich umdrehte. Statt dessen schlüpfte sie aus den Schuhen, zuerst aus dem einen, dann aus dem anderen. Dann, so langsam, als sei sie erschöpft, löste sie ihren Gürtel und ließ ihre Hose fallen.

Noch gestern hatte sie sich diese vom Leib zerren müssen, jetzt aber sackte sie geräuschlos um ihre Füße. Bisam stieg heraus und kniete sich neben mich, und an ihrem nackten Bauch, der zwischen ihren Rippen und Hüftknochen eingesunken war, erkannte ich, daß sie ihr Baby geboren hatte.

Wir hatten uns alle gefragt, weshalb Bisam sich von uns entfernt haben mochte, aber an das Kind hatte niemand gedacht. Sprachlos vor Bestürzung beobachtete ich sie. Sie schüttelte sich erst aus einem Ärmel und befreite dann auf die gleiche Weise ihren anderen Arm, bis ihr Hemd mit leeren Ärmeln wie ein Sack an ihr herunterhing. Sie ließ es dabei bewenden, setzte sich neben meinen Fellen auf den Boden, stieß diese mit ihren Füßen auf und streckte ihre Beine neben meinen aus. Ihre eisige Berührung ließ mich frösteln. Dann machte sie es sich neben mir auf dem Fell bequem. Dabei fiel mir ein großes Moospolster auf, das sie sich zwischen die Beine gestopft hatte. Es diente dazu, das Blut aufzuhalten, das die Frauen verlieren, wenn sie menstruieren oder nachdem sie geboren haben. Solches Moos wächst nicht in der Ebene – Bisam hatte es mitgebracht. Sie hatte kein Bündel dabeigehabt; sie mußte es unter ihrer Kleidung getragen haben. Sie war also nicht davongerannt, sondern hatte ein Kind geboren, und sie hatte seit zwei Tagen, schon bevor wir die Hütte verließen, gewußt, daß es bald so weit sein würde.

Wo Bisam gestanden hatte, wurde das fahle Licht stärker. Es war fast Morgen. Im dunklen Lager hinter uns liefen die Leute herum und legten das verbliebene Reisig und die restlichen Dungballen auf die von Asche bedeckte Glut des Feuers. Ich hörte, wie Vater zu Bekassine sagte, sie solle ihr Bündel packen. Würde er von Bisam erwarten, daß sie mitging? Sie lag mit dem Rücken zu mir auf der Seite, ihre Beine in den Schlaffellen, die Arme unter dem Hemd. Wenn Bisam ihr Baby nicht irgendwo liegengelassen hatte, war es auch unter ihrem Hemd verborgen.

Ich betrachtete sie eine Weile. Ihre Augen waren geschlossen und die Lippen halb geöffnet; sie war bereits in einen tiefen, erschöpften Schlaf gefallen. Wie mochte es ihr ergangen sein in der Nacht, allein in der Ebene, ganz ohne Feuer? Und wo war das Baby? War es ein Junge? Ein Mädchen? War es zu früh gekommen? Lebte es? War es gesund? War es überhaupt da? Unter ihrem Hemd hatte Bisam die Arme verschränkt. Alles, was sich unter ihrem Hemd abzeichnete, war ihre Schulter. Doch ein Neugeborenes ist sehr klein.

Vorsichtig und langsam, um sie nicht aufzuwecken oder zu erschrecken, hob ich den Saum ihres Hemds an. Da war ihre Taille, ihr gedehnter, leerer Leib, der auf den Boden sackte. Ich schob das Hemd höher. Da waren ihre Rippen, die sich scharf abzeichneten und sich im Rhythmus ihres gleichmäßigen Atems hoben und senkten. Sachte schob ich das Hemd noch weiter nach oben, so sanft, daß sie die Bewegung nicht spüren würde. Da war ihr knochiger Ellenbogen, der sich um ihre prallen Brüste krümmte. Da war, fast schwarz im grauen Licht, ihre Brustwarze, aufrecht inmitten ihres Hautkreises, knotig wie die Haut eines gerupften Vogels. Wie unsere Frauen hatte Bisam diese »Haut der Frau Ohun«, wie unsere Frauen gehörte sie zur Luft, dem Ort der Geister, Vögel und Schamanen. An der Spitze der Brustwarze hing ein Tropfen Milch.

Ich schob ihr Hemd so hoch, wie es sich ohne Anstrengung machen ließ. Dort lag, gegen ihre Brust gedrückt, ein kleines, mageres Baby. Seine Knie waren an die Brust gezogen, die winzigen Fußgelenke lagen überkreuz, sein Gesicht war dunkel und schrumpelig, und seine Augen waren fest zugedrückt. Zwischen seinen Beinen lag ein großes haariges Moospolster. Ich hob es vorsichtig an. Ein Penis! Es war ein kleiner Junge – ein Sohn. Mochte er auch winzig sein, es war mein Sohn! Ich, der ich seit meinem Abschied von Mutter nicht mehr geweint hatte, fühlte, wie Tränen in meinen Augen brannten und in meiner Kehle sich ein so dicker Kloß bildete, daß ich nicht mehr schlucken konnte, denn dieses Kind war meins, so sicher wie es das von Bisam war. Ich hatte diesen Jungen in meine Frau gesetzt. Er war das Kind aus meinem Körper, und der Puls, der an seinem Scheitel schlug, der Puls, der sein schwarzes Haar erzittern ließ, war der Puls meines Lebens. Der kalte Luftzug auf ihrer nackten Haut weckte Bisam fast auf. Sie verzog das Gesicht, biß die Zähne zusammen und tastete nach ihrem

Hemd, um es wieder glattzuziehen. Als ihre Hand an meine stieß, wachte sie vollends auf und blickte über ihre Schulter zu mir hoch. Einen Augenblick lang starrte sie mich an, dann begriff sie, daß ich weinte. Meine Stimme war belegt, aber ich flüsterte: »Bisam«, berührte ihre Stirn und strich ihr dabei das zottige Haar so sanft wie möglich aus den blauen Malen ihres Gesichts.

»Ah. Du sehen«, antwortete sie und zog die Felldecke hoch, um sich zuzudecken, doch drehte sie sich dabei auf den Rücken und hob ihre kalte Hand an meine Wange. Ihr Gesicht war entspannt, und ihre Augen blickten müde, aber zufrieden drein. Schließlich lächelte sie.

Lange Zeit sahen wir einander an, dann das Baby das jetzt bäuchlings unter der Felldecke auf ihrer Brust lag. »Er ist klein!« sagte ich schließlich.

»Io. Klein«, flüsterte sie.

Ich weinte noch immer. »Er ist häßlich!« sagte ich unter Tränen.

Im zunehmenden Licht des Sonnenaufgangs huschte ein schwaches Lächeln über Bisams Gesicht. »Hei!« sagte sie. »Nicht häßlich.«

Überaus glücklich strich ich ihr mit dem Daumen über die Augenlider und schloß ihre Augen, um ihr mit dieser Berührung zu sagen, daß sie schlafen sollte. Während sie sich mir zuwandte, umfaßte sie das Baby mit einer Hand und drückte es an ihre Brust. Jetzt lag sie auf der Seite, und mein Sohn lag zwischen uns. Noch ehe ich das wahrgenommen hatte, schlief Bisam schon wieder, und jetzt lag ein Lächeln auf ihren Lippen. Ich zog das obere Schlaffell über ihren Kopf, damit das Tageslicht sie nicht aufweckte.

Für mich stand völlig außer Frage, daß wir erst am folgenden Morgen weiterziehen würden. Obwohl die anderen überrascht zu sein schienen, daß sie nicht selbst darauf gekommen waren, warum Bisam sich von uns entfernt hatte, murrten die meisten, als ich ihnen sagte, daß sie ohne mich gehen müßten, wenn sie nicht auf sie warteten und sie vor dem Weitermarsch ausruhen ließen. Es hätte ihnen vielleicht nichts ausgemacht, ohne Bisam weiterzuziehen, aber es hätte gegen sie gesprochen, wenn sie ohne mich gegangen wären. Das traf vor allem auf Vater zu, der als Anführer dann womöglich, am Haarfluß angekommen, auf Graugans' Leute stoßen würde und ihnen würde sagen müssen, daß er seine Gruppe nicht zusammengehalten und seinen eigenen Sohn und den neugeborenen Enkel zurückgelassen hatte.

Andererseits: wenn uns auch nur ein einziger Marschtag fehlte, würde uns das Wasser ausgehen, bevor wir den Haarfluß erreichten. Das Durchqueren der Ebene dauerte sechs Tage, und so lange würden unsere beiden Wasserbälge reichen, wenn wir sie nur sparsam leerten. Aber wir hatten das Wasser gedankenlos verschwendet, und bis zum Abend mußte ein Wasserbalg leer sein. Wir lösten das Problem, indem wir den Sack, den ich getragen hatte, austranken, dazu sogar Bisam aufweckten, damit auch sie ihren Anteil bekam, und ihn dann Maral und Andriki gaben, die sich auf den weiten Weg zum Schmalen See aufmachten. Sie würden dort den Sack füllen und dann zu uns zurückkommen, wobei sie die Entfernung zweimal zurücklegen mußten, die sie schon einmal gegangen waren, gezwungenermaßen langsam, wegen der Frauen, der Kinder und des Gewichts ihres Gepäcks.

Alle murrten angesichts dieses geänderten Plans, aber was half es? Die Sonne strahlte, und es wurde ein warmer Tag – zu hell und zu heiß, um zu jagen, besonders in einer Ebene mit kurzem Gras, wo es nicht die kleinste Deckung gab. Um diese Zeit gab es auch noch keine reifen Beeren. Wir überprüften die Knochen des Fohlens, und als wir feststellten, wie wenig Fleisch an ihnen hängengeblieben war, entschlossen wir uns, nach weiterer Nahrung Ausschau zu halten, während wir nach Dung und Buschwerk suchten, das wir brauchen würden, um unser Feuer eine weitere Nacht lang in Gang zu halten. Wir kannten die Ebene nur, weil wir sie durchquert hatten, ansonsten war sie uns fremd, sie war zu weit von der Winterhütte entfernt. Nicht einmal Rin wußte, wo man hier etwas Eßbares finden konnte. Also schwärmten wir aus und suchten nach Bitterwurzelsegge und Vogeleiern. Die Wurzeln dieser Segge ziehen einem das Zahnfleisch zusammen, und die Eier waren winzig, aber wir fanden genug von beidem und brachten es ins Lager.

Dort angekommen, trug die Brise den Duft des Grases an uns heran und das Summen von Bienen, die aus unserem Wasserbalg zu trinken versuchten. Träge schliefen die meisten ein, aber ich war viel zu glücklich und zu aufgeregt. Ich erbat mir von Vater ein wenig Schnur, fand drei Steine und machte daraus eine Schleuder. Als ich sie ausprobierte, flog sie wie ein Adler, und ich machte mich auf Beutesuche. Für die Bisons, die in der Ferne grasten, war sie zu klein; ein Bison hätte sie weggestoßen. Für die Lerchen, die unter meinen Füßen aufflogen, war sie zu groß; die Lerchen würden zwischen den Schnüren durchfliegen oder von den Steinen zerquetscht werden. Doch meine Schleuder war gerade recht für die Trappe, die sich pikkend ihren Weg durchs Gras bahnte und dabei mit zitternden Bartfedern ihren Kopf nach hinten warf, damit sie mich im Auge behalten konnte.

Während ich mich der Trappe langsam näherte, lief sie in immer gleichem Abstand gemächlich weiter, ohne daran zu denken, daß ich etwas hatte, das ihr gefährlich werden konnte. Doch als ich meine Schleuder über meinem Kopf herumwirbelte, schrak der große Vogel auf, breitete seine Flügel aus und rannte rasch davon. Als er vom Boden abhob, sauste meine Schleuder los. Sie wickelte sich um den Vogel und zog ihn herunter. Er war zu sehr verletzt, um noch zu fliegen, aber ich wollte nichts riskieren. Ich rannte zu ihm hin und stampfte ihm auf den Hals. Die Beine mußte ich meinen Schwagern geben und das Muskelfleisch des einen Flügels meinen Verwandten, aber da ich der einzige meiner Sippe nördlich des Feuerflusses war, gehörte das Muskelfleisch des anderen Flügels mir. So hatte ich für meine Frau Fleisch erlegt. »Es wird gut für ihre Milch sein«, sagte ich zu Vater, als ich es briet.

Wieder angezogen und mit gekämmtem und schön geflochtenem Haar, kauerte Bisam sich zwischen Rin und mich. Vater nickte ihr zur Begrüßung zu. Bisam nickte Vater zu und öffnete dann ihr Hemd am Kragen, um Vater das Baby zu zeigen. Sehr langsam und vorsichtig beugte sich Vater zu dem kleinen Gesicht hinunter, betrachtete die formlose Nase, die geschwollenen Augen und das dünne schwarze Haar.

»Er Junge«, sagte Bisam. »Kiu Ngarr.«

Vater schaute mich fragend an: »Was meint sie mit ›Kiu Ngarr‹?«

»Er Name«, sagte Bisam. »Wie ich ihn nenne. Kiu Ngarr.«

»Ein Name?« fragte Vater.

»Was tut sie, sie gibt einem Kind einen Namen?« wunderte sich Rin.

Das gleiche hatte ich auch gedacht. So etwas tat man nicht. Es ist tatsächlich sehr gefährlich, einem Kind einen Namen zu geben, bevor es kräftig genug ist, um laufen zu können. Wenn die Leute in den Lagerstätten der Toten den Namen hören, glauben sie, das Kind sei groß. Dann stellen sie ihm Aufgaben, denen das Kind nicht gewachsen ist. Es bedeutet fast den sicheren Tod, einem so kleinen Kind einen Namen zu geben. Allerdings konnten wir kaum von Bisam erwarten, daß sie das wußte, da sie sich mit allem so wenig auskannte.

»Das wird nicht sein Name sein«, beschwichtigte ich Rin.

»Das mußt du ihr sagen«, sagte sie. »Hol deine Stiefmutter.«

Obwohl ihre Augen von den Tränen, die sie in der letzten Nacht geweint hatte, noch geschwollen waren, kauerte Bekassine sich gehorsam zwischen mich und Bisam und hörte Bisams Redefluß genau zu. Schließlich meinte sie:

»Das, was sie sagt, bedeutet nichts Gutes. Sie versteht, was du willst, aber sie weigert sich.«

»Erzähl uns, was sie sagt.«

Als Bekassine anfing zu übersetzen, fiel Bisam ihr ins Wort: »Er muß Name haben«, beharrte sie. »Wie kennen wir ihn, kein Name? Alle Kind haben Name. Er Name Kiu Ngarr.« Bisam dachte nach und wollte schon weiter auf uns einreden, überlegte es sich dann aber anders und wandte sich mit einem Wortschwall in ihrer eigenen Sprache an Bekassine.

»Sie sagt, ein Kind muß einen Namen haben«, sagte Bekassine. »Wie sollen die Leute es sonst kennen? Alle Kinder haben Namen, sagt sie. Auch unsere Kinder haben Namen, sagt sie. Wir warten, bis wir unsere Kinder mit Namen rufen, aber ihre Leute warten nicht. Sie sagt, man braucht nicht zu warten. Sie fragt, warum wir warten. Versuchen wir zu verbergen, wer unsere Kinder sind? Stimmt etwas nicht mit den Namen? Machen sie uns Schande? Was sie angeht, schämt sie sich nicht für den Namen ihres Kindes: Kiu Ngarr. So heißt er. Das sagt deine Frau, Kori.«

Ich hatte von Bisam nicht so viel Entschlossenheit erwartet, und ich wurde zornig. Ich wandte mich Bisam zu und packte sie am Kinn. »Beim Großen Bären«, sagte ich, »du wirst meinem Sohn keinen Namen geben.«

Mit einem Ruck befreite sie ihr Gesicht aus meinem Griff. »Ich Name«, sagte sie. »Kiu Ngarr, Kiu Ngarr. Er mein, und er Name Kiu Ngarr. Du willst reden ihn, Kiu Ngarr du ihn rufen. Io!«

»Reg dich nicht auf«, sagte Vater in dieser Nacht, nachdem Bisam und alle anderen Frauen sich schlafen gelegt hatten und nachdem Maral und Andriki in den Feuerschein getreten waren und Wasser und ein Gelege Schwaneneier vom Bachufer mitgebracht hatten. »Keine Sorge. Das Wort, mit dem sie dein Kind ruft, ist kein Name. Laß sie sagen, was sie will! Außerdem gehört das Kind zu ihrer Sippe. Vielleicht weiß ihre Sippe, wie man mit den Namen ihrer Kinder umgeht.«

Das glaubte ich nicht, aber es war zwecklos, mit Vater darüber zu streiten. Ich nahm mir vor, mir meine Worte für Bisam aufzusparen, deren Stärke und Entschiedenheit mich überrascht hatten. Ich konnte mich nicht erinnern, daß sie sich zu irgendeiner Zeit geweigert hätte, das zu tun, was ich ihr sagte, zumindest sofern sie mich verstanden hatte.

Später hockte ich neben ihrem Bett und versuchte, ihr so gut ich konnte zu erklären, welche Gefahr es für ein Neugeborenes bedeutete, wenn man zu viel mit ihm redete oder sogar zu viel an es dachte, geschweige denn ihm einen Namen gab. Ich erklärte ihr, daß die Leute in den Lagerstätten der Toten das Gerede hören und dadurch auf das Baby aufmerksam werden. Wenn ihnen das Kind gefällt, wollen sie es haben. Dann schicken sie eine Krankheit, die es tötet, und einen Vogel, um seine Seele zu suchen.

Als ich fertig war, sah Bisam mich ungeduldig an. »Wahr für deine Kinder, mag sein«, sagte sie. »Nicht für meins.«

26

Es ist nicht gut, wenn man sich über ein Kleinkind zu viele Gedanken macht oder seinetwegen Pläne schmiedet, solange es noch keinen Namen hat, doch wenn ich nicht schlief und nicht gerade etwas tat, das meine ganze Aufmerksamkeit erforderte, wie zum Beispiel Jagen, ertappte ich mich immer wieder dabei, daß sich meine Gedanken um das von meiner Frau geborene Kind drehten, genau wie ich früher oft über meine Frau selbst nachgedacht hatte. Nachts, wenn ich ins Feuer starrte, tauchte mein Sohn plötzlich und unerwartet in meinen Gedanken auf, so, als erwachte ich aus einem Traum.

Auf diese Weise plante ich, was ich mit ihm später tun würde. Ich sah, wie ich ihn lehrte, Fallen zu stellen und dann zu jagen. Ich sah mich für ihn Speere machen, zuerst einen Kinderspeer mit einer Knochenspitze, später einen richtigen, schwereren Speer mit einer Spitze aus Feuerstein oder einem anderen guten Stein, den ich finden würde. Ich sah mich auf den Hügeln hinter dem Frauensee, an dem Ort, wohin Onkel Bala und seine Leute wegen der Flintsteine gingen. Ich ging im Geiste dorthin, obwohl die Reise länger dauerte, als mir lieb war. Dieser Tagtraum warf die Frage auf, ob Vater vielleicht irgendwo in der Nähe eine Stelle kannte, wo man Feuerstein finden konnte. Da wurde mir klar, daß ich von Vater noch viel zu lernen hatte. Ich wollte bald anfangen, mich um den Feuerstein zu kümmern.

Ich sah mich meinen Sohn in ferne Gegenden mitnehmen, damit er die Welt kennenlernte. Ich sah, wie ich ihm die Jagdgründe am Frauensee und am Feuerfluß zeigte, die Gebiete, die ich kannte, die Gegenden, in denen ich allein jagen konnte, ohne mich zu verlaufen. Ich sah mich ihm auch Vaters Jagdgründe zeigen – die meines Vaters, meines Sohnes und die meinen – außerdem das Heideland und die

Wälder, mit denen ich mich gerade ein wenig vertraut gemacht hatte, in die aber Vater und meine Onkel mich einführen würden, bis mein Junge alt genug war, selbst zu jagen.

Ich sah, wie ich ihn zu Uskes Quelle führte und ihm zeigte, wo Andriki und ich die Nacht in einem Mammutkörper verbracht hatten. Ich sah, wie er am Feuerfluß lernte, mit seinen bloßen Händen Weißfisch zu fangen, und wie man den alten Löwen vom Fleisch fernhielt, falls der alte Löwe noch dort lebte.

Ich sah aber auch Gefahren heraufziehen. Ich erinnerte mich an eine Stelle im Frauensee, wo eine Unterwasserquelle das Eis dünn machte. Diese Stelle hatte mich immer angezogen, weil ich und die anderen Jungen, ohne daß die Erwachsenen davon wußten, dort ein Spiel spielten: wir faßten uns an den Händen, rannten bis dahin, wo das Eis dünn wurde, und blieben dann schlagartig stehen, so daß die Jungen am Ende der Schlange darüberschlidderten. Das brachte das Eis zum Knacken. Das war wirklich ein aufregendes Spiel, aber meinem Sohn würde ich so etwas nicht erlauben! Wenn ich ehrlich war, bekam ich schon bei dem bloßen Gedanken an diese Stelle Angst.

Außerdem würde ich eine Frau für ihn finden. So jung er auch war, ganz gleich, ob er einen Namen hatte oder nicht, es war nicht zu früh, an eine Frau für ihn zu denken. Heiraten plante man selbst für ungeborene Kinder. Unter diesem Gesichtspunkt ließ ich mir die vielen kleinen Mädchen durch den Kopf gehen, die ich kannte. Anfangs dachte ich bei den Mädchen an ihre Abstammung, doch dann fiel mir ein, daß mein Sohn, der ja Bisams Kind war, keine Sippe hatte. So brauchte man auf die Verwandtschaftsbeziehungen keine Rücksicht zu nehmen. Das war gut, denn jedes Mädchen konnte ihn heiraten. Es war aber auch schlecht, denn die Eltern des Mädchens wollten möglicherweise ihre Tochter nicht einem Jungen versprechen, der keine eigenen Verwandten hatte, dem Kind einer Gefangenen. Mir war klar, daß ich diesen Mangel mit Elfenbein würde aufwiegen müssen. Möglicherweise mußten wir später doppelt so viele Geschenke anbieten, als üblich war, um die mütterliche und auch die väterliche Seite zufriedenzustellen. Wenn hingegen die von uns angebotenen Hochzeitsgaben außergewöhnlich gut und zahlreich waren, würden die Eltern des Mädchens vielleicht einwilligen. Ihre Verwandten könnten auch Gefallen daran finden, daß von ihnen nur halb so viele Geschenke gefordert wurden.

Ich erkannte, wie dringend es geboten war, bald ein Mädchen zu finden, bevor mir irgendeine andere Familie zuvorkam und vielleicht das gleiche Mädchen aussuchte, wie Vater Frogga für mich ausgesucht hatte. So kam ich aufs Elfenbein und aufs Jagen und nahm mir vor, wenn wir das nächste Mal Mammute jagten, darauf zu achten, daß mein Speer eines der Tiere tötete, damit ich mir einen Anteil am Elfenbein sichern konnte.

Ich fing auch an, an andere schöne Dinge zu denken, an hübsche Dinge wie die Brust- und Flügelfedern der Krickentenweibchen. Soweit ich wußte, brüteten diese kleinen Vögel nur im Schilf am Frauensee. Ich konnte mich nicht entsinnen, jemals zuvor über ihre Federn nachgedacht zu haben, da ich sie nicht gebrauchen konnte, aber ich wußte, daß sie wegen ihrer schimmernden Regenbogenfarben sehr begehrt waren. Man zog die Federn zu Halsbändern auf, hängte sie ans Ohr oder flocht sie ins Haar. Sie gehörten zu den üblichen Hochzeitsgeschenken. Da wünschte ich mir, wieder am Frauensee zu sein, wo ich Fallen stellen konnte, denn ich wußte noch, wo die Nester der Enten waren. Wie auch immer: »Zu jedem guten Platz führt ein Pfad«, pflegte mein Onkel Bala zu sagen. Er meinte damit, wenn man etwas haben wolle, finde sich auch ein Weg, um es zu bekommen. Ich dachte mir, daß ich früher oder später auch diese Federn bekommen würde.

Mir kam sogar Bernstein in den Sinn, doch Bernstein würde nicht leicht zu finden sein. Selbst Onkel Bala konnte da wohl kaum weiterhelfen. Doch ich hatte von diesem gelben Stein gehört und ihn sogar gesehen. Ich glaubte mich zu erinnern, daß einige Verwandte meiner Mutter Bernstein besessen hatten. Dann fiel mir meine erste Begegnung mit Vater ein. Er hatte Onkel Bala ein Halsband mit Löwenzähnen gegeben. Obwohl ich dem damals kaum Beachtung geschenkt hatte, konnte ich mich doch entsinnen, daß eine Bernsteinperle an dem Halsband gehangen hatte. Vater hatte Onkel Bala eine Bernsteinperle geschenkt! Ob er wußte, woher man eine solche Perle bekommen konnte? Ganz bestimmt! Ich war mir plötzlich ganz sicher, Bernstein bekommen zu können, so sicher, wie ich mir in bezug auf die Krickentenfedern und das Elfenbein war. Da ich wußte, daß so etwas wie eine Bernsteinperle aus widerwilligen Schwagern bereitwillige Schwager machen konnte, konnte ich für meinen Sohn hoffen.

Obwohl das Baby noch so klein war, wußte es, wer ich war. Selbst mit geschlossenen Augen erkannte es mich an der Stimme, da war ich mir ganz sicher. Sein Mund verzog sich zu einem Lächeln, wenn ich mit ihm sprach, und es grapschte nach meinem Finger, wenn ich seine Hand berührte. Es war ganz schön kräftig. Es gab niemanden, mit dem ich darüber hätte reden können, wieviel Freude mir das Kind bereitete, denn die älteren Männer sprachen selten über diese Dinge. So blieb meine Freude ein Geheimnis, von dem höchstens seine Mutter etwas ahnte. Doch meine Freude war aufrichtig. Wenn der Kleine nachts zwischen mir und seiner Mutter in den Fellen lag, sang ich ihm leise die Lieder vor, die man am Feuerfluß den Kindern vorsang. Oder ich erzählte ihm flüsternd von den Dingen, die ich für ihn machen, und den Dingen, die ich ihm zeigen würde. Aber vor allem erzählte ich ihm, daß der Große Bär ihn im Auge behalten und ihn nicht vergessen würde, weil er wußte, daß er später ein Jäger, Einer, der den Füchsen Nahrung gibt, ein Mann des Fleisches sein würde.

Es tut mir weh, wenn ich heute daran zurückdenke, daß ich etwas zuließ und es sogar förderte, was meinem kleinen

Sohn hätte schaden können. Aber in der dritten Nacht unserer Reise war ich erst so kurze Zeit Vater, daß ich keinen klaren Kopf hatte, als mein Vater und Bekassine mit dem Wolfswelpen zu mir kamen. Ich verstand sofort, daß ich Bisam dazu bringen sollte, dem Tier ihre Brust zu geben. Ich erkannte, daß Bisam auf die Frage, wie man den Welpen am besten aufzog, die passende Antwort bot, denn bei ihr war das etwas anderes als bei Bekassine. Niemand würde sich beleidigt fühlen, wenn wir sie benutzten. Eine Zeitlang schien es sogar ein guter Einfall zu sein. Es kam mir nie in den Sinn, mich Vater um einer geraubten Frau willen zu widersetzen oder ihm nicht zu gehorchen, und ich wollte den Wolf auch nie loswerden, worum Bekassine mich gebeten hatte, da der Wolf Vater gehörte. Statt dessen brachte ich den Welpen zu Bisam und deutete auf ihre Brust.

Zuerst weigerte sie sich. Sie schubste den Welpen zur Seite. Als ich ihr mit Bekassines Hilfe versprach, ihr ein Elfenbeinhalsband zu machen, wenn sie ihn stillte, bekam sie einen verbitterten Gesichtsausdruck, und als ich auf ihrer Unterstützung bestand, schnappte sie sich den Welpen und schleuderte ihn zu Boden. Natürlich schrie er fürchterlich. Ein durchdringendes »Ji-ji-ji« brachte alle Leute auf die Beine. Sie wollten schauen, was passiert war. Bisam fing an zu weinen, und das Baby schrie ebenfalls. Ich haßte es, ein Baby schreien zu hören. Das atemlose »Kaa-kaa-kaa« ging mir durch und durch, und am liebsten hätte ich seine Mutter erwürgt. Auch den anderen ging das Gebrüll gegen den Strich; manche kamen und beugten sich über Bisam, um ihr zuzureden, sich zu beherrschen und das Baby zu beruhigen – alles mit Worten, die sie nicht verstand. Bisam stand auf, setzte sich etwas abseits und beschwichtigte das Baby, indem sie ihm die Brustwarze in seinen Mund steckte.

Inzwischen schauten mich die Leute an, um zu sehen, was ich mit meiner Frau anstellen würde. Würde sie tun, worum ich sie gebeten hatte, oder nicht? Da sie womöglich glaubte, sich mir verweigern zu können, packte ich sie am Arm, zog sie hoch und schleppte sie dann hinter ein Feuerbeerendickicht, wo die anderen nicht zuschauen konnten. Dort nahm ich meinen Gürtel ab und drohte ihr damit. Sie starrte mich an, als verstünde sie nicht. Ich ließ den Gürtel mit einem furchteinflößenden Pfeifen durch die Luft sausen und dann laut auf den Boden klatschen. Wieder holte ich mit dem Gürtel aus und schlug ihn auf den Boden, wieder und immer wieder. Dann hielt ich ihn Bisam ein zweites Mal drohend vors Gesicht.

Mit weit aufgerissenen Augen weinte sie still vor sich hin. Tränen glänzten auf ihrem Gesicht. Tief seufzend warf sie mir einen langen Blick zu, wischte sich mit beiden Händen das Gesicht ab, öffnete ihr Hemd und holte ihre Brust heraus. Dann starrte sie mit abgewendetem Blick auf den Horizont, in den Himmel, über die Ebene, auf alles, nur nicht auf mich, aber sie ließ ihre Brust unbedeckt. Also schien sie irgendwie zuzustimmen. In ihrem Hemdausschnitt erkannte ich die winzigen Hüften und die dünnen, gebogenen Beine meines kleinen neugeborenen Sohnes, der in der Schlinge schlief, in der sie ihn trug. Wut und Scham stiegen in mir hoch.

Wir kehrten ins Lager zurück. Ich ging voraus und Bisam folgte. Von da an stillte sie den Welpen für Vater. Es versetzte mir einen Stich, daß die anderen Frauen und sogar Bekassine sich sofort darüber lustig machten.

Den ganzen nächsten Tag lang ging ich als letzter in der Reihe. Bisam lief vor mir. Ihr war die Aufgabe zugefallen, den Welpen zu tragen, dessen Maul und Läufe wieder mit Schnüren zusammengebunden waren. Zuerst trug sie ihn wie einen Sack am Strick, aber noch am gleichen Tag hielt sie ihn in ihrer Armbeuge, eng an sich gedrückt. Am Ende des Tages hatte sie ihn von den Stricken befreit. Der Welpe schien zu wissen, daß er sich nicht wehren durfte, und er schien sogar zu merken, daß Bisams Gefühle für ihn sich geändert hatten. Woher ich das wußte? Ich hatte sie den ganzen Tag über vor mir herlaufen sehen, während ich mir vorwarf, was ich getan hatte.

Vaters Interesse an dem Welpen war sehr gering, aber er schien zufrieden zu sein, daß Bisam sich um ihn kümmerte. Tatsächlich überraschte uns ihre Fürsorge für den Welpen. Schon bald fing er an, seine Ohren anzulegen und seinen Kopf zu senken, wenn Bisam ihn anschaute. Aber das war kein Zeichen von Furcht; der kleine Wolf schien sie zu mögen. Er legte sich für sie sogar auf den Rücken und wedelte mit flach angelegten Ohren und wachsamen Augen mit dem Schwanz. Ansonsten saß er immer in ihrer Nähe, bereit aufzustehen, wenn sie aufstand. Wenn sie mit ihm sprach, was sie nur in ihrer Muttersprache tat, hörte er zu und hielt dabei den Kopf schief, weil er sie nicht verstand. Wie konnte er auch! Wir verstanden sie ja auch nicht!

Selbst nachdem wir die Höhle erreicht hatten, blieb der Welpe aus freien Stücken bei Bisam. Die nach Staub riechende Höhle war ganz kühl und dunkel und so ruhig, daß selbst unser Flüstern von der Deckenwölbung widerhallte, wo sich in einigen tiefen Spalten Fledermäuse eingenistet hatten. Vater, meine Onkel und deren Frauen nahmen ihren Platz hinten in der Höhle ein, ließen aber den Welpen bei Bisam, deren Platz natürlich am Eingang war. Wir merkten bald, daß sie das Tier nicht mehr anbinden mußte. Der Wolf folgte ihr inzwischen, wohin sie ging, drückte sich, wenn sie stand, gegen ihre Waden, setzte sich zu ihr, wenn sie saß, und lag neben ihr, wenn sie schlief. Manchmal schlug ich nachts meine Augen auf und sah dicht neben ihr das kleine Gesicht meines Sohnes mit geschlossenen Augen und offenem Mund, Bisams blaue Stirn, die selbst im Schlaf gerunzelt war, und dann, als sei es der Rand ihrer Kapuze, ein Fellbüschel hinter ihrem Kopf: den kleinen Wolf, der dicht an sie gedrückt hinter ihrem Nacken zusammengekuschelt lag. Noch lange, nachdem sie aufgehört hatte, ihn zu stillen, blieb er dicht bei ihr. Eines Tages kam Bisam mit einem Bündel Eibenzweigen zur

Höhle, die sie flußaufwärts gefunden hatte. Die Bäume wuchsen dort in den Felsspalten der Schluchtwände. Wegen ihres Gifts sahen wir die Eiben nicht gern. Doch Bisam schälte mit ihren Zähnen die Rinde hauchdünn ab, achtete dabei aber darauf, jedesmal auszuspucken, rollte dann die haarfeinen Streifen auf ihren Oberschenkeln zu Schnüren und machte aus den Schnüren Fallen. Dann legte sie die Fallen nacheinander aus.

Eines Abends ging sie weg, als sei sie allein, aber mein kleiner Sohn lag versteckt in seiner Schlinge unter ihrem Hemd. Das Wolfsjunge hinter ihr war im Gras nicht zu erkennen. Alles, was ich sehen konnte, als ich sie beobachtete, war eine einzelne Frau in knietiefem Gras, die im Licht der roten Sonne einen Schatten warf. Doch in Wirklichkeit waren sie zu dritt. Bisam kam, kurz bevor es dunkel wurde, zurück. In der Morgendämmerung brach sie noch einmal auf, hatte wieder unseren kleinen Sohn unter ihrem Hemd und den Welpen dicht auf den Fersen, und diesmal trug sie meinen kleinen Tragebeutel, den sie sich ausgeliehen hatte, über der Schulter. Als sie zurückkam, war der Sack prall gefüllt. Sie wendete ihn und schüttelte ihn aus. Mäuse und kleine Vögel fielen heraus.

Da mußten wir alle lachen. »Luchsfutter. So etwas essen wir nicht«, klärten wir sie auf.

»Io? Ich esse es«, sagte Bisam.

Schließlich verstand ich, wie klug diese Frau war. Diese Beute mußte sie mit niemandem teilen. Sie teilte sie aber trotzdem: das Wolfsjunge fraß die Köpfe, die Beine, die Federn und die kleinen Gekrösehäufchen.

Sehr zu unserem Ärger waren in diesem zweiten Sommer, den ich in Vaters Höhle verbrachte, Nahrung und Brennholz knapp. Die Höhle war viele Sommer lang bewohnt gewesen, und die Frauen hatten alles Eßbare aus der Ebene abgesammelt. Wenn wir versuchten, Bisons zu jagen, schienen diese zu wissen, was wir vorhatten, und zogen flußabwärts. Jedesmal, wenn wir am Fluß entlang westwärts wanderten, sahen wir sie.

Vater erzählte uns von einer zweiten Höhle in seinen Jagdgründen, einer Höhle in der südlichen Schluchtwand, die sich genau unterhalb des Platzes befand, an dem die Bisons die meiste Zeit grasten. Dort würde es Spargel und wilde Zwiebeln in Hülle und Fülle geben, außerdem Frösche, Riedgras und Rohrkolben am Fluß sowie Kraniche, Trappen und Steppenmurmeltiere in der Ebene, wo man sie mit Schlingen fangen könnte. Gewiß, wir würden bei unserem Umzug dorthin die steile Klamm mit ihren gefährlichen Pfaden, die uns die Jagd leicht machten, aufgeben, aber die Mammute würden erst dann zum Trinken an den Fluß kommen, wenn die Schmelzwassertümpel der Ebene ausgetrocknet seien. Vorher würden die Mammute den Wechsel nahe unserer jetzigen Höhle nicht benutzen, und erst dann konnten wir ihnen vom Rande der Schlucht aus den Weg abschneiden. Zu diesem Zweck konnten wir aber später auch nochmals herkommen. Wir brauchten deshalb nicht in dieser Höhle zu bleiben.

Wir aßen Frösche und Fische und warteten auf Graugans' Leute. Endlich tauchten einige von ihnen auf; Graugans war dabei. Die anderen waren bei ihren Verwandten in den Sommergründen am Grasfluß geblieben. Auch Graugans war dafür, daß wir zu der neuen Höhle aufbrachen. Seine übrigen Leute würden uns später schon finden, meinte er.

So machten wir uns wieder auf den Weg. Wir folgten etwa einen halben Tag lang dem Fluß, hielten uns dabei aber in der Ebene, da das Land allmählich abfiel. Dann tauchte im Südwesten eine blaue Hügelkette auf, und kurz danach zeigte uns Vater einen kaum ausgetretenen Pfad, der in die sanft abfallende Schlucht hinunterführte und hinter der Uferböschung verschwand. Wir waren diesem Pfad auf unserem Weg von der Hütte zur alten Höhle gefolgt, doch wir hätten nie gedacht, daß er mehr als ein Wildwechsel von Pferden oder anderen Tieren sein könnte, die hier zum Fluß gingen, geschweige denn, daß sich genau unter unseren Füßen ein Wohnplatz befand. Vater hatte eben seine Geheimnisse.

Die neue Höhle war ganz anders als die alte, und lange nicht so gut. Weil sie schon so lange benutzt wurde, vermittelte einem die alte Höhle ein angenehmes Gefühl: das Echo war vertraut, auch die Gerüche waren es. Alle Leute hatten ihren festen Platz, der Boden war sauber, alle scharfen Steine waren hinausgeschafft worden, und es gab Feuerstellen. Selbst wenn die Feuer nicht brannten, zeigte uns die Asche, wo wir sitzen sollten. Aber die neue Höhle war den meisten von uns fremd. Wir wußten nicht, wo die guten Plätze waren – nicht, daß so etwas wichtig für mich wäre. Ich war zu jung, um Anspruch auf einen guten Platz zu haben. Doch auch so hatte ich immer ein ungutes Gefühl, wenn ich nicht wußte, wohin ich gehörte. Setzte ich mich einfach irgendwo hin, konnte ich von einer älteren Person gescholten werden, weil ich auf ihrem Platz saß. Solche Verfehlungen konnten einen in Verlegenheit bringen.

Außerdem war die neue Höhle niedriger als die alte und sie lag nicht so hoch über dem Fluß, da der Strom hier sehr breit und die Schlucht nicht besonders tief eingeschnitten war. Hier gab es keine Fledermäuse. Vielleicht war es ihnen zu feucht in der Höhle. Doch wo keine Fledermäuse sind, schickt die Frau Ohun statt dessen Stechmücken, und diese umschwärmten uns, sobald wir hineingingen. Der Rauch der Feuer würde sie sicher vertreiben, aber die Wahl zwischen Rauch und Stechmücken war alles andere als angenehm, denn um diese beiden Übel loszuwerden, war ich im Frühling jedesmal froh, wenn ich das Winterlager verlassen konnte.

Was den Frauen an der Höhle am wenigsten gefiel, war, daß Löwen hier gelebt hatten. Sicher, jetzt waren anscheinend keine Löwen mehr hier, aber womöglich hatten sie erst im letzten Sommer die Höhle mit Exkrementen, Knochen und Flöhen verunreinigt. Den Löwengeruch in der Nase, durchsuchten wir den Unrat auf dem Boden und wühlten in den Haufen trockener Weidenblätter, die der Wind im Herbst hereingetragen hatte. Wir suchten nach Knochen, da diese besser brannten als Dung. Unter den Blättern verborgen fanden wir zahlreiche Knochen, die von den Löwen nach Jahren der Sommerjagd zurückgelassen worden waren – Beckenknochen, Schädel und Hörner von Bisons, die abgenagten Schädel von Hirschen und Steppenantilopen und die schweren Beinknochen eines jungen Mammuts, vielleicht des Kalbs, das wir getötet hatten. Andriki fand sogar die Knochen von Löwenjungen: drei nah beieinanderliegende Schädel gleicher Größe, an denen die Milchzähne locker saßen oder fehlten. Aus irgendeinem Grund mußten sie hier ums Leben gekommen sein.

Schließlich fand Andriki in einem Winkel einen Menschenschädel. »Iih!« schrie er und machte einen Schritt zurück. Dann sagte er laut: »Hona!«

Wir liefen alle herbei, um uns den Fund anzusehen. Der Schädel lag halb unter den feuchten Blättern und so nahe am Eingang, daß der Schnee darübergeweht worden sein mochte. Der Unterkiefer fehlte, das Stirnbein war zwischen den Augen gebrochen, und der ganze Schädel war nicht so weiß und sauber wie manche der anderen Knochen, sondern braun und schmutzig. Es war merkwürdig anzusehen. Wem konnte der Schädel gehört haben?

Vater und die anderen überlegten. Ihnen war nicht bekannt, daß jemand von Löwen getötet worden war, und davon hätten sie erfahren, denn nur Vaters Leute lebten in Vaters Jagdgründen. Niemand von uns wurde vermißt. Entweder hatten die Löwen ein Grab geplündert oder einen vorbeikommenden Fremden entdeckt. In früherer Zeit wäre der Gedanke an einen Fremden lächerlich gewesen, aber jetzt war Bisam bei uns.

Wir sahen uns nach ihr um, weil wir sie fragen wollten, ob sie etwas über diesen Menschen wußte. Aber sie war fort. Am Schlafplatz, den mir Vater unter einem tiefen Überhang neben dem Eingang zugewiesen hatte – zweifellos der schlechteste Platz der Höhle - schnappte ich mir meinen Speer und lief hinaus in die Ebene. Diesmal würde Bisam mir nicht entkommen. Doch meine Sorge war unbegründet. Sie und der Welpe lagen im Gras; Bisam stillte das Baby, der kleine Wolf schaute zu.

»Der Schädel«, fragte ich. »Hast du ihn gesehen?« Bisam schien verwirrt zu sein. Sie wußte nicht, was ein »Schädel« war. »Kopf. Kopfknochen!« Natürlich hatte sie ihn gesehen. »Du kennst ihn?« wollte ich wissen. Aber es war falsch, sie so direkt danach zu fragen. Bisams Augen blitzten auf, und plötzlich war sie auf den Beinen, drehte sich um und ging davon. Als sie glaubte, weit genug weg von mir und meiner Grobheit zu sein, setzte sie sich wieder. Mir war klar, daß wir Bekassines Unterstützung brauchten.

Diesmal kam Bekassine uns schnell zu Hilfe. Sie war froh, aus der Höhle herauszukommen. In ihrem Gefolge kamen alle jungen Frauen heraus, um sich in der Nachmittagssonne hinzuhocken und abzuwarten, was nach Vaters und der Alten Ansicht mit dem Schädel zu geschehen habe. Bald sprach Bisam sehr bewegt mit Bekassine.

»Was sagt sie?« fragte ich.

»Wir reden über den Schädel«, sagte Bekassine. »Sie glaubt, die Höhle ist verunreinigt. Ich bin derselben Meinung. Sie will nicht hierbleiben. Und ich auch nicht.«

»Ich will sie etwas fragen«, sagte ich.

»Später«, sagte Bekassine. »Es geht nicht an, daß ich immer nur die Worte einer anderen Person sage. Einige Worte müssen auch die meinen sein.«

Nun gut. Es hätte gegen mich gesprochen, wenn ich auf diese Frauen wütend geworden wäre. Anscheinend mußte ich lernen, mich in Geduld zu fassen. »Bitte, Stiefmutter, frag sie dann, ob ihre Leute hier vorbeigekommen sind.«

Wieder sprach Bisam lange Zeit mit Bekassine.

»Was sagt sie?« fragte ich schließlich dazwischen.

Bisam unterbrach ihren Redefluß kaum, um Bekassine antworten zu lassen. Ich ging, um Vater zu holen.

Als Vater vor ihnen stand, schenkten die Frauen ihm größere Beachtung als mir. Vater bekam schließlich aus Bisam heraus, daß keiner ihrer Leute durch Löwen umgekommen war. Ihr Stamm hatte sich weiter östlich aufgehalten. Auch war niemand in der Nähe dieses Flusses gestorben.

Dann hob Bisam stolz ihren Kopf, schaute Vater an und redete lange Zeit. Ich verstand die Worte »ila« und »ilasi«, was soviel wie »Mensch« und »Leute« hieß. Als sie schwieg, schaute Vater Bekassine an, um zu erfahren, was Bisam gesagt hatte.

»Das möchte ich dir lieber nicht sagen«, meinte Bekassine. »Wenn du hörst, was sie gesagt hat, wirst du mir Vorwürfe machen.«

»Rede!« befahl Vater.

»Du willst es nicht anders«, warnte ihn Bekassine, als habe sie ihr Vergnügen an Bisams Beleidigungen.

»Nun sprich schon«, sagte Vater ungeduldig.

»Nun gut, sie sagt, wenn einer ihrer Leute in der Nähe einer Höhle gestorben wäre, hätte man ihn weit weg gebracht, da ihre Leute die Toten mit Ehrfurcht behandeln. Das sind ihre Worte. Sie sagt, ihre Leute würden den Leichnam von jemandem, den sie liebten, nicht da lassen, wo andere Leute leben. Das komme für sie nicht in Frage. Und sie meint, sie wisse weniger über den Schädel als du, mein Ehemann, da sie nicht dageblieben sei, um ihn anzustarren. Sie sagt, ihre Leute mögen keine verwesten Leichen, beerdigte Körper oder Menschenknochen.«

»Beim Großen Bären!« sagte Vater. »Sie denkt wohl, wir behalten die Leichen bei uns? Sie glaubt, wir fassen Menschenknochen an?« Er schaute mich an.

»Ich habe sie nicht verstanden, Vater«, sagte ich, weil ich wegen Bisams Worten nicht getadelt werden und mich deswegen auch nicht mit ihr auseinandersetzen wollte.

Graugans und Maral kamen aus der Höhle. Sie trugen den Schädel an Stöcken, die sie in die Augenhöhlen gesteckt hatten, zwischen sich. So hatten sie nur den oberen

Teil des Kopfes – der Unterkiefer fehlte. Wo war er? Wo war der Rest der Schädelknochen geblieben? Graugans und Maral riefen ihren Frauen zu, sie sollten ein Loch graben, und setzten den Schädel nicht weit von uns ab. Bisam stand auf und suchte das Weite. Das Wolfsjunge kam herbei, um am Schädel zu schnüffeln, aber die Leute sprangen auf, schrien es an und bewarfen es mit Steinen. Da rannte der Welpe davon. Während die Frauen in einiger Entfernung mit ihren Grabstöcken die feste Grasnarbe der Ebene abtrugen, erzählte Graugans von einem Jungen, der vor Jahren gestorben war. Dieser Junge war mit Graugans' Stiefsohn gekommen, als dieser das erstemal seine Familie vom Feuerfluß mitgebracht hatte, um den Sommer am Haarfluß zu verbringen. Konnte dies der Schädel dieses Jungen sein?

Ein Junge, der vom Feuerfluß gekommen war? Erschüttert wurde mir klar, daß ich ihn kannte. Er war ein Waisenkind und hieß Kakim und hatte, da er keine Familie hatte, einige Jahre lang an unserem Feuer geschlafen. Ich erinnerte mich noch an den Tag, als er den Feuerfluß verließ und seinem neuen Pflegevater folgte, der wiederum mit einigen Besucherinnen ging, die zum Haarfluß zurückkehrten. »Vater«, fragte ich. »War das Kakim?« Nachdem er mir einen neugierigen Blick zugeworfen hatte, wahrscheinlich weil er überrascht war, daß ich derjenige sein sollte, der wußte, wessen Schädel wir gefunden hatten, dachte Vater einen Moment nach und gestand dann ein, daß er sich kaum an Kakim erinnern könne. Er wandte sich an Graugans. Aber Graugans hatte den Jungen nur ein paar Tage lang gesehen und wußte nicht mehr, wie er hieß. Schließlich fiel einigen von Graugans' Leuten der Junge wieder ein, und sie waren sich sicher, daß der Schädel der seine gewesen sein mußte. Die Leute erinnerten sich, daß Kakim schon bei der Ankunft krank gewesen und während des Staubmonds an Durchfall gestorben war. Man hatte ihn in einem flachen Grab beigesetzt, wo, das räumten sie ein, Tiere ihn möglicherweise hätten ausgraben können. Er war ein Waisenkind ohne nahe Verwandte gewesen, und so hatte sich niemand darum gekümmert, das Grab tief genug zu machen. War das die Einstellung, die die Leute Kakim gegenüber hatten –, daß er keiner Mühe wert war? Wenn ja, mußte er das gewußt haben. Wie einsam mußte er gewesen sein!

In Gedanken an Kakim verloren, betrachtete ich den Schädel und verfolgte seine Beisetzung. Dabei entging mir, daß Bisam auf der Ebene oberhalb der Höhle das Gras beseitigt hatte und einen kleinen Dornbuschwall baute, der üblicherweise dazu bestimmt war, Tiere davon abzuhalten, sich Leuten zu nähern, die auf dem Erdboden schliefen. Was hatte das zu bedeuten? So gut es mit den paar Worten, die ich in ihrer Sprache, und den wenigen, die sie in meiner kannte, möglich war, fragte ich sie, weshalb sie sich darauf vorbereitete, im Freien zu schlafen, wo doch eine gute Höhle auf sie wartete.

Der Schädel des armen Kakim hatte sie anscheinend erschreckt. Bisam machte deutlich, daß sie eine Höhle, in der man einen Menschenschädel gefunden hatte, nicht einmal betreten, geschweige denn darin schlafen würde. Ich versuchte also, ihr zu erklären, wie der Schädel in die Höhle gelangt war, aber das wollte sie gar nicht hören, und noch einmal mußte ich Bekassine zu Hilfe rufen. Die bekam heraus, daß Bisam sich auch weigerte, neben Leuten zu schlafen, die Tote angefaßt hatten. Damit meinte sie Vaters Leute. Sie konnten die Hände ausstrecken und sie mit ihrem Leichengift berühren. Bisam schien auch zu glauben, daß die Höhle eine Grabstätte sein konnte. Der Rest des Körpers oder andere Körper könnten noch dort sein.

Ich erklärte ihr, daß es Vaters Höhle und keine Grabstätte war. Ich sagte auch, daß ich zu wissen glaubte, wessen Schädel es war, was das Ganze weniger furchterregend machen sollte. Bisam gab nichts darauf. Vielleicht glaubte sie, ich versuchte sie damit zu bewegen, wieder hineinzugehen. Ich konnte reden, was ich wollte, sie sagte, es sei ihr ganz egal. Sie sagte, ich könne sie schlagen oder töten, aber ich könne sie nicht dazu bringen hineinzugehen. Falls ich sie hineinzerrte, würde sie wieder hinauslaufen. Und daß sie dazu imstande war, war mir klar.

Mir war auch klar, daß ich mit ihr zusammen im Freien bleiben mußte. Ich konnte sie mit dem Baby nicht alleinlassen; es hätte ihnen etwas zustoßen können. Außerdem stank die Höhle immer noch nach Löwen, die noch nicht so lange weg waren, daß die Fliegen inzwischen verhungert wären. Wer konnte wissen, ob die Löwen die Höhle für immer verlassen hatten oder auch nur für längere Zeit? Sosehr es mir auch gefallen hätte, Bisam ohne mich zurechtkommen zu lassen, ich brachte es nicht übers Herz. Ich ging, während sie das Baby stillte, um trockenen Bisondung zu sammeln.

So brach der Grasmond an. Ich genoß es, unter freiem Himmel zu schlafen, und kam dahinter, warum ein Mann sich manchmal im Sommer für eine Weile mit seiner Frau von der Gruppe trennt. Es war fast, als seien wir allein. Vaters und Graugans' Leute benutzten unser Feuer manchmal als Tagesfeuer, aber nachts kehrten sie zum Schlafen in die Höhle zurück. Dann traten die Sterne ihre Reise an, und der Mond stieg am Horizont aus dem Gras. Wir saßen schweigend und beobachteten die Leuchtkäfer. Wir lauschten aufmerksam den fernen Geräuschen und spitzten unsere Ohren, um das Brüllen zu hören, das uns verriet, ob Löwen in der Nähe waren. Wir hörten keine Löwen. Sie mußten weit weg sein, vielleicht an den Schmelzwassertümpeln der Ebene. Doch oft hörten wir andere Tiere in großer Entfernung – Bisons, Mammute, Ziegenmelker, Eulen und Wölfe. Der vielstimmige Gesang der Wölfe versetzte den Welpen jedesmal in helle Aufregung. Auch wenn er aus weiter Entfernung kam, stellte er sich mit gespitzten Ohren und zitterndem Körper auf, um besser zu hören. Wenn der ferne Gesang schwächer wurde, stieß der Welpe viele kleine Schreie aus, und wenn der Gesang aufhörte, hob er sein Maul und heulte. Das wiederholte er einige Male; anschließend wartete er und horchte. Jedesmal antwortete ihm ein Wolf. Da rannte der Welpe vor Aufregung hin und her oder verharrte ganz still, lauschend, zitternd, wartend. Doch nachts banden wir ihn an, für den Fall, daß er weglaufen wollte. Er gehörte schließlich Vater.

Obwohl wir von ihnen getrennt lebten, dachten wir viel an die Leute in der Höhle, besonders an Vater. Aber ich bin mir gar nicht sicher, ob sie auch an uns dachten. Das wurde in einer der ersten Nächte deutlich, die wir zu dritt fern von den anderen verbrachten. In dieser Nacht schlief ich schon, während Bisam still am Feuer saß, als ich plötzlich von lautem Singen, Klatschen und Schreien wach wurde. Die Leute drunten tanzten, möglicherweise um die Höhle zu reinigen. Ich lauschte aufmerksam. Vater versetzte sich in Trance. Ich hörte ihn mit der Stimme des Waldhuhns, dann mit der des Adlers, dann mit der einer Waldschnepfe, dann mit der einer Biene rufen. Dann vernahm ich, wie die anderen Vater anriefen und seinen in Trance versetzten Geist von dem Ort, wohin er am Nachthimmel geflogen war, heimholten.

Sie machten mich nachdenklich, jene Stimmen, die aus dem Boden unter uns herausklangen. Sie machten uns beide nachdenklich. Bisam verhielt sich ganz still, horchte und überlegte. Und auch das Baby hörte zu! Ich streckte meinen Arm aus, und Bisam übergab es mir. Ich beobachtete auf seinem Gesicht, wie es den Stimmen unter uns lauschte. Seine Mutter schien der Gesang zu verwirren, ja fast zu ängstigen, und ich dachte schon, das Geräusch könne auch den Jungen in Aufregung versetzen. Zumindest glaubte ich, auf seinem Gesicht Erstaunen zu entdekken. Aber er ließ durch nichts erkennen, daß er beunruhigt war. Was für ein Kind, daß nicht einmal so laute, weittragende Geräusche es erschreckten! Statt dessen schien es wie ein alter Mensch alles zu verstehen.

27

Hatten wir schon im Winter viel zuviel Schnee gehabt, hatten wir jetzt, im Sommer, zuviel Regen. Die Schmelzwassertümpel, die längst hätten ausgetrocknet sein sollen, wurden immer wieder neu gefüllt, und die Tiere tranken weiterhin daraus. Um sie zu uns an den Fluß zu locken, brannten wir das Gras ab, aber sie blieben, wo sie waren. Der Regen, der die Wasserlöcher füllte, hielt das Gras im Flachland genauso frisch und grün wie das junge Gras, das auf den abgebrannten Flächen aus der Asche wuchs.

Deshalb waren wir gezwungen, auf der Jagd weite Strecken zurückzulegen. Fast jeden Tag zogen wir, die Besitzer der Jagdgründe am Haarfluß, mit Graugans' Leuten los. In jenem Sommer schienen wir Glück mit Pferden zu haben. Es gelang uns fast jedesmal, eins zu erlegen. Ich glaube, das hing damit zusammen, daß die Pferde auf hartem, trockenem Boden am besten laufen können, und in jenem Sommer war der Boden aufgeweicht. Weite Strecken auf weichem Boden zu laufen, schien die Pferde zu ermüden. Wir fanden sie oft schon erschöpft, wenn wir Jagd auf sie machten, denn in jenem Sommer waren alle Raubtiere hinter ihnen her. Jedenfalls hatten wir genügend Pferdefleisch. Als der Grasmond voll war, hatten wir bereits drei Pferde erlegt. Jedesmal gehörte ich zu den Jägern und hatte mir damit einen Anteil verdient. Natürlich gingen die besten Teile des von mir erbeuteten Fleisches, die guten Stücke der Hinterkeulen und Flanken, an die Schwager und damit an Froggas Familie, aber für mich behielt ich einige Teile der Leber und des Nackens übrig, meinen rechtmäßigen Beuteanteil. Von Maral bekam ich noch zusätzlich etwas Fleisch. Das war zwar nicht viel, doch weil ich jung war und noch nicht mit Frogga zusammenlebte, fiel es doch ins Gewicht. Ich bekam auch Fleisch von Bekassine, die mit mir teilte, weil ich ihr Stiefkind war. Ihre

Stücke kamen von Vater, doch auch von den Leuten ihrer Sippe, und es waren fast immer Vorderstücke. Das war nicht übel; die Vorderstücke eines Pferdes haben viel gutes Fleisch. Immer wenn ich von Bekassine Fleisch bekam, gab ich Bisam, deren Milch meinen Sohn ernährte, etwas davon ab.

An all das mühsame Aufteilen erinnere ich mich vor allem deshalb, weil dieser Sommer der erste war, den ich als erwachsener Jäger erlebte und nicht mehr als Kind. Zum erstenmal war mein Platz in der großen Gruppe der eines Mannes, der Frauen zu versorgen und Verwandte zu begünstigen hatte. Zuvor war mein Platz der eines Jungen gewesen, und meine älteren Verwandten hatten die Verantwortung dafür getragen, daß ich ernährt und mit allem Notwendigen versorgt wurde. Als ich ein Kind war, war jedes Stück Fleisch, das mir in die Hände fiel, einfach nur dazu da, gegessen zu werden. Jedes Stück Fleisch war einfach etwas zu essen. Aber in diesem Sommer war jedes Fleischstück weitaus mehr. Es besaß große Bedeutung für mich und für andere. Wenn ich Fleisch austeilte, hatte ich sorgfältig darauf zu achten, keinen Fehler zu machen und niemanden zu übergehen. Wenn mir jemand Fleisch gab, kam ich nicht umhin, die Größe und die Qualität abzuwägen und mir darüber klar zu werden, was der Geber sich dabei dachte. Manchmal glaube ich, wenn ich dieser Zeit einen Namen geben sollte, könnte ich sie »die Zeit der Fleischstücke« nennen.

Oder auch »die Zeit des Regens«. Alle paar Tage regnete es. Manchmal, wenn die Frau Ohun die Tümpel der Ebene füllte, sahen wir in der Ferne Regenschauer niedergehen. An den Abenden verfolgten wir die sich am westlichen Horizont auftürmenden Wolken, Wolken voll Donner und Blitz, die sich im Morgengrauen über uns ergießen würden: manchmal als der sanfte Schauer der Frau Ohun, eher ein feiner Dunst als ein Platzregen; manchmal als der heftige, wilde Wolkenbruch des Großen Bären. Die Leute in der Höhle waren natürlich im Trockenen. Aber nichts konnte Bisam dazu bewegen, dorthin zurückzukehren, wo, wie sie Bekassine erzählt hatte, ein Skelett verborgen sein konnte. Und ich wollte ohne sie ebenfalls nicht hineingehen. Deshalb baute Bisam einen Unterschlupf, um uns trocken zu halten. Im Sommer bauten meine Mutter und die anderen Frauen am Feuerfluß Hütten, die Schatten spendeten und vor den kurzen Schauern schützten, die manchmal niedergingen. Diese Hütten sahen wie Büsche aus – kleine stoppelige, grasbedeckte Kuppeln aus Zweigen. Sie schirmten Sonne und Wind ab, boten aber kaum Schutz vor Regen. Doch damals regnete es so wenig, daß wir den kaum nötig hatten. Wenn der Regen doch einmal niederprasselte, warteten wir alle zusammengekauert in diesen tropfenden Kuppeln, bis er vorbei war. Falls wir dabei naß wurden, was auch vorkam, warteten wir einfach auf besseres Wetter.

Bisam hingegen baute uns eine andere Art von Unterschlupf. Er sah aus wie eine Fichte: aufeinandergestapelte Zweige wurden zu Kränzen geflochten, die nach oben hin immer schmaler wurden und an der Spitze in einem Busch aus Zweigen zusammenliefen. Über die Kränze legte sie büschelweise Gras in Längsrichtung. Im Gegensatz zu unseren Hütten war die ihre innen wirklich trocken. Ich entsinne mich, daß mir zwei Dinge einfielen, als ich mit Bisam und unserem kleinen Jungen das erste Mal während eines Regengusses in ihrem trockenen Unterschlupf schlief: daß meine Frau an einem Ort gelebt haben mußte, wo es viel regnete und schneite, wenn sie so einen Unterschlupf und auch Schneeschuhe herstellen konnte, und daß ich mir wünschte, meine Mutter könnte mich sehen, wie ich den Bau einer richtigen regenfesten Hütte lernte.

Ich muß lachen, wenn ich daran denke, wo ich einen solchen Unterschlupf schon einmal gesehen hatte. Als Bekassine und ich das von Bisam geschaffene Werk bewunderten, meinte ich zu Bekassine, es sehe aus wie der Bau, den eine echte Bisamratte im Sumpf errichtete. Was für einen passenden Namen hatte ich meiner Frau gegeben!

Eines Tages, als die Luft warm und dunstig war und die zunehmende Sichel des jungen Staubmonds am Nachmittagshimmel hing, merkte Bisam, daß sich etwas näherte. Sie stand auf und hielt Ausschau. Auch ich stand auf. In der Ferne erkannten wir eine schwankende Menschenreihe. Wir strengten unsere Augen an, aber sie waren zu weit weg. Wir konnten nicht erkennen, wer da kam. Ich rief Vater, und auch die anderen kamen aus der Höhle heraus. Wir alle starrten in die Ferne. Es dauerte einige Zeit, bis wir sahen, daß es Graugans' Leute waren, und wir setzten uns und warteten. Ich mußte Vater anschauen und feststellen, wie jung er plötzlich wirkte. Wie ein Junge scherzte und lachte er, sein Gesicht war nicht mehr beherrscht und gesetzt, sondern bewegt und lebhaft. Als uns die Leute schließlich erreicht hatten, als wir sie begrüßten und dabei lautstark die ersten Neuigkeiten austauschten und ihnen halfen, ihr Gepäck abzulegen, bemerkte ich, wie Yoi und Vater einander ohne Hemmungen sehr glücklich anschauten, als könnten sie es nicht erwarten, sich zu umarmen, seien aber zu stolz, zu alt und zu würdig, das zu zeigen.

Auch Bekassine bekam das mit, und ihr Gesicht verhärtete sich. Sobald sie konnte, kroch sie in die Höhle, und das war das letzte, was ich von ihr bis zum Abend sah. Inzwischen errichteten wir ein großes Feuer nahe Bisams Schutzhütte und holten Pferdefleischstreifen, um sie für die Neuankömmlinge zu braten. Den Rest des Tages brieten und aßen wir. Vater und Yoi saßen nebeneinander und boten einander ihre Fleischstücke an. Hin und wieder flüsterte Vater Yoi mit gespielter Ernsthaftigkeit zärtliche Worte zu, und darauf lachte sie ungeziemend laut. Wie wir alle sehen konnten, waren sie beide froh, wieder zusammen zu sein.

Ich weiß noch immer nicht genau, was in jener Nacht in der Höhle passierte, denn ich döste in Bisams kleiner Hütte, aber als ich laute Stimmen und fürchterliches Geschrei hörte, schaute ich nach draußen. Bisam hatte den

Hüttenboden so angelegt, daß wir hinaussehen konnten, ohne den Schutz der Hütte zu verlassen. Kurz darauf sah ich Bekassine, die weinend ihr schreiendes Baby und ihre Felle trug und an unser Feuer kam. Natürlich stand ich auf und setzte mich zu ihr. Dabei stieg Wut wegen Yoi und Vater in mir hoch. Warum mußten sie Bekassine so schlecht behandeln, nur weil sie einander begehrten? Bekassine hatte nie darum gebeten hierherzukommen.

»Du wärst besser am Feuerfluß geblieben, Stiefmutter«, sagte ich und bemühte mich, nett zu ihr zu sein. »Du hättest Kestrel heiraten können«, fügte ich hinzu. Kestrel war einer meiner Vettern. Dann fiel mir auf, daß ihre Bewegungen schwerfällig waren und ein blauer Fleck sich auf ihrem Gesicht abzuzeichnen begann. »Oh?« sagte ich. »Was ist das?«

Aber Bekassine wollte nicht darüber reden. Noch immer schluchzend, öffnete sie ihr Hemd und gab ihrem Kind die Brust, aber der Kleine schrie so sehr, daß er sie nicht annehmen konnte. Ich schaute mich nach Bisam um, die gerade aus unseren Fellen kroch. Wir schauten einander an. Bisam ging zu Bekassine, nahm ihr das Baby ab, wiegte es in ihren Armen, sang dabei und legte es an ihre Brust. Doch was immer auch passiert war, es mußte das Kind sehr verstört haben. Es trank ein bißchen, hörte dann aber auf und schrie weiter. »Hei«, flüsterte Bisam erstaunt.

Ich brannte darauf zu fragen, was geschehen war. Viele Leute kamen aus der Höhle zu uns herauf – Graugans und seine Frauen, Yoi und Vater, meine Tanten und Onkel und viele andere, die alle auf einmal redeten. Sie nahmen unser Feuer in Beschlag und bildeten einen geschlossenen Kreis um Bekassine; Bisam und mich drängten sie beiseite. Die meisten hockten sich hin, um mit Bekassine zu reden, während Vater aufrecht vor ihr stand und auf sie hinabsah. Ich wartete darauf, daß jemand sich bei Bekassine entschuldigte, und war deshalb überrascht, als einige der mit ihr verwandten Frauen anfingen, ihr vorzuwerfen, daß sie Streit anfange und Yoi beleidige. »Natürlich hat man sie geschlagen!« sagte ihre älteste Verwandte, Graugans' Frau Teal.

Nach und nach wurde eine traurige Geschichte aufgerollt: Die arme Bekassine war auf Yoi und Vater eifersüchtig gewesen. Sie hatte sich dazu hinreißen lassen, Yoi gegenüber ihrem Ärger Luft zu machen, war aber nicht auf Yois Antwort gefaßt gewesen. Da Yoi so geschickt reagiert hatte und dicht neben ihr stand, hatte Bekassine sich vergessen. Törichterweise hatte sie Yoi, die größer und kräftiger war, gestoßen. Daraufhin hatte Yoi sich das Baby aus Bekassines Armen geschnappt, das schreiende Kind in Teals Arme geworfen und dann einen Stock gepackt, um Bekassine zu schlagen. Die anderen waren wie festgewurzelt an ihren Plätzen um die Feuerstellen geblieben und hatten vor lauter Überraschung Yoi den Stock erst wegnehmen können, als diese Bekassine quer durch ein brennendes Feuer gedrängt hatte. Der Friede war dahin, das Feuer auch, und die meisten waren wütend auf Bekassine.

Ich muß sagen, daß mir beim Erzählen der Geschichte danach zumute war, laut loszulachen. Ich hatte nur so lange Ärger verspürt, wie ich dachte, Vater könnte seine Hand gegen Bekassine erhoben haben. Da es nur mit Yoi Probleme gegeben hatte, war die Sache weniger schwerwiegend; jedenfalls kam es mir so vor. Die Leute standen allmählich auf, schauten in die Runde und überlegten, ob sie zu ihren Schlafplätzen und Feuern zurückkehren sollten. Für mich gab es keinen Grund, warum der ganze Ärger nicht irgendwann vergessen sein sollte.

Aber zu meiner Überraschung weigerte Bekassine sich aufzustehen. Sie lehnte es ab, in die Höhle zurückzugehen. Sie wollte nicht länger mit Yoi zusammenleben. »Hör zu, Tante!« sagte sie zu ihrer Verwandten Teal. »Ich will nicht so nachlässig behandelt werden. Da mein Ehemann es zuläßt, daß meine Mitfrau mich angreift, werde ich bei meinem Stiefsohn Kori leben.«

Und das tat sie. So kam es, daß Bekassine und ihr Baby mit Bisam und mir und unserem Baby am Rand der Ebene oberhalb der Höhle zusammenlebten. Bisams guter Unterschlupf bot kaum genug Platz für Bekassines Schlaffelle, aber von dieser Nacht an richtete sie dort ihr Bett her und drückte Bisam an die Wand. Aber daran störte sich keiner von uns.

Kurz bevor der Mond sich rundete, strich ein sanfter Wind durch das Federgras. Dann kam die Hitze. Die Umrisse der weit entfernten blauen Hügel schienen zu zittern, wenn wir unsere Augen darauf richteten.

In der Vollmondnacht, als Bisam gerade dabei war, mir einen Frosch im heruntergebrannten Feuer zu braten, hörten wir Frauenstimmen auf dem Pfad, der über die Böschung der niedrigen Schlucht zur Höhle hinunterführte. Ich glaubte, Bekassines Stimme unter den anderen zu hören, und als ich zum Fluß hinunterschaute, sah ich sie zusammen mit vielen anderen Frauen. Sie wollten ein Bad nehmen. Ihr Geplansche in dem flachen Wasser am Ufer schien den ganzen Fluß mit nackten Körpern zu beleben. Die Hitze hatte die Frauen dazu bewogen, die Hitze und der Schein des vollen Mondes. Vielleicht hatten auch die Flöhe in der Höhle dazu beigetragen. Für gewöhnlich singen und spielen die Frauen im Wasser, aber in jener Nacht zeigten sie sich nicht verspielt. Vielmehr setzten sie sich gleich hin und fingen an, sich energisch mit Sand abzuschrubben. Bisam neben mir beobachtete das auch. Plötzlich öffnete sie ihr Hemd, holte den Kleinen aus der Trageschlinge, gab ihn mir und eilte den Pfad hinunter. Bald entdeckte ich sie auf der Sandbank, wie sie aus ihren Kleidern stieg. Nackt ging sie in den Fluß und watete an den anderen Frauen vorbei brusttief ins schnellfließende Wasser. Dort tauchte sie ein, bis der Fluß durch ihre Haare strömte.

Wie ein grauer Schatten im Mondlicht rannte der Wolfswelpe am Ufer auf und ab. Er watete sogar bis zum Bauch in den Fluß, um so nah wie möglich bei Bisam sein zu können, aber sie fing an, ihr Haar zu waschen und nahm keine

Notiz von ihm. Er traute sich nicht zu schwimmen und lief bald zurück aufs Trockene. Ich entdeckte ihn später mit noch immer feuchten Läufen halb versteckt im Gras. Er hatte doch tatsächlich den noch nicht ganz durchgebratenen Frosch gestohlen, während ich Bisam beobachtete!

Unten in der Höhle waren die Männer sehr still. Zweifellos waren ihre Augen wie die meinen auf die Frauen gerichtet. Warum auch nicht? Nach einem Sommer, in dem wir oft und gut zu essen gehabt hatten, waren die Frauen rund und glatt, und wenn sie naß waren, leuchteten ihre Leiber hell im Mondlicht. Ihre feuchten Haare glänzten wie Muskovit. Wie sie dort unten nackt im Wasser badeten, boten sie einen schönen Anblick.

Später fingen einige von Graugans' Leuten an zu klatschen und zu singen. Da standen alle Frauen auf, stellten sich dort, wo der Fluß flach und der Grund sandig war, in einer Reihe auf und tanzten zu ihrem Gesang. Sie winkelten die Arme an, zogen die Knie hoch und stampften an bestimmten betonten Stellen des Lieds zweimal auf den Boden, wobei das Wasser aufspritzte. Sie sangen:

> Unsere Beine sind dünn,
> Unsere Brüste sind flach,
> Unsere Augen sind klein,
> Unsere Hälse sind lang.
> Wenn unsere Männer rufen
> Antworten wir: »Kiak! Kiak!«
> Wenn unsere Kinder rufen
> Antworten wir: »Guuguurong!«

Das Lied hieß ›Der Kranich‹. Meine Mutter sang es früher auch. Kein Wunder, daß diese Frauen es sangen – es ist ein Lied fürs Flußufer, ein Lied zum Baden, und da viele der Frauen mit den Sippen vom Feuerfluß verwandt waren, gefiel es ihnen, ein Feuerflußlied zu singen.

Der hinter mir am Himmel stehende Mond schien auf das bewegte Wasser herab, und in seinem Licht glitzerten der Fluß und die feuchten, tanzenden Frauenkörper, die sich über den Sand bewegten. Einer davon nahm mich besonders gefangen; es war Bekassines Körper. Ah, sie war so wunderschön! Sie war es immer gewesen und blieb es, bis das Alter sie zeichnete. Mein Blick ruhte auf ihren unbewegten feuchten Haaren, die an der Haut ihres Rückens klebten, den anmutigen Bewegungen ihrer gerundeten Arme und Beine, dem Mondschein auf ihren milchgefüllten Brüsten, ihren tadellosen Hüften, der langen geschwungenen Linie ihrer Kehle, die sich vor dem mondhellen Himmel abhob. Ah! Wie konnte mein Vater ihr Yoi vorziehen? Als ich Bekassines Körper überflog, der mir so vertraut war, blieb mein Blick an ihrem Bauch haften. Er schien rund zu sein. War sie schwanger? Ich sagte mir, daß das nicht sein konnte. Ihr Kind konnte nur stehen, wenn jemand es an den Händen hielt. Und selbst dann konnte der Kleine höchstens seine Beine durchstrecken und wakkeln. Aber keinesfalls konnte er laufen, und es würde noch Jahre dauern, bis er ohne dic Milch seiner Mutter von fester Nahrung leben konnte. Wieder sagte ich mir, daß Bekassine nicht schwanger sein konnte.

Und doch mußte ich sie mit den anderen Frauen vergleichen. Ich kannte die Frauen aus Graugans' Hütte nicht – seine beiden hübschen Schwiegertöchter zum Beispiel, die mit Vater verwandt waren –, und es war nicht recht, sie so anzustarren, als sei ich eine Frau, die neugierig auf eine Frauenangelegenheit ist. Doch ob es nun recht war oder nicht, ich sah, daß die meisten anderen Frauen flache Bäuche hatten. Aber hatte Bekassine nicht erst vor kurzem ihr Kind zur Welt gebracht? War nicht ihr Kind jünger als die anderen? Nur meine Frau hatte ein noch jüngeres Kind.

Ich hielt Ausschau nach Bisam. Es dauerte lange, bis ich sie entdeckte. Ich meinte schon, daß sie mit dem Waschen fertig und bereits auf dem Rückweg war, als ich einen nassen, dunklen Kopf bemerkte, der sich weit flußabwärts auf der anderen Flußseite durch das Wasser bewegte und das gegenüberliegende Ufer ansteuerte. Natürlich war es Bisam, die wie ein Tier mit erhobenem Kopf schwamm. Aber was suchte sie am anderen Flußufer?

Beunruhigt beobachtete ich sie. In meinem Kopf entstand eine schreckliche Vorstellung: Bisam war fort und hatte mich mit dem Baby zurückgelassen. Es gab keine Milch für ihn, und niemand konnte mir helfen. Der Junge in meinen Armen schaute zum Himmel hinauf, helles Mondlicht glitzerte in seinen großen, dunklen Augen. Ich schaute ihn an, dann wieder seine Mutter, deren dunkle, otternhafte Gestalt jetzt das andere Ufer erreicht hatte und sich aus dem Fluß auf einen großen, flachen Fels hochzog. Dort richtete sie sich auf, streifte das Wasser ab und sprang auf die Uferböschung. Sie lief los, ein Schatten im Mondlicht, und hielt erst inne, als sie von den anderen Frauen flußaufwärts so weit entfernt war wie vorher flußabwärts. Ich erkannte, daß sie schließlich doch vorhatte, zu uns zurückzuschwimmen und sich dabei von der Strömung treiben lassen wollte. Ich war sehr erleichtert, als sie endlich wieder ins Wasser watete, und verfolgte, wie ihr dunkler Kopf im Mondschein vorankam. Als sie auf unserer Seite aus dem Wasser stieg, musterte ich auch ihren Bauch. Bisams Kind war viel jünger als das von Bekassine, aber ihr Bauch war flach wie der eines Mannes. Der Gedanke, daß Bekassine ein Kind bekam, war naheliegend. Sicherlich hatte Vater sie geschwängert. Das Kind würde mein Halbbruder sein. Was Andriki für Vater war, würde dieses Kind für mich sein. Beim Großen Bären!

Doch welche Folgen mußte ein weiteres Kind für das Kind in ihren Armen haben? Für mein Kind? Ich dachte nicht oft an Bekassines Kind, da meine Gedanken so sehr bei Bisams Sohn waren, dem Kind, über das mir Gedanken zu machen ich ein Recht hatte. Aber wie auch immer: letztendlich waren beide Jungen von mir. Jetzt würde ein neues Kind meines Vaters sich gegen meinen Sohn durchzusetzen versuchen, es würde ihn verdrängen, bevor er kräftig genug war und einen eigenen Namen hatte.

Das konnte nicht gutgehen! In den Lagerstätten der Toten bekommt die Sippe so etwas mit. Die Sippenältesten denken dann, daß die Lebenden mit ihnen spielen und respektlos einen von ihnen holen, damit er von einer Frau wiedergeboren wird, die bereits ein Kind hat. Keine Frau kann gleichzeitig zwei Kinder nähren, jedenfalls nicht lange, und deshalb wissen die Geister jener Kinder, daß sie den Weg von den Lagerstätten der Toten umsonst gemacht haben. Sie müssen sofort wieder umkehren. Wie hatte Bekassine so rasch wieder ein Kind empfangen können? Kümmerte sie sich nicht um mein Kind, selbst wenn sie es womöglich nie hätte bekommen sollen? War das sein Fehler? Während ich den langsamen Tanzbewegungen der Frauen zusah, achtete ich verwundert auf den Gesang. Was wollten sie mit ihren merkwürdigen Worten sagen, diese tanzenden Frauen? Als meine Mutter dieses Lied zu singen pflegte, muß ich sehr klein gewesen sein, zu jung, um zu verstehen, daß sich hinter den Antworten des Kranichs an ihren Ehemann und ihre Kinder ein Frauengeheimnis verbarg. Hätte ich meine Mutter gebeten, mir das Lied zu erklären, hätte sie mich vermutlich ausgelacht, aber sie hätte es mir niemals erklärt. Frauengeheimnisse haben mit Kindern zu tun, aber man teilt sie nicht mit Kindern.

So wartete ich im Mondlicht, meinen Sohn auf dem Arm, und wir, die wir nichts verstanden, lauschten dem Fluß, dem Gesang, dem Wind im hohen Gras der Ebene. Der Himmel war in dieser Nacht mit seinen wie Berge aufgetürmten, mondhellen Wolken unendlich groß. Sehr weit entfernt hörte ich Mammute, später sogar Löwen. Unter mir fing in der Höhle ein Kind zu weinen an. Es war ein Baby – vielleicht das Baby, das ich mit Bekassine hatte.

Höchstwahrscheinlich war es mein Kind, denn der Stimme nach war es sehr klein. Bald wußte ich, daß ich recht hatte; auch die Frauen am Flußufer hörten den Kleinen, und Bekassine verließ die Tanzenden, zog ihre Kleider an und erklomm den Pfad zur Höhle. Augenblicklich war das Kind ruhig.

Dann trat Bisam, noch immer nach Flußwasser duftend, aus dem Schatten heraus, streckte mir ihre Hände entgegen und nahm unseren Sohn aus meinen Armen. Sie redete in ihrer Sprache auf ihn ein. Sie nannte ihn Kiu Ngarr, was sie in diesen Tagen häufig tat. Ich hörte das nicht gern, aber was konnte ich dagegen tun? Außerdem war es ja kein richtiger Name. Der Kleine stieß einen kleinen Freudenschrei aus, als er Bisam sah. Auch der Wolf war da. Er schien Bisam auf dem Weg vom Fluß herauf gefolgt zu sein. Wie es seine Angewohnheit war, warf er sich abseits vom Feuer auf den Boden, aber nicht so weit weg, daß er sich nicht Bisams Nähe sicher sein konnte. Manchmal leuchteten seine Augen im Feuerschein grün auf, während er im hohen Gras lag und uns beobachtete.

Von den beiden schlimmen Dingen, die mir aus dieser Zeit besonders in Erinnerung geblieben sind, war das erste Bekassines Schwangerschaft, aber noch schlimmer als das waren Bisams Heimlichkeiten. Sie wurden rein zufällig von Andriki aufgedeckt, und zu meiner Schande erzählte er all den Männern davon.

Eines Tages gingen wir Männer auf die Jagd. Alle zusammen waren wir viele, und wir marschierten in langer Reihe. Da waren die vier Brüder, denen die Jagdgründe gehörten – Vater, Maral, Kida und Andriki; ihre Söhne, die zum Jagen alt genug waren, ich und Ako; und die Männer von Vaters weiblichen Verwandten – Marder, Timu und Elho waren Graugans' Söhne, der ebenfalls mit uns kam und seinen Stiefsohn, genannt »der Stock«, seinen Neffen Rabe und Rabes Sohn Weißfuchs mitbrachte. Der abnehmende Staubmond stand am Morgen noch am Himmel, als wir aufbrachen. Wir waren auf dem Weg nach Südosten zu der Steppe, in der wir im letzten Sommer eine Bisonkuh erlegt hatten und wo wir nach Vaters Meinung jederzeit Pferde finden würden. Der Tag war warm und windig, und die Wolken, die uns in diesem Jahr fast immer begleiteten, warfen Schatten, wenn sie schnell über uns hinwegzogen.

Nur mit unseren Speeren bewaffnet, ohne Frauen oder Gepäck, kamen wir alle schnell voran, als wir einer hinter dem anderen Vater folgten und uns unseren Weg durchs hohe Gras bahnten. Am Abend waren wir sehr weit von der Höhle entfernt, hatten aber noch kein Wild gesehen. Erst bei Einbruch der Dunkelheit erspähten wir Pferde in ziemlich großer Entfernung, und wir beschlossen, uns am nächsten Morgen an sie heranzupirschen.

Wir lagerten in der Ebene. Noch vor Anbruch der Morgendämmerung brachen wir zu den Pferden auf, die sich vor uns sicher fühlten, da wir sie zuvor in Ruhe gelassen hatten. Und ehe die Sonne auf ihrer Bahn weit vorangekommen war, hatten wir sie eingekreist. Wir waren so viele, daß die Herde uns nicht entkommen konnte. Wir erlegten eine fahlgelbe Stute. Die tödlichen Speere gehörten Andriki und Timu, Graugans' Sohn, und die Aufteilung des Fleisches begann, als wir uns setzten, um dem Tier die Haut abzuziehen. Weil wir so viele und Andriki und Timu in gewisser Weise miteinander verwandt waren, erfolgte die Aufteilung der Stute unter viel Gerede und erheblichen Schwierigkeiten, doch wir teilten gerecht und blieben dabei höflich. Der Tag verstrich, noch ehe diese Arbeit getan war. Deshalb verbrachten wir eine weitere Nacht draußen in der Steppe. Erst am nächsten Morgen brachten wir das Fleisch zurück zur Höhle.

Als wir dort ankamen, sahen wir, daß alle Frauen fort waren. Das war nichts Besonderes. Sie waren während des langen Wartens hungrig geworden und aufgebrochen, um sich selbst Nahrung zu suchen. Aber wir hatten genug Fleisch für alle und brauchten mit dem Essen nicht auf die Frauen zu warten. Vater und die anderen Männer setzten sich neben die Asche des Tagesfeuers bei Bisams Hütte und sahen sich nach Brennmaterial um. Mehrere von Bisam gesammelte Reisig- und Dungstapel lagen vor der Hütte, und während ich den einen holte, holte Andriki einen zweiten. Er bückte sich, um ihn aufzuheben, zuckte aber plötzlich zurück, als habe er eine giftige Spinne gesehen. Aber eine Giftspinne hätte er zertreten. Statt dessen sagte er zu mir mit merkwürdig ruhiger Stimme: »Kori, schau dir das mal an.«

Ich ging zu ihm. In das Zweiggeflecht des Unterschlupfs war ein kleines, lose von der gefleckten Rinde eines Vogelbeerstrauchs zusammengehaltenes Bündel gestopft. Andriki stieß es mit einem Zweig an. Es fiel heraus und lag offen im Sonnenlicht auf dem staubigen Boden. Die Rinde rollte sich auf. Ich wußte nicht, was ich sagen sollte und schaute auf das merkwürdige Ding hinab. Was war das?

Natürlich wurden die anderen Männer auf uns aufmerksam, und einige kamen, um es sich ebenfalls anzuschauen. Vater kam, dann Graugans. Als Andriki beiseite trat, um sie durchzulassen, fiel sein Schatten auf das Bündel. Vater faßte Andriki am Arm und zog ihn weg, bis sein Schatten auf den blanken Boden fiel. »Faß es nicht an«, sagte Vater.

»Was ist das?« fragte ich.

»Das ist deine Hütte«, erwiderte Vater, »also müssen wir dich fragen.«

Aber ich hatte keine Ahnung. Ich sah es mir gründlich an. In erster Linie schien es ein gebogener, entrindeter Zweig zu sein, dessen beide Enden eine Sehne, kürzer als der Zweig, miteinander verband. Der Zweig als solcher war ungefährlich – vielleicht eine Art Feuerstab, wenn auch nicht so gut wie unsere. Doch vom einen Ende hingen drei der flachen Vorderzähne eines Pferdes an Pferdehaaren herab, die durch so winzige Löcher gezogen waren, daß ich mich fragte, wie die wohl entstanden waren. Die Pferdezähne waren hier eigentlich nutzlos – es schien ihnen etwas Böses anzuhaften. Am anderen Ende waren an die Pferdehaare drei kurze Stöcke gebunden, die alle entrindet waren und deren eines Ende im Feuer spitz gemacht worden war. An ihnen hing eine weiße Eulenfeder, wie sie die Uferschwalben benutzen, um ihre Nester auszupolstern. Die Stöcke erinnerten mich an etwas, das ich schon einmal gesehen hatte, und sie bewiesen, daß das Bündel Bisams Werk war. Ich schaute Andriki an, und er mich. Offensichtlich dachten wir beide das gleiche. Wir hatten so etwas schon einmal an Uskes Quelle gesehen: die kleinen Vogelspeere, die Bisams Leute benutzten. Doch was den Zweig so schrecklich machte und uns Angst einjagte, war das leblose Ding, das mit Menschenhaar, vielleicht mit Bisams eigenem Haar, in die Mitte des Zweiges gebunden war. Das Ding sah wie Fleisch aus, war schwarz und trokken, so lang wie mein Daumen, aber dünner als mein kleiner Finger. Wir wußten genau, was es war, aber da es eine Frauensache war, wollten wir nicht darüber sprechen. Es machte mir Schande, und gleichzeitig flößte es mir Furcht ein. Es war eine abgestorbene, vertrocknete Nabelschnur, die sicher meinem Sohn gehört hatte.

»Oh«, sagte Graugans.

»Dieser Ort ist verunreinigt«, stellte Vater fest.

»Wir werden anderswo ein neues Feuer errichten«, sagte Maral, und das taten sie.

In einiger Entfernung von Bisams Hütte drängten sich ihre dunklen Umrisse ganz dicht um das kleine Feuer, auf dem Fleisch brutzelte. Beschämt saß ich allein an meinem Feuer, beobachtete sie, hörte ihnen zu und mußte dabei an Raben über einem Kadaver denken. Rauch stieg von ihrem Feuer in den gelben Himmel auf, und der Bratenduft des Pferdefleisches breitete sich wie eine Wolke über der Ebene aus. Ich hörte die anderen Männer reden, nicht über das Ding, das wir gefunden hatten, sondern über die Zähne, die daran hingen. Wie war Bisam daran gekommen? Sie stammten von einem der vier Schädel der Pferde, die wir in diesem Sommer erlegt hatten, doch keiner der Schädel hatte Bisam gehört. Wem gehörten diese Zähne?

Andrikis Speer hatte das erste Pferd getötet, und dessen Kopf war an Seidenschwanz, seine Verwandte, gegangen. Hatte Seidenschwanz Bisam die Zähne gegeben? Ihr Ehemann Marder verneinte das. Eines Tages hatte Seidenschwanz eine Grube gegraben, ein Feuer darin entzündet und den Kopf geröstet, den sie dann mit fast allen von uns geteilt hatte, auch mit Frogga, die über Lilan auch einen

Anteil für mich bekam. Die Knochen lagen nahe der Grube verstreut, oder in der Höhle oder am Flußufer, wohin wir sie geworfen hatten. Die im Feuer locker gewordenen Zähne waren herausgefallen.

Die Speere von Graugans' Sohn und Stiefsohn hatten das zweite Pferd erlegt, und der Kopf war zuerst an Yoi und später an Graugans' Frau Teal gegangen, die mit Yoi verwandt war. Beide Frauen hatten Anspruch darauf, aber da Teal älter war, war ihr Anspruch größer. Sie hatte dann das, was ihr zustand, mit Yoi geteilt. Das Fleisch war vom Knochen geschabt und in Streifen gebraten worden. Als Yois Stiefsohn hatte ich von ihrer Portion ein Ohr abbekommen. Der ausgelöste Schädel war uns später mit Zähnen und allem von einer Hyäne gestohlen worden.

Mein Speer und der von Graugans hatten das dritte Pferd, ein Fohlen, getötet. Der Kopf war an Vater gegangen. Der hatte die Zunge herausgerissen und den Unterkiefer aufgebrochen, den übrigen Schädel hatte er mit der Axt zertrümmert und Hirn und Ohren am rückwärtigen Höhlenfeuer gebraten. Einige der Zähne mochten in der Höhle herumliegen, wohin sie beim Aufhacken gefallen waren, aber die übrigen waren im Unterkiefer geblieben, der durch Vaters Unachtsamkeit von seinem Wolfsjungen gestohlen worden war.

Wegen dieses Diebstahls waren die Besitzverhältnisse in bezug auf den Kopf des vierten Pferdes noch offen. Es war Vaters Speer gewesen, der das vierte Pferd getroffen hatte, und wäre der Kiefer des dritten nicht gestohlen worden, wäre der Kopf des vierten vermutlich an eine der Frauen von Vaters Brüdern gegangen. Aber mußte man den Kiefer des vierten Pferdes jetzt denen geben, denen der dritte zugestanden hätte? Die Frage wurde noch durch die Tatsache erschwert, daß das dritte Pferd beiden Gruppen gemeinsam gehört hatte, der von Vater und der von Graugans. Deshalb war die Angelegenheit noch nicht entschieden. Indessen lag der fliegenumschwirrte, abgetrennte Kopf des vierten Pferdes mit angelegten Ohren, gebrochenen

Augen und den acht bleckenden Vorderzähnen in der Höhle.

So gingen die Männer am Tagesfeuer jedes einzelne Pferd durch und versuchten herauszufinden, wem jedes der sechs Kieferteile gehört hatte, dessen Zähne womöglich weggenommen worden waren. Sie kamen zu dem Schluß, daß niemand Bisam Pferdezähne gegeben hatte. Doch irgendwie mußte sie sich diese beschafft haben. Die Männer fragten sich, aus welchem Grund. Ich saß zwar abseits, hörte aber aufmerksam zu, und hin und wieder warf mir einer der anderen einen Blick zu. Schließlich rief Andriki mich. »Sitz nicht so allein herum, Neffe«, sagte er. »Hast du etwa etwas angestellt, das dir Schande macht? Das Essen ist fertig. Komm und iß!«

Da setzte ich mich wieder zu den anderen. Aus Höflichkeit sprachen die Männer nicht mehr über Bisam und das, was sie getan hatte, sondern über das Fleisch, das um uns herum lag, und darüber, wie dieses Pferd aufgeteilt werden sollte. Dennoch war die Stimmung gespannt. Ich fühlte mich unwohl unter den anderen, und mir fiel auf, daß sie es vermieden, mich anzublicken. Nachdem wir gegessen und das übrige Fleisch zusammengetragen hatten, um es in die Höhle zu bringen, nahm Vater mich beiseite. »Das ist nicht gut, was dein Weib da macht«, sagte er. »Wir wissen nicht, was sie damit vorhat oder zu was das Ding gut ist. Wir wissen nicht, welcher Schaden daraus erwachsen kann. Sie sollte es vergraben. Vielleicht versetzt sich Graugans' Frau in Trance, um den Platz zu reinigen, aber vielleicht läßt sie das auch bleiben. Ich täte es nicht. Ich käme mir dumm vor, wenn ich mich wegen eines Stückchens Frauenunrat in Trance versetzen würde, selbst wenn es Krankheit hervorrufen könnte. Außerdem, wer außer deiner Frau wird leiden? Aber sieh zu, daß sie das nicht noch einmal macht.«

28

Draußen ging die Sonne unter. Der Himmel wurde hellblau, verfärbte sich dann zu einem blassen Grau, und die Sterne zogen auf. Ich hörte Stimmen und sah, während ich mich erhob, in der Dämmerung die Frauen aus der Ebene heimkommen. Sie gingen hintereinander, schwer bepackt mit Reisigbündeln für die Nachtfeuer. Während die anderen Frauen den Weg zur Höhle einschlugen, scherte Bekassine aus der Gruppe aus und kam an mein Feuer. Vom Ende der Reihe näherte sich auch Bisam.

Bekassine ließ das Feuerholz fallen, schaute in die Runde und bemerkte die Glut von den Tagesfeuern der Männer und die verbrannten Knochen. »Ihr habt heute etwas erlegt«, sagte sie. »Was ist mein Anteil?« Doch ihr mußte klar geworden sein, daß ich ihren Anteil, worin auch immer er bestand, nicht hatte, denn sie ging den Pfad hinunter, um die Leute in der Höhle danach zu fragen.

Bisam legte ihr Reisigbündel neben der Hütte ab. Dort entdeckte sie das offen daliegende Ding mit den verstreuten kleinen Vogelspeeren, den Pferdezähnen und der Nabelschnur. In ihrer nüchternen Art kniete sie sich hin, als sei alles in Ordnung, und band die Sachen wieder zusammen.

Fürchterliche Wut stieg in mir auf. Wie töricht sie wirkte, als sie dort im Staub kniete und sich mit diesen bösen Dingen abgab! Sie hatte gezaubert – daran gab es für mich keinen Zweifel. Wie schlecht sie war, dafür einen Teil eines Kindes zu mißbrauchen! Schließlich klettert das Herz des Neugeborenen durch die Nabelschnur aus der Plazenta, um seinen Platz im Körper einzunehmen. Wie der Vogel auf demselben Weg durch die Luft heimkehrt und im Frühjahr sein altes Nest wiederfindet, so erinnert sich das Herz an die Nabelschnur und die Plazenta, und deshalb müssen die Frauen diesen Dingen Achtung entgegenbringen, besonders dem Stummel der Schnur, wenn er vom Baby abfällt. Wie konnte Bisam nur so sorglos mit einem Leben umgehen?

Und wie konnte sie meine Sicherheit und die Sicherheit unserer Männer so gering achten? Was wäre passiert, wenn wir das Ding angefaßt hätten, das so gefährlich war, weil es mit Geburt zu tun hatte? Verstand sie das noch immer nicht? Das konnte nicht sein! Sie hatte gelernt, was Menstruation bedeutete, zumindest verunreinigte sie die Hütte nicht mehr. Lag das nur daran, daß sie schwanger gewesen war? War es möglich, daß sie das übrige nicht verstand?

Doch vor allem: wie kam sie darauf, einen Zauberbann zu verhängen? Daß dieses schlimme Ding von Bisam wirklich ein Zauberbann war, bezweifelte ich nicht. Schamanen zaubern, sie legen Geistfallen um Leichname. Doch hier mischte sich Bisam auf gefährliche Weise mit ihrem Bündel in unsere Angelegenheiten ein, das vielleicht Kräfte hatte, die niemand von uns verstehen konnte. Die Federn in ihrem Bündel sprachen von der Luft, dem Reich der Geister, Vögel und Schamanen. Die Zähne darin erzählten von den Wäldern, den Flüssen und den Ebenen, dem Reich der Tiere. Und das Holz sprach vom Feuer, von Lagern und Hütten, dem Reich der Menschen.

Ich hätte Bisam glatt umbringen können. Ich wollte sie töten. Im Geist stand ich über ihr, einen Fuß auf ihrem Nacken und den Speer hoch erhoben. Ich sah meine Fäuste in ihrem Haar, wie ich sie über die Ebene zog, um sie mit einem Stein zu erschlagen. Ich sah, wie ich sie verwundet liegenließ, damit die Hyänen sie fanden. Ich hätte mit ihr geredet, aber die Wut schnürte mir die Kehle zu.

Und so tat ich nichts. Schweigend sah ich zu, wie Bisam im Licht der Sterne die Vogelbeerrinde um das Bündel wickelte und es in das Zweiggeflecht zurückstopfte. Als sie damit fertig war, schaute sie zufällig in meine Richtung. Meine Wut muß an meinem Gesicht abzulesen gewesen sein. Ihre Augen wurden groß vor Überraschung. Einen Moment lang beobachtete sie mich, als versuchte sie herauszufinden, was passiert war. Hätte sie gelächelt, hätte ich mich, glaube ich, auf sie gestürzt. Aber ihr schmerzerfüllter Blick schien mich anzuklagen. Was ging da vor sich? Mein Zorn konnte warten. Nach einiger Zeit stand Bisam auf und ging gelassen in unsere Hütte. Sie war sich keiner Schuld bewußt.

Bekassine kam den Pfad herauf. Sie trug den rechten vorderen Unterschenkel des Pferdes. Geistesabwesend beobachtete ich sie und dachte mir dabei, daß Vater ihr dieses Fleisch gegeben haben mußte. Weil der Speer seines Bruders das Pferd getötet hatte, gehörte ihm tatsächlich der ganze rechte Vorderlauf. Wer briet nun die andere Hälfte davon? Vermutlich Yoi.

»Willst du mit mir teilen, Stiefmutter?« fragte ich, nur um irgend etwas zu sagen.

Bekassine legte das Vorderbein auf den Boden und setzte ihr Messer an. »Du hast zwei Stiefmütter«, sagte sie. »Mein Anteil ist klein und hat wenig Fleisch. Auch ich habe Verwandte, an die ich denken muß, vergiß das nicht! Du mußt dir auch von meiner Mitfrau etwas geben lassen.«

»Du verweigerst mir meinen Anteil?«

»Du solltest hören, wie du redest, Kori«, sagte Bekassine. »Du klingst wie ein knurrendes Tier. Was habe ich dir denn getan, daß du so barsch mit mir sprichst?«

Ich wußte nicht, daß mein Ton so schroff gewesen war. »Tut mir leid, Stiefmutter«, sagte ich. »Ich will kein Fleisch von deinem Anteil, denn ich bin nicht hungrig. Ich will nicht essen.«

»Und deine Frau?« fragte Bekassine. »Was ist mit ihr?«

»Was soll mit ihr sein?« fragte ich zurück. »Habt ihr denn den ganzen Tag über nichts zu essen gefunden in der Ebene?«

Bekassine hatte den langen Muskel ausgelöst, der den Huf anhebt. Sie legte Reisig auf mein Feuer und bereitete alles zum Braten vor. Der Huf fiel hart zu Boden. Sie neigte ihren Kopf, blies das Feuer an und lehnte sich dabei in der Hocke so weit nach vorn, daß ihr von der Schwangerschaft gerundeter Bauch gegen den Boden stieß. Währenddessen tauchte hinter ihr der Wolf auf und packte den Huf, der noch immer an dem Bein hing, das sie in der Hand hielt. »He!« brüllte sie, zog ihm dabei ruckartig den Huf weg und ließ ihn wie eine Keule über seinem Kopf baumeln. Heulend verschwand der Wolf in der Dunkelheit.

Aber ich hörte ihn kaum. Meine Wut hatte mich anscheinend überwältigt. Alle meine Gedanken richteten sich darauf, Bisam zu töten. Ich wußte, daß ich es tun würde, wenn meine Wut sich nicht legte. Ich mußte unbedingt mit Andriki reden. Ich stand auf und machte mich auf den Weg zur Höhle.

An dem engen Höhleneingang wartete ich in einer Rauch- und Duftwolke bratenden Pferdefleisches, bis mich jemand wahrnahm. Viele vom Feuerschein erhellte Gesichter wandten sich mir zu. Mein Blick begegnete dem Andrikis, und als er verstanden hatte, daß ich in Schwierigkeiten war, hob er sein Kinn, um mir ein Zeichen zu geben. Ich bahnte mir einen Weg zum Feuer der Männer und hockte mich hinter ihn. »Es ist Kori«, sagte eine von Graugans' Frauen am Frauenfeuer.

»Kind von Al, erzähl mir, was deine Frau angestellt hat«, rief mir Graugans' Frau, Teal, über die Köpfe der Leute hinweg aus der Dunkelheit zu.

Ich reckte meinen Kopf, aber wegen der Dunkelheit und des Rauchs konnte ich Teal nicht sehen. Deshalb richtete ich meine Antwort dahin, wo ich ihre Stimme gehört hatte: »Tante, ich weiß es nicht.«

»Es ist Schmutz«, sagte Vater. »Das ist unwichtig. Aber daß mein Sohn seine Frau mit Geburtsdingen spielen und Zähne von Pferden nehmen läßt, die ihr nicht gehören, das ist schon wichtig.«

Andriki hingegen sah mich bedeutungsvoll an. Ich merkte, daß seine Worte nur für meine Ohren bestimmt waren, und senkte abwartend den Kopf. »Was hast du vor?« fragte er, als die Leute endlich anfingen, über andere Dinge zu reden.

Mit ganz leiser Stimme antwortete ich: »Das kann ich nicht sagen.«

»Komm«, flüsterte er mir zu und schaute dabei in die Runde. Manche beobachteten uns neugierig. »Wir brauchen denen, die mithören wollen, den Gefallen nicht zu tun.« Er streckte seine langen Beine aus, stand auf und ging voraus zum Höhlenausgang, hinunter zum Fluß und über ein paar Felsbrocken bis zu einem großen flachen Felsen, der, vom Mond beschienen, in der Strömung lag. Er hatte den Platz gut gewählt, das sah ich. Hier konnten wir ungestört reden und waren doch so sicher wie in der Höhle. Andriki wußte immer, was zu tun war. »Du hast also Ärger mit deiner Frau?« fragte er.

Ich schäme mich, es zuzugeben, aber in diesem Moment fing ich an zu weinen.

»Ich werde sie umbringen«, sagte ich.

»Nicht doch, Neffe«, sagte Andriki beschwichtigend, als sei es ganz selbstverständlich, daß ein Mann weinte. »Ich habe von Anfang an gemerkt, daß dich diese Geschichte wütend macht, vielleicht mehr als nötig. Doch was ist so schlimm, daß man es nicht wieder einrenken kann? Sag deiner Frau, daß sie das Ding begraben soll. Mehr braucht es nicht. Dein Problem wird sein, ob du dabei mit Bekassines Hilfe rechnen kannst.« Er lachte.

Ich gab mir große Mühe, mich zusammenzunehmen, damit ich ihm antworten konnte.

Als Andriki merkte, wie schwer mir das fiel, fuhr er fort: »Die Zähne, die deine Frau verwendet hat, die sind nicht der Rede wert. Das Wolfsjunge deines Vaters hat einen Kieferknochen aus der Höhle gestohlen, vielleicht hat also deine Frau die Zähne gar nicht entwendet. Möglicherweise hat der Wolf sie ihr gebracht. Die kleinen Speere, das sind Sachen ihrer Leute. Was gehen sie uns an? Nichts. Die Haare? Es sind ihre Haare. Ihre Leute können weder klug noch reinlich sein. Sie weiß ja kaum, wie man Haare flicht. Was geht es uns an, was sie damit macht? Die Feder? Ein Vogel hat diese Feder für sein

Nest gestohlen. Sie hat sie einem Vogel gestohlen. Und die Nabelschnur ist von ihrem Baby abgefallen. Dein Vater hat sich das Ding angeschaut. Das bekümmert ihn nicht. Er redet manchmal über wichtige Dinge, die von Schamanen getan werden – Dinge, die etwas bedeuten. Er redet nicht über das, was deine Frau tut, weil es unwichtig ist und keine Bedeutung hat.«

»Es ist, weil sie mit Dingen spielt, die sie nicht versteht«, sagte ich. »Es ist, weil sie meinem Kind einen Namen gegeben hat, ohne darüber nachzudenken, daß ein Name schädlich sein kann. Sie versteht nicht, was wir tun, und will es auch nicht verstehen. Sie versteht überhaupt nichts. Sie ist dumm und gefährlich. Ich will sie töten. Wenn ich's täte, würde niemand sie rächen. Aber wer würde mein Kind stillen, wenn sie tot wäre?«

»Du willst sie töten?«

»Ja.«

»Aber weshalb? Sag ihr, sie soll gehen.«

»Ich will nicht, daß sie geht.«

»Du bist in einer ganz schlechten Gemütsverfassung, Neffe«, sagte Andriki.

»Das stimmt.«

»Ja«, sagte Andriki nachdenklich. »So was kommt vor. Eine Frau kann einen Mann in eine schlechte Verfassung bringen. Das liegt in ihrer Macht.«

Ich sog die feuchte Luft am Fluß tief ein und fühlte, wie mein Ärger und meine Traurigkeit nachließen. »Es ist mein kleiner Junge«, erklärte ich ihm.

»Ja«, sagte Andriki. »Kinder sind die Macht der Frauen. Kinder machen sie stark.«

Er hatte recht. »Wenn du an meiner Stelle wärst, was würdest du dann tun?«

»Ich brächte sie dazu, das Ding zu vergraben.«

»Wie?«

»Sag ihr, daß du sie dazu zwingen wirst, wenn sie's nicht freiwillig tut. Dann wird es dir leid tun, und ihr wird es leid tun, aber das Ding wird begraben sein, ganz gleich, wem's nachher leid tut. Sag es ihr bald und denk nicht mehr darüber nach. Das ist das beste.«

In dieser Nacht lag ich die meiste Zeit wach. Am Morgen traf ich Bisam und Bekassine gemeinsam dabei an, wie sie das Mark aus dem Knochen von Bekassines Pferdevorderlauf aßen. Zitternd schaute Vaters Wolfswelpe mit angelegten Ohren und glänzenden Augen zu. Er schien sehr hungrig zu sein. Ich setzte mich neben den Frauen in die Hocke und wartete darauf, daß Bisam mir Mark anbot, aber sie tat es nicht. Als das Mark aufgegessen war, verbrannten die Frauen die Knochen. Dann verabschiedete sich Bisam in ihrer Muttersprache von Bekassine, nicht aber von mir, wie mir schien. Ich verfolgte, wie sie ihren Grabstock aufnahm und in die Ebene hinausmarschierte. Der kleine Wolf schien ängstlich hin- und hergerissen zwischen Bisam und der schwindenden Hoffnung auf etwas Futter. Schließlich folgte er Bisam.

Als sie weit weg war, holte ich tief Luft, bemühte mich, meiner Stimme einen entschlossenen Ton zu geben, und bat Bekassine, mich bei einem Gespräch mit Bisam zu unterstützen. Aber die leckte gleichgültig die Markreste von ihren Fingern und fragte mich: »Warum lernst du nicht ihre Sprache? Warum lernt sie nicht deine Sprache? Ihr verlangt von mir immer etwas, das ihr selbst tun solltet.« Allem Anschein nach wollte meine Stiefmutter von mir inständig gebeten werden. Aber ich war zu wütend. Ich stand auf und wollte gehen. Doch statt mich unbehelligt gehen zu lassen, sah Bekassine mir ganz offen in die Augen. »Du ärgerst dich über sie, weil du ihr nicht traust«, sagte sie. »Aber warum sollte ich dir dabei helfen, sie zu bestrafen? Wie kommst du darauf, daß du besser weißt als sie, wie man deinen Sohn behandelt?«

»Beim Großen Bären!« sagte ich. »Jetzt ist mir klar, warum mein Vater dich nicht haben will. Jetzt verstehe ich, warum er plant, dich nach Hause zu schicken. Du, die du immer lächelst und immer glaubst, alles besser zu wissen als die anderen – weißt du, was dein Mann mit dir vorhat?«

Ich sah sofort, daß sie es nicht wußte. Sie sperrte den Mund auf und bekam ein rotes Gesicht. »Was soll das?« fragte sie. »Wie meinst du das, mit deinem Vater?«

Ich konnte mir nicht helfen: die Verzweiflung in ihrem Gesicht verschaffte mir ein unbändiges Gefühl der Freude.

»Ade, Stiefmutter. Du gehst nach Hause«, sagte ich. Ich glaube, sie fing an zu weinen. Aber da bin ich mir nicht sicher, denn ich ging rasch davon.

Ich folgte Bisams ferner Gestalt über die Ebene. Wäre sie in meiner Nähe gewesen, hätte ich sie vermutlich an den Haaren gepackt, aber sie war weit von mir entfernt, und sie ging sehr schnell. Ich konnte bestenfalls ihr Tempo mithalten, sie einzuholen war unmöglich. Es war wahrscheinlich der Wolf, der zuerst auf mich aufmerksam wurde. Ich sah, wie sie zu ihm hinunterschaute und sich dann über die Schulter nach mir umwandte. Als sie sah, daß ich ihr folgte, drehte sie mir ihr Gesicht zu und blieb stehen.

Das und das Laufen linderte meine Wut ein wenig. Als ich Bisam erreichte, zitterte meine Stimme wenigstens nicht mehr.

»Komm«, sagte ich. »Ich will, daß du etwas tust.«

»Was ist?« fragte sie.

Aber ich wollte es nicht zu erklären versuchen, nicht hier draußen. Ich ergriff ihren Arm. Sie schaute mich mit großen, sanften Augen an, um meinem Gesichtsausdruck zu entnehmen, was ich vorhatte. Sie dachte wohl, daß ich ihre Hilfe brauchte. Mein Gesicht blieb verschlossen, und mit einer Kinnbewegung zeigte ich ihr, wohin ich sie mitnehmen wollte. »Io. Ich kommen«, sagte sie.

Zurück in ihrer kleinen Hütte, machte ich das Handzeichen für sitzen. Bisam kannte es und setzte sich. Dabei öffnete sie ihr Hemd und reichte dem Kleinen die Brust. Der Wolfswelpe warf sich im Schatten der Hütte auf den Boden. Da ich über ihnen stand, warf Bisam mir einen Blick zu, als wollte sie fragen, weshalb ich mich nicht auch setzte. Ich wußte nicht, wie ich anfangen sollte, und ließ meinen Blick umherschweifen. Vielleicht hätte ich mit Bekassine geduldiger sein sollen. Doch solche Überlegungen kamen jetzt zu spät. Aus dem Höhleneingang drangen Wortwechsel und Schluchzen. Anscheinend hatte Bekassine beschlossen, sich mit Vater auseinanderzusetzen.

Aber ich konnte mich nicht auch noch um sie kümmern, jetzt nicht. Mit der Spitze meines Speeres stocherte ich im Zweiggeflecht herum. Bisams Bündel fiel heraus. Sie riß die Augen auf und streckte ihre Hand danach aus, aber ich gebot ihr mit dem Schaft meines Speeres Einhalt. Sie schaute zu mir hoch. »Dieses Ding«, fing ich an. »Du mußt es vergraben.«

»Hoho! Vergraben! Ich nicht vergraben!« sagte Bisam beunruhigt.

»Du wirst es vergraben«, sagte ich und schaute ihr dabei fest in die Augen.

Bisam hielt meinem Blick stand. »Nein«, sagte sie heftig. »Ich nicht vergraben. Vergraben ist Leiche. Ich nicht vergraben. Dieses Ding nicht für dich, Dza Goie. Dieses Ding für ihn, Kiu Ngarr.«

»Dza Goie?« fragte ich und wünschte mir sofort, ich hätte den Mund gehalten.

»Kiu Ngarr, er Name. Dza Goie, du Name«, sagte Bisam und richtete dabei ihren Blick auf unser Baby, dem sie mit der Hand ganz sanft dort über seinen Bauch strich, wo die Nabelschnur gehangen hatte. »Er Leben dort«, flüsterte sie. »Er behält Leben. Er wird groß, wie du, er Vater. Er essen. Er stark werden. Er behält das. Ich nicht vergraben.«

Wieder langte Bisam nach dem Bündel, und diesmal hinderte ich sie nicht daran. Ich verfolgte vielmehr, wie sie die Rinde aufband, die es zusammenhielt, und die Teile auseinanderlegte. Sie nahm den langen Zweig, den von der Sehnenschnur gebogenen, entrindeten Ast und nahm ein Ende in den Mund. Dann hob sie einen der kleinen Vogelspeere auf und berührte damit sanft die Sehne. Die Sehne gab Töne von sich. Der Klang war sehr zart – ich mußte mich herabbeugen, um ihn zu hören –, aber ich kannte ihn. Es war dasselbe Lied, das die Frauen gesungen hatten, während sie im Fluß badeten: das Kranichlied.

Und da schwanden auf einmal meine Angst vor dem Bündel und meine Wut auf Bisam. Jetzt wußte ich, daß sie damit nichts Böses beabsichtigt, sondern nur etwas Unreines getan hatte, weil ihre Leute es nicht besser wußten. Ich gab jeden Gedanken daran auf, sie zu zwingen, das Ding zu vergraben. Zwang würde uns allen schaden – ihr, mir und dem Kleinen –, und was wäre damit gewonnen? Doch um Vater einen Gefallen zu tun, würde ich das Ding selbst vergraben, wenn es dunkel war. Bisam erriet meine Gedanken nicht. Sie lächelte ihr breites, weißes Lächeln, schob das Bündel unter die Wand und nahm ihren Grabstock, um wieder in die Ebene aufzubrechen. Doch kurz bevor sie sich erhob, wühlte sie in ihrem Tragsack und holte einen Zweig heraus, ein Stück von einer Eibe, das sie vor mir auf den Boden legte. »Ist Dza Goie«, sagte sie.

»Was? Das ist Gift. So nennst du mich?« fragte ich sie.

Einen Augenblick sah sie mich verwirrt an. »Io. Sehr stark. Das stärkste Ding. Ist gut«, sagte sie. Dann berührte sie meine Hand und streichelte mich. »Und jetzt alles in Ordnung«, fügte sie sanft hinzu. »Jetzt du glücklich, Dza Goie.«

Inzwischen war der Wortwechsel in der Höhle heftiger geworden. Vaters Stimme klang zunächst nur bestimmt, dann langsam drohender, sie wurde aber von Bekassines wütenden Schreien übertönt. »Tiere« nannte sie die Frauen, und »Weiber« hieß sie die Männer. Ich hätte es doch Vater überlassen sollen, wann er die Zeit für gekommen hielt, über seine Pläne zu reden, und in welcher Form. Da ich spürte, daß er ihr bald Grund geben würde, ihren Wutausbruch zu bereuen, was ich aber nicht mitbekommen wollte, beschloß ich, für eine Weile das Weite zu suchen. Und so nahm ich meinen Speer und Bisams Bündel und folgte dem Fluß ein gutes Stück stromaufwärts bis zur alten Höhle.

Während ich am oberen Rand der Schlucht entlangwanderte, schaute ich hinunter auf den Fluß und entdeckte ein paar erst vor kurzem gegrabene Löcher am Ufer. Jemand hatte dort unten Riedgraswurzeln ausgegraben. Es war ein Mensch, das erkannte ich an den Grabstockspuren. Ich ging weiter und behielt das Flußufer im Auge. Bald sah ich weitere Löcher. Wieder war Riedgras ausgegraben worden. Im Weitergehen entdeckte ich auf dem sandigen Flußufer selbst auf diese Entfernung die Eindrücke kräftiger, breiter Füße. Wie ich vermutet hatte, war ich Bisam auf den Fersen, die von einem Riedgrasbüschel zum nächsten gelaufen war, sie ausgegraben und wie ein Bär verspeist hatte.

An diesem Nachmittag hatte ich nichts Wichtigeres zu tun, als Bisams Bündel zu vergraben. Da ich es nicht in der Nähe der Höhle eingraben wollte, wo jeder mich beobachten oder wo Bisam mir nachgehen und es finden konnte, hatte ich beschlossen, das Ding in der Dunkelheit und weit weg zu beseitigen. Doch obwohl ich schon einen weiten Weg flußaufwärts zurückgelegt hatte, war es noch früh am Nachmittag. Für den Rest des Tages hatte ich nichts zu tun. Ich konnte mir keinen besseren Zeitvertreib vorstellen, als meine Frau zu beobachten, und so machte ich mich daran, sie am Rand der Schlucht zu verfolgen. Dabei war ich so aufgeregt, als gälte es, zur Jagd aufzubrechen. Bald bemerkte ich ihre dunklen Umrisse unter mir. Hüfttief in einem ausladenden Himbeerstrauch, pflückte sie vorsichtig die Beeren aus den Dornen.

Unter dem Strauch beobachtete der Welpe sie abwartend. Sie warf ihm immer wieder eine Beere zu, die er dann aufschnappte, was bis zu mir zu hören war. Manchmal ließ sie eine Beere in ihren Tragsack fallen – für mich! Interessiert verfolgte ich genau, wie viele Beeren sie für mich vorsah, und bekam mit, daß sie etwa halb so viele Beeren sammelte, wie sie aß. Ob unsere Frauen auch so wenig aufbewahrten? Ich versuchte mich an das zu erinnern, was ich erfahren haben mochte, als ich meiner Mutter zuschaute, mußte aber feststellen, daß es mir nicht gelang. Es verstrich eine lange Zeit, während der Bisam pflückte und aß, pflückte und aß. Hände und Mund waren mit den Beeren beschäftigt, während ihre Augen schon die nächsten suchten.

Lautlos hockte ich mich neben einen Wacholderbusch. Die Sonne schien mir ins Gesicht. Ein in den Himmel aufsteigender Rabe bemerkte mich und rief. Bisam blinzelte in die Sonne, sah mich aber nicht. Sie wandte sich wieder dem Himbeerstrauch zu, um weiter zu pflücken und zu essen. Als nur noch so wenige Beeren übrig waren, daß es mit der Ernte nur noch langsam vorwärtsging, hörte sie damit, genau wie ein Vogel, plötzlich auf und ging rasch davon. Der kleine Wolf kroch aus dem Schatten des Himbeerstrauchs heraus und trottete hinter ihr her. Ich richtete mich auf und folgte ihr ebenfalls, wobei ich auf die Windrichtung achtete, damit der Welpe meine Witterung nicht aufnehmen konnte. Dieses Tieres wegen war es noch spannender für mich, meiner Frau heimlich nachzuschleichen.

Am Wasser balancierte Bisam ihren Grabstock wie einen Speer. Der Welpe wartete gespannt, während er sie beobachtete. Langsam setzte sie den Fuß auf, und lautlos schlich sie vorwärts. Mit einem surrenden Geräusch schnellte ihr Stock davon. Sie und der Welpe rannten zu der Stelle, an der er aufgeschlagen hatte und wo jetzt ein kleines Tier – ich glaubte, es war ein Frosch – alle viere von sich streckte. Der Welpe erreichte den Frosch als erster und schlang ihn hinunter. Bisam schien das erwartet zu haben. Sie schlich vorsichtig weiter. Wieder flog ihr Stock, und wieder fraß der Welpe etwas. Jetzt ging sie zu einer Stelle, an der spärliche runde Zwiebelblätter wie Speere wuchsen, deren violette Blüten bereits verblaßten. Hokkend hackte sie die winzigen Zwiebeln aus dem Boden, fing sie auf und warf sie anmutig und gezielt in ihren Mund oder in ihren Sack. Trotz der Entfernung konnte ich hören, wie sie die Zwiebeln zwischen ihren Zähnen zerkaute.

Als sie mit den Zwiebeln fertig war, fand sie Engelwurz

und aß davon. Ich mag Engelwurz nicht besonders, und esse sie deshalb nur, wenn ich wirklich Hunger habe. Ich fand es interessant zu sehen, daß Bisam davon nichts für mich mitnahm. War ihr aufgefallen, daß ich die Pflanze nicht mochte? Ein Stück weiter entfernt entdeckte sie einen Holunderbusch, an dem noch einige Beeren hingen, und hielt sich dort eine Weile auf. Nach einigen weiteren Schritten stieß sie auf Pastinak, den sie ausgrub und wovon sie einige Stücke weglegte, andere zerkaute. Wieder konnte ich von der höhergelegenen Ebene aus hören, wie sie aß; diesmal vernahm ich das schmatzende Geräusch, wenn sie von den wässrigen Pastinakwurzeln abbiß.

Das war Bisams Nachmittagsbeschäftigung am Fluß. Einmal trank sie, mehrere Male gab sie dem Wolf etwas zu fressen, der nichts davon ausschlug, und mehrmals gab sie dem Kleinen die Brust. Ansonsten fand und pflückte sie Beeren und Grünzeug. Am späten Nachmittag kletterte sie mit prall gefülltem Sammelbeutel die Uferböschung hinauf und kehrte zur Höhle zurück. Ich mußte mich in einem Dickicht verstecken, bis sie an mir vorbei war, denn es wäre mir nicht recht gewesen, wenn sie erfahren hätte, daß ich nichts Besseres zu tun hatte, als ihr nachzuschleichen.

Unten am Fluß zerbrach ich die schlechten Dinge aus ihrem Zauberbündel und vergrub alle Teile. Dann stieg ich wieder zur Ebene hinauf und machte mich auf den Heimweg. Die Sonne ging unter. In der Schlucht unter mir hörte ich, wie irgendwo ein Stein wegkollerte. Als ich nachsah, was das Geräusch verursacht hatte, entdeckte ich Pferde, die in der Dämmerung am Fluß tranken. Eines der Tiere, ein Hengst, riß seinen Kopf hoch. Wasser tropfte ihm aus dem Maul. Er mußte meine Silhouette vor dem Himmel gesehen haben, denn, so seltsam es klingt, er forderte mich mit seinem Ruf heraus. Sein Wiehern hallte von den felsigen Ufern des Flusses wider, und seine Stuten hoben ebenfalls die Köpfe. Eine Zeitlang beobachteten mich alle Pferde, wandten sich dann aber wieder dem Wasser zu, weil sie vermutlich wußten, daß ich sie aus solcher Entfernung nicht erreichen konnte. Als sie ihren Durst gelöscht hatten, machten sie kehrt und bahnten sich mit scharrenden Hufen ihren Weg über die Steine zum gegenüberliegenden Ufer und hinauf zur Ebene. Sie hatten mich wahrgenommen, hatten in einer Sprache mit mir geredet, die ich nicht verstand, und waren zu einem Ort aufgebrochen, den ich nicht kannte, um dort etwas zu tun, das ich nicht vorhersehen konnte. Sie erinnerten mich an Bisam.

Ich dachte, bis zu meiner Rückkehr zu ihrer kleinen Hütte konnte ihr vielleicht schon aufgefallen sein, daß ihr Bündel weg war. Ich fand sie mit ängstlichem Gesichtsausdruck im Feuerschein sitzen, als bereite ihr etwas Sorge. Langsam ließ ich mich ihr gegenüber am Feuer nieder und forschte in ihrem Gesicht nach ihren Gedanken. Aber sie wandte sich der Höhle zu und verharrte lauschend mit gesenktem Kopf. Auch ich lauschte, aber ich vernahm nur eine merkwürdige Stille, als sei niemand dort. Verwirrt suchte ich bei Bisam nach einer Erklärung. Traurig schüttelte sie den Kopf. Irgend etwas stimmte nicht. »Was?« fragte ich. Sie zuckte mit den Achseln und zeigte mir ihre Handflächen, um anzudeuten, daß sie nicht einmal einen Versuch machen würde, es mir zu sagen.

So hatte ich keine andere Wahl, als es selbst herauszufinden. Obwohl ich wußte, daß es Bisam, was auch immer da passiert sein mochte, traurig machte, aber nicht erschreckte, machte ich mich mit einigen Bedenken auf den Weg zur Höhle. Dort herrschte tiefe Stille, nur die Feuer brannten. Noch ehe ich den Eingang erreichte, sah ich ihren hellen Schein.

Schweigend saßen die anderen an den beiden Feuern. Als sie mich sahen, schauten sie auf, sagten aber nichts. Meinem Gefühl nach waren die Frauen traurig und die Männer beunruhigt, aber ich erkannte sofort, daß nichts allzu Schreckliches passiert sein konnte und daß keiner umgebracht worden war. Dann fiel mir auf, daß sowohl Bekassine als auch Vater fehlten. Ich schaute Andriki an. Er erwiderte meinen Blick und stand auf. Diesmal folgte er mir in die Ebene, zu Bisams Feuer. Als wir beide uns hinsetzten, stand Bisam auf und ging. Ich sah sie in die Hütte gehen, wo sie sich vielleicht im Schatten verbarg. Ich kümmerte mich nicht darum. Ich schaute Andriki an und wartete ab.

»Die Sache ist die«, begann er widerstrebend, »deine jüngere Stiefmutter ist davongelaufen. Sie sagte, wenn dein Vater wolle, daß sie gehe, würde sie gehen. Sie ist zum Feuerfluß aufgebrochen. Wir dachten, sie würde zurückkommen, sobald es dunkel würde, aber als sie nicht kam, machte dein Vater sich auf die Suche nach ihr.«

»Sie haben sich heute nachmittag gestritten«, sagte ich, während mir wieder einfiel, worin meine Rolle dabei bestanden hatte.

»Das haben sie«, sagte Andriki. »Gegen Abend war es mit der Geduld deines Vaters vorbei, und er hat seinen Gürtel zum Einsatz gebracht. Nicht heftig, aber danach ging sie.«

»Er hat sie geschlagen?« fragte ich, obwohl ich sagen muß, daß ich das hatte kommen sehen und deshalb nicht allzu überrascht war.

»Das hätten viele von uns getan, wenn unsere Frauen auch nur einmal so mit uns geredet hätten wie sie mit ihm.«

»Ach so!« sagte ich.

»Ja. Und dein Vater ist enttäuscht von dir. Er meinte, du hättest damit angefangen.«

Das konnte ich nicht leugnen. »Er hat recht«, sagte ich. »Er hat mich damals darum gebeten, ihr nichts zu sagen, aber ich habe geschwätzt wie ein Weib. Kein Wunder, daß er enttäuscht ist.«

»Nimm's nicht schwer«, sagte Andriki. »Dein Vater wird's vergessen. Auch du solltest es vergessen.«

Das war ein guter Rat. Ich beherzigte ihn bald. Andriki und ich spielten mit zehn Kieselsteinen und fünf Löchern Murmeln, und ich gewann gerade, als Bekassine sich aus der Nacht aufs Feuer zubewegte. Ich weiß nicht, was ich erwartet hatte, oder weshalb es mich überraschte, daß ihr

Gesicht so gefaßt und seltsam unbewegt war, ohne blaue Flecken und Tränenspuren. Mir kam nur in den Sinn, daß dieses nächtliche Herumwandern nicht gut war für ein ungeborenes Kind, und ich mußte mich zusammennehmen, ihr das nicht zu sagen. Statt dessen blickte ich fragend zu ihr auf. Wo steckte Vater?

Auch Andriki betrachtete Bekassine eingehend, ohne ein Wort zu sagen. Wir saßen, sie stand. »Nun komm schon, Kori. Wir wollen sehen, ob mein Bruder da ist«, sagte Andriki schließlich, und wir gingen.

Vater mußte in der Dunkelheit an uns vorbeigeschlichen sein. Wir trafen ihn in der Höhle am Feuer der Männer an, wo er leise und ernsthaft mit zwei von Graugans' Leuten sprach. Es waren Verwandte von Bekassine, doch sie schienen Vater sehr gewogen zu sein, denn sie nickten verständig zu allem, was er sagte, als wollten sie ihm versichern, daß sie keinerlei Streit mit ihm hätten. Er erzählte ihnen, wie er Bekassines Spuren gefolgt war und sie an einem kleinen Feuer gefunden hatte, das sie weit draußen in der Ebene angezündet hatte. Sie meinte, auf dem Weg zu ihren Eltern zu sein, aber sie hätte nie dorthin gefunden, nicht auf dem Weg, den sie eingeschlagen hatte, sagte Vater. Schließlich hatte sie die Reise erst einmal gemacht, noch dazu in der entgegengesetzten Richtung.

Ihre Verwandten lächelten und schüttelten verwundert den Kopf. Eine Frau allein auf einem Weg, den sie vorher noch nie gegangen war – was für eine Torheit! Sie dankten Vater, daß er sie gefunden hatte. Da sie selbst bald zum Feuerfluß reisen würden, boten sie an, sie mitzunehmen, wenn es Vater recht war.

Als Vater mich am Eingang bemerkte, rief er mich zu sich und wollte von mir wissen, warum ich Bekassine von seinem Plan, sie heimzuschicken, erzählt hatte. Vor allen Leuten mußte ich erzählen, wie sie mich in Rage gebracht hatte. Auch ihn habe sie wütend gemacht, sagte Vater so laut, daß alle es hören konnten. Äußerst wütend. Er lasse sich von einer seiner Frauen mehr als einmal einen Lügner und ein Weib nennen, ehe er mit seinem Gürtel zuschlage, und Bekassine habe diese Grenze überschritten. Er meinte, er sei froh, daß ich mich gerechtfertigt habe, sonst hätte er mich mit ihr zurück an den Feuerfluß geschickt. Ha! Als er mir das sagte, wurde mir klar, wie sehr ich ihn verärgert hatte.

Stehend reichte Yoi Vater über die Köpfe vieler Leute hinweg sechs lange Streifen Fleisch. Er legte sie für sich, für mich und für Andriki auf das Feuer der Männer. Wir waren die einzigen, die noch nichts gegessen hatten. Während wir zuhörten, wie das Fleisch brutzelte und der gute Duft uns einhüllte, spürte ich Vaters Hand auf meiner Schulter. Wir wußten beide: alles war wieder in Ordnung.

Jedenfalls hatte es den Anschein, bis wir aus meiner Hütte oben auf der Ebene einen Schrei hörten – einen Schrei, der uns aufspringen und Vater und Andriki nach ihren Speeren greifen ließ. Mein eigener Speer befand sich oben, im Lager. Ich packte einen brennenden Stock und jagte den Pfad hinauf. Vater, Andriki und die meisten anderen Männer folgten mir. Aber die ganze Aufregung war nur entstanden, weil Bisam gemerkt hatte, daß das Zauberbündel verschwunden war. Ich nahm Vater beiseite und erklärte ihm mit leiser Stimme, was passiert war. Außerdem war die Geschichte mit dem Bündel mehr oder weniger eine Sache zwischen mir und Vater, nichts, was andere etwas anging. Vater hörte mir mit ernster Miene zu. Bekassine saß mit versteinertem Gesicht da, hielt ihr Kind auf dem Schoß, starrte ins Leere und wünschte uns weit weg, aber Bisam gaffte mich erstaunt mit offenem Mund an. Vielleicht hatte sie geweint. Ich konnte sehen, daß sie auf so etwas nicht gefaßt gewesen war. Die anderen Männer beobachteten sie mit verdutzten Blicken. »Frauensache!« erklärte Vater in seiner lockeren Art. Die anderen Männer verstanden und kehrten zur Höhle zurück.

Vermutlich hätte ich bei Bisam und Bekassine bleiben sollen, doch in dieser Nacht hatte ich keine Lust dazu. Ich wußte, daß sie sich zornerfüllt und schweigend gegen mich und all die anderen Männer zusammengeschlossen hatten. Und ich wußte auch, daß die Männer unten in der Höhle sich keine Sorgen um die beiden Frauen machen, sondern sich mit Gelächter und Fleisch und Wohlbehagen vergnügen würden. Wir Männer, die zu Vaters Familie gehören, haben keine Scheu, unsere Wut zu zeigen, aber wenn der Ärger vorüber ist, können wir vergessen. Nicht so unsere Frauen. Bevor ich es zuließ, daß zwei von ihnen ihre Wut an mir ausließen, sollten sie lieber schmollen, und ich glaubte, daß wenigstens Bisam am nächsten Morgen wieder gute Laune haben würde.

Aber am anderen Morgen war sie weg. Ohne ein Wort war sie davongelaufen und hatte Bekassine, beide Kinder und Vaters Wolfswelpen mitgenommen.

29

Wenn wir frühmorgens schon gewußt hätten, daß die beiden Frauen weg waren, hätten wir sie noch eingeholt. Aber ich blieb an diesem Morgen in der Höhle und plante mit Vater und Graugans die Jagd auf die Pferde, die ich gesehen hatte. Alle Streitigkeiten waren vergessen.

Dann verließ ich die Höhle und stieg den kleinen Pfad zur Ebene hinauf. Dort stand Bisams von Tau glänzende Hütte. Es war sehr ruhig, und so ging ich hin und schaute hinein. Es war niemand da, aber das überraschte mich nicht. Die Grabstöcke fehlten, und so vermutete ich, daß die beiden Frauen Pastinak und Zwiebeln ausgruben, wie Bisam es tags zuvor schon getan hatte. Mir kam überhaupt nicht in den Sinn, nach den dunklen Spuren zu suchen, die die Frauen morgens im Tau hinterlassen haben mußten. Deshalb entging mir einfach, daß es diesmal keine Spuren gab. Wenn die Frauen ihre Grabstöcke mitgenommen hatten, konnten sie eigentlich nur zum Fluß gegangen sein. Das war die einzig sinnvolle Erklärung.

Gerade in dem Moment kamen Vater und seine Brüder, gefolgt von Graugans und seinen Söhnen und Stiefsöhnen den Pfad herauf. Alle waren mit Speeren bewaffnet. Ich griff mir meine eigenen Speere aus Bisams Hütte und lief hinter den anderen her. Ich wollte direkt hinter Vater sein, wenn wir jetzt die Spur der runden Hufabdrücke suchen gingen. Nach einer Weile fanden wir die Fährten und folgten ihnen, bis wir die Pferde sahen. Aber die waren wachsam und klug. Ganz gleich, wie wir's auch anstellten, wir kamen einfach nicht bis auf Wurfweite an die Herde heran. Schließlich mußten wir aufgeben und uns auf die Suche nach irgendeinem anderen Tier machen.

Am Nachmittag überraschten wir einen Rehbock in einem Dickicht. Er stürmte los, aber ich jagte hinter ihm her, warf meinen Speer und traf ihn glücklicherweise an einer

Hinterkeule. Er rannte hockend auf drei Beinen weiter, war aber schon so langsam, daß die anderen Männer ihn überwältigen konnten. Spätnachmittags brieten wir seine Leber. Vater war hocherfreut über meine Tüchtigkeit bei dieser Jagd.

Als wir zur Höhle zurückkamen, nahm ich meinen Fleischanteil mit zu Bisam und Bekassine. Doch sie waren immer noch nicht zurück. Da fing ich an, mir Sorgen zu machen. Für den Spätsommer, eine Jahreszeit, in der man in kurzer Zeit draußen viel Eßbares finden konnte, schienen sie mir sehr lange zu brauchen. Anfangs wollten die anderen Männer meine Sorge nicht teilen. Erst als es dunkel wurde, pflichteten sie mir bei, aber da war es zu spät. Die Frauen hatten einen Vorsprung von einer Tagesreise, und vor dem nächsten Morgen konnten wir ihre Fährten nicht finden.

Noch vor Sonnenaufgang machten Andriki und ich uns im Licht des abnehmenden Mondes auf die Suche nach den Frauen. Sie hatten nicht versucht, ihre Spur zu verwischen. Diese führte flußabwärts und überquerte dort den Fluß, wo die Ebene sich nur wenig über das Flußbett erhob und wo wir selbst den Fluß auf unserem Weg zu Vaters Hütte und auf dem Rückweg durchwatet hatten. Wir vermuteten, daß die Frauen zu unseren Wintergründen gehen wollten, vielleicht sogar zurück zur Hütte, in der wir alle den Winter verbracht hatten. Bisam ging voran, sie trug unser Kind auf ihrer rechten Hüfte. Vaters Wolf folgte ihr.

Die Geschwindigkeit der Frauen überraschte uns. Die Abstände zwischen den wenigen Abdrücken waren groß; die Frauen flogen fast dahin! »Nanu!« sagte Andriki, als er festgestellt hatte, wie alt die Spuren waren, selbst nachdem wir ihnen einen ganzen Tag lang gefolgt waren. »Sind wir Weiber, daß wir nicht schneller vorankommen als sie?«

Was sollte ich antworten? An diesem Abend kamen wir nur bis zu dem Platz, an dem die Frauen in der vorangegangenen Nacht gelagert hatten, und am nächsten Tag holten wir nur wenig auf. Sie liefen und rasteten, liefen und rasteten, als verlasse sie allmählich ihre Kraft, doch sie kamen genauso schnell vorwärts wie Jäger. Während der folgenden Tage verkürzten wir zwar den Abstand, aber wir holten sie nicht ein. Und wir hatten Nahrung bei uns: Fleischstreifen von dem Rehbock. Was die Frauen unterwegs aßen, wußten wir nicht.

Ihre Fußabdrücke führten nicht zu Vaters Winterhütte, sondern zu dem Fluß, der aus dem Schmalen See kommt. Dort hatten die Frauen gerastet und getrunken. Dann waren sie wieder zurückgegangen und waren bergauf in die Hügel der Frau Ohun gestiegen. Da wir dachten, sie an dem kleinen Teich antreffen zu können, wo ich Bisam zum erstenmal gesehen hatte, folgten wir ihnen. Es war ein merkwürdiges Gefühl, in Vaters Wintergründen zu sein, wenn die Weiden und Birken in den Wäldern grün waren und die Beeren heranreiften. Selbst die Stille war sonderbar: nichts unterbrach sie, nur lautlos über die ausgedehnte Heide gleitende Wolkenschatten, und hie und da die zarten, hellen Stimmen singender Weidenmeisen. Wir fanden heraus, wo die Frauen Beeren gegessen hatten. Ich fand Beeren in der Losung von Vaters Wolf und auch einige winzige Mäuseknochen, ein paar Federn und einige sehr feine, kurze, dunkle Haare im Kot, den ich Andriki zeigte. Da glaubten wir zu wissen, wie die Frauen sich ernährten: sie fingen in jeder Nacht Kleintiere mit Bisams Eibenrindenschlingen.

Auf der offenen Heide war die Verfolgung der Frauen sehr zeitraubend, denn ihre weichen Schuhe hinterließen auf dem trockenen Boden nur schwache Abdrücke. Wir orientierten uns jedoch daran, in welche Richtung die Fußspuren zeigten, und stiegen den Hügel in der sicheren Annahme hinauf, dort oben ein Lager zu finden. Schließlich erreichten wir das lange Ufergras des Teichs, in dem Bisam geschwommen war, als ich sie zum erstenmal gesehen hatte. Dort fanden wir tatsächlich ein verlassenes Lager, was uns nicht überraschte. Wir sahen uns gründlich um und entdeckten dann, warum die Frauen hierhergekommen waren und was uns erwartete, wenn wir versuchten, sie zur Rückkehr zu zwingen: Im Lager waren die Spuren von sechs Leuten – außer Bekassine und Bisam waren noch vier Fremde dagewesen!

»Puh!« sagte Andriki, während er den Boden untersuchte. »Sind das Erwachsene?« Er stellte seinen Fuß neben einen der Abdrücke, um zu zeigen, daß sein eigener Fuß beinahe doppelt so lang war. »Vielleicht ist es ein Kind«, sagte ich.

»Das sind dieselben Leute, die hier im letzten Herbst gelagert haben. Ich hatte vergessen, wie klein sie sind. Was sind das für Menschen?«

Natürlich waren es Bisams Leute, die, die sich selbst Ilasi nannten. Sie schienen zurückgekehrt zu sein, um sich hier wieder eine Zeitlang aufzuhalten, als seien unsere Wintergründe ihre Sommergründe, obwohl wir es völlig unverständlich fanden, wie jemand einen Sommer mit dem Essen von Vögeln und Beeren zubringen konnte. Aber da sie so wenige waren – der alte Mann, der am Stock ging, die beiden Frauen, das Kind –, konnte ich mir vorstellen, daß die Heide gut für sie war. Dann kam mir ein anderer Gedanke. Vielleicht hatten sie hier auf Bisam gewartet?

Sie hatten Angst vor uns, das war klar, und sie hatten gewußt, daß wir kamen. Vielleicht hatten sie uns sogar gesehen oder gehört. Sie waren überstürzt aufgebrochen und von den Hügeln in die Wälder im Osten geeilt, genauso wie damals, als wir Bisam geraubt hatten. Es war noch Glut in der Asche ihres Feuers. Wir wären ihnen weiter gefolgt, aber der Abend stand kurz bevor. Wir beschlossen, statt dessen zu jagen und zu essen, um uns zu stärken, bevor wir die Verfolgung fortsetzten. Den Rest des Nachmittags verbrachten wir im warmen Sonnenschein damit, Beeren zu pflücken und zu essen, und bei Sonnenuntergang gingen wir um den See herum zu Vaters verlassenem Winterlager.

Dort hatten wieder Wölfe gehaust. Auf dem Boden lagen Kot und abgeworfene Haare ihres Winterfells. Als wir in die Hütte krochen, überfiel uns ihr starker Geruch. Doch selbst die Wölfe hatten den runden, stillen Platz verlassen. Nur das Abendsonnenlicht lag auf dem nackten Boden, und einzig Staubmotten schwirrten darüber hin. Wir errichteten ein kleines Feuer am Besitzerende der Hütte und legten uns dann zum Schlafen in den Staub. Wir hatten uns nicht mit Schlaffellen belastet. Nach Einbruch der Dunkelheit hörten wir Wölfe am Windfang herumschnüffeln und jaulen, und später sangen sie. Noch später vernahmen wir weit entferntes Tigergebrüll. Andriki und ich sahen einander an – die Stimme klang anders als die Der Lilie.

Doch Die Lilie war der Tiger, den ich in dieser Nacht in meinen Träumen sah: unter dem Ast einer Schierlingstanne kauernd, die hellen Augen grün im Sternenlicht funkelnd. Ich sah seine riesige, langgestreckte Gestalt, sein Rückgrat, das fast den Ast berührte, seinen gebeugten Kopf. Er versteckte sich, um auf mich zu warten. Dann veränderte sich der Traum: Die dunklen Schatten von Männern hockten versteckt unter den Zweigen der Schierlingstanne, und ich wußte, es waren die Männer von Bisams Familie, die mir auflauerten. Puh! Es herrschte völlige Dunkelheit in der Hütte, als ich aufwachte. In der Asche befand sich nicht das kleinste Stückchen Glut, nicht ein Stern schien durch die Rauchabzüge herein. Wir hatten unser ganzes Feuerholz verbraucht. Erschrocken und unglücklich setzte ich mich in der Schwärze auf und hielt meinen Speer fest, denn jetzt war ich sicher, daß die kleinen Menschen aus Bisams Gruppe Jagd auf mich machten.

Als der Morgen graute, öffnete Andriki seine Augen und sah mich sitzen. Er erriet, daß ich nicht geschlafen hatte. Ich versuchte ihm zu verheimlichen, daß meine Gedanken und Träume mir Sorgen bereitet hatten, aber er sah auch das. »He, Kori«, sagte er und klang dabei sehr fröhlich und unbekümmert. »Was sollen wir tun? Sollen wir etwa die Frau deines Vaters hierlassen? Selbst wenn deine

Frau bleibt, müssen wir versuchen, Eiders Tochter zu überreden. Was wird ihre Mutter sagen, wenn es uns nicht gelingt, sie zurückzuholen? Was wird Bala sagen? Er wird uns nie mehr eine Frau geben, da kannst du sicher sein.«

Ich lächelte und versuchte dabei, genauso sorglos zu wirken wie Andriki. Ermutigt fuhr er fort. »Diese Leute deiner Frau«, sagte er, »sie erinnern mich an die Geschichte von Rüsselkäfer, die vor langer Zeit passiert ist. Rüsselkäfer war klein, wie du weißt. Ein kleiner Mensch. Und sein Schwager war Vielfraß, ein großer Mensch. Eines Tages, als Rüsselkäfer und Vielfraß auf der Jagd waren, überraschte sie ein Schneesturm. Die beiden Schwager beschlossen, den Sturm in Schutzhütten abzuwarten, die sie aus Kiefernzweigen machten. Jeder baute sich einen Unterschlupf. Vielfraß war in kurzer Zeit fertig, aber Rüsselkäfer brauchte lang. Vielfraß ging hinein, aber ihm wurde kalt, und der Schnee wehte in seine Kleider, noch ehe Rüsselkäfer fertig war. Rüsselkäfer ging erst hinein, als es Nacht wurde. Da schaute Vielfraß hinüber zu Rüsselkäfer und fragte: ›Ist dein Unterschlupf warm?‹ Rüsselkäfer sagte: ›Ja!‹ Vielfraß fragte: ›Ist er trocken?‹ Rüsselkäfer sagte: ›Ja!‹ ›Gut‹, sagte Vielfraß da, ›ich nehme ihn.‹ Und das tat er.« Andriki blickte mich lachend von der Seite an. »Er konnte das, verstehst du. Er war stärker.«

Wir krochen durch den Windfang und urinierten in Windrichtung. Ein kalter Ostwind blies, der während der Nacht aufgekommen war. Dann marschierten wir, da wir nichts zu essen hatten und kein Wasser trinken wollten, sehr langsam und schweigend zum Ostende des Sees, um zu jagen. Wir mußten an die Elchkuh denken, die hier vom Tiger gerissen worden war. Aber die Wälder waren verlassen. Bei all den jagenden Wölfen und dem Tiger, welche Chance hatten wir da noch? Wir wandten uns nach Norden, dem Grasland zu mit seinen Weiden. Wir erspähten in der Ferne eine Gruppe von Hirschen. Wir pirschten uns an sie heran. Der Wind drehte, und sie nahmen unsere Witterung auf. Der Leithirsch stellte seinen Schwanz auf, stieß einen Warnruf aus, und die Herde rannte vollkommen geordnet los: der alte Leithirsch voran, die jungen Hirschkühe in der Mitte, ein weiteres männliches Tier als letztes. Während sie durch ein kleines Tal liefen, behielt der letzte in der Reihe uns im Auge, bis der Leithirsch die Anhöhe auf der gegenüberliegenden Seite erreicht hatte und uns von dort beobachten konnte. Was sollten wir tun? Sie wußten zu gut Bescheid, als daß sie sich hätten auseinandertreiben lassen. Wir konnten nur zuschauen, wie sie verschwanden.

Als der größte Teil des Tages verstrichen war und wir beide nur noch mit Mühe unseren Hunger und unsere Enttäuschung unterdrückten, entdeckte Andriki ein Murmeltier vor seinem Bau. Aus einer unglaublichen Entfernung warf er seinen Speer. Weiter und weiter flog der Speer, wurde kleiner und kleiner, bis er plötzlich das Murmeltier von hinten traf und es zappelnd auf den Boden spießte. Wir rannten zu ihm hin und brachen ihm das Genick. Dann brachten wir es zur Hütte, brieten es und aßen das meiste davon auf. Nur die Beine und Füße hoben wir für später auf.

In dieser Nacht wimmelte es nur so von Wölfen an der Hütte. Sie mußten unsere Bratendüfte gerochen haben. Ich glaubte sogar, einen von ihnen im Windfang gehört zu haben. Am nächsten Morgen gingen wir in die Hügel der Ohun hinauf und nahmen die kalte Spur von Bisam und ihren Leuten auf.

30

Es überraschte uns, wie schnell die Frauen und ihre Begleiter vorankamen. Die Fußabdrücke, die wir fanden, bevor die Sonne am ersten Abend unterging, waren vor Mittag entstanden. Bekassine und die Ilasi hatten hier einen der Sümpfe umrundet, die am Schmalen See liegen. Die Spuren waren im feuchten Boden so klar und deutlich, daß ich keinen Zweifel mehr hatte, von wem sie stammten. Es waren Bekassine, Bisam und die Leute, die bei ihr gewesen waren, als ich sie geraubt hatte. Das waren zwei Frauen, eine davon jung, die andere alt; ein kleines Mädchen, was für mich daran zu erkennen war, daß ihr Urinstrahl ein Loch hinter ihren Fersen ausgehöhlt hatte; und der alte Mann, der sie anführte, der alte Mann mit seinem Stock. All dies sah ich, aber wer diese Leute waren und was sie veranlaßt hatte hierherzukommen, das konnte ich mir nicht erklären. Ich heftete meine Augen auf Bisams Fußabdrücke und folgte ihnen.

Die Gruppe war nordostwärts durch eine weite Ebene gezogen, wo Wermut, Salbei und Feuerbeeren schulterhoch und dicht wie ein Wald wuchsen. Sicherlich versteckten die Leute sich vor uns und wanderten dorthin, wo wir nicht hoffen konnten, sie zu finden. Am jenseitigen Rand der Ebene hatten sie sich ein Tal ausgesucht, in dem ein Fluß durch einen tiefen Fichtenwald rauschte. Ich kannte den Fluß nicht, doch Andriki war ihn zusammen mit Vater entlanggelaufen und sagte, daß er in den Haarfluß münde. Auf der anderen Talseite lag hoch über uns die Ebene. Sie war offen und steinig und bot keinen Schutz außer den Felsen und der Heide. Trotzdem konnten wir Bisam und ihre Leute nicht entdecken.

Aber ihre Spuren hatten sie jedenfalls nicht verwischen können. Manchmal verloren wir ihre Fährte und mußten danach suchen, aber jedesmal brauchten wir nur in der von ihnen eingeschlagenen Richtung weiterzugehen, um bald wieder darauf zu stoßen. Sie führte immer geradeaus. Es überraschte uns, daß der alte Mann weder versuchte, die Spuren zu verwischen, noch uns mit einer falschen Fährte zu täuschen oder zu verwirren. Obgleich er sicherlich wußte, daß wir ihm folgten, tat er so, als hielte er es für das beste, einen bestimmten Platz schnell zu erreichen. Aus der Art, wie er und die anderen sich im Gelände bewegten, konnten wir verschiedene Schlüsse ziehen: Uns wurde klar, daß seine Leute im vergangenen Winter nicht in der Nähe unserer Hütte gewesen waren, wenn aber doch, hatte Bisam es nicht gewußt. Außerdem erkannten wir, daß wir uns auf einen Kampf einzustellen hatten, wenn wir sie fänden; der alte Mann verhielt sich so, als wüßte er, daß ihn Hilfe erwartete, und er lief genau darauf zu. Doch ein Kampf mit diesen Leuten bereitete uns keinen allzu großen Kummer, hatten sie doch so offensichtlich Angst vor uns.

Als wir die Stelle erreichten, an der sie die Nacht verbracht hatten, stellten wir fest, daß sie kein Feuer gemacht hatten, vielleicht weil sie befürchteten, daß wir das Licht sehen konnten. Der Wolf hatte sich in der Nähe ein Loch gegraben.

Möglicherweise hatte Bisam sich darauf verlassen, daß er sie warnte, falls wir sie während der Nacht überrumpeln wollten. Die Leute waren ohne Wasser ausgekommen. Das Gebüsch, in dem sie geschlafen hatten, lag inmitten der Ebene, und womöglich hatten sie auch nichts zu essen gehabt. Wir fanden keinen Kot, keine Samen, keine Zähne oder Knochen, keine Rinden. Vielleicht hätte mich das ermutigen sollen, aber ich empfand bei dem Gedanken, wie müde und ängstlich sie sein mußten, keine Genugtuung. Das kleine Mädchen und die beiden Babys mußten hungrig und erschöpft sein. Bisam und Bekassine hatten vermutlich eine schwere Zeit durchzustehen.

Auch wir waren müde, obwohl Andrikis Murmeltier uns gut gesättigt hatte. Doch als wir die Beine und Füße des Murmeltiers mit einigen Beeren aßen, fühlten wir uns in der zweiten Nacht fast ebenso gut gestärkt und so tatendurstig wie am Morgen des ersten Tages. Doch jetzt hatten wir keine Nahrung mehr und mußten am Nachmittag haltmachen, damit wir wieder jagen konnten. Wir erlegten ein Rebhuhn, nicht gerade viel für zwei Männer. Danach leckten wir uns die Zähne mit der Zunge, um unseren Durst loszuwerden, kauten Wacholdernadeln gegen den Hunger und wanderten weiter. Vollkommen aufeinander abgestimmt, gingen entweder Andriki oder ich voraus, wobei wir den langen, ausgreifenden Schritt des Jägers beibehielten, eine Gangart, in der wir schnell vorankamen. Wir redeten nicht. Im Gehen überlegte ich, was ich Bisam sagen würde. Ich wollte freundlich zu ihr sein. Ich wollte nicht wütend werden. Ich wollte sie einladen, zurückzukommen.

Am Morgen des dritten Tages fiel es uns zunehmend schwerer, gegen unseren Hunger anzukämpfen, doch wir wußten, daß auch Bisams Leute hungerten und uns nicht weiter als eine halbe Tagesreise voraus waren. Wir dachten, bald mit unseren Frauen den Rückweg antreten zu können. Da konnten wir dann jagen, so oft wir wollten. Und damit lagen wir fast richtig. Gegen Nachmittag hatten wir eine Milchwurzel gefunden, die uns stärkte und mit Wasser versorgte, und wir kamen so schnell voran wie immer. Bisams Leute hingegen machten auf jeder Erhebung halt, von der aus sie uns während ihrer Rast beobachten konnten. Bekassine trug ihr Baby nicht mehr; diese Aufgabe schien der älteren der beiden Ilasifrauen zugefallen zu sein. Bekassine schien inzwischen Schwierigkeiten beim Gehen zu haben, denn sie benützte ihren Grabstock als Krücke. Es war nicht verwunderlich, daß sie müde war: sie war schwanger und hatte einen weiten Weg zurückgelegt. Doch der alte Mann war so stark und sicher wie eh und je, trotz seines Stocks. Gefolgt von seinen Leuten, flog er fast dahin. Doch er würde den anderen nicht davonlaufen. Er blieb, um sie zu führen. Deshalb wußte ich, als wir in dieser Nacht das Lager aufschlugen und ich in einem Wacholdergebüsch draußen auf der einsamen Ebene unser Feuer entfachte, daß wir sie am nächsten Tag erreichen würden.

Ich wußte inzwischen auch, wo wir sie finden würden. Ihre Fährte führte geradewegs auf eine Hügelkette zu, die sich von Norden nach Süden erstreckte und aus der Ebene herausragte, wie die Rückenflosse eines Lengfisches manchmal die Wasseroberfläche überragt. Sicherlich lagerten die Ilasi im Schutz jener Hügel. Jetzt ging ich die ganze Zeit über voraus, als zögen mich die Fußspuren meiner Frau voran. Der Himmel war noch schwarz, doch ich spürte, daß es bald Tag werden würde, und so weckte ich Andriki, und wir brachen, noch ehe es hell war, zu den Hügeln auf.

Gegen Vormittag hatten wir die Ebene unter uns zurückgelassen und befanden uns in einem sonnigen Kiefernwäldchen, das die Südhänge des sanft ansteigenden Geländes bedeckte. Süß dufteten die warmen Nadeln, und im Wald war es still. Der alte Mann hatte eine gut ausgetretene Spur gewählt, einen guten, weichen Pfad zwischen den Bäumen. Ich ging ihm vorsichtig nach. Da der Wald so licht war, daß sich niemand verstecken konnte, fühlte ich mich vor einem Hinterhalt sicher. Doch unsere Angst vor Bisams Leuten mit ihren kleinen Körpern, ihrer Angewohnheit, Mäuse zu essen, und ihren kleinen Vogelspeeren, war nicht groß. Vielmehr hatten wir Sorge, wir könnten sie so in Furcht versetzen, daß sie noch weiter davonliefen. Wir pirschten uns lautlos an sie heran wie an ein Rudel Wild. Langsam tasteten wir uns über den glatten, nadelbedeckten Abhang. Unter Einsatz unserer ganzen Geschicklichkeit beschlichen wir die Ilasi. Als ich glaubte, den Himmel durch die Kiefernkronen sehen zu können, drehte ich mich um und schaute Andriki an.

»Vielleicht hören wir sie«, flüsterte ich. »Horch doch mal!« Wir lauschten mit gespitzten Ohren, aber wir hörten nichts. Sehr vorsichtig gingen wir weiter. Der Pfad führte zum Fuß einer Klippe und lief daran entlang. Über uns türmten sich herabgestürzte Gesteinsmassen, Felsbrokken, die zu dicht beieinander standen und zu steil waren, um Bäumen einen Halt zu geben. Hie und da wuchsen Wacholderbüsche und rotblättrige Beerensträucher. Hoch oben sah ich einen Adler in die Lüfte steigen, der auf seinem Weg nach Süden dem Hügelkamm folgte. So leise wir konnten, tasteten wir uns ein Stück voran. Ich entdeckte einen zweiten Adler, ein Weibchen, und nicht weit entfernt ein Paar Habichte. Da sie so viele südwärts ziehende Vögel anzog, mußte die Hügelkette sehr langgestreckt sein. Vermutlich kannte Andriki das Gebiet und sicherlich auch die Klippe, denn ein Hügelzug dieser Größe war seiner Aufmerksamkeit bestimmt nicht entgangen. Aber den Pfad kannte er anscheinend nicht, denn immer wieder musterte er die Bäume, die wir hinter uns gelassen hatten, als wolle er sich den Ort einprägen, falls wir zurück einen anderen Weg einschlügen. Obgleich keiner von uns den Weg kannte, glaubten wir beide, den Ilasi sehr nah zu sein. Wieder schlichen wir langsam weiter. Wir krochen fast zwischen den Felsbrocken dahin, wobei wir sorgsam darauf achteten, mit unseren Füßen keine Steine loszutreten. Ich dachte an Kampf, ans Töten, an die Ilasimänner, die auf der Lauer liegen mochten und sich darauf vorbereiteten, mir den Weg zu meiner Frau zu versperren. Ich dachte an die Klinge meines Speers, seine Schneide und seine Schärfe, an die Axt in meinem Gürtel und an mein Messer, das im Schaft meines Bundschuhs steckte. Ich wartete darauf, den Schrei eines Mannes zu hören, oder das Summen eines in meine Richtung geschleuderten Steins, oder das Krachen eines Felsens, der auf mich zurollte. Meine Augen waren weit aufgerissen, und ich horchte angestrengt, aber auf das, was ich dann zu hören bekam, war ich nicht vorbereitet. Zuerst hörte ich einen Wolf bellen, einmal, kurz und gedämpft, und während ich mich umschaute, um zu sehen, woher das

Geräusch gekommen war, hörte ich die Stimme eines Kindes. »Vater!« sagte es. Es war die Stimme meines eigenen kleinen Jungen. Wieder sagte er: »Vater!« Er sagte es allerdings nicht so, denn so gut konnte er noch nicht sprechen. »Baba«, sagte das Stimmchen, oder »Bada«. Die Stimme kam von oben. Erstaunt blickte ich hoch, doch da war niemand zu sehen.

Als Andriki die Stimme hörte, blieb er wie angewurzelt stehen und ging dann sofort hinter der Klippe in Deckung. Er kauerte dort mit wurfbereitem Speer. Aber ich legte meinen Speer neben meine Füße und kletterte den Felshang hinauf zu meinem Sohn. Plötzlich vernahm ich ein vielstimmiges Gemurmel. Eine der Stimmen nannte den Namen, den Bisam mir gegeben hatte, den Namen der Eibe, Dza Goie. Mehrere fremde Gesichter tauchten auf und schauten von oben auf mich herab. Da sie alle auf ihren Stirnen blaue Gesäßmale trugen, dachte ich zuerst, eins der Gesichter sei das von Bisam, aber es waren Männer, sechs an der Zahl, mit schwarzen Haaren und Bärten und abweisenden, dunklen Augen.

Ich klammerte mich mit Händen und Zehenspitzen an die Felswand, preßte dabei, um das Gleichgewicht zu halten, meinen Körper fest an die Klippe und starrte unverwandt zu den Fremden hinauf. Neben ihren bärtigen Gesichtern waren ihre kleinen Vogelspeere zu sehen. Sie staken wie Stacheln in die Luft, schwach und lächerlich. Kein Wunder, daß unsere langen Speere sie beunruhigten! Doch wer konnte wissen, welche anderen Waffen sie noch haben mochten? Ich war nicht so dumm, mich hier allzu sicher zu fühlen. Deshalb versuchte ich zu lächeln, wobei ich hoffte, daß es fröhlich und vertrauenerweckend wirkte und nicht wie ein zweifelndes Grinsen aussah. »Puh«, sagte einer der Männer, der einzige, der mich anschaute.

Alle anderen richteten ihre Blicke auf Andriki. Er befand sich natürlich unter mir, und ich hätte gern gewußt, was er tat, daß fünf Männer ihn über mich hinweg anstarrten. Aber ich mußte mich auf sein Urteilsvermögen verlassen, denn ich konnte mich jetzt nicht umsehen. Hinter der Reihe der bärtigen Gesichter erklang plötzlich ein Wortschwall in diesem Ilasi-Kauderwelsch. Männer- und Frauenstimmen waren zu hören, und da wußte ich, daß wir nicht bloß eins ihrer Verstecke gefunden hatten, sondern ihr Sommerlager.

Einer der Männer hob einen großen Felsbrocken auf und hielt ihn über mich, um anzudeuten, daß er ihn ohne weiteres hinunterwerfen würde, falls ich näher käme. Das war also ihre Art der Verteidigung – Felsbrocken! Und diese Brocken waren sehr groß, das sah ich, groß und schwer. Mit ihnen konnten die Ilasi uns die Knochen brechen. Da ich nicht wollte, daß ein Felshagel auf uns niederprasselte, verhielt ich mich ruhig und versuchte wieder zu lächeln.

»Ia wao«, schrie einer der Männer gestikulierend. Langsam tastete ich mich rückwärts, bis ich neben dem Speer stand, den ich hatte fallenlassen, neben Andriki, der sich langsam bückte, bis er seinen Speer neben meinen legen konnte, dabei aber die Männer über uns immer im Auge behielt.

Dann, als seien die Ilasi-Männer Löwen, fing Andriki in gleichmäßigem, beruhigendem Tonfall an zu reden: »Wir sehen euch, ihr Alten. Wir ehren euch. Mein Bruder daheim hat seine Frau verloren. Mein Neffe hier hat sein Weib verloren. Das Kind dort oben, das eben gesprochen hat, das ist sein Kind. Wir sind wegen unserer Frauen gekommen. Wir wollen nichts Böses.«

»Wao«, antwortete jemand, während im Hintergrund das Geplapper von neuem losging.

Endlich hörte ich Bekassines Stimme. Der Platz, von dem aus sie sprach, hatte ein Echo. »Kori? Bist du's?« fragte sie.

»Ich bin hier, Stiefmutter«, antwortete ich.

»Ich will nicht mit dir zurückgehen. Es kümmert mich nicht, was dein Vater sagt.«

»Ich bin wegen meiner Frau gekommen, Stiefmutter«, sagte ich. »Ich bin wegen Bisam gekommen. Ich möchte, daß sie und mein Sohn mit mir kommen.«

»Du wirst sie nicht bekommen«, sagte Bekassine hastig. »Bring diese Männer nicht in Wut!«

»Sind dies nicht die Jagdgründe meines Vaters, Stiefmutter?« fragte ich sie.

»Ach, Kori«, gab sie zurück, »ich bin mir nicht so sicher, wem dieses Jagdgebiet gehört.«

»Komm herunter und sprich mit uns, Kind von Eider«, sagte Andriki neben mir.

»Ich werde von hier aus sprechen«, sagte sie. »Ich will nicht, daß ihr mich schnappt. Ich komme nur so nah heran, daß ihr mich sehen könnt.«

»Das ist nicht gut«, sagte Andriki. »Mein Bruder wird weinen, wenn er erfährt, daß du nicht zurückkommst.«

Über uns hockte sich die schwangere Bekassine, ihr blauäugiges Kind fest an sich gedrückt, zwischen die sechs Männer, die aufgereiht vor dem Eingang der Höhle saßen. Ihr Gesicht war sehr schmutzig, aber ihr Haar war geflochten, und um ihren Hals hing ein wunderschönes Halsband aus Pferdezähnen und Krickentenfedern, das sie niemals von Vater oder einem anderen unserer Leute bekommen haben konnte. Mißtrauisch schaute sie herunter und hielt dabei ihr Kind umklammert, als versuche sie eine Zuversicht auszustrahlen, die sie nicht empfand, als frage auch sie sich, was bei diesem Treffen herauskommen würde. Als ich ihr Halsband sah, ging mir durch den Kopf, ob sie inzwischen einen Mann von Bisams Leuten erwählt hatte.

Aber die schwarzbärtigen Männer richteten ihre Blicke voll Mißtrauen auf sie. Sie kannten sie erst einen Tag, und sie wären dumm gewesen, ihr zu vertrauen. Auf keinen Fall trauten sie uns, das sah man ihren Gesichtern an, und lange Zeit spähten sie über unsere Köpfe hinweg, als erwarteten sie, daß hinter uns jemand auftauchte. Das beunruhigte mich sehr, und ich schaute mich ebenfalls um, bis mir einfiel, daß ich so den Anschein erweckte, als erwarte ich ebenfalls jemanden.

»Kori und ich werden uns jetzt hinsetzen«, erklärte Andriki Bekassine. »Bitte sag es den Männern da, damit wir sie nicht erschrecken.

In fragendem Tonfall richtete Bekassine einige Worte an die Männer, die finstere Gesichter machten und ihre Köpfe verdrehten, als verstünden sie sie nicht ganz. Für uns fügte Bekassine hinzu: »Sie sind viele. Nehmt euch in acht vor ihnen.« Dann: »Du sagst, er wird weinen. Wie will er das denn anstellen? Er ist doch mit meiner Nebenfrau zusammen?«

Andriki hielt Bekassine beschwörend seine Handflächen entgegen. »Schwägerin«, fing er an. »Du mußt mit uns zurückkommen. Wir können dich nicht hier bei diesen fremden Mäuseessern lassen, die mit Steinen werfen. Heute Nacht, wenn es dunkel ist, werde ich dich sicher von hier wegbringen, beim Großen Bären, das verspreche ich dir.«

»Nein, Schwager«, antwortete Bekassine mit ihrer hohen Stimme. »Diese Leute halten mich nicht gegen meinen Willen fest. Ich wollte hierherkommen. Ich will hierbleiben. Diese Leute kamen aus dem Süden in euer Land, aber jetzt leben sie hier. Manchmal holen sie Flintstein vom Feuerfluß. Es muß derselbe Platz sein, an dem ihn auch meine Eltern holen. Auf jeden Fall liegt er am Fluß. Wenn sie dahin gehen, werde ich mit ihnen gehen. Bis dahin bleibe ich auf jeden Fall hier. Soviel ist gewiß. Ich kann nicht mit deinem Bruder leben.«

»Doch, das kannst du«, sagte Andriki. »Er ist kein schlechter Ehemann. Du bist jung. Du hast nur deine Eltern gekannt. Eine Frau kann mit ihrem Mann nicht so reden, wie du es mit meinem Bruder getan hast, nicht einmal hier bei diesen Leuten. Da bin ich sicher. Du bist besser bei Männern aufgehoben, die du kennst, als bei Fremden. Jedenfalls hat dein Ehemann allen Ärger vergessen. Du wirst sehen, daß ich recht habe. Du wirst mir noch dankbar sein«, sagte Andriki.

Die Wendung, die das Gespräch nahm, wollte mir ganz und gar nicht gefallen. Andriki ließ sich da in eine Auseinandersetzung hineinziehen, als hätte er vergessen, wo wir uns befanden. Ich wurde langsam unruhig, selbst wenn er es anders empfand. Ich behielt die Männer neben Bekassine im Auge und versuchte, aus ihren merkwürdigen Gesichtern abzulesen, was sie vorhatten. Doch ich brauchte nicht lange darüber nachzudenken. Einer von ihnen stand auf und winkte Andriki und mich grob weg, als vertreibe er Fliegen von einem Stück Fleisch. Dann wandte er sich Bekassine zu und bedeutete ihr mit einer Kinnbewegung, sie solle wieder in die Höhle zurückgehen. »Da seht ihr's«, sagte sie mit weit aufgerissenen Augen. »Er will, daß ich zu reden aufhöre. Und euch befiehlt er zu gehen. Ihr gehorcht ihm besser.«

»Wir gehorchen keinem Fremden, Schwägerin«, erwiderte Andriki. »Das weißt du ganz genau.«

»Diesmal ist das was anderes«, sagte Bekassine.

»Diese Hügel liegen in unseren Jagdgründen«, gab Andriki trocken zurück.

»Mach diese Leute nicht wütend«, sagte Bekassine und stand auf, um den Männern zu zeigen, daß wenigstens sie willens war, ihnen zu gehorchen. »Fangt keinen Kampf an. Die Ilasi sind viele. Drinnen sind noch mehr Männer, ich warne euch.«

»Wir hören nicht auf Fremde, und wir haben auch keine Angst vor ihnen«, sagte Andriki.

Andrikis sachlicher Ton war sehr ermutigend, aber ich fühlte mich durch die Ilasimänner noch immer beunruhigt. »Gut, wir gehen«, sagte ich zu Bekassine, »auch ohne dich, wenn du das willst. Aber ich gehe nicht ohne meine Frau und meinen Sohn. Frag Bisam, ob sie zu mir herauskommt, bitte, Stiefmutter.«

Bekassine warf mir einen langen unsicheren Blick zu und ging dann in die Höhle. Wir warteten und blickten hoch zu den sechs schwarzhaarigen Männern, die auf uns herabschauten. Sie erinnerten mich an Raben, furchtlos, lauernd, frei, zu kommen und zu gehen. Hinter den Männern drangen Stimmen aus der Höhle. Eine Weile ging das Gerede zwischen den Leute drinnen und den Männern draußen hin und her.

Dann stand schließlich der älteste Mann auf und zeigte mit dem Finger auf mich – eine Gebärde, die meine Frau auch gemacht hatte, bis ich es ihr untersagt hatte. »Ah!« sagte er. »Weh!«

Zu meiner Überraschung verstand ich ihn. Er hatte gesagt: »Komm!« Ich hatte diese Worte von Bisam gelernt. Vielleicht hatte sie ihm gesagt, mit welchen Worten er mich anreden sollte, damit ich ihn verstehen konnte. »Ich soll kommen?« fragte ich ihn und berührte dabei meine Brust. Sein stechender Blick traf mich. »Ah«, sagte er noch einmal, lauter und langsamer. »Dza Goie, weh!«

Andriki und ich standen auf. Der Mann in der Höhle funkelte meinen Onkel an, bückte sich plötzlich und schnappte sich einen Stein. Drohend zeigte er ihn Andriki. Damit wollte er sagen, daß Andriki sich keinen Schritt vorwagen sollte.

»Ah!« keuchte er ungeduldig und starrte mich an. »Ah! Ah!«

»Sie meinen mich«, sagte ich zu Andriki. »Das sagt er jedenfalls, und er schaut mich dabei an. Ich gehe hin.«

»Nein, das tust du nicht«, sagte Andriki und tastete langsam nach seinem Speer. »Sie werden dich da nicht allein hinaufbekommen, nicht solange ich am Leben bin.«

Als Andrikis Hand den Speer berührte, sprangen all die lauernden Männer auf.

»Io, io«, sagte ich zu ihnen und bemühte mich dabei um einen besänftigenden Ton. »Wir achten euch. Mi weh, io. Ich komme.« Zu Andriki gewandt sagte ich: »Ganz ruhig, Onkel. Ich passe schon auf.« Und zu Bekassine, die nicht zu sehen war, sagte ich: »Also gut, Stiefmutter, ich komme jetzt. Kannst du diesen Männern klarmachen, daß ich ohne meinen Speer komme?«

Der Höhleneingang war niedrig und schmal, nur ein

schmaler Schlitz im Felssturz. Vorher hatten Tiere die Höhle bewohnt; vor dem Eingang lagen Unmengen Kot. Die sechs Männer traten zur Seite, als ich zu ihnen hinaufkletterte, aber sie schienen mich kaum wahrzunehmen, als ich mich auf Hände und Füße niederließ, um in die Höhle zu kriechen. Da sie Andriki so fest im Auge behielten, war mir klar, daß er etwas tat, das sie beunruhigte, und anstatt hineinzugehen, drehte ich mich nach ihm um. Er war näher an die Klippe herangetreten, als wolle er ebenfalls Anstalten machen hinaufzuklettern. Seinen und meinen Speer hielt er in der Hand. Sein sorgloses Gesicht lächelte fast, als hätte er die Ilasimänner abgeschätzt und forderte sie nun heraus, Hand an mich zu legen.

»Onkel«, sagte ich so ruhig und beschwichtigend, wie ich konnte, »ich sehe hier einen großen Haufen Steine. Wenn du diese Leute zu sehr ärgerst, könnten sie uns steinigen. Den Stimmen nach sind viele Leute in der Höhle. Mit zwei Speeren können wir nichts gegen sie ausrichten. Du stehst unter ihnen, in der Wurfrichtung, und ich sitze hier in der Falle. Setz dich wieder hin. Erschreck diese Leute nicht.«

Mit ebenso beruhigender Stimme fragte er: »Ist deine Stiefmutter dort? Ich möchte sie sehen.«

»Sie ist nicht zu sehen«, antwortete ich.

»Ruf sie.«

Er machte mich ungeduldig, und die Ilasimänner auch. »Onkel, sie ist gegangen, und wir beunruhigen die Leute mit unserem Gerede. Laß mich hineingehen.«

»Deine Stiefmutter«, sagte Andriki ganz sanft, »muß ihnen sagen, daß unsere Leute zahlreich sind, und daß, falls dir irgend etwas geschieht, die Leute hier wie Tiere gejagt und getötet werden.«

»Bevor wir vom Töten reden, laß mich meine Frau sehen«, sagte ich ebenso ruhig. »Die Leute hier oben beobachten dich, nicht mich.«

»Nun gut. Geh. Sei vorsichtig.«

»Ich gehe jetzt hinein.«

»Ich werde hier sein.«

»Bleib ruhig, Onkel«, sagte ich und ging auf allen vieren hinein.

31

Drinnen schlug mir ein durchdringender Geruch entgegen und raubte mir fast den Atem. Es roch nach vielen schwitzenden Körpern und verdorbenem Fleisch. Ein frisch abgehäutetes Bärenfell lag aufgerollt neben der Höhlenöffnung. Hatten diese Leute es geschafft, einen Bären zu erlegen? Die Haut war riesig, sie stammte von einem sehr großen Bären. Und ich hatte gedacht, die Ilasi seien einfache Mäusefresser! Falls sie wirklich diesen Bären zur Strecke gebracht hatten, wie war ihnen das gelungen? Mit Steinen? Auf keinen Fall. Mit ihren kleinen Vogelspeeren? Unwahrscheinlich. Wie aber dann? Ich schaute mich in der Höhle nach größeren Waffen um, sah aber keine einzige. Doch dann kam mir aufgrund des gewaltigen Gestanks der Gedanke, ob sie den Bären vielleicht schon tot gefunden hatten. Ich hätte dieses Fell gern Andriki gezeigt.

Plötzlich hörte ich Bekassines Stimme vor mir in der Dunkelheit: »Man bittet dich, Platz zu nehmen, Kori. Sie möchten mit dir reden.«

»Wo ist meine Frau?«

»Sie ist nicht hier.«

»Das glaube ich nicht«, entgegnete ich. »Ich habe die Stimme unseres Kindes gehört. Es hat mit mir gesprochen. Meine Frau ist hier.«

»Kümmere dich jetzt nicht um sie. Die Männer haben dir etwas Wichtiges mitzuteilen, Kori. Es wäre gut, wenn du ihnen zuhören würdest.«

»Gut, wenn es um meine Frau geht«, antwortete ich. Ich saß ganz ruhig, meine Arme ruhten auf meinen Knien, so daß jeder an meinen leeren Händen meine friedfertigen Absichten erkennen konnte. Während ich unterhalb der Höhle gestanden und zu den Ilasi hinaufgeschaut hatte, war mein Blick auf den strahlenden Himmel gerichtet gewesen. Meine Augen brauchten jetzt lange, um sich an die

Dunkelheit zu gewöhnen. Indessen konnte ich nur den widerhallenden Worten zuhören, dem dröhnenden Durcheinander der Männerstimmen, die abwechselnd auf mich einredeten. »Was wollen sie, Stiefmutter?« fragte ich. Doch Bekassine konnte zwar eine einzelne Person verstehen, wenn diese langsam und deutlich, wie zu einem Kind, sprach, aber es war ihr nicht möglich zu verstehen, was viele aufgeregte Männer, die schnell und alle auf einmal sprachen, in der widerhallenden Höhle redeten. Sie mußte nachfragen. Ungeduldig antworteten sie ihr, während sie, zu mir gewandt, sich wiederholten, als glaubten sie, ich könne sie verstehen. Immer und immer wieder hörte ich die gleichen Worte, immer langsamer und lauter klangen sie. Vielleicht waren diese Männer im Umgang mit Fremden so unerfahren, wie ich es vor kurzem selbst gewesen war. Mir dämmerte langsam, daß wir damals mit Bisam genauso geredet haben mußten.

Während ich wartete, gewöhnten sich meine Augen an die Dunkelheit, und ich schaute mich um, in der Hoffnung, meine Frau zu sehen. Aber sie war nicht da. Ich erkannte eine Menge zerlumpter Leute, Männer und Frauen, Junge und Alte, beinahe so viele wie in Vaters Gruppe. Sie sahen aus wie Bisam – die Gesichter waren breit wie das ihre, und das Haar der Leute war kräftig und schwarz. Sie trugen es genauso, wie Bisam das ihre getragen hätte, wenn Rin es ihr nicht geflochten hätte: nach hinten gestrafft und keulenförmig mit einer Schnur zusammengebunden, so daß es aussah wie ein Kinderfuß in einem weichen Schuh. Alle trugen einfarbig dunkle Kleidung, die mit räudigem Fuchsfell eingefaßt war, Kleider wie die von Bisam, die Andriki und ich damals versteckt hatten. Die Erwachsenen hatten blaue Narben auf ihrer Stirn.

Daneben saß Bekassine mit geradem Rücken und aufmerksamem Gesichtsausdruck, als versuche sie zu gefallen und einen gehorsamen Eindruck zu machen. Sie hatte vor diesen schmutzigen Fremden mehr Achtung als ich. Als eine alte Frau in ihrer Nähe sie am Ärmel zupfte und ihr eine Frage stellte, schüttelte Bekassine den Kopf, deutete dann auf mich und klopfte mit der Hand auf ihre Brust. Sie schien der alten Frau zu erklären, daß sie meine Stiefmutter war. Mir war nicht ganz wohl dabei. Wie kam Bekassine dazu, mit diesen fremden Leuten über meine Angelegenheiten zu reden?

Aus einer dunklen Ecke heraus musterte mich ein alter Mann eindringlich. Sein Gesicht war von Falten zerfurcht, und er stützte sich auf einen langen Stock. Ganz sicher war das der Mann, der an dem Tag, als ich Bisam gefangennahm, aus den Hügeln der Frau Ohun davongelaufen war, derselbe Mann, der Bisam hierher geführt hatte. Wie war er mit ihr verwandt? War er ihr Vater? Ich wußte es nicht. Nie zuvor hatte ich mir über Bisams Eltern Gedanken gemacht oder überhaupt über ihre Familie. Verbittert und finster beobachtete mich der alte Mann, bis er schließlich merkte, daß auch ich ihn ansah. Da schaute er verachtungsvoll weg.

»Sag mir, was sie reden«, verlangte ich von Bekassine. »Hörst du nicht zu?«

»Doch, ich höre zu«, antwortete sie, »aber ich glaube nicht, daß ich sie verstehe. Sie wollen mir weismachen, deine Frau sei tot.«

»Was? Das können sie doch nicht ernst meinen! Führen ihre Spuren denn nicht hierher? Hab ich etwa nicht die Stimme meines Sohnes gehört?«

»Ich weiß nicht, was sie damit sagen wollen. Warte ab«, sagte sie, wandte sich an die Ilasimänner und sprach wieder mit ihnen. An ihrer Stimme erkannte ich, daß sie die Männer um etwas bitten wollte. Eine Weile lauschte ich, so angestrengt ich konnte, und hoffte, hie und da ein Wort aufzuschnappen. Aber Bekassines Gewandtheit in dieser fremden Sprache übertraf meine bei weitem – ich verstand nicht viel von dem, was sie sagte, geschweige denn, was die Männer ihr mitteilten. Schließlich gab ich es auf. Statt dessen ließ ich meine Augen durch den Raum schweifen, in der Hoffnung, irgend etwas zu entdecken, von dem ich wußte, daß es Bisam gehörte.

Wegen des Felsüberhangs, des schmalen Eingangs und weil sich die Höhle nach Osten öffnete, fiel zu dieser Tageszeit kein Sonnenlicht herein. Und obwohl der Platz in der Nähe eines Waldes lag, wo es genügend Feuerholz gab, schienen die Leute keine Lust gehabt zu haben, ein Feuer zu machen. Deshalb war es sehr dunkel. Doch als ich mich nach den Brennholzvorräten der Leute umschaute, entdeckte ich etwas, das ähnlich wie Feuerholz aussah: einen gebogenen, von einer Sehne zusammengehaltenen Stock, wie der aus Bisams Zauberbündel. Er sah aus wie der Stock, an den sie einen Pferdezahn, eine Eulenfeder und die Nabelschnur meines Sohnes gehängt hatte. Kaum hatte ich den ersten sehnengebogenen Stock entdeckt, fielen mir noch verschiedene andere auf, die in den Felsspalten steckten, auf dem Boden lagen oder an der Höhlenwand lehnten. An manchen hingen Zähne, an anderen Federn, und alle waren sie dunkel, wie mit Fett eingerieben. Da verstand ich, daß diese merkwürdigen Dinger, wozu sie auch immer gut sein mochten, gewöhnliche Gebrauchsgegenstände waren, keine Geistdinge, sondern Menschendinge – Werkzeuge, wie zum Beispiel Grabstöcke. Bisam hatte auf ihrem ein Lied gespielt. Vielleicht machten alle Ilasi Musik? Dieser Gedanke war beruhigend. Einen Augenblick lang schien es so, als könnten Menschen, die musizierten, meiner Frau, meinem Kind und mir keine ernsthaften Schwierigkeiten bereiten.

Doch das Gefühl änderte sich im nächsten Moment. Das Gespräch dauerte schon viel zu lange. Ich wußte, daß Andriki beunruhigt sein mußte. Bestimmt wurde er allmählich ungeduldig. Ich wollte nicht, daß er die Leute erschreckte oder sie auf irgendeine Weise in Aufregung versetzte. Nach allem, was ich wußte, hatte diese Höhle einen Hinterausgang, durch den meine Frau mir wieder entkommen konnte. Ich hätte Bekassine am liebsten an der Gurgel gepackt und geschüttelt, weil sie hier mit Bisams Leuten saß und palaverte, als sei sie nicht Vaters Frau. Mir gefielen auch die Gesichter der Leute nicht, die mich von der Seite anblickten. Ganz gemächlich erhob ich mich.

»Halt«, sagte Bekassine. »Diese Leute sind wütend. Sie wollen dir etwas sagen.«

»Dann rede, Stiefmutter. Mit welcher List wollen sie mich täuschen?«

»Ich weiß wirklich nicht, was sie wollen, Kori.«

Bekassines Stimme war kaum lauter als ein Flüstern. »Ich weiß nicht, was sie dir einreden wollen. Sie behaupten, daß deine Frau tot ist, aber ich kann dir versichern, daß das nicht wahr ist. Aber sie wollen, daß ich dir das sage –, daß sie tot ist. Mir gefällt das alles nicht.«

Mir gefiel es ebensowenig. Ich schaute in all die dunklen, unbewegten Gesichter und lauernden Augen und setzte mich, obwohl ich nicht glaubte, wirklich in Gefahr zu sein, wieder hin, während Bekassine versuchte, mehr zu erfahren. »Die Sache ist die«, fing sie voller Zweifel wieder an. »Auch wenn sie nicht wirklich tot ist, ist sie für dich gestorben. Du hast ihr wehgetan, als du sie geraubt hast, behaupten sie. Du hast sie geschwängert. Dann hast du deinem Kind den Jagdzauber weggenommen –, das Bündel, das deine Frau in die geflochtene Seitenwand der Hütte gesteckt hat. Und weil du ihm das genommen hast, läuft dein Kind Gefahr zu verhungern, sagen sie. Deshalb wollen sie nicht, daß du das Kind oder die Frau siehst. Sie gehört dir nicht.« Bekassine hörte einem der Männer zu, dessen Stimme immer aufgeregter wurde. »Es ist so«, sagte sie mit schreckgeweiteten Augen, »er meint, nur wenn ihr, du und dein Onkel, sofort von hier weggeht, kommt ihr lebend davon. Wenn ihr jetzt geht, wird man euch verschonen, wenn auch einige Männer euch folgen werden, um sicherzugehen, daß ihr wirklich weg seid. Sie werden dir und deinem Onkel nichts tun, weil deine Frau sie darum gebeten hat. Du sollst deinen Mund berühren, damit sie wissen, daß ich dir ihr Anliegen mitgeteilt habe und du mich verstanden hast. Für sie ist das Berühren des Mundes ein Zeichen.«

Ich weiß nicht, was ich eigentlich zu hören erwartet hatte, daß diese Worte mich so in Erstaunen versetzen konnten. Wahrscheinlich hatte ich nicht gedacht, daß die Ilasi, die so primitiv wie Tiere waren und sich außerdem in unseren Jagdgründen befanden, so etwas sagen würden. Ich versuchte, mir mein Erstaunen nicht anmerken zu lassen. »Aber die Frau ist jetzt die meine. Sie gehört zu mir«, erwiderte ich. »Und das Kind verlangt nach mir. Es gehört mir ebenfalls.«

Bekassine warf mir einen langen Blick zu, einen eindringlich warnenden Blick, und dachte einen Moment nach, bevor sie meine Worte für die gespannt lauschenden Ilasi wiederholte. Einer der Männer antwortete ihr mit einem knappen Wortschwall. »Er fragt, welches Kind du meinst«, übersetzte Bekassine. »Von deinen Kindern ist keines hier.«

»Ach was!« sagte ich viel zu laut. »Ich habe meinen Sohn gehört. Er hat mich doch gerufen! Wo ist er?«

»Deine Stimme, Kori«, sagte Bekassine, zu Tode erschrocken. »Im Namen der Frau Ohun, sprich leiser.«

Aber ich war wütend. »Wo ist er?« fragte ich. »Er ist hier. Er ist irgendwo in dieser Höhle, in diesen Hügeln. In unseren Hügeln. Das hier sind unsere Wintergründe, unsere Jagdgründe. Bisam ist meine Frau, und das Kind ist mein Kind. Ich habe sie mir damals genommen, als ihre Leute wie Hasen davongerannt sind. Ich werde sie mir wieder nehmen. Glauben diese Menschen, sie können sie hierbehalten? Sie kommt jetzt mit, oder alle unsere Leute holen sie mit ihren Speeren. Mit Speeren!«

»Sei ruhig, Kori«, warnte Bekassine. »Ich traue mich nicht, ihnen das zu sagen. Geh jetzt, schnell! Steh auf und bedanke dich bei ihnen. Ich werde ihnen sagen, daß du dich bedankst.« Und sie redete mit beruhigenden Worten in der Ilasisprache auf die Männer ein.

Aber es half nichts. Draußen an der Klippe herrschte Aufruhr. Ich stürzte nach draußen. Die Axt zwischen den Zähnen, war Andriki eben dabei, den Felsen zur Höhle hinaufzuklettern. Die Ilasimänner schrien schrill und aufgebracht durcheinander. In der dunklen Höhle hinter mir sprangen die Leute erregt auf und griffen nach irgend etwas, wobei sie sich gegenseitig in die Quere kamen. Immer und immer wieder versuchte Bekassine, etwas zu sagen, bis ihr Baby zu weinen anfing. Auch das wurde vom in der Höhle widerhallenden Lärm übertönt.

»Warte, Onkel!« rief ich. »Halt!« Aber es war zu spät.

Andriki riß die Augen und seinen Mund weit auf, und seine Axt polterte den Felsen hinunter. Seine Hände schnellten an Brust und Kehle; er fiel und schlug rücklings mit einem dumpfen Aufprall tief unten auf. Reglos blieb er auf den Kiefernnadeln des Waldbodens liegen. Ich sprang von der Höhle herunter und landete neben ihm auf meinen Füßen. Dann kniete ich mich hin, legte seine Arme neben ihn und zog die Gegenstände heraus, die in ihm steckten –, zwei Gegenstände mit Knochenspitzen, einen aus seiner Kehle und einen aus seinem Herzen, beide rot von seinem Blut. Zwei unscheinbare, dünne, kleine Vogelspeere.

»Sie haben mich getötet«, seufzte Andriki.

»Nein, Onkel!« schrie ich. Aber er hatte recht. Sie hatten ihn tatsächlich umgebracht.

»Onkel!« schrie ich laut, und dann »Frau Ohun, hilf ihm!« Aber Andriki betrachtete schon die Lagerstätten der Geister: seine Pupillen waren glasig und seine Augenlider schlaff. Es war ein Anblick, den ich schon oft gesehen hatte, wenn auch nicht bei einem Menschen.

Er war tot.

Eine fürchterliche Wut brannte in mir. Wie hatte das geschehen können? Mit ihren winzigen Speeren hatten die Ilasi Andriki getötet! Obwohl die Speere leicht wie Gras waren und beide auseinanderbrachen, als ich sie in der

Hand hielt, hatten diese Leute es irgendwie geschafft, daß sie sich tief in Andrikis Körper bohrten. Ich ließ die Stücke fallen, schnappte mir meinen Speer und schrie, ich sei bereit, mein Leben im Kampf gegen die Ilasi zu verlieren. Obwohl Vogelspeere wie ein Bienenschwarm durch die Luft schossen, blickte ich zu den Leuten auf dem Felsvorsprung hinauf, suchte mir einen Mann als Ziel, zielte mit meinem Speer und trat einen Schritt zurück, um ihn zu werfen. Da traf mich plötzlich ein Schlag, und ich lag flach auf dem Rücken. Mit zerzaustem Haar und weit aufgerissenen Augen lag Bisam weich und schwer auf mir und drückte mich zu Boden. Ihr heißer Atem schlug mir ins Gesicht. Ich sah ihre weißen, feuchten Zähne und ihre rosafarbene Zunge. »Hör jetzt auf«, sagte sie in meiner Sprache.

Ihre Leute umringten uns. Männer zerrten Bisam an Armen und Kleidern und versuchten sie hochzuziehen. Aber sie klammerte sich mit Armen und Beinen an mir fest und vergrub ihr Gesicht an meinem Hals. Ihre Umklammerung war so stark, daß ich ein Stück mit hochgehoben wurde, als die Leute sie hochzuzerren versuchten. Währenddessen schrie sie neben meinem Ohr in ihrer eigenen Sprache drauflos.

Ich versuchte freizukommen. Ein Baby weinte, das bekam ich mit, als ich mich aus Bisams Umklammerung herauswand. Es war unser Kind, das in seiner Tragschlinge auf der Hüfte eines kleinen Mädchens saß. Das Mädchen stand in der Nähe und richtete seine Augen angsterfüllt auf Bisam. Mit ihren Armen schien sie das Baby schützen zu wollen. Sowohl Bisam als auch ich wandten ihr den Kopf zu. Dann sagte einer der Ilasimänner etwas, sehr ernst und bestimmt, und Bisam ließ von mir ab und stand auf. Im nächsten Augenblick hockte sie neben mir, unser Baby an der Brust unter dem geöffneten Hemd. »Ah! Weh!« rief sie Bekassine zu und winkte dabei mit dem Daumen.

Furchtbar erschrocken und unfähig, ihre Augen von

Andriki abzuwenden, der reglos auf dem Rücken lag, trat Bekassine näher. Bisam wartete. Als Bekassine bei uns war, sagte Bisam ein paar Worte zu ihr. Ich hörte zu. Jeder hörte zu. In der stillen, warmen Luft des beginnenden Herbstes war außer dem monotonen Gezirpe der Heuschrecken und dem Gesumm der ersten Fliegen, die sich für Andriki interessierten, nur das Geräusch von Bisams Stimme zu hören. Im Wald hinter mir strich der Wind durch die Nadeln, und hoch über dem Hügelkamm folgte im blendenden Sonnenlicht ein weiterer Habicht dem Luftweg, der ihn nach Süden führte.

»Sie haben folgendes beschlossen«, sagte Bekassine mit zitternder Stimme. »Du darfst gehen. Deine Frau wird nicht mitgehen. Sie will hierbleiben. Siehst du dieses Mädchen?« Bekassine deutete mit einer Kinnbewegung auf das kleine Mädchen, das das Baby gehalten hatte. Es war sicherlich die Kleine, deren Fußspuren denen von Bisam so dicht gefolgt waren. »Sie ist Bisams Tochter. Siehst du diesen Mann?« Bekassines Lippen zeigten auf einen breitschultrigen, bärtigen Mann. Es war der Mann, der in der Höhle so wütend auf mich eingeredet hatte. Im Tageslicht schien er fast Vaters Alter zu haben. »Er ist ihr Ehemann. Siehst du diese Frau?« Es war eine ältere Frau, auf die Bekassine deutete, deren blaue Gesichtsmale schon fast verschwunden waren. »Das ist ihre Mutter. Siehst du den Ältesten?« Sie meinte den alten Mann mit dem Stock. »Er ist ihr Vater. Ihre Leute würden sie nicht gehen lassen, selbst wenn sie einwilligte. Aber sie sagt, sie wisse nicht, weshalb du ihr gefolgt seist, denn sie habe nie bei dir bleiben wollen.«

Was konnte ich dazu sagen? Mir wollte nichts einfallen. Ich wartete. Bisam sprach wieder, manchmal fügte der eine oder andere ein paar ergänzende Worte hinzu. Die Leute waren jetzt sehr ruhig. Ihre Stimmen waren gefaßt und ihre Gesten und Gesichter ernst. »Bisam meint, du kannst gehen«, sagte Bekassine. »Um deines Kindes willen hier, Kiu Ngarr, haben ihre Leute beschlossen, dich nicht zu töten, wenn du jetzt gehst. Ich denke, das solltest du tun. Steh einfach auf und geh.«

»Ich kann meinen Onkel nicht allein lassen. Ich muß ihn begraben.«

Bisam und einige der Ilasimänner redeten eine Weile miteinander, und schließlich sagte Bekassine: »Sie finden es nicht gut, daß wir Tote begraben. Das sei nicht richtig, meinen sie. Es sei eine schlechte Angewohnheit und wegen des Leichnams nicht ungefährlich. Wenn du den Leichnam deines Onkels begraben willst, mußt du ihn wegbringen.«

»Und wenn ich das nicht tue?«

Diesmal antwortete Bisam selbst. »Ist in Ordnung, du ihn hierlassen«, sagte sie sanft zu mir. »Er dein Onkel. Wir tragen ihn in den Wald. Dann reinigen wir unsere Hand, wo wir ihn berühren. Bald er gegangen.«

»Ich werde ihn mitnehmen«, sagte ich. Ich stand auf und stellte mich über Andriki. Dabei blickte ich auf seine halboffenen Augen hinunter. »Vergib mir«, sagte ich zu seinem Geist, der noch in unserer Nähe sein mochte und in der Luft auf einen Vogel wartete, der ihn zum Ruheplatz der Sonne im Westen geleiten würde. Ich hoffte, er konnte mich hören. Ich werde Andriki an den Lagerstätten der Toten nicht begegnen. Er wird am Feuer seiner Mutter auf Maral warten, während ich zu Onkel Bala und meiner Mutter gehen werde. Die Sippe bestimmt über uns an den Lagerstätten der Toten, wo die Frauen über Leben und Tod herrschen.

Ich faßte Andrikis rechtes Handgelenk, das schon kalt war und steif wurde. Um ihn hochzuziehen, kniete ich mich hin, so daß meine Schulter in Höhe seines Bauches war. Beim Aufstehen lag er auf meiner Schulter; ich bog seinen kalt werdenden Arm um meinen Rücken und drückte diesen und sein Bein an meinen Körper. Bekassine reichte mir seinen Speer, dann meinen, dann seine Jagdtasche, dann meine. Ich schaute mich nach Bisam um. Sie stand ganz in der Nähe, trug unseren Kleinen in der Tragschlinge auf dem Rücken, stützte beide Hände auf die

Schultern ihrer Tochter und ließ ihren Mann nicht aus den Augen, während sie ihm aufmerksam zuhörte, als er einem anderen Mann etwas sagte. Aber mein kleiner Sohn beobachtete mich. Er hob den Kopf und fixierte mich mit seinen dunklen, wissenden Augen. Für einen Augenblick schauten wir einander an. Auf seinem Gesicht machte sich auf einmal Angst breit, als wüßte er, daß das, was geschah, nicht richtig war. Überaus traurig nickte ich ihm zu. »Du sollst leben«, sagte ich zu ihm, drehte mich um und ging davon.

Bald hörte ich eilige Schritte hinter mir. Ich mußte meinen und Andrikis Körper ganz umdrehen, um zu sehen, wer da kam. Bekassine holte mich rasch ein. Sie trug ihr blauäugiges Baby und ihr Gepäck und war ganz außer Atem. Ich wäre stehengeblieben, damit sie verschnaufen konnte, aber sie bedeutete mir mit einer Kinnbewegung, weiterzugehen. Das tat ich, und sie folgte mir.

Als der Abstand zum Lager der Ilasi etwas größer war, fing sie an zu reden. »Ich habe sie verlassen, sobald ich meine Sachen zusammen hatte«, keuchte sie. »Ich will nicht ihr Gast sein. Und ich glaube, sie werden die Höhle jetzt auch verlassen. Ich hörte sie darüber reden, daß sie schnell weiterziehen wollten. Sie wollen unserer Rache entgehen.«

Eine Weile lief Bekassine schweigend hinter mir her. Lief ich wirklich zu schnell für sie, trotz Andrikis Gewicht? Als sie wieder sprach, war sie noch immer außer Atem. »Das mit Andriki ist schlimm«, sagte sie. »Wir werden jetzt um ihn trauern. Ganz besonders dein Vater. Wir werden Andriki alle vermissen. Du am meisten. Wie sehr hat er dich geliebt. Er sprach immer von dir, als wärst du sein Bruder oder sein Sohn.«

Ich gab keine Antwort, denn ich konnte nichts sagen. Aber Bekassine wollte mein Schweigen nicht hinnehmen. Verzweifelt schwatzte sie drauflos, als könnten Worte irgend etwas ändern. »Vielleicht hättest du ihnen Geschenke anbieten sollen«, sagte sie. »Ich glaube, Pferdezähne gefallen ihnen. Du hattest welche – du hättest welche mitbringen können. Nun gut, jetzt ist es zu spät, und ich bin mir auch nicht sicher, ob durch Geschenke die Sache anders verlaufen wäre. Solange die Männer unserer Familie so unbedacht handeln, müssen wir mit so etwas rechnen. Trotzdem, es ist furchtbar!«

32

Ich hörte Bekassine kaum. Anstatt ihr zuzuhören, dachte ich daran, daß ich mit Vater zurückkommen und die Ilasi töten würde. Hätte Andriki meinen Körper getragen, hätte er sich einen Plan zurechtgelegt, mich zu rächen. Doch Rache konnte ich nur nehmen, wenn ich am Leben blieb, Vater aufsuchte und ihm berichtete, wer Andriki getötet hatte und dann unsere Männer zur Höhle der Mörder führte. Da fiel mir ein, daß die Ilasi möglicherweise die gleichen Überlegungen anstellten. Wenn das zutraf, mußten sie vernünftigerweise die Verfolgung aufnehmen, um uns zu töten. Deshalb beschloß ich, Andrikis Leiche zurückzulassen. Ich legte ihn dort ab, wo der Pfad am Fuß der herabgestürzten Felsbrocken entlangführte, und deckte ihn in aller Eile mit Steinen zu. Genau das hätte er auch für mich getan, da war ich mir sicher. Doch es tat weh, und während ich die Steine vorsichtig aufschichtete, sprach ich mit ihm, obwohl ich wußte, daß sein Geist jetzt von einem Vogel nach Westen geführt wurde. Doch ich erzählte ihm, was er wissen mußte –, daß seine Brüder und Verwandten und alle Männer unseres Stammes zurückkommen würden, um ihn zu rächen und zu begraben.

Dann liefen wir vor den Ilasi davon, wie sie zweimal vor uns davongelaufen waren. Ich mußte Bekassines Traglast übernehmen. Weil wir keinen großen Vorsprung hatten, legte ich falsche Fährten, während Bekassine geradeaus weiterlief. Wir folgten einem Flußbett und sprangen von Stein zu Stein, um den Anschein zu erwecken, daß unsere Spuren aufhörten, als hätten wir uns in Luft aufgelöst. All das brachte uns von der Route ab, die wir auf dem Herweg benutzt hatten, und wir mußten deshalb sechs Nächte anstatt fünf in der Ebene zubringen, ehe wir den Haarfluß überquerten. Außer Beeren hatten wir nichts zu essen, und nachts zündeten wir kein Feuer an. Wir hatten einander nichts zu sagen und schwiegen deshalb fast den ganzen Weg. Gleich zu Beginn hatte ich Bekassine gedroht, sie zu erwürgen, wenn ihr Geschwätz nicht aufhörte. Als unsere Leute die Nachricht von Andrikis Tod erhielten, kannten ihre Trauer und ihre Wut keine Grenzen. Heulend setzte Hindin ihr Messer an ihr Gesicht und ihre Brüste. Tränen und Blut tränkten ihr Haar und ihre Hose. Ich konnte nicht hinsehen. Ohne mich und meinen Wunsch, Bisam nicht aufzugeben, wäre Andriki jetzt noch am Leben. Niemand sagte das offen, aber alle dachten es. Ich konnte die Wut der anderen förmlich spüren.

Ihr Zorn richtete sich auch gegen Bekassine, die dazu beigetragen hatte, Andriki in den Tod zu führen, weil sie mit den Ilasi davongelaufen war. Daß sie schließlich heimgekehrt war, änderte daran nichts. Nach unserer Rückkehr sprachen die anderen eine ganze Weile nicht mit ihr. Sie straften Bekassine zwar nicht mit Verachtung, aber sie schienen sie einfach nicht zu hören, wenn sie etwas sagte, als wollten sie vergessen, daß es sie gab. Meinem Gefühl nach empfanden die anderen mir gegenüber ganz ähnlich, und ich verdrückte mich in die dunklen Ecken der Höhle, um niemandem Gelegenheit zu geben, mir seinen Ärger zu zeigen.

Ein paar Tage nachdem Bekassine und ich zurückgekehrt waren, holten mich Vater und die anderen Männer zu sich ans Tagesfeuer, das sie noch immer neben Bisams früherem Unterschlupf unterhielten. Die Männer wollten mit mir reden. Da ich nicht wußte, was sie vorhatten, war ich ziemlich ängstlich, als ich zu ihnen ging, wartete einen Moment für den Fall, daß sie mir nur kurz etwas sagen oder mich irgendwohin schicken wollten, und hockte mich dann neben Vater. Vater ließ mich wissen, daß sie Andriki rächen wollten und daß ich sie zu den Ilasi führen sollte. Da war ich wirklich erleichtert! »Das freut mich, Vater. Ich werde mitkommen«, sagte ich.

»Ja, mein Sohn«, sagte Vater. »Du mußt uns hinbringen. Und du mußt uns zeigen, wo Andriki liegt. Wir werden ihn begraben. Doch zuerst mußt du uns noch einmal berichten, wie die Leute deiner Frau ihn getötet haben.«

Da erzählte ich ihnen alles, was ich wußte, und beschrieb ihnen die kleinen Vogelspeere in allen Einzelheiten. Ich zeichnete einen davon in den Staub. An einem dünnen Zweig zeigte ich ihnen, wie sie ausgesehen hatten.

»Sahen sie so aus wie die kleinen Speere, die wir an Uskes Quelle gefunden haben?« fragte Vater.

»Ganz genauso«, antwortete ich.

»Wo haben diese kleinen Speere Andriki getroffen?« wollte Marder wissen.

»Einer in die Kehle und einer in die Brust.«

»Wie konnten sie ihn denn durchbohren, wenn sie aus Holz waren?« fragte Kida.

»Sie hatten Spitzen aus Feuerstein«, antwortete ich.

»Selbst mit einer Steinspitze kann man so ein Ding nicht so kräftig werfen, daß es unter die Haut dringt«, erklärte Maral und hielt dabei meine Nachbildung hoch. »Wie ist es möglich, mit so einem Stöckchen einen Mann zu töten?«

Leider wußte ich darauf keine Antwort. Ich hatte etwas gesehen, das ich nicht verstand.

Wir nahmen Andrikis Schlaffell und sein Halsband mit und erreichten rasch unser Ziel. Doch die Höhle war leer und die Ilasi verschwunden. Wir kamen zu dem Schluß, daß sie mit unserem Kommen gerechnet hatten. Sie konnten nicht gewußt haben, gegen wie viele von uns sie würden kämpfen müssen, obwohl sie von Bisam hätten erfahren können, daß wir ihnen zahlenmäßig überlegen waren. Und deshalb wußten sie, daß viele von ihnen sterben würden, wenn wir zurückkamen, ganz gleich, mit was sie nach uns warfen.

Jedenfalls waren sie übereilt aufgebrochen, das verriet uns das zurückgelassene Bärenfell. Anhand der verstreuten kalten Asche ihres Feuers und der verkohlten, von Mäusen angenagten Knochen sahen wir, daß sie schon vor Tagen aufgebrochen waren. Doch der abgehäutete Kadaver von Vaters Wolfswelpen stellte uns vor ein Rätsel. Wir konnten uns nicht erklären, warum die Ilasi ihn getötet hatten, es sei denn, der Kadaver war als Botschaft für Vater gedacht. Wenn dem so war, hatten sie uns diese umsonst hinterlassen, denn wir verstanden sie nicht. Der kleine Wolf war vergebens umgebracht worden.

Die Ilasi hatten ihre Spuren so gut verwischt, daß wir gar nicht erst versuchten, ihnen zu folgen. Wir schauten uns nur um, bis wir einen der zerbrochenen Vogelspeere fanden, von dem ich glaubte, daß er Andriki getötet hatte. Wir fügten die abgebrochenen Enden aneinander und sahen ihn uns ganz genau an, doch wir kamen nicht dahinter, worauf seine Stärke beruhte.

Dann gingen wir zurück zu der Stelle, an der ich Andrikis Leichnam, der durch das Tragen zweimal abgeknickt war, hatte liegenlassen. Mir war nicht wohl dabei, ihn so lange nach seinem Tod wiederzusehen. Uns allen wurde es schwer ums Herz, wenn mich Vater auch dafür lobte, daß ich ihn so gut versteckt hatte.

Die Insekten hatten Andriki angefressen, aber keine größeren Tiere. Vater erinnerte die anderen Männer daran, daß ich dafür mein Leben riskiert hatte. Wir schnitten uns Grabstöcke und hoben ein tiefes Loch aus. Dann fanden wir einen geeigneten Strauch, schnitten Streifen aus seiner glatten Rinde und banden damit Andrikis Arme an seinen Körper und umwickelten seine Beine. Sein Haar wird mir immer unvergessen bleiben. Es war das einzige an ihm, das noch so aussah wie zu seinen Lebzeiten. Ich erinnere mich genau an seine beiden blonden Zöpfe, zwischen denen sein blasser Schädel zu sehen war.

Als Andrikis Körper hergerichtet war, senkten wir ihn in die Grube, durchtrennten die Schnur der mitgebrachten Halskette und streuten die Perlen über ihn. Dann deckten wir ihn mit seinem Schlaffell zu, schoben die Erde über ihn und drückten sie fest. Wir holten unsere Messer hervor, machten den Arm frei und ritzten uns die Haut auf, um unser Blut auf das frische Grab tropfen zu lassen. »Wir kommen spät, mein Bruder«, sagte Vater unter Tränen. »Doch wir haben dich nicht vergessen.«

»Hona«, stimmten wir alle ein.

Danach deckten wir das Grab mit Steinen ab, damit die Tiere Andriki nicht ausgraben konnten. Anschließend machten wir uns wieder auf den Heimweg.

Was Bisam betraf, so kamen ihre Leute nie zurück, und ich sah sie niemals wieder. Auch meinem Sohn begegnete ich nie mehr, obwohl der erfolglose Rachezug mit Vater und den anderen Männern mir ein wildes Glücksgefühl vermittelt hatte. Ich hatte geglaubt, daß ich ihn finden, in meine Arme nehmen und nach Haus mitnehmen würde, selbst ohne Bisam. Er war für Bekassines Sohn, was Andriki für Vater gewesen war. Hätte ich ihn zurückhaben können, wäre das, so merkwürdig es sein mag, fast so gewesen, als hätte jemand Andrikis Stelle eingenommen.

Doch das sollte nicht sein. Statt dessen fing ich an, von Bisams Sohn zu träumen. Jedes Jahr wird er älter in meinen Träumen. Es ist, als wollte die Frau Ohun mich an ihn erinnern, da sie weiß, daß er trotz allem zu mir gehört. Vielleicht träumt er auch von mir.

Natürlich ist auch Bekassines ältestes Kind von mir. Das konnte ich wirklich nicht vergessen, wenn ich es auch während des Winters, der auf Andrikis Tod folgte, gern getan hätte. Tag für Tag wuchs Bekassines Leibesumfang, und der Zeitpunkt der Geburt von Vaters Kind rückte immer näher. Währenddessen hatte sie große Mühe, meinen blauäugigen Sohn zu stillen. Sie beklagte sich, daß ihre Brüste immer kleiner würden, aber was das anging, gab es keinen Unterschied zu den anderen Frauen, die im Winter ein Kind stillen mußten.

Dieser Winter war nicht weniger hart als jeder andere. Wir erlegten einen Bären. Es war der, den Andriki und ich gesehen hatten, als wir über die Ebene streiften. Wir verfuhren mit ihm so, wie Vater es uns gesagt hatte: wir brachen seine Knochen nicht auf, um das Mark herauszuholen, und wir ließen seinen Kopf da liegen, wo wir ihn erlegt hatten, mit Fett zwischen seinen Zähnen. Aber dennoch verließ das Wild während des Hüttenmondes und des Hungermondes den Wald, und es kamen zwei Tiger, Die Lilie und ein Weibchen, das er von irgendwo mitgebracht hatte. So lernten wir alle, was Hunger bedeutet.

Dann, eines Tages, als der Sturmmond noch neu war, sagte Bekassine, ihr sei kalt und sie brauche Feuerholz. Sie verließ die Hütte, und als sie zurückkam, war sie nicht mehr schwanger. Sie trug aber außer meinem blauäugigen Sohn kein weiteres Baby. Was war geschehen? Niemand fragte sie danach. Es wäre auch nicht angebracht gewesen. Ihre Milch reichte kaum für ein Kind. Sie hatte sich einfach dafür entschieden, ihr älteres Kind zu füttern, das Kind, das schon bewiesen hatte, daß es in der Lage war, einen Winter zu überstehen, das Kind, das sie kannte. Ich mochte mir jedenfalls nicht ausmalen, was mit dem Neugeborenen draußen im Schnee geschehen sein konnte. Ich versuchte zu vergessen, daß überhaupt etwas vorgefallen war, obwohl das Kind mir gegenüber das gewesen wäre, was Andriki Vater gegenüber war. Jeder war unglücklich, aber so war es eben.

In jenem Winter lernte Bekassines blauäugiger Sohn auch laufen, jedenfalls versuchte er es. Im Frühling bekam er seinen Namen. Es war wahrscheinlich der stärkste und machtvollste Name, den man einem Mann geben konnte, denn er ehrte den Großen Bären. Ich war es, der diesen Namen an einem kühlen Frühlingsmorgen bei Vaters Hütte aussuchte, kurz bevor wir zum Haarfluß aufbrachen.

Gemeinsam mit Bekassine füllte ich einen Wasserbalg am See, was früher zu Bisams Aufgaben gehört hatte. Ich hatte dem Jungen meine Kelle aus Birkenrinde gegeben und zeigte ihm, wie man damit Wasser schöpfte. »Schau nur, wie gut er das macht«, sagte Bekassine. »Er kann laufen. Er weiß, daß ich seine Mutter bin. Wir könnten ihm jetzt eigentlich einen Namen geben.«

»Das ist wahr«, sagte ich. »Das könnten wir tun.« Dann holte ich tief Luft und ließ meinen Blick über den Wald schweifen, der uns umgab. Auf den Baumspitzen glänzten die Fichtennadeln in der Morgensonne. Im Gras am Fluß funkelten Tautropfen auf einem Spinnennetz. Und das Wasser glitzerte. Der Nachtwind hatte die Eisschollen ans andere Seeufer getrieben, und vor uns hob und senkte sich die spiegelnde Wasseroberfläche, als atme jemand befreit durch, und winzige Wellen brachen sich an den bemoosten Steinen zu unseren Füßen. Hin und wieder war aus den Tiefen des Waldes die knarrende Singsangstimme eines Baumes zu vernehmen. Der Sommer, die Zeit der Fülle, stand bevor. Wieder einmal hatten wir einen Winter überstanden. Wieder hatte der Große Bär uns Tiere zum Jagen geschickt und unser Leben verschont. Statt dessen zeigte er uns aufs neue das befreite Wasser und tauchte uns hier am Seeufer in eine Wolke aus Kiefernduft und Blütenstaub, ins Frühlingssonnenlicht.

Meine Augen ruhten auf meinem kleinen Sohn, der mir gerade bis an meine kniehohen Schuhe reichte und genau wie ich auf einem Felsen hockte, nur daß seine beiden kräftigen tolpatschigen Hände die Schöpfkelle umfaßt hielten. Das war ein Jäger, dem der Bär seine Gunst schenken würde! Ich empfand Dankbarkeit gegenüber dem Großen Bären, doch ein Kind nach ihm zu benennen, kam nicht in Frage. Doch wie gewisse Tiger ihren wirklichen Namen hinter anderen Bezeichnungen verbergen, so auch Bären. »Nenn ihn Brauner«, sagte ich.

»Ja, das gefällt mir«, sagte seine Mutter. Und dabei blieb es.

Als Vater mitbekam, daß Bekassines Kind einen Namen trug, legte er sich wieder zu ihr. Da dachte ich, Vater müßte glücklich sein. Anscheinend stand er jetzt endlich kurz vor dem Ziel, das er immer angestrebt hatte: ein Kind aus der Sippe von Sali zu haben, der großen Schamanin vom Feuerfluß, die Vater so sehr bewunderte. Aber erst im

Herbst desselben Jahres wurde Bekassine von Vater schwanger.

Ihre Schwangerschaft dauerte bis in den Sommer des folgenden Jahres, als fast alle Leute, die Verwandte am Feuerfluß hatten, diese besuchten. Wegen der Mammute blieb ich daheim. Im Winter hatte es sehr wenig geschneit, und die Schmelzwassertümpel in der Ebene waren schon im Frühsommer ausgetrocknet, so daß die Mammute gezwungen waren, am Fluß zu trinken. So konnten wir sie jagen. Ich bin froh, daß ich nicht wegging – auch ohne Andriki töteten wir einen jungen Mammutbullen, der so unvorsichtig war, den steilen Pfad hinunter ans Wasser zu benutzen. Wir fraßen wie die Löwen, und zu meinem Jagdanteil gehörte ein Stoßzahn, der ein gutes Stück länger als mein Arm war und so schwer, daß ich ihn kaum heben konnte. Wäre ich mitgegangen, um Mutter zu besuchen, hätte ich kein Elfenbein bekommen.

Meine Mutter war sehr enttäuscht, als die anderen ohne mich am Feuerfluß eintrafen. Doch sie war von Brauner so angetan, daß ich mich frage, ob sie mich überhaupt wahrgenommen hätte. Sie erzählte jedem, daß seine Anwesenheit ihr das Gefühl gebe, mich wieder als Kind bei sich zu haben, denn er sah genauso aus, wie ich in seinem Alter ausgesehen hatte. Sie ließ jeden wissen, daß sie, als sie ihn zum erstenmal sah, geglaubt hatte, ich selbst sei es, den die Frau Ohun in ein Kind zurückverwandelt hatte. Sie behauptete, es falle ihr schwer, ihn nicht als ihren Enkel anzusehen, weil er so aussah, als könnte er ihr Enkel sein. Mehr oder weniger aus Versehen nannte sie ihn weiterhin »Enkel« statt »Neffe«, wie sie fast alle anderen Kinder nannte, oder »Stiefkind«, was auch gestimmt hätte, da sie und seine Mutter beide Frauen desselben Mannes gewesen waren. Mir kam zu Ohren, daß viele heimlich darüber lachten, und ich war froh, daß ich das nicht hatte miterleben müssen. Doch vor allem war ich froh, daß es Vater nicht mitbekommen hatte. Bei meiner Mutter mußte man immer damit rechnen, daß sie unerwartete Dinge sagte und damit oft andere vor den Kopf stieß, besonders Vaters Leute. Andriki hatte einmal gesagt, sie sei, selbst als sie noch jung und schön war, schon ein altes zänkisches Weib gewesen.

Zu denen, die zum Feuerfluß auf Besuch gingen, gehörten Yoi und die schwangere Bekassine, ihre Verwandten Teal und Meri, Meris Ehemann Weißfuchs, Graugans' Sohn Elho, Graugans' Stiefsohn, der Stock, und die Ehefrauen dieser Männer. Alle außer Elhos Frau hatten Verwandte dort. Eines frühen Morgens brachen sie alle vom Haarfluß auf und verschwanden im Gänsemarsch im dichten Nebel, der über der Ebene lag.

Obwohl Vater seine Frauen nicht wahrzunehmen schien, redete er sofort von der Zeit, wenn sie wieder hier sein würden. Tatsächlich sprach er jeden Tag begeistert von ihnen, als hätte es nie Ärger mit einer von ihnen gegeben. Aus seinem Elfenbeinanteil schnitt er abends Schmuck für sie. Als wir sie zurückerwarteten, hatte er zwei wunderschöne Anhänger fertiggestellt, für jede einen, von denen keiner größer oder besser als der andere war.

Eines Abends im Feuermond tauchte in der Ferne endlich eine Menschenschlange auf, die sich langsam durch das rote Gras bewegte. Vater glaubte, seine Frauen seien gekommen, und stürzte hinaus, um sie zu begrüßen. Zu seiner großen Enttäuschung fehlten Yoi und Bekassine. Diese beiden waren nicht mitgekommen. Vater bemühte sich sehr, seine Gefühle zu verbergen, aber an der Art, wie er seine Augen niederschlug und wie seine Stimme leiser wurde, erkannten wir, wie heftig diese waren.

Als wir an diesem Abend in seiner Höhle um die beiden Feuer saßen, die Männer um das eine, die Frauen um das andere, und den Berichten der Reisenden lauschten, hörte ich ihn zufällig mit Teal tuscheln, die Rücken an Rücken mit ihm saß. Er fragte, wo seine Frauen seien und warum sie nicht nach Hause gekommen waren. Mit ihrer resoluten Stimme antwortete ihm Teal und erklärte, daß die beiden gute Freundinnen geworden seien, als die Gruppe den Feuerfluß erreicht hatte. Beide seien bei Bekassines Mutter Eider geblieben, die mit Yoi genauso verwandt war wie Teal mit Yoi – ihre Mütter waren Schwestern gewesen. Also waren die Frauen Cousinen. Aber es steckte mehr dahinter. Weil Yois verstorbene Schwester und Eider fast im gleichen Alter waren, schaute Yoi zu Eider auf wie zu einer älteren Schwester. Nachdem Eider sie beide so herzlich aufgenommen hatte, konnten Yoi und Bekassine sich kaum mehr vorstellen, daß sie sich irgendwann einmal nicht gemocht hatten. Das Ergebnis war, daß die beiden Nebenfrauen sich schließlich mit »Schwester« anredeten. Brauner wurde von Bekassine und Yoi gemeinsam aufgezogen, und im Spätsommer wußte der Junge nicht mehr, wer seine Mutter war. So sollte es bei den Kindern von Nebenfrauen auch sein. Auf jeden Fall duldete Eider, solange Yoi und Bekassine am Feuerfluß weilten, keinen Streit und wollte sie immer in ihrer Nähe haben.

Yoi und Bekassine waren am Ort ihrer Kindheit so glücklich gewesen und hatten sich unter den Mitgliedern ihrer Sippe so frei und wohl gefühlt, daß es für ihre Verwandten ein leichtes war, sie zu überreden, den Rest des Jahres bei ihnen zu bleiben. Ihre Verwandten hatten versprochen, daß jemand sie irgendwann zurück zum Haarfluß begleiten würde. Aber wahrscheinlicher sei es, so meinten sie, daß ihr Mann so große Sehnsucht nach ihnen bekäme, daß er sie selbst abholen käme und auch das Kind, das ihm aus der Sippe der berühmten Schamanin Sali geboren worden war. Ach ja, im Beisein von Eider, Yoi, Teal und Meri gebar Bekassine einen kleinen Jungen an einem milden Abend im Grasmond, der bei den Leuten am Feuerfluß auch Fohlenmond heißt.

Für den Fall, daß Vater wegen seiner Frauen und seines Kindes kommen würde, ließ Onkel Bala ihm eine Botschaft zukommen. Er wollte Vater daran erinnern, daß noch Geschenke für drei seiner Frauen ausstanden – natürlich für Bekassine, aber auch für Yoi und sogar für Mutter.

Da ich jetzt mit Frogga verheiratet war, meinte Bala, daß auch der alte Streit um Mutters Elfenbeinhalsband wieder aufgeworfen werden mußte. Bala meinte, daß Mutter kaum bereit sein würde, es zurückzugeben, und deshalb sollte Vater nicht danach fragen, sondern es als eins der Geschenke betrachten, die meiner Sippe durch die Verwandten meiner Frau zustanden. Damit wollte Bala uns daran erinnern, daß er Vater gern als den Bruder von Froggas Vater ansah. Denn obwohl Vater nur ein Halbbruder war, war er ein Anführer, also erwartete man ein Geschenk. »Ein großes Geschenk«, das war es, was Bala meinte. Das Halsband wäre geeignet, die Leute am Feuerfluß an Vaters Großzügigkeit zu erinnern und nicht nur an die Frauen, die er ihnen weggenommen hatte.

»Habe ich nicht gesagt, daß es so kommen würde?« fragte Vater mich spät in der Nacht am Feuer der Männer. Noch immer versuchte er, seiner Enttäuschung über die abwesenden Frauen Herr zu werden. »Habe ich nicht gesagt, daß deine Mutter in jede Heirat einwilligt, wenn sie nur ihr Halsband behalten kann? Hatte ich nicht recht?«

Andriki wäre in diesem Punkt mit Vater einer Meinung gewesen und hätte auch selbst noch ein paar abfällige Bemerkungen über Mutter hinzugefügt. Wir am Feuer der Männer hielten den Atem an, als könnten wir in der Dunkelheit, in den tanzenden Schatten, Andriki noch reden hören.

Dann wurde der Schmerz zu groß für mich, daß wir, ohne es zu wollen, auf seine Stimme warteten, und antwortete deshalb beherzt: »Hei! Du sprachst von diesem Halsband, als ich zum erstenmal hierherkam, Vater. Ich habe nicht geglaubt, daß Mutter so habgierig sein würde, aber du kennst sie. Sie will das Halsband nicht hergeben? Laß es ihr! Es gibt hier im Lager jeden Sommer genügend Elfenbein für alle Verwandten sämtlicher Frauen vom Feuerfluß. Die Frauen wissen es, und ihre Verwandten auch. Und wenn die Mammute herausbekommen, was es mit unserem Wildwechsel auf sich hat, werden wir eben einen anderen Weg finden, sie zu erlegen. Ganz sicher! Das liegt uns im Blut. Gerade jetzt reden die Leute am Feuerfluß viel über uns, unsere Stärke, unsere Mammute, unsere Jagdgründe, unser Elfenbein. Sind wir nicht Die, die den Füchsen Nahrung geben? Sind wir nicht große Jäger?«

»Das sind wir!« pflichteten mir fast alle Männer bei.

Nachwort

Die Völker Asiens und der nördlichen Teile der Neuen Welt kannten anscheinend vor langer Zeit die Legende einer Tierfrau. Sie tauchte an vielen Orten in leicht abgewandelter Form auf, wie das auch die diesem Buch vorangestellten Zitate belegen. Die Geschichte handelt von einem Mann und einer Frau, die in Wirklichkeit ein Tier in Menschengestalt ist. In China und in Japan ist diese Frau ein Fuchs, auf der anderen Seite der Beringstraße kann diese Frau auch andere Tiere verkörpern. Die Thematik jedoch ist fast überall die gleiche: Ein Mann findet eine Frau, die etwas Ungewöhnliches auszeichnet – möglicherweise lebt sie allein im Wald. Ohne sich darum zu kümmern, daß sie nicht das sein könnte, was sie allem Anschein nach ist, verliebt der Mann sich in sie. Entweder versorgt sie seinen Haushalt oder sie wird seine Ehefrau. Obgleich sie in den meisten Erzählungen ihr Tierfell im Haus versteckt (eine verhängnisvolle Geste, die der Mann nicht wahrnehmen will), ist der Mann wegen ihrer Hilfsbereitschaft und Schönheit glücklich mit ihr. Doch früher oder später macht er unwissentlich einen Fehler. Als Antwort darauf legt die Frau ihr Tierfell an, kehrt in ihre Tierpersönlichkeit zurück und verschwindet in den Wäldern (sofern sie ein Säugetier ist) oder in der Luft (als Vogel). Haben sie und der Mann gemeinsame Kinder, nimmt sie diese mit.

Die Geschichten von der Tierfrau werden meist aus der Perspektive des Mannes erzählt, der vorgibt, eine merkwürdige und enttäuschende Erfahrung gemacht zu haben. Sie nehmen konsequenterweise nie ein glückliches Ende, da die Frau in Wirklichkeit ein verkleidetes Tier ist, keine Frau in Tiergestalt, und sie nie zurückkehrt, wenn sie einmal weggegangen ist. Im Gegensatz hierzu stehen »Der Froschkönig« und damit vergleichbare Märchen der europäischen Folklore, in denen ein böswillig in ein Tier verwandelter Mann von einer Frau aus seinem unglücklichen Tierzustand befreit wird. Diese Geschichten haben einen glücklichen Ausgang.

Der hier erzählte Roman ist als Pendant zu meinem früheren Roman ›Im Mond der Rentiere‹ zu verstehen, den ich einer Reihe hilfreicher Quellen zu verdanken habe. Diese sind dort aufgeführt. Darüber hinaus habe ich die nachfolgend aufgelisteten Werke benutzt. Für die Übersetzung aus dem Deutschen möchte ich meinem Ehemann Stephen Thomas danken.

Chard, C.S., Northeast Asia in prehistory, University of Wisconsin Press, Madison/London, 1974.

Giterman, R.E., Die Geschichte der Vegetation in Ostsibirien in der Steinzeit und mögliche Verbindungen zu Europa, Ges. Geol.Wiss. – A – Geol. Paleont., Berlin, 1984.

Johnson, C.W., Bogs of the northeast, University Press of New England, Hanover/London, 1985.

Kynstautas, Algirdas, The natural history of the USSR, McGraw-Hill, New York, 1987.

Tilson, R.L., Seal, U.S., Tigers of the world: the biology biopolitics, management, and conservation of an endangered species, N. J. Noyes, Park Ridge, 1987.

Wie in ›Im Mond der Rentiere‹ orientieren sich die wirtschaftlichen und physischen Voraussetzungen der Menschen in diesem Roman an denen der Ju/wa Buschmänner von Nyae Nyae in Namibia, als Jagen und Sammeln die Wirtschaftsgrundlage der Ju/wasi waren. Die kalte Savanne des sibirischen Paläolithikums hat interessanterweise Ähnlichkeiten mit der afrikanischen Savanne, es gab dort in etwa die gleiche Bodenbeschaffenheit und eine ähnliche Fauna, wenn auch letztere offensichtlich stärker der Kälte als der Hitze angepaßt war. Die beschriebenen

Menschen, deren materielle Güter, Kultur, religiöses Leben und Sozialleben sind reine Fiktion und stehen in keinerlei Beziehung zu den heutigen oder früheren Ju/wasi.

Nur ganz wenige der bibliographischen Quellen weisen aus, daß der Tiger während der Steinzeit in Zentralsibirien zu finden war. Die sibirische Variante des Säbelzahntigers, das Homotherium, hat damit nichts zu tun und war schon lange vor der Zeit ausgestorben, in der meine Geschichte spielt. Es gibt drei Gründe, aus denen ich den Tiger einführe. Erstens beweist in einer derart riesigen Landschaft, die von der Paläozoologie noch kaum erfaßt wurde, die Tatsache, daß man keine Tigerknochen gefunden hat, nicht notwendigerweise, daß es dort keine Tiger gab. Zweitens könnten möglicherweise aufgefundene Tigerknochen mit denen des Höhlenlöwen verwechselt worden sein, da die weit verbreiteten Höhlenlöwen in Größe und Körperbau dem riesigen Tiger des Nordens, dem langhaarigen Panthera tigris altaica, auch bekannt als Pt. longipilis, sehr ähnlich waren. Drittens gibt es für mich keinen Grund, weshalb der Aktionsradius dieser prächtigen Tiere sich nicht über fast jede Entfernung entlang der bewaldeten Hügel und Flußtäler erstreckt haben sollte. Noch bis vor kurzem war die ostwestliche Streuung des Tigers sehr groß, vom Kaukasus zu den Bergen von Sikhote-Alin gleich nördlich von Hokkaido, wo wenige ungenügend geschützte wilde Tiger noch heute ums Überleben kämpfen. Eine zwischen diesen Orten gezogene Linie würde die Gegend meiner fiktionalen Landschaft kreuzen. In diesem Roman wird der Februar, der Sturmmond, nach der Brunftzeit der Tiger auch Mond des Gebrülls genannt.

Was das im Roman Tai-tibi genannte Tier angeht, ist nur sein der fiktionalen Ilasisprache angepaßter Name eine Erfindung. Dieses bekannte Tier, das seit dem späten Miozän in Asien heimisch war, wurde vor langer Zeit domestiziert und findet sich heute auf jedem Bauernhof. Doch es gehörte nie zu den Bewohnern von Tundren oder kalten Savannen, sondern bevorzugte Laubwälder und etwas mildere Klimazonen als die im Roman vorgestellten.

Viele der Winterszenen dieses Romans rühren von einem tiefwinterlichen Besuch eines der schönsten und interessantesten Orte Europas, des alten Waldbestandes von Varrio oberhalb des nördlichen Polarkreises in Nordfinnland. Die Freundlichkeit der finnischen Verleger von ›Im Mond der Rentiere‹ hat es mir ermöglicht, nach Varrio zu reisen. Dafür danke ich Olli Arrkoski und Sirkka Kurki-Suonio aus Helsinki und Kaarlo Koskinen, Merja Saariniemi, Markku Kuusiniemi und Juha Niemela von der Subarktischen Forschungsstation Varrio der Universität Helsinki. Ich bin auch Björn Kurtén für seinen Einblick, den er mir in das Tierleben des Paläolithikums ermöglichte, zu Dank verpflichtet – ein Leben, das in vielfältiger Weise wahrscheinlich sehr verschieden vom heutigen war.

Für die kritische Durchsicht des Manuskripts möchte ich Sy Montgomery meinen Dank aussprechen. Für die Zeit ungestörter Konzentration, die mir die Fertigstellung dieses Romans möglich machte, danke ich Myra Sklarew und der Yaddo Corporation.

Petersborough, N.H.
Dezember 1989

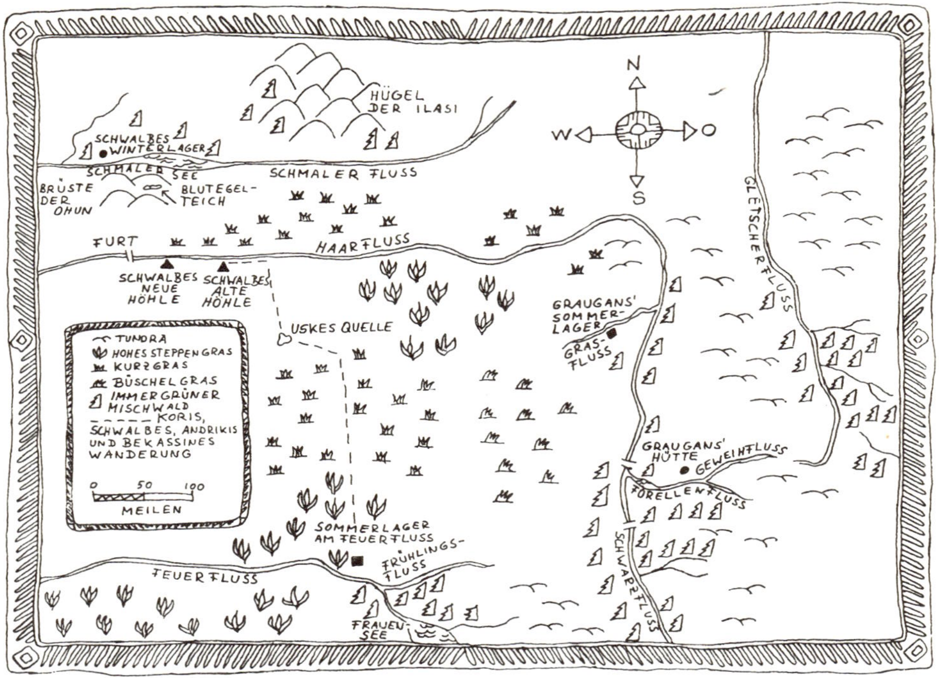
HÜGEL DER ILASI
SCHWALBES WINTERLAGER
SCHMALER SEE
SCHMALER FLUSS
BRÜSTE DER OHUN
BLUTEGEL-TEICH
N
W
O
S
FURT
HAARFLUSS
SCHWALBES NEUE HÖHLE
SCHWALBES ALTE HÖHLE
USKES QUELLE
GRAUGANS' SOMMER-LAGER
GRAS-FLUSS
GLETSCHERFLUSS
GRAUGANS' HÜTTE
GEWEIHFLUSS
FORELLENFLUSS
SCHWARZFLUSS
SOMMERLAGER AM FEUERFLUSS
FRÜHLINGS-FLUSS
FEUERFLUSS
FRAUEN-SEE
TUNDRA
HOHES STEPPENGRAS
KURZGRAS
BÜSCHELGRAS
IMMERGRÜNER MISCHWALD
KORIS, SCHWALBES, ANDRIKIS UND BEKASSINES WANDERUNG
0 50 100
MEILEN